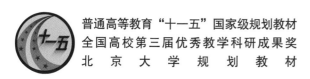

21世纪外国文学系列教材

A Brief History of
World Literature

世界文学简史

（第三版）

李明滨 ◎ 主编

北京大学出版社
PEKING UNIVERSITY PRESS

图书在版编目（CIP）数据

世界文学简史 / 李明滨主编．—3 版．—北京：北京大学出版社，2019.1
21 世纪外国文学系列教材
ISBN 978-7-301-30035-0

Ⅰ．①世… Ⅱ．①李… Ⅲ．①世界文学 – 文学史 – 高等学校 – 教材 Ⅳ．①I109

中国版本图书馆 CIP 数据核字 (2018) 第 255709 号

书　　　名	世界文学简史（第三版） SHIJIE WENXUE JIANSHI（DI-SAN BAN）
著作责任者	李明滨　主编
责 任 编 辑	张　冰　朱房煦
标 准 书 号	ISBN 978-7-301-30035-0
出 版 发 行	北京大学出版社
地　　　址	北京市海淀区成府路 205 号　100871
网　　　址	http://www.pup.cn　新浪微博：@ 北京大学出版社
电 子 邮 箱	编辑部 pupwaiwen@pup.cn　总编室 zpup@pup.cn
电　　　话	邮购部 010-62752015　发行部 010-62750672 编辑部 010-62754382
印 　刷 　者	河北博文科技印务有限公司
经 　销 　者	新华书店
	720 毫米 ×1020 毫米　16 开本　28.75 印张　580 千字 2002 年 8 月第 1 版　2007 年 7 月第 2 版 2019 年 1 月第 3 版　2025 年 6 月第 5 次印刷（总第 31 次印刷）
定　　　价	68.00 元

未经许可，不得以任何方式复制或抄袭本书之部分或全部内容。
版权所有，侵权必究
举报电话：010-62752024　电子信箱：fd@pup.cn
图书如有印装质量问题，请与出版部联系，电话：010-62756370

本书执笔者

北京大学：李明滨　李毓榛　张冰　凌建侯
首都师范大学：庄美芝　吴康茹
南开大学：王立新　王娜　刘佳
天津师范大学：孟昭毅　郝岚　吕超
上海大学：张敏
东北师范大学：刘建军
山东师范大学：于冬云　刘亚
陕西师范大学：韦建国
南京师范大学：汪介之
江西师范大学：杨正和
福建师范大学：苏文菁　郑梅玲
厦门大学：王诺　郑丹凤　高歌
汕头大学：蔡伟清
深圳大学：郁龙余　杨修正
惠州大学：黄伟
浙江大学：周启超

电子课件设计：于冬云　杨江平　杨黎红　郎晓玲　李大可　姜智芹　张磊

第三版出版说明

本书自出版以来,两版累计重印近三十次,总发行量十万余册,面世十六年来深受广大高校教师、学生和普通读者的喜爱,被列入"普通高等教育'十一五'国家级规划教材",获得"全国高校第三届优秀教学科研成果奖",并在2016年被列为"北京大学规划教材"。

本书自2007年第二版出版发行以来,已经又走过了十余个春秋。在这十多年里,社会的各个方面产生了许多新的发展,各国文学创作和文学研究有了新的成果,世界文学史的教材也应随之同步地更新;此外,编者也收集了一些来自使用本书的教师、学生和普通读者的反馈。

因此,本书编写团队决定再一次对本书进行修订。第三版在保留前两版兼顾世界文学知识和东西方文学精神的基础上,紧跟新的时代精神和时代要求,结合教师和学生在使用过程中反馈的意见和建议,对教材主要进行了以下几方面的调整:

一、增加了引言"世界文学:多声部的话语实践",指导学生在开始本教材的阅读和学习之前,对世界文学这一概念形成初步的认识和思考。

二、对作家和作品的信息进行更新,对作家和作品的解读和评价也进行合乎时代发展的调整。

三、更新附录中关于诺贝尔文学奖的介绍及获奖作家、作品的信息。

针对以上几个方面的调整,对练习题、配套课件也进行了相应的修改和增补,并对个别字词差误加以订正。书中不足、疏漏难免,还请同行不吝赐教,读者批评指正。

编　者

2018年8月

修订版说明

本书自 2002 年初版以来，累计印数已达万余册。经各地高校使用，反映教学效果良好，亦受普通读者欢迎，于 2005 年获"全国高校第三届优秀教学科研成果奖"，并经教育部专家评审通过列入"普通高等教育'十一五'国家级规划教材"。

在使用过程中，我们也获得不少有益的意见，并开始酝酿做若干修改。此次趁 2006 年 8 月全国高校外国文学教学研究会 2006 年会在乌鲁木齐市新疆大学召开之际，我们与会的执笔者相聚讨论，决定对全书做一次修订。

本着加强和突出教材特色的原则，此次修订注重从文学精神传承的角度考察世界文学的发展规律，阐述东西方不同的文学精神分别在东西方文学中的流变。这样可使学生能够不仅掌握世界文学的知识，而且进一步了解东西方文学精神的特点及其发生和演进的特性。同时要注重文化含量，避免囿于就文学谈文学。文化的本质是思维，不同民族思维的差异、东西方思维的差异，正是引起文学差异的根本原因。本教材正是要从思维方式的角度，来看各民族的作家是如何看待人自身、人与世界的关系，从而对世界文学的总体面貌做出新阐释。由此原则出发，势必导致对一些作家和作品进行重新解读和重新评价。但是，在详述世界文学的整体面貌时，又要控制教材原有的篇幅，注意精练，力避冗长，具体来说有三：

一、重点在充实和调整 20 世纪文学各章。充实现代主义、后现代主义部分，理清现代、后现代主义各主要流派及其特征，酌选或增设各流派主要代表作家，立为专节。阐明俄罗斯文学在 20 世纪的新发展。二、增加当代东方文学的内容。三、适量缩编 19 世纪文学的篇幅。

此外，每章增设思考练习题，以引导学生注意了解重点，进行思考和课外的阅读、练习。本书编写组还特别设计制作了电子课件，以供教师教学中使用，有条件的话还将推出教材网络版和配套作品选读。

在新疆会议拟定修改原则时有出版社负责人张文定和责编张冰参加讨论。各执笔者修订有关章节后，参加汇编通稿的有李明滨、王立新、刘建军、孟昭毅、张冰，最后由李明滨统一定稿。

2007 年 7 月 1 日

前　言

从 20 世纪初开始,我国高等学校陆续开设"世界文学"课程,其内容并不包括中国文学。这种做法一直延续了下来。尽管后来有的学校改用了"外国文学"的课程名称,但也有坚持不改的。北京大学先后成立的"世界文学研究中心"和"世界文学研究所",就是名称依旧,内容不改,均未包含中国文学。本书沿用传统的名称,所叙仍仅限于外国文学。为了撰写的方便,将其分成两个部分:"欧美文学"和"东方文学"。

欧美文学源远流长,从古至今已有近三千年的历史。欧洲文学以古希腊、古罗马文学为发端,大致从氏族社会末期起,产生了古希腊神话、荷马史诗以及古希腊戏剧等一系列经典作品,稍后又有基督教文学。公元 5 世纪起的一千年内,在漫长的封建制时代,文学进程几经周折,仍然出现过中世纪的大诗人但丁。

14 世纪末以后,资本主义生产关系萌发,欧洲进入近代时期,文学相应地开始了欧洲的近代文学史。文艺复兴热潮滚滚,席卷了大半欧洲国家,产生过莎士比亚、塞万提斯等巨人。

此后五百多年内,文学思潮层出不穷,主要的有:

17 世纪的古典主义文学,以莫里哀等作家作品为代表。

18 世纪的启蒙主义文学,以歌德、伏尔泰等作家作品著称。

19 世纪欧美文学为人类提供了浪漫主义和批判现实主义两大主要潮流的文学遗产,推出了一系列闪闪发光的名字:前者如拜伦、海涅、雨果、席勒、普希金,后者有巴尔扎克、福楼拜、狄更斯、哈代、果戈理、屠格涅夫、陀思妥耶夫斯基、托尔斯泰、契诃夫、易卜生、马克·吐温。还有自然主义等其他的流派及作家代表,如左拉、莫泊桑、波德莱尔等和巴黎公社文学。

20 世纪欧美文学也为我们留下了现实主义和现代主义两大主要流派的文学硕果。现实主义作家人才辈出,灿若星群,一个个光芒万丈,仰之弥高,如高尔基、肖洛霍夫、艾特玛托夫、罗曼·罗兰、托马斯·曼、德莱塞、海明威。而现代主义文学则种类繁复,作者人多势众,排山倒海而来,其势锐不可当,有卡夫卡、艾略特、乔伊斯、普鲁斯特、福克纳、贝克特、海勒、马尔克斯等。

东方文学的历史更为悠久,在亚洲和非洲,早在公元前 4000 年至前 2000 年就出现了巴比伦、埃及、印度三个(包括中国在内则为四个)人类文明发祥地。

在这漫长的历史和辽阔的地域中,文学的发展过程也极为复杂曲折,内容甚为丰富多彩,本书有限的篇幅内只能按上古、中古和近现代三大阶段做粗线条的叙写。

上古东方文学是指原始社会末期和奴隶社会时期的文学,重点包括巴比伦文学、古埃及文学和古印度文学,而以《圣经》文学和迦梨陀娑为实例。

中古东方文学是指亚洲封建社会的文学,主要包括朝鲜、日本、越南、印度、波斯等国家的文学,而以日本文学、印度文学和阿拉伯文学为重点,《源氏物语》和《一千零一夜》则为代表作品。

近现代东方文学包括19世纪中期至20世纪初的近代和20世纪初(第一次世界大战)以降的现代两个历史时期的文学,这个阶段亚洲各国文学的发展极不平衡,暂以印度文学和日本文学为重点,并以泰戈尔和川端康成、大江健三郎为例,做一简要的论述。

考虑到通用教材的需要,本书的编撰遵循"脉络清楚,重点突出,略有新意,适于教学"的原则。脉络清楚,系按历史时期就文学进程、文学流派及发展线索进行概述,力求条理清楚,内容充实,引文简约,不求面面俱到。重点突出的作家列为专节,均设为两大段落:一为生平和创作,二是选一部主要作品做分析。分析作品的写法为夹叙夹议,议论中含有作品的主要梗概,避免脱离正文的空论,以方便读者看懂分析的文字。新意要掌握适度,考虑读者的接受程度,力求公允,未作定论的论点不引入,但求材料新或论析有新意。适于教学应是关注的重点,努力控制字数以足够使用为限。本教材面对中等以上水平的学生,兼顾自学者使用,通用性强,又注意到知识的全面性,便于学生未来报考研究生时具备应有的基础。

本书的编撰早在"全国高校外国文学教学研究会"1999年在北京举行年会期间就做了酝酿,2001年8月在南京的年会上做了定案。我们在会议期间邀集高校部分同行讨论决定并动手编写。

经过全体作者近一年的努力,终于编成付印。时间仓促,如有错误,欢迎批评指正,并预致谢意。

李明滨
2002年6月30日
于北大外文楼

目　录

引　言　世界文学：多声部的话语实践 ·· 1

第一部分　　欧美文学

第一章　古代文学 ·· 3
　　第一节　概　述 ·· 3
　　第二节　古希腊文学 ·· 3
　　第三节　古罗马文学 ··· 17

第二章　中世纪文学 ··· 20
　　第一节　概　述 ··· 20
　　第二节　意大利诗人但丁 ··· 27

第三章　文艺复兴时期文学 ··· 36
　　第一节　概　述 ··· 36
　　第二节　西班牙作家塞万提斯 ··· 42
　　第三节　英国剧作家、诗人莎士比亚 ····································· 47

第四章　17世纪文学 ·· 56
　　第一节　概　述 ··· 56
　　第二节　法国古典主义作家莫里哀 ······································· 63

第五章　18世纪文学 ·· 67
　　第一节　概　述 ··· 67
　　第二节　德国诗人、剧作家歌德 ··· 86

第六章　19世纪文学（一） ·· 94
　　第一节　浪漫主义文学概论 ··· 94

第二节　英国文学与拜伦 …………………………………………… 99
　　第三节　法国文学与雨果 …………………………………………… 106
　　第四节　俄国文学与普希金 ………………………………………… 112
　　第五节　德国文学与海涅 …………………………………………… 118

第七章　19世纪文学（二）………………………………………………… 124
　　第一节　批判现实主义文学概论 …………………………………… 124
　　第二节　法国文学与巴尔扎克 ……………………………………… 129
　　第三节　英国文学与狄更斯 ………………………………………… 145
　　第四节　俄国文学与果戈理、屠格涅夫 …………………………… 154

第八章　19世纪文学（三）………………………………………………… 164
　　第一节　批判现实主义文学概论 …………………………………… 164
　　第二节　法国文学与福楼拜 ………………………………………… 166
　　第三节　英国文学与哈代 …………………………………………… 173
　　第四节　北欧文学与易卜生 ………………………………………… 180
　　第五节　美国文学与马克·吐温 …………………………………… 184
　　第六节　俄国文学与陀思妥耶夫斯基、托尔斯泰、契诃夫 ……… 189

第九章　19世纪文学（四）………………………………………………… 206
　　第一节　自然主义等流派文学概论 ………………………………… 206
　　第二节　法国文学与左拉、莫泊桑、波德莱尔 …………………… 213

第十章　20世纪文学（一）………………………………………………… 224
　　第一节　俄罗斯苏联文学概论 ……………………………………… 224
　　第二节　现实主义文学与高尔基、肖洛霍夫 ……………………… 227
　　第三节　非主潮文学与布尔加科夫、帕斯捷尔纳克 ……………… 243

第十一章　20世纪文学（二）……………………………………………… 257
　　第一节　现实主义文学概论 ………………………………………… 257
　　第二节　法国文学与罗曼·罗兰 …………………………………… 262
　　第三节　美国文学与德莱塞、海明威 ……………………………… 267

第十二章　20世纪文学（三） 278
第一节　现代主义文学概论 278
第二节　德语国家文学与卡夫卡 285
第三节　英国文学与艾略特、乔伊斯 291
第四节　美国文学与福克纳 300

第十三章　20世纪文学（四） 304
第一节　后现代主义文学概论 304
第二节　法国文学与萨特 314
第三节　英国文学与贝克特 321
第四节　美国文学与海勒 330
第五节　拉丁美洲文学与马尔克斯 338

第二部分　东方文学

第十四章　上古文学 349
第一节　概述 349
第二节　《旧约》与《圣经》文学 354
第三节　印度古代文学与迦梨陀娑 361

第十五章　中古文学 371
第一节　概述 371
第二节　日本文学与《源氏物语》 374
第三节　阿拉伯文学与《一千零一夜》 381

第十六章　近现代文学 389
第一节　概述 389
第二节　印度文学与泰戈尔 395
第三节　日本文学与川端康成、大江健三郎 405

附录一　近年来诺贝尔文学奖获奖作家作品简介 419
附录二　人名中外文对照表 433
附录三　作品中外文对照表 437

引 言

世界文学：多声部的话语实践

何谓"世界文学"？"世界文学"在哪里？进入"世界文学"的路径有哪些？

对这些问题，自然是可以面面观的。

有普通读者心目中的"世界文学"，也有历史学家、政治家心目中的"世界文学"；有作家在阅读的"世界文学"，也有文学批评家在讨论的"世界文学"。有文学翻译者、出版者在生产的"世界文学"，也有文学史研究者、文学理论研究者在梳理在考察的"世界文学"。

然而，大学课堂上如何讲授"世界文学"？文学教科书编撰者如何编写"世界文学"？

这是"世界文学"教学与研究园地一线耕耘者必须要认真思考认真面对的。

对这些问题是可以多维度观照，也应当得到多层面思考的。

先来看看"世界文学"的体量。

一些学者主张，"世界文学"即全世界所有的文学，世界文学史即各国文学各自历史的集成，例如苏联八卷本《世界文学史》(1983—1991)；另一些学者则主张，"世界文学"即各国文学中最优秀的总和，例如捷克四卷本《世界文学》(1984—1987)。

一些学者认为，"世界文学"即不同国家或民族文学中相关或相似的那些作品在超越国家或民族的文学交流中实现的"文学间共同体"；维持"世界文学"运转的并非文本的全球流通，而是文本在特定区域内的交换。例如，以自然区域为源头，有作为世界文学的"中欧文学""地中海文学""拉丁美洲文学"；或者，以文化基因为纽带，有作为世界文学的"斯拉夫文学""英美文学"；或者，以语言为媒介，有作为世界文学的"华文文学""法语文学""德语文学""西班牙语文学""英语文学""阿拉伯语文学"，等等。

更有一些学者认为，"世界文学"特指已经取得"正典"地位的作品，其意义超越了所属具体时代与民族文化的作品，是走出原生语境而在异国他乡被翻译被阅读被接受的作品。在这个意义上可以谈论作为"世界文学"的古希腊古罗马文学，作为"世界文学"的法国文学，作为"世界文学"的俄罗斯文学，作为"世界文学"的中国文学，作为"世界文学"的英国文学、德国文学、美国文学、印度文学，等等。

再来看看"世界文学"的构成。

可以说，"世界文学"是那些超越国界的文学作品；也可以说，"世界文学"是那些在原文化之外流通的文学作品;可以说,"世界文学"是那些通过翻译而存在,由译者造就的文学作品;也可以说,"世界文学"是那些跨语言跨国界跨文化旅行中的文学作品。

这些界说,表述不同,其定位却是相通的。它们均将"世界文学"看成是一套文本,一套经典文本。譬如说,从荷马史诗到卡夫卡的《变形记》这一套"正典"集成。

这些提法,可谓"世界文学"构成上的"实体说"。

有别于这种"实体说",在"世界文学"的构成上还有"模式说"与"关系说"。

"模式说"看重不同国家或民族文学之间的流通,而提出将"世界文学"看成一种阅读模式,一种客观地对待与我们自身时空不同世界的一种方式。

"关系说"则强调不同国家或民族文学之间的互动与博弈,而认为"世界文学"是一种多维的网状关系,一种在发生在建构的文学关系。理解作为关系的世界文学,就要关注其生成性、过程性。

相对于"实体说","模式说"与"关系说"其实都是提倡在"世界文学"的构成上要注重观照视界,注重主体立场;要关注"世界文学"在生成,要看到"世界文学永远在路上";要看到"世界文学"这个"共和国"内,"首都"与"边疆"远非一成不变;"世界文学"其实就是一个国际间文学互动之"网",民族间文学博弈之"场";"世界文学"是不同国家的文学资本彼此角力的舞台,是不同民族的文化资本相互较量的平台。

这就涉及"世界文学"的空间。

有学者主张,"世界文学"是一个累积性整体,要达到完整性就要在清单上不断加入新的民族,将其纳入文化宝库目录之中。有学者将"世界文学"看成一个整一的结构,是一个在时间中流变发展的文学空间,这个空间拥有自己的"中心"与"边缘"。从"边缘"进入"中心"是要讲究策略,要选择路径的。"文学翻译"在这里是工程师。但远离"中心"的文学并不注定会"落后",处于"中心"的文学也不一定必然就是"现代"的。文学资本的积累有自己的机制,文学空间的运作有自己的机理,相对于经济世界、政治世界,文学世界拥有其自身的独立性;有学者主张,在"世界文学"大家庭里,不同的民族文学具有平等价值,不同的民族文学具有普遍的共通的审美和价值判断标准。我们认为,正是基于不同国度不同民族文学之中所展现出来的共通的审美价值,不同国度不同民族的人们之间的跨文化交流与沟通才有可能,人类命运共同体的形成与维系才有可能。对文学本位的坚守,对文化多元的提倡,是"世界文学"生态健康的基本保障。"世界文学"之建构不应也不可能是某一经济大国、某一军事强国独有的专利。

这就涉及"世界文学"的版本。

"世界文学"的概念本身就预设了人类具有相同的资质和能力。"世界文学"之猜想必然是永远开放的、多声部的话语实践。"世界文学"之指南也必然不是某一国学者的特权;有关"世界文学"的论争已然是众声喧哗。"世界文学"的读本不应当只有一个诺顿版。19世纪与20世纪里,"世界文学"的版本就已经不是单一的。例如,20世纪五六十年代苏联学者尼古拉·康拉德曾提出"文艺复兴"的另一个版本"东方文艺复兴说":作为一场以重建传统为起始的社会文化革新运动,"文艺复兴"的策源地并非意大利,而是公元8世纪的中国。最初出现于中国的"文艺复兴","旅行"到伊朗,之后才传播到欧洲。这是不是康拉德这位苏联东方学家与比较文学专家为了同西方对话而制造的一个"神话"?新近有学者梳理出,这一"东方文艺复兴说"之源头,可以追溯到20世纪20年代英国学者、瑞士学者、德国学者的著作,恰恰是一位德国汉学家提出中国的唐宋时代一如欧洲的文艺复兴。1974年,法国著名汉学家与比较文学学者艾田蒲提出:是否应该修正比较文学与世界文学的概念?1992年,捷克斯洛伐克学者D.杜里申写出著作《世界文学是什么》,提出"文学间性"理论。进入21世纪以来,世界文学理论建构空前活跃。世界文学理念的原点之勘探在纵深,世界文学理论空间在拓展;法国学者在探讨"世界文学在哪里",在勘探"文学世界共和国"的结构;美国学者在探讨"什么是世界文学""如何阅读世界文学";英国学者在探讨世界文学研究方法:"超越欧洲中心主义批评方法的问题",将"世界文学"这一概念看作是围绕着多个轴心组合而成的话语结构,它主要指向时间、空间、语言和自我观察;德国学者在关注"世界文学的理念:历史和教学实践",在梳理歌德之前之后的"世界文学"理念演变,提出"世界文学"处于读者、作者、文本、系统这四种关系之中。"世界文学"的版本显然不是一成不变的,远非不证自明的;有美国版的"世界文学",也有法国版的"世界文学",德国版的"世界文学";有英国版的"世界文学",也有俄罗斯版的"世界文学",意大利版的"世界文学",匈牙利版或捷克版的"世界文学";自然,也有我们中国版的"世界文学"。

看来,"世界文学"不仅仅是通常人们所以为的那种世界文学名家荟萃、名著集成;"世界文学"其实是一种在时间上与空间上变化不定的建构活动,也是一种在体量与构成上不断积累不断丰富的生成过程,更是一种自有机制、自成系统、永远开放且以多声部而展开的话语实践。

"世界文学"的教学与研究,正是面对千姿百态丰厚多彩的文学间话语实践的多样性、跨文化性,来实现其促进不同国家不同民族之跨文化交流与沟通的文化使命,来发挥其形塑人类灵魂而培育并维护人类命运共同体的文化功能。

第一部分　欧美文学

第一章 古代文学

第一节 概 述

　　灿烂辉煌的西方文学已有三千余年的历史,它的源头是古代希腊和罗马文学。在西方文化史上,希腊罗马时代被并称作"古典时代",但是从文化的传承关系上看,罗马人在诸多方面均受惠于希腊人,在文学领域就更是如此。因此,古希腊文学是西方文学真正的开端。

　　古代文明的发端,均与江河湖泊有关。人类最初的文明之一形成于古代西亚的幼发拉底河和底格里斯河流域以及埃及的尼罗河流域。在这两大东方文明的照耀之下,地中海东部地区也出现了以爱琴文明为代表的新的文明中心。

　　爱琴文明指的是爱琴海地区的青铜文明,以克里特岛和希腊的迈锡尼两地为主。爱琴海处于地中海东部的西北,东与小亚细亚相接,西与希腊半岛相连,南则与埃及和利比亚隔海相望。爱琴海与希腊半岛在历史传统上关系密切,是一个统一的文化区域。希腊本土则分为北、中、南三部分。其中,位于中希腊的雅典在克里特—迈锡尼文化衰落后成为希腊世界最重要的政治、经济和文化中心。希腊人将自己所居住的地区统称为希腊,但希腊并不是一个国家的名称。在希腊半岛和爱琴海诸岛屿上,存在着数以百计的城邦国家,是相同的语言、文化和风俗以及接近的民族血缘关系将它们联系到了一起。这种状况与希腊世界岛屿众多、海岸曲折、多山少地的自然环境有密切关系。古代东方文明大都是发生在大河大江流域,沃野千里,容易产生相对集中的王权,希腊的地理特点不仅使得希腊式的古典奴隶制城邦民主制得以实行,而且影响到希腊人勇于开拓进取、富有激情和幻想的民族性格的形成。

第二节 古希腊文学

一、古希腊文学

　　伴随着该地区文明的进程,古代希腊文学的发展大致经历了几个发展阶段。

(一) 爱琴文明或克里特—迈锡尼时代(公元前 20 世纪—前 12 世纪)

爱琴海域最南端,在希腊和北非之间,横亘着克里特岛,希腊文明的曙光就从这里冉冉升起。早在公元前 2000 年,克里特就出现了最初的国家,每个城市国家都以王宫为中心形成。约在公元前 16 世纪,其中的克诺索斯国的米诺斯王朝统一了全岛,迎来了爱琴文明的第一个繁荣期。米诺斯王朝的农业、工商业和航海贸易都十分发达,并建立了强大的海军,且与埃及联系密切,其势力和影响遍及东地中海的广大领域。克里特人与后来的希腊人并不是相同的民族,但他们的成就和繁荣景象后来却一直被希腊人所钦羡。米诺斯王朝曾修建规模宏大、富丽堂皇的王宫,设计精巧、结构复杂,厅堂达 1500 间以上,被希腊神话称为"迷宫",它的存在已被考古发掘所证实。希腊的一则神话说,克里特岛的迷宫中有一个半牛半人的怪物,每年都要吃掉雅典被迫进贡的七对童男童女。大英雄忒修斯继承雅典王位后,决心除掉怪物,洗刷雅典人的耻辱。忒修斯乘船来到克里特,米诺斯王的女儿阿里阿德涅对他一见倾心,施以援手,送给他一个线团和一柄宝剑。忒修斯将线的一端系在迷宫入口,带着线团深入迷宫,杀死怪物,然后顺着放开的线原路出了迷宫。忒修斯的父亲埃勾斯在儿子行前曾与之有约:如果平安顺利返回船上挂白帆,否则挂黑帆。不幸的是胜利返回的忒修斯忘记了与老父的约定,没有让舵手挂起白帆。等在岸边的老父误以为儿子死去,纵身跳入了大海。人们为了纪念他,就把这海称作"埃勾海",也即爱琴海。这则神话正反映了爱琴海孕育希腊文明的历史真实。

在公元前 1450 年左右,操希腊语的入侵者占领了克诺索斯王宫,繁盛一时的克里特文明衰落了,此后,爱琴文明的中心由克里特岛转移到了希腊本土的迈锡尼。迈锡尼人是从欧洲内陆迁移到希腊地区的最早的一支希腊人,定居希腊南部伯罗奔尼撒半岛的时间约在公元前 2000 年。此后,又有其他操希腊语的人群陆续来到希腊本土。迈锡尼文明是在克里特文明的直接影响下形成的,直到公元前 1600 年前后才开始建立国家,其中心在迈锡尼城。迈锡尼王国在当时的希腊诸国中最为强大,对外作战时常被诸邦国推为盟主,著名的"特洛伊战争"就是在迈锡尼领导下希腊诸国与富庶的特洛伊城的一次大战,发生在约公元前 11 世纪迈锡尼文明后期。战争持续了 10 年,希腊人虽然取得了最后的胜利,但也元气大伤,北方的多利亚人乘机南下,迈锡尼文明灭亡。

克里特—迈锡尼文明为其后产生并记载下来的希腊神话和史诗提供了丰富多彩的素材。

(二)"荷马时代"(公元前 11 世纪—前 9 世纪)

"荷马时代"因著名的"荷马史诗"产生于该时期而得名,这是古代希腊社会由氏族公社制向奴隶制社会过渡的时期。南侵的多利亚人和迈锡尼人同属希腊民族,但社会发展却落后于克里特和迈锡尼人,处在原始社会末期的军事民主制阶段。他们征服希腊后的数百年间没有建立克里特—迈锡尼式的奴隶制国家,而是以氏族部落制的形式生活,中断了希腊地区的文明传统达三百年之久,因此,人们又将这一历史时期称作"黑暗时代"。但这种历史的"倒退"现象是相对而言的,多利亚人南下将冶铁技术带入了希腊,使该地区从铜器时代进入了铁器时代。铁器的使用大大促进了生产力的发展,对整个希腊地区的农业和手工业生产产生了巨大的影响。因此,尽管从社会阶段的发展看,这一时期有"倒退"的一面,但希腊文明的恢复和加速发展却孕育于这个"黑暗时代"。

这一时期希腊文学的主要成就是神话和史诗。

(三) 古风时代(公元前8世纪—前6世纪)

这是希腊奴隶制城邦国家形成和初步繁荣时期。文学上的主要成就是抒情诗和寓言。和其他文明古国或地区一样,希腊有着悠久的诗歌传统,诗歌的类型多种多样,并涌现出许多青史留名的著名诗人。早在年代无法确定的上古时代,希腊地区就有许多民间歌谣出现和流传,至今仍有断片残章留存,如《磨坊之歌》《酿酒之歌》和《燕子之歌》等等。荷马时代之后的公元前8世纪末和前7世纪初,著名诗人赫西俄德创作了叙事长诗《工作与时日》和《神谱》。前者以一个自耕农的立场,劝导诗人的弟弟要勤于耕作、正直劳动,不要巧取豪夺,其对乡村生活的表现透着亲切和温情。后者则是希腊文学史上对宇宙起源和神的谱系的最早描绘,功披后世。这一时期随着氏族制度的解体和个人意识的增强,表达个人情感的抒情诗歌高度繁荣。希腊抒情诗系由民间歌谣发展而来,在当时都是可唱的。根据伴奏乐器的不同,分为笛歌和琴歌两大类。笛歌从内容上可分为挽歌、战歌和情歌,以双管笛伴奏;琴歌在形式上分为独唱和合唱两种,用竖琴伴奏。著名的抒情诗人有品达罗斯(公元前518—前442或438)、提尔泰奥斯(公元前7世纪)、阿那克里翁(约公元前570—前480)和女诗人萨福(公元前612?—前560?)等人。他们的诗或抒发对希腊的热爱,表达激昂慷慨的战斗豪情,或吟咏自然之美和对爱情的向往、对生活的赞叹,对后世欧洲抒情诗人影响久远。

在同一时期,希腊世界还广泛流行着许多主要通过描写动物之间关系来表现生活哲理的寓言故事,据说是由一个名叫"伊索"的释放奴隶所讲述的。但是,流传至今、共有三四百个小故事的《伊索寓言》故事集是由后人收集、改写和编定的,其中有些故事显然不属于伊索所生活的时代,还有一些故事明显是来源于其他民族。伊索寓言反映的是平民阶级的思想感情,既是当时社会关系和阶级关系的写照,又是对人们生活经验和教训的总结。著名的寓言如《农夫与蛇》《狗和公鸡与狐狸》《狮子与鹿》《龟兔赛跑》《狐狸与葡萄》等受到全世界各地区人们的喜爱。后世的著名寓言作家如法国的拉封丹、俄国的克雷洛夫等人均受到过伊索寓言的影响。

(四) 古典时代(公元前5世纪—前4世纪中期)

这一阶段是希腊奴隶制民主制度的全盛时期。在整个希腊世界诸城邦国家中,中希腊的雅典和南希腊伯罗奔尼撒半岛的斯巴达是国土面积最大、势力也最强的国家。但斯巴达人尚武轻文,而雅典人则文功武治并重,成为希腊的政治、经济中心和文坛翘楚。雅典的民主政治日臻成熟,在伯利克里执政时代(公元前443—前429)达到了顶峰,史称"黄金时代"。宽松的政治环境,政府对文化事业的重视,使得众多学者、艺术家云集于此,在文化的各个领域创作出了一大批堪称经典、令后人惊叹不已的杰作。在文学上,最突出的是古典悲剧和喜剧以及以柏拉图和亚里士多德为代表的文艺理论。

柏拉图(约公元前427—前347)是一位出身雅典的哲学家,在政治上反对民主制而主张贵族政治;而在哲学上他则主张"理念论",成为西方哲学史上客观唯心主义的始祖。柏拉图认为,理念世界是真实的,理念是万物的本原,物质世界是虚幻的。个别事物仅是一般理念的不完全的反映,而文艺作品是对个别、具体事物的摹写。因此,如果说具体事物是对理念的摹仿,那么文艺作品就是对理念摹仿的摹仿,是"影子的影子",与"真理隔了三层"。柏拉图将诗人视为不足取的一类人,特别认为那些抒情诗人只能引发"人性中低劣的部分",因此将诗人逐出了他的"理想国",但"颂神和赞美好人的诗歌"不在他否定的范围之内。柏拉图写有对话40篇,《理想国》《斐德若篇》《伊安篇》《会饮篇》等是其中的名篇,文笔生动、凝练,是古希腊时代著名的散文作品。

亚里士多德(公元前384—前322)是柏拉图最著名的学生,但却对柏拉图的唯心论哲学进行了有力的批判,"吾爱吾师,但更爱真理"是他的座右铭。亚里士多德以学识渊博著称,现存著作达47部之多,涉及社会科学和自然科学的诸多领域。他认为柏拉图的理念属于人的思维抽象领域,客观上并不存在一个理念世界。他写有《诗学》一书,在对以史诗和悲剧为代表的古希腊文学做出理论阐释和总结的同时,完整地提出了被后人概括为"摹仿说"的美学观。亚里士多德指出,现实世界而不是理念世界才是真实的,艺术的本质就是对现实的摹仿,因此,以现实为摹本的艺术也是真实的。文艺并不是对现实的表面复述,而是要描写现实中带有普遍性的东西。亚里士多德的"摹仿说"是西方美学史上现实主义传统的开端,对后世有极为深远的影响。

(五) 希腊化时代(公元前4世纪晚期—前2世纪中期)

希腊在经过古典时代的繁盛后,由于各城邦之间和各邦国内部的矛盾日趋激烈而逐渐走向衰落。公元前4世纪,北方的马其顿崛起,将势力向南部不断渗透,至公元前337年,马其顿成为全希腊的领导者。公元前336年,20岁的亚历山大继承马其顿王位,在进一步巩固了对希腊世界的统治后,率军东侵波斯帝国,经10年征战,建立起一个地跨欧亚非三洲的庞大帝国,使希腊文明与埃及、巴比伦和印度文明发生接触和交流,促进了人类文明的发展。就希腊文学而言,这一时期成就不大,只有米南德(公元前 342—前 291)的新喜剧和忒奥克里托斯(公元前 310—前 250)的田园诗对后世欧洲文学产生了一定的影响。

二、古希腊神话

神话产生于人类社会的童年时期,原始氏族时期的社会生活和当时人们的思维方式、认识能力是孕育神话的土壤和条件。变幻莫测的大自然既是哺育人类的母亲,也是生产力低下的史前人类最大的敌人。当人类逐渐地从自然界中走出,自身意识开始觉醒之时,对外在的生存环境、对人类自身以及二者之间关系的朴素理解就必然导致后人所无法摹仿的神话的出现。在世界各民族的上古时期,都曾产生过本民族的神话,但是就流传至今的各民族神话来看,希腊神话无疑是最丰富多彩的。文字记载的希腊神话最早见于荷马史诗,其后,诗人赫西俄德的长诗《神谱》对宇宙的起源和神的谱系做了最早的描述,成为后来希腊神话作品的底本。此后,我们在古希腊的诗歌、戏剧、哲学和历史著作中也可以看到有关神话的记述。现今看到的希腊神话故事,又是在上述记载的基础上经后人的整理形成的。

希腊神话包括神的故事和英雄传说两大部分。

神的故事讲述的是诸如创世、诸神的产生、神的谱系、人的诞生、神与人的关系等等以神的活动为主要内容的故事。赫西俄德记载下来的神话告诉我们,宇宙最初的形态是混沌一团,混沌神的名字叫卡俄斯。混沌中首先出现地母该亚,该亚又生出代表天空的天神乌拉诺斯。天神与地母结合生出六男六女,总名叫做提坦。乌拉诺斯仇视自己的孩子,一出生就将他们关在了地下。被激怒的该亚鼓动孩子们起来造反,并帮助提坦神之一的克拉诺斯打败父亲,救出了其他兄弟姐妹,克拉诺斯自己当上了神王。克拉诺斯随后娶自己的妹妹瑞亚为妻,但像父亲乌拉诺斯一样恶待子女,将瑞亚所生的孩子一个个都吞进肚里,因为他听说将来自己的一个小儿子会把自己掀下王位。最小的儿子宙斯出生了,母亲瑞亚将他藏了起来。宙斯渐渐长大,有勇有谋。他设法让父亲吐出了所有的子女,然后与兄弟姐妹们一道发动了一场与父亲的战争。经过 10 年的奋战,克拉诺斯终被推翻,新一代神王宙斯统治了世界。这样的神话显然是在人类蒙昧时代早期产生的,既带有原始社会血亲杂交的痕迹,也反映了母系社会的特征。到了氏族社会后期,父权制代替了母权制,社会的进程也在神话中得到了反映,新的一组神话——"奥林匹斯神话系统"出现了。在这个系统中,与宙斯有血缘关系的 12 位亲属为主要神祇。众神之王是雷电之神宙斯,神后是他的姐妹赫拉,他的兄弟波塞冬掌管海洋,另一个兄弟哈德斯是冥府的主宰。宙斯的子女也各司其职,日神是阿波罗,月神和狩猎女神是阿尔特弥斯,阿芙罗蒂特是司爱与美和生殖的女神,智慧女神则是雅典娜,赫菲斯托斯是工匠之神,神使是赫尔默斯,战神是阿瑞斯等等。诸神以这种组织化的形式共同居住在希腊北部的奥林匹斯山上。这是父权制社会的一个缩影。

英雄传说的主角是半人半神的英雄,源于古老的祖先崇拜观念。英雄传说带有一定的历史真实性,是对氏族首领和祖先的赞颂,但同时也是后人想象力创造的产物。人们将祖先与神的血缘相联系,他们是神与人结合所生的后代,个个都是智勇双全,有超人的力量。英雄们为民除害,披荆斩棘,为集体的利益不顾个人得失,建立了丰功伟绩,得到一代代后人的景仰和崇拜,久而久之,便被神化了。古希腊的英雄传说,最著名的有建立了12件功勋的大力士赫拉克勒斯的故事、伊阿宋率众英雄夺得金羊毛的故事、忒修斯的故事、俄狄浦斯的故事等等。

神话与原始宗教信仰是密切相连的。古希腊宗教是一种多神信仰的宗教,在各城邦的生活中占有相当重要的位置,所有希腊公民都是笃信宗教的。但是,与其他民族,特别是东方民族不同的是,希腊世界没有享有特权的祭司阶层,神庙中的男女祭司地位相当于城邦的公务人员,神庙的管理权掌握在城邦委派的公民团体手中。因此,源于古老的民间信仰形成的希腊宗教观念,在特有的希腊城邦社会条件下产生了与其他民族不同的特点,也使希腊神话具有了自己鲜明的特征,其中居于核心地位的是"神人同形同性论"。这种观念不仅使希腊神话较早就摆脱了兽形妖灵阶段,而且使神话体现出了较强的民主意识和以人为本、注重现实的精神。希腊宗教中的诸神,既不是由王或城邦的统治者所垄断的,也不是高高在上、只供人们敬畏的神祇,而是属于整个希腊世界所有公民并生活于民众之中的神,神性与人性之间是相通的,而不是二者间存在着一条不可逾越的界限。反映到神话上,神拥有了男人或女人的形态,但又是人的完美体现,神的形象体现着人的智慧和美质所能达到的最高境界,但另一方面神与人一样有着七情六欲。他们同样爱慕虚荣,嫉妒心重,爱好风流,存有私心,例如贵为神王的宙斯常常下到凡间与美丽的女子偷情幽会,诸神为了一点小事不惜挑起战争,没有道理地偏袒自己喜爱的人等等。希腊人是相信命运观念的,这在神话中也有体现,但神话同时也表明他们不是匍匐在命运脚下的奴隶,而是一个珍视个人荣誉、强调人的抗争、热爱世俗生活、积极进取、崇尚英雄气节的民族。希腊神话是把人放在中心地位的神话,凸显的是人的精神,回荡着昂扬、乐观、健康的现世气息,对其后的希腊文学产生了持久的影响。

三、荷马史诗

荷马史诗包括《伊利昂记》和《奥德修记》两部,历经近千年才最后编定,在西方文学史上享有崇高的地位。

在古希腊历史上,曾有过一次真实的战争,发生在迈锡尼时代,时间在公元前

11世纪初(一说为公元前12世纪末)。战争的双方是以迈锡尼城邦为首的希腊半岛南部地区的阿开亚人联军和小亚细亚西北部的特洛伊人。战争持续了10年之久,最后阿开亚人取得了胜利,特洛伊城被夷为平地,考古发掘已经证实了特洛伊城的存在和这场战争的发生。也正是由于在10年征战中,希腊方面元气大伤,才使北方的多利亚人有了南下的机会,并最终灭亡了迈锡尼文明。战争结束后,许多以此为素材的短歌和英雄歌谣在希腊世界,特别是小亚细亚一带广为流传,内容彼此关联,中心人物常常是战争中的部落首领和战功卓著的英雄。古代希腊有不少靠吟唱为职业的行吟歌手,这些民间艺人在一代代地传唱这些英雄歌谣时,加进了许多神话传说的内容。到了公元前9至前8世纪时,相传在小亚细亚一带有一位天才的盲人民间歌手名荷马,在流传已久的英雄短歌基础上对大量有关特洛伊战争的素材进行加工、整理、润色,形成了情节完整、风格统一的两部史诗——《伊利昂记》和《奥德修记》,后人统称为"荷马史诗"。此后约两百年间,吟唱史诗的民间行吟歌手们都以荷马的弟子自居。直到公元前6世纪中叶雅典僭主庇士特拉图时期,荷马史诗才以文字的形式记录下来。到了公元前3至前2世纪的希腊化时代,亚历山大里亚的几位学者对荷马史诗又作了校订,将两部史诗各分为24卷,史诗的定本终于形成并流传至今。

  从荷马史诗目前的内容来看,我们并不能了解史诗所描述的战争的由来,需要从其他神话资料来补足其来龙去脉。根据希腊神话传说,特洛伊战争由"不和的金苹果"引发,由"木马计"结束。神话传说记载,希腊大英雄阿基琉斯的父母举行盛大的婚礼,遍邀诸神,却偏偏遗忘了好事的争吵女神厄里斯。厄里斯愤愤不平,当婚礼进行时,她来到席间,投下了一个金苹果,上面写着"给最美的女神"。果然,神后赫拉、智慧女神雅典娜和美神阿芙罗蒂特为谁应得到这个金苹果争执起来,她们都认为自己才是最美的女神。三位女神请神王宙斯评判,宙斯也十分为难,让她们去找世上最美的男子、特洛伊城的王子帕里斯裁决。她们找到了帕里斯,各自都向他许以优厚的酬谢。赫拉许诺,一旦金苹果判给她,帕里斯可以成为世上最伟大的君王;雅典娜答应可以让他成为世上最伟大的英雄;阿芙罗蒂特的酬谢则是让他得到世上最美的女子。贪图美色的帕里斯把金苹果判给了阿芙罗蒂特。美神没有食言,将帕里斯带到了斯巴达,帮助他拐走了绝世美女、斯巴达的王后海伦。此举激怒了整个希腊世界,各部落一致决定要助斯巴达王夺回海伦,洗刷耻辱。为此他们组织起一支10万人的庞大联军,公推迈锡尼王阿伽门农为统帅,以阿基琉斯为主将,乘坐一千艘战船,渡海攻打特洛伊。这场大战打了整整10年,此间,奥林匹斯的诸神也分成了两派,赫拉和雅典娜支持希腊,而阿芙罗蒂特当然支持特洛伊。希腊联军久攻不下,疲惫不堪。最后,伊大卡岛国的国王奥德修斯设下了著名的木马计。希腊联军佯装退兵,将一具巨大的木马留在城外。特洛伊人将木马当作战利品拖回城中。入夜,当城中一片狂欢时,藏匿在木马腹中的希腊精兵打开机关溜了出来,与埋伏在城外的军队里应外合攻下了特洛伊。大批特洛伊人沦为奴隶,希腊军队洗劫了城中的珍宝而去。希腊世界的各路英雄分头返回自己的家园,有的一帆风顺,有的却饱受长期的海上漂流之苦。

史诗的第一部《伊利昂记》是对这场战争进行直接描述的,但涉及的却不是战争的整个过程,而是集中笔墨写了10年里最后一年中51天的战事。史诗开始,就写到了希腊联军内部由于将帅不和到了危急的关头,诗人说:"阿基琉斯的愤怒是我的主题。"主帅阿伽门农依仗权势,夺走了猛将阿基琉斯的一个美貌女俘,被激怒的阿基琉斯宣布退出战斗。希腊方面缺了最能战的大英雄,连连失利,更抵挡不住特洛伊英雄、王子赫克托耳的勇猛进攻,围城的军队一直被追赶到了海边。阿伽门农派奥德修斯等人去见阿基琉斯,答应归还女俘并给予丰厚的礼物,请求和解,希望他重新出战,但阿基琉斯却傲慢地拒绝了。阿基琉斯的好友帕特罗克洛斯向他借了盔甲,杀了上去,特洛伊人以为阿基琉斯来了,纷纷溃逃。帕特罗克洛斯一直杀到了城下,最终还是被赫克托耳所杀。阿基琉斯闻讯悲愤欲绝,让母亲请求匠神连夜为他打造了一副新的盔甲。他与阿伽门农当众和解,然后重新投入战斗。这一天,战事异常惨烈,双方混战成一团,尸体堵塞了河道。最终阿基琉斯在雅典娜女神的帮助下刺死了赫克托耳,将他的尸体拖在战车后羞辱。这种做法违反了神律,宙斯让他允许特洛伊王赎回儿子的尸首。白发苍苍的老王普里阿摩斯来到阿基琉斯面前,阿基琉斯顿生恻隐之心,感到与死去的特洛伊英雄赫克托耳实际上惺惺相惜。双方同意休战21天,各自掩埋和悼念死者。《伊利昂记》在为赫克托耳举行的盛大葬礼中结束。

史诗的第二部《奥德修记》即是写特洛伊战争结束后,木马计的设计者奥德修斯回家的艰辛历程,时间的跨度同样也是10年,但诗人只写了最后40天的故事,其余有关奥德修斯的经历都是通过倒叙的手法叙述出来的。史诗开始时,希腊世界中最智慧的英雄奥德修斯尚未回到家乡伊大卡,四处飘零。在家乡,他忠贞的妻子佩涅罗佩正不堪贵族们要她改嫁的纠缠。原来,身为国王的奥德修斯长期不归,贵族们觊觎他的王位和财产,于是100多个求婚者包围了他的妻子,整日在他的家中狂欢作乐。这天,神王宙斯终于决定可以让奥德修斯回到家乡。智慧女神雅典娜飞临伊大卡,要奥德修斯的儿子特勒马科斯外出寻父,年轻的特勒马科斯走遍了希腊的许多地方却找不到父亲。原来,他的父亲已被温柔多情的卡吕浦索女神软禁在自己的岛上达七年之久了。卡吕浦索爱上了奥德修斯,执意要他留下,还许诺他可以长生不老,但奥德修斯仍然一心要回到家乡。宙斯的神谕到了,卡吕浦索无奈放行。奥德修斯归心似箭地乘上了回乡的木筏,孰料海神波塞冬掀起巨浪打翻了木筏,奥德修斯在雅典娜的帮助下漂到了斯克里亚岛。那里的国王待他如上宾,在盛大的宴会上,有行吟歌手吟唱起特洛伊战争英雄的故事,奥德修斯禁不住泪如雨下。他向国王和宾客们讲述了自己10年来惊心动魄的经历:战争结束后,他率部下踏上了回家的旅途,结果误入了忘忧果之乡,人一旦吃了那里的果子就会忘记自己的故乡。奥德修斯费尽心力才使部下离开了那里,却又进入了海神波塞冬的儿子、放牧巨羊的独眼巨人的领地。巨人抓住了奥德修斯和他的一个部下,智慧的奥德修斯用计刺瞎了巨人的独眼,逃了出来,从此得罪了海神。此后,奥德修斯曾制服喀耳刻岛上的魔女、经受住了塞壬妖女歌声的诱惑、奋力闯过卡律布狄斯大旋涡。在太阳神的岛上,饥肠辘辘的部下宰杀了神牛,招致宙斯雷电的击打,全部葬身海底,孤身一人的奥德修斯又漂流到了卡吕浦索的海岛。故事讲完后,在座的人无不为奥德修斯的经历动容。国王以礼物相赠,并派船送他回家。在雅典娜的安排下,奥德修斯父子相见,抱头痛哭。了解了家中的情况后,奥德修斯化装成乞丐回到家中,将求婚的贵族全部杀死,一家人终于团圆。

两部史诗对氏族部落时期的社会生活做出了多方面的反映,因此具有很高的认识价值。从其中的内容可以看出,《伊利昂记》的时代稍早于《奥德修记》的时代,当时的希腊社会已开始向阶级社会过渡,出现了贵族和平民两个阶级,但奴隶制尚未形成,阿伽门农等贵族首领的权力受到氏族长老会和部落民众大会的限制。而在《奥德修记》中,则可看出奴隶制已开始萌芽,奥德修斯被作为一个能够仁慈对待奴隶、自己不脱离劳动的理想的有产者形象加以歌颂。主人公对妻子的深厚感情和妻子对丈夫的忠贞以及奥德修斯杀死求婚贵族的描写,在史诗中被作为主人公的优秀品质而肯定,这表明保护私有财产和维护一夫一妻制度已成为一种新的道德规范并逐渐被人们接受。

荷马史诗被称为"英雄史诗",但两部史诗的侧重点是不同的。《伊利昂记》写战事,重在表现英雄的勇武;《奥德修记》写海上的冒险经历,重在展示英雄的智慧。这恰恰是古希腊人英雄观的反映。史诗时代是氏族社会的末期,只有那些代表了部族共同的理想和集体的利益,又具有过人的勇敢和智慧的人才会受到人们的爱戴,被后人当作英雄崇拜。同时,上古时期的英雄们也一定具有天真质朴、率性而为的特点,不失其个性特征。《伊利昂记》中出现了众多的人物,但占据中心位置的无疑是阿基琉斯。这位希腊联军中最勇敢善战的骁将,性如烈火,武艺高强,让特洛伊人闻风丧胆。只要他一出战,战局就立刻改观,希腊联军就所向披靡。他当然有自身的弱点,为了一个女俘一度退出战场,在战事最危急的时候不肯与阿伽门农和解,对联军的失利作壁上观。但是,阿基琉斯仍然是一个典型的氏族部落时期的英雄。重视个人荣誉是那个时代的普遍观念,他感觉自己的尊严受到阿伽门农的伤害,愤怒使他铸下了大错。然而,当他一旦认识到自己行为的错误时,立刻以实际行动来弥补自己的过失。他当着全体战士的面与阿伽门农尽释前嫌,为挚友的死而深深自责。阿基琉斯清楚地知道神谕,预见到自己的鲜血必将洒在特洛伊的土地上,但他仍然坚定地走向战场。为了希腊的利益、为了替挚友报仇,他宁愿战死在沙场之上。阿基琉斯是暴烈的,但也不乏柔情。他为朋友的死亡哀痛不已而追杀赫克托耳,但面对恳求收回儿子尸首的特洛伊老王普里阿摩斯的满头白发时,又禁不住动了恻隐之心。正因为在阿基琉斯的身上,强烈的个人意识和对部族的责任感既矛盾又和谐地统一在一起,这个人物才成为一个鲜活生动的英雄形象。赫克托耳是史诗中给我们留下深刻印象的另一个英雄,他的个人命运与对城邦的责任感交织在一起,使这个形象有一种异常悲壮的色彩。他知道,是弟弟帕里斯诱拐海伦才引来了这场战争,也知道自己不是阿基琉斯的对手,更预感到了城破之日包括自己的娇妻弱子在内的特洛伊同胞将遭受的悲惨境遇,但是作为特洛伊全城人民的支柱,也为了一个战士的尊严和荣誉,他仍然坚定地走向必死的结局。整部《伊利昂记》的英雄群像也是如此,他们共同营造了一种崇高的、荡气回肠的英雄主义精神。《伊利昂记》金戈铁马、慷慨悲壮、气势恢宏,而《奥德修记》则在雄浑壮阔的背景下又不失缠绵浪漫的阴柔之美。《奥德修记》是以一个英雄的命运串起的史诗,海洋是它主要的舞台,奥德修斯经历的12次险境或诱惑均与大海有关。古希腊人是一个面向海洋的民族,变幻莫测的海神波塞冬实际上是他们对以海洋为代表的自然力崇拜和敬畏的产物。奥德修斯是智慧和勇敢的化身,他面对险境和各种引诱,用自己的聪明才智、用自己热爱家乡故土的坚定信念,一次次化险为夷,表现出人类征服自然的杰出智慧和豪迈精神。这是这部史诗的真正感人之处。

荷马史诗是长篇巨作,但结构巧妙,剪裁富于匠心。长15693行的《伊利昂记》和12110行的《奥德修记》都是选取最后一年几十天中的故事加以叙述,而对其余有关内容则采用简洁的穿插或倒叙手法交代清楚,避免了臃肿、拖沓的平铺直叙,始终能吸引读者的注意力。史诗既有对宏大场面、英雄群像的粗犷描绘,也有对局部和个人情态、心理的细致刻画。作品中运用了大量富于想象力的优美比喻——被后人称之为"荷马式比喻"——和诸多反复出现的描述性短语。两部史诗均采用六音步长短短格的英雄诗体。这些艺术上的特征既表明了它的民间创作传统,也可看出后代文人加工过的痕迹。荷马史诗在古代希腊具有崇高的地位,被誉为希腊人的百科全书,它特有的魅力并没有因时代的变迁而消逝。

四、古希腊戏剧

古代希腊的戏剧分为悲剧和喜剧两种,它们的希腊文原文分别是"山羊之歌"和"狂欢之歌",二者皆源于古老的民间酒神祭典。希腊盛产葡萄,用葡萄酿酒也有悠久的历史。在希腊神话中,酿酒的技艺是由宙斯之子狄奥尼索斯传授给人的,因此,民间盛行对酒神狄奥尼索斯的崇拜。在古希腊,年年都有盛大的民间祭祀酒神的庆典,祈祷葡萄园能有好的收成。相传,酒神出行时,身边有一个半羊半人的森林之神相伴,身后还会有许多女人追随,她们身披兽皮,头戴常春藤编制的花环,疯狂地跟着酒神从一地到另一地。于是,每当乡村祭祀狄奥尼索斯时,民间歌手们便装束上羊皮,胸前挂着山羊角,头戴常春藤花冠,走在群众游行队伍的前列载歌载舞。这些民间歌手一般在50人左右,并有一个歌队长领唱,所唱的歌被称作"酒神颂歌"。后来,在表演中出现了一个与歌队长应答的"应和人",这就在歌的演唱中增加了对话的部分。古希腊戏剧就是由这种带有民间宗教色彩的祭祀仪式逐渐发展出来的,具体说来,悲剧的前身是"酒神颂歌",而喜剧的前身则是祭神的歌舞和滑稽戏。

  悲剧和喜剧虽然同出民间,但二者在古代希腊是有严格的界限的。悲剧在发展过程中树立起正统的地位,多取材于神话传说,表现人与命运的抗争或涉及重大的社会、道德伦理问题,风格崇高、悲壮,以美好事物的毁灭引发观众的怜悯与恐惧之情;结构上多遵守时间、地点和情节的统一性,比较严谨;语言则追求高雅和规范。喜剧多取材于现实,风格夸张、滑稽、怪诞,生活气息浓郁,重在揭露丑恶的人与事或讽刺人性的弱点,让观众在笑声中去否定那些生活中的丑恶现象和无价值的事物。喜剧在结构布局上比较松散和随意,时有插科打诨和荒诞的情节,语言比较粗俗。因此,悲剧更适合奴隶主贵族的审美口味和教育民众的现实需要。

  在古希腊的戏剧艺术中,悲剧占有突出的地位。悲剧的演出在当时以雅典最为发达,在伯利克里当政时期,雅典在卫城上修建了可容纳三万人的巨大的露天圆形剧场。每年春季,城邦当局还组织盛大的戏剧比赛,获奖者得到不菲的奖励和民众的欢呼赞誉,同时当局还向观剧者发放观剧津贴,以鼓励民众看戏。希腊戏剧的兴衰是与雅典奴隶主民主政治的发展相一致的,雅典政府提倡和支持戏剧的重要目的之一是以此来弘扬民主政治的思想,反对暴政,激发人们热爱家乡故土的感情和战胜敌人的豪情,因此,戏剧是当时雅典公民政治文化生活中的重要内容之一。公元前5世纪是希腊悲剧的鼎盛时期,在雅典活跃着许多悲剧诗人,埃斯库罗斯(公元前525—前456)、索福克勒斯(公元前496—前406)和欧里庇得斯(公元前480—前406)是其中最杰出的三位剧作家。

  埃斯库罗斯出生于雅典附近的一个贵族家庭,青年时代就开始了悲剧创作。据说他从25岁开始就参加戏剧比赛,但直到40岁才获得第一次桂冠,此后连续获奖12次。政治上他拥护民主派,但由于不满于民主派的进一步改革,曾两次客居西西里南部的叙拉古王国宫廷,并于那里辞世。埃斯库罗斯有"悲剧之父"的美誉,是他首先在悲剧中增加了第二名演员,使对话成为戏剧的主体部分。他缩减了合唱队,基本形成了戏剧的结构形式。此外,他还首创了舞台背景,使用华丽的服装和高底靴,并使演员的面具初步定型化。有记载说埃斯库罗斯一生共创作了70部悲剧和喜剧,另一说是90部,但传世的只有7部完整的悲剧:《乞援人》《波斯人》《七将攻忒拜》《被缚的普罗米修斯》《阿伽门农》《奠酒人》和《报仇神》,他的创作是对雅典奴隶主民主制建立时期社会生活的反映。《被缚的普罗米修斯》是埃斯库罗斯最著名的作品,他将神话中一个原本只是保护陶工的小神普罗米修斯塑造成了一个不畏强暴、坚持正义理想的高大英雄,成为西方文学画廊中一个不朽的艺术形象。剧中写到普罗米修斯由于为人类盗取天火惹怒了新登基的神王宙斯,威力神和暴力神奉旨将他拖到了高加索山,火神把他钉在了山崖之上,普罗米修斯忍受着巨大的痛苦却顽强不屈。懦弱的河神俄刻阿诺斯前来,劝他向宙斯屈服,但被严词拒绝。他豪迈地预言,被宙斯追逐、被赫拉迫害的人间美女伊娥的第 13 代子孙、大英雄赫拉克勒斯必将砸碎锁链,使自己获得自由。由于他掌握着宙斯将要被推翻的秘密不肯泄露,宙斯派神使赫耳默斯对他进行威逼利诱,称如果他不肯合作,等待他的将是深埋峡谷、被鹫鹰啄食肝脏的可怕命运。普罗米修斯辛辣地嘲讽神使的奴颜婢膝,坚决不从。宙斯无计可施,大发淫威,天崩地裂中,英勇的普罗米修斯消逝于雷电之中。在埃斯库罗斯的笔下,神王宙斯成了一个专制、残暴、仇视人类的暴君形象,敢于反抗、宁可忍受无边的痛苦而决不低头的普罗米修斯则是文明的缔造者和人类保护神的典型。普罗米修斯这一高大的悲剧英雄千百年来一直给人们以深刻的启示:面对专制暴力和个人利益,真正的英雄绝不会放弃原则和真理而苟且偷生,获取荣华富贵。作为希腊悲剧艺术的第一位代表,埃斯库罗斯的悲剧总体上尚显粗糙。他塑造的人物形象单纯高大、性格单一,缺少发展变化,神化色彩浓郁;歌队还起着重要作用,带有比较强烈的抒情气息;戏剧结构尚嫌简单,情节不够曲折。诗句庄严,感染力很强,但时有夸张的色彩。总的来说,雄浑、悲壮、豪迈是埃斯库罗斯的悲剧风格。

在三位悲剧诗人中,索福克勒斯无疑是最具代表性的剧作家,他被人们称为"戏剧中的荷马",足见其在剧坛的重要程度。他生活的时代,正值雅典奴隶制民主政治最繁盛的时期,他的剧作反映了古代希腊"黄金时代"的思想意识和社会风貌,提倡民主精神,最典型地体现了希腊古典时代的英雄观念和对于人的理想。他在戏剧艺术上的高超造诣更给后世剧作家以深刻的影响。索福克勒斯生于雅典一个工商业主家庭,受过良好的教育,精通音乐和诗律,与雅典民主派的著名领袖伯利克里交谊深厚。据说他 28 岁就在戏剧比赛中击败埃斯库罗斯而得了头奖,此后又多次摘取桂冠,是获奖最多的希腊悲剧家。他在埃斯库罗斯悲剧艺术的基础上又发展了一大步。他增加了第三个演员,从而使对话和动作真正成为戏剧最重要的部分,使人物性格更加突出,使戏剧的矛盾冲突成为推动剧情发展的核心因素。歌队在他的悲剧中不再处于旁观者的地位,而是成为戏剧整体的有机组成部分。据说索福克勒斯创作了 120 余部剧作,但今天能看到的只有 7 部,其中《安提戈涅》和《俄狄浦斯王》尤为出色,而后者更是被古希腊哲人亚里士多德赞誉为"十全十美的悲剧"。

《俄狄浦斯王》同样取材于古老的神话传说。忒拜国王拉伊俄斯得到神谕,他的儿子将会犯下弑父娶母的可怕罪孽。于是拉伊俄斯在儿子俄狄浦斯生下后,即用铁丝穿捆了他的脚踵,命仆人将这婴儿弃于荒山野岭。仆人出于怜悯,将孩子送给了一个牧羊人。后来,没有子嗣的科任托斯国王波吕玛斯将他收为养子,但孩子并不知情。俄狄浦斯长大成人后,也从神谕中得知了自己将犯下违背人伦的大罪。为了逃避这一可怕的命运,他远走他乡。在一个三岔路口,他与一位老者争执并将其误杀,孰料被杀之人竟是他的生父拉伊俄斯。随后,他用智慧除掉了危害忒拜百姓的狮身人面女妖斯芬克斯,被拥立为忒拜王,并娶了前王的王后伊俄卡斯忒,而她正是他的亲生母亲。神谕终于全部变成了现实。后来俄狄浦斯得知了真相,刺瞎自己的双眼,请求放逐,以示自惩。

悲剧表现了人的自由意志与残酷命运之间不可调和的冲突,展示出不屈服于命运的真正的英雄主义精神。剧中的俄狄浦斯勇敢而坚强,智慧而正直。他不仅有能力为百姓除害,而且是一个贤明、爱民的国王。为了使忒拜城的瘟疫停止,拯救百姓的生命,他按照神谕认真追查弑父娶母的凶手,即使当所有疑点都集中到了自己身上时,也仍然不顾自己的利益,继续追查下去。百姓爱戴这样的国王,称他为"最高贵的人"。按照古代希腊人的理解,命运是不可抗拒的,因此,俄狄浦斯无论怎样挣扎,只能是在命运的网罗中越缠越紧,他的悲剧是一定要发生的。然而此剧的立意不在于此,它揭示的不是人的绝望感,而是作为有自由意志的人的不屈精神。俄狄浦斯的行为是悲壮的,因为他无辜地承受着命运的打击;俄狄浦斯又是高贵的,因为他面对不可改变的命运仍奋起抗争,捍卫人的尊严与荣誉,这种"知其不可为而为之"的大无畏英雄气概,正体现了人性的伟大和崇高。俄狄浦斯是理想的人的典型。

《俄狄浦斯王》标志着古希腊悲剧艺术的成熟。索福克勒斯始终将英雄人物性格的刻画和其悲剧命运的发展置于全剧的核心,人物形象鲜明、丰满。此剧的"倒叙式结构"更是匠心独具,历来为评论者所称道。剧作家不是平铺直叙展开戏剧情节,而是从故事将近结尾处写起。戏剧一开始就从忒拜城瘟疫降临、百姓在痛苦呻吟的境况切入,把"谁是凶手"这个尖锐的中心问题凸显而出,而将俄狄浦斯的身世倒叙出来,使得戏剧结构紧凑,矛盾冲突高度集中,节奏毫不拖沓,全剧一气呵成,剧情扣人心弦。索福克勒斯的悲剧艺术曾受到亚里士多德、维吉尔、莱辛、歌德等著名人物的高度推崇。现代杰出的精神分析心理学家弗洛伊德曾根据《俄狄浦斯王》提出了著名的"俄狄浦斯情结",在赋予这出古老悲剧以现代气息的同时,也给现代西方文学批评以深刻的影响。

欧里庇得斯的悲剧则创作于雅典奴隶主民主制由盛而衰时期。他也是贵族出身,早年研究过哲学,与智者学派交往,并受到该学派的影响。他与希腊悲剧艺术的第二位代表索福克勒斯生活于同一时代,但思想却远较索福克勒斯激进,是民主倾向最强的剧作家。晚年由于反对雅典当局的好战政策而不能见容于祖国,流落并客死在希腊北方的马其顿。据说他写过92部作品,得奖5次,流传至今的尚有18部,《美狄亚》《特洛伊妇女》《希波吕托斯》《伊翁》《酒神伴侣》等都是他的著名作品。其中《美狄亚》是欧里庇得斯的代表作,取材于希腊传说中伊阿宋的故事。在传说中,伊阿宋为了盗取金羊毛来到了科尔喀斯,当地的公主美狄亚对他一见钟情。为了表示对伊阿宋的爱,美狄亚用巫术帮他得到了金羊毛。美狄亚的父亲追赶逃离的伊阿宋,美狄亚千方百计阻止父亲的追逐,甚至杀死了自己的两个弟弟。与心上人到了希腊后,美狄亚又帮助伊阿宋报了杀父之仇,两人因此被从城邦中驱逐。悲剧写的主要是此后的事情。当戏剧开始时,两人正客居在科林斯城邦,并有了两个儿子。贪图富贵的伊阿宋已经变了心,为了财富和地位,他要休了美狄亚另娶科林斯王克瑞翁的女儿为妻;而为了扫清女儿的障碍,克瑞翁也要将无依无靠的美狄亚和她的两个孩子赶出科林斯。悲愤欲绝的美狄亚苦苦哀求,狠毒的伊阿宋竟无动于衷。绝望的美狄亚决意报复负心的郎君和残忍的对手。她先假意认错,麻痹对手,然后让两个孩子给公主送上有毒的锦袍和金冠作为贺礼。公主穿戴上之后立刻燃起了烈火,克瑞翁上前来救女儿,父女同被烧死。随后,为惩罚伊阿宋,也为自己的孩子免遭仇人的毒手,美狄亚亲手杀死了两个儿子,随后乘龙车飞走。《美狄亚》这出悲剧给人强烈的震撼,剧作家将传说中的大英雄伊阿宋变成为一个忘恩负义、贪图权势富贵的卑鄙小人,而对在夫权、神权、政权三重压迫下的美狄亚则寄予同情。美狄亚敢爱敢恨、聪明坚强,尽管疯狂复仇的连串举动令人惊愕,但由于剧作家细致地刻画了美狄亚走投无路的绝望心理的发展过程,让观众在觉得可信的同时仍然对她感到同情。此剧表明了欧里庇得斯对妇女低下处境的关切和对造成这一家庭悲剧的社会不公现象的谴责。欧里庇得斯在西方戏剧史的发展上贡献良多。他扩大了希腊戏剧的题材范围,对女性和家庭问题给予特别的关注;他对人物心理的细致刻画、特别是对女性极端心理的深入揭示比较成功,动作和心理的结合使他的悲剧人物血肉丰满,性格也更加复杂;他关心人的现实境遇,使戏剧更贴近生活本身。可以说,古希腊悲剧至此终于完成了由埃斯库罗斯写神、英雄到索福克勒斯写理想的人,再到欧里庇得斯写现实的人的转变。

　　古希腊喜剧的形成在悲剧之后,直至雅典城邦进入危机时代它的繁荣期才到来。讽刺丑恶人物和针砭时弊是喜剧的特色。古希腊喜剧取材于现实,揭示尖锐的社会矛盾和问题,较多地反映出下层平民和普通百姓的思想意识。阿里斯托芬(公元前446—前385)是古典希腊喜剧的代表,有"喜剧之父"之称。传说他有44部作品,获奖7次,现存作品有11部。他是雅典附近的一个小土地所有者,因此,他的喜剧作品也多表现希腊农民的愿望和要求。他以诙谐的笔调处理严肃的题材,奠定了喜剧寓庄于谐的基本审美风格。《阿卡奈人》和《鸟》是阿里斯托芬两部著名的作品。前者涉及战争与和平问题,写于雅典与斯巴达城邦战争中的第六年,通过一个自耕农在两国交战时单独与敌人媾和保住自己一家幸福生活的荒诞剧情,表达希腊下层百姓的反战立场。后者则是一部幻想性极强的喜剧。剧中写林中飞鸟们建立了"云中鹁鸪国",鸟类实现了没有压迫和奴役、人人平等的理想社会生活,以此来反衬现实社会的不公和不义。这个"云中鹁鸪国"堪称西方文学史上最早的乌托邦思想的表现。阿里斯托芬的喜剧人物性格夸张,但来源于现实,情节离奇,语言贴近民间口语,诙谐、生动。他的作品可谓雅俗共赏,特别受到农民和其他普通百姓的欢迎。

第三节 古罗马文学

一、古罗马文学

古罗马文学是在古希腊文学的影响下形成并发展出自己的特色的。位于地中海中部亚平宁半岛上的意大利是古代罗马文明的发祥地。早期罗马文明是一种典型的混合文明。旧石器时代,意大利半岛上已有居民生活。约在公元前 20 世纪初,一支操印欧语的部落越过阿尔卑斯山来到半岛,创造了青铜时代的特拉玛拉文化。公元前 8 世纪至公元前 5 世纪,又有伊达拉里亚人、希腊人和高卢人等陆续进入意大利,并带来或创造了新的文化,在这一过程中,不同的族群和文化不断融合。从公元前 4 世纪起,罗马开始走上了征服和扩张之路,至公元前 2 世纪中叶,成为继马其顿帝国后又一个地跨欧亚非三洲的大帝国。从约公元前 8 至前 6 世纪古老的氏族公社制解体、奴隶制关系开始在罗马形成,到公元 476 年西罗马帝国灭亡,罗马先后经历了王政时代(公元前 8 世纪—前 6 世纪末)、共和时代(公元前 510—前 27)和帝国时代(公元前 27—公元 476)。在文学上,罗马文学史则可分为早期罗马文学(公元前 3 世纪—前 2 世纪)、中期罗马文学(公元前 1 世纪—公元 1 世纪初)和晚期罗马文学(公元 1 世纪—5 世纪中叶)。

早期罗马文学是在罗马共和时代的大部分时期里创作的,戏剧是其主要成就。罗马原有阿特拉笑剧和拟剧两种民间戏剧,在受到希腊化时期希腊新喜剧的影响后,发展起了自己的戏剧,代表作家是普劳图斯(约公元前 254—前 184)和泰伦提乌斯(约公元前 190—前 159)。这两位剧作家都以创作喜剧见长,也均受到希腊新喜剧的影响。他们的作品大多都是改编自希腊新喜剧,题材也是希腊的,但所反映的却是罗马的社会生活。普劳图斯出身于下层平民,他的作品讽刺性强,常常揭露罗马上层阶级的骄奢淫逸,塑造聪明智慧的奴隶形象,同情妇女低下的社会地位,具有民主倾向。《吹牛的军人》《孪生兄弟》《一罐黄金》等是他的名剧,后两者曾分别被文艺复兴时代的莎士比亚和古典主义时期的莫里哀所借鉴,创作出了《错误的喜剧》和《悭吝人》。泰伦提乌斯则是个受过贵族教育的获释奴隶,作品风格文雅、结构严谨,主张人与人之间的宽容和谅解,更受贵族文人的青睐,《婆母》和《两兄弟》是他的代表作。

中期罗马文学指共和时代末期和奥古斯都屋大维时期的文学。共和时代末期的文学成就主要是诗歌和散文,重要作家有散文家、演说家西塞罗(公元前 106—前 43)、哲理诗人卢克莱修(约公元前 99—前 55)和抒情诗人卡图卢斯(约公元前 87—前 54)。其中卢克莱修的长篇哲理诗《物性论》不仅在文学史也在西方哲学史上占有一定的地位。奥古斯都时期,是罗马进入帝国时代的开始,国内和平,经济发展,重视文化建设,成就了罗马文学史上的"黄金时代"。维吉尔(公元前 70—前 19)、贺拉斯(公元前 65—前 8)和奥维德(公元前 43—公元 17)是该时期最重要的三位诗人。

晚期罗马文学是罗马帝国由盛而衰时期的文学。罗马曾经历了两百年的和平发展,此后即因国内各种错综复杂的矛盾陷入不断加深的危机之中,奴隶制成为阻碍社会发展的痼疾。公元 5 世纪后半叶,腐朽的西罗马帝国终于在内部奴隶起义和外部蛮族入侵的双重打击下灭亡了。文学在这一时期里发展缓慢,只有塞内加的悲剧、马尔提阿利斯和尤维纳利斯的讽刺诗、琉善的讽刺散文对话、佩特罗尼乌斯的小说《萨蒂利孔》、阿普列尤斯的小说《变形记》(又名《金驴记》)比较著名。

二、维吉尔与《埃涅阿斯记》

维吉尔是整个古罗马时代最杰出的诗人。他出生于阿尔卑斯山南麓的曼图亚附近的乡村,那里曾出现过卡图卢斯等文学大家,有着很好的文化传统。诗人的童年在农村度过,熟悉罗马的乡村生活和农事劳动,热爱大自然。维吉尔的父亲是个小土地所有者,家境尚称宽裕,使他有机会接受良好的教育。共和时代末期的烽火打破了他平静的读书生活,公元前 42 年,当时大权在握的执政官屋大维为给复员士兵分配土地,没收了维吉尔家的田园,全家只好背井离乡来到意大利南部谋生。不久,由于朋友的帮助,欣赏维吉尔才华的屋大维归还了他家的地产,诗人对屋大维感激备至,从此成为屋大维的忠实拥护者。维吉尔早期的主要作品是《牧歌》十章,创作于公元前 42 至前 37 年之间,在形式上仿效希腊化时期亚历山大城的著名抒情诗人忒奥克里托斯的抒情牧歌,其中既有虚构的年轻牧人的恋爱故事,也有对所处时代社会状况的真实感触,诗中还写到了诗人对家庭背井离乡的哀怨和发还土地后对屋大维的感激之情。维吉尔的第二部重要作品是发表于公元前 29 年的《农事诗》四卷,与希腊诗人赫西俄德的《工作与时日》有异曲同工之妙,分述各种农事劳动技艺,语言优美、格律谨严。然而,令维吉尔彪炳文学史册的是他不朽的史诗作品《埃涅阿斯记》。

《埃涅阿斯记》是欧洲文学史上第一部由文人独立创作的史诗,煌煌 12 卷,倾注了诗人一生最后 10 年的所有心血。它创作完成于屋大维帝制时代,是赞颂奥古斯都屋大维和罗马帝国、讴歌民族精神的杰作。这部史诗借用荷马史诗《伊利昂记》的结尾,叙述特洛伊城邦被希腊人攻破后,王子埃涅阿斯带领残存的百姓经过七年的海上漂流,在母亲维纳斯女神(即希腊神话中司爱与美的女神阿芙罗蒂特)的引领下,来到了迦太基。美丽多情又善良的迦太基女王狄多不仅收留了亡国的特洛伊人,还将自己的爱情献给了埃涅阿斯,两人热恋,结合在一起。但是,埃涅阿斯身负建立一个新国家的神圣使命,神王命神使传谕,要他离开新婚的妻子和迦太基。埃涅阿斯心如刀绞、悲痛欲绝,但最终责任和义务还是战胜了个人的感情。他不顾狄多的恳求和哭泣,挥泪离去。狄多无法忍受爱人别离的痛苦,绝望地饮剑自刎。埃涅阿斯最终率众来到了拉丁姆地区,在战胜了敌对的竞争者后,成为这里的主人,在泰伯河畔建起了一个新的城邦。

史诗是诗人应皇帝之命写就的,明显地带有歌颂皇帝的倾向。维吉尔把埃涅阿斯说成是屋大维王族的始祖,又把维纳斯看作埃涅阿斯的母亲,从而证明罗马皇帝屋大维是神的后裔。但是,我们不能将这首万行史诗仅仅看作歌功颂德的谀辞作品。

以埃涅阿斯为代表的民族祖先艰苦卓绝的奋斗历程,是对罗马人不凡历史的折射和反映,它集中体现了罗马民族自强不息、崇尚进取的民族精神和一往无前的强大力量和气势,尽情地讴歌了罗马民族的光荣与梦想。

《埃涅阿斯记》在艺术上也借鉴了荷马史诗的一些特点,比如前六卷对特洛亚人七年漂流的描写与《奥德修记》有相似之处,而拉丁姆之战的描写则与《伊利昂记》相似;维吉尔还向荷马史诗学习了许多比喻的技巧和手法等,但《埃涅阿斯记》的总体风格与荷马史诗并不相同。维吉尔更善于描写人物的内心世界,尤其长于对爱情心理的刻画,如对狄多爱情悲剧的表现千百年来不知打动了多少读者的心灵。而与荷马史诗对战争场面惊心动魄的表现相比,《埃涅阿斯记》中的类似描写则要略逊一筹。维吉尔的作品是文人史诗的杰作,语言上不可能如来自民间口头创作的荷马史诗那样自然和质朴,而是辞藻典丽,音律和谐,富有暗示性。如果说荷马史诗的风格雄浑、激越,《埃涅阿斯记》的风格则在庄严、典雅中透着一种淡淡的哀婉。

思考练习题:

1. 作为欧洲最早出现的文学,古代希腊文学开创了一种什么样的文化传统?体现了早期西方人什么样的思想感情和审美趣味?
2. 古代希腊神话具有哪些特点?为什么会具有这些特点?
3. 古代希腊三大悲剧家的创作主题和艺术特征各有什么特点?
4. 罗马文学在哪些方面对希腊文学做出了继承与发展?
5. 西方第一部文人史诗《埃涅阿斯记》在艺术上与荷马史诗相比有何不同?

第二章 中世纪文学

第一节 概 述

公元476年西罗马帝国的灭亡,标志着古代欧洲奴隶制社会的终结和封建社会,即中世纪(中古)历史时期的到来。

欧洲中世纪的文化和文学是从一个没有传统的基础上发展起来的。蛮族的入侵毁坏了古代希腊罗马的灿烂文明,也使得中世纪早期的人们除了自身的蛮族传统和基督教之外,就再也没有其他现成的文明可以借鉴了。因此,中世纪的欧洲文学,其实是在没有古代希腊罗马文化借鉴的基础上发展起来的。也可以说,最起码在13末世纪之前,中世纪的文学家们的任何创作,都带有原创的性质。

就欧洲中世纪的社会文化发展而言,它对后代欧洲文化与文明所起的作用不亚于希腊文化。第一,当蛮族人入侵欧洲大陆并毁坏了一切古代文明之后,是中世纪的人们重新开始了新的社会政治、经济和文化乃至文学的构建;第二,是基督教文化发展和促成了西方以"逻各斯中心"的二元对立思维模式的形成;第三,是中世纪的欧洲发展起来了近代社会所需要的社会文化基础;第四,中世纪再造了文学和艺术的多种新的形式。

基督教文化毫无疑问是最重要的文化现象。基督教自产生后对欧洲文化的形成,特别是对西方文化精神乃至文学精神的生成,都起到了不可估量的作用。欧洲中世纪从政治上来说并非铁板一块,由此决定着在貌似一统的基督教文化形态下,隐含着四大地缘文化板块。一个是以西欧的罗马为中心的天主教文化板块;另一个是以拜占庭首都君士坦丁堡为代表的正教文化板块;第三个是北欧的文化板块;第四个是西班牙和西西里地区的文化板块。

就欧洲中世纪文学的发展而言,主要有宗教文学和世俗文学两大类:

一、宗教文化与文学

宗教文化是西欧中世纪最重要的文化现象之一。基督教文学也是欧洲中世纪的主流文学。

欧洲中世纪历史的开端是以"黑暗时代"为标志的。所谓欧洲中世纪的"黑暗时代",主要是指公元5世纪西罗马帝国灭亡后到公元8世纪加洛林文艺复兴这几百年的欧洲历史文化时期。这个时期欧洲社会的基本特点是,希腊罗马人创造的古代文明被一群更为粗野的蛮族人破坏成了一片废墟。古代希腊罗马曾经实践过的社会政治和法律制度、经济生产方式、思想道德观念、生活方式等等,都被破坏殆尽。至于对文学艺术方面的破坏,就更加严重了。不仅没有了以往那样具有极高成就的作家群体,也没有了那些辉煌的文学文本,甚至连古代希腊罗马所创造的文学手法和艺术手段都统统被无情地扼杀殆尽。所以,对已经高度发展的欧洲古代文学成就而言,这也是一个非常黑暗的时代,破坏力非常巨大的时代。可以说,中世纪文学就是在这样极其黑暗、没有传统可以继承的基础上艰难起步的。而这种起步又是在基督教文化氛围中开始的。所以,基督教文化对当时欧洲政治、经济、文化乃至文学的重新兴起,起到了非常重要的作用。

"黑暗时代"的几百年间属于这一文学的初创时期。此时基督教文学基本上是以《圣经》为主要题材的文学。圣经故事、使徒传等是其基本内容。当时文学描写这样的内容,应该说具有巨大的历史文化的进步性——因为适应了当时中世纪初期封建制度建立和发展的需要。此时的宗教文学和当时的宗教一样,既是宣传基督教思想的根据,也是社会稳定和发展的要素之一。"黑暗时代"里产生的书面文学都是在修道院中用拉丁语写成的,大致可分为拉丁文散文著作和拉丁文诗歌作品。拉丁文散文作品主要有以整理和翻译《圣经》及其教义为代表的散文文学和欧洲中世纪"黑暗时代"所特有的史传文学两种基本样式。用拉丁语翻译《圣经》的代表作家是被称为"四大博士"的哲罗姆、奥古斯丁、安布罗斯和格列高里。他们的翻译活动形成了中世纪的第一个翻译热潮。散文作品还有被后来学者命名为"伪狄奥尼修斯"的一些著作以及修道士们根据历史事件的记述而写下的散文性作品。教士们所写下的史传类著作是欧洲中世纪"黑暗时代"特有的文学样式之一。这类作品的最主要作者是生活在6世纪的都尔教会的主教格雷戈里(约538—594)。他的《法兰克人史》是这个历史时期留下的最有价值的文化史料之一。另一部散文体的史传性作品是比德神父的《英吉利教会史》。"黑暗时代"也产生了用拉丁文写成的韵文作品。此时拉丁语诗歌非常少见。有代表性的主要是写于7世纪并归在盎格鲁-撒克逊诗人凯德蒙名下的《凯德蒙组诗》(包括《但以理书》《出埃及记》《朱狄斯》和《创世记》甲、乙编等)。这部组诗其实是产生于"黑暗时代"的英国修道士们诗歌作品的汇集,其中表现的是修道士们对基督教的坚定信仰。但是僧侣们通过盎格鲁-撒克逊语把拉丁文《圣经》中的一些故事改编成押头韵的诗歌的时候,又添加进了他们现实生活中的一些感受,特别是一些世俗生活的因素,因此在其背后隐约地反映了当时民众的情绪。例如,《创世记》乙编就很富于诗意地叙述了撒旦的失败。撒旦体现了随封建制度的发展而沦为农奴的农民的情感,这一形象表现出了人对自身力量认识的特征。

8世纪加洛林时代的到来使欧洲中世纪文化与文学都得到了很大的发展,并形成了被后代的历史学家和宗教史学家称为"加洛林文艺复兴"[①]的历史文化勃兴时期。加洛林文艺复兴时期,欧洲取得了很多思想文化成果:查理大帝在崇尚基督教一统地位的前提下,对基督教文化的规范做了大量的组织工作和宗教文化范本的定型工作。他在位期间,制定了《加洛林书》,统一和规定了罗马教义和宗教的基本仪式,从而使各处自发形成的对教义的解释和凌乱的宗教仪式得以定型。他还指派阿尔古因组织人员在797—800年对当时收集到的各种《圣经》文本进行了校勘,统一了《圣经》文本并将其译成了拉丁文,从而成为后来天主教通用的定本。还授权阿尔古因对基督教的文献典籍(包括《本尼狄克院规》等)进行大规模修订。查理大帝统治时期,还模仿当时的拜占庭风格,建筑和修缮了很多精美绝伦的宫殿与教堂,开创了建筑史上罗马式艺术风格的时代。查理大帝对宗教教育事业也热情关注,鼓励建立了宗教学校和图书馆,目的是用拉丁文传授"七艺",在哲学、文学和艺术等方面造就封建统治所需要的人才。他还鼓励人们对古老的拉丁文字进行改革。加洛林文艺复兴是西欧封建制度和查理王朝需要巩固的产物,是与其经济和政治的要求相适应的意识形态建设。

9—13世纪是欧洲中世纪文化和文学不断发展并走向鼎盛的时代。加洛林文艺复兴之后,中世纪欧洲宗教文学的一个重要收获是戏剧艺术的萌芽。欧洲中世纪的戏剧作品,大多是为了宣扬宗教的目的写成的,所以也被统称为"宗教剧"。"宗教剧"按表现内容分为三种不同类型:第一种是神秘剧,主要叙述《圣经》上和教会史中发生的故事;第二种是神迹剧,表现的是圣徒行传中真实的或想象的行为,基本素材来源于《新旧约全书》中所记载的关于耶稣基督的事迹,戏剧形式比较简单;第三种是道德剧,往往是为法庭写作的或者是校长为他们的学生们写作的,目的是给人以宗教道德上的教训。早期欧洲中世纪宗教戏剧的代表人物是女作家罗丝维萨(约935—1001)。罗丝维萨出生地在今天的德国,约于公元955年进入甘德斯海姆本笃会隐修院当修女,一生大部分时间在修道院度过。她主要使用拉丁语进行创作,是中世纪欧洲为数不多的女作家之一。

此时史传文学的写作甚至成了中世纪欧洲文学的一个传统。仅举一些有代表性的作家和作品:8世纪末盎格鲁-撒克逊的僧侣、行吟诗人琴涅武甫写下的《基督》《裘利安那》《使徒们的命运》《艾伦那》;法国在9世纪末出现的基督教文学的代表性作品是《圣女欧拉丽赞歌》;10世纪出现的表彰主教殉道事迹的《圣徒列瑞行传》;11世纪中期出现的《圣徒阿列克西斯行传》以及在11世纪末出现的描写耶稣故事的《受难曲》等。

[①] 一些历史学者认为,就时间的意义上而言,加洛林文艺复兴主要发生在欧洲8世纪下半叶的查理大帝统治时期和其后的一段历史发展阶段。8世纪初的西欧,被日耳曼人武装迁徙搅动的社会动荡逐渐地尘埃落定,经历了查理·马特建立的采邑制、丕平建立的加洛林王朝以后,西欧开始向封建制度迈步。

从11世纪开始,西欧的封建社会走向鼎盛阶段。这样的现实决定着新的一场文化复兴又在酝酿之中。正是在西欧封建社会大发展的历史背景下,欧洲12世纪文化鼎盛时期(史称"12世纪西欧文化复兴"时期)到来了。"12世纪文艺复兴"的概念是著名学者查尔斯·霍默·哈斯金斯在1927年剑桥出版的著作中提出来的:"当时的情况是:罗马式艺术的鼎盛、哥特式艺术的萌芽、通俗诗的普及和拉丁古籍的再现等等。……由于巴黎大学和波伦亚大学的出现,以及它们的分校在其他地方迅速增多,人们的知识境界在13世纪已为之一新。"[①]

就12世纪前后出现的基督教文学而言,修道院书信体文学应引起人们的足够注意。这些宗教情侣们情书作品的一个基本共同点是:在每个僧侣的内心都充满着对异性的爱与对上帝的爱这两种性质不同却又始终并行不悖的爱,即两性之爱与宗教信仰的统一。如果我们对此再加以深入剖析的话,就会看到,在这些书信的字里行间已经暗含着一种全新的逻辑,即两性相爱与爱上帝的因果关系颠倒过来了——不是因为爱上帝而男女相爱,而是因为男女相爱而爱上帝。换言之,在爱上帝与两性之爱之间,他们是从满足两性的情感入手而达到对上帝的爱的。也正因如此,这样的表达具有很大的颠覆性。

在12世纪前后,基督教僧侣们所创作的宗教诗歌也得到了长足的发展,表现的情感更为细腻,艺术手法更加成熟。此时的宗教诗歌体现了两大主题:第一个主题是表达对基督的爱,但在其中借助对耶稣基督的歌颂来表现人应该具有的品质。例如无名氏的《圣女欧拉丽赞歌》、彼得·达密安《是谁在敲门》、杰克芬的《十字架前显慈颜》等等,就把宗教情感和世俗感情结合的非常紧密与自然。可见,宗教诗歌虽然一直用庄严的神学题材进行着诗歌创作,但是,在那些伟大的宗教文学家的笔下,这些优美的诗歌并非冷冰冰的神学教义思想的机械表达,而是一种关注人的灵魂、关注人与世界关系的激情表现。宗教诗人所表达的第二个较为有价值的主题是通过对上帝的歌颂,表现了人们对美好理想的衷心期盼。这类诗歌主题的代表性作品有阿贝拉尔的《平安彼岸歌》、圣·方济各的《和平祈祷词》等。在《平安彼岸歌》中,诗人始终把丑陋的现实和天国的美好进行着对比。在平安的彼岸,没有君王,没有朝廷,也没有宝座;没有漂泊,没有烦恼,也没有迫害;有的只是快乐、幸福和上帝的爱——这其实体现的是阿贝拉尔的一种空想式的美好的社会理想。圣·方济各的《和平祈祷词》虽然是一首宗教诗歌,但其中没有一般宗教文学的那种阴冷、暗淡和恐怖的气氛。它所表现的是作家本人对生活的热爱,对光明的热爱,对天地万物在太阳的照耀下生机勃勃的人间生活的热爱。在这首诗歌中,还可以看到诗人对各种意象的高妙运用。例如,"造物"的意象在这里本来是"上帝"的意象,

---

[①] 〔英〕丹尼斯·哈伊:《意大利文艺复兴的历史背景》,李玉成译,生活·读书·新知三联书店,1988年,第248页。

但通过诗人形象化地描绘上帝创造"白昼"和"光明",创造"月亮姐姐"和"星辰妹妹",创造"风兄弟""水妹妹""火兄弟""土地母亲"等,使得诗歌本身成了"创造力"的赞美诗。

12世纪的文艺复兴也为13世纪经院哲学的兴盛奠定了坚实的基础。大阿尔伯特(约1200—1280)、托马斯·阿奎纳(约1225—1274)是在12世纪文艺复兴文化氛围内出现的宗教神学文化的代表人物。同样,中世纪出现的各种主要的艺术形式,如规模庞大的宗教颂神诗,带有明显的世俗特征的宗教抒情诗歌,具有浓厚的基督教思想的骑士文学作品,较为完整的宗教戏剧以及其他一些宗教文学样式,都开始走向成熟。更为重要的是,在那些宗教性的文学文本中,开始了宗教情感和现实人生情感的各种结合——早期被认定为宗教"异端"的一些文化成分,在新的基督教教义解释下获得了保留,甚至在歌颂神恩的同时也开始注入了人间的情趣。

二、世俗文化与文学

欧洲中世纪的世俗文化与文学,主要有:表现氏族社会晚期以及中世纪封建社会形成时期的广大人民群众思想感情的史诗和谣曲;表现中世纪特有的骑士生活和骑士风貌,将爱情和冒险作为描写的主要题材,肯定现世生活,在一定程度上承继了古代文化精神,背离了禁欲主义的骑士文学;将笔触指向城市市井生活和市态人情,具有较强的反封建意义的市民文学。这三种文学样式,实是表现着中世纪世俗文学对人认识和表现的三个向度。

第一个向度是通过对古代和当代英雄的追忆和描写,不自觉地说明和阐释着"人的能力"问题。在世俗文化系统中,首先占有突出地位的是人民群众的创作。许多英雄史诗无一不是表现着"人是英雄"的主题。

中世纪史诗可分为两大类:一类是中世纪早期的英雄史诗,是氏族社会末期形成的"不自觉的"艺术创作。另一类是中世纪中期的英雄史诗,是封建社会确立时代的艺术作品。

早期史诗是氏族社会末期各族人民的口头创作和集体智慧的结晶。这些作品大都产生在民族大迁徙前后,主人公是氏族部落英雄。内容描写的是他们为氏族部落所建立的丰功伟绩以及同自然力量所进行的斗争,表现出了浓郁的群体意识和英雄精神。早期英雄史诗形成期间,人们的思想认知结构尚未越出神话意识范畴,因而早期史诗有神话因素和多神教成分。流传于后世的主要有盎格鲁-撒克逊人的《贝奥武甫》、日耳曼人的《希尔德布兰特之歌》(仅存68行片断)、冰岛人的《埃达》和"萨迦"(意为"话语")、芬兰人的《卡列瓦拉》(又名《英雄国》)等。中世纪早期英雄史诗有较高的认识、思想和艺术价值,显现了古代欧洲人民的艺术才能。《贝奥武甫》是流传迄今欧洲最早而又最为完整的一部史诗。盎格鲁-撒克逊人于公元

5、6世纪由大陆向不列颠岛迁移时带来了这个传说,经过200多年的口头流传,于8世纪用中古英语写成,现存最早的手抄本是10世纪的,共3100余行。它反映的是北欧人民氏族社会阶段在大陆的生活。史诗分为两部。第一部写的是丹麦被水妖格兰德扰害12年之久,贝奥武甫率14名勇士渡海来到丹麦,先是英勇斩杀水妖,继而又下海追杀了为子复仇的水妖之母。第二部写的是贝奥武甫继承王位50年后,不顾年迈体弱,率领民众鏖战火龙,并只身闯入龙穴,不幸在杀死火龙后身负重伤,壮烈牺牲。史诗中现实成分和神话因素交织在一起,以传说和幻想的形式反映了人类与自然斗争的现实。贝奥武甫作为理想的与自然力量进行斗争的英雄形象,在同自然暴力和社会邪恶势力的斗争中,完全把个人生死置之度外,体现了人是有能力战胜自然的伟大生灵的特征。

中期英雄史诗是反映封建社会时代形成的史诗作品。主要通过人与人的斗争(而不是像早期史诗那样从人与自然斗争)中英雄行为的描写,表现新的历史条件下人的行动能力和思想能力,一般都有一定的历史事件为依据。主人公大多都是封建国家的英雄,表现忠君、爱国观念和为统一祖国、为民族建功立业的封建时代的英雄主义精神。神话因素大大减少,但英雄的奇功伟业往往与宗教奇迹融合在一起,甚至有的英雄人物的爱国行动表现为同异教徒的斗争。中期英雄史诗主要有法国的《罗兰之歌》、西班牙的《熙德之歌》、德国的《尼伯龙人之歌》和古罗斯的《伊戈尔远征记》等。

其中法国史诗文学的成就最大。这些史诗起初传诵于10—11世纪,繁荣于12—13世纪,14世纪则被淹没,有100余部史诗在19世纪才被发现。《罗兰之歌》是其中最杰出的作品,形成于11世纪末。现存最古手抄本产生于12世纪,1837年始被发现。《罗兰之歌》全诗共4002行。事件发生在查理大帝时代,但情节较之史实有很大变异。史诗记叙法兰西国王查理出兵西班牙,征讨异教徒阿拉伯人。经过7年战争只有萨拉哥撒未被征服。史诗故事开始于战争最后一年,其情节发展可分为查理大帝接受罗兰提议,派使前往萨拉哥撒谈判议和,甘尼伦叛变;罗兰率军殿后,遭敌军突袭,全军覆没;查理凯旋归国惩罚叛徒甘尼伦。史诗中的罗兰是一个立下不朽功勋的爱国忠君的英雄人物,他的全部业绩都是在社会的激烈矛盾中体现出来的。例如他在最后一次战斗中,面对大于自己五倍的敌军,"凶猛得像狮子或豹子一样"。同样,罗兰把保卫法兰西看成自己的天职,他说:"不要由于我而使法兰西丧失威名,我宁可死掉,耻辱决不能容忍。"正是他在人世间的斗争中显示出来的伟大能力,使他具有了不同于早期史诗英雄的风采。在史诗中,罗兰的爱国精神也是同忠君观念结合在一起的,这是中世纪中期爱国主义思想的时代特征。因为当时的王权是历史进步因素,是统一国家的象征,是社会秩序的代表。所以,作者特意安排,罗兰牺牲前倚在岩石上,目光指向敌人,表现了他心怀祖国,仇恨顽敌、宁死不屈、大义凛然的英雄气概。罗兰的爱国精神和斗争行为,实则展示着中世纪的人能够通过自己作为人独有的能力完成自己的理想的思想。

第二个向度是从肯定人的情感角度来显现中世纪对人的新看法。这一主题倾向主要反映在中世纪特有的文学现象——骑士文学中，主要表现的是"人的情感因素"的合理性。在中世纪骑士制度出现以后，也出现了反映骑士阶层思想感情的文学。由于骑士出于封建主阶层的下层，与人民文学接触较多，又由于在十字军东征中接触到了东方文化，加之虽效忠宗教又不奉行禁欲主义，故而骑士文学显示出了独特的文学特征。从内容来看，骑士文学主要是描写骑士的冒险经历和典雅爱情，表现的是骑士精神而不是宗教的精神。

骑士文学的主要体裁是骑士抒情诗和骑士传奇。前者最早产生在法国南部的普罗旺斯，是以宫廷诗歌为基础并在形式上借助民歌形式演化而成的，有短歌、感兴诗、牧歌、小夜曲、破晓歌等，尤以"破晓歌"最为著名。"破晓歌"描写的是骑士与贵妇夜晚幽会后在黎明前分离时依依惜别的情景和感情，表现了人情感的丰富和复杂以及人间恋情的温馨，有反宗教禁欲主义束缚的作用。大量骑士抒情诗的出现，成为近代欧洲人文主义文学爱情作品的发端。骑士传奇（"传奇"音译为"罗曼"或"罗曼司"）是一种叙事诗，兴盛于法国北方。其主要内容是写骑士为了获得荣誉、保护宗教，或为了赢得贵妇人的爱情而到处冒险，同妖魔鬼怪或异教徒斗争，其中超自然的荒诞故事没有历史依据。十字军东侵时，各民族混杂在一起，互相传述奇闻传说，遂使一些骑士冒险故事越过了国界，同一主题的作品在许多民族中流传。依题材来源可分为三个系统：一是不列颠系统，指以古代凯尔特人的亚瑟王与他的圆桌骑士为中心的不列颠故事诗，著名作品有在德、法流行很广的《特里斯坦与伊索尔德》等；二是拜占庭系统，指以拜占庭流传的希腊晚期传说为题材的拜占庭故事诗，著名作品有《弗洛阿和勃朗希芙洛》和《奥卡森和尼柯莱特》等；三是古代系统，指模仿古代希腊罗马文学作品的叙事诗。亚瑟王与他的圆桌骑士的故事是骑士传奇最常见的题材。亚瑟王被描写成封建社会中一个有作为的君王。他在卡美罗特城堡中的大厅里，设有一张巨大的圆桌，周围设100个座位，凡是建有赫赫功勋的骑士均可占一席位，从而引出了许多骑士冒险行侠的故事。这些故事对后来的英国文学乃至欧洲文学产生过较大的影响。虽然骑士传奇美化了骑士阶层和骑士制度、宣扬骑士精神、宗教色彩浓厚，但同时也反映了个人强烈的感情。骑士传奇在艺术上的成就，如浪漫情调、离奇情节、爱情故事，以及以一两个主要人物的经历为中心线索来构造作品、组织故事，对人物形象及其内心活动描写生动细致等，同样标志着人的情感因素在艺术领域的觉醒。

中世纪世俗文学对人认识的第三个向度是从人的"机智"和"乐观"本能出发，来对人的特征进行展示，最有代表性的是城市市民文学。它取材于现实生活，充满乐观精神，主要内容是揭露、抨击封建主和僧侣的残暴、贪婪、愚蠢，特别是大力和集中赞美了市民的勇敢、机智、聪敏和乐观，即人在中世纪的新形象和新风貌。

市民文学以长篇叙事诗为最高,主要作品有法国的《列那狐传奇》和《玫瑰传奇》等。《列那狐传奇》是中古欧洲城市文学最重要的作品,它是在民间创作动物故事的基础上发展起来的,约形成于12世纪后半到13世纪中叶。从法国流传到德、英、意等国。长诗分27组,每组包含若干小故事。这些小故事各有独立性,但又有共同主人公狐狸列那。故事采取把动物人格化的方法,用动物世界来影射人类社会,反映市民阶层形成后的封建社会的人情世态、阶级矛盾和斗争。在故事的主要形象狐狸列那的性格中,最为突出的特点是他极为"机智"和充满对生活的乐观精神。列那同猛兽斗争的故事,反映了市民同贵族的矛盾,赞美市民的才干、机智,嘲讽世俗和宗教封建势力的残酷、贪婪和愚蠢。列那欺侮小动物的故事,表现市民阶层内部的矛盾,谴责了上层市民弱肉强食的行径。《列那狐传奇》整个作品主题是对人的机智和乐观精神的张扬。与城市文学中叙事诗主题相同的还有城市戏剧。城市兴起后,市民有了自己的戏剧活动,演出地点搬到了集市上,戏剧的性质也发生了变化。城市戏剧的主要样式有道德剧、傻子剧、笑剧等。道德剧把抽象的伦理观念人格化,内含劝善惩恶的寓意;傻子剧用人物的傻言傻行嘲讽贵族和教士;笑剧(也称滑稽剧)以戏谑的手法反映市民生活,表现他们的"人是机智的人"和"人是乐观的人"的人生哲学,是市民戏剧中现实性最强的一种。其中《巴特兰律师》是法国笑剧的代表性作品。城市文学的形式还有短小的韵文故事、长篇叙事诗、抒情诗和戏剧等。

第二节　意大利诗人但丁

一、生平与创作

但丁·阿利盖里(1265—1321)是欧洲中世纪最伟大的意大利诗人。

但丁出生在佛罗伦萨一个城市小贵族家庭,后家道中落。早年曾拜著名学者布鲁内托·拉蒂尼为师,学习拉丁文、诗学、修辞学以及希腊罗马的古典文学。同时,对绘画、音乐、哲学等也很感兴趣,造诣颇深。但丁的创作开端是与一个叫贝阿特丽采的女子分不开的。但丁少年时期曾经对邻居家的少女贝阿特丽采产生了爱情,贝阿特丽采早逝以后,但丁把在1283年以来所写的31首献给她的抒情诗用散文连缀起来,取名《新生》出版。这部作品歌颂了男女之间纯洁的爱情,表现出了反对禁欲主义的情绪。特别是艺术上深受"温柔的新体"诗派的影响,具有清新自然的风格。因此被认为是西欧文学史上第一部向读者剖露作者最隐秘的思想感情的自传性作品。但其中也带有中世纪文学的神秘色彩。

但丁出世的时候,佛罗伦萨正是欧洲一个非常强盛的封建城邦国家,商业和手工业空前大发展,新的经济关系和旧的强大的封建关系的矛盾,极为尖锐复杂。经济斗争在政治上的表现是当时齐伯林党与归尔夫党之间斗争的加剧。齐伯林党失败后,归尔夫党内部又分裂为黑白两党。但丁家庭很早就是代表新兴市民阶级的归尔夫党的重要成员。青年时期的但丁也是归尔夫党的积极政治活动家,曾被选为佛罗伦萨的行政官之一。当归尔夫党分裂后,他本来属于黑党,但由于他坚决反对教皇干涉佛罗伦萨市政,反对黑党成员企图借教皇支持以重振他们破落家族的努力,就归依了由暴发户们组成的白党。他一心要保持佛罗伦萨的独立和自由,不肯接受教皇的支配,很快地成为白党的领导人,最后以终身被流放而告终。1302年,黑党得势,但丁被流放。这使他接触到了更为广阔的社会生活,更加深刻地看到了,不仅佛罗伦萨城处在新旧交替之际,就是整个意大利民族,也处在新旧生产关系交替的激烈动荡之时。当时整个意大利的政治经济发展很不平衡,政治上处于四分五裂的状态。它的北部,矗立着一个个城市国家,佛罗伦萨、米兰、威尼斯是典型代表。意大利中部大部分土地是教皇的辖地,以罗马城为中心,称为教皇国。南部意大利和西西里岛属于西西里王国。这种分裂的局面,严重地阻碍了国家的统一和民族经济的发展。对此,但丁在《神曲》中就曾经写到:"唉,奴隶的意大利,悲苦的住所!在暴风雨中一只没人掌舵的船!你不再是诸省共尊的女王,而是一个娼妓了。住在这里的人互相残杀,在一个城垣之内,竟也同室操戈。可怜的意大利,你放眼内外看一看吧!从海滨到你的腹地,可曾有一块干净安宁的地方?!"可见当时意大利人民正经历着统一还是分裂、发展还是倒退的历史关头。问题的实质是新旧两种生产关系斗争的反映。

但丁深刻把握住了时代发展的脉搏,在被流放以后写下了一系列著作,表达出了他对意大利现实问题的思考。其中《飨宴》(1304—1307)、《论俗语》(1304—1305)和《帝制论》(1310—1313)集中体现了他的政治知识和文化观点。而最能够代表他创作成就的是长诗《神曲》。但丁在流放中一直没有向教皇支持的佛罗伦萨反动势力屈服,于1321年客死在拉文纳。

二、《神曲》

(一)《神曲》所蕴涵的中世纪精神结构

《神曲》究竟是但丁从哪年开始创作的,目前已无材料可考。较为一致的意见是,大约在他刚刚流放不久即开始动笔。现在只知道,他的《地狱篇》完成于1308年,《炼狱篇》创作于1308—1314年间,这两篇均在1320年出版。《天堂篇》的情况较为复杂,有人认为此篇大约写于1315—1321年间,在但丁死后问世。但据同时代人14世纪意大利人文主义小说家薄伽丘所说,这篇诗作在最后并未完成,后13章是他的儿子所补作的。不管怎样,有一点是肯定的,即《神曲》是但丁最后流放20年全部心血的结晶。

《神曲》是最能体现欧洲中世纪对人的认识的经典性范本。全部内容表现的是作家通过寓言和象征的手法，展示了具体的人类精神向至高的精神的追求、演进和复归的过程。

（1）精神的世界是现实世界的本质和全部真实之所在。但丁写作《神曲》的主要动机是要解决意大利的现实社会问题。但是，如何解决国家四分五裂的状况，但丁认为只有走精神复兴之路。他的《神曲》就是通过"但丁"在梦幻中游历幽明三界的故事，象征性地展示了"人类的精神"经过迷惘和错误，在"理性"和"信仰"的引导下，跨越苦难与考验走向"光明"和"最高精神"的过程。这暗含着一个中世纪的普遍的认知和思维模式——精神世界是最本质的世界，现实问题的解决首先在于精神世界的复兴。

（2）在整个精神世界里，包括不同的精神范畴。作品里的"但丁"是具体的精神——"人类精神"的代表。"但丁将自身作为'人类精神'的象征，将自己的个性作为人性的中心，便已颇表现着他的个人主义的感情。"①由于具体的精神的不完善性，所以，"但丁"需要在维吉尔和贝阿特丽采的带领下，不断地向最高的三位一体前进。而"具体精神"所能够达到的程度，就是他们在不同的层级所处的位置——或地狱，或炼狱，或天堂。现实中邪恶的教士僧侣（包括教皇、主教、各级教职人员等）之所以被放到地狱中接受惩罚，就是因为他们没有任何向天国前进之心。那些被放到炼狱里受到磨砺和惩戒的灵魂，就是因为他们或有些许向上的精神，或在临死前表达了忏悔之意。而在《天堂篇》中，他不仅依据信教者德行和善与爱程度的不同，将他们分别安放在不同的层次上，而且通过他与众多天使的问答，揭示了他们之所以会在此的原因。而作品中的"穿白袍的灵魂"——至高无上的"三位一体"则是作家但丁乃至当时人们心目中"最高的精神"之体现。"但丁"由地狱出发，经过炼狱而最终到达天堂的历程，恰恰是具体的精神向最高的精神复归的过程的艺术反映。但丁对基督教的真谛、对上帝内涵的理解，是与中世纪封建反动僧侣们对宗教和上帝的理解完全不同的：上帝并不是冷冰冰的威权和令人恐惧的角色，他是至高无上的爱的本原，正义与德性的最高体现。这样，但丁就与宗教僧侣对教义的理解形成了性质完全相悖的看法。

（3）但丁也看到，在具体的精神走向最高的精神的历程中，理性和信仰的作用是极为重要的。"去掉理性，人就不成其为人，而只是有感觉的东西，即畜生而已。"人类能否遵从理性的引导发现谬误，能否依从信仰的力量走向真理，对具体的精神向至高的精神的复归，是关键之所在。越是有这种精神的人，越是遵从理性和信仰行动的人，就越能够成为真正的人，而那些沉溺于现实欲望中的人，则是罪恶的化身。但丁作为一个受当时基督教文化熏陶而成长起来的历史文化巨人，作为一个

---

① 茅盾：《世界文学名著杂谈》，百花文艺出版社，1980年，第105页。

学术造诣高深的文化学者,他不可能不对基督教文化内部的深刻矛盾有清醒的了解,也绝不只会被动地接受封建僧侣的僵化教条的说教。在《天堂篇·第二十六篇》中,当圣约翰考问但丁对仁爱(其实是但丁借以宣传自己对基督教教义)的理解时,他写到:"由于哲学的证据和自天而降的威权,这样的爱就深深地印在我的心里。一个人要是明白善之为善,善就会煽动爱,越有德者越甚,所以一个人要是明白善是卓绝无比这一个真理,势必爱那要素,这要素的完全是超过一切,在这要素以外,只是他全光中的一线光罢了。这一个真理,也是那把对于永久事物之原始爱,指明给我看到的一位所教的。还有那真理的主人亲自对摩西说的话:'我要向你显示一切德性。'也使我有所觉悟。"

(二)《神曲》的象征意义及其内容的矛盾性

据专家考证,但丁在《神曲》中所描绘的世界,是按中世纪的传说和古希腊天文学家多禄谋的宇宙体系构造的。多禄谋认为地球是宇宙的中心,各外星围绕地球旋转,水晶天外是不动的永恒的天府。由于水晶天的每个分子(灵魂)都希望轮流地接触上帝居住的地方,因此造成了水晶天的运动。此种运动又牵动了别的天。所以水晶天又名为"原动天"。这种构成本身,完全表现了中世纪的神学思想。但这并不说明,《神曲》就只是一部神学著作,但丁就是一位神学家。因为更深入考察作品时,无论作品主题、思想内容还是艺术成就,都表现出了但丁世界观明显的矛盾性。

《神曲》主要写人的思想如何完善和如何认识终极真理的过程。作品充满了象征意义。有人认为"黑暗的森林"象征当时意大利黑暗的政局,"豹"象征佛罗伦萨的政治迫害,"狮"象征法兰西王,"瘦母狼"象征罗马教廷。幽暗森林代表罪恶,披着阳光的山顶代表一种光明境界。人希望重见阳光,象征着由于本身的弱点,需要理性和信仰的帮助,因此,作品中的古罗马诗人"维吉尔"象征理性,"贝阿特丽采"象征神学信仰。但丁正是用中世纪诗人惯用的象征手法,描写了在理性、神学信仰和爱的引导下的心灵觉醒过程。由于但丁是把政治问题和思想道德问题混为一谈的,所以他像当时的很多人一样,认为社会黑暗是人自身具有罪恶的结果,是思想堕落和道德低下的罪过,所以,社会政治问题的解决,主要寄托在人们思想道德的改善上。

这种认识决定着作品的主题:在战乱纷争、国破山河碎、时代处于大动荡的条件下,在人们处在混乱和迷惘之中的时候,人类要想得救,主要途径在于提高自身的精神境界和道德水准。维吉尔象征理性,就是要人们通过理性来认识罪恶和错误,从而悔过自新。这还不够,还需要通过神学信仰,通过对上帝的爱来认识最高真理和达到至善的境地。这种主题上的矛盾性就使但丁在处理这一题材时,新旧思想相互掺杂,他既表现了中世纪的落后意识,给中古文化以集大成式的艺术总结,同时又在作品中第一个表达了人文主义思想的曙光。《神曲》内容上的矛盾大约体现在：

（1）表现了但丁对宗教和教会以及教职人员的双重态度。一方面，他对现实中的教会、教皇以及僧侣们进行了猛烈的批判，对罪恶的僧侣阶级的残暴统治和无耻丑行做了暴露性的描写；另一方面，他又歌颂和肯定了理想的基督教。

《神曲》首先批判了教会、教皇和僧侣们的贪婪与掠夺。中世纪欧洲的封建教会和僧侣阶级是当时社会上最大的剥削者和掠夺者。但丁在《神曲》伊始，就用瘦母狼代表罗马教廷，象征教会的贪得无厌。在地狱的第八层第三条沟里，他放上了贪婪无耻的教皇尼古拉三世，并让这个教皇自我招供："我虽然穿着大道袍，但确是熊的儿子，为了要繁殖小熊，我便囊括世间的财富。"他生前，不仅贪得无厌、大肆搜刮，而且还把教职按价出卖。所以但丁将他和其他买卖圣职者一起，让他们像木桩一样被倒栽在地穴中受烈火的烧烤。贪婪与残暴总是联系在一起的，但丁在《神曲》中，对僧侣们的残暴也有过深刻的批判。这就构成了《神曲》对宗教批判的另一个方面。被但丁放在地狱第九层中的路格利主教，生前不仅将他的政敌乌哥利诺（于谷霖）和儿子们一起囚禁在塔楼里，而且还饿死了他四个无辜的儿子。作者对此进行了愤怒的谴责。但丁还无情地揭露了教会、教皇和僧侣们的伪善。被但丁放到地狱第八层中的教皇逢尼法斯八世，就是这种伪善者的代表。基独原是个罪恶之徒，后来悔悟，成了教士，因为基独掌握了教皇逢尼法斯敌手的秘密，所以教皇便百般利诱基独重新犯罪，参与他的阴谋。上帝和天国，在他们的手中，不过是实现阴谋的手段和工具而已。正是出于对宗教伪善者的痛恨，他将那些生前伪善的宗教骗子都放到地狱深处，让他们每个人都穿着沉重的镀金袈裟，使其永无休息之日。

抓紧世俗政权，残酷地进行政治统治和经济剥削，是当时教皇的罪恶活动之一。意大利和佛罗伦萨城的分裂与党争，都是教皇插手的结果。因此，但丁愤怒地揭发了教会教皇对世俗政权的野心。每当讲到教皇干涉政权的阴谋诡计时，诗人总是以极为严峻辛辣的攻击打断了匀称的叙述。《神曲》通过对僧侣阶级罪恶统治暴露性的描写，对中世纪教会的罪恶给予了多方面的批判。这种思想客观上是与人民群众的要求相一致的，对维护意大利统一有着不可磨灭的贡献，它也影响了后来的"宗教改革"运动，开创了文艺复兴运动对宗教进行批判的先声。因此，雪莱称但丁是"宗教改革的先驱"，是"第一个宗教改革家"。

但是，但丁毕竟又是一个中世纪的巨人，他在对现实的基督教会、教皇和僧侣们进行谴责与批判的同时，又肯定了理想的基督教和理想的教皇、僧侣。所以，他批判现实中教会的丑恶和罪行，并不是要对基督教进行否定，相反，他对基督教则有着根深蒂固的信仰。在《神曲》中，他也对基督教的辉煌历史、理想教徒和所谓卓越人物加以热情的赞美。例如，他将基督、圣母、圣彼得、圣约翰、圣雅各、亚当等人的灵魂都放进了天堂，说明了他对理想基督教的肯定，表现出了中古诗人的偏见。

（2）表现了他对世俗生活的双重态度。一方面，他从中世纪诗人的立场出发，表现了占统治地位的禁欲主义和神秘主义的陈旧思想;另一方面也表现出了与后来人文主义思想家们肯定世俗生活相类似的思想感情。

从整部《神曲》来看,大部分地方都表现出了中世纪占统治地位的禁欲主义思想。比如地狱、炼狱、天堂对于受罚、洗涤、享福的灵魂安排,在很大程度上是根据禁欲主义思想来体现的。尤其是炼狱山,实则就是座"禁欲山"。这里,但丁吸收和表现了中世纪陈腐的"原罪说"以及"灵魂拯救"思想,认为人只要克制情欲,苦修苦练,就能上天堂。反之,生前放纵情欲不思悔过,将下地狱。正是按这种思想,他在地狱中放进了许多生前贪吃奢财、放纵情欲的灵魂,如古希腊美人海伦和帕里斯,迦太基女王狄多等。

与这一面形成鲜明对比的,是他在《神曲》中表现出了对世俗生活进行肯定的反禁欲主义倾向。在《地狱篇》第五篇中,他根据教会的道德标准,把生前犯了叔嫂通奸罪的保罗和美人弗兰西斯嘉放到地狱第二层中遭受折磨,让他们的灵魂在阴风苦雨之中漂浮不定。但是当弗兰西斯嘉述说了他们不幸的遭遇之后,但丁又对他们真挚的爱情表示了深刻的同情。这样,诗人在这里就突破了思想上禁欲主义的束缚,歌颂了现实生活里真挚不渝的爱情,流露出了强烈的反禁欲主义倾向。作家认为现世并非是来世生活的准备,而有其本身的价值。诗中多方面显示出了但丁对世俗生活、人际关系以及社会斗争的强烈兴趣。他在描写荷马史诗中的英雄尤利西斯(奥德修斯)时,就肯定了他航海冒险的英雄行为,并借他的口指出,人不能"像野兽一般活着",应该去"追求美德和知识"。在他谈论人的活动时,他认为要"克服惰性,因为生在绒垫上或者睡在被子里,是不会成名的;默默无闻地虚度一生,人在世上不留下痕迹,就如同空中的烟雾、水上的泡沫一样"。诗人把古今很多英雄人物(包括那些骑士和先哲们)作为在生活和斗争中的光辉榜样来热情赞颂,这种追求荣誉,肯定人现实生活中的活动的思想,也不是中世纪的。

(3)表达了但丁对封建统治阶级及其代表人物的矛盾态度。他首先无情地批判当时社会上残暴的君主和分裂割据、鱼肉人民的封建诸侯,谴责他们为了扩大自己权力而进行的封建性战争,表达了他对祖国统一的愿望。《地狱篇》第十二篇中,他借半人半马的怪物之口,对那些残害人民的君主和贵族,进行了指责和批判。他认为历史上马其顿亚历山大王和有"上帝之鞭"称号的匈奴王阿底拉等,"都是杀人劫财的暴君",所以只配在地狱第七层血沟中受水煮之刑,"终古流泪"。这正与文艺复兴时期人文主义思想家反封建思想一脉相承。然而,作为中世纪最后一个诗人,但丁又热情地讴歌和赞美了他理想中的君王和贵族。比如,把祖国统一的希望寄托于公正的帝王——日耳曼皇帝亨利七世身上,而且他还没死时,就在天堂里为他预留了位置。在天堂第六层中,他放上了很多正直君主的灵魂,并让他们为祥云瑞气所环绕。凡此种种,说明但丁对封建势力的代表人物的看法是深刻而又矛盾的。这说明但丁的政治理想仍没有超脱出封建社会理想的局限。

(4) 在但丁对待人类文化的看法上也表现了双重性。一方面,他表达了虔诚的基督教思想,认为基督教文化是人类最伟大、最神圣的思想文化结晶。因此,《神曲》中有对中世纪经院哲学的热情阐述,有对神学思想的热情讴歌。"《天堂》中关于神学问题之讨论,较《净界》中更为广泛,如:祈愿之神圣,上帝之不测的公正,宿命说,所罗门之智慧,亚当在伊甸园之居住等。愈至篇终,但丁讨论问题愈见其热忱,愈见其信心。"①这可以看成是但丁作为旧时代最后一个诗人在思想文化上的偏见。但是同时,但丁又对中世纪神学思想体系所排斥的古希腊罗马文化和进步的异教思想给予了热情的赞美和高度的评价。比如,他出于宗教偏见,将古希腊、罗马作家都放到了地狱中,让他们生活在阴沉的地狱第一层(候判所),但是当诗人来到候判所,见到荷马、贺拉斯、奥维德等人灵魂的时候,"那些伟大的精灵显现在我的眼前。我心中因看到他们而感到光明"。"我能躬逢盛会,心里觉得非常光荣。"尤其是当荷马等人把但丁也算在他们里面,是这些哲人之中第六个的时候,但丁也是极为高兴的。这实际上表现出了作者对古希腊罗马等异教文化的赞扬和肯定。这种思想上的矛盾,甚至在维吉尔这个人物身上也表现出来。但丁用他象征理性,称他是"智慧的海洋","拉丁人的光荣",表明了他对古代文化的信任与崇拜;但又认为理性只能引人出迷途,却不能认识至极的真理,要达到至善,还要靠神学,靠宗教之爱和热诚。但丁这里对古希腊罗马等异教文化所作的肯定与赞扬,已经成了伟大的文艺复兴运动的前奏,也是新世界观的开端。因为"文艺复兴"运动就是打着尊崇和复兴古希腊罗马文化的旗号进行的反对中世纪神学体系的斗争。

(三)《神曲》在艺术上的成就及其矛盾性

《神曲》在艺术上取得了极高的成就,由于作家所处的时代和世界观上的矛盾,因而在艺术性方面,也体现出了矛盾的双重特征。

但丁在《神曲》中,将中世纪文学所盛行的象征、梦幻的手法,同反映现实生活的内容结合在一起,从而用陈旧的形式表现出很多崭新的人文主义内容。像以往整个中世纪宗教题材的作品一样,《神曲》的整部诗篇都充满着寓意和象征的内容。如他用幽暗森林来象征社会与人类自身的罪恶,披着阳光的小山象征着一种光明的境界,上帝"三位一体"象征终极的真理,是至善至美的化身。从整个作品而言,《神曲》但丁的漫游过程,象征着人类的灵魂和精神的完善过程。这种象征手法,恰恰是中世纪教会文学所惯用的。除了这种象征手法之外,还有梦幻的手法。比如诗人游历幽冥三界本身,就是一种梦幻形式,"但丁"梦中神游,这在现实世界中是不存在的,所以这种梦幻的手法同象征手法一样,都是作家对基督教文学形式的应用。然而,但丁却正是通过这些陈旧的手法,表现出了强烈的现实精神和崭新的内

---

① 〔意〕但丁:《神曲》,王维克译,人民文学出版社,1997年,"附录 但丁及其神曲"(王维克),第530页。

容。例如他对宗教伪善者的揭发批判,对封建统治阶级的嬉笑怒骂,对世俗爱情生活和异教文化的肯定以及对当时历史事件和各种人物所做的深刻评判,都是现实生活和时代精神的反映。

《神曲》可以说是14世纪以前人类知识的百科全书。它所包含的知识是极为丰富和驳杂的,不仅有当时占统治地位的基督教知识,也有古希腊罗马等异教文化,不仅涉及了神学,还涉及天文学、地理学、建筑学、诗学等各种现实知识;既有但丁主观大胆的臆想,又有严密准确的学术论证。例如,伊甸园的典故出自《圣经·旧约》,而维吉尔则来自罗马,匈奴王阿底拉则来自东方历史;在地狱第六层中的复仇女神源于希腊神话,而炼狱的守护者卡图又来源于罗马历史。但丁的高祖卡恰吉达、神圣罗马帝国皇帝亨利七世又都是现实中的人物。总之,历史的、现实的、神话传说的、口头流传的、西方世界的、东方社会的多种知识的有机融合,使这个作品成了集世间一切知识之大成的典范。有些是毫无价值的宗教说教和神学知识,而很多则是应该肯定的有价值的思想。这种艺术特点也显示出了但丁创作的两面性。

《神曲》具有宏大、严谨、端正的结构,它正是以艺术结构的严密著称于世界文学。他按神学上"三位一体"的学说和古希腊天文学家多禄谋的宇宙体系来构造了他的结构大厦。《神曲》的结构,好像一个严整而有系统的三棱形大建筑,全诗分为"地狱""炼狱""天堂"三部分;每部分各33篇,加上《地狱篇》前的序言,共100篇。"三"象征着"三位一体","百"表示"完全中之完全"。诗中的地狱、炼狱、天堂等部分,也是完全对称的。三部的各自结尾,都以"星"字结束。这样的结构用连锁韵律(每一诗节三行,其中第一与第三行押韵,第二行与下节第一、三行押韵),在不断变化中一直灌注下去。这种完整而有秩序的结构具有一种造型艺术的效果,是中世纪神权思想的体现。但是,这种结构也与人文主义思想家们对古代文化的认识有相似之处。例如,文艺复兴以后的文学家们,在谈到古希腊艺术杰作的一般优点时,认为在于"高贵的单纯和静穆的伟大"。温克尔曼说:"希腊人的艺术形象表现出一个伟大的沉静的灵魂,尽管这灵魂是处在激烈的情感里面;正如海面上尽管是惊涛骇浪,而海底的水还是寂静的一样。"①《神曲》结构上的庄严、肃穆,内容上的激烈动荡与古代艺术如出一辙。这说明但丁《神曲》的结构既是中世纪的,又不是中世纪的。

但丁在塑造人物和描写情景方面,也给人以极为矛盾的感觉。大多数人物都苍白无力,是象征性的,与中世纪宗教文学中的人物特点相似。然而,但丁在用寥寥数语勾勒人物性格特点方面可以说是位高手。如只用"他挺胸昂首,对于地狱的权威似乎表示一种轻蔑"这样一句话,就使齐伯林党领袖法利纳塔英勇无畏的英雄气概跃然纸上。再如对荷马、贝阿特丽采等人,只是简洁几笔,便使前者显得威严崇高,后者纯洁慈爱、光艳照人。再如,描写两个鬼魂相遇时,用了世间常见的事物

---

① 朱光潜:《西方美学史》上册,人民文学出版社,1964年,第302页。

进行了比喻:"那里双方的灵魂抢上去相拥抱接吻……很像黑蚁的队伍,在路上互相擦嘴,以探寻前面食品所在的模样。"这种具体的比喻和生动的细节描写在中世纪梦幻文学中是极为少见的,但与现实主义的手法极其相似,也是后来人文主义文学的一个显著特征。

在语言上,也可以看出但丁处在矛盾中。他是第一个不用官方语言拉丁语写作,而用当时的民间俗语意大利民族语言写作的诗人。据当时一个僧侣记载,但丁曾将《神曲》的部分章节送给他作纪念。他发现里面用的是意大利文而不是拉丁文,感到非常惊讶。就问但丁:"这种日常用语怎能表现严肃的内容?"但丁告诉他,在最初决定要写这部作品时,就立意选定了这种通俗的语言,认为这种语言与这一题材是完全适合的。众所周知,教会文学作家,特别是僧侣作家写作的语言,主要是拉丁语。但丁用民间俗语来写作,以使普通人能够看得懂,不能不说是对封建社会文化霸权思想的反叛。由于但丁第一次用意大利语写了这样重大的题材,这就为意大利民族语言和民族文学语言的形成起了奠基和推动作用。但《神曲》中的大量语言和词汇又带有强烈的中世纪语言那种烦琐、晦涩、象征的特点,充满了主观的呓语和神秘主义色彩。这说明但丁虽然已从封建社会的语言中脱胎出来了,但他身上还不能不带有中世纪语言的血污。

思考练习题:

1. 为什么说欧洲中世纪文化和文学具有创新的性质?中世纪和古代罗马文化与文学的差异主要体现在哪里?
2. 基督教在欧洲文化与文学的兴起和发展中起了什么样的作用?
3. 中世纪英雄史诗、骑士文学和市民文学各自包括哪些代表作品?它们各自的思想倾向和艺术特征是怎样的?
4. 如何理解但丁的《神曲》在思想和艺术上与基督教的关系?为什么说《神曲》包含了新的思想观念?

第三章 文艺复兴时期文学

第一节 概 述

一、文艺复兴运动兴起的原因和人文主义

西欧14—16世纪出现的文艺复兴运动,是人类历史上的一次伟大的变革。从经济上看,13世纪末14世纪初,地中海沿岸一些城市手工业和商业贸易蓬勃发展,导致了资本主义生产关系的萌芽。这给落后的中世纪生产力和生产关系的变革,提供了强大的历史推动力。从政治上看,代表着新的生产力和生产关系的新兴资产阶级,不满意旧的生产关系的束缚,从而产生了反对封建贵族阶级、僧侣阶级的强烈的政治愿望和要求。可以说,当时欧洲的经济发展、政治形势等方面的要求对文艺复兴运动的产生起到了根本性的和决定性的作用,但欧洲文艺复兴运动之所以能够在此时发生和获得发展,也是其文化上独特因素强劲作用的结果。

第一,现代意义上的城市的出现及与之相适应的城市新文化氛围的形成,对文艺复兴运动在封建中世纪的内部产生具有重要的意义。正是在这样的历史条件下,"从中世纪的农奴中产生了初期城市的城关市民;从这个市民等级中发展出最初的资产阶级分子"。这不仅给新时代的发展提供了经济和思维方式的基础,同时,欧洲城市还为当时的人们馈赠了热爱新文化或对新文化感兴趣的宫廷。

第二,现代意义上的学校教育在中世纪的基础上获得了巨大的发展。到了12世纪初期,中世纪最早出现的大学有意大利那不勒斯附近的萨莱诺大学、博洛尼亚大学,在法国,巴黎大学在12世纪中叶也初具雏形。此后的一个多世纪里,西欧许多国家也纷纷成立大学,其中著名的有英国的牛津大学(1167年)、剑桥大学(1209年),法国的图卢兹大学(1229年)、蒙彼利埃大学(1289年),意大利的帕多瓦大学(1222年)、那不勒斯大学(1224年),西班牙的帕伦西亚大学(1212年)和葡萄牙的里斯本大学(1290年)等。至1500年时,欧洲实际存在的大学近80所。它们活跃了当时的思想文化生活,并为文艺复兴时期的人文主义运动提供了人才和思想基础。

第三,在对神学的深入研究中导致了现代科学技术领域出现飞速进展。教会鼓励天文学研究,最初的动因是当时的宗教学者要证明上帝和天堂的存在。但是,

随着人们对天体奥秘了解得越多，上帝和天堂的存在之合理性就越受到质疑，天文学愈来愈变成了一门独立科学。在论证上帝及与之相关的事物相联系（如天使的体积和重量、天堂的构成及形状、基督的法力和炼丹术的神奇等）的过程中，数学、物理学、化学逐渐从神学的附庸变成了真正的科学。这一切，无不又促使着反神学文化氛围的形成。

第四，当时的基督教教会内部出现了变革力量。例如，马丁·路德（1483—1546）就是一个代表人物，是一位在宗教内部对神学教条进行怀疑和反抗的杰出思想家。他在修道院因讲《圣经》课程而对封建教士们的说法发生了怀疑。他认为，上帝的本质是"善"和"爱"，是"爱"和"善"的"福音"；信徒不必通过祭司、教士和教会主持的圣礼，只凭自己的信仰就可以直接与上帝沟通；而人只要有了信仰，就会自动行善避恶，遵守上帝的诫命。甚至在教会内部，有些身居高位的僧侣，如著名的具有人文主义思想的教皇庇护二世（1405—1464）和尤利乌斯二世（1443—1513）等，也都是在宗教内部进行改革的人物。宗教改革所带来的人的思想解放和理性的发扬，推进了西方近代资本主义的文化。

同样，欧洲文艺复兴运动之所以能够在此时产生，也与历史为其提供了大规模兴起和发展机会的几个事件密切相关。

事件之一在于欧洲大瘟疫的出现。1347年，一场致命的瘟疫使占欧洲三分之一的人（2500万）死去。这场瘟疫引起了当时人们对上帝万能论的动摇及其人生问题的反思，从而成了人们思想解放的契机。意大利作家乔万尼·薄伽丘亲身经历了这场瘟疫，在小说《十日谈》中，不仅对其可怕情景做了真实的描写，而且也暗示了这场瘟疫所造成的人们思想观念的变化："有些人以为唯有清心寡欲，才能逃过这一场瘟疫"；"也有些人的想法恰巧相反，以为唯有纵情欢乐、豪饮狂歌，尽量满足自己的一切欲望，什么都一笑了之，才是对付瘟疫的有效办法"。

事件之二是古代文化典籍的重新发现。1453年土耳其人攻进拜占庭，大量的古代文化瑰宝横遭破坏，散失在外。人们发现，在古代的希腊人那里，就已经有了对人自身的丰富的认识：人是自己的主人，长期以来被宗教僧侣作为绝对真理所信奉的上帝并不存在。由于社会生产力的发展，人们认识自然、认识社会的能力也有了较大的提高。人们感到，既然古代的希腊和罗马人尚能够凭借自己的力量使自己能够像真正的人那样生活，那么，新的人类也一定能够生活得更加符合人的本性。这样，对自己能力的自信必然要导致对神的力量信仰的淡漠，对人自身的肯定。

事件之三是地理大发现和环球航海的成功。哥伦布在1492年开辟了通往美洲的航线；瓦斯科·达·伽马在1498年首次开通经非洲直达印度的航线；麦哲伦与同伴在1519—1522年完成了环球航行。地理大发现和环球航行的成功，更进一步促进了资本主义生产关系的发展。新兴的资产阶级要自由地发展资本主义的愿望,必然要与阻碍其发展的封建制度发生尖锐的冲突。两种意识形态的斗争不可避免。

正是当时历史文化的原因和现实的机遇,才使得欧洲中世纪文化中所包含的人的向上精神和人的情感要求进一步发展成了新的思想文化体系——人文主义。

文艺复兴时期出现的"人文主义",核心是与宗教神学对比意义上的"人"。与"神本主义"针锋相对,人是"宇宙的精华,万物的灵长"。"神学观点把人看成是神的秩序……与之相反,人文主义集中焦点在人的身上,从人的经验开始。它的确认为,这是所有男女可以依据的唯一东西,这是对蒙田的'我是谁'问题的唯一答复。"[①]人文主义的内涵包括:肯定个人的情感、欲望的合理性,反对禁欲主义。这就是说,人本首先是个人之本。个体性的人之本是理解人本主义的前提和基础。从肯定个人欲望、情感出发,人文主义者把认识自己和认识世界当成了最重要的两大任务。

二、文艺复兴文学发展的历程

文艺复兴运动最早是在意大利发端的。意大利人弗兰西斯科·彼特拉克(1304—1374)被称作"人文主义之父"。他最早喊出了"人不认识自己,就不能认识上帝"的革命性话语。他年轻时代对少女劳拉的爱情,与但丁对少女贝阿特丽采的经历极为相似。他的抒情诗集《歌集》作为其最优秀的作品,虽然包含一些富有激情的政治诗,但主要都是与劳拉有关的爱情诗篇。他在用40多年的时间写作的300多首十四行诗中,以感人肺腑的浓情、丰富多彩的笔墨,描绘劳拉的形体美、气质美和内心美,大胆表现对劳拉的思念,歌颂美好的爱情,抒写对幸福生活的向往。彼特拉克写作时,从个人的感受出发来表达个人的情感,从而客观上显示出了对冰冷死寂的神权世界的对抗。

乔万尼·薄伽丘(1313?—1375)是意大利文艺复兴时期另一个伟大的作家。他既是彼特拉克的好友,也在思想上与彼特拉克有极大的相似之处。他一生写作了传奇、史诗、叙事诗、十四行诗以及小说、论文等众多作品。他同但丁、彼特拉克等人一样,很早就有了爱情的体验。"他把他的早期作品都奉献给青年时代的情人'菲亚美达';并且在带有自传性的作品中追叙了他在教堂中初次遇见菲亚美达,一见钟情,二人以后热恋的光景。……学者们向来认为这位在创作生活上给予薄伽丘很大影响的菲亚美达,就是那不勒斯国王的私生女玛丽亚。"[②]青年时代的薄伽

---

① 〔英〕阿伦·布洛克:《西方人文主义传统》,董乐山译,生活·读书·新知三联书店,1997年,第233页。

② 方平:《十日谈(选本)·译本序》,〔意〕薄伽丘:《十日谈(选本)》,方平、王科一译,上海译文出版社,1983年,第27页。

丘曾经在那不勒斯宫廷生活了很长一段时间,这里比较开明,又聚集着许多见多识广的人和带有人文主义思想的学者,对他影响较大。他的第一部比较成熟的长篇小说《菲洛哥罗》,写的是一个信仰基督教的姑娘和一个青年异教徒的爱情故事,表现了爱的激情与胜利。书信体小说《菲亚美达》把一个失恋少妇内心世界的种种心理感受,激情和渴望、幻想与痛苦表现得极为感人。薄伽丘生活的时代,尽管基督教的道德伦理还起作用,"但他所叙述的放荡行为也有一定的事实根据"。当时"对于男子和其他妇女的关系,社会上却不以此看作男子本人的污点,只要他不和一个出身低贱的情妇结婚以至有辱家声即可。佛罗伦萨的男人只要机缘凑巧,就会和妇女谈情说爱,而这些机会倒也并不稀罕。他们热情发泄的对象往往是家中的女仆和奴婢,虽然和城内以及郊区的较低阶级的妇女发生关系也是常见的"[①]。

薄伽丘的代表作《十日谈》别称《箴略托公子》。虽然有人认为这部小说"夸大了在显贵家族内部风流事件和私通行为的程度"[②],也有人指责薄伽丘作品中充斥着过多的赤裸裸的低级描写。但是他所描写的修道院里的偷情、贵族府第的通奸、市民家庭中的"红杏出墙"以及性的启蒙、性的欺诈、爱的机智、爱的圈套等,无一不是表明着个人情欲和欲望的合理性,显示着他对个人情感欲望的肯定。纵观《十日谈》中的全部故事,可以说,作者最初创作的缘起,就是为了"纵谈风月"。但正是这样的描写,表现出了反封建、反教会的巨大思想意义,具有强烈的人文主义思想倾向。他对教士、修女不满,并不是因为这些人有性爱欲望和性爱行为,而是这些人的欺骗行为和言行不一。有这种要求,但却压抑它、扼杀它,或用欺骗的手段来满足它,在薄伽丘看来才是不正常的,才是反人性的。第一天故事第四、第三天故事第四、第八、第十,第四天故事第二,第七天故事第三,第八天故事第二、第四,第九天故事第二、第十等,表达的就是这种思想。相反,敢作敢为,毫不隐瞒对人的本能的追求和欲望的宣泄,尽管耍些不道德的小手段,薄伽丘也认为是合理的。第二天故事第十,第三天故事第一、第二、第三、第六,第五天故事第四、第十,第六天故事第七,第七天故事第一至十,第八天故事第八等,都是这种思想的反映。第二天故事第十中,法官理查的妻子之所以不再回到老丈夫的身边去过体面的生活,心甘情愿跟随海盗帕加尼奴做夫妻,其根本原因是法官不能满足她的性要求。在"绿鹅"这个小插曲之后,作者公开出面宣称:"谁要是想阻挡人类的天性,那可得好好儿拿出点本领出来呢。如果你非要跟它作对不可,那只怕不但枉费心机,到头来还要弄得头破血流。……那班批评我的人可以闭口了;要是他们的身子里缺少热血,那么就让他们冷冰冰地过一辈子吧。……让我利用这短促的人生,追求自己的乐趣吧。"可以说,薄伽丘更多的是从肯定个人情感和情欲的角度来反抗神学体系的不

[①②] 〔美〕坚尼·布鲁克尔:《文艺复兴时期的佛罗伦萨》,朱龙华译,生活·读书·新知三联书店,1985年,第140页。

合理,这才是他创作的真正动机。

不仅意大利早期具有人文主义创作倾向的作家如此,其他国家的作家也表现出了与之类似的艺术价值取向。英国作家杰弗利·乔叟(1340?—1400)出身于伦敦市民家庭。他在创作之初所写的作品《公爵夫人之书》表现了中世纪的"爱情幻景"与悼亡诗歌的结合。他的叙事长诗《特洛伊罗斯与克瑞西达》显示了作者如何把中世纪诗歌的"情爱律"发展到了一个顶点的才能。特洛伊罗斯对爱情的执着与向往,以及受爱情折磨的心理过程,均表明了它已经不是古希腊人的心理感受,也不再是中世纪欧洲人的典雅爱情的再现,而是受觉醒了的情欲制约的结果。克瑞西达富有、漂亮、温柔、妩媚、多情而又意志薄弱、见异思迁,完全屈从于情欲的支配。作品中另一个主要人物克瑞西达的舅舅潘达勒斯也是个滑稽、淫荡而友善的人物。作家在这里并没有突出的指责任何人(包括克瑞西达),显示了乔叟看重情感作用和觉得情感难以捉摸的写作心理。而看重情感自身的作用,包括情感的执着、情感的善变、情感的无常等,说到底,仍是文艺复兴运动初期从人的感情层面上考察人的思维模式的反映。在他的代表作《坎特伯雷故事集》中,这一特点表现得就更明显。尽管这部作品中包含着很多讽刺宗教僧侣的文字,但是,对于市民阶层纵欲抱着欣赏的态度津津有味地加以描写,肯定主人公用种种手段达到肉欲的满足和爱情的实现,仍是小说中极为重要的内容。其中"武士的故事""磨房主的故事""巴斯妇的故事""商人的故事"等,就显示出了与薄伽丘创作相同的心态。

由此可以看出,在彼特拉克、薄伽丘和乔叟等文艺复兴初始时期作家的笔下,快乐的青年、聪明的少女、机智的寡妇,甚至那些上帝的使者们如修士、女修道院长、游方僧等,都在用自己的聪明、智慧乃至狡黠张扬着人的本能欲望和人性要求,从而构成了与死气沉沉的"天国"相对立的、充满着"情"和"欲"的生机勃勃的人的世界。

这种角度对神学教条和神学体系的冲击极有力量,但也很快暴露出了肤浅:人的情感欲望和人的理想之间没有建立起密切的联系。新起的作家发现,如果只有情感欲望要求而没有远大高尚的理想与之匹配,情欲就会流于放纵。有鉴于此,16世纪以后的人文主义文学家们,便用巨人式形象的塑造逐渐取代了早期单纯的对"人性快乐"的感性层面的讴歌,从而使对人的认识再一次走向深化。

法国作家弗朗索瓦·拉伯雷(1494?—1553)是第一个成功地描写人的巨人形象,展示巨人风采的。他自己也是一个通晓医学、天文、地理、神学、数学、哲学、文学、教育、法律、音乐多种学科和希腊文、拉丁文等多种文字的人文主义巨人。他受民间故事启发创作而成的长篇小说《巨人传》,用象征的手法,第一次为人们塑造出了两个无论在躯体上还是在精神上都高大雄硕的巨人典型。这是欧洲近代文学中,人的形象首次顶天立地地屹立在神面前的一次成功的艺术实践。在充满寓意的描写中,他强调了雄硕的躯体与人的巨人精神和伟大情感相平衡的机制。卡冈都亚身材高大,一出生便要喝17000多头母牛的牛奶,便要用12000多尺布做衣服。这种夸张的描写,实际上建立起了他后来之所以具有高远的眼界、巨人式的精神的载体。例如,卡冈都亚接受了人文主义思想,厌恶中世纪繁琐哲学,渴望"德廉美"式的理想国,就达到了躯体与精神情感的平衡。他的儿子庞大固埃进一步表现了躯体与情感精神的高度平衡。他不仅躯体高大,而且精神世界更为成熟,"灵魂充满真理、知识和学问",成了十全十美、毫无缺陷的人,不管在品行、道德、才智方面,还是在丰富的实践知识方面。可以说,拉伯雷正是用《巨人传》的创作,为人类塑造出了两个躯体和情感合一的巨人形象,从此,人的形象顶天立地地站在了神的面前。这种描写,实则在对人的认识上,跨过了早期人文主义作家单纯从个人感受的情感层面去认识人的局限。"人"在拉伯雷的笔下带有了人类的普遍性特征,是人类共有经验的抽象。这样,拉伯雷对人和人性的赞美在一定程度上带有普遍的品格,超出了狭隘的资产阶级阶级性的范围而反映了人类的共同愿望。

在描写巨人形象、展示巨人风采方面,英国戏剧领域的杰出代表"大学才子派"作家们,是继承和发展这一主题的成功群体。克里斯托弗·马洛(1564—1593)在他的十幕悲剧《帖木儿》中,"再现这个东方征服者的生活道路的时候,便把帖木儿描绘成了一个追求无止境的世界霸权的巨人式的人物",马洛"满怀热情地、用充满了激情的语言在描写一个有血有肉、感情丰富的人物"。①

西班牙文艺复兴运动的发展,虽然因其独特的社会历史文化原因而缺乏典型性,但是在当时的主要文学领域中仍然体现出了与法国、英国文学相同的对人认识的意蕴。比较一下中世纪的骑士小说和16世纪初出现的骑士小说,这两种骑士小说里面的主人公尽管都是英雄,都有超人的本领和都建立了骄人的功业,但是,早期的骑士小说主人公英雄气概的来源,更多是上帝和宗教的启迪,是对宗教的责任和信仰虔诚的结果,而在16世纪出现的西班牙骑士小说中,对宗教的虔诚往往被对贵夫人的爱恋所取代,一切出生入死、建立武功的动力均来源于爱情。另一个区别在于,中世纪鼎盛时期骑士文学中的主人公,他们战无不胜的魔法均来自于上帝的赐予,而西班牙16世纪出现的骑士小说中的主人公的魔力更多的是来自于自身的武艺高强。"火剑骑士只消把手一挥,就把一对凶魔恶煞似的巨人都劈成两半。"这样,对爱情生活的追求与自身具有强大的巨人式力量的结合,就使得西班牙此时出现的骑士小说不自觉地具有了文艺复兴时期文化的一些特点。后来出现的"流浪汉小说"和作为西班牙文学"黄金时代"代表人物的塞万提斯的创作,则是自觉表现这一时代要求的典范。"流浪汉小说"的代表性作品无名氏的《小癞子》中的主人公小拉撒路,实则就是一个生活在下层社会中的特殊"巨人"。他虽然地位低下,遭遇悲惨,但是却凭借自己的聪明和智慧,靠狡黠和欺诈最终摆脱了厄运,过上了较

---

① 〔苏〕阿尼克斯特:《英国文学史纲》,戴镏龄译,人民文学出版社,1959年,第97页。

为优裕的生活。这部短短的小说还表现出了一种趋向，即对优裕生活的追求是与个人的才智联系在一起的。塞万提斯的长篇小说《堂吉诃德》中的同名主人公，尽管以三次荒唐的"游侠"经历闹出了种种笑话，但是他所具有的高尚理想、百折不挠的奋斗精神和对众多社会问题的精辟见解，都表明他同小癞子一样，不再是俯首帖耳、唯命是从的上帝的羔羊，而是行动着的时代巨人。

对人文主义文学具有开创之功的意大利文学，在16世纪也显示出了描写巨人情感和巨人风采的特点，反映出了意大利人文主义文学的深化。诗人卢多维科·阿里奥斯托(1474—1533)的传奇体长诗《疯狂的罗兰》，就通过主人公罗兰表现了狂热的爱的激情和他坚忍不拔的寻找行动及对爱的执着。另一个著名作家托夸多·塔索(1544—1595)在叙事诗《被解放了的耶路撒冷》中，也以歌颂的态度塑造了所谓的基督教英雄高弗莱多等人。

如果说，拉伯雷开始形成的创作价值取向标志着对早期人文主义作家认识的发展，那么，到此时的欧洲人文主义文学就具备了两个方面主题：一是歌颂以人的本能要求为核心的"人生欢乐派"；一是以展示人的躯体、歌颂人的能力为核心的"巨人风采派"。但两类主题的合流也已经不可避免，即将肯定人的情感欲望与展示人的巨人风采相结合，从而开始在二者的平衡中寻求深度人性特征的新阶段。英国作家莎士比亚的创作，就是将二者有机联系起来并做出新的发展的成功范例。

第二节　西班牙作家塞万提斯

一、生平与创作

米盖尔·德·塞万提斯·萨维德拉(1547—1616)生于马德里附近的一个破落的乡村医生家庭。由于家贫，只读完了中学。1569年，作为红衣主教阿括维瓦的侍从来到意大利，有机会接触了许多文人学士，阅读了众多的拉丁文经典著作和意大利优秀作品，还游历了罗马、佛罗伦萨、米兰、威尼斯、那不勒斯等名城。1570年，塞万提斯满怀爱国热情，参加西班牙驻意大利军队。当时土耳其向地中海沿岸的天主教国家发动了武装进攻，地中海沿岸一时间战云密布。1571年，塞万提斯作为一名普通士兵参加了著名的雷邦多海战，激战中身上受到三处枪伤，最后左臂残废，被称为"雷邦多独臂人"。1575年9月回国途中，被土耳其海盗俘获，押至阿尔及尔。因其带有联军统帅的推荐信，海盗便向其家属索要高额赎金。处于贫困境地的父亲无力筹措这笔巨款，塞万提斯只得在阿尔及尔服了五年苦役。其间曾数次组织逃跑，但都没有成功。每次逃跑失败后，总是主动承担责任。他的光明磊落的品德和勇敢无畏的精神，受到了同伴的敬重。直到1580年10月，他才被亲友赎回。

归国后，他因生活所迫，不得不以卖文为生，于1582年发表作品。他不仅写小说,也为剧场写剧本。此时重要的作品有田园小说《伽拉苔亚》(1585)、剧本《努曼西亚》(1585)。《努曼西亚》取材于西班牙古谣曲,写努曼西亚城人民英勇抗击罗马侵略者的故事,歌颂了西班牙人民的爱国精神和宁死不屈的高贵品格。由于无法维持生活,塞万提斯不得不于 1587 年去塞尔维亚做军队征粮员。他生性耿直、秉公办事,得罪了一些乡绅权贵。他曾因向主教征收粮食以弥补由于旱灾使人民无法交纳的份额而被教会驱逐出教,也曾被贵族诬告"非法筹粮"而入狱。获释后在格拉那达任收税员,因储存税款银行倒闭亏欠公款,再次入狱。1602 年还因"账目不清"被关押过。个人的坎坷经历使他有机会走遍城乡,广泛地接触了社会现实,进一步认清了西班牙王权统治下社会的黑暗和宗教势力的残暴,体验到了劳动人民生活的悲惨和痛苦。

塞万提斯在极其艰难的生活条件下坚持写作,1605 年,他在监狱中开始构思的长篇小说《堂吉诃德》第一部完成出版。小说受到热烈的欢迎,当年就再版 5 次。1613 年又出版了短篇小说集《惩恶扬善故事集》,包括《吉卜赛姑娘》《玻璃博士》《大名鼎鼎的洗盘子姑娘》等 12 个短篇作品。这些作品极富于现实主义精神,以其独特的艺术形式,广泛地反映了西班牙的社会现实,塑造了一系列个性鲜明的人物形象,闪烁着人文主义思想光辉。塞万提斯曾为此而自豪,说这是"第一部用西班牙语写出的短篇小说"。有人因此称塞万提斯是"西班牙的薄伽丘"。他的作品还有长诗《巴尔纳索神山瞻礼记》(1614)、剧作《八出喜剧和八出幕间短剧集》(1615)等。1614 年,正当塞万提斯写作《堂吉诃德》第二部时,有人化名阿隆索·费尔南德斯·德·阿维利亚纳达,出版了一部伪造的续篇,歪曲作家原意,内容低劣荒诞。塞万提斯为了还击,于 1615 年出版了《堂吉诃德》第二部。1616 年他完成最后一部小说《贝雪莱斯和西吉斯荣达历险记》后,不久因水肿病逝世于马德里。

二、《堂吉诃德》

长篇小说《堂吉诃德》是塞万提斯的代表作。据说小说是在狱中最初构思的,作家最初的写作宗旨是"把骑士小说的那一套扫除干净"。然而,小说的意义却远远超过了对骑士文学的嘲讽和攻击,而成为真实全面反映 16 世纪末 17 世纪初西班牙封建社会状况的著名作品。

小说共两部,主要叙述了拉·曼却地方的穷乡绅吉哈达因阅读骑士小说入了迷,企图仿效古代游侠骑士外出漫游,并改名堂吉诃德·台·拉·曼却,还物色了邻居桑丘·潘沙做侍从。这部巨著围绕主仆二人游侠冒险的经历,从贵族的城堡到外省小客栈、从市镇到乡村、从平原到高山,展现了一幅完整的生活画卷,广泛地反映了 17 世纪初期西班牙社会的现实。

小说深刻地揭露了西班牙封建统治阶级的残暴腐朽和当时社会的黑暗,对广大劳动人民的悲惨命运表示了深刻的同情。当时的西班牙是封建专制王朝,"也就在这个时代,西班牙的自由在刀剑的铿锵声中、在黄金的急流中、在宗教裁判所的火刑的凶焰中消失了"。在残酷的封建剥削和宗教压迫下,西班牙资本主义的发展极其缓慢。作品显示,官僚们贪污纳贿,教会借"神圣友爱团"拦路打劫。下层人民不是缺衣少穿,就是被当成土匪和强盗,"二三十个一起挂在树上吊死"。小说关于公爵城堡的描写,集中揭露了贵族阶级的腐朽实质:公爵夫妇闲得无聊,不惜耗费巨资以捉弄堂吉诃德主仆解闷。乡下财主举行婚礼,盛宴铺张豪华,到了"酒池肉林"的地步。与此形成鲜明对比的是,劳动人民正处在水深火热之中,过着地狱般的生活。桑丘就是因为贫困才不得不跟堂吉诃德外出冒险。这样的社会诚如堂吉诃德所说,是一个"多灾多难的时世",是"可恶的时代"。

作品曲折巧妙地宣扬了人文主义思想,并通过主仆二人形象的塑造揭示了西班牙人文主义者同广大农民之间的独特关系。作家展示了封建社会的丑恶,通过堂吉诃德之口流露出要建立没有剥削压迫、世风淳朴、人人平等的"太古盛世"。这一思想是与当时人文主义者们借用古希腊罗马的语言来表达自己的思想、以期演出历史的波澜壮阔的新场面的努力相一致的。小说热情地鼓吹自由,宣扬人与人之间的平等,主张爱情自由,认为只有建立在爱情之上的婚姻才是幸福的等思想,也都表现出了强烈的时代精神,是人文主义思想原则的体现。与此同时,在堂吉诃德主仆关系的背后,作家也客观地表现出了西班牙人文主义者同农民之间关系的一些特点。堂吉诃德的游侠冒险离不开桑丘,如同当时的人文主义者反封建也离不开同盟军农民一样;而人文主义者瞧不起人民群众的弱点在堂吉诃德身上也有明显的表现,他常常骂桑丘是"蠢货",不让桑丘同他一起冲杀,一味企图以自己的力量来解救芸芸众生。正是在这些荒唐情节的背后,显示出了人文主义者与当时农民关系的特性。

这部小说中共出现了包括社会各阶层将近七百个人物,有贵族、教士、商人、地主、市民、士兵、农民、囚徒、强盗、妓女等。在这众多人物中,堂吉诃德和桑丘·潘沙的形象熠熠生辉,最为引人注目。

堂吉诃德是一个身穿古代甲胄、将幻想当成现实的喜剧人物,同时又是受到历史嘲弄的悲剧英雄。他的性格矛盾而复杂,可笑又可爱。在这一形象身上,集中地体现了两方面的特点。

一方面,他陷于幻觉,发疯胡闹。他读骑士小说入了迷,失去了理智,把幻想当成现实,做出了许多荒唐可笑的事情。可以说,在幻觉中建立伟大的骑士功业构成了堂吉诃德行侠冒险的历史。他满脑子都是骑士小说里描写的那套古怪的东西,带着幻想中的骑士狂热,把风车当巨人,把乡村穷客店看成豪华的贵族城堡,把理发师的铜盆当成魔法师的头盔,把羊群当成军队,做出种种发疯胡闹的举动。作者通过这些行为的描写,着重展示了这一形象性格中的喜剧性特征。他所侍奉的骑士道本是 11 世纪流行的封建经济制度的产物,随着封建经济的解体和火枪在军事上的运用早已成为历史上的陈迹。可是,在资本主义业已兴起的时期,犯了时代错误的堂吉诃德却要在现实生活中恢复已过时了的骑士精神,企图用骑士的那一套来"匡正时弊",因而使他成了一个夸张、滑稽的喜剧性角色。结果,他的一系列"英雄壮举"不仅使他在游侠中饱受皮肉之苦,也给他人带来了麻烦和灾难。他的善良动机得到的却是危害人的恶果。

但另一方面,堂吉诃德又绝不是一个单纯的喜剧性角色,在他身上还有高于时代、超于常人的英雄品质。其一,他行侠冒险的出发点和目的是要实现一个伟大的目标,其宗旨不是封建骑士的"忠君、护教、行侠",而是要扶危济贫、匡正时弊、改革社会;他不是现存制度的维护者,而是一个改革者;他不是要为任何一个封建领主效劳,而是要实现一个理想的社会——"黄金时代",亦即建立没有剥削压迫、没有罪恶、人人平等、不分"你的""我的"的世界。其二,堂吉诃德在游侠冒险的荒唐举动中,也体现出了美好的品质,例如一往无前、百折不挠的精神和勇敢、善良和正直的品格,以及对爱情、友谊的忠贞等。这些品质使他高于当时的一般常人。其三,堂吉诃德还具有渊博的学识和人文主义思想。书中交代,只要不涉及骑士道,他的谈吐应答都十分高明,见解高于周围的人。他懂好几种语言,对历史、文学、美学、翻译等问题都有深刻的见解。他熟悉古希腊罗马文化、熟悉《圣经》,说话总是引经据典,具有远见卓识。这一切使他显示出了文艺复兴时期的"巨人"风采。所以,他的失败又使之成为一个带有悲剧因素的人物,即他的严肃思想不为时代所容。他在行侠冒险中的游侠狂热和崇高理想的奇妙结合,就构成了历史的必然要求和这个要求实际上不可能实现之间的悲剧性冲突。

总之,堂吉诃德形象两方面特征的有机结合,使他既可笑又可敬,既滑稽又严肃,既是喜剧人物又是悲剧人物。他是在西班牙严酷现实下一个以特殊方式宣扬人文主义思想的艺术形象。这一形象的矛盾性既无情地讽刺了骑士文学,又巧妙地赞美了人文主义思想,体现了时代精神。

桑丘·潘沙是一个以侍从身份出现的西班牙贫苦农民的典型。在他身上,既体现出了劳动人民的优秀品质,也表现出了小私有者的心理特点。

作为一个贫苦的农民,桑丘一家的悲惨遭遇正是西班牙广大农民悲剧性命运的写照。桑丘家一贫如洗,他给人当长工。因为贫苦,儿子不能上学,女儿嫁不出去,挨饿是家常便饭。然而作为一个生活在底层的劳动者,长期的农村生活实践形成了他性格中极为注重实际的特点。在游侠过程中,他曾不断地把主人从幻想拉回到现实中来。特别需要指出的是,桑丘纯朴、善良、乐观、幽默、风趣,说起话来就是一连串的民间谚语和俗语,表现出了劳动人民的经验和智慧。他准确地判明了公爵故意布置的疑难案件,办事公正廉洁。他对堂吉诃德真心实意,尽管历尽风险,仍不愿离开他。这一切都显示了桑丘形象塑造中的高度人民性。

但桑丘也有小生产者的弱点,他贪图便宜、狭隘自私、胆小怕事。例如在主人进行冒险时,他总是躲得远远的,怕危险落到自己头上;而在主人打败对手时,他就毫不客气去收取"战利品"。特别是小私有者的自私心理使桑丘有时也变得有些疯疯傻傻,如他时刻忘不了主人许诺给他的海岛,幻想成为一名总督。在跟随堂吉诃德游侠中,他也做过一些蠢事。这些都增加了桑丘形象的喜剧色彩,在可笑中显示出了可爱。作家虽然对桑丘的弱点进行了善意的嘲讽,但在这个形象中主要是热情赞美劳动人民的优秀品质,体现了作家可贵的民主主义思想。《堂吉诃德》在欧洲小说史上具有划时代的意义。它总结了中世纪以来长篇叙事作品的成就,奠定了近代欧洲现实主义小说的基础。其艺术表现上的特点也是十分突出的。

这部作品是一部戏拟骑士小说而写成的现实主义巨著。作家有意识地把主人公的活动处处与骑士小说的有关情节联系在一起,结果,作品达到的效果是在主人公的发疯胡闹中,用夸张的手法无情嘲笑了骑士小说和骑士精神,既"微笑地结束了西班牙的骑士文学",又体现了符合时代精神的人文主义思想,显示了强烈的批判倾向。不仅如此,说它是一部现实主义杰作,还在于作家发扬了流浪汉小说的传统,以堂吉诃德主仆二人游侠冒险为主要线索,又使一些次要人物的活动和社会场景大交织,比较全面地反映了16世纪末17世纪初西班牙的社会生活和矛盾斗争,使小说成为当时西班牙社会的一面镜子。

小说中对比手法的运用十分成功。作家运用对比的手法塑造了两个个性鲜明的人物——堂吉诃德和桑丘。从外形看,一高一矮,一瘦一胖,一个总是哭丧着脸,一个经常笑眯眯,一个骑瘦白马,一个骑胖灰驴。从心理特征上来看,一个耽于幻想,一个注重实际。堂吉诃德和桑丘·潘沙作为两个艺术符号,它们分别承载着当时西班牙人文主义思想家和农民群众两种社会力量的丰富内涵和独特特征。两者间的对比,实际上是作家在特定历史时期对当时社会关系的真实感悟与刻画。人物之间外貌和肖像的对比,显示了人文主义者与贫苦农民眼界的差异以及形象本身所指代的各自社会集团人数的多寡。主仆身份的对比展示了当时农民作为新兴资产阶级追随者的历史地位和与之的特殊关系。而性格差异则显示出了人文主义者与农民完全不同的性格心理特征。塞万提斯正是在对当时社会关系独特理解的基础上,在两个形象的塑造中体现了高妙的对比效应。

小说的语言鲜明、生动、幽默,富于情趣。书中人物的语言合乎本人的身份和教养。作者还大量地运用了民间俗语和谚语,像"闪闪发光的,不都是黄金""种瓜得瓜,种豆得豆""有人共患难,患难好承担"等充满生活经验智慧的谚语,比比皆是。这对后代的欧洲作家都产生了有益的影响。

第三节　英国剧作家、诗人莎士比亚

一、生平与创作

英国著名戏剧家、诗人威廉·莎士比亚(1564—1616)是欧洲文艺复兴时期最伟大的剧作家和诗人。他出生于英国爱汶河畔的斯特拉特福镇一个富商家庭,据说曾在当地的一座有名的文法学校学习。1582 年他与一个农村姑娘安·哈特维结婚。1586—1587 年间莎士比亚离开家乡到了伦敦(关于他离开家乡的原因有多种传说),最初曾做过为戏院看守马匹和一些剧院的杂务工作,后来成为演员。开始时只扮演一些次要角色,并同时为剧院修改和改编戏剧脚本。1593 年莎士比亚第一部作品长诗《维纳斯与阿多尼斯》出版并获得了很大的名声,但同时也受到了一些人的嫉妒和攻击,例如"大学才子派"的代表罗伯特·格林就曾讥讽他是"一只暴发户乌鸦"。

1594 年,他又发表了另一部长诗《鲁克丽丝受辱记》。就在同年,他所在的剧团受到宫内大臣的庇护,成为"宫内大臣供奉"。不久,他成了剧团的股东。莎士比亚在伦敦一直以年轻贵族骚桑普顿伯爵为保护人,很多作品都是献给他的。1599 年,伦敦修建了当时最豪华的公共剧场"环球剧院",莎士比亚为股东之一。1612 年,他离开伦教,回到家乡。1616 年 4 月 23 日逝世,葬于镇上的"三一"教堂。

莎士比亚一生共创作 37 个剧本、2 部长诗和 154 首十四行诗,其中戏剧方面的成就最高。他的创作活动从 1590 年开始,至 1612 年结束,大约经历了三个时期。第一个创作时期(1590—1600)亦称历史剧、喜剧时期。历史剧有《理查二世》(1595)、《亨利四世·上篇》(1597)、《亨利四世·下篇》(1598)和《亨利五世》(1599)、《亨利六世》上、中、下三篇(分别写于 1592、1591、1591)和《理查三世》(1592)。重要的喜剧作品有《仲夏夜之梦》(1596)、《威尼斯商人》(1597)、《温莎的风流娘儿们》(1598)、《皆大欢喜》(1600)、《第十二夜》(1600)等。此外还写了悲剧《罗密欧与朱丽叶》(1595)。第二个创作时期(1601—1608)亦称悲剧时期,也是莎士比亚创作的高峰期。最著名的是世所公认的"四大悲剧",即《哈姆雷特》(1601)、《奥赛罗》(1604)、《李尔王》(1606)、《麦克白》(1606)。除此之外,《雅典的泰门》(1605)也较为有名。第三个时期(1609—1612)是他的传奇剧时期。莎士比亚的传奇剧共包括 3 部,即《辛白林》(1609)、《冬天的故事》(1610)和《暴风雨》(1611)。

纵观其全部作品,可以看到,首先,他像彼特拉克、薄伽丘等人一样,也用自己的早期创作描绘了生机勃勃的世俗生活和以"爱"为核心的情欲世界。最早的诗作《维纳斯与阿多尼斯》通过对罗马神话故事的改写,表现了爱情不可抗拒、情欲难以压抑的思想情怀。早期喜剧的代表作品,如《错误的喜剧》《维洛那二绅士》《爱的徒劳》《无事生非》《仲夏夜之梦》《皆大欢喜》《温莎的风流娘儿们》《第十二夜》等，都是"爱"的观念的多方面反映。很多作品充满着情欲高扬、爱欲流溢的色彩。例如，《维洛那二绅士》中的普罗丢斯是一个极重感情、富于激情的青年："离开爱情、离开激情他就没法活了。……普罗丢斯的感情有一个特点：他的恋爱对象必须时刻不离眼前。不能说他的感情是轻浮的。他的感情有其独特的深刻性，但需要经常有东西滋养才行。当普罗丢斯跟朱丽娅分别以后，她仿佛就从他心里消失了。热恋西尔维娅的激情主宰了他。由于普罗丢斯的情绪过分热烈，非要求满足不可，所以他势必鼓起他所具有的全部热忱为争夺西尔维娅而奋斗了，因而便把对朱丽娅的忠诚、对凡伦丁的友谊以及道德法则的约束一概都弃之不顾了。不过，普罗丢斯对自己的背信弃义行为刚一表示悔改之意，凡伦丁和朱丽娅便饶恕了他。他二人明白：感情的力量有多么巨大，就这个意义上讲，他们不仅能理解普罗丢斯，而且能原谅他。"[①]阿尼克斯特的这段论述，实际上表明了莎士比亚喜剧内容所具有的普遍性特征：肯定在激情驱使下的爱情行为的合理性。在《爱的徒劳》中，"整个剧本都洋溢着反柏拉图主义精神，倾向于反对把智力和精神品质同一切跟人的肉体本性相关的东西对立起来"[②]。这种听命于激情驱使、追求与肉体本能相关东西的特点，我们甚至在悲剧《罗密欧与朱丽叶》的两个主人公身上也可以看到。由此，我们可以说，莎士比亚的喜剧不仅继承了早期人文主义作家们描绘世俗生活快乐、肯定情欲合理的主题（正是这一点使他与早期人文主义作家的创作思想一脉相承），而且在他的笔下，世俗生活也是人性能够得以充分展示的快乐的天地。

其次，莎士比亚的全部戏剧创作，也继承和发展了描写巨人形象、展示巨人风采的时代主题。通过对他笔下人物的考察，可以看出，无论是正面的还是反面的，无论是善良的还是邪恶的，无论是男主角还是女主人公，都通过自己的思想力量支配着自己的行动，显示着与神相对立的巨人风姿。他们不管是对正义的追求还是对王位的攫取，不管是对美满爱情生活的追寻还是对金钱与权力的贪婪渴望，都显示出了宗教文学中的人物所没有的思考和行动力量。且不说他喜剧中那些为理想生活而行动着的伶俐可人的少女、风趣幽默的寡妇、木讷执着的青年，就是历史剧和悲剧中的人物，如正面人物亨利四世、亨利五世、奥赛罗、哈姆雷特、罗密欧等，反面人物理查二世、理查三世、克劳狄斯、麦克白夫人等，都或在思想或在行动上体现着巨人特性。关于正面主人公的巨人形象特征及其巨人思想的问题，苏联学者阿尼克斯特曾说过，就像哈姆雷特、泰门这样的人物，在痛不欲生的时刻，在他们的言谈中把人贬得很低的时候，"仍保持着为绝望或愤怒的力量所激发的诗意化精神。人同世界搏斗，世界激起了人的怒火或苦恼，但莎士比亚笔下的人依然是巨人"[③]。

[①] 〔苏〕阿尼克斯特：《莎士比亚的创作》，徐克勤译，山东教育出版社，1985年，第210页。
[②] 同上书，第216页。
[③] 同上书，第141页。

理查三世可以说是莎士比亚戏剧中最有代表性的一个"邪恶的巨人":尽管他给人留下了极端灭绝人性的印象,是一个为了王冠不惜踏着一具具尸体前行的邪恶暴君,但是他那种为达到目的不怕冒险以及"他办事,从头到尾令他神往的不仅仅是目的,而且还有达到目的的过程本身"的做事方式,使他"不仅仅是个野心勃勃的封建主,他身上也有文艺复兴时代的冒险精神。他不满足于平平淡淡地混日子,他想尽情发挥一下自己的力量和才干。既然他注定非毁灭不可,他便像一个孤注一掷的赌徒一样,满怀不顾一切的绝望情绪去迎接死亡"。①《奥赛罗》中的伊阿古、《麦克白》中的麦克白及其夫人、《裘利斯·恺撒》中的马克·安东尼等毫无疑问都是因为野心极度膨胀而导致毁灭的人物。但是又有谁能说他们不属于"莎士比亚所刻画的巨人式的恶棍形象"序列呢?这些人是"恶人",但无一例外都是"恶巨人"。所以,这样的人物,如同他笔下的正面人物一样,在实质上也是具备着巨人的风范的。正是因为这个原因,很多学者把这类人物称作"马基雅维利主义者"。

但是,莎士比亚更为伟大的贡献在于,他在描写人生快乐和巨人风采的主题时,是将其与对人性和人的本质的深度开掘联系在一起的。一方面,他看到,人生的快乐也好,情欲的满足也好,巨人式的追求和渴望也好,虽然都是应该肯定的,但是,这种快乐和满足的追求过程,如果没有"真情实感"的规范,就容易走向肉欲的放纵,如福斯塔夫。而人的巨人式追求,如果没有"正义与爱"的自律,就会走向野心和暴虐,如理查三世、安东尼、麦克白。所以,在他的笔下,特别是越到后来的创作中,他越来越注意描写情爱在追求情爱人物身上和权力在追求权力人物身上所发生的变异,也特别注意描写情欲与巨人行为相融合而又缺乏有效的规矩控制时所产生的恶果。《一报还一报》中的摄政王安琪罗坚持执行法律,要判处犯了偷吃禁果的克劳第死刑,这在维护法律尊严上说,当然没有错。同样,他被克劳第姐姐伊莎贝拉的美貌所吸引,产生强烈的欲念,渴望用姑娘的肉体满足自己的情欲,按文艺复兴时期情欲至上的观点看,也没有错。问题是这个"'口含天宪'的人物,他的话就是法律,法律成了他意志的化身。随着法律的完全变质,这个凌驾于法律之上的人也必然随之而彻头彻尾变质了"。②从莎士比亚的全部剧作中可以看出,他笔下的人物基本上都是欲望与巨人式追求相结合从而导致不同结局的典型。而恰恰又是在这一点上,显示了莎士比亚描写人性程度的深邃和复杂。那么,追求情欲的满足时如何避免放荡和损人利己,追求财富和权力时如何避免野心和贪婪的放纵,就成了莎士比亚作品给人留下的课题。从深层意义上说,这也是"to be, or not to be"的问题。另一方面,莎士比亚的戏剧创作,也试图在社会矛盾制约和人性变异中对人的本质做出解答。虽然社会生活的变化会使人的神圣感情变为卑劣,人

---

① 〔苏〕阿尼克斯特:《莎士比亚的创作》,徐克勤译,山东教育出版社,1985年,第493、438页。
② 方平:《莎士比亚的社会问题剧〈自作自受〉》,《外国文学评论》1997年第2期,第126页。

自身的弱点会使人恶的欲望极度膨胀。但是,莎士比亚恰恰在这种复杂性中,看到了人本质的亘古不变的东西,这就是人具有追求自由理想的特性,并能将这种特性化为富于诗意的个人能力。这样,神的影子已经淡化到了可有可无的境地。

二、《哈姆雷特》

《哈姆雷特》是莎士比亚的代表作。悲剧的题材来源于古老的丹麦历史传说,这个故事最早记载在12世纪末丹麦历史学家萨克索所写的《丹麦史》中。文艺复兴时期,法国作家贝尔福累在其《悲剧故事选编》(1576)中也曾转述过。莎士比亚创作之前,这个故事就已被搬上舞台,曾在1596年上演,据认为是出自基德手笔。但在传统的有关哈姆雷特的传说中,一般都以复仇为主题,是一个典型的中世纪宫廷复仇故事,缺乏重大的意义。莎士比亚把时代的精神注入古老的故事中,赋予旧人物以新的生命,从而使一个古老的题材获得了不朽的艺术价值。

(一)《哈姆雷特》的精神文化内涵

这部悲剧的剧情虽然发生在中世纪的丹麦,但作品中所揭示的环境气氛及人物的精神面貌,却典型地反映了15世纪末16世纪初英国的社会矛盾,包含着极为丰富的对人认识的新内容。

悲剧深刻地揭示出伊丽莎白统治末期的"颠倒混乱的时代"的种种罪恶,表现了人文主义思想家对现实的认识和反抗。悲剧伊始,莎士比亚就描写了一个动乱不安的局面。老王暴死,敌军压境,天空中显现了种种异象,人人都预感到了劫难临头。在克劳狄斯的统治下,丹麦(实际上是英国)的宫廷里荒淫无度,阴谋成风,互相倾轧,有很多"不可告人的坏事"。而在宫墙之外,民怨鼎沸,群情激愤,人民群众对统治者的不满情绪已经到了一触即发的地步。正如哈姆雷特所言,这是一个万恶的时世,颠倒混乱的时代。在这个世界上,邪恶嚣张横行而正义必须向罪恶乞怜。因此,他一针见血地指出"丹麦是一所牢狱",又说世界也是"一所很大的牢狱"。这种认识正是剧作家对所处时代的本质认识的反映。正是在此认识的基础上,悲剧集中地反映了文艺复兴时期人文主义思想家同腐朽的社会力量之间的激烈矛盾和斗争。以克劳狄斯为代表的统治集团,是封建邪恶势力的代表。他们表面上冠冕堂皇,骨子里阴险狡诈,一个个利欲熏心,为私利不择手段。特别是随着封建关系的瓦解,旧有的封建道德已失去了它的约束力,新的资产阶级利己主义的风气已经影响到他们。正是这样一批统治者,形成了一股强大的社会恶势力,严重地阻碍了社会的向前发展。而以哈姆雷特为代表的社会进步力量,立志匡正时弊、重整乾坤,并展开了不妥协的斗争,这恰好体现了时代和历史的要求。作品通过错综复杂的情节和场面,展示了人文主义者的美好理想、斗争精神和高尚品格。人文主义者虽然在斗争中暂时失败了，但封建势力在这场斗争中也遭到了沉重的打击。莎士比亚以其对现实关系的准确把握，深刻地反映了时代的本质。悲剧也表现了广大人民群众与封建统治者之间的矛盾，揭示了人民群众在反封建斗争中的历史作用。封建统治阶级的残酷经济剥削和政治压迫，必然会引起人民群众的强烈不满。尽管莎士比亚对人民的革命斗争怀有偏见，甚至通过主人公哈姆雷特之口表达了对这一斗争的不理解，但从对雷欧提斯聚众起事的描写中，也可以看到过渡时期人民群众的巨大力量和历史作用。雷欧提斯为了替父亲、妹妹报仇，利用群众对宫廷的不满情绪掀起了一场暴动。愤怒的人群冲进宫廷，声势极其汹涌。正如侍臣向克劳狄斯所报告的："它比大洋中的怒潮冲决堤岸、席卷平原还要汹汹其势。"人们推翻一切传统和习惯，自己制定规矩，甚至高呼要推翻国王，另立新主，这显示出戏剧主题的深刻性和丰富性。

悲剧正是在这样的时代矛盾的旋涡中，探讨了人自身的本性问题和人类在当时特定历史条件下的境遇问题，从而揭示了文艺复兴晚期对人认识的深化特征。人自身的情欲能否无限度地张扬？按文艺复兴早期的看法，这是毫无疑问的，但在新的历史条件下就值得商榷了。例如克劳狄斯渴望权利并且能够不择手段地获得权利（王冠），他渴望女人并能够不择手段地获得女人（乔特鲁德），尽管手段残忍，但并不违反早期人文主义思想家的基本准则。与此相联系，其敢作敢为也颇具人文主义理想中的巨人风采。但是，这样一个人物在哈姆雷特（其实是莎士比亚）的眼中却成了一个"十恶不赦的奸贼"。哈姆雷特尽管有种种优点，但其身上的弱点也是十分鲜明的，并不完全符合所谓真正的人文主义者的标准。这种变化的原因在于，莎士比亚在本剧中探讨的已经不再是早期的人文主义的人的理想，而是文艺复兴晚期对人的认识。在剧本中，剧作家正是在已经变化了的时代氛围中，重新审视了人究竟是什么的问题。在他看来，人本质是富有向善的理性的生灵。因此，他相信人应该是"崇高"的，人与人之间的关系应该是真诚的。而现实的一切，无论是社会的黑暗，还是人民群众的反抗，恰恰都是与人的这种本性相对立的。而坚持这种本性的人，又是悲剧性的。所以，他才用哈姆雷特的困境提出了人所面临的新问题——"to be, or not to be"的问题。剧本中对克劳狄斯等人的否定，表明了旧的人的标准的被否定；而对哈姆雷特悲剧的描写，也说明新的人的标准还没有在莎士比亚的头脑中定型。因此，也才有哈姆雷特、奥菲莉娅和克劳狄斯等等这样极为复杂的性格的出现。

（二）深邃的人物形象意蕴

哈姆雷特的表面身份是一个青年王子，实际上他是文艺复兴时期后期人文主义者的典型形象，他的性格和悲剧充分体现了欧洲特定发展阶段（16世纪末17世纪初）人文主义思想家的基本特征。作为一个人文主义思想家，哈姆雷特所受的教育、对人与世界的看法以及个人的品格是与当时的先进分子完全一致的。他虽然出身于封建王室,但作品暗示他在当时新文化中心的德国威登堡大学接受了人文主义的教育,从而形成了对人生和世界的新看法。与封建教会认为人间是苦海的看法针锋相对,他认为世界是一个光彩夺目的美好天地。大地是"一座美好的框架",天空是"一顶壮丽的帐幕"。他热情地赞美人类,认为"人类是一件多么了不得的杰作",是"宇宙的精华、万物的灵长"。他讴歌人的仪表、举止、理性和力量,即赞美人的一切。他追求爱情,在内心深处强烈而真诚地爱着奥菲莉娅。他珍视友谊,希望以真诚相待的平等关系代替尊卑贵贱、等级森严的封建关系。他不让朋友霍拉旭称他为"殿下",认为以"朋友"相称更为可贵。他心地纯洁善良,多才多艺,体现了人文主义者的人的理想。奥菲莉娅曾赞美他是"朝臣的眼睛、学者的辩舌、军人的利剑、国家所瞩望的一朵娇花;时流的明镜、人伦的雅范、举世瞩目的中心"。甚至连克劳狄斯也承认,他为人厚道,不会算计别人,也想不到会遭人暗算。哈姆雷特还熟悉古希腊罗马文化,对文学艺术有着一套全新的见解。这一切说明,在他王子的外衣下,跳动着的是一颗文艺复兴时期人文主义者的心。但问题在于,这些先进的思想和品德并没有给他像早期的人文主义者那样带来幸福和快乐,哈姆雷特的个性则是以忧郁寡欢、内心世界充满着矛盾著称于世的,有人曾称之为"忧郁的王子"。在剧本中,忧郁悲观的情绪从始至终一直与他相伴随,他甚至曾想到是像现在这样卑微地生存下去还是主动地自我毁灭的问题。然而,如果追究一下哈姆雷特性格中忧郁特征的根源,就会发现这一方面来自于他美好的人文主义理想同现实之间的矛盾,是他在以个人力量承担"重整乾坤"大业时力不从心的必然结果,同时也与他对人自身认识出现的危机分不开。作为一个具有先进思想和美好品德的人文主义思想家,哈姆雷特本来对人及其世界抱有美好的看法。但是,他美好的人文主义理想很快就与丑恶的现实发生了矛盾和冲突。他在剧中第一次出现时,已不是一个乐观的青年。父亲突然死亡,母亲匆匆改嫁,叔父克劳狄斯迫不及待地登上王位,这些意外的变故使他受到巨大的震动,也使他迷惑不解——作为宇宙的精华和万物的灵长的人,为什么变得这样卑鄙和龌龊。现实的一切完全打碎了他心目中对人的美好幻想,对人类的美好看法在丑恶的现实面前化为泡影。这使他痛苦,使他忧郁,因而他叹息:"人世间的一切在我看来是多么可厌、陈腐、乏味而无聊。"因此,它便造成了哈姆雷特深刻的内心冲突和精神危机。

　　精神危机除了来自哈姆雷特人的理想与丑恶现实中人的行为的冲突外,还与他时时感到自己无力去承担"重整乾坤"的伟大任务分不开。诚然,哈姆雷特起初是把注意力集中在为父复仇上的。但与传统故事中的哈姆雷特不同,他很快便把个人复仇与改造社会的历史责任联系在一起,从个人的不幸想到了人类的不幸和世界的丑恶。在哈姆雷特看来,克劳狄斯的罪行只是世界上罪恶中的一桩,问题在于整个时代的颠倒混乱,与理想相悖。所以,他意识到,他的责任不是单纯的为父报仇,杀死一个克劳狄斯,而是要消灭一切罪恶,按人文主义的理想来改造现实。就个人来说,哈姆雷特是一个优秀的青年,他以王子地位和文武两方面的才能,完全可以完成个人复仇的任务。可是,这一任务却在哈姆雷特的行动中被降到次要的地位。他一个人孤军奋战,想靠个人的力量来"重整乾坤",其结果是在历史的重任面前感到力不从心。这是他性格忧郁的又一个原因。而正是这种思想、性格上的忧郁、矛盾,带来了他行动上的犹豫、延宕和迟疑,白白放过了一些良机,最终造成了他的悲剧。

哈姆雷特的可贵之处在于,他坚持美好的理想,同封建势力和其他丑恶势力进行了不妥协的斗争。诚然,哈姆雷特的性格中是充满了忧郁和矛盾,在行动中表现出了延宕和迟疑。但是,他的忧郁、延宕和迟疑又是在斗争中表现出来的,哈姆雷特同黑暗势力的斗争贯穿了他行动的始终。从戏剧一开始,他就主动探求为什么父王会惨死和母亲会匆匆改嫁的原因。接着他以装疯来保护自己,试探敌人。他还利用"戏中戏"证明了克劳狄斯就是杀害父王的凶手,揭露了敌人的真面目,并凭借机智粉碎了叔父借刀杀人的诡计,巧妙地处死了帮凶。他还在说服母亲时杀死了帐幕后的偷听者波洛涅斯。特别是戏剧最后终于处决了克劳狄斯。这一切充分证明,哈姆雷特的斗争精神是他性格中闪耀光辉的所在,同时,也集中地体现了人文主义思想家同封建罪恶势力毫不妥协的斗争勇气。剧本结尾他以一个战士的身份在雄壮的军乐声中被安葬,表明了莎士比亚对哈姆雷特斗争精神的充分肯定。

哈姆雷特形象悲剧的意义在于:从积极方面来看,他的斗争反映了文艺复兴时期人文主义思想家同封建没落势力进行毫不妥协斗争的历史进步性,是历史发展必然要求的产物。从总结经验教训的角度看,他的悲剧源于两个方面:首先他所生活的时代是封建势力还很强大的时代,他与之斗争的对象又是以克劳狄斯为代表的整个宫廷。哈姆雷特以个人力量同这种强大的邪恶力量进行较量,悲剧命运是必然的。加之作为一个资产阶级人文主义者,他不相信人民群众,认为只有"可怜的我"才能"重整乾坤",一直孤军奋战,最终也只能抱恨死去。其次,哈姆雷特的悲剧也是当时人文主义者在新的历史条件下对人的认识局限性的结果。他固守着文艺复兴早期关于"人"的理想,不能适应新的历史环境中人的变化的现实,用抽象的人学理论解决现实问题,悲剧也是必然的。所以,哈姆雷特的悲剧,是后期人文主义者的悲剧,也是文艺复兴晚期特定时代的悲剧。

奥菲莉娅是一个天真纯洁,具有美好理想,然而又不能脱出封建思想束缚的贵族少女。在她身上,寄托着作家对女性问题的新思考。她没有《威尼斯商人》中鲍西霞身上的聪明和智慧,也缺乏《罗密欧与朱丽叶》中朱丽叶对爱情的执着,更没有《麦克白》中麦克白夫人的野心和狠毒。她性格软弱,既挚爱着作为"人伦雅范"的哈姆雷特,又不能抗拒父命而被邪恶势力所利用,结果成为尖锐政治斗争的牺牲品。与莎士比亚早期剧作中的女性形象相比,她思想性格中的矛盾被突出和强化了,更深刻地揭示了女性自身的时代特性。这既反映了作家本人思想矛盾的加深,同时也反映了莎士比亚对当时女性命运认识的深化。

克劳狄斯是一个"血腥的国王"的典型,是封建罪恶和一切社会丑恶的体现者。他最突出的特点是笑里藏刀,诡诈凶残。他用奸计毒死王兄,又阴谋诱骗了王后,以此取得了合法的地位。但是在人们面前,他又装出一副仁慈贤明的嘴脸。对哈姆雷特,他表面上不亚于一个最慈爱的父亲,但实际上要尽阴谋,时刻想置哈姆雷特于死地。可见,他不是一般的专制暴君。在他身上,不仅具有封建君主专制暴虐的特点,而且也具有原始积累时期资产阶级冒险家那种狡诈的特征,极富于时代特色。莎士比亚对他的描写,揭示的是人究竟可以堕落到什么程度,同时,莎士比亚对他的批判态度,也体现了鲜明的政治倾向性。

(三) 富于特色的高超艺术成就

《哈姆雷特》在艺术上既体现了对中世纪以来传统的继承,也体现了对希腊罗马古典艺术的继承,更为重要的是它在艺术上也具备了高超的创新性。

(1) 悲剧情节具有鲜明的丰富性与生动性。莎士比亚是安排戏剧情节的大师,常常把多条戏剧情节有机地交织在一起。《哈姆雷特》就由三个处于同样处境的人物的活动构成了三条类似的情节,即哈姆雷特、雷欧提斯和福丁布拉斯三人的复仇。雷欧提斯的复仇是封建的血缘复仇;福丁布拉斯的复仇是青年人的心血来潮;而哈姆雷特的复仇则体现了人文主义者同封建势力的斗争,在他的复仇活动中所展示的是一个后期人文主义者的精神面貌。所以,作家以哈姆雷特的复仇为主线,以其他二人的复仇为副线,三条线索相互联系,彼此衬托。在复仇情节之外,还写了哈姆雷特与奥菲莉娅之间不幸的爱情,写了哈姆雷特与霍拉旭之间真诚的友谊以及另两个同学对哈姆雷特友谊的背叛,还写了御前大臣波洛涅斯一家人之间的关系等等。所有这些又都起着充实和推动主要情节发展的作用。情节的丰富性还表现在描写生活面的广阔。悲剧故事是在广阔的社会场景里展开的,包括宫廷、家庭、深闺、墓地、城堡、要塞、海上等多方面。正是这些场景的有机交织,使作品所蕴含的内容极为丰富和生动。莎士比亚戏剧情节的生动丰富,还与剧中紧张尖锐的戏剧冲突有关。冲突双方在斗争中的地位不断变化。作品从开始相互试探写起,通过哈姆雷特的装疯、用"戏中戏"证明克劳狄斯是杀父凶手等情节的一步步向前发展,引出了克劳狄斯的借刀杀人。同时,又用哈姆雷特误杀波洛涅斯的偶然事件,引起了克劳狄斯指使雷欧提斯与哈姆雷特的决斗,最后达到戏剧的高潮。这一切使作品悬念迭生,极为引人入胜。

(2) 人物形象鲜明,各具特色。哈姆雷特的忧郁、奥菲莉娅的单纯、克劳狄斯的阴险、波洛涅斯的自作聪明以及雷欧提斯的鲁莽等,无不十分醒目。莎士比亚在塑造这些风采各异的人物时,首先采用了对比的手法。例如,同为复仇,但三人的表现各不相同。再如,哈姆雷特的装疯与奥菲莉娅的真疯,哈姆雷特的善良与克劳狄斯的凶残等,都较好地突出了人物的不同性格。其次,莎士比亚还让他笔下的人物性格总是处在不断地发展变化之中,并用"独白"手法,真实地展示了主人公的内心冲突。正是这种手法的运用,为各自人物的性格特征展示了心理的依据。

(3) 反映了莎士比亚戏剧的独特风格。在剧本中,他把"崇高和卑贱、恐怖和滑稽、豪迈和诙谐,离奇古怪地混合在一起",使其既有悲剧因素,又有喜剧因素。在第一幕以哈姆雷特与鬼魂相会,阴森恐怖的场面结束后,第二幕即以波洛涅斯派人探听儿子品行的喜剧场面开始。在奥菲莉娅落水淹死、即将下葬的悲伤时刻,又穿插了两个掘墓坑者的插科打诨、用噱头引人发笑的情节。这样,莎士比亚打破了传统的悲剧与喜剧的严格界限,对欧洲戏剧艺术的发展做出了重大的贡献。

(4) 语言上也有极高的造诣。首先是丰富性。据统计,他全部剧作的总词汇量达到两万多个,堪称"千古独步"。他不仅大量地使用书面语、口语、拉丁文派生词等,而且大量地运用成语、典故、格言、警句、双关语以及比喻、夸张等修辞手法,达到表达精确、鲜明、生动的艺术效果。其次是形象性。主要用无韵诗体写成,同时又包含有韵的格律诗和民间歌谣,使得戏剧语言变化纷繁,情感流溢。特别是以"金色的火球"形容太阳,以"囚室"形容丑恶的世界,语言的形象性极为突出。再次是个性化。按照人物的身份与处境、学识与教养的不同而使用不同的语言,文雅或粗俗、哲理或抒情,无不闻言如见其人。

思考练习题:

1. 文艺复兴和中世纪文学之间最根本的差异体现在哪些方面?
2. 文艺复兴时期文学发展各个阶段的不同特征是什么?重要代表作家的代表作品从哪些方面体现了人文主义的思想?
3. 为什么说塞万提斯的《堂吉诃德》以戏拟骑士文学的艺术形式表达了人文主义的理想?
4. 莎士比亚的悲剧《哈姆雷特》的思想和艺术成就体现在哪些方面?

第四章　17世纪文学

第一节　概　述

一、历史文化特征

17世纪是欧洲封建主义与资本主义两种社会经济制度剧烈冲突的世纪。1640—1688年的英国资产阶级革命拉开了欧洲近代史的帷幕，标志着资本主义取代封建主义已成为历史的必然。但当时欧洲的大部分地区仍旧处在封建统治之下，各国资本主义的发展呈现出不平衡性。

革命后，英国的上层资产阶级与封建势力相妥协，建立了君主立宪制政体。英国资本主义迅速发展，成了17世纪欧洲最先进的国家。

16世纪末，法国结束了延续30多年的胡格诺战争（1562—1598），建立起君主专制政体。为了复兴经济、重振王权，封建统治者急需获得资产阶级的支持，以对抗教会和封建主的势力。资本主义在封建社会内部很快成长起来，僧侣阶级、贵族阶级和资产阶级三足鼎立的局面逐渐形成。各阶级之间的矛盾使君主得以保持其中立地位。

17世纪，欧洲各民族的历史命运是各不相同的，封建势力在很多国家加强了反动统治，在某些国家甚至还出现了历史倒退现象。天主教会利用宗教裁判所等机构和火刑之类的残酷刑罚迫害先进的思想和文化。西班牙在上两个世纪曾是欧洲最强盛的国家，16世纪末随着它的"无敌舰队"在英吉利海峡的全军覆没而走向衰落。1609年结束的尼德兰革命更使它的经济元气大伤，日趋衰落和贫困。

意大利在相当长的历史时期里曾经是欧洲和世界文化的中心，但世界贸易航路的改变对它的经济造成了致命的影响，再加上外国干涉者连续的掠夺侵犯，致使意大利民生凋敝，文化也日渐衰落，天主教的反动势力猖獗一时。

毁灭性的三十年战争（1618—1648）给德国人民带来深重的灾难，国家陷于瘫痪，长期处于经济文化的落后状态。

东欧各国长期受异族欺凌，经济落后，农奴制继续发展。俄罗斯农民反抗沙皇和贵族的情绪日益高涨，农民起义所引起的社会动荡削弱了封建宗教的统治。

在资本主义与封建主义并存和天主教势力猖獗的17世纪，涌现出一些重要的科学家和哲学家,其中有意大利文艺复兴的最后一位巨子伽利略(1564—1642)和17世纪欧洲的三大理性主义者——英国的托马斯·霍布斯(1588—1679)、法国的勒内·笛卡儿(1596—1650)和犹太人班奈迪克特·斯宾诺莎(1632—1677),他们的发现和理论给欧洲的思想界和文化界带来了深远的影响。

二、各国文学发展概况

(一) 法国古典主义文学

17世纪下半期,世纪初产生的一种新的文学思潮——古典主义逐渐成为法国文学的主流,并传到其他国家,成为17世纪欧洲文学的主潮。古典主义在法国兴起,有其深刻的历史必然性。16世纪后半叶的宗教战争使法国各地封建贵族的势力被大大地削弱,波旁王朝得以重新建立起中央集权的君主专制政府,并不断地加以强化。在路易十三和路易十四时代,法国成为欧洲最强大的中央集权的君主专制国家。为了制止贵族的分裂活动,增强国家的经济实力,王权采取了拉拢资产阶级的政策。而资产阶级由于力量尚不够强大,也需要在王权的保护下发展并与贵族抗衡,于是出现了资产阶级与贵族两大势均力敌的阶级互相妥协、共同支持王权的局面。王权便成为这两个阶级之间"表面上的调停人"。

在政治斗争取得基本胜利之后,王权立刻着手从思想上和文化上钳制一切对其不利的活动,力图以文化的一统局面来保证政治的一统局面,一方面利用金钱、地位网罗人才,一方面设立作品检查制度,把他们置于王权的监督之下。1635年成立的法兰西学士院是推行官方文化政策的机构,目的是要在文学生活乃至整个文化生活中建立统一的标准,培养统一的审美情趣。1661年亲政的国王路易十四将法国的专制政体推向了顶峰,将他所说的"朕即国家"的君权神授原则变成了现实。在文化控制的手段上,他除了发挥物质诱惑的作用之外,还注意突出国王个人的形象,使王宫成为全国文化艺术的中心。这些手段在一定程度上左右了许多作家的思想感情,他们尊奉路易十四为"太阳王",把国王的好恶褒贬当作自己创作的准绳。政治上的高度集中,形成社会意向的统一性和集中性,人们习惯于统一的中心、权威与法则。王权对文化的严密控制造成了一种为上层社会服务、代表上层社会艺术趣味、反映上层社会利益的文化。古典主义正是在这样的社会政治基础上,适应绝对王权的需要而产生的。它反映了资产阶级的要求,也迎合了贵族阶级的趣味。

17世纪,欧洲在自然科学和社会科学领域内取得了辉煌的成绩,其中笛卡儿的二元论哲学与古典主义的关系最为密切。笛卡儿提出了唯心的理性主义哲学,既强调"物质实体"的存在,又强调"精神实体"的独立性,认为人的存在标志是思维,从而提出了"我思故我在"的著名命题。他强调理性,认为理性是先天的、永恒的,是知识的唯一源泉和检验真理的唯一标准,主张用理性克制情欲。在方法论上,他强调思维的逻辑性和明确性。笛卡儿对理性的推崇确立了理性在文学艺术表现中的主导地位。笛卡儿哲学和古典主义文学都萌芽于建立绝对王权的政治土壤中,二者并不存在因果关系,但它们相互影响、相互推动,形成了17世纪后半期浓厚的理性气氛。笛卡儿哲学为古典主义的理论总结提供了一种哲学依据,并为后人理解古典主义提供了一种哲学的氛围。

另外,宫廷和沙龙社会生活的活跃也是促使古典主义在法国"定于一尊"的原因之一。从路易十三时期起,宫廷和以兰蒲绮侯爵夫人的客厅为代表的众多沙龙成为贵族文化生活的中心,对贵族阶级的文化形态产生了极大的影响。虽然沙龙的矫饰和夸张与古典主义的美学追求背道而驰,但是上流社会的交际生活、宫廷的语言和审美情趣为古典主义文学的发展提供了极其有利的文化环境。

(1) 古典主义文学的基本特点

法国古典主义文学的首要特征是具有为专制王权服务的鲜明的政治倾向性。诗人马来伯(1555—1628)首先提出诗歌要为王权服务,此后无论是悲剧作家高乃依、拉辛还是喜剧作家莫里哀都尽力歌颂贤明君主,要求把国家民族利益摆在第一位,批判有损于专制王权的行为。古典主义者拥护王权在当时有一定的进步性,但也在一定程度上限制了其作品反映的范围。

古典主义的第二个特征是崇尚理性。这种理性泛指人类所特有的良知,古典主义者把理性看作时代精神的核心和创作评论的最高标准,主张用理性克制情欲,宣扬公民义务,建立君主专制下理想的道德规范。古典主义者对理性的推崇使作品思想明确,有说服力,反映了时代的要求,但也带来了创作上的主观性和片面性,使作品流于概念化和类型化。

古典主义的第三个特征是模仿古代经典,注重艺术形式的规范化。古典主义作家大都从古代作品中寻找创作素材、艺术形式和表现方法,把它们作为学习、仿效的典范,并根据自己的理解,从中找出写作的规则和格律,以此规范文学写作。实际上这些规则不完全是从古代作品中总结出来的,有些是为了当前的需要而托名古典的,例如著名的"三一律"就是如此。三一律是指戏剧创作中时间、地点、情节三者的完整同一,就是说一出戏只演一件事(情节单线索),剧情必须发生在同一地点,时间在一昼夜之内。古典主义的维护者说这一原则是亚里士多德规定的。其实不然,亚里士多德只提到剧本中动作和情节要一致,不可有枝蔓,并未对剧情的时间、地点作什么规定。作为一种戏剧形式,三一律有其合理的成分,但是要求人们死板地遵守这一规定,就限制了作家的创造性,不利于文艺创作的发展。

(2) 17世纪法国古典主义文学发展的三个时期

在17世纪三四十年代,法国古典主义文学兴起,文学创作开始规范化,作品反映出阶级妥协的精神,悲剧作家高乃依(1606—1684)是这一时期的代表。高乃依一共写了 30 多个剧本,主要作品有四大悲剧《熙德》《贺拉斯》《西拿》和《波利厄克特》,其中《熙德》被看作古典主义悲剧的奠基之作。它取材于西班牙维加派作家卡斯特罗的剧本《熙德的青年时代》。主人公罗狄克是西班牙贵族青年,老将唐·杰葛之子。他和唐·高迈斯之女施曼娜相爱。唐·杰葛被任命为太子的师傅,唐·高迈斯妒忌他,打了他一个耳光而使唐·杰葛家族蒙羞。罗狄克于是处在剧烈的矛盾中:要封建家族荣誉还是要爱情。他选择了维护荣誉而牺牲自己的情感,在一场决斗中杀死了唐·高迈斯,为父亲报了仇,却伤害了施曼娜。施曼娜经历了同样的感情挣扎,决定恳请国王惩办凶手。正在这时候,摩尔人入侵。罗狄克率众击退敌人,成为民族英雄,获得了"熙德"称号。同时,施曼娜一直不断地要求国王替她报父仇,国王耐心开导她以国事为重,放弃报仇的计划,从而成全了这一对贵族青年的婚姻。《熙德》的悲剧冲突是责任和爱情、理性与感情之间的冲突,在作品中主人公压制自己的情感,服从家族的荣誉,服从国家的利益,最后得益于国王的英明,解决了这一冲突,使之具有明显的古典主义特点。

随着路易十四专制统治的日益巩固和首相黎塞留直接干预文艺,并成立了法兰西学士院,笼络和奖励古典主义作家,古典主义文学创作进入巅峰时代。其代表作家有喜剧作家莫里哀、悲剧作家拉辛、寓言家拉封丹和文艺理论家布瓦洛。

让·拉辛(1639—1699)的创作代表了法国古典主义悲剧的最高成就,他一共写了 12 部悲剧和 1 部喜剧,代表作是《安德洛玛刻》和《费得尔》。拉辛的悲剧不同于高乃依的悲剧。高乃依的代表作写于专制君主政体上升时期,拉辛是在这个政体巩固和衰落的年代进行创作的。高乃依塑造了一系列理想的悲剧英雄形象,其目的是要引起人们的钦佩赞赏;拉辛却着重揭露封建统治阶级的黑暗和罪恶,激起人们的恐惧和愤怒,他的作品具有更鲜明的现实意义。拉辛的悲剧具有一定的民主思想,但他的创作仍然没有摆脱宫廷趣味。

尼古拉·布瓦洛(1636—1711)是古典主义的发言人和立法者,他先后写过 12 篇讽刺诗,1669 年后陆续写了一些《诗简》及其他诗作。他最重要的作品是用诗体写成的古典主义的权威作品——理论著作《诗的艺术》(1674)。在《诗的艺术》中,他阐明了古典主义美学观点和创作原则,对法国古典主义文学的成就进行了总结和概括。

让·拉封丹(1621—1695)是法国古典主义诗人、杰出的寓言家。他写过悲剧、喜剧、哀歌、民歌、故事诗等,但以《寓言诗》的成就最为突出,其《寓言诗》共 12 部,239 篇。拉封丹形容他的《寓言诗》是一部巨型喜剧,幕数上百,宇宙是它的背景,人、神、兽扮演其中的角色。作者用动物影射人间社会,生动地揭示出统治阶级的专横暴虐、黑暗王朝的黑暗腐败,表现出他对劳动人民有一定的感情,具有鲜明的民主倾向。

17 世纪末期是法国古典主义文学衰败的时期,也是路易十四王朝盛极而衰的时期。随着资产阶级的发展和封建贵族的没落,阶级妥协日益瓦解,产生古典主义文学的政治基础已开始动摇,一些进步作家提出作品的现实意义,要求作品反映时代的思想,他们力图打破常规,争取更大的创作自由。"古今之争"中厚今薄古派的胜利标志着法国古典主义的衰败,预示着18世纪启蒙思想即将来临。

(二) 英国资产阶级革命时期文学

英国在17世纪发生了具有世界历史意义的资产阶级革命和随后的复辟。英国是资产阶级革命较早也较为深入的国家。17世纪的英国,资本主义工商业、海外贸易和工业日益发达,资产阶级势力不断强大,农村中资本主义关系进一步发展。但国王查理一世仍然是最大的土地领主,控制生产和贸易的专利权,征收重税,引起人民群众的不满。王权和资产阶级的矛盾也尖锐化了。资产阶级在国会里和经营工商业的新贵族结成同盟,反对王权,并在人民群众支持下,于1642年发动革命。1649年革命成功,建立共和国,判处查理死刑,克伦威尔执政。共和国成立以后,人民群众有进一步的民主要求。资产阶级感到恐惧,在1660年和旧贵族妥协,迎回查理二世复辟。复辟后的政权日趋反动,詹姆斯二世想恢复天主教以巩固他的反动统治,宫廷充满了骄奢淫逸的风气。资产阶级在1688年发动政变,即所谓的"光荣革命",迎来荷兰的威廉作英国国王,建立君主立宪国家。从此资产阶级的统治才逐渐巩固下来。

在这一时期,由于自然科学的发展,英国也逐渐形成了自己的哲学体系。霍布斯是17世纪英国杰出的唯物主义哲学家,他对资本主义的飞速发展和社会矛盾的不断加剧有着独到的见解,反对君权神授,主张君主专制,代表着新贵族和大资产阶级的利益。他的哲学思想开阔了作家思维活动的空间。

17世纪的英国文学,由于受到人文主义文学、巴洛克文学和古典主义文学的影响,加之社会几度变革,情况比较复杂。

初期的英国文坛,在诗歌方面出现了两个主要的流派。一派是以约翰·多恩(1572—1631)为首的"玄学派"。他们的诗歌一般写爱情、隐居生活或宗教感情。他们脱离现实,强调个人内心感受,诗歌的内容晦涩难解,以意象奇幻取胜,反映了当时一部分文人对文艺复兴时期人文主义理想失去信心。另一派是反映贵族阶级没落情绪的骑士派。他们在内战期间多半参加过王军或王党,他们的诗多以爱情为主题,宣扬及时行乐的思想,缺乏真实严肃的感情。这两个诗派的共同特点是内容虚幻,形式浮夸,具有明显的巴洛克风格。这一时期的戏剧也分为两个流派。一是以本·琼生(1573—1637)为代表的具有民主倾向的进步作家。他的喜剧鞭挞贵族的腐朽没落,嘲讽资产阶级的贪婪,继承了文艺复兴时期的人文主义文学的现实主义传统。一是以约翰·弗莱切(1579—1625)和弗兰西斯·波门(1584?—1616)为代表的贵族派戏剧家,他们宣扬君权神授,维护封建贵族特权。

在资产阶级革命期间,产生了资产阶级革命文学,其中包括利尔本(约1614—1657)和温斯坦莱(1609—1652)等人民运动领袖写的政论文,这些政论笔锋犀利,对克伦威尔镇压人民的行为进行了激烈的批判,要求把革命向前推进一步,争取广大人民的政治和经济权利。约翰·弥尔顿(1608—1674)是英国资产阶级革命文学的最卓越的代表。他积极投身于革命,写了大量的政论性文章,抨击保皇党和英国国教;王朝复辟后,虽遭迫害仍笔耕不辍,创作出《失乐园》《复乐园》和《力士参孙》等表现资产阶级清教徒的革命理想的传世佳作。

随着王朝的复辟,英国古典主义思潮兴起。约翰·德莱顿(1631—1700)是复辟王朝的桂冠诗人。他站在保守立场写了一些政治讽刺诗、宗教论争诗和戏剧。他的戏剧主要模仿高乃依的风格,描写荣誉、责任等理性战胜爱情的英雄事迹。德莱顿也是英国文学批评的创始人。他在《论戏剧诗》和《悲剧批评的基础》等作品中,较为系统地论述了古典诗学的原则,为英国古典主义文学的发展奠定了基础。他强调理性和规律,指出悲剧中三一律的重要性,主张形式完美。他的大量古典主义创作、系统的古典主义理论,他的讽刺诗、翻译、散文,都对18世纪英国古典主义文学产生很大影响。

约翰·班扬(1628—1688)是王朝复辟期间带有民主倾向的清教徒作家。班扬来自社会的底层,曾被称为"只读过一本书的人"。他的创作完全出自宗教信仰,以整本《旧约》为背景创作出一部伟大的寓言——《天路历程》(1678)。在这本书中,他以妇孺皆知的语言,以《圣经》最常用的方式,来讲述他最熟悉的经历——圣徒的经历。小说的第一部分写主人公基督徒从故乡"毁灭城"逃出,开始了前往"天国"的艰苦历程。他从"灰心沼"中脱身,路经"名利场",爬过"困难山",跨过"安逸"平原,趟过黑水湍急的"死亡河",最后被天使迎到"天国"。第二部叙述基督徒的妻子悔恨当初不肯前往,在上帝的感召下带领孩子和同伴们彼此爱惜,相互提携,来到天国的故事。《天路历程》以梦境游历来描写基督徒追求信仰的过程,这期间有软弱、失败,沿途也遇到过阻碍,但最终他使自己的心灵有所归属,不再孤独。J. W. 麦凯尔说:"这部梦境寓言表现了一个探索生命深层之人的清晰视野。"同时这部作品也讽喻了现实,揭示了复辟时期的种种社会罪恶。如在"名利场"里,灵魂肉体、功名利禄以及各种感官物质享受都能自由买卖。作品也创作出一系列的讽刺形象,如"爱钱先生""马屁先生"和"话匣子"等,他们虽然代表宗教或道德上的抽象概念,却也是现实社会中人物典型的生动写照。《天路历程》行文简洁明了,语言生动具体,对英国小说的发展产生了重大的影响。

(三) 巴洛克文学

巴洛克(Baroque)一词来自葡萄牙语barocco,原意是用来形容形状不规则且有瑕疵的珍珠,含有珍奇、奇妙的意思。巴洛克作为一种艺术风格的术语最早是用来指称文艺复兴后期意大利建筑的特点,后来,艺术史家和文学史家发现这种现象不仅存在于建筑领域,而且存在于绘画、音乐,以至于文学领域。巴洛克文学产生于文艺复兴之后,资产阶级人文思想还没有成熟,反动教会迫害人文主义者,天主教气息弥漫的时代,人们用造作华丽的作品形式来掩饰贫乏空虚的内容。巴洛克文学作品的内涵是和当时的社会混乱形势相适应的,情调沮丧、阴暗和绝望,表现了一种病态的人生哲学以及悲观主义的情绪。它们偏向写信念的危机和悲观颓丧的思想,常用的主题是对宗教的狂热,以及人类在上帝面前的无能为力和顶礼膜拜;在形式上,巴洛克文学讲究语言的雕琢矫饰,手法怪诞夸张,形式混乱破碎。

巴洛克文学虽然存在着以上的共性,但在不同的国家,又有不同的表现。意大利的"马里诺诗派"、西班牙的"贡戈拉主义"、法国的"矫揉造作派"和英国的"玄学诗派"是巴洛克文学在各国的不同表现。意大利巴洛克的代表是马里诺(1569—1625),他的成名作《阿都尼斯》取材于罗马神话,描写爱神维纳斯和美少年阿都尼斯之间的爱情,情节复杂离奇,用词矫揉造作,大量运用晦涩的隐喻和夸张的手法。作品表现出浮华怪异的特点,反映了17世纪意大利文学衰落时期贵族阶级的趣味。

(四) 西班牙文学

在西班牙,巴洛克文学包括"贡戈拉主义"和"警句主义"两个流派。贡戈拉(1561—1627)是一个才华横溢但不得志的神甫,他创作的诗歌想象奇特,比喻诡秘,重形式轻内容,滥用夸张、冷僻字眼和典故,形成了晦涩难懂的夸饰主义风格。在他的笔下,"嘴唇"成了"红宝石之门",少女的明眸像"一对太阳把挪威烤焦"。这个诗派轻视人民群众,提倡为"高雅人士"写作。作品堆砌夸张的辞藻,充满各种隐喻和难解的词句。其内容大都是人生无常、终归毁灭等悲观思想。"警句主义"追求奇特别致的联想和强烈的对照,常把思想凝练为简短精致的警句,其代表作家是克维多(1580—1645)和格拉西安(1601—1658)。卡尔德隆(1600—1681)是西班牙巴洛克文学的杰出大师,也是这一文学形式的最高成就者。他的作品带有浓厚的天主教气息,但也反映了一定的现实生活,少数作品还燃着人文主义的余烬。他的代表作《人生如梦》表现的不是贵族思想倾向,而是人文思想的危机。主人公是波兰王子西吉斯蒙德。国王从天象中得知王子将是一个凶恶残暴的人,因此从小就把他囚禁在边塞的古塔里,过着半人半兽的生活。一天,国王用药将他麻醉,送回宫中,等他醒来,给了他最高的地位和权利。西吉斯蒙德为了报复他所受的迫害,殴打朝臣,甚至威胁国王。国王认为他野性未驯,又将他麻醉,送回古塔。王子醒来,想起前事,认为这不过是一场梦,人生也不过是一场梦,从此个性大变。不久,国内爆发起义,起义者攻入宫中,擒住国王,西吉斯蒙德被拥戴为首领。但是这一次他却贤明公正,宣布施行仁政,成为仁君,但他不明白发生的一切是真的还是在梦中。卡尔德隆用寓意的手法阐述哲理。西吉斯蒙德是一个象征性的人物。他最初是个性情暴烈的反抗者,斥责国王不该既给他生命又把他当野兽看待,实际上这是对天主教哲学的抗议。他虽奋起反抗,却找不到出路,感受到天命难违,希望只在来世,因而变成一个温顺的忏悔者。"人生如梦"体现了巴洛克文学中普遍表现的生存感受。在剧中,场景转变快速,情节变化迷离,丰富的人生体验却让主人公感受到尘世的虚幻。内心的空虚只能在权力与财富的装饰下得以掩饰,而这正是巴洛克文学的特点。

第二节　法国古典主义作家莫里哀

一、生平与创作

莫里哀(1622—1673)是17世纪法国最伟大的古典主义喜剧家。他出身于资产阶级家庭,原名让·巴蒂斯特·波克兰。他自童年时代起便养成了对戏剧艺术的特殊爱好,不愿意从事父亲为他选择的经商或当律师的职业。1643年,他走出家庭,与一些知己组织了"光耀剧团"在巴黎演戏,但因缺乏经验和剧目,经营不振,负债累累。莫里哀还为此被捕下狱,后来由父亲保释出狱。1645—1658年间,他重振剧团,到外省流浪,几乎走遍了整个法国,因此有机会深入民间,了解人民的疾苦,获得了真正的生活体验。在这期间,生活的锻炼、阅历的丰富,加以他年轻时代所受的伽桑狄哲学的影响,使他逐渐建立了唯物主义的观念。1652年以后,莫里哀开始创作剧本。他的剧作很受欢迎,剧团的声誉也蒸蒸日上,以至于名闻巴黎。1658年10月24日,莫里哀剧团应召返回巴黎,在卢浮宫为路易十四演出,得到赏识,从此结束了13年的流浪生活,定居巴黎。在此后的14年里,他完成了近30部喜剧,矛头直指教会、贵族和资产阶级。

1659—1663年,是莫里哀开始创作古典主义戏剧的时期,比较重要的作品是《可笑的女才子》(1659)、《丈夫学堂》(1661)和《太太学堂》(1662)。《可笑的女才子》通过两个贵族青年向一对资产者出身而喜欢模仿巴黎贵族习气的外省女子求婚时的笑话,嘲讽了贵族沙龙文体和资产阶级矫揉造作、附庸风雅的丑态。后两部戏是莫里哀运用古典主义原则写成的,剧中提出了爱情、婚姻、教育等社会问题。《太太学堂》的上演标志着法国古典主义喜剧的诞生。

从1664—1668年,是莫里哀创作的成熟期和"黄金时代"。这个时期他不但掌握了古典主义的创作规则,并且在作品中表现出更加深刻的社会内容和更加强烈的民主倾向,作品的思想性、战斗性和艺术性都达到了他自己的最高水平。除了著名的《伪君子》(《达尔杜弗》,1664)之外,他还写了《唐璜》(一译《石宴》,1665)、《恨世者》(1666)、《悭吝人》(1668)和《乔治·唐丹》(1668)等名作。

《唐璜》和《恨世者》对日益衰败没落的封建贵族进行了无情的嘲笑和深刻的揭露。前者借西班牙传说反映了17世纪法国贵族的经济衰落和道德沦丧，人物性格复杂，在现实主义描写中添上浓厚的浪漫主义色彩，不受"三一律"的约束，是莫里哀剧作中别具一格的作品。后者讽刺了形形色色的宫廷贵族，在语言艺术方面达到了莫里哀的最高成就，全剧严格恪守古典主义法则，被认为是"高级喜剧"的典范。

《悭吝人》和《乔治·唐丹》是两部讽刺资产阶级的作品。《悭吝人》成功地塑造了吝啬鬼阿巴贡这个不朽的文学典型。在欧洲文学史上，这部喜剧可以说是最早揭露资本原始积累时期金钱如何破坏温情脉脉的家庭关系的作品之一。《乔治·唐丹》辛辣地嘲讽了资产阶级的妥协性。

从1668—1673年，莫里哀的创作进入另一阶段，表现出反贵族和反教会的强烈战斗性。此前，他的喜剧内容大都与路易十四的政策相吻合，所以得到专制王权的保护；晚期，他加强了对现实的批判，不免有时同专制王权的政策相抵触，所以遭到冷遇，同国王的关系也出现裂痕。这时期，他写了近十出喜剧，其中有两出舞蹈喜剧《布索那克先生》(1669)、《醉心贵族的小市民》(1670)和一部闹剧风格的作品《司卡班的诡计》(1671)。《司卡班的诡计》标志着其戏剧创作的又一个高峰。这部戏可以说是蔑视法国17世纪森严的封建等级制度、抨击腐败的封建司法机关的力作，但莫里哀与王权之间的矛盾也因此而激发。莫里哀的最后一部剧作是《无病呻吟》(1673)，此剧由他亲自主演。1673年2月17日，他不顾重病在身，坚持继续演出，勉强把第四场演完，当夜在家中与世长辞。

莫里哀是古典主义流派中具有较多民主思想的作家。他继承了文艺复兴时期人文主义反封建反教会的战斗传统，对劳动人民抱有一定的同情。他的剧本直接取材于现实生活，而且不断从民间戏剧中吸收营养，因而不但具有鲜明的战斗性和现实性，还具有浓郁的民族风格。但是，在莫里哀的思想中也有消极的因素，这突出表现在他为迎合宫廷趣味而写的一些喜剧上。他甚至认为，只有宫廷才能对艺术做出正确判断。

莫里哀喜剧艺术的主要成就是他塑造了一些概括性很高的典型形象。正像他的剧本《凡尔赛宫即兴》里的人物所说："莫里哀描写任何一个性格，都不可能不在社会里遇到一个"，"他描写这一个，而描写的东西却能符合100个人"。他善于运用集中和夸张的手法，突现某个作品人物固定的、主导的特征，并从各个方面来表现这一特征，从而创造典型。莫里哀是17世纪杰出的喜剧作家、导演和演员，他的创作对世界戏剧以及文学的其他部门都产生了巨大的影响。

二、《伪君子》

五幕诗体喜剧《伪君子》(又名《达尔杜弗》)是莫里哀的代表作，它从法国现实生活中取材,对中心人物进行高度概括,把矛头对准了天主教会的伪善。1664年5月12日,莫里哀在凡尔赛为路易十四演出了《伪君子》的前三幕。这惊动了太后和巴黎的大主教,第二天即遭禁演。此后,虽有国王的支持,但大主教、最高法院院长和太后均起来干涉,所以再三被禁演。直到1669年,宗教迫害有所减轻的时候,莫里哀又对剧本进行了第三次修改,经路易十四批准重新上演,并取得极大的成功。

《伪君子》的主人公达尔杜弗是一个宗教骗子,他以伪装的虔诚骗得富商奥尔恭和他母亲的信任,成为这一家的上宾和精神导师。奥尔恭对他崇拜的五体投地,甚至把女儿改许给他。达尔杜弗并不以此为满足,竟无耻地勾引奥尔恭年轻的妻子。奥尔恭的儿子达米斯向父亲告发了这一丑行,但执迷不悟的奥尔恭却将儿子逐出家门,还把全部财产继承权送给了达尔杜弗。在这种严重的局面下,奥尔恭的妻子欧米尔设下巧计,让丈夫亲眼看到达尔杜弗调情的丑态。达尔杜弗露出狰狞的面目,要将奥尔恭一家赶走,并向国王告密,陷害奥尔恭。但国王英明,洞察一切,下令逮捕了达尔杜弗。

在这部戏的序言中,莫里哀提出喜剧家有干预生活的权力,喜剧是一种社会制裁力,是对时代道德的批判。他说:"喜剧是一首精美的诗,通过意味深长的教训,指摘人的过失。"这个定义恰如其分地概括了喜剧的艺术价值、教育意义、干预生活这三大特点。无论从内容上,还是从形式上,《伪君子》一剧都完美地体现了莫里哀关于喜剧的美学观点。

《伪君子》是古典主义性格喜剧的杰作,剧中人物的言行都符合各自的身份和性格。在剧本中,莫里哀集中笔力塑造达尔杜弗的形象,逐层深入地揭露这个伪善者的本质。通过这一形象,莫里哀深刻地揭露了教会和贵族上流社会的伪善、狠毒、荒淫无耻和贪婪,突出地批判了宗教伪善的欺骗性和危害性。天主教是欧洲封建社会的精神支柱,在当时的法国,它又成了反动势力的代表,而伪善正是它最显著的特点。17世纪初期,教会势力和贵族反动势力勾结在一起,组织了反动谍报机构"圣体会",打着宗教慈善事业的幌子,派人混进良心导师的行列,监视人们的言行,陷害进步人士。所以,莫里哀笔下的达尔杜弗有着明显的针对性。伪善风气还弥漫于整个上流社会,正如莫里哀在序言中所说:"这出喜剧,哄传一时,长久受到迫害;戏里那些人,有本事叫人明白:他们在法国,比起目前为止我演过的任何人,势力全大。"所以,达尔杜弗的形象具有高度的典型性,它已成为伪善、"故作虔诚的奸徒"的代名词。

剧中其他人物形象也很富有典型意义。富商奥尔恭是王权的支持者,在国内几次变乱中都支持过国王,但对于宗教的狂热却使他受人欺骗而变得十分愚蠢。而且他的思想比较保守,害怕自由思想,唯恐因此会惹出什么乱子。女仆桃丽娜在剧中是反对封建道德、揭露宗教伪善的主要人物,她头脑清醒,目光敏锐,敢于和奥尔恭的专制作风和达尔杜弗的伪善做斗争。她还是个真正具有自由思想的人,积极支持年轻人争取婚姻自主和个性解放。莫里哀把桃丽娜放在反封建、反宗教伪善的重要地位,在与多种人物的对照中,显示出这个劳动人民形象的优秀品质,体现了作者所具有的民主主义思想。

喜剧的结局是仰仗国王的英明而使恶人受到惩罚,这反映了作者借助王权同反动势力进行斗争的政治态度,体现了作者主张的国王应该以理性治国的政治原则,同时也符合古典主义文艺思想的要求。

《伪君子》在艺术上是严格按照古典主义原则进行创作的。尽管"三一律"的束缚使剧作存在不尽如人意之处,但由于莫里哀对古典主义原则的熟练运用,使它们对刻画人物和表现主题发挥了积极的作用。该剧体现了古典主义戏剧结构严谨、矛盾冲突集中尖锐和层次分明等优点。同时,莫里哀对古典主义原则也有所突破。他不顾古典主义关于各种体裁的严格划分,在喜剧中插入了悲剧的因素,使喜剧冲突更加紧张尖锐。他还吸收了民间戏剧和各种喜剧体裁的艺术手法,增强了剧本的喜剧效果。作为一位继往开来的戏剧大师,莫里哀在继承古今各种艺术经验的基础上创造了新的近代喜剧艺术的典范。

思考练习题:
1. 17世纪欧洲文学主要包括哪些重要的流派和作家?
2. 古典主义文学的基本特征是什么?这些特征是在怎样的历史文化条件下产生的?
3. 法国古典主义文学取得了哪些主要成就?
4. 分析莫里哀的喜剧《伪君子》的思想和艺术成就。

第五章 18世纪文学

第一节 概 述

一、启蒙运动发生的时代背景

18世纪是欧洲历史发展的重要时期。随着各国资本主义生产关系的迅速发展和资产阶级力量的不断壮大,资产阶级和广大人民的反封建斗争空前激烈。在整个世纪中,逐渐酝酿和准备着一场深刻的社会变革,其标志就是法国大革命。

在法国大革命到来之前,欧洲发生了一场影响深远的具有全欧性质的反封建思想文化运动——启蒙运动。这是西方资产阶级继文艺复兴之后所进行的第二次反对教会神权和封建专制的文化运动。它是在资本主义经济发展、广大人民反封建斗争情绪高涨的历史条件下,在自然科学和唯物主义哲学的影响下产生的。启蒙运动家以先进的思想教育民众,追求政治思想上的自由,提倡科学技术昌盛,把理性推崇为思想行为的基础。"启蒙"一词意为启迪,在启蒙运动中引申为用近代哲学、文学艺术和科学精神照亮被教会和贵族专制的迷信和欺骗所造成的愚昧落后的社会,树立理性至高无上的权威。启蒙运动提出自由、人权、平等、博爱、共和国等一套纲领,形成一个完整的思想体系。启蒙运动打破了长期以来的传统观念,启迪了人们的思想,传播了新的观念,是一场资产阶级推翻封建阶级的政治革命,也是一场为资本主义的全面发展做思想舆论准备的思想运动。

启蒙运动以英国资产阶级勇敢地号召政治革命开始,终结于发生在德国的一场思想领域里的革命,其中心是法国。英国自然科学和唯物主义哲学思想的巨大发展为启蒙思想的产生奠定了基础。18世纪资产阶级科学家在数学、物理、化学、植物、动物、天文学等方面做出了卓越的贡献,其中以英国物理学家艾萨克·牛顿(1642—1727)的成就最为突出。他的运动三定律和万有引力定律的提出,不仅奠定了古典物理学的基础,而且显示了在一定时期同样的方法也能揭示迄今尚不为人所知的规律的可能性。从此,大自然不再是人类连续不断地怀着恐惧心理生活于其中的神秘力量的随意汇集,而被显示为是一种可知力量的体系。如果说牛顿发现了自然世界的科学规律,那么英国唯物主义哲学家约翰·洛克(1632—1704)则发现了人心的科学规律,从而打开了在比较理性因而也比较愉快的方针上改造人类社会的途径。洛克在政治上以社会契约论反对君权神授说，拥护君主立宪制，标榜自由民主。他认为人类思想来自我们的感官印象，后天获得的经验才是认识的源泉。他第一次制定并论证了唯物主义经验论的知识起源于感觉的学说，推动了这一时期的唯物主义和自由思想的传播。此外，法国思想家贝勒(1647—1706)和封特奈勒(1657—1757)继承笛卡儿哲学中的唯物主义因素，摈弃其中上帝存在和灵魂不死的唯心主义思想，把理性作为反对封建制度和宗教权威的武器，提倡自由检验的科学精神，肯定人类的进步。他们是法国启蒙思想家的先驱。在英法先进思想家的影响下，欧洲许多国家如德、意、俄等国都产生了启蒙运动。

在启蒙运动中产生了许多著名的哲学家，如伏尔泰、孟德斯鸠、狄德罗、卢梭、休谟、亚当·斯密、莱辛、康德、富兰克林和杰斐逊等。这些哲学家虽然各自的观点存在着分歧，但是他们都主张创建一个人道、教育与宗教分离，不受国家或教会专断干涉，并有权对此提出质疑和批评的世界。

启蒙运动是文艺复兴反封建、反教会斗争的继续和发展，它继承了人文主义者的理想，并且把反封建的范围从道德伦理范畴扩大到整个上层建筑，带有更加鲜明的政治色彩，明确地提出反封建必须挣脱两大枷锁——专制制度和宗教迷信。在宗教方面，启蒙运动思想家比文艺复兴时期的人文主义者更进一步，他们没有企图把古典主义和近代哲学观念同基督教信念、对人的信任和对上帝的信任结合起来，而是强烈地反对天启宗教对人心的控制和操纵，认为进攻正统教会堡垒的时机已经成熟。他们提出以容忍一切宗教为基础的自然神论来与天启宗教相对。在政治上，启蒙思想家坚持唯物主义的观点，肯定世界是物质的，认为国家权力属于人民。他们不满意政治上的无权地位，反对贵族阶级的特权，要求人人在法律面前平等；他们提出天赋人权的理论，认为自由平等是人的天性的最高表现，使自由平等的理念成为启蒙运动中最鲜明最有号召力的旗帜。总之，启蒙思想家用政治自由对抗专制暴政，用信仰自由和宗教容忍对抗宗教压迫，用自然神论和无神论来摧毁天主教权威和宗教偶像，指出旧社会和旧制度的不合理，并提出建设新社会秩序的理想和方案，从而为资产阶级革命开辟了道路。

启蒙运动的伟大作用是把批判理性应用于权威、传统和习俗时的有效性。他们相信，如果人类能从恐惧和迷信中解放出来，他们就会在自己的身上找到改造人类生活条件的力量。思想自由和言论自由是进步的条件，人的发明和智力是钥匙，科学经验则是最有力量的触媒剂。他们用理性检验所有的旧制度、传统习惯和道德观点。可见，启蒙思想家崇尚的理性原则与古典主义者有本质的区别，它是以理性为原则，要求人们思考并否定现存一切制度的合理性。拥有乐观的战斗精神的启蒙思想家，相信人类不断进步，他们把理性与人的天性(自由平等)联系起来，要求按人的天性建立未来的社会，即他们所标榜的自由平等的"理性的王国"。这个王国在他们看来将是真理和正义的社会。他们真诚地相信封建制度一经铲除，全体人民将普遍享受自由平等的幸福生活。

当然,启蒙运动思想家也有其历史和阶级局限性。他们对物质世界的解释是机械唯物主义的,对社会历史的观点是唯心主义的。他们过分强调思想意识的力量,以为提倡科学、文化和教育就可以启蒙被宗教所欺骗愚昧的人类,从而改造社会。他们在对民众进行启蒙的同时,又把希望寄托在"开明君主"身上。在宗教问题上,他们中有的高举无神论的旗帜,有的虽用自然神论的观点否认上帝存在,却又承认自然本身是神,有的还提出了"自然人"的理论来和社会的人对抗,号召人们"回到自然"。这种观点固然有反封建的积极意义,但也有否定人类文明的一面,因而也是属于唯心主义的。此外启蒙思想家从来不否定私有制度,甚至把它看作人权的一部分。他们所宣扬的"理性的王国"也不过是理想化的资产阶级王国。他们为之斗争的自由平等实际上也只是资产阶级的自由平等。

在文学方面,这一时期古典主义仍然统治着欧洲文坛,在许多国家先后出现了自己的古典主义流派。但在18世纪,最能体现时代精神的是启蒙文学和英国的现实主义小说。

启蒙文学是启蒙运动的一个重要组成部分,其作家多半是启蒙运动思想家和社会活动家。他们把文学当作反封建的武器和进行启蒙宣传的工具,因而具有鲜明的政治倾向性和民主性。启蒙作家把文学创作看成是宣传教育的有力工具,重视文学作品对社会制度的批判作用和提高人们道德素养方面的意义。他们主张面向大众,在选材上着重反映人民大众的日常生活,描写普通人的英雄行为和崇高感情。他们喜欢采用民间故事和人民的语言,绝大多数作品用散文写成。他们常用的手法是尖锐辛辣的讽刺和逻辑严密的说理。启蒙文学继承了文艺复兴以来进步文学的现实主义传统,他们的作品直接取材于现实,反映现实生活并对它进行评论,具有哲理性和分析性。他们不把描绘环境和性格作为创作的主要任务,但他们虚构的人物和情节常能引人入胜,发挥启蒙教育作用。此外启蒙主义文学家为了宣传启蒙思想,创造了许多新的文学体裁,如哲理小说、正剧、书信体小说、对话体小说、抒情小说、教育小说等。有的启蒙作家,如狄德罗和莱辛,在美学方面深入探讨,提出许多新的见解,丰富了欧洲资产阶级现实主义文学理论。

这一时期的现实主义文学,批判社会现实所依据的尺度也是人文主义思想和该世纪的最高标准——"理性",因此,贵族特权、门第观念、社会不平等、宗教狂热和宗教迫害,都被视为谬误与不合理。在这根本的思想基础上,它与启蒙运动的文学是一致的。它也是资产阶级的意识形态。

二、英国文学

英国在18世纪经历了巨大而深刻的变革。1688年的"光荣革命"推翻了复辟王朝，确立君主立宪政体，建成资产阶级和新贵族领导的政权。资产阶级在国外大规模进行殖民扩张，在国内发展工商业，大型手工业工场发达，一些生产部门已经开始采用机器。到了18世纪中叶，英国发生了工业革命，工业无产阶级和工业资产阶级诞生了。虽然早在上个世纪英国已经发生了资产阶级革命，但仍然有着启迪民众同封建势力继续斗争的历史任务。由于这个任务是在资产阶级革命之后提出的，所以英国的启蒙活动和法、德等国的启蒙运动并不完全相同。

这一时期英国启蒙思想家和作家以理性为武器反对封建残余，批判资本主义制度，同情受压迫、受剥削的人民。同时，古典主义在这个时期还有很大的影响。保守作家大多遵循古典主义的创作原则，一些进步作家也或多或少带有古典主义倾向。18世纪初期，古典主义在诗歌创作中最有影响，最重要的作家是蒲柏（1688—1744）。他模仿罗马诗人，有的诗对贵族生活进行温和的讽刺，有的宣扬庸俗哲学。他长于说理，诗风精巧，但缺乏深厚的感情，形式多用双韵体。

现实主义小说是18世纪英国文学最主要的贡献，它在唯物主义思想的影响下，继承并发展了流浪汉小说的传统，直接取材于社会生活，以普通人，特别是中下层人物作为主人公，通常含有对社会现实的批判，反映了初期资本主义社会暴露出的种种矛盾。与流浪汉小说相比，现实主义小说的情节趋于集中，时间、地点的安排也较严密，人物性格的塑造、感情心理的刻画、环境的描写都有了显著的进步。语言一般是日常生活用语。这些特点标志着英国现实主义小说发展的新阶段，为以后英国和欧洲现实主义小说的繁荣提供了条件。

丹尼尔·笛福（1660—1731）是英国文学史上第一个重要的小说家，对英国小说的发展起过很大作用。笛福生活在资本主义发展的时期，是中下层资产阶级的代言人。他的中心思想是发展资本主义工商业，特别是发展贸易，为此他热烈地支持殖民制度，拥护黑奴买卖。在政治上，他反对专制政体、等级制度，主张民权。他一生的经历都为《鲁滨逊漂流记》准备下思想和技巧的条件。

《鲁滨逊漂流记》（1719）是以第一人称写的长篇小说，故事分作三部分，第一部分记叙鲁滨逊离家三次航海的经历，在巴西买下了种植园。第二部分，也就是小说的主体，记叙鲁滨逊在荒岛上的经历。第三部分叙述他从荒岛回来以后的事情。小说的主要价值在于塑造了鲁滨逊这个典型形象。他的原型是苏格兰水手亚历山大·塞尔柯克，虽然塞尔柯克流落荒岛后不过做了为生存所必须做的事，但是笛福以另一种积极的眼光看待这件事。他通过鲁滨逊这个新人的形象反映了资本主义原始积累时期新兴资产阶级的精神面貌。一方面，鲁滨逊是中小资产阶级心目中的英雄。他虽身为平民，可内心中却有一股不可抗拒的力量使他厌恶平凡中庸的生活，尽管离开人群28年，但是无论在物质方面还是精神方面，他都是资产阶级的一分子。鲁滨逊在岛上一边等待离开荒岛的机会，一边积极开发这个岛。他勤劳坚毅，相信只有靠自己的努力才能维持中等地位，才能爬到上层去。他在困境中坚持不懈地与自然进行斗争，改变自己的处境，最终得到了大量的产业和财富，这就是这个阶层英雄人物向往的归宿。另一方面，鲁滨逊又是一个殖民者，他用先进的武器赶走要吃星期五的土人，又用基督教来"开化"他——新式武器和基督教文化正是当时殖民者用来征服殖民地土人的物质和精神武器。笛福的另一篇重要小说《摩尔·弗兰德斯》(1722)是《鲁滨逊漂流记》的姐妹篇。女主人公不是漂流到无人居住的海岛上，而是在伦敦的中心，为了在这一荒野上谋求自己的安全、舒适和财富，与类似的困难作斗争。从这部作品里可以看出资本主义社会对人的腐蚀作用，但作者以肯定的态度描写主人公不择手段的欺骗和资本主义社会的尔虞我诈。

约拿丹·斯威夫特(1667—1745)生于都柏林，对英国政治，尤其是英国对爱尔兰的殖民统治，有亲身的体验和深刻的认识。他一生用锐利的文笔猛烈攻击英国的殖民统治，号召爱尔兰人民争取自由独立，至今仍被看作为爱尔兰的自由而战的最早最伟大的战士之一。《格列佛游记》(1726)是斯威夫特唯一的小说，是一部讽刺杰作，全书共分四卷，叙述一个英国医生格列佛航海漂流到小人国、大人国、飞岛国、慧骃国等几个幻想国家的经历。游记继承了流浪汉小说的结构方法，通过格列佛在这些国家的见闻抨击了英国18世纪初期的资本主义统治。例如，通过在小人国的见闻，讽刺英国统治集团的政权对立、党派纠纷和以宗教信仰分歧为借口的掠夺战争；通过格列佛在大人国与国王的交谈，体现了作者向往一个法律严明、社会安定、重视国计民生的社会政治理想；通过格列佛在慧骃国的遭遇，谴责殖民制度。斯威夫特批判了行政、立法、司法制度、殖民主义、金钱关系等各方面的黑暗和罪恶。但是游记也表现了一定程度的保守倾向，如肯定等级制度、美化原始社会。在艺术上，作者成功地把艺术虚构和现实讽刺结合在一起，运用了多种讽刺手法，如象征、反语、夸张、对比等，语言朴实清晰，准确有力。

18世纪四五十年代，英国小说在题材、结构、语言方面都有了新的发展。撒缪尔·理查生(1689—1761)在这方面作出了新的贡献。他是感伤主义小说家之一，他的第一部书信体小说《帕美拉》(1740—1741)开了感伤主义小说的先河，是英国文学史上第一部真实细腻描写女性心理的小说。小说写一个乡绅家的女仆帕美拉坚决抵御主人对她的无理企图，迫使他正式娶她为妻，婚后她又以自己的品德、仪貌赢得乡绅和他朋友的尊重。小说的副标题《贞洁得报》指出了小说的主题：发扬道德和宗教信念。理查生虽然描写贵族的厚颜无耻，但是他认为贵族可以接受道德感化。他赞美帕美拉竭力保持自己的贞洁，以贞洁力量感化贵族少爷的行为，把她当作中等阶层女德的典范。小说反映的道德尺度迎合了当时英国社会的普遍心理，既不希望等级混乱，又希望看到天使般的帕美拉获得幸福。理查生最成功的小说《克莱丽莎·哈娄》(1747—1748)也是一部书信体小说。它通过克莱丽莎长期在肉体上和精神上遭受的折磨，揭露了当时普遍存在的妇女婚姻不能自主的现象，批判了贵族、资产阶级的利己主义。理查生在英国和欧洲小说发展史上占有重要的地位。他的小说以下层人民为主角,客观上让平民的道德战胜贵族。内容主要以日常生活中的婚姻、道德等问题为主,使家庭生活和个人感情相结合,书信体的形式更有助于分析和描写人物的情感和心理。在结构上,他的小说完全摆脱了以主人公多种多样的见闻经历作为主线的传统写法,而是集中描写一件事的始末。由于善于描写善良的弱女子令人心酸的处境和她们的悲苦心情,他的小说具有一定的感伤主义因素。

亨利·菲尔丁(1707—1754)是18世纪欧洲最有成就的现实主义小说家,为19世纪长篇小说的繁荣铺下了最后一块坚实的路基。菲尔丁着重批判社会的不平等现象,揭露统治阶级的等级观念、拜金主义、道德败坏,对中、下层人民抱有极大的同情。他最早尝试的文学体裁是戏剧,但成就不大。从1742年起,菲尔丁找到了比戏剧更适合他的才能,更能表达他的思想的艺术形式,开始了小说创作。《约瑟·安德鲁传》(1742)是菲尔丁第一部小说,作家试图通过这部小说与理查生展开一场论战,揭露《帕美拉》的不真实及其所宣扬的道德之廉价。男仆安德鲁因为拒绝女主人的引诱而被解雇,他离开伦敦去找他的情人、女仆芳妮。途中他先后遇到本村牧师亚当斯和芳妮,最后和芳妮克服种种阻挠结成婚姻。小说通过这三个穷人在路上的经历,广泛反映了当时英国乡村的社会情况,多方面描绘了地主、贵族的丑恶本质,从中可以看到英国社会贫富之间的悬殊和他们在道德上强烈的对照。小说真正的主人公是亚当斯牧师,他心地善良,爱打抱不平,但不了解人情事态,常常陷于尴尬可笑的境地。作者有意把他刻画成一个堂吉诃德式的人物,来和资本主义社会的恶习相对照。

《大伟人江奈生·魏尔德传》(1743)是一部政治寓言体小说,通篇以反讽的形式讽刺资产阶级的议会政治。小说以当时一个有名的强盗首领魏尔德的事迹为根据,通过魏尔德利用手下盗贼作案而自己独占大部分赃物的行径,讽刺盗匪首领和政府首相没有差别。他们的"伟大"就是压迫和剥削善良的"小人物",盗取"公众的钱袋"。同时,菲尔丁也通过魏尔德手下匪徒的党派之争,讽刺资产阶级政客之间的彼此倾轧。

在《约瑟·安德鲁传》的序言中,菲尔丁曾宣布要创造一种崭新的艺术形式——"散文体的滑稽史诗",他于1749年出版的《汤姆·琼斯》全面实现了这个艺术理想。这是一部叛逆性的作品,它冲破了传统的道德准绳,在一定程度上否定了当时英国社会的秩序。小说通过弃儿汤姆·琼斯和乡绅女儿苏菲亚·魏斯登的恋爱故事,描绘了18世纪中叶英国社会生活的广阔、真实的图画。全书由三部分组成,分别叙述主人公在乡村、在逃往伦敦的路上和在伦敦的活动。出身不明的汤姆在乡绅奥尔华绥的抚养下长大,是一个真诚、善良但又轻率放任的青年。他得到苏菲亚的爱,但受到奥尔华绥的外甥、伪善自私的布立非的中伤,被赶出家门。苏菲亚也因父亲强迫她嫁给布立非而偷逃出来。他们在路上经历了种种事件,在伦敦,汤姆又被布立非陷害,苏菲亚也受到家人的强制。在小说结尾,布立非面目暴露,揭开身世之谜的汤姆最终和苏菲亚结婚。菲尔丁通过汤姆和布立非的对比,肯定了发自内心的善,否定了资产阶级以自私为核心的伪善,同时批判了以门第、金钱为条件的婚姻,揭露了贵族的荒淫无耻和上流社会的罪恶。

菲尔丁把《约瑟·安德鲁传》和《汤姆·琼斯》的体裁叫做"散文体的滑稽史诗"。首先,菲尔丁认为小说家应当从叙事诗体中彻底地解放出来,采用散文的形式,在作品中反映广阔的人生和社会生活,以普通人为描写对象,同时在对现实的描写中,充分运用滑稽幽默以及含而不露的讽刺,重视道德宣谕的作用,具有一定的民主性和革命性。其次,在人物形象的塑造上,他认为"作家不应该写个别的人,而应该写人的类型",要求作家在结构故事时注重选材,使故事服务于人物,为塑造典型环境中的典型人物开了先河。在小说结构上,他继承了文艺复兴以来西欧盛行的流浪汉小说的传统,但又突破了流浪汉小说结构松散的缺点,运用多条线索,从而拓展了反映生活的程度。

菲尔丁最后一部小说《阿米莉亚》(1751)减少了以往小说的喜剧成分,充满了悲剧气氛。它通过贵族少女阿米莉亚和一个穷上尉夫妻间的不幸遭遇,抨击了英国的法律与司法界,控诉社会的不公,揭发了资产阶级政权的腐败黑暗。全书在内容和形式上都接近19世纪的批判现实主义小说。

托比亚斯·斯摩莱特(1721—1771)也是当时一位重要的小说家,其主要作品是带有自传成分的《蓝登传》(1748)和书信体小说《亨弗利·克林克》(1771)。他的作品也广泛反映了英国和欧洲社会各阶层的生活。

18世纪后半期,工业革命发生后,社会矛盾更趋复杂,反映在文学上,出现许多新的流派,为19世纪浪漫主义潮流的形成作了准备。古典主义在这一时期已近尾声,其代表作家是撒缪尔·约翰逊(1709—1784),他肯定中产阶级的道德观念,将"反映永恒的人性"作为衡量文学的标准。此外,一些诗人出于对资本主义现实的不满,转而对中古产生了兴趣,或搜集古代民歌,或假托中古诗人之名发表诗歌作品。这种复古倾向在小说中的反映是"哥特式小说"的创作。主要作家有贺拉斯·瓦尔普(1717—1797)、拉德克力夫夫人(1764—1832)、路易斯(1775—1818)和麦图林(1782—1824)。这类作品多半以中古的城堡为背景,描写因财产或情欲而引起的谋杀、迫害,充满恐怖神秘的气氛。

18世纪后期,欧洲产生了感伤主义文学流派,其发源地为英国。经济的繁荣帮助英国统治阶级牢固地掌握了权力,社会矛盾更加显著。资产阶级中、下层的人民深感社会上贫富悬殊,自己的生活和社会地位得不到保障,感伤情绪由此产生。感伤主义文学正是这种情绪的反映。感伤主义诗歌在18世纪前期已有所表现,如扬格(1683—1765)的《哀怨,或关于生、死、永生的夜思》和格雷(1716—1771)的《墓园哀歌》。在小说方面,理查生的作品中已经出现感伤因素,但最能代表英国感伤主义的作家是劳伦斯·斯泰恩(1713—1768)和奥立佛·哥尔德斯密(1730—1774)。斯泰恩的主要作品有《商第传》(1759—1767)和《感伤的旅行》(1768),"感伤主义"就是因后者而得名的。哥尔德斯密的代表作《威克菲牧师传》(1768)通过乡村牧师一家的不幸遭遇,批判地主阶级欺压良善,讽刺资产阶级中下层人民的虚荣心。这派作家夸大感情的作用,细致描写人物的心情和不幸遭遇,以引起读者的同情和共鸣,有时对受压迫的劳动人民的疾苦表示怜悯,具有资产阶级人道主义思想。他们有时放任个人情感,沉溺于感情世界,脱离现实,有时抒发个人对生、死、黑夜和孤独的哀思,致使他们的作品往往充满悲观失望的情调。他们最喜用的体裁是哀歌、旅行记和书信体小说。

英国18世纪的戏剧成就不高,理查·布林斯莱·谢立丹(1751—1816)是当时最重要的喜剧作家。与当时追求矫揉造作的情感和夸张的戏剧性的创作手法不同,他以启蒙思想家的批判精神进行创作,其著名作品《造谣学校》(1777)就揭露了上流社会的造谣中伤、伪善、淫逸放荡的风习,成为18世纪英国上流社会的缩影。

在诗歌方面,罗伯特·彭斯(1759—1796)和威廉·布莱克(1757—1827)在这一时期占有重要的地位。罗伯特·彭斯是18世纪苏格兰最杰出的诗人。他生活在资产阶级革命的时期,写了许多歌颂革命、自由、平等,反对专制压迫、民族压迫的诗篇,如《自由树》一诗就是歌颂法国大革命的。他的诗具有深厚的人民性,反映人民反剥削、反压迫的要求,表达了苏格兰农民的情绪和资产阶级的启蒙理想,诗中感情淳朴真挚,语言清新明快,成功地运用了民歌体和苏格兰方言。威廉·布莱克也是一位民主诗人。他的抒情诗集《天真之歌》(1789)歌唱自然环境中生活的欢乐和"爱、仁慈、怜悯、和平"。《经验之歌》(1794)描写生活中的不幸和痛苦,对社会进行控诉。此外,布莱克还有一些歌颂自由解放,要求改革现实的作品。他的创作打破了古典主义的束缚,是英国浪漫主义诗歌的先驱。

三、法国文学

在18世纪欧洲大陆各国中,法国的工商业最为发达。18世纪六七十年代,手工业工场开始零星使用机器,规模较大的企业出现了。但法国仍是一个封建的农业国家,基本社会结构与17世纪没有什么不同,分为三个等级:教会以操"圣职"的名义列为第一等级,贵族阶级是第二等级,第三等级则包括资产阶级和由手工业者、工资劳动者、农民所构成的城乡劳动人民。前两个等级掌握封建国家的统治权力,享有种种封建特权。专制王权对外不断发动战争,对内则加紧压榨人民,封建阶级和第三等级之间的矛盾尖锐到极点。1789年的法国资产阶级革命是资产阶级反对封建制度的一次最彻底的斗争,它使法国完成了由封建贵族阶级的统治形式到资产阶级统治形式的历史转变。

18世纪的法国文学,按不同的思想倾向和艺术特点,可分为三种流派:一种是贵族阶级的文学;一种是资产阶级的现实主义写实暴露文学;第三种是资产阶级启蒙文学,它是18世纪文学的主流。

在17—18世纪,法国贵族、资产阶级社会谈论文学、艺术及政治问题的社交场合沙龙是实际上的文化、知识中心。在18世纪前期,各种沙龙或俱乐部盛行一时,各种沙龙的形式与内容也多样化。与会的客人除谈论文学艺术外,还热衷于讨论各种社会问题,甚至妇女们也参加社会、哲学、政治、经济等方面的讨论,反映出当时人们对现状不满,对探索社会改革的道路的热衷。1760年以后,沙龙数量越来越多,对文学艺术的发展起了重大影响。在沙龙中,思想家、哲学家们阐明各自的观点,争取知识界同行的支持,交流思想,进行辩论,这一切有助于新思想的传播。

18世纪法国现实主义文学对当时的社会是持批判态度的。前期的作品一般是对上流社会腐朽庸俗的作风、丑恶可笑的世态进行讽刺。在阿兰-勒内·勒萨日(1668—1747)的作品里则将讽刺的矛头进一步指向官场的黑暗,他的代表作是《吉尔·布拉斯》(1715—1735)。小说叙述一个本来天真无知的西班牙青年,为了冲破封建社会的种种障碍,不择手段地向上爬,直到当上首相秘书,反映了封建制度瓦解、资本主义关系上升时期的法国社会生活的特征。作者通过吉尔·布拉斯的形象说明,在封建社会中,一个出身微贱的人即使有很好的德行和很大的才能,也不会受到重视,他只有与坏人同流合污才能有所作为。

1750年以后,法国基础教育发展较快,洛克那种容忍思想自由的经典论述和一切都可以从书本中学到的观点对法国颇有影响。一方面,人们重视知识,追求进步,许多人靠自修学会了阅读和书写,读者队伍日益扩大。另一方面,政府继续实行书刊、戏剧检查制度,国王可以用各种罪名监禁或放逐有先进思想的作家。

18世纪的法国是欧洲政治最活跃的国家,法国启蒙运动也最典型,它明确地为推翻封建制度,建立资产阶级政治大造舆论。从总体上说,法国启蒙主义文学主要有两大主题:反对封建等级森严的封建专制统治,宣扬自由平等的资产阶级理性王国;抨击教会黑暗,反对宗教迷信,宣传无神论或自然神论。它一般以路易十四的逝世(1725)为开始的标志,以1751年为界分为前期和后期。

(一) 启蒙运动前期(1701—1750)

这一时期的主要特征是与文学有密切关系的哲学蓬勃发展,并取得了明显成就。哲学家们不再热衷于建立哲学思想体系,而是联系实际,相信科学,实事求是,虚心接受外来的进步思想。他们一方面针砭时弊,猛烈抨击传统的封建专制政体和专横武断的天主教教权主义,一方面寄希望于理智和本性,以启发读者的本性为己任,试图提供解决社会问题的方法。政治上,主张君主立宪制;哲学上,尚未提出无神论;文学上,依然崇尚传统文学形式(戏剧、史诗、抒情诗等),试图摆脱古典主义但又受其影响。

　　查理·路易·德·瑟贡达·孟德斯鸠(1689—1755)是最早登上历史舞台的启蒙运动思想家,是资产阶级温和派的代表。他出身贵族家庭,幼年学习过古希腊语和拉丁语,后专攻法律。1716年,继承叔父的子爵爵位和法院院长职务。1721年出版了书信体讽刺小说《波斯人信札》,引起轰动。小说以在路易十四统治的最后五年和奥尔良公爵摄政头五年旅居巴黎的两个波斯青年与家人通信的形式,对法国的政治、宗教、社会问题进行评述。小说没有具体完整的故事情节,也谈不上人物的性格刻画和形象的细节描述,只是通过零星故事来阐述人物对各种问题的议论和见解。作品全面地触及了封建社会的种种弊端,揭露法国统治阶级庸俗堕落、荒淫无耻,批判上流社会的种种恶习和生活方式。有些信札揭露路易十四统治时期的种种弊端和政策的失误。同时孟德斯鸠也借波斯人之口宣扬自己的反教会观点,对天主教教义进行了尖锐的讽刺,批判神权思想,谴责教皇,指斥宗教裁判所,反对教士的独身主义,主张离婚自由。全书贯穿批判精神,有力地向传统挑战。文笔活泼生动,讽刺深刻辛辣,为18世纪哲理小说开辟了道路。

　　1726年,孟德斯鸠辞掉法院院长职务。1728年,被选为法兰西学院院士,获得当时文人的最高"荣誉"。此后,他到欧洲各国旅行,特别深入考察了英国君主立宪政体,形成了他君主立宪的政治理想。在《罗马盛衰原因论》(1734)发表之后,他发表了数十年研究的成果——《论法的精神》(1748)。在分析政体特点时他指出,根据政府实施政策的方式,政体可分专制政体、君主政体、共和政体三类,并且为这三种政体规定了所依据的原则和得以存在的基础。此外,他进一步提出三权分立说,即把政权分为立法、行政、司法三权。他认为,三权分立限制个人权力,有效地促进民主和自由,英国即是此类模式。这一学说成为法国资产阶级革命的理论武器和资产阶级政治制度的基本原则,美国《人权宣言》和《宪法》也受到这一理论的启示。

　　伏尔泰(1694—1778)原名弗朗索瓦-玛丽·阿鲁埃。他出身巴黎中产阶级法学家的家庭,毕业后献身文学事业,出入具有自由思想的社交界。他敢于议论,不怕触犯权贵,曾一度被逐出巴黎,两次被关进巴士底狱。后被任命为法兰西学院院士,是法国启蒙主义运动的首创者和领袖。伏尔泰的著作品种多样,卷帙浩繁,除戏剧、小说、诗歌、史诗、史学和哲学著作之外,还有一些无法归类的作品和一万多封书信。

　　他的哲学著作很多,其中主要的有《哲学书简》(1734)、《哲学辞典》(1764)、《历史哲学》(1765)。他的《哲学书简》是法国思想史的一个里程碑,为18世纪哲学确定了主要方向。伏尔泰基本上是英国唯物的经验论哲学家洛克和唯物自然科学家牛顿的信徒。他承认物质世界的客观存在,但又认为物质世界最初是由一个最高的造物主创造的。他企图把牛顿的自然科学原理和上帝的神话统一起来,明确提出"即使没有上帝,也必须制造出一个"。他从洛克那里继承了自然神论,一方面把世界说成是神所创造的,神体现为不可动摇的自然界的规律,另一方面,又反对把神具体化为一种人格的偶像而构成一种具体的宗教。他提倡信仰自由,是一位积极反对宗教狂热、宗教迫害、教派纷争的思想家。在政治上,他批判封建专制制度和封建偏见,但寄希望于开明君主,是开明专制政体的拥护者。作为一名进步的启蒙思想家,伏尔泰的思想不仅深入18世纪法国第三等级人们的心里,为法国大革命准备了思想条件,而且对19世纪欧洲许多国家争取民族独立自由的斗争起过很大作用。

伏尔泰开始文学创作时,受到古典主义戏剧传统的影响,推崇高乃依和拉辛的悲剧艺术。在第一部悲剧《俄狄浦斯王》(1718)上演后,他被认为是拉辛的继承人,从此使用伏尔泰作为笔名。他第一个把莎士比亚介绍到法国,给莎士比亚以很高的评价,但又从古典主义美学出发排斥莎士比亚的创作手法。他的悲剧形式是古典主义的,但是内容却贯穿着启蒙主义精神。伏尔泰把戏剧作为宣传武器,用来激起法国人民向封建专制制度、宗教狂热作斗争。《布鲁图斯》(1730)是一部政治悲剧,宣扬效忠于共和政体思想,在法国资产阶级革命中激起人们对专制暴政的仇恨,宣传自由思想。《扎伊尔》(1732)和《穆罕默德》(1742)这两部悲剧都对宗教偏见提出了强烈的控诉,宣扬宗教容忍的观点。

18世纪40年代后,伏尔泰创作了几部哲理小说。在小说创作上,他继承了拉伯雷的传统,不注重刻画人物性格,而是创造富有讽刺性的形象和故事,一般以滑稽的笔调,通过半神话式的或传奇式的故事,影射讽刺现实,蕴涵深刻的哲理,语言精练简洁。《查第格》(1748)的主人公是一个聪明能干、具有高尚道德品质的青年,但是他每做一件好事都招致一场灾祸。小说结尾以查第格当上国王告终,这体现了伏尔泰的"哲学家王国"的政治理想,即开明君主可以使不幸的世界得到幸福。在查第格身上,作者写出了启蒙哲学家的遭遇。18世纪启蒙学者受到社会恶势力的压迫,但以他们的智慧和勇敢,经过不懈的努力,终于获得最后的胜利。

《老实人》(1759)是伏尔泰哲理小说中成就最高的一篇。小说主人公老实人寄居在一个德国男爵的家里受"哲学家"邦格罗斯的教育。邦格罗斯是"一切皆善"学说的鼓吹者。老实人起初也很相信这种说法,但是他们在这个世界上的经历却恰恰证明,这个世界并不"完善"。"一切皆善"的说教来源于德国17世纪唯心主义哲学家莱布尼茨,他曾提出"上帝所创造的这一个世界是一切可能的世界中最好的","在这个可能最好的世界,一切都趋于至善"。这是一种维护现存秩序为统治阶级服务的舆论。《老实人》无情地嘲笑这一为神权和王权辩护的哲学,并以高度的讽刺艺术,对腐朽的社会力量——贵族、教士进行了毁灭性的打击。小说中另一个"哲学家"玛丁持有怀疑悲观思想,在他看来,人类是没有前途的,人的生活是没有希望的。老实人并不同意这些观点,他的结论是:"工作可以使我们免除三大害处:烦闷、纵欲、饥寒",因此,"种我们的园地要紧"。这也代表了伏尔泰的态度,相信历史是不断进步、人类会趋于完善,这是伏尔泰启蒙思想的一个重要组成部分,因此,他在小说中写了一段老实人游黄金国的故事,勾画出他的乌托邦理想国。

《天真汉》(1767)和其他哲理小说有所不同,不是通过半神话式的故事或伪托于古代的异国,而是把故事安排在17世纪末路易十四的法国,对社会现实进行了直率的指责和批判。在小说中,伏尔泰以赞赏的笔调写天真汉的"淳朴的德行""自然的人情",但他不像卢梭那样提出"回到自然"的思想,而认为"淳朴的人"应该"文明化"。

此外,伏尔泰的历史著作有三部。《查理十二史》(1731)通过瑞典国王查理十二抗击彼得大帝统治下的强大的俄罗斯帝国的进攻这一史实,说明"偶然事件"对历史进程的巨大影响。《路易十四时代》(1751)用大量篇幅描写当时文化界、法律界的情况和社会经济生活状况,为后人了解路易十四王朝统治时的社会提供了可信的资料。《风俗论》(1756)则具有世界通史的性质,论述罗马帝国覆灭以后世界各国的历史,尤其是亚洲各国的文明史。

在诗歌方面,伏尔泰创作过史诗《亨利亚德》(1718)、长诗《奥尔良少女》等。他有意向布瓦洛那样,通过写诗来表达自己的哲学和文学见解。

(二) 启蒙运动后期(1751—1800)

随着资产阶级的力量的进一步的发展,资产阶级革命的条件日益成熟。法国启蒙运动进入一个新阶段,年轻一代的启蒙思想家倡导在自然神论或无神论的基础上建立新的哲学体系,提出了完整的资产阶级思想体系和政治纲领。在自然科学类图书上,具有进步倾向的鸿篇巨制陆续问世,如布封编写的《自然史》、狄德罗主编的《百科全书》。此时法国启蒙主义文学也以其战斗性的增强而呈现出新的面貌,反封建反教会精神更加鲜明,艺术上彻底摒弃了古典主义的陈规陋习。与此同时,古典主义文艺思潮也延续到18世纪后期,直到19世纪浪漫主义的新文艺思潮兴起以后,古典主义的历史时期方告结束。

这一时期的启蒙运动的成就集中表现在《百科全书》的编纂上。《百科全书》全名为《科学、艺术和工艺百科全书》,主编是狄德罗和唯物主义哲学家达朗贝。狄德罗把《百科全书》的编纂工作变成了一场反封建的斗争。另外几个启蒙思想家都是主要合作者:孟德斯鸠和伏尔泰为它撰写过文艺批评和历史的稿件,卢梭则是《百科全书》音乐方面的专题作家。因此,法国的启蒙思想家又被称为"百科全书派"。《百科全书》在当时全欧知识界拥有广泛的读者群,它以挑战的姿态,针对政治、宗教和哲学发表了很多激烈的言辞,全面宣传资产阶级意识形态,推动启蒙运动进入高潮,因而被罗马教廷视为禁书。

德尼·狄德罗(1713—1784)是18世纪最进步的启蒙学者,为宣传唯物论斗争一生,曾被关进巴士底狱。他在文学、哲学、伦理学、戏剧、美学、文艺批评、小说、科学思辨和政治学等领域均有突出贡献。

狄德罗对各种艺术形式有广泛的兴趣和精湛的研究,特别在美学、绘画和戏剧理论三个方面有不少深刻的论述,构成了狄德罗完整的现实主义文艺理论体系,在文艺批评史上占有重要的地位。他的美学思想是他唯物主义哲学思想的一部分。他重要的美学著作是《美之根源及性质的哲学研究》(1750)、《沙龙》(1751—1781)、《论绘画》(1765)等。他指出艺术与伦理学之间、美和善之间的密切关系,提出真善美的统一论。而他心目中"真""善"的具体内容和"美"的标准是他的资产阶级人道主义启蒙思想。在艺术创作方面,他把"摹仿自然"当作艺术创作的标准,得出艺术美在于真实反映客观现实的深刻原理,建立了比较完整的现实主义理论。在戏剧方面,狄德罗反对古典主义狭隘的美学观,要求打破悲剧与喜剧之间不可逾越的界线,建立一种新的戏剧类别:"严肃喜剧"或"正剧"。它以家庭的题材与宫廷的题材对立,以市民形象与贵族人物对立,以市民的重视道德和贵族的腐化堕落对立,其目的在于正面表现资产阶级市民的形象或资产阶级的理想人物,证明这个阶级在思想道德上高于没落的贵族阶级。在实践方面,狄德罗创作了《私生子》(1757)和《一家之长》(1758)两个"严肃喜剧"。他最重要的戏剧理论著作是《关于〈私生子〉的谈话》(1757)和《论戏剧艺术》(1758),全面总结了他的创作经验,宣传了其戏剧主张。

狄德罗作为文学家的地位,是由他的三部小说奠定的。他要求小说创作遵循现实主义原则,强调细节描写的真实。相比其他启蒙主义小说,他的作品有较多的日常生活图景和接近现实的细节描绘,对于现实主义小说艺术的发展有一定的贡献。《修女》(1760)是一部书信体小说,揭露了天主教会对一个天真无邪的少女的迫害,激起人们对封建制度和天主教的仇恨。《宿命论者雅克和他的主人》(1773—1774)是一部对话体小说,没有连贯的情节,由许多对话和长短不齐的故事组成。小说通过心地善良、对生活逆来顺受的雅克的形象,反映了在天主教的精神统治下,下层人民群众所受的宗教毒害。《拉摩的侄儿》(1762)是狄德罗重要的作品,作者以辩证的方法挖掘和表现了主人公性格中尖锐的矛盾,特别是这种矛盾性格所反映出的社会现实生活中的尖锐矛盾。这部对话体小说反映的对社会的评论,不仅是当时封建专制社会中人与人关系的真实写照,而且也深刻地触及了资本主义关系的某些本质特征,而拉摩的侄儿就是这样一个封建资本主义人与人关系的畸形产物。

让-雅克·卢梭(1712—1778)是伟大的思想家、教育家和文学家,法国启蒙运动中最富民主倾向的代表。他出身第三等级,具有强烈的民主意识。在政治上主张共和,哲学上是自然神论者。1750年在第戎学院举办的征文竞赛中,他的论文《论科学和艺术(是否败坏或增进道德)》获得一等奖。他认为人类为了满足自己的邪恶或奢侈的愿望而从事科学研究和艺术作品的创造,因此科学与艺术不能促进社会道德的提高，它们的高度发展反而使道德堕落败坏。1754年第戎学院举办演讲会，卢梭发表了题为《论人类不平等的起源和基础》的演说，并于1755年刊行。在这篇演说中他提出，私有制的产生是人类不平等的根源，而社会不平等的现象愈来愈普遍。王权、等级制度都是不合法的，在专制暴君和被压迫人民之间只存在力量的对比。但是卢梭并不主张恢复到自然状态的原始平等，他提出要保护小私有者，以防止财产过分集中。这两篇论文体现了他早期的思想倾向。

卢梭在1761和1762年间出版的三本书为这两篇论文所提出的问题指出了答案。第一部是《朱莉，或新爱洛伊丝》，这是一部用书信体写的爱情小说，其情节同12世纪的法国哲学家阿贝拉与其女学生爱洛伊丝之间的爱情故事相似。卢梭把他小说中的女主人公朱莉比作爱洛伊丝，将他的小说取名为《朱莉，或新爱洛伊丝》，表明书中的女主人公朱莉和12世纪的爱洛伊丝在爱情上有相似的不幸遭遇。全书故事悲切动人：朱莉·德丹治和她的家庭教师圣普乐相爱，但她的父亲德丹治男爵的封建意识极深，不愿把女儿嫁给一个平民。圣普乐在朋友的帮助下，到海外远游，以期忘掉他和朱莉的感情。而朱莉迫于父命，和一个与她在年龄和宗教信仰上都有极大差距的俄国贵族沃尔玛结婚。被迫分离的朱莉和圣普乐之间时有书信往来。身为人妻，朱莉坚贞地忠实于她的丈夫，而沃尔玛对两个年轻人之间过去的爱也表示充分的理解，并对他们的美德完全信任，便把圣普乐接到自己家中，待以真诚的友谊。后来，朱莉因跳入湖中救她落水的孩子染病而亡。

《朱莉，或新爱洛伊丝》共分六卷，计163封信，全都围绕一个鲜明主题：要使人成为善良的人，就要有一个良好的社会秩序；只有从爱美德开始，树立良好的德行，人类社会才能成为一个合乎自然秩序的社会。卢梭站在资产阶级人道主义的立场上，提出了以真实自然的感情为基础的婚姻理想。小说具有比较广泛的社会内容，通过圣普乐的所见所闻，批判了贵族上流社会的种种习俗风尚，赞美了山区人民纯朴的思想感情、道德风俗，表现了卢梭否定贵族阶级文明、歌颂人类"自然状况"的一贯思想。在法国文学史上，卢梭的《朱莉，或新爱洛伊丝》第一次把爱情当作人类高尚情操来歌颂，第一次把大自然的美丽风光写进小说。

"出自造物主之手的东西，都是好的，而一到了人的手里，就全变坏了。"这是卢梭在《爱弥儿》中开宗明义的第一句话，它代表了卢梭的全部思想，贯穿了其所有的著作。《爱弥儿》(1762)是一部讨论教育问题的哲理小说，所以又名《论教育》。小说通过富家孤儿爱弥儿的成长和教育过程，指出封建社会和封建教育制度是人的羁绊和陷阱。卢梭认为人性本善，教育就是要"顺乎天性"，因此作家为爱弥儿安排了脱离当时社会影响，适合于他自然发展的环境，给他以行动的充分自由，让他的身心自由发展，使他主要通过自身的经验，获得对社会生活的认识，养成独立自由的个性。卢梭的教育思想是他整个社会改革思想的一部分。卢梭通过小说中对爱弥儿的教育，表现了他启蒙主义的对人的理想，其核心是资产阶级人性论和个人主义。

《论社会契约》(1762)是卢梭最重要的政治性著作。他提出建立以社会契约为基础的政体,即民主共和政体。与封建主义的"专制"相对,他把资产阶级"民主"当作社会政治生活的基本准则,并以此作为他共和政治主张的理论基础。卢梭以极大的热情鼓吹资产阶级"自由""平等"的口号,并强调国家政府必须受社会契约的制约,公民也必须服从社会契约。虽然他的方案并不能解决私有制产生后人类社会的根本矛盾,但是它对建立资产阶级民主共和国的要求符合当时社会的发展和人民的愿望,对法国资产阶级革命能够产生巨大影响。

1762年《论社会契约》和《爱弥儿》被法国议会查禁,卢梭也已经与狄德罗及"百科全书派"完全决裂。1764年卢梭开始写自传性的《忏悔录》,追述自己过去半个世纪的往事。在他笔下,生活中违背道德良心的小事被披露无遗。这种大胆地把自己的经历和感受公诸于世的做法,在当时还不多见。卢梭一向善于描绘宁静幽雅的环境、悠闲平和的气氛。《忏悔录》仍然保持了这种风格:构思细腻巧妙,文笔轻灵通脱,富有音乐感。在另一部传记性作品《孤独的散步者的冥想录》一书中,卢梭冥想过去美好的岁月,追忆寂静无哗、令人神往的乡村。这两部书都是在卢梭死后才出版的。卢梭的散文说理性强,富于雄辩。推崇感情、热爱大自然、赞扬自我是他文学作品的三个主要特点,对以后感伤主义和浪漫主义产生了很大的影响。

博马舍(1732—1799)原名彼埃尔-奥古斯旦·加隆。在剧本创作方面,博马舍深受狄德罗正剧理论的影响,提倡戏剧改革。他活动在资产阶级革命爆发前后的关键历史时刻,主要作品有喜剧《塞维勒的理发师》(1772)、《费加罗的婚礼》(1778)、歌剧《达拉尔》(1787)和《有罪的母亲》(1792)。其中《塞维勒的理发师》《费加罗的婚礼》《有罪的母亲》三个剧本,以同一个主人公费加罗在不同时期的故事为内容,合称为"费加罗三部曲"。它们的背景虽然是西班牙,实际上反映的是法国的社会生活。前两个是喜剧,写于资产阶级大革命前;后一个是正剧,写于革命后。在不同的时期,作者的思想有所变化,因此反映在三个剧本中的批评精神和政治倾向也有很大的差异,经历了由斗争到妥协的变化。

《塞维勒的理发师》又名《防不胜防》。全剧的戏剧冲突集中在少女罗丝娜争取恋爱自由与她的监护人霸尔多洛采取种种防范手段的冲突上。故事情节表现了以自由意志为基础的结合和反对封建包办的资产阶级婚姻观。剧本的主要成就在于塑造了费加罗这个有深刻含义的艺术形象。这是一个充满活力的第三等级人物。他从事过很多职业,既写过剧本和流行小调,是一个没落文人,又做过江湖郎中和理发师,是一个受压迫的平民,带有若干流浪汉的特点。他聪明机智、诙谐乐观,集中了法国戏剧和小说中来自社会底层的仆人形象的特点。这个人物对封建社会有深刻的洞察,并在他社会身份所允许的范围内,对这个社会进行了机智的嘲讽。在写作《费加罗的婚礼》的前两年,一切挽救封建专制政体的最后尝试都归于失败。

社会阶级矛盾达到空前尖锐的程度,封建旧制度全面崩溃的历史条件已经成熟。博马舍带着资产阶级的激情,将这种社会局势艺术地再现在《费加罗的婚礼》中,使之充分反映了资产阶级革命前夕阶级关系和阶级斗争的特点。阿勒玛维华伯爵与罗丝娜结婚后喜新厌旧,当费加罗即将与伯爵夫人的使女苏姗娜结婚时,他利用初夜权企图败坏苏姗娜的清白,破坏费加罗的婚礼。费加罗在苏姗娜的帮助下,争取伯爵夫人的支持,把伯爵利用过的人都拉过来,设下圈套,使伯爵的阴谋失败,最后喜剧在费加罗婚礼的狂欢中结束。这两部戏剧,艺术上相当工整,情节合乎逻辑,结构紧凑,对话生动、机智、幽默,人物性格刻画得较细致,形式活泼,其间穿插民间小调的歌曲和节日的舞蹈。在地点、环境和人物衣着的描写交代上,也很具体真实,现实主义因素比较突出,对以后欧洲现实主义戏剧的发展有所贡献。

在创作的后期,博马舍由反封建而转向与贵族阶级妥协的立场,这种转化在《有罪的母亲》中有恶性的发展。博马舍一反对阿勒玛维华伯爵的批判而极力将其美化,同时还竭力粉饰贵族家庭中的腐朽关系,费加罗的形象也发生了根本的变化,他成为伯爵忠心耿耿的仆人,还对自己早年的"行为不检"感到惭愧。

四、德国文学

德国在18世纪政治经济都还落后,全国分裂为300个左右的封建小邦。小邦的统治者大都仿效法国宫廷,专制独裁,道德败坏。这种封建割据争霸的局面,使德国不可能产生一个强大的资产阶级。德国资产阶级包括下级官吏、商人、小业主和手工业者,他们一般都依靠为宫廷服务而生活。经济上对封建统治阶级的依附地位,决定了德国资产阶级思想上的软弱性和政治上的妥协性。但是,随着德国资本主义的逐渐发展,资产阶级反对封建割据、要求民族统一的情绪也有所增长。加之国内生产和科学水平有了一定的提高,以及英法先进思想的影响,德国也产生了启蒙主义运动。

在文学方面,迎合宫廷趣味的、以阿那克瑞翁诗派为代表的洛可可文学曾风靡一时,但主要成就是在启蒙思想指导下的启蒙文学。由于德国资产阶级政治地位低,资产阶级革命的条件还不具备,这个阶级的进步知识分子都在文化领域里求发展。这造成18世纪70年代以后德国文学和哲学的空前繁荣,产生了莱辛、歌德和席勒等杰出的启蒙作家。他们反对封建专制和教会特权,主张通过建立统一的民族文化和民族戏剧促进民族统一,同时他们的作品也反映出德国资产阶级的妥协性。

德国启蒙文学分前后两期,18世纪40年代以前为前期,德国文学界的权威人物是约翰·克里斯托弗·高特舍特(1700—1766)。他主要的功绩是改革德国戏剧,并在戏剧理论方面有所建树。他接受布瓦洛《诗的艺术》的文艺理论,提倡戏剧创作应以高乃依和拉辛为榜样,认为"理性是正确的风格的基础和源泉",因此文学应该合乎理性,而文学创作也应以教育和改善道德为目的。到了启蒙主义后期,德国民族文学才开始走向一个辉煌的时代,它的奠基人是莱辛。

高特荷德·埃夫拉姆·莱辛(1729—1781)在戏剧理论、戏剧创作和美学理论方面做出了杰出的贡献。此外,他还写过诗体和散文体的寓言、有关哲学和神学的评论文章,为德国启蒙主义的发展开辟了道路。

莱辛推崇伊索寓言,反对拉·封丹那种语言过于雕琢的风格。1759年,他完成了《寓言三卷集》和《关于寓言的论文》。这三卷寓言是用散文写的,语言精练,风格朴素,简短有力地表达了他的进步思想和批判精神,初步显露出莱辛对德国现实的批判锋芒。莱辛的重要美学论著是《拉奥孔:论画和诗的界限》(1766),这部著作论述了绘画与诗歌在反映现实上的区别。他认为雕刻、绘画之类的造型艺术应该表达出最精彩的"固定的一瞬间",而诗应模拟在时间上连续不断的行动。莱辛分清诗和画的界限,是为了强调诗具有自己独特的作用,应该表现人的个性和感情,描写斗争,以满足资产阶级文艺的需要。

莱辛毕生从事戏剧活动,他认为戏剧是文学体裁中的最高形式。莱辛把他为汉堡民族剧院开办一年中历次演出所撰写的评论辑录出版,命名为《汉堡剧评》(1767—1769),成为德国资产阶级戏剧理论的重要文献。莱辛强调戏剧的教育作用,主张剧院应当成为改进道德的学校。他反对机械地模仿法国古典主义悲剧,认为德国应当有自己的民族戏剧,并要求戏剧反映18世纪德国资产阶级的现实,提倡写"市民悲剧"。他号召向莎士比亚学习,因为莎士比亚的剧作体现了资产阶级的情感和愿望,忠实地再现了丰富多彩的生活。莱辛强调文学应反映客观现实,认为戏剧中的"三一律"妨碍了"模仿自然"的原则。他同时指出作家在刻画人物性格时,必须要有逻辑性和真实性。在历史剧的创作上,剧作家不必追究历史细节,但是必须刻画出特定环境中特定人物应有的性格。

莱辛的戏剧创作是他戏剧理论的实践。他以简洁鲜明的语言反映时代的关键性问题,发挥了反封建、反教会的启蒙思想。其中《萨拉·萨姆逊小姐》(1755)是德国市民悲剧的真正开端。他的著名剧作是喜剧《明娜·封·巴尔赫姆》(1767),悲剧《爱米丽雅·迦洛蒂》(1772)和诗体剧《智者纳旦》(1779)。《明娜·封·巴尔赫姆》又名《军人之福》,通过塑造一个有理性、道德完美的男主人公,来体现他的启蒙思想,强调道德感化的作用。《爱米丽雅·迦洛蒂》是德国文学中一部杰出的市民悲剧。故事发生在15世纪的意大利,叙述一个公爵想诱骗爱米丽雅,杀死她的未婚夫,把她骗到宫中。爱米丽雅的父亲为保护女儿的贞操,忍痛杀死了她。剧本一方面通过公爵和宫廷侍从的形象,揭露了德国18世纪封建统治者的荒淫无耻;另一方面,通过爱米丽雅父女,反映了德国资产阶级的特点。他们厌恶封建统治阶级的道德败坏,但是没有力量同统治阶级进行面对面的斗争,只能用市民道德来和它对抗。

《智者纳旦》是莱辛和德国正统教会论争、反对宗教偏见的作品。通过发生在十字军东侵时代耶路撒冷的一个爱情故事,涉及基督教、伊斯兰教和犹太教的信仰问题,说明三种宗教都有价值,反对正统教会的狭隘,宣扬了启蒙运动的容忍的思想。莱辛在德国政治经济落后的情况下勇敢地揭露封建统治阶级的腐朽,宣传启蒙思想,提高民族觉悟,为德国文学开辟了新的阵地,对同时代和后代的作家产生了深刻的影响。

18世纪70年代,德国发生了一次声势浩大的资产阶级反封建的文学运动,即"狂飙突进"运动,它是德国启蒙运动的继续和发展,因作家克林格尔(1752—1831)的同名剧本而得名。"狂飙突进"运动在反封建和强调文学的民族性方面比启蒙时期更向前迈进了一大步,标志德国资产阶级民族意识有了进一步的觉醒。其主要思想倾向是反对封建割据,反抗封建压迫和虚伪的道德风尚,批评死气沉沉的封建文艺,要求创作自由和个性解放。"狂飙突进"运动的作家们重视民族意识,提倡民族情感,强调从本民族历史中吸取题材,发扬民族风格;他们反对封建束缚,崇尚感情,要求自由和个性解放;他们拥护卢梭"回到自然"的口号,歌颂理想化的自然秩序,赞扬他们心目中的所谓淳朴的儿童和劳动人民。这些作品中充满浪漫主义气息,并掺杂着感伤主义成分。由于当时历史条件的限制,这场运动只局限在文学领域,没有发展到政治性的社会运动。

"狂飙突进"运动的中心是斯特拉斯堡。约翰·高特弗里德·赫尔德(1744—1803)是狂飙突进运动纲领的制定者,他在文学上的主要贡献是文艺理论以及对民间文学的搜集和研究。这一时期德国文学的代表人物是青年时期的歌德和席勒,代表作品是歌德的《少年维特之烦恼》和席勒的《阴谋与爱情》。

约翰·克里斯托弗·弗里德里希·席勒(1759—1805)是18世纪德国杰出的诗人和戏剧家。他和歌德一起把德国的古典文学推向高峰,为德国民族文学的发展做出了巨大的贡献。

席勒在"狂飙突进"运动的后期进入文坛,早期成功的剧本是《强盗》和《阴谋与爱情》。在"狂飙突进"运动中,青年时期席勒的创作充满了反暴政、争自由的精神。《强盗》(1781)的主人公卡尔是一个有理想、有作为的进步青年,他仇恨暴政、蔑视法律,同情被压迫者,而且想要改造社会,建立一个共和国,于是他参加盗群,采用恐怖手段对统治者进行复仇。卡尔的言行体现了当时资产阶级青年对德国封建专制制度的自发性反抗。席勒在剧本的第二版的扉页上写道:"打倒暴虐者!"并引用古希腊名医希波克拉特斯(公元前460—前377)的话"药不能治者,以铁治之;铁不能治者,以火治之",突出反专制暴君的主题思想。

市民悲剧《阴谋与爱情》(1784)是席勒青年时代最成熟的作品,它直接取材于德国现实。某公国宰相的儿子斐迪南爱上了音乐师米勒的女儿露伊斯,宰相瓦尔特为迫使他与公爵情妇结婚,在秘书伍尔牧的策划下布置阴谋,使他怀疑露伊斯不忠,毒死露伊斯,露伊斯在临死前揭穿真情,最后,一对情人牺牲,恶人入狱。瓦尔特和伍尔牧的阴谋行为代表了德国腐败反动的统治阶级。女主人公露伊斯具有独立自尊的精神,反映了进步青年要求打破封建等级制度、渴望平等的思想。她的父亲米勒是德国市民阶层的代表,耿直自尊,不趋附于权贵,但是安分守己,缺少足够的反抗力量。剧本把爱情悲剧和宫廷的政治阴谋联系在一起,集中反映了德国市民阶级和封建统治者之间的矛盾冲突。

席勒的剧本《堂·卡洛斯》(1787)标志着作者从狂飙突进到古典主义的过渡。剧中仍然回响着反对专制、渴望自由的基调,但是主人公把自由理想寄托在统治者身上,已具有明显的妥协性。剧本以16世纪尼德兰独立斗争时期为背景,体现了自由和专制、人权和奴役、启蒙思想和封建教会反动势力之间的斗争。

1792至1796年间席勒研究康德的唯心主义哲学,写出关于美学的著作。在《审美教育书简》(1795)中,他一方面批判封建统治的腐败,一方面又不满资产阶级的革命,因而提出通过审美教育实现所谓"自由王国"这一空洞的教育计划。在《论朴素的诗和感伤的诗》(1796)中,席勒最早运用了"现实主义"和"自然主义"这两个文学理论术语,并区分了现实主义和理想主义两种创作方法,探讨了文艺创作中某些根本性问题。

1794年与歌德订交后,席勒又恢复了文学创作,他的后期创作的主要成就是戏剧,并倾向于现实主义。历史剧《华伦斯坦》三部曲(1799),包括《华伦斯坦的军营》《皮柯洛米尼父子》《华伦斯坦之死》,描绘了德国17世纪30年代战争时代的图景,刻画了产生于混乱时代的代表人物华伦斯坦所具有的复杂矛盾的性格,他想结束战争,实现和平统一,但是左右他行动的是个人野心,以至于最后叛国通敌,身败名裂。

拿破仑的入侵使德国民族危机日益严重,此时,席勒写出了爱国主义戏剧《奥尔良姑娘》(1801)和《威廉·退尔》(1804),描述被外族侵略或统治的人民同心协力反抗外族的压迫,显示出人民的力量,反映了德国人民高涨的爱国情绪,鼓舞了人民的斗志。《奥尔良姑娘》取材于中古末期英法百年战争中女英雄贞德的故事,席勒一方面通过约翰娜(即贞德)率领法国人民勇敢杀敌,显示人民的力量,一方面又通过约翰娜对敌人产生爱情,来宣扬所谓的"人性"。《威廉·退尔》取材于14世纪瑞士人民反抗奥地利统治的历史和传说,剧本描绘瑞士农民团结一致反抗外族压迫的英雄气概和他们的优秀品质,揭露了统治者的暴行,但是席勒幻想贵族能采取开明措施,与人民联合,反映出他对贵族的美化和妥协。

五、其他国家文学发展状况

从18世纪中叶起,意大利出现了将近半个世纪的和平局面,在政治上作了一些改革,经济上有了发展。资产阶级较前壮大,民族意识日益觉醒,法国启蒙思想传播到进步知识分子中间,意大利文学出现新的繁荣。卡尔洛·哥尔多尼(1707—1793)是这一时期主要的戏剧家。当时舞台上流行意大利的独特剧种——即兴喜剧,这种喜剧没有固定台词,由演员临时想出对话和独白。剧中滑稽人物带着假面具,因而又名假面喜剧,它原来具有一定的社会讽刺性质,但到了18世纪却变得庸俗鄙陋,缺乏思想内容。哥尔多尼作为启蒙的编剧家,要求戏剧对观众起教育作用,为此必须改革即兴喜剧,使之成为具有固定台词的现实主义喜剧。哥尔多尼要求喜剧忠实地反映生活,反对"三一律"和盲目崇拜亚里士多德,提倡性格喜剧,强调正面性格和反面性格的鲜明对比,使喜剧能起更大的教育作用。他的剧本还保留了一些传统的假面人物,但他们不再是定型的,而是具有现实内容的形象。剧情多方面地反映社会生活,因而又是风俗喜剧。哥尔多尼不但把矛头指向贵族阶级,而且也批判和揭露了资产阶级的恶习和缺点。他的主要作品是《女店主》(1753)、《老顽固们》(1760)。在反映劳动人民生活的剧本中,最出色的是《乔嘉人的争吵》(1762)。

俄国长期遭受鞑靼人和其他外族的侵略,地理上又与西欧的发达国家隔离,经济文化处于落后闭塞的状态。这种情况直到18世纪才开始有所变化。18世纪初,彼得厉行改革,在文化上所做的一切努力大大推进了俄国文化教育的发展。彼得一世时期,俄国文学还处于从古代文学向新的内容和形式过渡的阶段。20至50年代,专制制度日趋巩固,法国古典主义的影响深入俄国,形成俄国古典主义流派,出现了第一批俄国作家康捷米尔、罗蒙诺索夫、苏马罗科夫等。俄国古典主义除了遵守古典主义原则和形式方面的规则,还向民族历史和民族生活汲取题材,特别注意文学语言和诗体改革,强调爱国思想和科学文化的启迪作用。70年代爆发的规模巨大的普加乔夫起义尽管归于失败,但有力地打击了农奴制度,促进了俄国人民的觉醒。在18世纪后半期,反对农奴制的进步思想有所发展,向封建统治阶级进行了尖锐的斗争。这一时期的进步作家有诺维科夫、冯维辛、拉季舍夫等。普加乔夫起义之后,俄国也产生了感伤主义文学,它是俄国贵族地主阶级精神危机的表现,在一定程度上促进了俄国散文的发展。这一时期的文学虽然成就不高,但在思想和艺术上为19世纪俄国文学做了准备。

第二节 德国诗人、剧作家歌德

一、生平与创作

约翰·沃尔夫冈·歌德(1749—1832)是18世纪末到19世纪初德国的伟大诗人、剧作家和思想家。他出生在法兰克福的一个富裕市民家庭,1765—1768年在莱比锡大学学习,开始文学创作,写过一些洛可可风格的抒情诗,并对自然科学和艺术产生兴趣。1770—1771年在斯特拉斯堡大学学习法律。在这里,他受到斯宾诺莎、狄德罗、卢梭等人的影响,结识了"狂飙突进"运动的领袖赫尔德和一批青年作家。在赫尔德的引导下,歌德阅读了荷马、莎士比亚及18世纪英国现实主义小说,并引起他对于民歌的重视,曾经协助赫尔德搜集民歌。

青年时期,歌德成为狂飙突进运动的主要参加者,著有重要剧本《葛兹·封·伯利欣根》(1773),这部作品取材于16世纪宗教改革、农民战争时期的德国史实。主人公葛兹是一个没落骑士,歌德把他写成一个反封建、争自由的英雄,从而为狂飙突进运动的反抗精神服务,表达了德国资产阶级青年一代的革命情绪。该剧受到莎士比亚戏剧的影响,人物众多,场面不断变化,在形式上打破了戏剧的成规。

青年歌德最重要的作品是书信体小说《少年维特之烦恼》(1774)。维特是18世纪德国进步青年的典型,他才华出众,崇拜大自然,热爱纯朴的农民和天真的儿童,渴望自由,迫切要求从封建桎梏下解放出来,但是他的个人反抗方式只能使他走向自杀的结局。小说通过他和绿蒂之间不幸的爱情和他自己的社会经历,不仅述说出德国年轻的资产阶级的理想,而且揭示了它与社会现实之间的矛盾,深刻反映了德国知识分子的精神苦闷。他们对自己政治上无权和社会上受歧视的地位深感不满,强烈渴望打破等级界限,建立符合自然的社会秩序和平等的人际关系。但是维特的自杀则说明德国资产阶级还找不到一条真正摆脱封建束缚的道路。这部作品处处表现出狂飙突进运动的精神,感情洋溢,带有感伤色彩,可见理查生和卢梭对歌德的影响。小说问世后,在欧洲产生了巨大的影响,到18纪末,它已被译成俄、英、法、意等十多个国家的语言。

这一时期,歌德还创作了一些抒情诗,这些诗热情充沛,旋律优美,语言有力,吸取了民歌的精华,对自然界有深切的感受,如《欢会和离别》《五月歌》《野玫瑰》等,它们至今仍被认为是德国诗歌史上的名篇。

1775年,歌德应魏玛公国的邀请,担任枢密顾问。他原以为能够实现他的政治抱负,热心地实行社会改良,但封建小朝廷的政治生活使他感到窒息苦闷。1786—1788年,他游历意大利,对古典艺术发生兴趣,接受了美学史家温克尔曼的观点,放弃了"狂飙"式的幻想而追求宁静、和谐的人道主义理想。这时期,他完成了三个重要剧本。《伊菲格涅亚在陶里斯》(1787)宣扬古典的人道主义思想,强调人性的感化力量,标志着歌德从"狂飙突进"到"古典主义"的转变。它在德国文学史上和莱辛的《智者纳旦》、席勒的《堂·卡洛斯》被并称为最突出地宣扬人道主义的三部剧作。《艾格蒙特》(1788)反映了16世纪尼德兰市民对异族统治的憎恨。其主人公总督艾格蒙特为人民所爱戴,但是缺乏革命战士的坚强意志和政治家的气质和见识。剧本《托夸陀·塔索》(1790)通过文艺复兴时期意大利诗人塔索在费拉拉公爵的宫廷生活,揭示了艺术创作和为宫廷政治服务之间的冲突,实际上反映出歌德自己在魏玛宫廷中所感到的苦闷。

法国资产阶级革命爆发后,歌德认识到它的历史意义,却又否定它的暴力手段。被称为"市民牧歌"的叙事诗《赫尔曼与窦绿苔》(1798)就通过一个发生在法国大革命时期的爱情故事来赞美封建宗法式的田园生活,反对大革命带来的混乱。

自1794年起,他与席勒订交,奠立了德国资产阶级古典文学的基础。他们合力写了批判当时社会的警句诗《馈赠》,又一起写了《叙事谣曲》,并各自完成了重要作品。歌德除了完成古典牧歌式的叙事诗《赫尔曼与窦绿苔》之外,还写了长篇小说《威廉·迈斯特的学习时代》(1795—1796)和《浮士德》第一部(1808出版)。

歌德晚年的重要作品有《威廉·迈斯特的漫游时代》(1821)、《亲和力》(1809),自传《诗与真》(1811—1833)、《意大利游记》(1816—1817)、《出征法国记》(1822)等。教育小说《威廉·迈斯特》(包括《学习时代》和《漫游时代》)通过威廉·迈斯特的学习和漫游经历反映了德国进步人士对社会理想的探索过程。小说的最后结论是:为集体劳动、为人类幸福才是真正的生活理想。当然,贯穿歌德一生的代表作,则是他的诗剧《浮士德》,它直到1832年,即歌德逝世前一年才最后完成。

二、《浮士德》

(一)《浮士德》的故事来源和主要内容

《浮士德》是歌德的代表作。18世纪初叶是西方资本主义上升和发展时期,资产阶级的启蒙运动就在于反对封建的压迫和教会的桎梏,要求个性解放,宣扬人道主义,为推翻封建制度,确立资本主义制度,换言之,就是为资产阶级革命做好思想准备。歌德的文学活动紧密地结合了这个时期重大的历史事变,他以毕生心血完成的杰作悲剧《浮士德》就是通过浮士德这个人的体验、追求和发展,对西欧启蒙运动的发生、发展和终结,在德国的民族形式中加以艺术概括,并根据19世纪初期资本主义的发展,展望人类社会的将来。

《浮士德》取材于德国中世纪民间传说,浮士德原名约翰·乔治·浮士德(约1480—1540),是当时一个跑江湖的魔术师,在德国流传着许多他的传说。歌德根据他所处的时代背景、德国的社会状况和他个人长期的生活经验,前后经过六十余年才完成这部巨著。《浮士德》是用多种诗体的韵文写的,共12111行,分两部。在第一部中,浮士德还处在"小世界"中,追求"官能的"或"感性的"个人生活享受;在第二部中,浮士德进入"大世界",追求"事业的"享受。全剧通过浮士德这个人物的发展表现出资产阶级启蒙运动以来的基本思想和一贯精神。具体说来,浮士德的生活经历共分五个阶段:学者生活、爱情生活、政治生活、追求古典美、改造大自然。这五个阶段也恰恰是他人生的五个悲剧:知识的悲剧、爱情的悲剧、政治的悲剧、美的悲剧、理想的悲剧。

第一部中的"天上序幕"可视作全剧的一个总纲。它采用《旧约》中《约伯记》的形式,并注入资产阶级启蒙思想的新内容。上帝认为人类不断从低级到高级发展,达到更完美、更和谐的生活,持的是乐观主义的看法。魔鬼靡非斯特则认为人的一切活动毫无意义,人类发展道路的结果是导致虚无,持的是悲观主义的看法。双方把浮士德作为人类的代表提出来。这样就引起了魔鬼和上帝的打赌:靡非斯特认为人的追求是有限的,容易满足,而上帝坚信浮士德不会满足于单纯的物质享受。

悲剧第一部开始时,年逾半百的浮士德困坐在中世纪的书斋里,由于发现自己曾经苦心钻研的各种学问毫无用处而悲观绝望,企图自杀。这时靡非斯特趁虚而入,他和浮士德订约,自愿充当浮士德的仆人,尽量满足他的一切需要,但是在浮士德满足现状的一瞬间,他的灵魂便永远为魔鬼所有。在这段追求知识的悲剧中,作者借靡非斯特之口,对德国18世纪僵死的学术进行了辛辣的讽刺。

订约以后,靡非斯特把浮士德带到一家酒店,并让浮士德返老还童。浮士德在街头遇见了一个小市民家的少女葛丽卿,并获得了她的爱情。但这段爱情最终使这个天真美丽的少女误害了自己的母亲,溺死了自己的婴儿,亲生哥哥也死在浮士德的剑下,她自己则精神失常,被关进死囚牢。但她甘愿领受死刑,表示她人格上的升华,所以她得到了上帝的拯救。悲剧的第一部到此结束。

悲剧第二部开始时,浮士德卧倒在风景优美的地方,在大自然的怀抱中,他忘记了过去的罪恶,获得新生。魔鬼把他带到德意志民族的神圣罗马帝国的宫廷里,在这个腐朽空虚的王朝中,浮士德渴望大有作为的想法破灭了。为了缓解财政困难,浮士德建议发行纸币,但是皇帝和大臣们不懂得利用机会发展生产,只是一味地大肆挥霍。在皇帝的要求下,浮士德借助魔法召来古希腊美人海伦的灵魂,并对之一见倾心,昏倒在地。这一段政治悲剧说明为封建王朝服务不会有什么作为,实践证明了启蒙主义者关于开明君主的政治幻想破灭了。

对政治生活感到失望的浮士德,转而追求古典美,在靡非斯特和"人造人"的帮助下,浮士德成为一个中世纪城堡的主人并与海伦结合,生下儿子欧福良。欧福良代表浪漫主义,他一生下不久,就漫无限制地去追求自由解放,飞向高空而陨逝。痛苦的海伦随之消失,只留下衣裳,化为云气,托着浮士德回到北方。海伦是古希腊的美人,是美的化身,而对于美的理想的探求正适合早期资产阶级的意识形态。浮士德与海伦的一度结合,象征北欧现实的内容与希腊古典形式的统一。但是在海伦的悲剧中,我们看到了那种企图用古典美来实现人道主义的理想的幻灭。

浮士德驾云降落在高山之顶,产生征服大海的雄心。通过帮助皇帝赢得战争,他获得了海边封地,想在这儿建立乌托邦式的人间乐园。100岁的浮士德为了实现他的宏伟计划,吩咐靡非斯特多多招募工人,令百姓移山填海。此时,死灵们为他挖墓,而他却以为是群众劳动的声音。浮士德最终领悟到:"人要每天每日去争取生活与自由,才配有自由与生活的享受。"他憧憬着"自由人民生活在自由的土地上",怀着幸福的预感,他对于这一瞬间不禁失声叫道:"你真美呀,请你停留!"于是他倒地而死,靡非斯特根据契约,正要攫取浮士德的灵魂,但是天使飞来将浮士德的灵魂拯救上天。

(二)《浮士德》的精神文化内涵

《浮士德》涉及的问题非常广泛,它可以被看成一部欧洲文艺复兴以后300年资产阶级精神生活发展的历史。歌德通过浮士德一生的发展,概括了从文艺复兴到19世纪西欧资产阶级上升时期进步人士不断追求知识、探索真理、热爱生活的过程,描述了他们的精神面貌、内心和外界的矛盾,以及他们对于人类远景的向往。作为西方启蒙运动时期人道主义知识分子的典型代表,浮士德体现了资产阶级知识分子的两重性,既有进步的方面,也有局限的方面,而前者是主要的。资产阶级在上升和发展时期,具有不断向外发展、向前进取的积极精神。

所谓"浮士德精神"就是自强不息、努力进取的精神。在从封建社会过渡到资本主义的社会中,浮士德精神反对封建压迫和教会桎梏,破除神权迷信,要求个性解放,相信近代科学,促进社会向前发展,起了积极的进步作用。从上面剧情概要可以看出,浮士德不断追求和探索的历程实际上就是西欧资产阶级进步人士思想探索的历程:浮士德厌弃了中世纪的知识,去追求现实生活中的官能享受。但这引起了他的憎恶,爱情追求也成了一场悲剧。浮士德转而追求事业的享受,但是为封建小朝廷服务终将无所作为。于是他去追求古典美,结果只得到古典美的形式——海伦的衣裳。仍不知满足的他最后抛弃个人享受,企图为集体谋求福利。可以说,这在他不断追求和探索的历程上,是一个飞跃式的进步。

此外,诗剧把批判的锋芒直接指向上至宫廷、下至市民社会,包括教会和一切经院哲学在内的德国社会现实,并且通过靡非斯特利用战争、海盗和贸易三位一体的方法开拓事业和不顾普通百姓生活的行动,谴责早期资本主义靠原始积累方法发财致富的残酷性。同时,也通过浮士德的悲剧历程,揭示了资产阶级自身的种种不切实际的幻想。

(三)富于哲理意味的人物形象

浮士德是一个永远在追求、永远在探索、永远在完成自我、永远在超越自我又永远在否定自我的典型人物。随着空间和时间的不断拓展变化,浮士德的思想境界也不断开阔。浮士德永不满足现状,总是在不断地追求和探索真理,不论在对大自然的探索或人类社会的体验中,总是不断前进。浮士德洞悉生活的辩证法:快乐必然同时包含痛苦;一种欲望得到满足以后,必然又唤起新的欲望;一种要求达到后,必然又产生新的要求。浮士德还重视实践和现实,肯定人的作用,肯定人生的目的在于做出有益于社会的实践。在悲剧第一部第三场"书斋"中,浮士德翻译《圣经》时把"太初有道"改译为"太初有为",而"为"即实践。通过实践而不断追求真理,最后才能领悟到人生的真谛:人必须每天每日去争取生活与自由,才配享受自由与生活。他肯定集体生产劳动的意义,憧憬着自由的人民生活在自由的土地上,这已接近空想社会主义。另一面,浮士德精神也有历史的局限性。这种一贯以自我为中心的个人奋斗是和资产阶级个人主义不可分的,同时也是西方启蒙时期人道主义的特点之一。

浮士德也承认自己性格的双重性:"有两种精神居住在我的心胸,一个要想同另一个分离!"浮士德最后幻想开辟荒地,在封建资本主义的条件下,建设非资本主义的或超资本主义的人间乐园,这注定要遭到失败。而且他为了实现自己的愿望,不惜损害他人的利益,体现了剥削阶级的殖民主义掠夺的一面。

与浮士德一样,靡非斯特也是欧洲文学中具有典型意义的人物,他代表文艺复兴以来欧洲资产阶级中的另一种类型。靡非斯特的人生哲学是虚无主义,他的处世哲学是利己主义。因此,全剧贯串着辩证的精神,它表现在浮士德与靡非斯特的两极对立上。浮士德向往光明,不断追求至善至美,体现肯定的精神;而靡非斯特以鄙夷不屑的态度对待人的理性,他的本质就是"经常否定的精神",就是"恶"。但是他冷静诙谐、玩世不恭,对客观世界的认识远远比浮士德深刻。靡非斯特一方面处处给浮士德帮忙,一方面又阻碍浮士德向上。但是,他的恶也从反面起了推动作用,他一再引诱浮士德,使浮士德从错误中摸索到正途。他陪伴浮士德经过了"小世界"和"大世界",浮士德始终没有感到满足而停顿不前。浮士德不断提高的精神发展过程,是实践的过程,也是认识的过程,是不断追求真理的过程,也是不断受教育的过程。从根本上说来,浮士德和靡非斯特是人的一分为二,是人的两种精神,是发展过程的两个方面,所以浮士德充满着矛盾,而且在矛盾和冲突中不断发展,然而浮士德毕竟是资本主义上升和发展时期的人物,他的目光是向前的。诗人用比喻的手法,描述浮士德憧憬未来,怀着幸福的预感说出:"你真美呀,请你停留!"因此,浮士德的灵魂不是下地狱,而是上天堂。

(四)《浮士德》在艺术上的卓越成就

歌德费其毕生心血而完成的这一文学巨著,具有如下艺术特征:

第一,形象性与哲理性的高度统一。歌德在《浮士德》中所表现出来的以善恶斗争为中心的人道主义泛神论的世界观,使歌德对人与世界、人与人之间关系的认识系统化和哲理化了,这也恰恰决定着他使用文学艺术的新形式。换言之,以美的形式来反映他对世界各种关系,尤其是人类精神发展关系的理解的时候,他必须看重既是美学的又是哲学的二者统一的方法。这样,当歌德采用象征的方法,来描写他笔下的世界,来塑造他笔下的浮士德等人物的时候,就造成了这么一种艺术效果:他们既是形象的又是哲理的。

第二,客观性与主观性的有机结合。在歌德看来,艺术作品的客观性与主观性相统一,不仅是应该的,也是必须的。在《浮士德》中,我们看到,歌德正是将自己的生活体验融汇到了大的时代背景之中,从个人的感受出发,运用古老的故事,通过象征性的情节和表现方式,展示了时代的"大我",从而达到了《浮士德》既是主观的又是客观的、既是个人的又是时代的艺术的辉煌境界。

第三,艺术的传统性与现代性密切结合。歌德在《浮士德》中对传统的艺术方法内涵(即遵从生活本身的逻辑和作家主观情感的逻辑)的继承,已达到了出神入化的程度。但是,《浮士德》在艺术表现上又体现着明显的现代性。其一,"化丑为美"。传统的美学理论,往往将"丑"与"恶"作为完全不具备审美特征的东西加以摒弃。但在18世纪的英国美学家博克和德国哲学家康德等人的美学论文中,则谈到了"恶"和"丑"与"崇高"和"美"之间的密切联系。他们认为在特定的条件下,"恶""丑"可以具有重要的审美价值。歌德笔下的靡非斯特,已经成了"作恶与造善之一体"和"激发人们努力为能"的新的审美形象。人们对他不仅不再保有对魔鬼的恐惧之情,反而将他视作前进中不可缺少的朋友。不仅如此,在"瓦尔普吉斯之夜"等场景和人物的描写中,"丑"也是作为审美的对象加以表现的。这样,歌德在《浮士德》中,实际上已表现出了较鲜明的现代美学意识。其二,时空颠倒、混淆。作为一个生活在18世纪末、19世纪初的伟大诗人,歌德的美学思想基本上是唯物主义的和现实主义的。但在《浮士德》中他所采用的象征方法表明,20世纪被现代主义作家所广泛使用的时空颠倒、场景混淆的表现手法,已显露出端倪。作品中所出现的"天堂赌赛""浮士德与靡非斯特的赌赛"、葛丽卿的悲剧及其主人公的政治悲剧的交错描写,已将空间的有序性完全打乱,幻想的和现实的因素有机交融。至于浮士德喝了魔汤而变得年轻、浮士德可穿过岁月回到几千年前的古希腊去寻找美女海伦等情节,更显示出了他对时间顺序的有意颠倒。其三,形象的分身与变形。为了表现主观的内心冲突,20世纪的现代主义者常在其创作中采用分身手法,将一个人剖为两个甚至几个人,以表现同一意识的不同侧面。不仅如此,为了表现作家的某种主观情绪,他们也常将笔下的人物变形,以适应其思想情绪的变化。在《浮士德》中,我们可以看到,歌德不仅在百余年前就已经采用了这种表现手法,而且是驾轻就熟的。如上帝和浮士德,都是歌德观念中"善"的化身。但上帝是"至善",是冥冥宇宙中的主宰。而浮士德则是"至善"的外化,是具体的善,他因而不能像上帝(至善)那样"至洁至纯"。由此,可以说,歌德在这里采用的正是形象的分身法。至于靡非斯特可以由恶魔变成人,乃至变成狗;浮士德忽而为年老学士,忽而为壮硕中年探索者,忽而为白发苍苍的疲惫老人,变形手法的运用也随处可见。但需要指出的是,歌德对上述手法的运用,是仅将此限定在艺术表现手法的范围之内的,与现代主义作家主张以此来表现人物的潜意识、下意识有着根本区别。他借此表现的是人的理性观念的辨证发展过程,而恰恰在这一点上,他的《浮士德》在艺术上达到了传统与现代性的有机统一。

此外,在艺术结构上,《浮士德》大气磅礴,为了突破时空的限制,表现丰富的内容,总结历史经验。歌德采用现实主义和浪漫主义相结合的创作方法,不但利用了各种虚构的、幻想的、神话的形象,而且运用了与之相适应的各种不同的诗体,如自由韵体、民歌、古希腊悲剧诗体,以更好地描写环境,烘托气氛,塑造形象。此外,诗剧还善于运用矛盾对比的方法来安排场面、配置人物,不但时常使光明与黑暗、崇高与卑劣、和谐与混乱等对立现象交替出现,而且以浮士德为中心,使其他人物均与之形成对比。

虽然歌德一生没有从德国小市民的鄙俗气中摆脱出来,始终具有德国资产阶级的局限性,但是悲剧《浮士德》恰恰证明了歌德终生都在对人类的发展进行着深邃的哲学思考,展示了其伟大的一面。

思考练习题:

1. 如何理解启蒙运动与文艺复兴运动之间的联系与差异?
2. 启蒙文学的特点是什么?它与启蒙思想的关系是怎样的?
3. 18世纪英国小说取得了哪些重要的成就?
4. 法国启蒙文学的成就体现在哪些领域?
5. 分析歌德《浮士德》的伟大思想意义和艺术结构的特色。

第六章 19世纪文学(一)

第一节 浪漫主义文学概论

一、浪漫主义文学兴起的原因

浪漫主义是产生于18世纪末、繁荣于19世纪上半叶欧美文坛的文学运动和流派。

从社会发展的原因来看,18世纪末19世纪初,西方处于封建制度衰亡、资本主义上升的新旧历史交替的时代,飞速发展的科学技术促进了物质文明的发展。资本主义的出现一方面标志着社会的进步和人类文明的向前发展,它给人带来了一定程度的自由、解放和物质的富裕,而另一方面又使人与人、人与社会、人与物之间的关系恶化,新的文明给人带来了新的束缚,尤其是物对人的束缚,使人的自由得而复失。新建立的资本主义制度,由其私有制本质所决定,无论是生产方式,还是其政治文化活动,都以对物质利益的追求为根本目的。文艺复兴以来,人们反对神学教条时,很重要的一个武器是用人创造的物质产品和所具有的创造丰富多彩的物质世界的能力,来与神学"上帝创造一切"的观念相抗衡。如今在对"神"的崇拜心理弱化的同时,是对"物"的力量崇拜心理的强化。这就导致了人的自由本质被异化为"物"以及人对这种文化现象的认识和反叛时期的到来。进步的资产阶级知识分子敏锐地感受到人与物的对峙以及物对人的自由本质的异化,开始强调人的自由天性、自由情感,以此来反抗包括封建专制和道德、科学理性、物质文明、资本主义现存制度在内的人类文明。他们向自己创造的物质世界要自由,西方各国浪漫主义文学形象再现了他们的这种精神需求。

同时,1789年的法国资产阶级大革命不仅在欧洲和整个世界产生了巨大的政治影响,而且带来了激烈的思想文化斗争。它所标榜的"自由、平等、博爱"思想深入到了人们的意识之中,激发了人们个性解放和感情抒发的要求。在法国出现了以贡斯当和斯塔尔夫人为代表的自由主义思潮,这一思潮主张保证个人的自由和独立性,要求国家保证个人的人身、信仰、言论、职业、经营、选举、集会等自由。它反映了资产阶级关系确立后"自由竞争不能忍受任何限制,不能忍受任何国家的监督"的现实。对个人独立和极端自由的强调,成为浪漫主义文学的核心思想。浪派作家往往从个性受压抑、个人才能得不到发展、个人愿望和抱负得不到实现等角度,表现人物与社会的矛盾,表现人物在这种矛盾状态中的感情、行动和悲剧。浪漫主义文学描写的以个人的失望与忧郁为内容的"世纪病",以个人与社会的徒劳对立为表现形式的"个人反抗",都是由此而产生的。

《人权宣言》所宣布的自由竞争法则,在西方形成了一种社会心理:资产者、小资产者都企图通过巧取豪夺,有朝一日达到权利和财富的顶峰;在大革命中破产落魄的贵族,也力图利用新的社会法则来改善自己的地位。人们对飞来好运的期望变得更加炽热,几乎所有的人都沉溺于好梦和幻想。对贵族来说,大革命使他们失去了天堂,于是悲观颓唐、消沉阴郁的情绪,人生虚幻、命运多舛的感慨,以及对神秘彼岸的热烈向往便纷然杂呈;对资产者、小资产者来说,启蒙思想家所描绘的理想社会的图景在资本主义现实面前破灭,不免使他们失望、苦闷和彷徨。这种社会现象和心理为浪漫主义的盛行提供了肥沃的土壤。

从思想文化原因来看,德国古典哲学和空想社会主义思想为西方浪漫主义文学提供了思想理论基础。康德认为,人是自然法则的制定者,人的精神具有天生的几种能力:对时空的直觉,对原因、现实、实体和整体的理解。在他看来,世界并不像人的头脑里反映的那样,人在建造世界时也形成了认识,由此证明了世界的理想和神秘性质。他为浪漫主义的非理性提供了理论依据。康德极力推崇人的自由。他认为只有自由的人的选择才能决定一切,任何外在的或更高的法则都不能主宰人,人的尊严在于获得理性自由。康德的学生费希特认为,现实只是人的一种创造,反对自在之物能限制人的悟性。他把人看作征服者,人能对自然起作用。他的主观唯心主义强调天才、灵感的主观能动性,把人的心灵提高到客观世界创造者的地位。黑格尔认为世界的真理在于它的历史中,而这历史是不断变化的;精神就是历史,历史将理性和非理性、必然和偶然、感觉和非感觉混合在一起。他认为人是自在的和自为的,"在自在自为这个意义上,人才是绝对的、自由的、无限的"。他对主客体的辩证关系的分析给康德和费希特逐渐建立的主观主义的个性披上了理论外衣。德国古典哲学为浪漫主义文学的主观性提供了理论基础,法国和英国的空想社会主义学说则从另一个角度给浪漫主义文学输送了可利用的思想。圣西门否定了现行社会,坚信人类社会是不断进步的;傅立叶则揭露了资本主义社会的种种弊端。他们提出了未来社会的图景:圣西门预言未来社会具有雄厚的经济基础,能满足各方面的需要,人人平等,各尽所能;傅立叶提出建立"法郎吉"团体,在这个团体里,根据个人爱好和能力进行分工,劳动是人的需要和享受。英国的欧文以为靠知识的传播就可以消除社会矛盾。他把希望寄托在仁慈的统治者身上,主张建立合作社和职工会。空想社会主义学说强调阶级调和、阶级互爱,并幻想以此解决社会矛盾,为浪漫主义者否定现实、憧憬未来提供了思想基础。

从文学自身发展的原因来看,19世纪西方浪漫主义文学具有坚实的文学发展基础。18世纪法国卢梭崇尚感情抒发,德国的歌德关注"古典诗和浪漫诗的概念",席勒区分了朴素的诗和感伤的诗,英国感伤主义文学呈现出了明显的浪漫主义因素。他们共同为19世纪浪漫主义文学的兴起铺平了道路。

二、浪漫主义文学的基本特征

浪漫主义文学运动最早发端于英国和德国。彭斯和布莱克是英国浪漫主义的先驱,他们的创作分别处于18世纪80和90年代,成为浪漫主义诗歌的先声。1798年,华兹华斯和柯勒律治发表的《抒情歌谣集》,其序言是英国浪漫主义的宣言。施莱格尔兄弟是德国早期浪漫主义的重要理论家,他们在1798年创办了《雅典娜神殿》杂志,发表了一系列研究浪漫主义诗歌的文章以及蒂克、诺瓦利斯等人的浪漫主义诗作。1813年,斯塔尔夫人在法国发表了《论德国》一文,介绍和论述了浪漫主义文学。夏多布里昂的《基督教真谛》(1802)提供了浪漫主义散文和小说的典范作品。他们共同努力,在1805年左右促成了欧洲浪漫主义文学的第一个浪潮。第二个浪潮从拜伦开始,他的作品在1815至1825年间风靡欧洲,雪莱和济慈紧随其后。在法国有拉马丁和维尼作呼应。意大利的白尔谢、德国的霍夫曼等人都是这一时期的重要浪漫派作家。第三次浪潮发生在法国,约从1827年至1848年,以雨果为首的一大批作家纷纷涌现。在俄国和东欧,19世纪上半叶浪漫主义文学思潮蓬勃兴起,普希金、莱蒙托夫、密茨凯维奇、裴多菲等浪漫主义诗人迅速崛起。浪漫主义文学思潮在19世纪初也传到了美国,造就了惠特曼、麦尔维尔、霍桑等一大批作家,推动了美国文学的发展。

1848年以后,浪漫主义文学运动算是结束了,但其思潮并没有销声匿迹,其影响还历历可见。雨果在50年代还继续发表着重要作品,一些被称为新浪漫主义者的作家还不时地涌现。

浪漫主义文学具有鲜明的思想特征,主要表现在浪漫主义作家们强调创作的绝对自由,反对古典主义的清规戒律,要求突破文学描绘现实的范围。具有资产阶级倾向的作家怀着高昂的革命激情,从民主主义的立场出发,抨击封建主义制度或资本主义的罪恶现象,对未来充满美好的理想;带有贵族倾向的作家,则从留恋旧制度的立场批评资本主义的现实,或是歌颂中世纪的"世外桃源",或是在悲观绝望中沉溺于神秘的世界,赞美黑夜和死亡。他们批判现实的武器都是人道主义,一般都同情下层人民的苦难,都企图建构理想的社会图景。浪漫主义作家酷爱描写中世纪和以往的历史,他们并不重视反映历史的本质,只是把历史作为自己自由驰骋的艺术场景。作家们喜爱自然风光、异域风情,厌恶资本主义的现实和都市文明。

浪漫主义文学也具有鲜明的艺术特征:
(1)强调个人感情的自由抒发,有强烈的主观性。浪漫派作家认为古典主义宣扬的理性束缚了文艺,于是把抒发个人感情置于首要地位,对内心世界进行深入的挖掘。由此,浪漫派发现了"自我",它成为对人和世界的新视野的源泉。作家们把爱情作为人的内心世界的一个重要方面来看待,爱情便成为他们竭力表现的对象。他们还进一步发展了对梦境的探索,因为梦境既有现实生活内容的折射,也有大量的非理性的精神表现。浪漫主义作家对内心世界的挖掘与20世界现代主义文学直接相通。

(2)浪漫主义对各种艺术形式进行了卓有成效的探索,其中最引人注目的是对民间文学的重视以及诗体长篇小说的创造。德国和英国的浪漫主义就是从收集民间文学开始的。作家们从民间文学作品中撷取题材,学习表现手法,采用民间口语和民歌韵律创作,极大地丰富了文学的表现手段。拜伦、普希金等人的诗体小说扩大了诗歌反映现实的范围,对长篇小说的发展也起到了推动作用。此外,浪漫主义作家对语言的功能进行了深入的开掘,丰富了语言的表现力。

(3)浪漫主义文学惯用对比和夸张手法,重视丑的美学价值,大力提倡想象。雨果把艺术对照原则运用于小说、诗歌和戏剧的创作,他对丑的美学价值的认识对后世文学产生了重大影响。浪漫主义文学作品追求异乎寻常的情节,描写离奇的事件,塑造超凡、孤独的叛逆形象,大大发展了传统的夸张手法。作家们充分发挥想象,其目的是为了取得惊人的效果,浪漫色彩也由此而生。

(4)忧郁感伤的情调为浪漫派作家所爱好。作家们因与周围现实不相协调而精神忧郁,无论是有贵族倾向的作家,还是有资产阶级倾向的作家,对现实都感到失望,都表现出了程度不同的忧郁的"世纪病"症状。

三、浪漫主义文学在各国的发展状况

浪漫主义文学在英国、法国、俄国取得了较高的成就,在德国、东欧的波兰和匈牙利、在美国也获得了相当大的发展。

德国是浪漫主义思潮的发源地。政治经济的落后、资产阶级的软弱以及唯心主义哲学的盛行,决定了德国早期浪漫主义文学具有浓厚的唯心主义思想和宗教色彩。以施莱格尔兄弟为代表的"耶拿派"在《雅典娜神殿》杂志上宣传浪漫主义主张,提倡个性解放、创作自由,鼓吹艺术的无目的论。尽管施莱格尔兄弟、诺瓦利斯、蒂克等人在自己的作品中歌颂了"神秘的夜"和死亡,但是,他们还是表现了自己主观的真情实感和个人的实际经验,同时还在挖掘和发扬着民间文学的优秀传统。1805年以后在布伦塔诺、阿尔尼姆、格林兄弟等人的共同努力下,德国浪漫主义文学呈现出收集民间文学作品和再创造的高潮。他们丰富了德语诗歌宝库,创造了童话的典范作品,具有返回自然、歌颂自然美、远离都市文明的价值趋向。1809年以后,德国浪漫主义在柏林形成了另一个中心。克莱斯特、霍夫曼、沙米索等作家抨击了普鲁士官场和司法制度的腐败,再现了尔虞我诈、男盗女娼的市侩世界,讽刺和批判了拜金主义。德国浪漫主义作家的创作表现出了与英国浪漫主义文学的一致性:热情的诗的世界与冷酷的市侩社会彼此对立,不能调和。他们在对丑恶现实的批判讽刺中,表达了自己美好理想以及理想与现实之间矛盾所带来的痛苦。

海涅是19世纪上半叶德国文学从浪漫主义转向现实主义时期的重要诗人,他既是浪漫主义的"幻想之王",又是结束德国浪漫主义、开创德国新诗派的"第一只夜莺"。

波兰诗人密茨凯维奇和匈牙利诗人裴多菲的创作建构了东欧浪漫主义文学反对异族奴役,争取民族独立的主题。密茨凯维奇的长诗《先人祭》第三部抨击沙皇侵略者的血腥屠杀,揭露波兰贵族卖国求荣的丑恶嘴脸,颂扬了爱国志士的顽强斗志。裴多菲的叙事诗《雅诺什勇士》塑造了一个理想的英雄,反映了匈牙利人民的希望和要求。《自由与爱情》是诗人歌颂自由的最强音,在世界各国人民中代代传送。

19世纪上半叶,年轻的美国资本主义迅速发展,民族意识和爱国热情日益高涨,摆脱英国传统的束缚、重视人的精神创造和追求自由的超验主义思想掀起了一场运动,这些因素促进了浪漫主义文学的产生和发展,也构成了其争取个性自由和歌颂精神解放等特点。在西欧浪漫主义文学的影响下,爱默生和梭罗等超验主义理论家提出了浪漫主义的主张。他们强调人的精神作用和直觉的意义,认为自然界充满灵性,人应回归大自然。欧文、库柏、爱伦·坡等作家是美国前期浪漫主义文学的代表。欧文的散文小说集《见闻札记》描述了具有民族特色的自然景物和风土人情,摆脱了英国文学传统的束缚,他也由此被称为美国文学之父。库柏开创了以《皮袜子故事集》为代表的边疆传奇小说,奠定了自己的美国民族文学奠基人之一的地位。爱伦·坡通过诗歌表现了自己的理论主张:诗歌要突出音乐美。他创作了最早的推理小说,揭示人物的变态心理和非理性意识。美国后期浪漫主义文学以霍桑、惠特曼、麦尔维尔为代表。霍桑在代表作《红字》中,批判了清教徒殖民统治的黑暗、残酷以及教会的虚伪。他巧用象征手法,善于挖掘"隐秘的恶"。惠特曼是自由和民主的歌者。他的诗集《草叶集》讴歌劳动、呼唤自由、鼓吹民主,是美国自由体诗的代表作。这些艺术家们的艺术创造大大增加了美国浪漫主义文学的价值。

浪漫主义文学具有旺盛的生命力,它冲向文坛独领风骚近半个世纪,硕果累累,成就斐然,但是其局限也显而易见。浪漫主义作家们不是从当时具体的阶级关系、生产关系的演变中去寻找人的自由的失落,不是紧密地联系现实生活去梳理、探究新的制度和工业文明如何制约着人的自由,所以,他们不能真正解决人的自由本质的复归问题。他们仅仅是感知到了资本主义的工业文明和生活方式对人的戕害,以至于幻想寻找或主观塑造一个理想的社会来与之抗衡。他们塑造出来的世界根本不可能存在,因而也无法实现。19世纪三四十年代登上文坛的作家们,看到了浪漫主义文学家在认识上的幼稚可笑。于是,后期的文学家在新的现实基础上,对人的本质开始了新的探索。

第二节 英国文学与拜伦

一、英国文学

英国是欧洲工业革命的发源地和中心。18世纪下半叶出现的感伤主义文学实质上是用人的自然状态来否定资本主义文明。斯泰恩在小说《感伤的旅行》里,通过对资本主义社会现实否定性的描写,揭示了人的情感和性格上的退化。英国文学中真正自觉、有意识地对人的物化现实所进行的抗争是在19世纪初期开始的。在19世纪头30年里,英国的浪漫主义文学是欧洲成就最高的文学,对欧洲其他国家的文学产生了很大的影响。最早的浪漫主义文学家是"湖畔派"诗人华兹华斯(1770—1850)、柯勒律治(1772—1834)和骚塞(1774—1843)。他们的诗歌厌恶资本主义文明,否定技术进步,主张倒退,妄图用中世纪宗法制生活方式抵制资本主义工业文明。但是他们不像感伤主义者那样用空洞的情感去替代现实,他们的全部诗作的基本主题是在个人的感受中,厌恶工业革命以来技术进步所带来的种种社会丑恶,向往大自然的山川秀色,试图在大自然中寻找理想和人生的最后归宿。华兹华斯在1800年出版的《抒情歌谣集·序言》中断然主张,文学家的使命是要在对日常生活和平常事件的真实反映中寻觅人类的天性,因为只有在"微贱的田园生活里","我们的各种基本情感才共同处于一种更单纯的状态之下","人们的热情是与自然之美的永久的形式合而为一的"。① 他的小诗《咏水仙》展现了一幅与资本主义城市文明截然不同的恬静快乐的画面,表现出的是人要在大自然中寻找理想,寻找人性最后归宿的情怀。他的《丁登寺》《致布谷鸟》《致蝴蝶》《麻雀窝》等名篇歌颂了儿童身上所体现出来的没有受过工业文明污染的完美人性,显现了他创作主题的一个重要特征:在对大自然的肯定中来探讨人的本质复归问题。尽管华兹华斯及其柯勒律治、骚塞等作家消极遁世,逃避现实,但他们毕竟给处在初期物化现象中的人的自由的复归开出了一剂药方。这也是19世纪初期英国许多作家的创作主题和艺术表达的基本倾向。

第二代诗人拜伦和雪莱把英国浪漫主义文学推向高峰。雪莱(1792—1822)与湖畔派诗人的风格截然不同。他一生朝气蓬勃、奋争呼号,就连马克思、恩格斯都

---

① 《古典文艺理论译丛》第1册,人民文学出版社,1961年,第5页。

对他有过极高的评价,一直是文学史家们公认的"积极的"浪漫主义诗人。但是在他的思想深处及作品的主题中,依然有很多与华兹华斯等人的创作相似的东西。如对丑恶现实的不满与反叛,就始终是激励他创作的主要动力。不过他不像华兹华斯那样,一味歌颂大自然,认为只有大自然才是人的自由本质得以回归或实现的净土。作为一个战斗的诗人,他认为理想的实现更依赖于这个社会本身的解放。在《麦布女王》《解放了的普罗米修斯》等作品中,雪莱描写了在暴君统治下人成为"非人"的悲惨情景后,热情洋溢地展示了未来理想社会的美好图画。雪莱与华兹华斯等人的创作,表现出了工业革命以来英国浪漫主义文学的基本特征:作家们用美化了的大自然或幻想出来的理想世界同现实的丑恶相对比,在对现存制度和生活方式的批判中体现着人从最初的被物化状态中复归自由本质的努力。但是,因当时物质生产水平相对较低,人被物化的程度还远未达到像19世纪末那样严重的程度,所以,华兹华斯、雪莱等人只是感到了社会的不合理以及由此造成的人的自由的丧失,并不知道人究竟被异化成了什么,现实还没有给他们提供具体的答案。他们的对策也只能是用一个理想社会的幻影来为人的自由的复归提供一个不可能实现的方案。

抒情诗人济慈和历史小说家司各特也是英国浪漫主义运动中的风云人物。约翰·济慈(1795—1821)在长诗《伊莎贝拉》里,借助于中世纪的题材批判资本主义的罪恶;在《夜莺颂》、《秋颂》等著名诗篇中描写大自然美景,抒发着自己追求人生真理的激情。他对大自然的感受极为敏锐细致,加之信念真诚,所以他的诗歌感染力极大。瓦尔特·司各特(1771—1832)在代表作《艾凡赫》以及《肯尼沃尔思》《昆丁·达沃德》中反映了重大的历史事件,揭露了尖锐的社会矛盾和民族矛盾,并使农民和其他被压迫者成为小说的中心人物。他开创了欧洲历史小说创作的先河。

二、拜伦

(一) 生平与创作

乔治·戈登·拜伦(1788—1824)是英国伟大的浪漫主义诗人。他出生于一个古老没落的贵族世家。父亲将母亲的财产挥霍殆尽后,只身浪迹欧洲,落魄潦倒客死于法国。拜伦随母亲度过了贫穷而孤寂的童年。他天禀聪颖,但生来微跛,稍稍解事便极为敏感、自尊,从小形成了孤独、傲岸和反叛的性格。10岁从伯祖那里继承了勋爵位和大宗产业,移居伦敦。1801—1808年间,他先后就读于哈罗公学与剑桥大学,酷爱历史、哲学与文学,获硕士学位。

1807年,拜伦出版处女诗集《散懒的时刻》,遭到《爱丁堡评论》杂志匿名书评的粗暴攻击和挖苦。拜伦随后发表长篇讽刺诗《英国诗人和苏格兰评论家》进行回击。这是英国文学思想史上的一件大事。诗人以评论家的身份对自己所遭恶评给予反击，并对英国文学界各派力量做了评论。

1809 至 1811 年间，拜伦游历了葡萄牙、西班牙、马耳他、希腊、土耳其等地。这些国家蓬勃发展的民族解放运动和资产阶级民主运动大大开拓了诗人的视野，在归途中诗人就创作了抒情叙事长诗《恰尔德·哈罗尔德游记》的第一、二章。这两章在 1812 年一经问世即轰动文坛，4 周内行销 7 版，拜伦也因此一夜成名，誉满欧洲文坛。全诗共四章，后两章完成于 1817 年，是诗人流亡时期在比利时、瑞士、意大利等地的见闻与感想。长诗描写了异域的自然风光和风土人情，反映了希腊等地中海国家被奴役民族渴求自由解放的愿望，塑造了一个孤独、忧郁、悲观的青年漂泊者形象——哈罗尔德。这是一个"拜伦式英雄"的雏形。他是一个贵族青年，厌倦了上流社会的生活，希望从较少受现代文明侵蚀的民族和大自然中寻求纯真的情感。欧洲的现实却使他感到人生虚伪，世态炎凉，知音难寻。所以作为旅人的他，"心是冰冷的，眼是漠然的"。哈罗尔德具有拿破仑战争时期及"神圣同盟"初期西方许多资产阶级知识分子的典型特征：不满现实但又找不到出路，不愿与上流社会同流合污却也不能和人民群众一起斗争，于是陷入悲观绝望之中。与之相反，诗中还有一个贯穿始终的抒情主人公形象"我"。在第三、四章里，"我"超越哈罗尔德形象，明显的凸现出来。"我"积极入世，热情洋溢，既是一位目光犀利的观察家、思想深邃的批评家，也是一个热爱生活、追求自由、敢于揭露、又善于斗争的民主战士。这两个性质完全不同的形象都带有明显的自传成分，是作者的两个自我。他们既表现了拜伦世界观的矛盾，又体现了他的思想感情整体。

在英国劳工自发捣毁机器的"勒德运动"高涨时期，在国会获得世袭议员席位的拜伦挺身而出，发表演说反对政府制定的镇压工人运动的死刑法。1812 年 3 月 2 日，他发表了讽刺诗《法案制定者颂》，反对暴力政策，表现出了其含有无产者意识和深厚的人道主义的自由思想。

1813 至 1816 年，拜伦创作出了一组被称为"东方故事诗"的传奇作品，包括《异教徒》(1813)、《阿比杜斯的新娘》(1813)、《海盗》(1814)、《莱拉》(1814)、《巴里西纳》(1816)、《柯斯林之围》(1816)。它们题材新颖，充满浪漫情调。主人公无不具有愤世嫉俗的思想、叱咤风云的勇气和狂热而又浪漫的冒险经历。他们是单枪匹马的复仇者，有崇高的道德观和侠义心肠，酷爱自由，忠于爱情，最后却成为社会的牺牲品。这些人物形象有作者本人生活遭遇的明显印记，发展了哈罗尔德所体现的拜伦主义——失望忧郁的情绪和纯粹的个人反抗，而成为典型的"拜伦式英雄"，即高傲而倔强，忧郁而孤独，神秘而痛苦，与社会格格不入从而对之进行彻底反抗的叛逆者。在以后的诗剧《曼弗雷德》和《该隐》等作品中，该性格还有所发展。拜伦式英雄在欧洲广大民主阶层引起广泛的共鸣。

拜伦的政治态度和反叛精神早就触怒了上流社会，权贵们便借机大肆渲染他与妻子分居的家庭纠纷，掀起了一个诋毁诗人的运动。心高气傲、疾恶如仇的拜伦于1816年被迫愤而离国。他途经比利时到了瑞士,在这里结识了英国另一伟大诗人雪莱,并与之成为知音。

流亡生涯加强了拜伦的孤独和空虚,以致思想濒临危机。忧郁、悲观和绝望的情绪笼罩了诗人这一时期的创作。自传体的长诗《梦》和描写太阳熄灭人类逐渐死亡景象的《黑暗》,是诗人最阴郁的作品。这种"世界悲哀"的主题既是诗人自身不公正遭遇的反映,也是法国波旁王朝复辟后欧洲革命处于低潮的时代氛围在诗人心灵上的折光。然而拜伦并未由此减弱讴歌自由的斗志。他在《普罗米修斯》(1816)中赞美了普罗米修斯敢于抗拒一切邪恶势力不屈不挠的伟大精神,在《勒德派之歌》(1816)里号召工人们拿起利剑反抗暴君。他的叙事长诗《锡隆的囚徒》(1816)讴歌为自由而献身的历史英雄,在被诗人称为哲理剧的《曼弗雷德》(1816—1817)中,悲观与反叛意识都达到了顶峰。孤独的英雄曼弗雷德只寻求"忘却"和死亡,轻视人民而不与人来往,最终走向毁灭的下场。拜伦对现实的不满发展成为彻底的否定和怀疑。

1816年10月到1823年夏,拜伦旅居意大利,积极参与意大利人民反抗奥地利统治的革命运动。他参加了有名的烧炭党秘密组织,投身于火热的斗争,其创作也进入了最灿烂的时期。他完成了《恰尔德·哈罗尔德游记》的后两章,写出了激励意大利人民斗争的长诗《塔索的悲哀》(1817)、《威尼斯颂》(1819)、《但丁的预言》(1821)。在被他称为神秘剧的《该隐》(1821)里,他把本是人神共诛的谋杀者该隐塑造成反抗上帝权威的顶天立地的好汉,一个叱咤风云的拜伦式英雄。讽刺诗《审判的幻景》(1822)、《爱尔兰的化身》(1822)和《青铜时代》(1822—1823)对英国的君主、君主制及其御用文人、神圣同盟的各国统治者进行了尖刻辛辣的嘲讽。未完成的长篇叙事诗《唐璜》是拜伦最后也是最优秀的一部诗作。这个时期的创作表现出了拜伦学识的博大精深,政治热情的奔放和哲学思想的深刻;同时表明他逐渐摆脱了深重的悲哀,愈加焕发出思想家和战士的风采。

1821年,烧炭党起义失败,拜伦前往希腊去参加希腊人民反抗土耳其的民族解放斗争。1823年秋,拜伦率领自己招募的一支军队乘船来到希腊,受到希腊人民的热烈欢迎,并被推选为统帅。诗人身负重任,但壮志未酬。他骑马出巡遭雨受寒,致重疾,于1824年4月19日逝世。希腊人民为他举行国葬,整个欧洲大陆也为之哀伤。

拜伦现象是19世纪西方精神文化的重要内容之一。这个独立不羁的天才,有博大的政治家的胸襟和哲人的才智。他的气质敏感而暴烈,感情深沉而细腻。但他也是一个放浪形骸的公子、虚荣傲岸的爵爷和孤高抑郁的自我主义者。他的叛逆性格决定了他在思想上是现存制度的反对者,其思想核心是自由与正义。在他看来,自由是正义的灵魂,先有了自由,然后才能谈得上正义。拜伦是西方文明的产儿,与西方文化精神中的个性价值和自我崇拜一脉相承。他的自由观包含着更多的唯我主义成分，所以极易导致无政府主义，产生孤傲倾向。他思想中的消极方面显而易见，但对自由的热忱，使他不但超越了贵族意识和阶级偏见，而且还超越了狭隘的爱国主义和民族主义圈子，成了所有被奴役者的朋友。更重要的是，他最先注意到同行们在作品中试图用对幻想的理想世界的塑造以求人的自由实现的做法的荒唐可笑。一方面，他用《东方故事诗》《恰尔德·哈罗尔德游记》《唐璜》等著名作品，表达了对"文明"社会的厌恶和蔑视，对窒息个人自由、压迫人的本性的英国大资产阶级和土地贵族的统治进行了愤怒的抨击；另一方面，他根本不相信这个世界上还存在，甚至还会有出现所谓理想社会的可能。他断然否定了同时期作家们把人的自由的实现寄托在大自然或新天国的非分之想。因此，他笔下的大自然虽然也是美丽的，但已经被"文明"践踏的满目疮痍。至于所谓未来的"理想世界"，他更为之绝望。恰尔德·哈罗尔德、唐璜等形象表现的万念俱灰、悲观绝望的情绪，正是拜伦同样情绪的体现；而曼弗雷德至死不向天国妥协，拒绝代表理性的精灵的召唤最后孤独死去的描写以及由此所表现出来的"世界悲哀"的哲学，可以说是拜伦对所谓理想世界绝望心情的反映。当然，拜伦也承认人的本质的内涵是自由。但是他凭借自己的聪明已经领悟到，在他所生活的制度里，人的自由本质是不可能实现的，所谓"理想的世界"不过是一相情愿的幻想而已，因为整个资本主义社会都是以消灭人的自由为代价的。拜伦在作品中所表现出来的绝望和悲哀，与其说是他的消极，还不如说是他的深刻。以后西方资本主义世界发展的事实，愈来愈证明拜伦预感的正确。

作为浪漫主义一代宗师，拜伦创作了包括抒情诗、驳论诗、讽刺诗、故事诗、诗剧、长篇叙事诗等在内的大量作品，表现出了诗人强有力的个性和潇洒独立的艺术风采。强烈的主观抒情性和鲜明的政治倾向性是拜伦创作艺术的显著特征。他的每一行诗都蕴含着澎湃的激情，几乎所有的作品里都可以清晰地看到他火热的内心和炽烈的性格。他通过主观抒情呼唤自由与正义，表达自己鲜明的政治态度和爱憎倾向。辛辣的讽刺是拜伦创作的另一个重要特征。他的讽刺机智微妙，变化万千，耐人品味，使其诗作具有特别的战斗性和摧毁力。

(二)《唐璜》

《唐璜》(1818—1823)是一部未完成的长篇叙事诗，共16000余行，分为16歌，是拜伦最后也是最优秀的诗作。它以唐璜的游踪及其数次爱情历险为主要线索，展现了欧洲社会的广阔图景，涉及人类生活中的许多现象，是一部思想容量丰厚、艺术风格独特的大型讽刺性巨著。

唐璜本是14世纪西班牙民间传说中的色鬼、恶棍，常常再现于西方作家的作品之中，如莫里哀的散文剧《唐璜》和普希金的悲剧《石客》。拜伦在18世纪末19世纪初的欧洲历史背景上重新塑造唐璜。长诗的同名主人公是一个天真、热情、善良的贵族青年,很少哈罗尔德的忧郁孤独,亦无曼弗雷德的愤世嫉俗,更见不到该隐那种叱咤风云的叛逆反抗,他的性格特征随着种种历险经历而深化复杂。他顺从人的天性,无视清规戒律,绝少虚伪做作;他又缺乏坚定的信念,常常因意志薄弱而经不起诱惑。他在教堂、母亲的"膝下"和教师的课桌前长大。正当他的母亲向人夸耀"她的少年哲学家已经变得如何正经,如何沉静,如何稳健"的时候,他却受到邻居贵妇人朱丽娅的引诱,坠入爱河。传统的贵族教育培养起来的种种理念被人的爱欲需求击得粉碎。唐璜对恋人总是倾心相与,但却常常遭受险情,被迫分离。他与邻居贵妇的私情暴露,被迫离国远行。他在海上遇难,被海盗的女儿援救,并与其相爱,但又被贪心的海盗卖到奴隶市场,又一次与爱人分离。唐璜并不怯懦,在关键时刻能表现出英雄气概。他在海上遇险,看到受饥饿威胁的人们用抽签的方法决定先吃哪一个人时,他宁死也不干这一野蛮行为;他被人从奴隶市场上买到土耳其苏丹的宫廷,面对苏丹王妃咄咄逼人的无耻求欢,他神态自若,虚与委蛇,最终带同伴逃跑;在战场上,他奋不顾身救出一个孤儿;在英吉利荒道上只身把强人打翻……唐璜喜好女色,艳遇不断;他玩世不恭,能迅速地适应各种突如其来的境遇。他参加了正在入侵土耳其的俄国军队,"因功"到了俄国女皇的宫廷,心安理得地成了女皇陛下的新宠,后来又以俄国特使的身份出使英国。长诗突然中止时,他还沉溺在伦敦的"大千世界"里。

　　唐璜是一个复杂的人物形象,他既不同于其他作家笔下的唐璜,又大大超越了民间传说中的唐璜,但他的好色和玩世不恭又和原型相似。在拜伦的眼中,唐璜是一个普通的贵族青年,他的荒唐只不过是人类本性的自然流露。可见他是一个芸芸众生式的人物。其性格的复杂性体现了现实世界中生活的多样性和道德的复杂性。客观地说,拜伦创作《唐璜》并不是为了专门塑造典型人物形象,长诗中对唐璜活动的描写常常是作者大发议论的由头和缘起。拜伦在给出版商的信中说:"我打算让他周游欧洲,要他经历种种围城、交战、冒险的生涯;最后叫他参加法国革命。……我要把他在意大利写成一个爱奉承女人的骑兵,在英国把他写成惹得人家离婚的罪魁祸首,在德国写成像维特一样的多愁善感的青年;目的都是为了我能够嘲笑各国社会可笑的方面……"①拜伦创作《唐璜》的目的在于讽刺主人公真正活动的18世纪末和诗人生活的19世纪初"各国社会可笑的方面",以及由此反映出的诗人批判一切反动势力的民主与自由思想。

　　首先,通过主人公的冒险足迹,描写了海盗称霸的希腊岛屿、奴隶市场、土耳其苏丹后宫、俄罗斯宫廷和英国上流社会,刻画了威严的女皇、淫威的皇后、谄媚的朝臣、骄奢专横的将军、腐化堕落的王公贵族……他们一半是权威,一半是淫荡,制造了无数人间惨状:民族被奴役被侵略,战场上血腥的屠杀,奴隶市场上人像牲畜一

---

① 辛未艾:《拜伦和他的〈唐璜〉》,《唐璜》(上),上海译文出版社,1978年,第9页。

样被买卖。诗人揭示出封建专制的暴虐和社会道德的虚伪,谴责了"神圣同盟"的侵略暴行,表达了自己对专制制度的憎恶。

其次,揭露和讽刺了诗人最为熟悉的英国社会的各个方面。大英帝国凭借雄厚的资本屠杀恫吓世界,充当镇压革命扼杀自由的国际宪兵。政府压迫盘剥国民,政治家撒谎,无形文人变节。贵族男女心灵空虚,沉溺声色犬马。男人喝酒、赌钱、嫖妓,女人花枝招展、打情骂俏。夫妇同床异梦,23 岁的贵族少妇竟然背着 50 岁的荒唐丈夫勾引 16 岁的男孩。拜伦对英国的资产阶级及其金钱统治进行了辛辣的讽刺和无情的揭露,将英国比作一个住满了凶禽猛兽的动物园,将伦敦称为"魔鬼的客厅"。在他的笔下,拜金道德毒化了社会,腐蚀了灵魂,人人把钱看得高于一切:可以"拿走性命,拿走老婆,但决不要拿走人的钱袋"。

再次,长诗充满着对正义事物的爱,对失去自由的人的同情和对被压迫者的战斗号召。拜伦十分同情被压迫被奴役的民族和人民,他热情地激励希腊人民起来斗争,甚至号召顽石也起来反抗世上的暴君。他确信未来世界是自由的世界:人民将是自由的,一切王座与君主,必将成为使未来子孙们感到可怕的、不可理解的陈迹。

《唐璜》里有不少哲学的思索,如"沉思人世的变化无常",探讨"生与死"的奥妙,研究岁月永恒、人生苦短、命运莫测等。诗人"怀疑是否怀疑本身也是怀疑",视"人生是场游戏",并因此而流露出虚无主义、极端享乐主义和悲观绝望等等消极情绪。

长诗借外国民间传说中的人物,评议英国乃至欧洲的现实,批判压抑人身自由的暴政,抒发对正义自由的渴望,不愧为时代精神的精品,其作者无愧于时代歌者的称号。《唐璜》是一部浪漫主义的佳作,强烈的主观抒情和浓郁的浪漫色彩构成了作品的最突出的艺术特征。拜伦鲜明的爱憎激情显现在长诗优美而略带忧伤的字里行间,无处不在,统贯全篇。主人公次次历险,命运大起大落,使长诗中的戏剧性场面层出不穷。大海、海岛、内陆、美女、强盗、王妃、女皇,离奇的故事,异域的情调,为读者展现了一幅多彩多姿的浪漫画卷。作者恰到好处的抒情与浪漫的图景融合为一个有机的整体,使长诗表现出了难以抗拒的魅力。

夹叙夹议是《唐璜》的另一重要特征。拜伦似乎常常按捺不住自己,在叙述中随时向他的主人公和读者大发议论,或评点国事和人物,或追思遐忆,或赞叹大自然的神奇。诗人的议论讽刺了现实时事,具有浓烈的现实主义成分;抒情性的议论则多是浪漫主义的感慨,直抒胸臆,美妙而感人。

诗作的语言风格多样,极富变化,把愤怒的揭露、辛辣的揶揄、尖刻的辩论、俏皮的嘲笑、热烈的抒情和哲学的沉思表现的恰到好处。拜伦的语言畅晓明白,具体简约。他大量采用口语词汇,但白而不俗,谑而不陋。整部长诗犹如一曲扣人心弦荡人魂魄的交响乐章。

第三节　法国文学与雨果

一、法国文学

　　法国资产阶级和封建势力复辟与反复辟的曲折斗争,决定了法国浪漫主义具有更为鲜明的政治色彩。夏多布里昂和斯塔尔夫人的创作分别代表着法国早期浪漫主义文学的贵族倾向和民主倾向。弗朗索瓦-勒内·德·夏多布里昂(1768—1848)的《基督教真谛》(1802)鼓吹基督教的复兴,但对美洲丛林和大草原的奇异风光以及古代废墟赋予抒情色彩的描写,成为浪漫主义文学中异国情调和描绘废墟美的范例。作为一个没落贵族思想情绪的体现者,他曾用自己的作品《阿达拉》煞费苦心地论证了基督教、上帝、灵魂不死等等问题,在表现世俗爱情与宗教信仰的矛盾时,夸大宗教的力量。同时他又把这个殉教故事写得缠绵悱恻,情感动人。在另一部小说《勒内》里,他塑造了法国大革命后一代贵族没落青年的典型——勒内。在勒内身上所表现出的"世纪病",实际上就是没落贵族阶级孤独颓唐、悲观厌世的精神病。"世纪病"也是在法国大革命后所建立的新制度下产生的,是对资本主义制度和现实强烈不满的产物。具有民主倾向的斯塔尔夫人(1766—1817)在自己的文论著作《论文学》(1800)、《论德国》(1813)中肯定了浪漫主义文学;在书信体小说《黛菲妮》(1802)中,把批判的矛头直指封建道德和宗教偏见。阿尔封斯·德·拉马丁(1790—1869)善写爱情和自然,他的《沉思集》(1820)是法国浪漫主义诗歌的开篇之作。另一位诗人阿尔弗雷·德·维尼(1797—1863)以写哲理诗著称。他的《古今诗集》(1826—1837)、《命运集》(1864)宣扬孤傲坚韧的精神,表现出不满现实、悲天悯人的思想。在他的后期诗作里,对未来的憧憬处处可见。在龚斯当、赛南古、诺蒂埃等作家的小说里,都出现了资本主义秩序确立后人与社会矛盾对立从而要逃向净土大自然的主题。

　　雨果是法国新一代浪漫派的领袖。他的《〈克伦威尔〉序言》是浪漫主义向古典主义发起总攻的宣言书;其剧本《欧那尼》的上演成功,标志着浪漫主义在斗争中大获全胜。他遵循艺术美丑对照原则塑造人物形象,用热情奔放的语言、瑰丽的想象、夸张的手法来使自己的理想世界与现实中的丑恶相对立。女作家乔治·桑(1804—1876)从创作妇女问题小说到社会问题小说,再发展到写田园小说。《康素爱萝》(1842—1843)在18世纪欧洲黑暗丑陋的现实背景中,塑造了一个不慕虚荣、不畏强暴的女歌唱家形象。《安吉堡的磨工》(1845)反映了作者的空想社会主义思想。《魔沼》(1846)是作家最成功的田园小说,赞美了生活在充满诗情画意的农村田园生活里的善良质朴的农民。阿尔弗雷·德·缪赛(1810—1857)的诗歌感情真挚,小说《一个世纪儿的忏悔》(1836)塑造了一个"世纪病"形象沃达夫。热拉尔·德·奈瓦尔(1808—1855)的诗歌和小说、大仲马(1802—1870)的历史小说均是浪漫主义文学中的佳作。

浪漫主义运动在法国得到了充分的发展,无论是诗歌还是小说和戏剧,都出现了许多杰作,将欧洲浪漫主义运动推向高峰。

二、雨果

(一) 生平与创作

维克多·雨果(1802—1885)是法国浪漫主义文学运动的领袖,法国文学史上的重要诗人、戏剧家和小说家。他经历了拿破仑时代、波旁王朝复辟时期、第二帝国和第三共和国时代,文学生涯长达60年之久,在各个文学领域都有重大建树。他的创作反映了19世纪法国的重大历史进程和文学进程。

1802年2月26日,雨果生于贝尚松城。父亲跟随拿破仑,为将军,是一个坚定的共和主义者。他的母亲在政治上是波旁王朝的拥护者,反对拿破仑。雨果的童年和少年时期,父亲征战疆场,他随母亲生活,受其影响,成为保王党的忠实信徒。雨果天资聪慧,12岁开始写诗,15岁受到法兰西学士院的褒奖,被名重一时的夏多布里昂称为"神童"。1818至1825年,他因写歌颂正统王朝和天主教的诗歌多次获得国王的奖励。19世纪20年代前期,雨果的诗歌和小说创作表现出了保皇主义倾向,艺术上欠成熟。

1827年,雨果在政治上转向自由主义。就在这一年,他发表了剧本《克伦威尔》及其序言,剧本因不符合舞台艺术要求而未能演出,但序言却成了文学史上划时代的文献,被认为是浪漫主义文学的宣言,雨果也因此而成为法国浪漫主义文学运动的领袖。在序言中,雨果认为,在新的时代,文学必须摆脱古典主义的束缚。他提出了新的美学原则:对照。他认为:"丑在美的旁边,畸形靠近着优美,丑怪藏在崇高背后,美与恶并存,光明与黑暗相共。"这个对照原则一直指导着雨果的文学创作。1830年3月25日,雨果创作的完全打破古典主义戏剧惯例的《欧那尼》正式上演,引发了浪漫派和古典主义派之间的决战。《欧那尼》的上演成功,标志着浪漫主义大获全胜。1831年,雨果发表了浪漫主义文学的典范小说《巴黎圣母院》,奏响了反对封建王朝、歌颂七月革命的凯歌。

19世纪30—40年代,雨果主要从事诗歌和戏剧创作。他发表了5部诗集:赞美希腊人民民族解放斗争的《东方集》(1829),抒写家庭和个人生活的《秋叶集》(1831),抒发忧郁情怀、憧憬未来希望的《晨夕集》(1835),回忆家庭生活、描绘自然美景的《心声集》(1837),以及记录了诗人和朱丽叶爱情的《光与影集》(1840)。诗集中大多为抒情诗。雨果还创作了6部戏剧:描写法国文艺复兴时期的国王弗朗索瓦一世轶事的《国王取乐》(1832),表现一个女下毒犯故事的《吕克莱斯·波基娅》(1833),描写16世纪英国女王爱情纠葛的《玛丽·都铎》(1833),描绘16世纪意大利贵族复杂情感的《安日落》(1835)、揭露宫廷罪恶的《吕依·布拉斯》(1838)，以及《城堡卫戍官》(1843)。尽管最后一部戏剧是失败的剧作，但是雨果毕竟是法国浪漫主义戏剧的开创者之一，其功不可没。

1841年，雨果被选入法兰西学士院。1845年，他成为贵族院议员。在政治上，他是资产阶级自由派，但不是共和派，一直幻想敌对阶级的和解。1848年的革命对雨果的思想影响甚大，使他成为一个坚定的共和主义者。当路易·波拿巴于1851年12月发动政变时，雨果参加了共和党人组织的反政变起义。拿破仑三世的无情镇压，迫使雨果流亡国外19年。1859年，雨果轻蔑地拒绝拿破仑三世的大赦，直至1870年第二帝国覆灭，第三共和国成立后的第二天，他才返回祖国。

流亡期间，雨果创作了批判拿破仑三世的政论小册子《小拿破仑》(1852)、揭露政变过程的文章《一件罪行的始末》(1877年才发表)、政治讽刺诗集《惩罚集》(1853)、总结和回顾自己一生的《静观集》(1856)等优秀诗作。雨果在晚年还发表了表现爱国主义激情和人道主义精神的《凶年集》(1872)。1883年，雨果的诗集《历代传说》(1859—1883)问世，这部诗集被认为是法国诗歌和世界文学中最丰富最完美的抒情史诗之一。雨果开拓了法国诗歌的表现领域，丰富了诗歌的表现功能。他的诗歌无论长短都风格豪放，激情洋溢。他丰富的想象力、丰富多彩的语言、独具匠心的修辞手法在对照原则的运用中显得格外突出，并共同构成了其诗歌无法抗拒的魅力。

流亡时期还是雨果小说创作的丰收期，他写出了浪漫主义的长篇杰作《悲惨世界》(1862)、《海上劳工》(1866)、《笑面人》(1869)和《九三年》(1874)。《悲惨世界》以社会底层受苦受难的穷人为对象，描绘了一幅悲惨世界的图景。雨果认为，社会压迫在文明鼎盛时期造成了地狱般的生活；人生来本该幸福，却不可避免地遭受灾祸。小说通过冉阿让、芳汀、柯赛特的遭遇，淋漓尽致地再现了现实中的人间地狱。这三个人，男人、女人和儿童，代表着所有的穷人和现实的悲惨世界。作家描绘悲惨世界的目的是要消灭不人道的社会现象。他认为不公正的法律直接实施了对穷人的社会压迫，他塑造了一个仁爱的化身——米里哀主教，力图以仁爱精神去对抗恶。仅有仁爱还不够，还需要实现共和。雨果怀着极大的热情描绘了1832年6月5日的人民起义与共和主义的英雄们。马白夫老爹和流浪儿童伽弗洛什这一老一小，代表了敢于起来斗争的人民，体现了新时代的曙光，寄托了作者的共和理想。《海上劳工》中的青年渔民吉里亚特为了爱情战胜海上风暴，谱写了一曲人与自然斗争的凯歌。但是当他享有娶代律雪特的权力时，却发现其另有所爱。最后他决定牺牲自己，成全一对恋人的婚姻。在把他们送上旅程后，他让自己淹没在汹涌的海浪中。雨果再现了劳动者战胜自然、创造奇迹的刚毅和才能，同时也歌颂了吉里亚特的高尚纯洁、诚实善良和自我牺牲精神。《笑面人》描写了17、18世纪之交英国宫廷内的斗争和尖锐的社会矛盾。小说通过英国国王詹姆士二世将政敌两岁的儿子卖给儿童贩子,孩子被毁容后成了笑脸小丑、流浪民间的故事,揭露了英国统治阶级的残暴和人民群众的苦难。《九三年》是作者的最后一部小说,它反映了法国大革命斗争最激烈的年代风云变幻的风貌,写出了革命与反革命之间斗争的残酷性。革命军司令官郭文因叛军首领郎特纳克侯爵为从大火中救三个孩子而放弃了逃走的机会,将其从监狱中放走,郭文也因触犯了革命法律而被处死。作者在小说中提出了"在绝对正确的革命之上,还有一个绝对正确的人道主义"的观点。这个观点表现出了雨果人道主义思想的局限性。

雨果是法国乃至世界上最杰出的浪漫主义小说家。他的小说一般都有史诗的规模和气魄,情节富于戏剧性和传奇色彩。他笔下的人物大多是朴实善良、酷爱正义的劳动者,有的虽然改变了社会地位,却依然保持着优秀的品质。他把对照原则运用在人物塑造、事件描述、心理刻画以及善恶美丑的表现等方面,特别是将形式丑与内容美巧妙地结合在一起,创造了外貌丑、心地美的形象,为后世文学开辟了一条新路。

雨果精力旺盛,才思过人,在文学领域成果累累,著作等身。他也是一个享有极高声誉的社会活动家和人道主义者。他一直致力于为受压迫的人民和民族鸣不平和反对暴政的活动与斗争。传奇般的经历和深厚的人道主义思想使他的形象更加高大。1881年2月26日,有60万仰慕者走过他的寓所窗前,祝贺他八十岁寿辰。1885年5月22日,雨果病逝。6月1日,法国政府为他举行国葬,200万人参加了葬礼。

(二)《巴黎圣母院》

《巴黎圣母院》(1831)以其紧张非凡的故事情节、色彩浓烈的社会背景描写、对照鲜明夸张的人物形象,成为浪漫主义小说的著名代表作。

小说以15世纪路易十一统治下的巴黎为背景,在情调奇特、色彩鲜明的中世纪宗教场景中展开情节,演绎了一个悲惨可怕、震撼人心的故事。狂热的人群在巴黎圣母院前欢度愚人节,选出了最丑的愚人王——巴黎圣母院的敲钟人卡西莫多。美丽的吉卜赛少女爱斯美拉达带着一头会耍杂技的小羊在广场上卖艺。圣母院教堂的副主教克罗德·弗洛罗被少女的美丽所吸引,指使卡西莫多夜间在街头劫持姑娘。爱斯美拉达被国王的弓箭队长弗比斯救出,她从此爱上了这个轻薄的军官。克罗德跟踪爱斯美拉达和弗比斯,在他们幽会时刺伤了弗比斯,并嫁祸于姑娘,姑娘因此被判死刑。行刑之日,对爱斯美拉达充满爱慕之情的卡西莫多从教堂前的法场上把姑娘救了出来,将她安置在不受法律管辖的圣母院里。教会掀起了宗教狂热,吉卜赛少女被视为女巫,法院决定不顾圣地避难权要逮捕姑娘。巴黎下层社会乞丐王国的乞丐、流浪人闻讯攻打圣母院,要救出自己的姐妹。混战之际,克罗德把爱斯美拉达劫出圣母院,逼她屈从于自己。他在遭到拒绝后把姑娘交付给追捕的官兵,在圣母院楼上看着姑娘被绞死。绝望的卡西莫多在愤怒中把从小把他养大的克罗德推下顶楼活活摔死,他自己也到公墓找到了爱斯美拉达的尸体,自尽在她的身边。

雨果通过小说向读者展现了一个他所理解的世界。这个世界分为世俗的和圣灵的两个层面。世俗的层面由两个对立的群体构成:教会及神职人员、王室、司法界、总督组成的权力集团和流浪诗人、乞丐、市民等组成的新生市民集团。权力集团虽然居统治地位,但已经腐朽,是衰亡的群体,其精英人物是克罗德。克罗德出身贵族,从小接受神学教育,是居于神学、经学和教育学知识顶峰的学者。他身为圣母院教堂副主教,居高临下,自觉是掌握人们灵魂的人。当他在科学领域挖掘探索中,发现已经走到最顶端,却依然无法认识和解释世界。僵死的科学使他变成了一个神秘主义者,一个道德和理智残缺不全的人。他身上的全部人性被神学和教堂扼杀,没有丝毫人间温情,在他那"迷人"的身躯里隐藏着残忍和恶毒的灵魂。爱斯美拉达的美丽激起了他身上久违了的人的情欲,颠覆了他所献身的神学理念。他是一个要征服和占有美的恶势力的化身,他把拒绝他的爱斯美拉达诬陷为女巫,煽起宗教狂热,与官府沆瀣一气,置吉卜赛少女于死地。作者通过克罗德这个形象批判了僵死的神学理念,揭示了猖獗的教会势力。

雨果笔下的法国王室和司法界既腐朽又荒唐。司法界审判劫持爱斯美拉达的卡西莫多,场面十分滑稽。卡西莫多是个聋子,而审问他的法官也是个聋子。严肃的审判变成了答非所问的滑稽戏。当乞丐王国的乞丐们攻打圣母院、营救爱斯美拉达时,国王路易十一正在巴士底狱视察,想削减司法上的开支。国王衣服上的毛领子的毛都掉光了,羊毛袜也是旧的。他觉得法官贪污,巴士底狱关了许多犯人,开支很大。正在此时,有人说圣母院门前发生反对法官的暴动,国王听了非常兴奋,说终于有人反对法官了,法官有钱,有领地、房屋,而王室却很穷。国王的身体有些不舒服,御医一搭脉就开始为自己的侄子谋求财政部的官位。理发师看到国王答应了御医的要求,也立即参政,说那边的暴动不是反对法官的,而是针对你国王的。国王大怒,立即下令把女巫抓起来处死。国王和法官的工作好似无聊的游戏,荒唐之极,可是他们却主宰着人们的生死命运并规定着世上的法律和纪律。雨果对封建统治者及其国家机器的揭露和嘲讽,表达了作家对封建专制制度的厌恶和批判。

新生市民集团人物众多,朝气蓬勃,具有旺盛的生命力。乞丐王国粗野、肮脏,也有犯罪,可它庞大而有力量,自由自在,是世俗社会的主要构成部分。克罗德的弟弟若望和国王的弓箭队长弗比斯实质上也属于这一集团。弗比斯身为贵族,却有一颗平民的粗野的心和属于市民阶级的爱好。他已与前弓箭队长的女儿订婚,可他对这贵族间的世袭联姻并不感兴趣。他是一个庸俗的人,喜欢喝酒、撒谎,自私胆小。他看不懂爱斯美拉达,只对她美丽而性感的肉体感兴趣。如果说弗比斯是受到资产阶级思想影响的贵族的话,那么,若望则是一个彻头彻尾的、玩世不恭的、资产阶级化了的街头小流氓。他无视一切权威、一切宗教,可他及时行乐,从不忘记享受生命。在暴动中他被卡西莫多剥光了衣服从圣母院墙头上扔了下来,在临死前的瞬间,他还非常快乐地唱着流行歌曲。

新兴市民集团的代表人物是流浪诗人甘果瓦。他对生命充满了热爱,在小说中经历了三次死亡,可每一次都能化险为夷。第一次是乞丐王国判处他死刑,是爱斯美拉达同意和他结婚而救了他的命。第二次是克罗德希望有人帮助他使爱斯美拉达离开卡西莫多,就建议甘果瓦与爱斯美拉达互换衣服,替代姑娘留在圣母院内。甘果瓦怕被官府抓住处死,没有同意克罗德的建议,逃过一劫。第三次是在暴动中他被近卫军抓住送往巴士底狱,他对国王大唱颂歌,国王嫌他吵人就放走了他。克罗德从书本中研究世界,而甘果瓦是从生活中研究世界。甘果瓦是一个非常感性的、十分现实主义的人。雨果通过甘果瓦及其代表的市民世界,再现了资产阶级的无法遏制的上升趋势。

小说的两个主要人物是极美的爱斯美拉达和极丑的卡西莫多。两人都是弃婴,一个被吉普赛人收养,在大自然中长大;一个被克罗德收养,在圣母院长大。他们身上都有一种奇异的力量,卡西莫多的丑震惊了愚人节,使狂欢的人群瞬间鸦雀无声;爱斯美拉达的美颠覆了克罗德的所有神学理念,唤醒了没有人间情感的副主教的人性欲望。他们都是低贱者,深受重重压迫。卡西莫多爱恋着爱斯美拉达,冒着生命危险抢救姑娘,在圣母院里精心呵护她,并且为了她把自己的养父扔下门楼摔死。因爱斯美拉达恐惧卡西莫多的丑,卡西莫多生前得不到姑娘的爱。他自杀在姑娘的尸体旁。多年以后,人们发现了他们相偎在一起的尸骨,被风吹化成了灰烬。他们死后在圣灵界终成眷属。作者通过这两个形象,表达了对下层人民悲惨遭遇的同情,歌颂了劳苦大众善良的美德。雨果把权力世界描绘为恶的根源,在市民世界里展现了善恶并存的现实生活局面,将圣灵层面刻画成至善至美的世界。卡西莫多外表极丑,心灵却极善,是雨果创造的特有的丑美典型,爱斯美拉达则内外都美,是至美至善集中的化身。作者通过他们形象地展现了自己的善恶对立、善最终战胜恶的理想。

雨果在说明《巴黎圣母院》时这样写道:"这是15世纪巴黎的图画,是反映在巴黎的15世纪的图画。"

他在小说里以浓烈的浪漫主义笔调,出色地描绘了巴黎的图景和中世纪阴暗生活的风貌:高大的哥特式的建筑、喧嚣的海洋、纵横交错的街道、街头广场上的刑场绞架、阴森的巴士底狱、流浪人居住的神秘场所等,把读者带进了一个充满绚丽色彩和奇特声响的世界。作者对圣母院的建筑进行了细致入微的描绘,将它塑造成一个肃穆庄严、壮丽而又神秘的存在物,俯视和见证了历代的生活和眼前的悲剧。

小说的情节也具有典型的浪漫主义特征,处处表现出了巧合、夸张和怪诞。例如卡西莫多一人可以抵抗众人对圣母院的进攻,爱斯美拉达母女在绞刑架下重逢,卡西莫多和爱斯美拉达的尸骨见风就化为灰烬,这些全是作家奇特想象的产物。

雨果在小说中通过对王室及司法界与乞丐王国、圣母院与世俗社会、克罗德迷人的外表与丑恶的内心、爱斯美拉达的善良美丽与克罗德的阴险丑陋等一组组鲜明的场景、意象、人物的对比描绘,集中体现了自己的对照艺术原则。特别是卡西莫多这个丑美形象的塑造,给文学人物画廊增添了一个崭新的典型。

第四节 俄国文学与普希金

一、俄国文学

俄国的浪漫主义文学,伴随着1812年反拿破仑侵略战争的胜利和1825年十二月党人起义而诞生。它以诗歌为主,富有强烈的战斗精神。茹科夫斯基(1783—1852)对俄国浪漫主义的形成起了重要作用,被誉为第一位俄国抒情诗人。他的作品受到感伤主义思潮的影响,充满神秘色彩,但却革新了俄国诗歌的形式和格律。十二月党人诗人把批判的矛头直指沙皇官僚集团,宣传革命思想,奠定了俄国浪漫主义文学向往民主和自由的基本主题。普希金是俄罗斯文学史上的一个里程碑,他不但是俄国浪漫主义文学最杰出的代表,而且是俄罗斯现实主义文学的奠基人。克雷洛夫(1769—1844)的寓言也是俄国文学的重要成就。他的作品不但歌颂了人民的智慧,表现了对劳动人民痛苦命运的同情,而且讽刺了专制暴政,揭露了贵族的寄生生活。克雷洛夫的寓言富有民族风格,充满幽默和机智,并广泛的采用了民间口语,深受人民喜爱。莱蒙托夫(1814—1841)是继普希金之后的另一位浪漫主义文学代表人物。他在长篇叙事诗《童僧》《恶魔》里塑造了具有叛逆性格的英雄形象,表达了人民反抗专制暴政的正义心声。抒情诗《帆》以波涛汹涌的大海上的孤帆,象征着"祈求风暴"的不屈战士。《高加索》充满热爱故土的情怀,显示了描写自然的高超技巧。莱蒙托夫在小说《当代英雄》中塑造了俄罗斯文学中的第二个"多余人"毕乔林的形象。

二、普希金

(一)生平与创作

亚历山大·谢尔盖耶维奇·普希金(1799—1837)是俄罗斯文学史上第一位民族诗人、伟大作家,被誉为"俄罗斯文学之父""俄罗斯诗坛的太阳"。

普希金出生在莫斯科一个古老而又显赫的贵族家庭。他的祖先与沙皇多有交往。普希金认为,"正直的精神害了我们一族",他的祖先多次失宠于历代沙皇。到了普希金父亲这一代时,家境败落。普希金很为自己的贵族出身骄傲,但他更注重自己的独立人格:"我是普希金,而不是穆欣,/我既不富有,也不是达官,/这却很自在,我只是一个平民。"保姆阿琳娜·罗吉昂诺夫娜是一位谙熟民间文学的农奴,她是普希金的第一位文学老师。普希金14岁开始写诗。16岁时,他在皇村学校的升级考试中以一首《皇村回忆》获得诗坛泰斗杰尔查文和茹科夫斯基的赞赏。在学校期间,普希金接受了法国大革命思想的熏陶和进步教师加力奇、库尼曾及同学恰达耶夫的影响,并与具有反抗专制农奴制思想的年轻近卫军军官交往甚密。1817年,普希金从皇村学校毕业后,到外交部工作。

普希金从学生时代就开始写诗,一生共写了八百余首抒情诗,内容丰富,形式多样。青年时代,他为反拿破仑战争的爱国激情所鼓舞,并受到十二月党人的思想影响,写了不少反对暴政、呼唤自由、向往革命的诗歌,如《自由颂》(1817)、《致恰达耶夫》(1818)、《童话》(1818)、《乡村》(1819)等。普希金的政治抒情诗在当时进步的贵族青年中广泛流传,对解放运动起了促进作用。1820年,普希金的第一部长诗《鲁斯兰与柳德米拉》出版,使他的声望与日俱增。由于普希金在公开场合指责统治当局的暴行,在诗歌中歌颂自由,宣扬反对暴政的思想,沙皇下令流放他。多亏朋友们的帮助,普希金没有被流放到西伯利亚,只是在南俄、敖德萨和他父母在北方的领地遭受软禁。在流放时期,普希金创作了著名的长诗《高加索的俘虏》(1821)、《巴赫奇萨拉的喷泉》(1823)、《强盗兄弟》(1823)、《茨冈》(1824)、《努林伯爵》(1825),历史悲剧《鲍里斯·戈都诺夫》(1825),以及《叶甫盖尼·奥涅金》的大部分篇章和大量的抒情诗、童话诗、评论、随笔等。《茨冈》写的是青年贵族阿乐哥同城市的"文明"社会发生冲突,因"衙门里要捉他"而出走。他到了茨冈游牧群中间,和他们一起流浪,并同茨冈姑娘真妃儿结为夫妻。后来他发现真妃儿另有新欢,于是怀着报复心理杀了真妃儿和她的情人。阿乐哥由于他的凶残行径,遭到茨冈人的唾弃,孤零零地留在草原上。长诗大量描写了茨冈人的生活,表现的却是俄国贵族青年寻找出路的主题。诗人把茨冈人的生活理想化,用以对照城市文明的虚伪,同时揭示和批判了主人公私有欲的贵族阶级本性。长诗展示了阿乐哥性格的复杂和矛盾,他是19世纪初俄国贵族青年的典型之一。历史悲剧《鲍里斯·戈都诺夫》则通过描写16世纪末17世纪初俄国的历史事件,揭示了沙皇专制制度的反人民本质,指出"人民的公意"才是改朝换代的决定性因素,肯定了人民大众是决定历史命运的力量。

十二月党人起义失败的消息传来,普希金十分激动,写下了《先知》一诗,号召为受苦的十二月党人复仇。1826年9月8日,新任沙皇尼古拉一世为了收买人心,在莫斯科召见普希金。沙皇表示宽恕诗人,结束对诗人的流放,并自荐为诗人的审稿人。沙皇面对面地询问普希金,如果1825年12月14日你在彼得堡,你会参加起义吗? 诗人直率地回答:我的朋友都参与了,我一定也会参加。[①] 1830年秋天,

---

[①] 〔苏〕高尔基:《俄国文学史》,缪灵珠译,上海译文出版社,1979年,第180页。

普希金在自己的领地鲍罗金诺写完了《叶甫盖尼·奥涅金》《别尔金小说集》《吝啬骑士》等4个小悲剧、长诗《科隆那的小屋》、童话诗《牧师和他的工人巴格达的故事》、30首抒情诗和一些评论文章。在文学史上被称为"鲍罗金诺之秋"的这三个月里，普希金的创作硕果累累。19世纪30年代，普希金的创作由诗歌转向散文。除了长诗《青铜骑士》(1833)、抒情诗《秋》(1833)、《我又造访了》(1835)等优秀诗歌外，他主要创作了《杜布罗夫斯基》(1833)、《黑桃皇后》(1834)、《上尉的女儿》(1836)等著名的小说。《别尔金小说集》中影响最大的是短篇小说《驿站长》，它讲述一个小驿站长辛酸悲惨的一生，鲜明地表现出了作者对小人物的同情，开创了俄国文学描写"小人物"的先河。长篇小说《上尉的女儿》取材于18世纪普加乔夫起义。小说不像以往的文学作品那样，把农民起义领袖描绘成为杀人放火的强盗，而是把他塑造成热爱自由、宁死不屈的英雄。普希金笔下的普加乔夫英勇机智，坚定乐观，到处受到人民的拥戴。

普希金的性格与英国浪漫主义诗人拜伦相似，具有强烈的叛逆精神和崇尚自由的独立人格。1831年，普希金与莫斯科美女冈察洛娃结婚。婚后他家迁往彼得堡，普希金重新进入外交部任职。沙皇赐予普希金宫廷近侍一职，使普希金深感屈辱。普希金时常托病拒绝参加宫廷节庆和仪式。沙皇对此十分不满，虽然解除了对诗人的流放，但从未取消对诗人的监视。普希金时常受到书刊审查方面的刁难，甚至发生了1834年宪兵拆看他给妻子信件的事情。1836年11月，普希金和他的朋友们都收到了匿名信，告知近卫军军官、法国流亡贵族丹特士对普希金妻子的追求。为了保卫自己的名誉，普希金提出决斗。1837年1月27日，决斗在彼得堡近郊举行。决斗的条件十分苛刻，双方相距仅为10米。普希金受重伤，两天后逝世，年仅38岁。人们普遍认为是沙皇政府谋杀了普希金。决斗前，普希金曾把决斗的原因及决斗的日期原原本本地报告给宪兵司令本肯多夫。决斗在当时已被明令禁止，但是沙皇政府对这次决斗没有加以制止。诗人莱蒙托夫在《诗人之死》中表达了人们对普希金沉痛的哀悼和对杀害诗人的反动势力的无比愤怒："诗人死了！——光荣的俘虏——/倒下了，为流言蜚语所中伤……/他挺身而起反抗人世的舆论，/依旧是单枪匹马……被杀了！"

天才普希金英年早逝，社会各界为之震动，当时整个彼得堡都骚动起来。数万人汇集到普希金家门前，沙皇政府明令禁止举行任何仪式。普希金的灵柩于夜间运往普斯科夫省领地，安葬在他母亲的坟旁。

普希金是俄罗斯近代文学的开山祖师。在开拓文学主题、塑造人物形象、运用各种文学体裁方面，都做出了伟大的创造，给后来的文学家开辟了道路。

（二）《叶甫盖尼·奥涅金》

诗体长篇小说《叶甫盖尼·奥涅金》是普希金的代表作。诗人自己计算过创作这部诗体小说的时间，从1823年5月9日到1830年9月25日，共计7年4个月又

17天。实际上在1831年和1833年,诗人又为这部作品写了一些诗段。5000余行的"诗体小说"竟费时七年多,可谓呕心沥血。作品再现了19世纪20年代俄罗斯广阔的社会生活,别林斯基称它为"俄罗斯生活的百科全书"。

当时,俄罗斯经历了1812年反拿破仑入侵战争的胜利,民族意识普遍觉醒,广大人民特别是农民对专制农奴制的不满和反抗情绪日益高涨。在这种情势下,贵族青年中开始出现政治上的分化:一部分人渴望为祖国做一番事业,要求改变现存制度,这些人就是十二月党人;另一部分人仍然过着骄奢淫逸的生活,企图永久保存贵族特权地位;第三种人则感到时代的风暴即将来临,不甘心和贵族阶级一道灭亡,但阶级的局限又使他们没有勇气与能力去参加革命斗争,也看不到社会发展的前景,由此终日彷徨苦闷、焦躁不安,即染上了当时人们所说的"时代的忧郁病",这些人被称为"多余人"。俄罗斯文学中的"多余人"形象的特点是:出身贵族,教养良好,天赋很高;对沙皇政府和自己出身的贵族阶级没有好感;他们也有远大的抱负,想成就一番事业,但总是一事无成,到头来还是无所事事。贵族视他们为叛逆的多余人,劳动人民又把他们划入老爷的行列,同样把他们视为多余的人。

主人公叶甫盖尼·奥涅金有俄国文学史上的第一个"多余人"之称。1851年,俄罗斯作家赫尔岑在论文《论俄国革命思想的发展》中明确指出:"奥涅金是一个无所事事的人,因为他从来没有什么事去忙的;这是一个在他所安身立命的环境中的多余人,他并不具有可以从这种环境中脱身出来的一种坚毅性格的必要力量。……他想得多,做得却少。"[①]奥涅金出生在彼得堡一个破落贵族家庭。青少年时代他是在花天酒地、情场舞会中度过的。日复一日,年复一年,他逐渐感到生活空虚、精神苦闷。

奥涅金不去当政府官吏或去军队当军官,而是想当作家。奥涅金几乎读遍了18世纪所有启蒙思想家的著作。他关心俄国的社会发展,也想有所作为。但是在京城,在贵族的生活圈里,他一事无成。正在这个时候,他的伯父病危,叫他去乡下接受大宗遗产。在乡下,奥涅金试图进行一些改革,用"轻微的地租,替代了世代的徭役的重轭"。结果是"农奴们都为好运而欢呼",地主们却"一致公认,他是个最危险的怪人"。奥涅金感到更加郁闷。一位名叫连斯基的贵族青年主动找上门来,并成了他的朋友。连斯基刚从德国留学归来,喜好写诗,热恋着另一个庄园主的小女儿奥尔迦。他劝说忧郁的奥涅金陪自己到奥尔迦家里做客,答应介绍奥尔迦的姐姐达吉雅娜与奥涅金相识。

达吉雅娜是一个拥有"俄罗斯灵魂"的迷人的艺术形象。她年方十七,一直在乡村长大,喜爱大自然,同情受苦受难的农奴。作者给她取了一个平民化的名字,刻意突出她与人民深厚的联系。她"腼腆、忧郁、沉默寡言",内心却蕴藏着追求个

[①] 《赫尔岑论文学》30卷集,第7卷,苏联科学出版社,1962年,第204页。

性解放的热情。她热爱俄罗斯民歌,相信民间的古老传说,相信梦,具有俄罗斯人民纯朴的气质。她最喜欢卢梭的《新爱洛伊丝》,希望得到一个称心如意的丈夫和充满浪漫激情的幸福家庭。作者在道德的范畴,特别是在个性解放这一点上,表现出了当时席卷欧洲和俄罗斯的社会思潮对女主人公的影响。奥涅金以鄙视现实的态度和与众不同的气质吸引了达吉雅娜,她怀着少女的真诚和纯洁的感情,大胆地给奥涅金写了一封热情洋溢的表爱信。限于传统的俄罗斯生活习惯和愚昧闭塞的社会环境,醉心于感伤主义和浪漫主义小说世界里的达吉雅娜,情窦初开,天真无邪。她对周围的环境不满,善良又使她具有一种朦胧的民主主义思想,这就和奥涅金有了一些共同的感受。她相信奥涅金正是他的意中人,可以保护她。她没有贵族小姐那种装腔作势,卖弄风情,对奥涅金产生了无限的信赖,是用心而不是用头脑一往情深地向奥涅金诉说着自己的理想和感受。

可怜的达吉雅娜爱上的是一个精神生活空虚的人,是一个不理解她的纯洁和真诚的人,一个在社会上找不到自己的位置、无法承受真正爱情的人。奥涅金与达吉雅娜相逢似知己。他在少女的钟情里看到了不同凡俗的灵魂。姑娘的情书"深深地触动了奥涅金的心弦"。但他不爱达吉雅娜,"他不想骗取这少女天真无邪的心灵的信赖"。他坦诚地表明,"不想让自己的生活受家庭的羁绊紧紧约束"。达吉雅娜的生活环境造就了她纯朴真挚的性格,却限制了她思想能力的发展。奥涅金的拒绝和说教使她感到悲伤、羞愧,她最终也只能像当时其他的少女一样,被带到"嫁人的市场"上,嫁给了一个"肥胖的将军"。她所追求的自由纯洁的爱情生活终究没能实现,从这个意义上讲,她也是一个悲剧性的人物。

做客归来,"总是歌唱爱情,歌唱浪漫主义的玫瑰"的连斯基为能够又一次与情人相见而兴奋不已,奥涅金却为拒绝了达吉雅娜的爱情而更加忧郁、烦躁。达吉雅娜的生日到了,奥涅金在连斯基再三请求下又一次来到了姑娘的家里。宴会上,来自周围庄园的地主们个个自命不凡,谈吐庸俗不堪,令奥涅金无法忍耐。达吉雅娜面色苍白,郁郁寡欢,每次和奥涅金目光相遇时都露出极不自然的微笑。连斯基和他心爱的奥尔迦谈笑风生,情意绵绵。怒火在奥涅金的心中燃起,他决定要向把他带到这尴尬之地的连斯基报复。奥涅金起身来到奥尔迦的身边,使尽浑身解数向姑娘大献殷勤。轻佻的奥尔迦立刻就被奥涅金的风度和谈吐所迷倒,把连斯基置之脑后。连斯基对轻佻的奥尔迦"好不愤恨",为了使她"感到难堪",同时也是为了"决不放任这个浪荡汉用那叹息和恭维的烈火,去扰乱年轻姑娘的心坎",他满怀着醋意向奥涅金提出决斗。决斗前,奥涅金十分矛盾,他只能应战。而连斯基打开席勒的诗集,眼前看到的却只是奥尔迦;他想留下遗书,写到"理想"时却无法继续写下去。决斗的枪声响了,连斯基倒地而死。奥尔迦很快就忘记了连斯基,远嫁外地。奥涅金外出各地漫游。

三年后,奥涅金返回京城彼得堡,与达吉雅娜再次相见。此时的达吉雅娜已是上流社会的贵妇人,将军的妻子。她依然是那么"沉静而朴实",却又"那么典雅端庄"。奥涅金发现自己疯狂地爱上了这个昔日被自己拒绝的女子,于是便形影不离地追逐她。达吉雅娜并不爱自己的丈夫,依然保持着对奥涅金的爱,但她既已嫁人就要忠实于自己的丈夫。深沉的爱和纯洁的道德观念使达吉雅娜成为"俄罗斯灵魂"的代表。更可贵的是,她身居都市和上流社会而灵魂不改。达吉雅娜没有变,依然是那么真诚,那么可爱。奥涅金也没有变,他漫游三年寻求精神上的寄托而一无所获。他最终发现了达吉雅娜身上蕴含的美,主动追求,结果还是一无所获。

诗体小说到此戛然而止。普希金写了第十章,但他又烧掉了。奥涅金的命运不知如何。根据普希金同时代人尤杰福维奇1880年回忆说,普希金"相当详细地对我们讲过他的最初的构思,提到奥涅金不是去高加索死在那里就是成了十二月党人!"

奥涅金不满贵族的腐朽生活,关心祖国的命运,同情劳动人民,努力去追求精神寄托。他所受的贵族教育和影响使他又不能正确有效地发挥自己的才能,最终一事无成,成为一个无所事事的多余人。普希金在透视俄国社会时,敏感地意识到贵族阶层里存在着的多余人群体。他再现了1825年以前俄罗斯社会的真实面貌,塑造了奥涅金,提出了当时社会问题之一,即贵族知识分子脱离人民的问题,表现出了俄国"初醒的社会意识"。

俄罗斯文学中的"多余人"是一个人物系列,虽说这一称谓是在屠格涅夫1850年发表中篇小说《多余人日记》之后才广为流传的,但这类人的基本特征在奥涅金身上就已经确定下来了。奥涅金是多余人的鼻祖,后来的文学作品中相继出现"多余人"的典型,如莱蒙托夫笔下的毕乔林、屠格涅夫笔下的罗亭、冈察洛夫笔下的奥勃洛摩夫等,他们身上无一不或多或少地闪现着奥涅金的影子。"多余人"人物系列是19世纪俄罗斯文学独有的成就,同时也是19世纪俄罗斯文学的最高成就之一。

《叶甫盖尼·奥涅金》在艺术上体现了诗与散文的有机结合。普希金第一个在俄罗斯文学中把诗的抒情性和散文的叙事性有机地结合起来,创造出了他自己所说的"自由的形式"的"诗体小说"。这是一种全新的独创性的艺术形式,是作者在艺术形式上对俄罗斯文学的重大贡献。

抒情性是作品重要的艺术特征之一。作者通过大量的"抒情插笔"抒发自己对人物的褒贬、对事件和场面的评论以及对往事的追忆,有的尖锐激烈、锋芒毕露,有的诙谐幽默、妙趣横生,有的画龙点睛、入木三分。大量的多角度、多层次的"抒情插笔",扩大了作品的容量,深化了作品的内涵,加强了作品的感染力。作品采用了对比手法精心塑造了个性鲜明的人物形象。奥涅金和连斯基、达吉雅娜和奥尔迦之间在对照中,各自的性格特征表现得十分鲜明和突出。尤其是奥涅金和达吉雅娜以其个性鲜明的典型特征成为俄罗斯文学中不朽的文学形象。

普希金是俄罗斯语言和文学的创造者,他在《叶甫盖尼·奥涅金》中把诗的精练、含蓄和散文的流畅,朴素巧妙地结合在一起,创造出了典范的俄罗斯文学语言:既是诗的,又是散文的。作品中除了男女主人公各写的两封信之外,其余均由四步抑扬格写成的十四行诗组成诗节,这种诗节被称为"奥涅金诗节"。音步抑扬顿挫,韵律错落有致,读起来既铿锵有力又缠绵悠长,具有一种独特的韵味和难以名状的音乐美。

第五节　德国文学与海涅

一、德国文学

1834年成立的关税同盟大大促进了资本主义在德国的发展,但德国在政治上仍然是一个四分五裂的国家。结束封建割据的局面,实现统一已成为德国资本主义发展的必然要求。

19世纪30年代以后的德国文坛,浪漫主义文学已日趋衰落,取而代之的是具有强烈反封建倾向的民主派文学,代表人物是革命民主主义诗人海涅和剧作家毕希纳。格奥尔格·毕希纳(1813—1837)的创作具有批判现实主义倾向,其创作生涯不足三年,给后世留下了三个剧本,而以展现法国大革命时期雅各宾党人与吉伦特党人斗争的剧本《丹东之死》(1835)最为著名。在19世纪30年代的德国文坛出现了一个同样具有反封建倾向的文学派别——"青年德意志",他们反对封建专制制度和天主教会,主张立宪和民主,文学上反对浪漫主义,反对文学脱离现实生活,主张作家应接近人民。"青年德意志"的思想较为激进,在艺术方面则空洞苍白,缺乏影响力,代表作家是路德维希·伯尔纳(1786—1837)、卡尔·古茨柯夫(1811—1878)和海因里希·劳伯(1806—1884)。

在1848年前后的德国文学史上还出现了一批为资产阶级革命呐喊助威的诗人,他们被称为"一八四八诗人",这是一批革命性强、与人民关系密切的作家。他们以诗歌创作为资产阶级民主、自由呐喊,表达德国人民反对封建统治、要求民族统一的愿望,具有明显的政治性与革命性,他们也因此成为德国人民的代言人。同时,这些作家还积极投身实际行动,参加了一些革命活动,为德国1848年的革命作出了一定的贡献。他们在国内往往受到统治者的迫害,作品也遭到禁止,因而这些诗人不得不常年流亡国外。菲迪南德·弗赖利格拉特(1810—1876)是"一八四八诗人"中的重要诗人,1844年出版诗集《信仰的自白》,诗集遭禁后被迫流亡比利时,1845年在布鲁塞尔与马克思相识。1848年回到德国后加入共产主义者同盟,8月因"煽动颠覆罪"被逮捕,获释后参加马克思主编的《新莱茵报》的编辑工作。1848年革命失败后再度流亡伦敦,1859年在伦敦公开宣称与共产主义决裂。1868年弗赖利格拉特重返德国,普法战争爆发后成为沙文主义诗人,脱离了革命,1876年逝世。"一八四八诗人"的其他重要诗人还有格奥尔格·赫尔韦格(1817—1875)、霍夫曼·封·法勒斯雷本(1790—1874)等。

19世纪40年代后的德国文学还有一个特点,那便是无产阶级文学的萌芽。德国出现了一批具有革命倾向的作家,格奥尔格·维尔特(1822—1856)便是其中最杰出的代表。

二、海涅

(一) 生平与创作

海因里希·海涅(1797—1856)是19世纪德国著名的革命民主主义诗人、政论家。海涅于1797年12月13日出生在一个破落的犹太商人家庭。在他出生前两年(1795年)拿破仑军队占领其故乡杜塞尔多夫,实行了一些民主改革,把犹太人从奴役中解放出来,改善了犹太人受歧视的地位。因此,海涅从童年起就接受了法国资产阶级大革命中自由、平等思想的影响,终生对法国抱有好感。在其代表作长诗《德国——一个冬天的童话》中,描绘了拿破仑的葬礼、法国人民对拿破仑的崇敬以及诗人的感动。

1815年在故乡读完中学后,海涅曾在法兰克福和汉堡学习经商。1818年在富有的当银行家的叔父所罗门的资助下,海涅开了一家纺织品商店,但因不善经营而很快倒闭。1819年得到叔父的资助,海涅先后进入波恩大学和柏林大学学习法律和哲学。在大学期间,他听过德国浪漫派作家奥古斯特·威廉·施莱格尔的文学课程和德国古典哲学家黑格尔的哲学课程。1824年进入哥廷根大学,1825年在哥廷根大学获法学博士学位。

从1824年开始,海涅进行了历时四年的漫游生涯,足迹遍及柏林、波茨坦、慕尼黑、黑尔戈兰等地以及英国、意大利等国。

1830年法国七月革命的消息传来,正在北海小岛黑尔戈兰疗养的海涅大受鼓舞,写下《我是剑,我是火焰》的著名诗篇。1831年5月海涅便到了巴黎,此后海涅长期侨居法国,在此期间除了1843年和1844年两次短暂回汉堡外,再也没有回到祖国。在巴黎期间,海涅结识了巴尔扎克、雨果、大仲马、乔治·桑、肖邦等作家和艺术家,与圣西门信徒的交往使他接受了空想社会主义思想的影响。

1843年年底海涅在巴黎认识了马克思,并结下深厚友谊,这对其思想与创作产生了良好的影响,写下了许多具有战斗性的政治诗歌,一定程度上看到了无产阶级的战斗作用。

海涅的晚年是在病痛中度过的。1845年开始,海涅中年时代已患的瘫痪症逐渐恶化,并患目疾,导致左眼失明。1848—1856年间因中风瘫痪长期卧床,备受折磨。在长达八年的"褥垫墓穴"生涯里,海涅在病魔的折磨下仍然坚持创作,以口授方式完成的诗集《罗曼采罗》于 1851 年出版,肉体上与精神上的打击与折磨使诗集中的一些诗歌流露出悲观消沉、苦闷彷徨的情绪。但是,海涅依然对人类的未来充满信心,在诗歌《决死的哨兵》中,诗人写道:"在自由战争的最前哨,/三十年来我忠实地坚持","我的心摧毁了,武器没有摧毁,/我倒下了,并没有失败"。1856 年 2 月 17 日,海涅病逝于巴黎。

海涅是从诗歌创作开始步入文坛的,被认为是歌德后德国最重要的诗人。海涅的诗歌创作开始于 1817 年,1827 年出版的《诗歌集》是其早期抒情诗的代表作,由《青春的苦恼》《抒情插曲》《还乡集》《北海集》等组诗构成,具有浓厚的浪漫主义色彩,大多以个人的经历、感受为内容,抒写个人的遭遇、爱情的苦恼,主要内容是表达海涅对堂妹阿玛丽亚的绝望的爱情。海涅的诗歌感情真挚,语言优美,韵律和谐,充满民歌色彩,曾被不少音乐家如柴可夫斯基、门德尔松、舒曼、勃拉姆斯、瓦格纳等谱成曲传播于世界各国,《你像一朵鲜花》《罗蕾莱》《乘着歌声的翅膀》等诗歌因此而广为流传,妇孺皆知。《诗歌集》成为德国文学中最受人欢迎的作品之一,海涅在世时就重版 13 次之多。《诗歌集》的出版为海涅赢得了声誉,奠定了海涅作为诗人的地位。

19 世纪 40 年代是海涅诗歌创作的顶峰时期,在马克思的影响下,海涅创作了不少优秀的政治抒情诗。1844 年发表的富有战斗性的政治抒情诗《西里西亚的纺织工人》,便是海涅为声援 1844 年 6 月的西里西亚纺织工人起义而创作的,反映无产阶级对压迫者的仇恨与反抗,对骗人的上帝、阔人们的国王、虚假的祖国的三重诅咒,工人们把三重诅咒织进埋葬老德意志的尸布里。诗中的工人被描绘成自觉的战士、旧制度的掘墓人。恩格斯非常欣赏这首诗,亲自把它译成英文。同年发表的长诗《德国——一个冬天的童话》则是海涅诗歌创作的顶峰,是海涅最重要的作品。

除诗歌外,海涅还创作了一些散文和小说。散文作品主要是四部旅行札记,它们是 1824—1828 年海涅游历祖国各地和英国、意大利的艺术成果,表明海涅的创作已由浪漫主义转向现实主义。《哈尔茨山游记》(1826)是海涅的第一部散文作品,以诙谐活泼的笔调描绘了 19 世纪 20 年代德国的社会现实。游记一方面揭露了德国庸俗的市侩和麻木不仁的小市民,另一方面又表现出作者对美丽大自然的热爱、对纯朴劳动人民的歌颂以及对劳动者的同情,在写法上把对美丽大自然的描绘和对丑恶现实的讽刺交织在一起。在游记里,浪漫主义与现实主义水乳交融。第二部《观念——勒·格朗特文集》(1826)集中体现了海涅对拿破仑的歌颂。文集出版后被查禁,海涅本人也受到普鲁士的迫害。第三部包括《从慕尼黑到热那亚的旅行》(1828)和《卢卡浴场》(1829)等篇目,第四部《英国断片》(1827—1831)表现了海涅对当时最发达的工业资本主义国家英国的深刻认识:大资产阶级的自私、贪婪、冷酷和劳动者生活的悲惨。四部旅行札记牵涉到海涅关于社会政治、哲学、文艺等方面的许多观点,已成为研究海涅思想与创作发展史的重要资料。

相对于海涅的诗歌与散文来说,海涅的小说就较少引起人们的注意了。海涅的小说不仅数量少(只有三部),而且大都是未完成的片断。

19世纪30年代,海涅侨居巴黎后,一方面担任德国奥格斯堡《总汇日报》的记者,报导法国的情况,另一方面也为法国报纸撰稿,把德国的文化介绍给法国,对德法两国之间文化的交流作出了重要的贡献。海涅两部重要的理论著作《论浪漫派》(1833)、《论德国宗教和哲学的历史》(1834),就是作者侨居法国期间向法国人民介绍德国文化状况而写的,也是为了反驳法国作家斯塔尔夫人的《论德国》。海涅认为斯塔尔夫人的著作具有明显的美化封建制度、天主教会,反对法国大革命及其代表人物拿破仑的倾向,因此写下这两部重要的著作向法国人民正确地介绍德国。

《论浪漫派》对德国文学的发展做了简要的分析,实事求是地评价了德国古典文学的代表如莱辛、歌德、席勒等;对德国浪漫派进行一分为二的分析,称其在政治上是反动的,在艺术上有可取之处,认为德国浪漫派"不是别的,就是中世纪文艺的复活……这种文艺来自基督教,它是一朵从基督的鲜血里萌生出来的苦难之花";强调文艺的民族特色与蓬勃生气,指出德国的文艺女神"应该是一个自由的、开化的、不矫揉造作的、真正德国的女孩子,不应该是苍白的尼姑或夸耀门阀的骑士小姐"。海涅也提出了自己的美学思想,认为"艺术只是反映生活的镜子",把诗人与生活的关系比喻为安泰与大地的关系:"巨人安泰只有在脚踏母亲大地之时,才坚强无比,不可征服,一旦被赫库勒斯举到空中,便失去力量;同样,诗人也只有在不离客观现实的土地之时,才坚强有力,一旦神思恍惚地在蓝色太空中东飘西荡,便变得软弱无比。"这部著作的出版,结束了德国浪漫主义在德国文坛的统治地位。

《论德国宗教和哲学的历史》一方面批评了德国古典唯心主义哲学以哲学为现存的封建制度辩护的倾向,另一方面也指出了隐藏其中的革命思想,对它在反对宗教方面的进步作用予以充分的肯定:康德哲学中的批判精神引起了一场哲学革命;费希特学说中所强调的自我就是与"神"相对立的"人"的自我,就是对上帝存在的否定;黑格尔是集大成者,"我们先完成我们的哲学,然后完成我们的革命……革命力量是通过这些学说发展起来的"。恩格斯认为,海涅早在1833年就已看到了德国古典哲学,尤其是黑格尔哲学的革命意义。

(二)《德国——一个冬天的童话》

长诗描写诗人于1843年10月在流亡法国13年后第一次回汉堡探亲途中在德国的所见所闻所感。侨居法国的海涅无时无刻不在思念着故乡,在到达边境时诗人就感到一种更为强烈的心跳,"泪水也开始往下滴",然而,现实却让诗人感到德国依然处于沉睡与停滞落后的状态之中。全诗共27章,逐章对德国的检查制度、关税同盟、骑士制度、政治上的分裂、资产阶级的懦弱等现状进行了无情的抨击与辛辣的讽刺。

长诗抨击了以普鲁士为代表的德国腐朽的封建专制制度。诗人对普鲁士的书报检查制度、愚蠢而顽固的普鲁士军队、反动的天主教会直至普鲁士国徽上的鹰都做了尖锐的讽刺与揭露。

长诗抒发了诗人对封建制度的精神支柱教会尤其是天主教会的强烈憎恨。在第四章里,海涅抨击中世纪天主教会摧残理性、焚人烧书的罪恶,把科隆大教堂比作德国人民精神上的巴士底狱,预示它终将会被人民当作马厩来使用。在第七章里诗人梦游科隆大教堂,命令大教堂里的三个圣王滚开,并示意"黑衣乔装的伴侣"把圣王的残骸砍碎。

长诗狠狠批判了弥漫于德国社会中的倒退逆流,集中表现为对红胡子大帝的批判。红胡子大帝是德意志神圣罗马帝国国王腓特烈一世,参加第三次十字军东征,1190年渡小亚细亚格克苏河时被淹死。民间流传红胡子大帝沉睡百年,醒后带领军队征伐邪恶的传说,德国统治者以此美化封建君主制,企图通过普鲁士王朝战争统一德国,把红胡子大帝的觉醒作为祖国复兴的象征,诗人斥之为"中古的妄想与现代的骗局"。海涅把红胡子大帝描写成卖弄古董的可笑角色,脱离时代与现实。诗人指出他只是一个过了时的童话人物,不可能再起任何作用。诗人大声疾呼:"我们根本用不着皇帝","你去睡你的吧,没有你/我们也将要解救自己"。

1842年5月的一场大火并没有改变汉堡人们的生活,人们依然安于现状。长诗把汉堡的守护女神汉莫尼亚作为资产阶级市侩的化身,讽刺德国资产阶级的软弱、市侩习气。女神美化德国的过去与现在,并向诗人展示了德国的未来,即它只是发着恶臭的36个粪坑——海涅把德国分裂的36个邦国比喻为36个粪坑,认为它发出令人难以忍受的臭气。诗人指出,要治疗德国的"重病沉疴","不能用玫瑰和麝香",暗示只能运用暴力才能彻底清除这些粪坑,才能彻底变革德国的现实。

长诗首尾呼应,表达了诗人对未来的信心。长诗开头一个弹竖琴的少女唱着忧伤绝望的调子,唱着麻痹人民、叫人乐天知命的宗教歌曲"断念歌"和"催眠曲",诗人则认为应该唱"一首新的歌,更好的歌","要在大地上建立起天上的王国"。在长诗的最后一章,诗人坚信"伪善的老一代在消逝","新的一代正在生长",新的一代能理解诗人的诅咒和歌颂,能在地上"建立起天上的王国"。但这种"天上的王国"是较抽象、朦胧的,带有空想社会主义的性质。

在《德国——一个冬天的童话》里,海涅对德国鄙陋、落后的状况进行了无情的抨击与辛辣的讽刺,这是出于对祖国真正的热爱,正如海涅在长诗的《序言》中所写的:"你们放心吧。我将要重视而尊敬你们旗帜的颜色,如果它值得我的重视和尊敬,如果它不再是一种无聊的或奴性的儿戏。……你们放心吧,我跟你们同样热爱祖国。为了这种爱,我把13年的生命在流亡中度过,也正是为了这种爱,我又要回到流亡中,也许长此下去……我是自由的莱茵河的更为自由的儿子……。"长诗的标题蕴含着深刻的寓意,诗人以冬天的寒冷、萧瑟、阴沉象征德国死气沉沉、停滞落后的现状,以"童话"来比喻德国现实社会的荒谬、"非现实"。

在艺术手法上,海涅以精确逼真的笔触描写了德国现实的黑暗、停滞,展现了令人窒息的政治气氛。对检查制度、关税同盟、教会等的揭露都是现实主义的。对汉堡生活的描写也是真实的,德国小市民安于现状、懦弱、缺乏变革现实的勇气与毅力。同时诗人驰骋丰富的想象,充分描绘幻想的形象,一方面可与现实形成对比,另一方面也可以让诗人淋漓尽致地发挥见解。诗中大量采用来自民间传说、童话以及圣经故事中的形象,如弹着竖琴唱着古老宗教歌曲的少女、圣经传说中的三个圣王、红胡子大帝的幽灵、汉堡守护女神、老保姆等,这些形象在诗中都被赋予新的内容。诗中描绘了诗人的五次梦境,如梦游科隆大教堂、会见红胡子大帝、会见汉堡女神等,通过对虚幻形象的描绘,有力地批判德国丑恶的现实。

长诗充分显示出海涅杰出的讽刺才能,常运用幽默的俏皮话、反语、隐语加强讽刺效果,如对普鲁士关税人员的讽刺、揶揄:"我随身带来的私货,/都在我的头脑里藏着";讽刺普鲁士军队蜡烛般笔直的身子、迈步像踩高跷:"仍旧是那呆板的队伍,/他们的每个动转/仍旧是形成直角/脸上是冷冰冰的傲慢";对普鲁士军队头盔的讽刺:"我担心,一旦暴风雨发作,/这样一个尖顶就很容易/把天上最现代的闪电,/导引到你们浪漫的头里!/……如果战争爆发,你们必须/购买更为轻便的小帽;/因为中世纪的重盔/使你们不便于逃跑。"

在讽刺时,诗人还巧妙地把形象化的比喻交织在一起,如把普鲁士国徽上的鹰比喻为"丑恶的鸟",声称它若落在自己手上,一定揪去其羽毛、切断其利爪,并号召莱茵河岸的射手射击它,表达了对普鲁士专制制度的痛恨;把德意志联邦36个邦国比喻为36个粪坑,表现德国的丑恶与污秽、诗人对分裂的祖国的痛恨。诗人还把自己比喻为狼,与现实作不妥协的抗争:"我不是羊,我不是狗,/不是大头鱼和枢密顾问——/我永远是一只狼,/我有狼的牙齿狼的心。/……我是一只狼,我也将要/永远嗥叫,跟着狼群——/你们信任我,你们要自助,/上帝也就会帮助你们!"

思考练习题:
1. 浪漫主义文学在欧洲出现是在什么样的社会历史文化条件下产生的?它的出现适应了什么样的社会文化心理?
2. 在不同的浪漫主义作家之间,存在着哪些相一致的东西?而造成不同作家思想价值和审美价值取向最根本差异是什么?
3. 作为资产阶级文学思潮,浪漫主义作家对新文学做出哪些重要贡献?
4. 以《巴黎圣母院》为例,谈谈雨果作品中的对照原则艺术。
5. 试析奥涅金人物形象和《德国——一个冬天的童话》的艺术特征。

第七章 19世纪文学(二)

第一节 批判现实主义文学概论

一、批判现实主义文学出现的原因

经历了19世纪初期席卷全欧洲的浪漫主义文学思潮的激情荡涤后,欧洲文坛呈现了前所未有的对社会诸方面的冷静思虑,作家们又一次将目光注视到他们先前所熟悉的现实生活中来,这之中尤为突出的是表现出对社会弊端的批判和对人性卑劣的针砭。于是一种既继承文学真实地反映社会现象的写实传统、又偏重于批判和暴露社会黑暗的文学思潮应运而生了。高尔基将这一文学思潮称之为资产阶级的"浪子文学"、"批判的"现实主义文学。

19世纪批判现实主义文学思潮的出现至少有以下几个原因。

首先是资产阶级在欧洲范围内的全面胜利,标志这一胜利的是1830年法国的七月革命和1832年的英国议会改革。法国的七月革命彻底推翻了波旁王朝长达240年的封建主义统治,建立了代表金融资产阶级利益的七月王朝。英国议会改革的直接结果是工业资产阶级进入了议会,并且分享到一部分政治统治权,长期以来独占统治地位的封建贵族第一次受到了严重的挑战,工业资产阶级成为政治生活主人的趋势已不可阻挡。英法两国资产阶级的胜利使欧洲其他国家加快了向资本主义制度过渡的步伐。随着资本主义制度的确立,人们的道德观念和价值观念都发生了深刻的变化。价值规律与自由竞争支配着整个世界,金钱日益成为衡量人的主要标准,这种社会状况不仅对启蒙思想家宣扬的理性原则是一种嘲讽,而且使浪漫主义者所提倡的幻想和追求也显得苍白无力。人们不得不冷静地审视社会现实,客观地剖析社会弊端,认真地探讨社会出路,于是一种以务实、冷静为主要特征,以批判和暴露社会丑陋为主要内容的批判现实主义文学思潮成为这一时期的文学主流。

其次,自然科学和哲学思想在这一时期的发展,为批判现实主义文学思潮的形成起到了至关重要的作用。19世纪自然科学取得的重大成果,促使作家用科学的态度及整体联系的观点去观察、分析和研究社会。他们往往深入社会的底层,以社会"书记官"的身份忠实记录生活的疾苦,用缜密的论证来剖析社会的丑恶,并力图找出疗救社会的良方。与此同时,思想界新的哲学思想不断涌现,德国的唯物主义哲学家费尔巴哈提出了"人本学说",法国的哲学家孔德提出了实证主义,而法国的泰勒更在孔德的"实证主义"基础上提出了决定文学的种族、环境、时代三要素的理论。此外,德国古典哲学中的辩证法、流行西欧的空想社会主义中对资本主义制度的猛烈抨击,也有助于作家们深刻认识社会和揭露其弊端。尤其是1848年《共产党宣言》的发表,更为批判现实主义文学思潮的出现准备了足够的思想基础。

再次,作为一种创作方法的现实主义是自古希腊、罗马文学以来,作家们一直遵循的一种创作方法。从古希腊时期亚里士多德的"摹仿说"到文艺复兴时期莎士比亚提倡的"反映说",从古典主义的"类型说"到启蒙主义的典型化理论,都反映出文学与现实的直接关系。18世纪的英国小说、法国启蒙主义文学和俄国的讽刺文学,则是批判现实主义在思想和艺术上的直接先驱。即使对在创作手法上与现实主义文学相去甚远的19世纪前期浪漫主义文学,批判现实主义也不是一概排斥,如浪漫主义文学中注重心理描写和浪漫主义作家在写历史题材时注重风俗的描绘,对批判现实主义作家丰富自己的写作技巧也起到了巨大的作用。上述诸方面为批判现实主义文学思潮的形成提供了必备的文学条件。

19世纪欧洲批判现实主义文学形成于30年代,其突出标志是法国作家司汤达于1830年发表的《红与黑》。从19世纪30年代到19世纪末,这股文学思潮的丰硕成果成为继古希腊文学、文艺复兴时期文学之后欧美文学的第三个里程碑。一般而言,人们将这一时期的文学分为两个阶段:19世纪30到60年代为第一个阶段,在这个阶段出现了以巴尔扎克、狄更斯和果戈理为代表的既猛烈抨击社会黑暗同时又怀有深厚人道主义和改良主义思想的伟大作家。19世纪70年代到19世纪末为第二个阶段,在这个阶段则出现了福楼拜、哈代、列夫·托尔斯泰和马克·吐温为代表的既发扬第一阶段作家们对社会不平等现象的批判精神又力图在更深层次反映生活真实的伟大作家。

二、批判现实主义文学的基本特征

无论是第一阶段还是第二阶段的作家,由于他们都处于相同的社会历史背景和精神文化条件之中,因此在他们的作品中呈现出相同或相似的思想艺术特征。

批判现实主义作家一般都十分关注所处的现实生活,力图在对现实生活的描写中反映生活的真实面貌。现实主义的创作方法要求作家按照事物的本来面目进行描绘,这和浪漫主义创作手法要求通过作家的主观折射的方法迥然不同。19世纪法国浪漫主义作家乔治·桑曾对巴尔扎克说:"你描绘人类如你所眼见,我按照我希望于人类的来描绘。"乔治·桑的话清楚地区别了以巴尔扎克为代表的现实主义客观写实的创作方法与浪漫主义创作方法的根本差异。批判现实主义作家不像浪漫主义作家那样醉心于描写非凡的人物，沉溺于杜撰奇异的故事，而是冷静而客观地描写身边的生活，深刻揭露现实生活的黑暗与罪恶，剖析人与人、人与社会的不协调关系。他们力图将文学创作看作反映社会生活的一面镜子，有的甚至明确宣称要让自己的作品成为反映时代的真实记录。如巴尔扎克就说过，他创作《人间喜剧》的目的是要写出一部反映19世纪法国社会的风俗史。他在《人间喜剧·前言》中说："法国社会将要作历史学家，我只能当它的书记。"因此，在他的作品中我们可以看到，他"用编年史的方式几乎逐年地把上升的资产阶级在1816—1848年这一时期对贵族社会日甚一日的冲击描写出来"。批判现实主义作家感兴趣的是现实生活，所以，在他们的作品中，我们可以既看到上流社会纸醉金迷的生活，又可以看到满目疮痍、一贫如洗的农村和烟雾弥漫、把工人当成奴隶的工厂，即使是充满恶臭的监狱和龌龊的贫民窟也被描写到了。为了如实地再现生活，批判现实主义作家十分注重细节的描写，甚至要求文学具有"科学真理的精确性"。司汤达认为作家应该描写"关于某一种情欲或某一种生活情境的最大量的细小的真实的事实"。巴尔扎克强调"只有细节才形成小说的优点"。福楼拜更主张"伟大的艺术应该是科学的、客观的"，认为"艺术家不该在他的作品中露面，就像上帝不应该在自然里露面一样"。批判现实主义作家这种对细节描写的重视，十分突出地体现在巴尔扎克身上。比如在《欧也妮·葛朗台》这部小说里，巴尔扎克写葛朗台老头的发家史，他的动产和不动产的变化都用具体的数字来说明。在《舒昂党人》中，为了使小说写得真实无误，他亲自坐着马车，按照小说女主人公玛丽所走的路线，到希列塔尼去进行实地考察。

和文艺复兴时期的现实主义、18世纪启蒙文学的现实主义相比，19世纪的批判现实主义文学在对现实生活的描写方面，致力于暴露社会的黑暗、批判现实生活中的罪恶。我们仅从他们作品的书名上就可以发现作家批判社会弊端的意图。狄更斯的一部长篇小说起名为《艰难时世》，雨果的代表作品则称之为《悲惨世界》，而萨克雷的一部小说也命名为《名利场》。巴尔扎克曾明确说过，他要准确地描写这个社会，这样就不可避免地使作品中所揭示的恶要多于善。狄更斯也说，他的创作是"追求无情的真实"。在批判现实主义大师们的作品中，我们可以看到他们不遗余力地揭露资本主义社会的罪恶，揭露这个社会的利己主义的生活原则和人与人之间赤裸裸的金钱关系，而对作品中贵族与资产阶级罪恶的代表人物更是进行有力的鞭挞。不少作家由于无情地揭示现实社会的阴暗，触怒了统治阶级，因而遭到了各种形式的打击与迫害。如列夫·托尔斯泰被开除教籍，哈代被迫放弃小说创作转而创作诗歌，果戈理被迫离开自己的祖国，车尔尼雪夫斯基长期服苦役。对于这一现象，高尔基曾清楚地说过，"锋利的唯理主义和批判精神"是批判现实主义文学的显著特征。

批判现实主义作家在19世纪哲学思想和自然科学的影响下，普遍重视人与社会环境的关系,自觉塑造典型环境中的典型人物,把现实主义的艺术推向一个新的高度。在塑造作品人物时,这一时期的优秀作家选择和描写具有时代特征的、能够形成这些人物性格的特定环境,而在描写人物性格形成的特定环境时,又塑造出能反映社会本质的特定人物。正是由于这一互动的创作原则,在批判现实主义作家的作品中,我们能够读到许许多多令人拍案称绝的典型人物和令人啧啧称奇的环境,并从中欣然领悟出人物与环境之间的依存关系。巴尔扎克说:"不仅仅是人物,就是在生活上的主要事件也用典型表达出来,……而这就是我刻意追求的一种准确。"巴尔扎克的这种准确正是这一时期批判现实主义作家所孜孜以求的、通过典型环境与典型人物的塑造,全面真实地展示现实生活的本质特征和时代的精神风貌。19世纪批判现实主义文学塑造了各种典型人物,其中最突出的是个人反抗社会、个人奋斗的人物。高尔基认为19世纪全部的文学差不多都建立在这种典型人物上面。这是因为当时社会各个阶层的人们对当时社会的金钱统治极为不满,因此个人反抗社会与个人奋斗成为一种普遍的社会现象。加之不少作家本身的生活体验与他们笔下人物的感受和经历往往是相通的,所以这些人物在作家的笔下被描写得格外生动逼真,从而使这一大批人物形象具有十分感人的力量,成为世界文学史中不朽的典型形象。

人道主义是自文艺复兴时期以来欧洲文学的一根主线,19世纪批判现实主义的作家们在新的历史条件下继承和发扬了这一思想。他们要求尊重人的尊严,抨击现行社会对人性的压制和肢解。这一时期的作家不管在政治立场上有多大差异,但他们都用人道主义的观点去看待一切社会关系,要求文学"在人民中间唤醒几世纪来埋没在污泥和尘芥里面的人类尊严"。因此他们在作品中谴责社会的黑暗,同情下层人民的悲惨遭遇,要求革除社会弊端,改善人民生活。很多作家甚至以下层人民的美好品质与贵族资产阶级的恶德败行进行对比,从而呼唤社会良知的复归,并希望统治阶级以仁爱为怀,改善与被压迫者之间的关系,表现了强烈的改良主义意愿。他们用人道主义的历史观和世界观去分析和洞察社会,但却往往以改良主义的思想去解决社会矛盾,因此在他们的作品中大多数表现出来的不是"以恶抗恶"的决绝的结局,就是长吁短叹的悲观主义思想。正如高尔基在肯定批判现实主义作家"对现实的批判态度具有很高的价值"的同时,又指出"这个主义除揭发社会的恶习,描写家族传统、宗教条规和法规压制的个人的'生活和冒险'外,它不能够给人指出一条出路"。正因为如此,在批判现实主义文学作品中,塑造得最成功的人物形象大多是富于揭露性、讽刺性的反面人物,或是作者寄予同情的"小人物""多余人"的形象,而体现作者理想的正面人物则往往显得苍白无力,或成为某种抽象道德说教的传声筒。即便是批判现实主义文学作品中最突出的个人反抗社会的典型人物,大多数也只是为改变自己的地位去反抗社会,根本不是为推翻现存的不合理的现实去抗争。当然我们不应该据此否认19世纪批判现实主义文学的存在意义，我们更应该明白的是，批判现实主义文学的价值不在于作家是否指出了正确的社会出路，它的意义主要表现在它通过描写人民群众的深重苦难，揭露贵族资产阶级的罪恶行为，从而引起人们对现存制度的合理性和永久性产生怀疑，这便是这一时期文学的伟大历史功绩。

三、批判现实主义文学在各国的发展状况

19世纪批判现实主义文学在各国的发展是不平衡的，然而却呈现出一种由点到面的辐射趋势，即由法、英等西欧先进资产阶级国家兴起，逐步向东欧、俄罗斯和美洲国家扩展的发展态势。1830年法国作家司汤达发表了长篇小说《红与黑》，标志着批判现实主义文学的诞生。巴尔扎克的创作使批判现实主义文学得以巩固和确立，他的《人间喜剧》不仅使他成为世界文学史上最重要最伟大的作家之一，而且更为重要的是确立了现实主义作为19世纪主流文学的地位。在英国，由于自17世纪40年代爆发的资产阶级革命至今有二百来年的历史，资产阶级已经取得了全面的胜利，资本主义的经济形态已经发展得比较成熟，因而社会的贫富现象日益突出，工人阶级与资本家的矛盾上升为主要矛盾，劳资冲突日益加剧，这使得英国批判现实主义作家所关注的题材多为反映下层人民的悲苦处境和工人阶级与资本家之间的劳资矛盾，作家笔下的人物也多为小市民、贫苦的家庭教师、破落人家的子弟、小手工业者和小商人等。由于这些人物多是为争取个人独立地位和生活权利而抗争，并不思考如何推翻不合理的现存制度，因此英国批判现实主义文学呈现出一种改良主义和带有感伤主义气息的人道主义思想倾向。狄更斯是具有代表性的作家之一。

德国是西欧资本主义发展较晚的国家，到了19世纪30年代，德国的工业开始加快了发展步伐。工业的迅速发展，使得长期落后的德国社会发生了急剧的变化，加之法国1830年七月革命的影响，德国人民开始觉醒，对国家的分裂状态和落后的封建统治表现出强烈的不满。工人阶级和人民群众不断地掀起反抗封建专制和资本主义剥削的斗争，1844年的西里西亚纺织工人起义和1848年柏林的三月起义是德国工人阶级觉醒的重要标志。1848年马克思、恩格斯发表了《共产党宣言》，这昭示着德国工人阶级的革命运动从此将在科学社会主义思想的引导下走向新的高潮。德国文学在19世纪30年代后有了很大的变化，此前的现实主义文学主要是以批判封建君主专制和诸侯割据为主要内容，30年代后的文学主题则多为揭露封建统治的罪恶和声讨资本主义的剥削，即便是反封建的主题也变得带有更鲜明的政治色彩，而进步作家的创作中一般都有反映工人阶级生活和斗争的内容。这一时期德国文学最重要的作家是毕希纳、海涅和维尔特。

19世纪的俄国现实主义文学是继法、英两国现实主义文学以后，在欧洲乃至

世界文学中最为波澜壮阔的一幕。19 世纪 60 年代以前,当西欧其他国家的资本主义制度已经确立的时候,俄国还处于专制农奴制的野蛮统治之下。极其腐朽的社会状况使 19 世纪俄罗斯作家的作品中透析出一种拯救祖国的神圣使命感。兴起于 19 世纪 30 年代的俄国批判现实主义文学,其作品的主要锋芒直指俄国沙皇政权政治上的专制制度和经济上的农奴制度,这之中最引人注目的是来自乌克兰的民族作家果戈理,他所创作的《钦差大臣》和《死魂灵》,将俄罗斯社会的丑恶嘲笑了个够,塑造了俄罗斯乃至人类社会弊端的不朽的典型形象。随着文学对社会批判的不断深入,俄国批判现实主义作家们在挖掘了阻碍俄国社会发展的"两大病害"后,又将文学引向寻求正面人物的领域,即完成了从塑造"多余人"到"新人"形象的任务,在这方面屠格涅夫是最发人深省的伟大作家。一般而言,19 世纪的俄国文学大致可以分为两个阶段,即 60 年代前剖析俄罗斯社会要害的"谁之罪"文学,60 年代后探讨俄罗斯社会出路的"怎么办"文学。在第一阶段里,俄国出现了果戈理、屠格涅夫等一大批称誉世界的作家。

批判现实主义文学在 19 世纪中期虽然占主要地位,但在西欧许多国家内浪漫主义文学还在继续发展。在法国,以雨果、乔治·桑、大仲马为代表的浪漫主义文学仍然取得了较大成就;在英国,夏洛蒂·勃朗特的作品中渗透着强烈的浪漫主义激情;在德国,海涅的不少诗歌中浪漫主义的幻想因素是同深刻的现实主义描写紧密联系在一起的;在俄国,以普希金为代表的浪漫主义诗歌传统在莱蒙托夫那里得到了深入的发展。不过,这一时期的浪漫主义文学大多都受到了批判现实主义文学的影响,浪漫主义作家在他们的创作中都渗透了批判黑暗现实的因素,这之中最有代表性的作家是法国的雨果。此外,无产阶级文学也开始萌芽,并将随着时代的发展而日益被人重视。

第二节 法国文学与巴尔扎克

一、法国文学

19 世纪中期,特别是 30 和 40 年代,法国文学出现了空前繁荣的局面。这种繁荣至少体现在两个方面:第一,浪漫主义文学和批判现实主义文学相互都取得了重大的成果。1830 年雨果所写的戏剧《欧那尼》演出成功,盘踞在法国舞台上达二百多年之久的古典主义戏剧从此一蹶不振,取而代之的是表现人的正常激情和对生活真实渴望的浪漫主义戏剧,受到了极大的欢迎。同年,司汤达的《红与黑》正式出版,标志着一种完全不同于先前的、批判和揭露现实丑恶的创作方法诞生了。第二,这一时期批判现实主义作家大多都经历过浪漫主义的创作阶段,在他们的作品中都或多或少地透露出浪漫主义文学所特有的激情;而浪漫主义作家因受到批判现实主义日益彰显的影响,在他们的作品中也加入了对现实黑暗不满的批判意味。两者的交相呼应,使法国这一时期文学成为了世界文学园地的一朵奇葩。不过,就时代的先锋意识而言,批判现实主义文学则无疑是这一时期的主流文学。

用现实主义一词来指称司汤达和巴尔扎克的小说美学观和创作方法,是日后文学评论家和文学史家的任务,而在当时要承认自己为现实主义作家是需要极大勇气,不管是司汤达还是巴尔扎克当时都没有做到这一点。第一次明确用"现实主义"来指称自己创作主张的,是19世纪法国画家库尔贝。他声称:"绘画艺术只包括画家看得见和摸得着的事物。"[①]由于他的艺术观点是向官方学院艺术挑战,因此他声称"现实主义流派"的画展遭到了官方的封杀,他的优秀绘画作品也受到了嘲弄和诋毁。随后,库尔贝有关现实主义的概念被移植到文学领域中,人们把那些努力准确地再现生活的作品定义为现实主义文学。从此"现实主义"这个名词在文化界开始盛行起来。

法国19世纪30年代的现实主义文学承继了自文艺复兴以来充溢着人文精神的批判意识传统。从拉伯雷的《巨人传》中,人们会清楚地体认到作品中所流露出来的对宗教愚昧的批判,以及对社会弊病的针砭。法国批判现实主义文学的直接思想渊源是18世纪启蒙思想家对现实的思考与认识,从孟德斯鸠的《波斯人信札》到伏尔泰的《老实人》,从狄德罗的《修女》到卢梭的《新爱洛伊斯》,我们都可以看出启蒙思想家对不合理社会现实的指责和控诉。法国批判现实主义作家们要做的工作是将这种批判建立在更广泛的领域中,表现得更为激烈,观察得更为细微。

法国批判现实主义文学的前期代表作家主要是司汤达、梅里美和巴尔扎克。他们创作的共同特点是都受到了浪漫主义文学的影响,如巴尔扎克还亲自参加了标志着法国浪漫主义戏剧登上法国剧坛的"欧那尼"决战。因此在他们的作品中都存在着强烈的激情,情节故事多带有较强的戏剧性。但是这三个作家在创作中却又具有各自鲜明的特色,在以文学为武器批判法国社会弊端的前提下,司汤达多从政治角度介入生活,巴尔扎克多从经济角度介入生活,而梅里美则多从伦理道德和人性角度介入生活。

司汤达(1783—1842)是欧洲批判现实主义文学的奠基人之一,是法国19世纪杰出的小说家。他的原名叫亨利·贝尔,司汤达是他的笔名,这是德国一个小城的名字,该城是德国18世纪著名艺术评论家温克尔曼的故乡。温克尔曼对古希腊艺术有精湛的研究,司汤达采用这一笔名,表现出他对古代文学艺术的向往。1789年1月23日,司汤达出生在法国东南部的格勒诺布尔城,父亲是个思想保守的律师,敌视1789年的法国大革命;母亲性格开朗,喜爱读文学作品。小贝尔十分依恋母亲,可惜在他七岁时,母亲就病逝了。母亲的早逝,使小贝尔从此失去了家庭的

[①] 〔美〕锡德尼·芬克斯坦:《艺术中的现实主义》,赵澧译,上海文艺出版社,1985年,第159页。

温暖。父亲生性沉默,对孩子非常冷淡严厉,母亲死后,他把孩子交给了一个天主教神父管理。在父亲和神父的严厉管辖下,小贝尔的童年和少年生活是阴暗而寂寞的。在小贝尔的心灵中,唯一可亲近的是他的外祖父。外祖父思想活跃,信奉启蒙运动思想,在外祖父的影响下,小贝尔从小就培养了对启蒙思想的爱好以及对启蒙思想家的崇敬。

1796年,小贝尔进入当地的中心学校读书,这里的老师多是拥护大革命的新派教师,尤其是一位数学老师对他影响很大。他经常给学生讲大革命时期的事情,这不仅培养了司汤达严密的逻辑思维能力,而且还使他培养了一种注重现实的求实性格。1799年,司汤达从学校毕业后,经人介绍,在陆军部谋到一个职位,从此他跟随拿破仑的军队转战欧洲,直到1814年这位资产阶级皇帝失败为止。在这段时期内,他亲身经历了拿破仑与欧洲封建君主国之间决定"欧洲是共和制的欧洲还是哥萨克式的欧洲"的斗争。1800年,他随军来到意大利,亲眼目睹拿破仑"唤醒了这沉睡的民族",感受到人民对革命的热烈欢迎的态度,同时也接触了文艺复兴时期优秀的艺术品,培养了他对艺术的兴趣,这段生活给他留下了深刻的印象。1801年底,他辞去军务,回到巴黎,开始他的读书生活并准备从事写作。他大量阅读各种书籍,特别是接受了18世纪法国哲学家爱尔维修的"合理利益"的观点。这种观点认为人总是渴望追求幸福的,社会应该满足这种个人意愿。这成为他小说创作思想的基本支柱。1806年,他应表兄的邀请重返军队,并受到拿破仑的重用。1812年,他随拿破仑的军队进攻俄国,亲眼目睹了莫斯科的大火和拿破仑的失败。他对拿破仑一方面抱有崇敬心理,另一方面也看到了拿破仑的局限。他肯定拿破仑在保卫资产阶级革命成果,打击欧洲反动封建势力方面的英雄业绩,也批评拿破仑的独裁统治。拿破仑的最终失败使他产生了幻灭感,他说:"1814年4月,拿破仑和我一起垮台了。"从此,司汤达结束了他的军人生涯。1814年波旁王朝复辟后,司汤达因为和拿破仑的关系,被"扫地出门",只得离开法国巴黎前往意大利米兰,在这里生活了七年。司汤达很珍惜意大利的这段生活,经常以米兰人自居,甚至在他的墓碑上叫人刻上"米兰人"的字样。

在意大利期间,司汤达开始其创作生涯。这一时期的创作主要是游记和传记,在写作《罗马、那不勒斯和佛罗伦萨》这部游记时,他第一次使用了司汤达这一笔名。1821年,由于和意大利烧炭党人的紧密关系,他被当局驱逐出境,不久返回巴黎。在巴黎期间,司汤达生活相当拮据,法国的现实生活引起他更大的嫌恶,他经常出入自由派的文化沙龙,评论时事。在这些场合,他以大胆而又深刻的反复辟思想著称。这段时间内,写作是他的主要兴趣。他于1822年出版《论爱情》,1823年发表音乐家评传《罗西尼的一生》,1823到1825年还写了一系列讨论浪漫主义的文学论文。这些论文以后收集在《拉辛与莎士比亚》一书中,这部书后来被认为是西欧批判现实主义的第一部理论著作。

19世纪20年代，在法国文坛占统治地位的是古典主义，司汤达早在意大利旅居时，就全力支持意大利的浪漫主义文学运动，要求摆脱古典主义对文学的束缚。回到法国定居后，正遇上法国发生了古典主义与浪漫主义围绕着拉辛和莎士比亚的论战。古典主义以拉辛为旗帜，浪漫主义以莎士比亚为旗帜，司汤达参加了这场论战，发表了《拉辛与莎士比亚》这部理论著作。这部文学评论集包括两个部分，第一部分写于1823年，第二部分写于1825年。在书中他以假设古典主义者和浪漫主义者的通信形式，批驳了当时法兰西学院对浪漫主义的攻击。司汤达在这本书中对古典主义和浪漫主义有它们独特的定义，他认为古典主义是因循守旧、专门模仿古人、专门为祖先写作的，而浪漫主义则是表现自己的时代，其创作是面向今天的。他在用这种定义去衡量作家时，并没有把文学史上的古典主义大师们都列入他所认为的古典主义行列中去，他不仅把表现了自己时代的莎士比亚称为浪漫主义作家，而且还把拉辛也列入浪漫主义作家中，因为他表现了法国当时的风尚。司汤达主张文学要适应时代的发展，反对盲目模仿。即使对莎士比亚也不应该去模仿，而是要学习他观察、研究、反映自己时代的方法。具体地讲，就是学习莎士比亚描绘自己时代生活的"朴素真实的细节"和"人类激情中最细腻的千变万化"的方法。这里，司汤达实际上站得比当时任何一个称颂浪漫主义的人都高，他的主张实际上就是我们今天讲的现实主义的创作原则。从他后来的创作实绩来看，也证实了这一点。

1827年，司汤达发表了他的第一部长篇小说《阿尔芒斯》，从此，他开始了小说创作的生涯。这部小说从作者反映社会现实的意图来说，可以被认为是写作《红与黑》的前奏。这部小说的副标题是《一八二七年巴黎沙龙的几个场景》，从这一标题人们可以清楚地看到作家的创作意图：描绘复辟时期法国贵族阶级生活的风俗画。小说以波旁王朝1825年颁布法令以10亿法郎作为给在大革命中遭受损失的贵族的赔偿金为背景，描写了贵族青年奥克塔夫与其被收养的表妹阿尔芒斯的一场爱情悲剧。小说虽然主要是写这对青年男女的爱情纠葛，但是读者看到的却是贵族阶级企图扭转历史车轮的行为和惶恐不安的心理压力。尤其是塑造了奥克塔夫这个封建贵族的叛臣逆子，说明了法国大革命后，甚至连贵族阶级内部也有人认识到复辟是多么不符合时代要求。虽然作者把哈姆雷特式的忧郁和拜伦式的反抗放在一个复辟时期的青年男女身上是缺乏生活基础的，但是这部小说却表明了这样一个事实：司汤达已经走上现实主义的创作道路，只是还没有达到成熟的程度。

1829年，司汤达发表了著名的短篇小说《瓦尼娜·瓦尼尼》，这部小说是以作者当年在意大利的生活为题材，以一对青年人的爱情为线索，反映了意大利烧炭党人争取民族解放的斗争运动。小说描写青年烧炭党人彼德罗在一次越狱时，遇到了贵族小姐瓦尼娜·瓦尼尼，瓦尼娜愿意抛弃自己的门第、财产和彼德罗结合，但彼德罗为了民族解放斗争而毅然离开了这位富有激情的富家女子。瓦尼娜为了达到让彼德罗重新回到自己身边的目的,出卖了彼德罗身边志同道合的朋友。彼德罗得知真相后,毅然同瓦尼娜决裂了。

1830年,司汤达出版了《红与黑》这部被誉为西欧批判现实文学的奠基作品。小说以法国王政复辟王朝为时代背景,以主人公从19岁到23岁短暂的生活道路为主要内容,以作者对社会黑暗强烈控诉的罕有激情,为后世留下了一部弥足珍贵的旷世之作。主人公于连·索黑尔是法国维立叶尔小城一家锯木工场主的儿子,从小受到父亲和兄弟的歧视与虐待。他聪明好学,有过人的记忆能力,能把整本《新约全书》和《教皇传》背得滚瓜烂熟。拿破仑从一个普通的士兵成为"世界主人"的经历,使他萌发了要出人头地的强烈愿望。他走向社会的第一步,是到维立叶尔市长德·瑞那家里当家庭教师,在这里他第一次品尝到受人尊重的滋味。不久他与市长夫人发生了暧昧关系,事情败露后不得不离开家乡来到贝尚松神学院。在这里他体验到宗教的黑暗与恐怖,尽管他并不相信宗教,可是他收敛起自己的高傲,处处小心谨慎,伪装成虔诚的样子,博得院长彼拉神父的欢心,毕业后留校任教。正当他认为可以顺着这条披黑袈裟的道路走下去的时候,由于教派斗争,彼拉神父被迫下台,他不得不来到巴黎,由院长举荐成为木尔侯爵的私人秘书。这是他摆脱宗教幻想直面人生、直面社会的一次转折。在这里他的个人奋斗的理想出现了最大的危机,他性格中妥协的一面得到了最大的暴露。他掩盖起天性中对贵族阶级的蔑视,逐渐得到了木尔侯爵的信任,并且在反动贵族企图镇压革命的行动中,充当贵族的走狗。在这里,他还用计谋诱骗了木尔侯爵的女儿玛特儿小姐,迫使木尔侯爵封官赠款给他。就在他志得意满,开始做30岁当司令的美梦之时,德·瑞那夫人的揭发信来了,于连梦寐以求的愿望顷刻之间化为乌有。于是他在盛怒之下,奔往维立叶尔城,朝德·瑞那夫人连开两枪,最后以蓄意谋杀罪被判处死刑,结束了他短暂的一生。

《红与黑》是一部具有深刻社会政治内容的批判现实主义小说,许多人太注意于连的爱情遭遇,这未免有些辜负了作者的写作意图。司汤达在小说的第52章通过一个出版家的嘴说:"若是你的人物不谈政治,那就已经不是1830年的法国人了,你的书也就不再是一面镜子,像你所要求的了。"他甚至为小说加上了一个副标题《一八三〇年纪事》,可见司汤达十分关注法国当时的政治与社会生活,并极力在自己的作品中去表现它。

作品首先表现出19世纪的法国社会资本主义经济已经渗透到每个角落,唯利是图成风,金钱成为人们行动的唯一准则。小说中写到当德·瑞那市长得知自己的妻子与于连有染时,开始时怒发冲冠,可到后来,想到妻子即将是富有的继承人时,也就甘愿忍受羞辱,甚至当于连轻蔑地拒绝他给的上路费时,竟然泪如泉涌,与他拥抱告别。贵族阶级是这样,平民阶级也是如此。于连的父亲从小对于连十分厌恶,知道儿子杀人坐牢后,在狱中大骂儿子败坏家门,可当于连告诉父亲他有钱时,父亲则一改暴躁的面孔,和颜悦色地称赞儿子有孝心。其次小说还表现了19世纪法国社会贵族与资产阶级争权夺利的社会风貌。在维立叶尔小城,保皇贵族德·瑞那市长和贫民济养所所长哇列诺是两大实权人物,德·瑞那依靠贵族力量爬上了市长宝座,可是资产阶级暴发户哇列诺却虎视眈眈,千方百计要谋取市长位置。两人明争暗斗,哇列诺最后依靠教会的力量,终于击败了德·瑞那,当上了市长。小说形象地描绘了这场斗争,表现出贵族阶级在资产阶级的步步逼攻之下,逐渐退出历史舞台的这一社会现实。另外,作品还表现了法国贵族阶级的腐朽本质和狰狞的面孔。司汤达说:"贵族阶级是一个最缺乏生命力的阶级,又是一个最会装腔作势的阶级。"在小说中,作者用嬉笑怒骂的方式嘲弄到木尔侯爵客厅的贵族都是些"漂亮的混蛋""戴勋章的恶棍"。令人感到意味深长的是,作品还通过玛特儿小姐对贵族的看法来表现贵族阶级的垂死本质。面对贵族公子对自己的美貌垂涎三尺,玛特儿小姐对这些人不屑一顾,对她来说最有吸引力的竟然是平民出身的于连和被判处死刑的意大利烧炭党人。小说一方面写出贵族阶级的极度无能,另一方面又描写了贵族阶级行将灭亡的狰狞面孔。小说的第51到53章描写了贵族阶级在革命行将到来之际,商讨如何镇压革命的秘密黑会。这些平时温文尔雅的贵族此刻却凶相毕露,大有不置革命者于死地决不罢休的气势。这一描写把小说的政治意义推向了高峰,成为本书的一个重要组成部分。

作品在对法国社会黑暗大张鞭挞的同时,对反动的宗教也充满了强烈的憎恶。小说详尽地描写了贝尚松神学院是一座"人间地狱",这里到处充满了阴谋与恐怖,人与人之间尔虞我诈,互相倾轧;个个钩心斗角,企图置人于死地。此外这些手辣心狠的学生同时又深受宗教的毒害,于连经常看到墙上用黑炭写着:"把60年的苦修苦练,和天堂的永恒欢乐或地狱的沸腾油锅的永恒痛苦,放在天平上称一称,算得什么。"看着这些个个面黄肌瘦、气息奄奄的同学,于连也不免由厌恶转为同情。

作品最成功的是塑造了于连这一人物形象。小说取名为《红与黑》,很大程度上是喻指于连的人生道路与个人追求。小说中我们可以看到于连的内心独白:"假如我早生20年,我也会像他们一样穿上军装。在那时,像我这样的人不是被杀,便是在30岁做上将军;现在的事实是,穿了这件黑衣,到40岁的时候,可以得到10万法郎的年俸和兰绶的勋章。"司汤达通过主人公之口的叙述,诠释了作者写作这部小说的真实意图。但是从更深的内在含义来看,"红"不只是指于连想取得军功、扬名的幻想,同时也展示出他心灵深处有一股火样般的进取力量,一股往高处涌流的狂奔不止的热血;"黑"不光是指复辟王朝的黑暗,不光是指于连作为神学院学生的服饰,而且还指虚伪的黑暗势力在于连心灵上投下的巨大阴影,以及他为了自己的利益不惜侵犯他人利益的野性力量。

于连短暂的一生,可以简单地描述为走过一条这样的道路,即经历了反抗—妥协—反抗。这个平民出身的有才能的青年,对拿破仑抱有极大的热情,无限地缅怀那个凭才能青云直上的时代,可是波旁复辟王朝的黑暗现实,堵塞了这条个人奋斗的人生之路。他要反抗这个不公平的社会,可是他的反抗的思想基础是个人主义的,他一方面鄙视贵族阶级的卑劣无能,另一方面又想跻身贵族行列。这种个人主义的反抗很容易导致满足与妥协,再加上他性格中的矛盾与分裂,使得这位具有强烈平民意识的青年每每陷入社会的泥淖之中。他在反抗现实的道路上挣扎着,虽然时有反复,但最后还是恢复了反抗的性格,他清醒地认识他所羡慕的"上流社会",是不会允许不属于他们那个圈子里的"下等人"闯入其特权领地的。在法庭上,他愤怒地讲道:"我爱真理,但真理在哪里?到处是伪善,至少也是欺诈,甚至最有德性、最伟大的人也不例外。"他自慰地说:"我动摇过,我受过颠簸。总之,我不过是一个人……但是我并没有被风暴卷去。"这是于连走完他23岁人生道路时留下的遗言,也是他作为平民阶级的一员向复辟时期法国黑暗社会提出的强烈控诉。在欧洲文学史上,这种个人对社会的反抗,于连无疑是最早的一个,他的反抗也使他成为具有强烈悲剧意义的人物。

1830年七月革命后,司汤达被法国政府任命为驻意大利里雅斯特的领事,意大利当局因为他激进的政治态度而不同意这项任命。于是被改任到教皇管辖下的意大利滨海一个小城任领事。在这里,司汤达处处受到教皇密探的监视,郁郁不得志。于是他把精力投入到写作之中,从这时起直到逝世,司汤达创作了大量的作品,其中最重要的作品是《吕西安·娄凡》和《巴马修道院》。

《吕西安·娄凡》又名《红与白》,这部小说和《红与黑》一样,表现出作者对法国社会现实的关切和对政治斗争的敏锐感受。有所不同的是,《红与黑》是反映复辟王朝社会的政治斗争,而这部小说是表现七月王朝的社会政治斗争。《巴马修道院》是司汤达晚年最重要的作品之一,这部长篇小说受到了巴尔扎克的称赞,是司汤达生前得到承认的唯一作品。1841年,司汤达请假回巴黎治病。第二年3月20日,他在巴黎外交部门前中风倒地,被救回到寓所后,于当晚逝世。在他的墓碑上用拉丁文刻上他生前拟定的几行字:"亨利·贝尔,米兰人,写作过,恋爱过,生活过。"

司汤达是法国大革命后第一个写自己时代的杰出的批判现实主义作家。他善于从政治角度来观察和分析当时的社会关系,他的作品具有鲜明的时代特征和强烈的批判精神。在塑造人物形象方面,他注重心理描写,细致地描摹人物复杂的内心世界。以上两点,构成了司汤达最显著的创作特点,也是他对批判现实主义文学的贡献。由于他是在法国浪漫主义文学蓬勃兴起的背景下第一个运用现实主义原则写作的作家,因此在他的作品中不免带有一些浪漫主义色彩。比如,主要人物一般都具有浪漫主义激情和强有力的性格,作品的情节跌宕起伏,描写异国情调,等等。司汤达的创作还有一个共同的特色,这就是习惯于用爱情题材来表现当时的政治活动,无论在其短篇小说还是长篇小说中都清楚地看到这一点。尤其是他把细腻的心理描写和爱情描写巧妙地结合在一起,所以不少研究者把他的小说视作爱情心理学的范本。司汤达生前文名寂寞,只得到少数几个作家的赏识,可是他对自己作品的价值是满怀信心的。他曾经说过要到1880年才会有人读他的作品,到1935年他才会被人理解,他是为"20世纪而写作"的人。历史果然给了一个有才华的作家以应有的地位,他作为最重要最有才华的西欧批判现实主义作家之一的地位早已得到了公认。

梅里美在19世纪法国文学史上占有一个特殊的地位。他最初是一个深受浪漫主义影响的作家,自1822年结识比他大20岁的司汤达后,受其影响转向现实主义。但在他的作品中仍然留有对强有力个性的浪漫主义式人物的描写,他是一个很好地把现实主义和浪漫主义融为一体的作家。在他的中短篇小说创作中有一个突出的倾向,这就是作家喜好从道德角度去描写社会,同时又在描写过程中采取一种超脱、冷酷的态度。

梅里美出生在一个资产阶级知识分子家庭,父母都擅长绘画,在这种家庭氛围中,梅里美从小培养出对艺术精微的鉴赏能力。另一方面,父母不关心政治,以冷眼旁观的态度对待19世纪最初几十年复杂多变的法国政治风云,这对作家日后形成若即若离的处世态度也产生了影响。以上两方面在梅里美的创作中明显地流露出来了。梅里美的创作开始于法国复辟时期,他写过抨击教会和封建贵族的戏剧、历史长篇小说和诗歌,但主要是以中短篇小说奠定了他在法国文学史上的地位。他在这方面的作品还不到20篇,但却取得了很高的成就,被认为是莫泊桑之前西欧最主要的中短篇小说家。

梅里美的中短篇小说基本上可以1830年7月为界,前期作品具有较鲜明的政治色彩,作者的爱憎态度也流露得比较清楚,这一时期的主要作品是《马第奥·法尔哥纳》和《塔曼果》。《马第奥·法尔哥纳》的篇幅极短,只有一个情节,可是却给人们留下一个难以忘却的人物形象。法尔哥纳是科西嘉岛上一个强悍粗犷的山民,为人豪爽、讲义气,在当地赢得了好汉的名声。某天,他外出未归,一个被官府追捕的"匪徒"逃到他家中,央求他儿子将他藏起来,并以一枚五法郎的硬币为交换条件。不久追捕的官兵来到他家,在一番恐吓后,准尉使用了悬赏的方法,用一块价值10个埃居的银质挂表,终于引诱他儿子将"匪徒"交出来了。就在官兵将"匪徒"捆绑起来之际,马第奥夫妇外出回来,"匪徒"冲到法尔哥纳面前破口大骂。法尔哥纳在问清原委后,从家中操出枪,将自己唯一的儿子抓起来,走进森林深处,亲手处死了自己的儿子。法尔哥纳这个人物在文学上具有一种特殊的意义,他是一个野性十足的山民,在统治者眼中是一个放荡不羁的不法者,可是作家却让这个不法者充当"法官",来审判他认为的"不法"之举。这个傲视法律的执"法"者,在当时人欲横流的社会现实中,散发出一种淳朴豪迈的气息,也体现出梅里美自己与当权者截然不同的道德标准。

梅里美后期的中短篇小说也是以两部作品为标志的,一篇是《高龙巴》,另一篇是《卡门》。这两篇小说与前期一样,侧重于抨击统治阶级的法律和道德,这两部小说本身又有一个共同特点,这就是都刻画了性格开朗、作风泼辣、带有几份野性的女性形象。《卡门》是梅里美最著名的中篇小说,女主人公卡门是法国文学史乃至世界文学史中一个十分突出的女性形象。她是一个聪明、美丽、十分任性、独立不羁的波西米亚女郎。小说开始时,她的公开身份是卷烟厂的女工,实际上是一个走私集团的耳目。在一次争吵中,她用刀砍伤了一个女工,担任厂警卫工作的唐·若瑟奉命押送卡门去监狱。在路上她引诱唐·若瑟放她走。若瑟觊觎她的美色,当场放她走,因此受到监禁一个月的处分。出狱后若瑟又遇到了卡门,卡门为报答他,成了他情妇。若瑟由此也参加了走私集团。不久,卡门的丈夫从监狱中逃出来,此人手辣心狠,若瑟十分厌恶他,加之想独占卡门,所以在一次决斗中打死了他,并劝说卡门和他一起离开这里,遭到了卡门的拒绝,他只好继续留在走私集团里。不久,他发现卡门又有了新的相好,十分难过并哀求卡门继续爱他。在遭到断然拒绝后,若瑟狂怒不已,把卡门砍死,自己也准备自首,以求一死。

卡门是一个个性鲜明的人物形象。在她身上有不少令人厌恶的东西,但她又不是单纯的邪恶形象。她是这个罪恶社会的叛逆者,是以"恶"的形式来蔑视和反抗这个社会的,所以,她成为一朵"恶之花"。她身上最突出的特点是热爱自由和忠于自己,这种忠于自己成为她特有的道德原则,任何劝说和威逼都改变不了她的决定,即使是以死相威逼,她也毫不让步。这种用生命为代价来坚持个性自由和忠于自己的行为,成为卡门最醒目也最吸引人的标志。

梅里美的中短篇小说几乎毫无例外地都塑造了一个令人难以忘却的人物形象,这些人物都以独特的道德原则来反抗或蔑视社会的正统道德观念,他(她)们身上都带有几份野味,这些人物在文学人物走廊中,组成了一群独特的人物群体,令人惊羡不已,过目不忘。梅里美的小说结构颇具匠心:有时篇幅极短,而容量极大(如《马第奥·法尔哥纳》);有时层次繁多,然而叙述得明快流畅(如《高龙巴》);有时则利用讲故事人的口吻,絮絮道来,娓娓动听(如《卡门》)。作者采用的叙事方式,往往是让自己与故事保持一定的距离,以竭力避免表现出个人的爱憎。凡此种种,都构成了梅里美精致的艺术风格。

二、巴尔扎克

(一) 生平与创作

奥诺雷·德·巴尔扎克(1799—1850)是法国19世纪伟大的批判现实主义作家,他的《人间喜剧》是人类文学宝库的擎天大柱。他是继莎士比亚之后西欧最重要的文学艺术大师。他所创作的90余部小说几乎囊括了法国社会的各个层面,这之中最令人惊叹不已的是他对金钱的描写。"金钱问题是他最得意的题目",可以说他的《人间喜剧》"创造了金钱和买卖的史诗"。他对金钱的绝妙描写,既来自当时法国社会对经济利益的高度关注,也来自他一生追逐金钱和备受金钱煎熬的切身感受。他用他的笔忠实地记录了法国这一历史时期的社会变迁和人情世态,极大地拓展了小说艺术的描写空间。他的更大贡献还在于把小说创作提高到社会研究的高度,为此他把作家、社会学家、经济学家、历史学家、科学家和哲学家的职能融为一体,从而使小说成为一种表现力极强的艺术形式。巴尔扎克的这种现实主义创作方法,在文学史上可以说是史无前例的。

巴尔扎克出生于法国的杜尔城,他的真实姓名应该叫奥诺雷·巴尔萨,这是一个平民姓氏。他的父亲是法国大革命时期的暴发户,精力充沛、善于理财,可在与上流社会打交道时,他深为自己的平民姓氏感到苦恼,于是他自作主张,认为他的家族和法国中世纪的骑士巴尔扎克家族沾亲带故,毅然将自己的姓氏改为巴尔扎克。这种热衷于金钱的思想和攀附贵族的意识,对幼小的巴尔扎克日后产生了很大的影响。巴尔扎克幼年时期生活散漫,喜爱幻想,八岁时被父母送到远离家乡的寄宿学校读书,在老师眼中他是个又懒又笨的学生。正是这种受到家庭遗忘、老师斥责的磨难,铸成了巴尔扎克吃苦耐劳的精神,为他日后呕心沥血打造"人间喜剧"这座艺术大厦奠定了基础。巴尔扎克最大的喜好是读书,在书籍的王国中,这位注定要和文学打一辈子交道的人找到了无穷的乐趣。

1816年,在结束中学生活后,巴尔扎克按照父亲的意愿进入大学攻读法律,可是他却利用一切空闲时间旁听文学课。他的母亲则要求他一边读书,一边到一家律师事务所当见习生,以填实他全部的空余时间。这时正值法国王政复辟时期,社会充满了腐败与黑暗,这家事务所每天都要受理各色各样的案件,这使得巴尔扎克通过事务所这个窗口看到了千奇百怪的巴黎社会。这种生活一直延续到1819年,这三年是巴尔扎克开始认识生活的三年,也是他日后创作积累丰富素材的三年。

1819年巴尔扎克顺利通过了法学院的各种考试,律师事务所也决定正式录用他,父母也开始为这个平庸的儿子能获得体面的社会地位而暗暗庆幸,此时巴尔扎克却宣布他要去当一名作家。这种选择遭到了父母的强烈反对,但是倔强的巴尔扎克至死不从,于是全家在反复商议后作出一个双方让步的决定:给他两年的"作家"试验期,如两年内没有表现出足够的作家才能,则无条件回到事务所去和那些卷宗文本打交道。两年后,巴尔扎克交上了一份不合格的答卷,他写出的诗剧《克伦威尔》使任何人都不满意,法兰西学院的一位院士在看过他的剧本后说:"这位作家随便干什么都行,就是不要从事文学工作。"令人欣慰的是,初次"作家生涯"的挫折并没有打消巴尔扎克从事写作的决定,否则人类将会失去一位伟大的文学家。

从1819年到1828年是巴尔扎克历经磨难和创作探索的十年。初次创作的失利,首先使他意识到生活来源的丧失对一个人是多么痛苦。对金钱的需求,使他将作家的声誉暂时放在一边。他不得不迎合当时的社会风气,写了十多部不署他真名的应景小说,这些作品使他日后羞愧不已,以至于在1842年发表的《人间喜剧·前言》中,他竟郑重声明:"用我的名字发表的作品我才承认是我的。"应景小说的发表并没有给他带来足够的金钱,于是他想去经商道路上试试他的运气,他出版过古典名家精致的袖珍本,办过印刷厂和铅字厂。每次都以为会财源滚滚,结果却大失所望。到1829年,巴尔扎克的债务已高达6万多法郎。债主整天向他讨债,他不得不经常变换住所以躲避债务。正是这笔债务的压力,迫使巴尔扎克一辈子勤奋写作。他对金钱有着强烈的要求,同时又渴望出名,可以说这种渴望的煎熬和受金钱逼迫的痛苦,没有一个作家比巴尔扎克体验得更深。这十年经商、借债、挣扎、奋斗的历史,使巴尔扎克更加看清了法国社会人与人之间的金钱关系。追逐金钱的失败记录、终生拖累的巨额债务,使他丧失了在经商道路上的竞争勇气,巴尔扎克又重新回到了书房,他对自己的文学才能充满了自信。在他书房的一座拿破仑半身像上,我们读到了这样一段豪言壮语:"他用剑未完成的事业,我将用笔来完成。"

1829年3月巴尔扎克第一次用真名发表了长篇小说《舒昂党人》。小说是以现实主义方法写成的,它标志着巴尔扎克的创作从此走向了现实主义的道路,从这部作品始,巴尔扎克开始了他一生为之奋斗的《人间喜剧》的建构工程。研究者一般都将巴尔扎克的创作生涯分为三个阶段,从1829年到1834年是巴尔扎克创作的第一个阶段,这个阶段共发表了42篇小说,他的中短篇小说精品大都创作于这一阶段。在第一阶段中,《驴皮记》和《欧也妮·葛朗台》是最重要的作品,这两部作品一发表即在法国社会引起极大的反响,这更加激发了巴尔扎克的创作欲望,从此他笔耕不辍,奋笔疾书。在给韩斯卡夫人的书信中我们可以得知他一天的时间安排:"从半夜到中午我工作,就是说要在椅子里坐上12个小时,全力以赴地书写、创作。然后,从中午到四点修改校样;五点半我才上床,半夜又起来工作。"巴尔扎克就是靠着这种罕见的勤奋精神,为世界文学宝库留下了一座金碧辉煌的艺术宫殿。

在这一阶段,巴尔扎克产生了把自己的作品连为一体的想法。1830年他把已经发表的部分小说结集出版,取名为《私人生活场景》;1833年,他用《19世纪风俗研究》为名概括他的全部创作,并与出版商签订了出版合同;1834年,他授意朋友达文在《哲理研究》上刊载了一篇序言,首次透露出他写作《人间喜剧》的总体构思;同年,他在给韩斯卡夫人的信中,又谈及将整个作品分成风俗研究、哲理研究和分析研究三大部分。至此《人间喜剧》的基本框架已告形成。而整个作品的取名显然受到但丁名作《神曲》的启发。

从1835年出版《高老头》开始,巴尔扎克进入了他创作的第二阶段。从1835到1841年,他一共创作了70多部小说,以中篇和长篇最为重要,其中《高老头》与《幻灭》最为耀目。《高老头》是《人间喜剧》的奠基作品,这部小说既秉承了巴尔扎克孜孜以求的作品主题——揭露金钱的罪恶本质,又创新地运用了人物再现法的写作方法,把《人间喜剧》的全部小说连成一个整体。《幻灭》则通过书中主人公吕西安的生活历程,揭露了法国社会从外省到巴黎,从新闻界到文化界无一不在金钱的魔影之下的丑陋现实。巴尔扎克集史学家的忠实记录、哲学家的深刻思考和文学家的形象描绘于一体,把奔放的热情与冷峻的哲理化为一体,使人们既看到历史的现实,又领悟到人生的哲理。

巴尔扎克创作的第三阶段是从1842到1848年,这一阶段是他系统写作与出版《人间喜剧》的重要时期。1841年巴尔扎克与出版商签订了出版16卷本《人间喜剧》的合同,于是他加紧了对旧作的修订和新作的写作,这一时期他发表的重要作品主要有《搅水女人》《交际花盛衰记》《农民》《贝姨》和《邦斯舅舅》等。1845年,巴尔扎克曾在《人间喜剧总目》中计划写140多部小说,可是长时期的紧张生活和为刺激疲惫不堪的身体而大量饮用咖啡,终于击倒了这位曾经身壮如牛的文坛巨子。巴尔扎克在他刚刚度过51岁生日不久,就离开了人世。

(二)《人间喜剧》

巴尔扎克的《人间喜剧》是世界文学中令人叹为观止的皇皇巨著,全部作品犹如一座宏伟壮丽的大厦,可以看到19世纪前半叶法国社会的"风俗史"。巴尔扎克的创作意图是非常明显的,他就是要"编制恶习和德行的清单,搜集情欲的主要事实,刻画性格,选择社会上的主要事件,结合相同的性格特征糅合成典型人物,这样我也许可以写出许多历史学家忘记了写的那部历史"[①]。为了做到这一切,巴尔扎克选取了与司汤达的政治角度和梅里美的道德角度不同的经济角度切入社会。他相信经济对社会的制约,喜欢从财富的占有中寻找人物行动的依据,擅长大量引用数字来说明社会的变异。

由90余部作品组成的《人间喜剧》"提供了一部法国'社会'特别是巴黎'上流社会'的卓越的现实主义历史"。巴尔扎克在这里用他那如椽之笔给我们书写了一部丰富多彩的社会历史画卷。首先,《人间喜剧》再现了法国封建贵族的衰亡史。在《古物陈列室》中,贵族阶级与资产阶级正式摆开了对抗阵势,结果以德·埃斯格里荣侯爵为首的旧贵族集团,在以工商界领袖古瓦西埃为代表的资产阶级集团的攻击下落得个损了夫人又折兵的悲惨下场。在《苏镇舞会》中,我们读到了波旁复辟王朝的模范忠臣德·封丹纳伯爵迫于潮流的发展,让他的三个儿子和两个女儿和资产者联姻,而他的小女儿爱米莉小姐尽管姿色出众,聪慧过人,可是却顽固信奉贵族观念,结果无法找到她想象中的意中人,最后只得嫁给72岁的老舅公,遂了当"伯爵夫人"的愿望。在《遭遗弃的女人》中,我们看到在巴黎败下阵后躲藏在乡村过着隐居生活的鲍赛昂夫人,在这里又一次因对手是资产阶级小姐而遭遇到被遗

[①] 《人间喜剧·前言》,《文艺理论译丛》第二辑,人民文学出版社,1957年。

弃的下场。巴尔扎克在这里所写的不是一般的情场失意,更不是谴责见异思迁、喜新厌旧的道德问题。这些贵族名媛的对手既不是绝代佳人,又非出身贵族,她们都是资产阶级暴发户的后裔,倚仗的是手中持有金钱这张王牌,击败了这些拥有头衔的贵族妇女。巴尔扎克十分准确地揭示出封建贵族在资产阶级的金钱逼攻下节节败退的铁的现实问题。

其次,巴尔扎克在《人间喜剧》中塑造了一批本质一致但性格各异的资产者,从这些人物身上我们可以形象地了解资产阶级从原始积累到金融资本的罪恶发家史。在《高利贷者》中,我们看到了一个嗜金成癖、铁石心肠的高利贷者高布赛克,这个自诩为"无人知晓的国王",除了金钱之外,不相信任何原则。尽管他住在一所寒酸的房子里,外表也很寒碜,可是由于他拥有大量的金钱,因此那些衣着华丽的贵族却在他面前卑躬屈膝。在《欧也妮·葛朗台》中,这位拥有1700万法郎的葛朗台在贪婪方面和高布赛克并无差别,但在发财手段和方式上却比高布赛克高明得多。在《纽沁根银行》中,银行家纽沁根是比葛朗台更进一步发展的资本家,他对资本周转的作用理解的很深。由于他贪得无厌,正常的银行业务已经不能使他得到满足,于是他就采用倒闭的方式使无数储户上当。他前后三次倒闭,使无数人倾家荡产。就这样,到复辟王朝后期,他成为人人公认的"欧洲最伟大的金融家"。从上述三个资产者的发迹史上,我们可以清楚地看到资产阶级血迹斑斑的发家史。

最后,巴尔扎克在描写贵族阶级的衰亡史和资产阶级的发家史的同时,还为我们描述了资本主义社会人与人之间赤裸裸的金钱关系。我们仅从夫妻关系、父女关系和朋友关系三个方面的描写,就可以看到巴尔扎克对法国社会人与人之间的金钱关系是如何深恶痛绝的。《夏倍上校》中夏倍被误传为阵亡,其妻就兴高采烈地改嫁他人,"死"而复活的夏倍要求恢复他的真实身份,遭到妻子的强烈反对,最后只得屈从,变成疯痴呆傻的乞丐。《欧也妮·葛朗台》中欧也妮小姐因母亲死后有权分享遗产,葛朗台老头气急败坏,连哄带骗要求女儿放弃遗产登记,目的一旦达到,葛朗台一改先前暴躁的面孔,抱着女儿高叫"咱们两清了"。《幻灭》中吕西安为了摆脱困境,竟假冒好朋友大卫的名义,开了3000法郎的期票,结果使大卫苦心经营的事业付之东流。夫妻、父女与朋友尚且如此,其余遑论。

《人间喜剧》是文学史上的一座丰碑,这不仅因为其规模宏伟,内容丰富,还体现为具有现实主义艺术特征的巨大成就。巴尔扎克的创作不去直接描写重大的政治事件,也不用虚幻的构想去激发读者的想象力,他的作品就像是一幅幅朴实自然的风俗画,在逼真准确的背景之下,弥漫着浓郁的生活气息。他的创作范围不外乎是家庭的盛衰、夫妻的聚散、配偶的选择、骨肉的分离、个人的升沉和财产的得失等。可是在这些琐碎细微的描写上,人们可以清楚感受到时代脉搏的跳跃。巴尔扎克小说的成就还在于他把小说创作提高到社会研究的高度上。他把自己的创作称之为"研究",于是他把作家、经济学家、社会学家、历史学家、科学家和哲学家的职能融为一体,用来观察和分析社会现象,剖析隐藏在人们活动后面的激情,终于找到了支配这一切的力量和内部规律,这就是金钱统治一切。他通过描摹人们在金钱支配下的种种生活,揭示出资产阶级日趋得势和贵族阶级日趋灭亡的历史趋势。他把小说提高到历史、哲学的水平。巴尔扎克的这种现实主义创作手法,在文学史上可以说是史无前例的。

巴尔扎克小说创作艺术成就中最令人折服的是对典型的塑造。现实主义最大也最基本的特征,就是塑造典型环境中的典型人物。巴尔扎克在这方面的意识是自觉的,他在《人间喜剧·前言》中这样说:"不仅仅是人物,就是生活中的主要事件,也要用典型表达出来。……而这就是我刻意追求的一种准确。"在典型环境的描写方面,巴尔扎克特有的详尽而准确的描写,有时到了令人腻烦的地步。他描写城市面貌,描写农村风光,描写街道楼房,描写沙龙内室,描写招牌张贴,描写家具饰物……可以说万事万物,无一不在他的描写范围之内。为了使这些描写真实可信,他不惜亲自去实地考察。有时他的描写和真实生活的环境毫无二致。也正是在这些准确而真实的环境描写中,人物性格的展开和故事情节的演化才具有真实可信的条件。在典型人物的塑造方面,巴尔扎克运用了描写人物外形和人物对话等手法,使人物栩栩如生。尽管有些人物极其相似,但绝不可能雷同,譬如同是野心家的拉斯蒂涅和吕西安,两人都具有聪慧的天资和出人头地的强烈欲望,在堕落的道路上都有过犹豫和矛盾心理。但是吕西安浅薄的热情和软弱的意志是构成他悲剧下场的主要内因,而拉斯蒂涅善于察言观色,每前进一步,都仔细权衡利弊,再加上他决心"下地狱"的意志,使他在污浊的社会中如鱼得水、平步青云。在塑造人物方面,巴尔扎克的人物再现法有着首创的意义。这种方法是让一个人物在不同小说中多次出现,每次出现只描述这个人物的一段生活历程,连串起来即形成该人物的全部生活内容。这样不仅可以让读者看到人物的生活全景,更能将《人间喜剧》连为一个艺术整体。

发表于1835年的《高老头》是巴尔扎克最著名的作品,这部作品通常被认为是《人间喜剧》的序幕。这是因为在《高老头》中,过去作品中各自独立的情节被扭结在一起,过去作品中的人物又再现出来,在以后的作品中情节互相交错,人物不断发展。正是在这个意义上,《高老头》被视为是《人间喜剧》这座艺术大厦的第一块基石。在这部小说中,巴尔扎克对作品中的人物形象和情节线索都作了精心的安排。在思想内容上,它展示了《人间喜剧》的中心图画;在艺术成就上,它标志着巴尔扎克现实主义风格的成熟。

《高老头》描述的是一个来自外省的破落贵族子弟拉斯蒂涅来到巴黎,居住在一个下等人的旅馆伏盖公寓里。起初,他还想勤奋读书,可是灯红酒绿的巴黎现实使他萌发了急欲摆脱贫困进入上流社会的想法。他看到,同住在一个公寓的高老头从刚来时的神气活现,到最后被两个女儿榨干最后一分钱后,不名一文地死去,死后竟由他料理后事；凶神恶煞的黑社会人物伏脱冷被两个孱弱的女人因悬赏金而制服；王室后裔鲍赛昂夫人因金钱问题被情夫遗弃，最后不得不挥泪告别巴黎的惨痛教训。这些使他坚定了抛弃真诚与良知的想法，最后疯狂地投入到罪恶的深渊之中。

作品以拉斯蒂涅和高老头两个人物基本平行又互相交叉的故事情节为主线，辅之以伏脱冷和鲍赛昂夫人的故事，揭示出复辟王朝时期法国社会的金钱罪恶和人与人之间赤裸裸的金钱关系。且不说人所周知的高老头两个女儿骗取父亲的财产，最后像扔臭抹布一样抛弃了垂死的父亲，也不说王室名媛鲍赛昂夫人挥泪告别巴黎的原因是因为情人迷恋金钱所致，只要看看伏盖公寓中另外几个人的所作所为，就能洞察出金钱是如何吞噬人心的。伏盖太太是个势利者，她按每个房客交伙食费的多少来决定对房客的态度。当高老头交给她1200法郎时，她满口叫唤"高里奥先生"，并转着要嫁给他的念头。可当高老头没钱时，她就唤他"老混蛋""老雄猫"。房客米旭诺小姐貌不惊人，少言寡语，可就是这样一个不起眼的老处女，竟然制服了人人敬畏的伏脱冷。她之所以敢这样做，为的是要得到3000法郎的悬赏金。下层社会是这样，上流社会亦如此。为金钱，丈夫霸占妻子的陪嫁（纽沁根），妻子偷盗丈夫的财产（雷斯多夫人），父亲将女儿赶走（泰伊番），女儿则抛弃父亲。总之，金钱是社会机器运转的润滑剂。在金钱的导演下，巴黎正上演着一幕幕令人啼笑皆非的闹剧。

在再现贵族阶级的衰败和资产阶级的兴起方面，《高老头》也表现出极大的艺术再现能力。1819年的法国社会，贵族阶级重新执掌政权，新兴资产者为了提高社会地位纷纷攀附贵族，可是贵族阶级终究是明日黄花，无法抵御历史潮流。鲍赛昂夫人的引退和拉斯蒂涅的资产阶级化就反映出贵族阶级衰亡的两条道路。小说中描述到鲍赛昂夫人满腹怨恨地退出巴黎上流社会时，纽沁根太太则兴高采烈地在舞会上大出风头。两个阶级的代表人物一退一进、一沉一浮，对比得何其鲜明。巴尔扎克不仅再现了这种历史趋势，而且还进一步探讨了其中的原因。他在小说中对这两个阶级作了对比研究：在贵族方面，鲍赛昂子爵只讲究吃喝；雷斯多夫人的情人是个赌棍，欠下10万法郎的赌债，为替情人还债，雷斯多夫人不得不向高布赛克借高利贷，并偷偷把丈夫家祖传的钻石拿出抵押。贵族阶级这种寄生性和腐朽性，注定了必然衰亡的命运。而资产阶级则野心勃勃，不择手段积累资本。高老头在大革命期间做面粉生意，靠的是发国难财而成为富翁，纽沁根昧着良心大量鲸吞储户财产。总之，贵族阶级与资产阶级相比，一个是日落西山，去日苦短，一个是日出东山，来日方长。巴尔扎克作为一个清醒的现实主义作家，准确无误地反映了这一历史真实。

拉斯蒂涅是小说中的重要人物，巴尔扎克在作品中描述了他从善良走向邪恶，从正直走向无耻的转变过程。小说一开始，拉斯蒂涅是一个有热情、有才气的青年,他涉世不深,思想单纯,想通过自己的勤奋努力获得成功。可是巴黎的花花世界使他心眩目迷,于是他产生了通过女人迅速进入上流社会的愿望。从一个单纯的青年,到认识社会的罪恶,再到投身于污泥浊水之中,拉斯蒂涅受到了两个"导师"的指引,接受了人生三课。

他的第一位"导师"是鲍赛昂夫人。当他以亲戚关系寻求帮助时,鲍赛昂夫人对这位穷亲戚说了这么一番话:"你越没有心肝,就越高升得快。你得毫不留情地打击人家,让人家怕你。只能把男男女女当作驿马,把它们骑得筋疲力尽,到了站上丢下来;这样你就能达到欲望的最高峰。"鲍赛昂夫人的这番话,使这个文弱书生瞠目结舌。人生原来是这样,人只有极端自私才能成功。他的第二位导师是潜逃的苦役犯伏脱冷,这个苦役犯有着丰富的社会经验,谙熟统治阶级的内幕。他一眼就看出拉斯蒂涅欲火中烧,急于出人头地,于是他向拉斯蒂涅道出了他对人生的看法:"你知道巴黎人怎样打出路来的?不是靠天才,就是靠腐败,……清白诚实是一无用处的……要弄大钱,就该大刀阔斧地干,要不就完事大吉。"伏脱冷的话使他心惊肉跳,他感到他的心仿佛被钢铁般的利爪给撕得粉碎。此刻的拉斯蒂涅依然是良心未泯,真正使他步入深渊的是以后的人生三课。他的人生第一课是目睹骄横无比的鲍赛昂夫人终因情人恋慕金钱离他而去,使她黯然神伤地离开巴黎;人生第二课则是满脸横肉、人称"鬼上当"的伏脱冷竟然败在手无缚鸡之力的老处女之手;人生的第三课是昔日腰缠万贯的高老头被女儿榨干后,一文不名地死在阁楼上,最后竟由萍水相逢的他来送葬。鲍赛昂夫人的被弃、伏脱冷的被捕和高老头的惨死,使拉斯蒂涅读懂了19世纪中期法国社会的"真谛"——金钱高于一切。他在埋葬完高老头之后,也埋葬了他最后一点人的神圣感情,从此踏上了资产阶级个人野心家的路程。在尔后的作品中,我们一再看到他的身影:在《轻佻的女人》中,他当上了副国务秘书。在《不自知的喜剧演员》中,他成为贵族院议员,他利用贵族身份,大搞交易所投机买卖,发了横财,被封为伯爵。他的发展道路具有相当深刻的概括意义。

巴尔扎克是伟大的现实主义作家,他用其全部作品向世人昭示了文学作品反映社会现实的巨大魅力。无怪乎雨果在巴尔扎克葬礼致词中说道:"在最伟大的人物中间,巴尔扎克是第一等的一个;在最优秀的人物中间,巴尔扎克是最高的一个……愿意也罢,不愿意也罢;同意也罢,不同意也罢,这部庞大而奇特的作品的作者,就在自己不知道的时候,加入了革命作家的强大的行列。"

第三节 英国文学与狄更斯

一、英国文学

19世纪30至70年代,是英国资本主义迅速发展的时期,也是文学(尤其是写实小说)创作取得巨大成就的丰收期,史称"维多利亚文学时期"。维多利亚女王在1837年继位后,经过早期的社会问题丛生,各种政治力量交锋、摩擦,到40年代末期社会逐渐平稳,步入号称"日不落"帝国的鼎盛时期,文学也经历了从揭露资本主义社会的无情、冷漠,到作家表现出特有的道德意识和忧患意识的文学转型期。

英国的19世纪30至40年代,人称"饥饿的时代"。资本主义的高速发展给工人、农民和小资产阶级带来的不是生活条件和劳动条件的改善,而是极度的贫困和破产,劳资矛盾日益加剧,终于爆发了一场工人阶级为争取政治权力,以"人民宪章"的形式向英国议会提出有关普选要求的宪章运动。这场为期10年的宪章运动诞生了宪章派文学。宪章派文学的主要成就是诗歌,作品具有鲜明的政治倾向性和斗争性,其内容反映了工人阶级的苦难生活,揭露了资本家从工人血汗中榨取高额利润的罪行,主要诗人有厄内斯特·琼斯、威廉·林顿和基洛德·马西。由于英国资产阶级亲眼目睹了法国大革命摧枯拉朽的革命气势,他们害怕英国人民也会采取同样的革命措施,于是资产阶级实行自由主义的政策以缓和国内矛盾,同时在理论上也极力为资本主义剥削辩护。各种各样的改良主义和反动学说相继出现,如马尔萨斯的人口论,把社会的贫困原因归之于人口的增长;在政治经济学上,出现了曼彻斯特派的自由竞争学说,为工业资本家追求无限制的利润辩护;在哲学上则出现了功利主义,肯定资产阶级的利己主义是道德的。这一切都对英国这一时期的文学,尤其是批判现实主义文学产生了影响。

与同时期的法国批判现实主义文学相比较,英国批判现实主义文学呈现了新的特点。首先,英国批判现实主义作家在他们的作品中最先描写了劳资矛盾。由于英国资本主义出现得早,英国早期的批判现实主义作家又大多经历过宪章运动或者受到这一运动的影响,因此作家们在作品中直接描写了工人的苦难生活和他们的斗争。如狄更斯的《艰难时世》、夏洛蒂·勃朗特的《简·爱》、盖斯凯尔夫人的《玛丽·巴顿》,都不约而同地描写了工人阶级与资本家之间的矛盾。其次,作品的主要题材是写小资产阶级个人奋斗的历程,作品中的正面人物几乎都是"小人物"。这是因为英国作家们大多出身小资产阶级,他们社会地位低,对下层人们的生活比较熟悉,加之差不多每个作家都有一番个人奋斗的经历,因此,当他们提起笔时,这些素材很容易就进入了他们的创作视野。最后,人道主义和改良主义的色彩比较浓厚。英国批判现实主义文学这一特点的形成,是与统治阶级的理论宣传和作家本身的局限分不开的。由于英国国力强盛,人们普遍相信通过合法手段可以缓和、解决矛盾,加之英国民族长期尊崇"绅士"风度,因而在作家的作品中较少表现暴力题材,而提倡宽容、圆通和中庸的人道主义和改良主义则成为这一时期作品的主调。

19世纪中期,英国文学欣欣向荣,出现了以狄更斯、萨克雷、夏洛蒂·勃朗特、盖斯凯尔夫人为代表的一批卓有成就的批判现实主义作家。他们的作品主要反映小资产阶级的生活、愿望、追求以及对贵族资产阶级的残酷和贪婪的不满。他们在为争取个人独立地位和生活权力的同时,一般都没有改造社会的动机和理想。这之中最有成就的是狄更斯和萨克雷。

萨克雷(1811—1863)富裕家庭出身,对英国上流社会较为熟悉。在剑桥大学读过两年书,没有取得文凭就到国外旅行。他的成名作是特写集《势利者集》,作者在这里赋予了"势利者"以新的含义。他在书的开始即给"势利者"下了一个定义:"卑鄙地赞赏卑鄙事物的人就叫做势利者",并根据这一定义塑造了上至掌管最高政权的国王,下至鱼肉百姓的乡村官吏。萨克雷认为势利是英国社会政治制度造成的一种恶习,"人们由于害怕势利者,既不敢追求幸福,也不敢去爱人。诚实而高尚的心灵,由于势利者的专暴而憔悴死去"。这本书所包括的观念后来构成他所有艺术作品的内容。萨克雷的代表作是《名利场》,小说书名取自17世纪英国班扬的寓言小说《天路历程》。小说描写了两个女主人公的生活经历,一个是富家小姐爱米莉亚,另一个是穷画师的女儿利蓓卡·夏泼。两个人是一对好同学,爱米莉亚是个纯洁、善良、天真得近似痴呆的女人,她真诚地帮助利蓓卡,但是却得不到利蓓卡的好报,到最后利蓓卡竟勾引爱米莉亚的丈夫。小说中利蓓卡·夏泼的经历是全书的主线,作者写了夏泼为达到个人的目的,利用一切人(包括自己的丈夫)的冷酷自私的品质。这个女冒险家形象既打破了萨克雷以前对妇女理想化描绘的陈规,又揭露了这个社会是尔虞我诈、弱肉强食的名利场。小说对利蓓卡的批判是显而易见的,但是作者又没有把她写成一个十恶不赦的恶棍,她的所作所为都是由于这个社会追求名利而造成的。小说对爱米莉亚也不是一味赞扬,因为她生活的全部内容显得空虚,她是靠幻想度日的。在整个生活中,她是一个傀儡、一个配角,她甚至没有资格充当悲剧的主角。难怪萨克雷把小说的副标题称为"一本没有正面主人公的小说"。如果说一定要找出正面主人公,那么金钱就是这里的正面主人公。因为是金钱维系了小说中全部的人际关系。

萨克雷的创作除了具备现实主义作家那种真实地描摹生活,将人物和环境进行典型化处理外,还有两个突出的艺术特点。其一是人物塑造摆脱了狄更斯所特具的直线的人物描写手法,采用较为复杂的手法进行艺术处理,使之更符合生活的真实。如在描写女冒险家利蓓卡费尽心机、不择手段向上爬的过程中,又通过利蓓卡的嘴道出了她所做的一切,她要得到的恰恰是当时上流社会每个妇女都希望得到的东西,她之所以没有成功,那只不过是贫穷阻挠了她。这样,作者把利蓓卡的卑鄙和她的真诚竟和谐地统一起来了。这使得这个人物既不是丑的化身,也不是美的典型,而是活脱脱一个被社会毒化又危害社会的人。使这个人物更具有深刻含义的是,尽管利蓓卡有着一股不达目的誓不罢休的毅力,可是她永远只能和她追求的目标若即若离。她所有表现出来的非凡的聪明、细密的心计和独特的机巧,都只不过是徒劳而已,她也和她所蔑视的爱米莉亚一样,全部的生活也是空虚而没有内容的。这样一来,萨克雷就把人物的塑造和对社会的认识有机地结合在一起了。其二是叙事视点的变化。19世纪的欧洲小说绝大部分采取的是作者全知全能型的叙事视点,而萨克雷则完全不同。在他的大多数作品中,总是有一个故事讲述者进行着故事的叙述,以《名利场》为例,这个讲述者是一个"演出的领班人",他在开场白时,从大木箱中取出傀儡——小说中的人物,在书的结尾处,他又将这些傀儡一一收进大木箱中。他和读者之间仿佛达到一种默契,他的嘲讽让读者能看出嘲讽的真义,他把读者提高到作者的地位,而作者本人则不在小说中露面。

英国19世纪文学的一大景观是一批卓有建树的女作家出现在文坛上,这之中最为突出的是勃朗特三姐妹:夏洛蒂(1816—1855)、埃米莉(1818—1848)和安妮(1820—1849)。勃朗特姐妹出身贫微,母亲早逝,幼年时期进条件极差的寄宿学校读书,她们生活的最大乐趣是当牧师的父亲给她们讲故事,指导她们读书。勃朗特三姐妹从小就热爱写作,她们写作的共同特点是将对生活的浪漫遐想化入作品世界之中,并赋予作品人物坚韧不屈的人格力量。所不同的是,夏洛蒂笔下的女主人公和她本人一样,身材矮小,相貌平平却个性鲜明,独立自尊,而埃米莉笔下的人物面容姣好却性格坚毅,充满激情。《简·爱》是夏洛蒂·勃朗特的代表作品,小说以女主人公简·爱的第一人称叙述,以作者童年时期不幸的生活经历为原型,描述了女主人公来到桑菲尔德庄园当家庭教师,受到了庄园主人罗彻斯特的垂爱。正当两人欲举行婚礼时,简·爱却发现罗彻斯特是已婚之人,他的妻子伯莎·梅森正是她到桑府后常常听到的令人毛骨悚然、大笑不止的声音的发出者——被关在阁楼上的女疯子。简·爱毅然离开了罗彻斯特。经过一番磨难后,简·爱最后回到了罗彻斯特的身边,尽管此刻罗彻斯特已经分文未有,他的府邸已被疯妻烧毁,伯莎·梅森也在大火中被烧死。小说塑造了一个反抗社会、维护个人尊严、追求独立平等地位的平民女子形象。简·爱从小就不屈从于淫威,对舅妈里德太太和表哥的虐待表现出反抗的性格。来到罗沃德孤儿院,又不满这里的非人待遇,公开要求维护人的尊严。小说主要通过简·爱的两次婚姻遭遇突出表现了她的全部性格特征,她的外貌不美,但智力过人,人格高尚,这一点赢得了罗彻斯特的爱慕。但她要求的是平等的、作为一个独立的人的爱情,而不是为了钱去获取没有人格尊严的感情。小说中写罗彻斯特为了试探她,假装要娶贵族小姐但又要求简·爱留在桑菲尔德庄园时,她愤怒地对罗彻斯特说:"你以为我是一架自动的机器吗?是一架没有感情的机器吗?……你以为我因为穷、低微、不美、矮小,我就没有灵魂没有心吗?你想错了! ——我的灵魂和你一样,我的心也跟你的完全一样。""我们站在上帝脚跟前,是平等的——因为我们是平等的!"这段话可以看作是简·爱的"独立宣言",最充分、最集中地表现出她的精神品质。

20世纪女权主义批评兴起后,人们发现了小说中另一个被视为恶魔式的人物——关在阁楼上的疯女人:伯莎·梅森。这个疯女人在书中表现出来的全部疯癫举止其实不过是从一个相反的角度来表达同一个命题——争取人的独立人格。在简·爱结婚的前夜,伯莎·梅森愤怒地撕碎了美丽的婚纱,因为她想到了自己目前的惨境;她放火烧罗彻斯特卧室的床帷,是因为自己从一个人人尊敬的高贵小姐变成一个人人厌恶的疯子而对罗彻斯特采取报复;最后她一把火烧掉了桑菲尔德庄园,结束了这个男性统治的罪恶象征。她为自己的报复成功而欣喜若狂,于是大喊大叫地跳入火中,完成了最后的解脱。总之,在这一系列疯子行为的背后,我们看到了一个备受折磨的女人的挣扎与反抗,听到了一个受尽欺凌的女人的凄厉的呼喊。她和简·爱一道,从正反两个方面反映出妇女在那个时代的深重苦难和对不平等社会现象的反抗精神。

简·爱和伯莎·梅森正反两个女性形象的刻画不仅加深了作品的思想深度,同时也完整地表现了夏洛蒂·勃朗特的艺术风格。对于夏洛蒂的艺术风格,人们一般都界定为既具有现实主义的批判精神,又兼有浪漫主义的传奇气质;她的作品既对这个社会的弊端表现出清楚的认识和尖锐的批判,同时又把所描绘的世界表现得富有激情和传奇色彩。同样是描写女人世界,同样是描写婚姻恋爱,英国另一个女作家简·奥斯丁采用的是冷眼旁观的态度来嘲笑社会对妇女的限制;而夏洛蒂则不同,她以不可遏制的愤怒,直接对妇女受屈辱的不平等现象大张挞伐,并提出"妇女人格"这一崭新的问题。在刻画简·爱和伯莎·梅森这两个人物时,夏洛蒂·勃朗特体现出将现实主义和浪漫主义结合在一起的艺术风格。简·爱以她个人生活的经历,揭露那个社会的虚伪性,抨击了那个以金钱为中心的社会的残酷性,谴责了那个社会人际关系中尔虞我诈的欺骗性,因而简·爱形象的刻画显示出批判现实主义作家的全部特征。在伯莎·梅森身上,我们看到了令人毛骨悚然的笑声、阁楼上的疯女人、图谋杀人的暴力和万念俱灰的熊熊大火,伯莎·梅森的出现带来的是恐怖、神秘的气氛,这恰恰是浪漫主义作家最常使用的艺术手法。总之,两个女性的描绘加在一起,完整地体现了夏洛蒂·勃朗特的艺术风格。

和夏洛蒂·勃朗特相比,埃米莉·勃朗特更趋向于喜爱浪漫主义作家那种创造鲜明形象和强烈感情的世界。她一生只写了一部小说《呼啸山庄》,可是这部小说却在20世纪引起了极大的关注。乍看起来,这部小说使人想起"梦魇和恐怖"的哥特式小说,不少文评家称其特征为具有神秘主人和变态心理情调。小说由极其复杂的复仇线索所组成,主人公希斯克利夫不寻常的生活际遇和复仇手段让各个时代的读者有着不同的诠释。尽管这部小说的情节扑朔迷离,有着神秘的恐怖色彩和怪诞的主题,可是仍然表达出一种这样的思想:渴求爱情与友谊的人在不合理现实中的孤独和道德的毁灭。尤为令人感到唏嘘不已的是,过着平静如水、近乎与世隔绝的生活,以及一生绝无复杂的爱情体验的作者,竟能写出如此惊世骇俗的恋情。另外,作品采用了一种不寻常的叙事手法,即由"外来户"洛克伍德和女管家丁耐莉的顺叙和倒叙的交替手法,使历史与现实交叉,远景与近景融合,从而为读者提供一个全景式的阅读视野。除《呼啸山庄》外,埃米莉·勃朗特还写了许多诗歌。她的诗歌带有忧郁的色彩,渗透着对孤独的痛苦申诉和对幸福的虚幻梦想。孤独而骄傲的"拜伦式"的漂泊者形象可以作为她诗歌的主要特征,著名之作有《晚风》。

伊丽莎白·盖斯凯尔(1810—1865)也和勃朗特姐妹一样,出生于一个牧师家庭,后来又成为牧师的妻子。她多年住在曼彻斯特这个英国大工业中心城市,并随丈夫一道深入地研究过工人们的生活,因此在她的小说中有不少素材是反映工人生活状况的。盖斯凯尔夫人一生写了六部长篇小说,《玛丽·巴顿》是她的代表作,也是欧洲文学史上最早接触劳资矛盾的作品。小说以1839年经济大萧条的曼彻斯特为背景,满怀同情地描写了失业给工人带来的灾难,以及愤怒的工人与资本家的尖锐矛盾。但是由于作者是个虔诚的基督教徒,主张劳资双方的合作与和解,于是小说最后出现了工人和工厂主握手言和的结局,这无疑给小说蒙上了一层灰色的色调。盖斯凯尔夫人小说的又一特色是,作品中往往有卷入几方爱情纠葛的女性作为代表和解的力量,玛丽·巴顿即是她众多作品中著名的一个。

二、狄更斯

(一) 生平与创作

查尔斯·狄更斯(1812—1870)是英国19世纪批判现实主义文学杰出的小说家。狄更斯出生于一个贫寒的小职员家庭,父亲约翰·狄更斯为人活跃,热情豪爽,却崇尚虚荣,薪金不多又要过绅士般安逸舒适的生活,加之母亲不善理财,结果债台高筑,以至于被关入负债监狱。父亲入狱后,作为男孩中最大的狄更斯承担起维持家庭生活的主要角色,那年他才12岁。狄更斯在一家皮鞋油作坊当童工,由于他聪明麻利,人又长得清秀,老板安排他在临街的玻璃橱窗中现场表演,街上的行人尤其是小孩都跑来看热闹,这极大地刺伤了他的自尊心,以至于日后他对这段生活讳莫如深,从不向人提起。直到写《大卫·科波菲尔》后,才稍稍向人们打开了这扇幽暗的心扉。

贫困的家庭促使狄更斯过早地踏进了社会。从1827年起,狄更斯先后做过律师事务所的抄写员、速记员和新闻记者。尤其是他在当速记员时,练就了记录准确又迅速的本领,使得他在众多的记者群中很快成为一颗耀眼的明珠。尽管狄更斯此时春风得意，可他不留恋这种生活，而是在工作之余，写出一系列反映伦敦社会生活的速记并获得成功。1836年，狄更斯毅然辞去记者工作，开始专职从事写作，并于次年发表了他的第一部长篇小说《匹克威克外传》。这部小说的发表使狄更斯成为当时英国走红的小说家，从此开始了他长达三十余年的漫长而又辉煌的作家生涯。

狄更斯的一生充满了传奇色彩。他第一次投稿就被采用，这为他日后高昂的创作欲奠定了坚实的基础；他两度访问美国，受到过最高的礼遇也品尝过被冷落的尴尬；他晚年创作欲近乎枯竭，却迸发出演讲的天赋，在逝世的前10年，他竟乐此不疲地辗转于国内外进行巡回表演，直到累得半身不遂，才不得不告别舞台。他的婚姻生活也同样富有戏剧性。1836年，并未完全摆脱贫困的他和自己上司的女儿凯瑟琳结婚，在共同生活了22年并生下10个儿女后分居，他终生爱恋着凯瑟琳的妹妹。1856年，他因排演一部戏剧，和18岁的女演员产生爱慕后同居。1870年，狄更斯因中风逝世，被安葬在威斯敏斯特教堂的"诗人之角"。

狄更斯只活了58个春秋，从事了37年的创作，可是却为我们留下了极其丰富的文学遗产。这其中包括15部长篇小说，20余部中篇小说，数百篇短篇小说和散文，一部随笔，两部长篇游记，一本英国历史，以及大量的书信。人们一般将他的创作分为三个时期。

第一个时期是1833到1841年，这一时期的主要作品是《匹克威克外传》（1836—1837）、《雾都孤儿》(1838)、《尼古拉斯·尼克尔贝》(1839)和《老古玩店》（1840—1841）。综观狄更斯这一时期的创作，我们可以看到狄更斯从一开始就采用批判现实主义的创作手法，对社会弊端大加鞭挞，并在作品中集中抨击社会某一具体的罪恶。如《雾都孤儿》专门抨击济贫法，《尼古拉斯·尼克尔贝》专门批判教育制度，而《老古玩店》则暴露金钱罪恶。他站在人道主义的立场上同情小人物，同情遭受苦难的儿童，作品中普遍呈现出一种善有善报、恶有恶报式的结局，而多数以恶不敌善而告终，反映出他的批判是温和的，而这正是狄更斯式人道主义的主要特征。此外这一时期的作品多采用流浪汉小说的写作模式，以一个人物的外出流浪为线索，因此显得有些松散，而作品中的人物也多有似曾相识的感觉。

第二个时期是从1842到1858年。标志着狄更斯创作进入第二个时期的作品是《游美札记》，这部游记是他在1842年首次访问美国时留下的文字，作品既肯定了美国人民的坦白、勇敢、热情、好客等优秀品质，也列举了他们性好猜疑、自作聪明和功利主义这些商业资本主义培育的恶劣品质，甚至对象征美国民主、自由、平等的国会进行了严厉的批评，对美国的奴隶制度也进行了无情的揭露，显示出这一时期狄更斯对社会的认识能力有所深刻。这一时期的主要作品还有《董贝父子》(1848)、《大卫·科波菲尔》(1850)、《荒凉山庄》(1852)、《艰难时世》(1854)和《小杜丽》(1857)。这些作品突出地显示了狄更斯的思想发生了重大转变，即虽仍然是强调人性中善的力量,但已开始认识到善不一定总是能战胜恶。在艺术风格方面,作品的结构更为完整,不再像初期创作那样随意性太强,人物的塑造也更为成熟,出现了一系列性格分明的典型人物。

第三个时期是从 1858 到 1870 年,这一时期狄更斯写出了《双城记》(1859)、《远大前程》(1861)和《我们共同的朋友》(1865)等具有代表性的作品。这些作品既继承了早期对社会罪恶的揭露和批判的思想内容,又承袭了先前作品中展示人性善恶美丑的强烈感情世界和温和的道德说教。只不过作品中呈现出冷峻的色调,以前的乐观基调大大减弱了,小说正面人物虽然仍旧是好人好报的结局,但却总是需要付出沉重甚至是惨重的代价。尤其是进入 19 世纪 60 年代后,狄更斯思想中的悲观主义色彩增加了,他越来越深刻地感觉到阶级的鸿沟不可调和,于是早期的幽默与讽刺的手法日渐削弱,取而代之的是更多的感伤与悲苦的艺术描写。

狄更斯的作品广泛地描写了维多利亚时代英国社会的广阔画面,揭示了资本主义社会的种种罪恶,这一切都根植于他的人道主义思想。狄更斯的人道主义思想可以表述为努力企求人的本性的复归以及人们之间的和谐关系,因而他对资本主义社会使人性"异化"表现出强烈的抗议,对善良贫困的妇女、儿童及社会底层人民抱有极大的同情。因而在他的作品中总是能看到他对弱势群体充满真情的描写,为他们的苦难大声呐喊,对造成这一苦难的社会机制痛加鞭挞。可是当贵族阶级受到人民镇压时,他也转而对贵族阶级表示同情。狄更斯的这种人道主义思想双刃剑在一定程度上影响了他作品中的思想意义,造成了一些评论家对他创作前后期褒贬不一的分歧见解。

狄更斯是一位具有高度艺术才能的小说家,他继承和发展了 18 世纪以来英国现实主义小说的优良传统,创造了独特的艺术手法,形成了自己的艺术风格。其小说艺术特征有以下三点。首先,狄更斯在人物塑造上主要不是从人物的内心世界来刻画人物性格,而是从人物的外部描写入手,善于抓住人物的某些特征,采用夸张的手法加以强调,使人物形象鲜明、性格突出。例如,一提到那个和蔼可亲、天真可爱的胖绅士,他的圆眼镜、白背心和紧身裤子,他的圆圆的肚子和翘起在背后的上衣尾巴,人们就会异口同声地说:这是匹克威克先生。其次,狄更斯善于运用诙谐、幽默的艺术手法。他的幽默既不同于果戈理的措词尖刻的讽刺挖苦,也不同于马克·吐温的犀利而又轻松的冷嘲,而是哀而不伤,戏而不谑。他通过幽默、诙谐的手法,使处于深重苦难的人们冲淡对生活的怀疑与绝望,抚慰心灵上的哀伤与创痛,从笑声中得到宽慰。但更重要的是,使人们在笑声中发现愚蠢和荒唐,激发对虚伪、邪恶事物的憎恶,以达到教育人民、抨击社会弊端的目的。这一点尤为突出地表现在《荒凉山庄》里对英国法律制度的描写之中。再次,创作风格多样性与统一性的结合。狄更斯全部作品的风格是清新而真切的,这源自他的创作手法是现实主义的,他善于将常见的社会问题加以提炼,使之成为针砭时弊的题材。为达到这一创作目的,狄更斯甚至不拒绝浪漫主义和象征主义的手法,而使风格趋于怪诞,以求讽刺的效果。狄更斯作品中的浪漫主义成分突出地表现在小说往往围绕主人公的出身秘密,展开一系列扣人心弦的斗争,如奥列佛·退斯特的出身秘密一直是解读本书的关键情节。到后期,狄更斯不惜运用象征主义的手法,如以大雾、浓烟象征资本主义制度的腐朽、没落,用堆积如山的垃圾象征资本主义社会的肮脏与罪孽,以绰号为"大法官"的克洛克老板的废品收集店自动燃烧,来象征英国腐朽的法律制度必然崩溃。但在狄更斯作品中,无论是浪漫主义成分还是象征主义手法,实际都是为了增强作品对社会的批判效果,都是统一为现实主义服务的。

(二)《双城记》

在狄更斯的全部小说中,有两部历史小说,这就是《双城记》和《巴纳贝·日阿吉》。《巴纳贝·日阿吉》是狄更斯创作第一时期的作品,小说以1779年英国的高登暴动为背景,由于作者当时对社会认识不够,将这次暴动写成了暴民的狂暴盲动,把暴动的决策人物写成天性邪恶的歹徒。可是时过18年后,随着对社会认识的加深和对革命的思考,他决心写出一部反映法国革命的历史小说,这就是1859年发表的《双城记》。他在一封信中曾谈到写作这部小说的目的:"我认为国内没有爆发火焰而暗中燃起的不满情绪,越发觉得可怕。我们所发生的情况使我记起法国第一次革命前夜的那种情绪,并可能从最不关重要的事故中引起突然的爆发。"狄更斯已经意识到英国社会现实的严重性,这是狄更斯思想中民主主义思想的可贵性。但是由于作者坚持人道主义立场,反对暴力革命,因此作品也在一定程度上带有天真的说教和错误的认识。然而这部作品无论是在反映狄更斯的思想发展、概括社会生活的深度和广度上,还是从表现技巧上,都代表了作者创作艺术的最高峰。

《双城记》由三个独立而又互相交织的故事组成,即医生梅尼特仗义告发贵族厄弗里蒙特侯爵兄弟迫害农妇而被关押18年的故事,侯爵后裔代尔那放弃爵位和财产、侨居英国自食其力的故事,以及革命者得伐石夫妇从事革命斗争的故事。

梅尼特医生是小说中的主要人物。年轻时期的梅尼特医生为人正直,无法忍受无辜农妇惨遭侯爵兄弟蹂躏的血腥现实,愤而向朝廷写信控告贵族的兽行,却反而被投入巴士底监狱服苦役。18年后,他被折磨得神志不清,只知道不停地做鞋。他从前的仆人得伐石和朋友将他营救出来,女儿路茜也专门从英国赶来,护送他去伦敦休养,却不料在船上遇到仇人的后裔代尔那。代尔那厌恶贵族阶级糜烂荒淫的生活,决心放弃贵族身份,移居英国过自食其力的生活。在船上代尔那悉心照顾这对父女,到英国后也常到医生家做客,渐渐与路茜产生了爱情。此刻的梅尼特医生已恢复了神志。不久法国大革命爆发,贵族阶级纷纷被送上断头台,厄弗里蒙特的老仆人写信求助代尔那,请他回来证明他的无辜,代尔那冒着危险返回法国,却不料也被革命者捕获。梅尼特医生凭借他曾身受苦难的经历,使代尔那免遭一死。

得伐石太太是被侯爵兄弟迫害致死的农妇的妹妹,她来到侯爵家欲报仇,可不幸被侯爵家的女仆开枪打死。小说最后以这位无辜的女仆和替代尔那去死的卡尔登走上断头台而结束。

宣扬人道主义思想是这部小说的主要思想内容。小说中几乎所有人物的行为都是朝着狄更斯所设计的宣扬善的结局而行动的。梅尼特医生开始时的疾恶如仇、愤而上书的举止是为了解除他良心的负担,苦难的牢狱生活使他对黑暗的社会有所理解,但并没有使他成为一个勇敢的抗恶斗士,而是使他要用"爱"去消灭仇恨、忘记痛苦,他的最后结局是成为一个超越仇恨和革命之上的善人。路茜是狄更斯宣扬人道主义思想的另一体现者,她温顺可爱、多愁善感,具有一股感染人的温情主义。她能使神志不清的父亲复活,能使身处异地的代尔那幸福,也能使放荡不羁的卡尔登为她献身。世界上有了她,到处充满了快乐和美满,她是狄更斯世界中的天使,狄更斯认为这是世界发展的原动力。更为离奇的是,狄更斯塑造了一个自暴自弃而又暗恋路茜的卡尔登,他对这个世界万念俱灰,可唯独对路茜情有独钟,为了表达他的爱,他竟利用与代尔那面容酷似而代之上断头台。狄更斯将这个怪人的利他主义发展到顶峰,从而极力宣扬了他那浩瀚无边的人道主义思想。倘若不服从这一题旨,就必将受到严惩,得伐石太太的结尾就是一个明证。

不可否认的是,狄更斯在宣扬人道主义思想的同时,对资本主义世界进行了愤怒的抨击。作者借助法国的苦难现实来影射英国的黑暗,小说中描写了赤贫的农民吃着"从贫瘠的土地上拾来的草根",城里的人们生活在饥寒交迫之中,贵族阶级则恣意妄为,吃一次朱古力茶,就得要四个壮士服侍才能喝下去。狄更斯用这些事件形象地说明了人民革命的必然性。因此在小说后半部,作者满怀激情地描写了法国人民的革命斗争,他们在怒吼和欢呼中攻破了封建王朝的吃人魔窟——巴士底狱,把凶恶的贵族一个个推上断头台。狄更斯将这一场革命视为正义与非正义的交锋,并且最后让正义战胜了非正义,这一切都表明了作者思想中进步的力量战胜了人道主义思想。

狄更斯是英国批判现实主义的伟大作家,在《双城记》中现实主义创作手法的运用成为最突出的艺术表现特征。小说中有一段描写贵族驱车轧死穷人小孩的场面就很有代表性:侯爵下车后,首先关心的是他的马蹄是否无恙,随即扔下一块金币后扬长而去。周围的观看人群用仇视的眼光注视着他,这构成了一幅具有典型意义的主题画面。在人物描写方面,狄更斯则采用肖像描写与心理描写相结合,行动描写和语言描写交替组合的方法,使之具有很高的可信度。如对梅尼特的描写,生活顺利时他能说会道、精明强干,身处逆境时则沉默寡言、神志不清,这些都是现实主义创作的艺术体现。

《双城记》与狄更斯先前小说相比采用了完全不同的结构手法。作者描述的路线不再以事件顺序为结构方式,而是先写梅尼特医生出狱后的"复活",至于他为什么坐牢,他和得伐石太太究竟是什么关系,他和侯爵兄弟又是什么关系,则是通过倒叙、插话和其他人的追叙才补写出来的。特别是作者把最关键的情节——梅尼特医生在狱中写的控告书,放在小说即将结束之前,即法庭第二次庭审代尔那时才公布出来。这样就将整部小说连为一体,各种文学人物关系至此才交代清楚,作品的逻辑关系豁然开朗,令人读来峰回路转,险象环生。

此外,狄更斯还运用了服务主题的对比手法,悬念与象征的艺术手法等,这一切都保证了《双城记》成为一部欧洲批判现实主义文学的伟大作品。

第四节 俄国文学与果戈理、屠格涅夫

一、俄国文学

俄国批判现实主义文学形成于19世纪30年代,在五六十年代走向繁荣,到70至90年代达到高峰,并转向衰落。将近一百年的俄国文坛,描写人民苦难的作家人才辈出,反映现实黑暗的作品不断涌现。他们的批判锋芒主要针对封建农奴制,后来也触及资本主义制度。他们在思想和艺术方面都达到了相当高度。高尔基曾拿西方文学作对比,说:"没有一个国家像俄国那样在不到百年的时间出现过灿若星群的伟大名字。"①

19世纪初,俄国资本主义因素有显著的增长,封建农奴制面临危机。先进人士对农奴制的批判以及围绕废除农奴制问题的斗争,促进了一部分作家转向现实主义。反对农奴制的斗争要求文学揭露社会的黑暗,这是批判现实主义产生的社会基础,而文学本身的发展,也为它提供了条件。

普希金的后期创作由浪漫主义转向现实主义,为俄国批判现实主义文学奠定了基础。莱蒙托夫、果戈理等早期创作以浪漫主义见称的作家,也在19世纪30年代转向现实主义。诗人莱蒙托夫(1814—1841)在1840年发表小说《当代英雄》,继承普希金开始的"多余人"形象传统,塑造了又一个"多余人"形象毕乔林。毕乔林是对上流社会强烈不满的贵族青年,但他摆脱不了贵族生活,没有理想,玩世不恭,感到苦闷绝望;他时时进行自我心理分析,既否定一切,也蔑视自己,只能成为社会的"多余人"。作者用讽刺的笔调讥讽他,并谴责其所由来的贵族社会。

果戈理加强了俄国文学的批判倾向。别林斯基则反驳对立派攻击果戈理的言论,认为到19世纪40年代后期已形成了以果戈理为代表的"自然派",其特点是真实描写并批判社会的黑暗,以下层人民为作品的主人公,反映人民的疾苦。这恰好是俄国社会迫切需要的文学。别林斯基的理论有力地推动了俄国批判现实主义的

---

① 〔苏〕高尔基:《个性的毁灭》,《文艺理论译丛》1957年第1期,第182页。

发展。赫尔岑(1812—1870)的小说《谁之罪?》(1847)创造了另一个"多余人"别里托夫。这样一来,经过普希金、果戈理的创作实践和别林斯基在理论上的阐释,俄国批判现实主义到19世纪40年代已经完全获胜,并于五六十年代进入繁荣时期。

俄国文学繁荣的表现是作家众多,名著如林,而且种类齐备:小说如冈察洛夫的《奥勃洛摩夫》(1859)、屠格涅夫的《前夜》(1860)和《父与子》(1862)、车尔尼雪夫斯基的《怎么办?》(1860)、陀思妥耶夫斯基的《罪与罚》(1864)、托尔斯泰的《战争与和平》(1869),短篇、散文、随笔如屠格涅夫的《猎人笔记》(1852)、谢德林的《外省散记》(1856),剧作如奥斯特洛夫斯基的《大雷雨》(1860),诗歌如涅克拉索夫的长诗《在俄罗斯谁能快乐而自由?》(1863—1877)等。在理论方面,车尔尼雪夫斯基提出了"美是生活"的著名论点,其论文《艺术对现实的审美关系》(1855)对唯物主义美学作了重大贡献。

屠格涅夫的出现是繁荣时期的标志。他在写出了"多余人"形象罗亭(同名小说,1856)、拉夫烈茨基(《贵族之家》,1960)之后,迅速转向"新人"形象的创作,开了这个形象系列的先河。所谓"新人"指的是平民知识分子,而此前冈察洛夫的奥勃洛摩夫(同名小说)几乎已是"多余人"形象的尾声。

车尔尼雪夫斯基的《怎么办?》接着提供了一批"新人"的形象。此时,奥斯特洛夫斯基(1823—1886)的《大雷雨》等剧作和涅克拉索夫(1821—1898)的《在俄罗斯谁能快乐而自由?》分别在戏剧和诗歌方面拓宽了文艺表现生活的范围。前者将商人、演员、教师、店员、侍役等中下层人物搬上了舞台,后者则把农民、小知识分子引进了文学。

二、果戈理

(一) 生平与创作

尼古拉·瓦西里耶维奇·果戈理(1809—1852)是俄国批判现实主义文学的奠基人。他生于乌克兰的一个地主家庭,从小喜爱民间文学。中学时受到法国启蒙思想的影响,1828年毕业后赴彼得堡,在政府机关里供职。1831年结识了普希金,在创作思想上受到后者很大的影响。1831—1832年发表具有浪漫主义色彩的作品《狄康卡近乡夜话》,一举成名。

《狄康卡近乡夜话》分为两集,包括八个短篇和两篇序言。它以狄康卡近郊一个养蜂老人在黄昏时分对围坐在一起的乡亲们讲故事的形式,把各篇连缀起来。书中描述了乌克兰的社会生活和风俗习尚,既表现现实,也讴歌历史。

1834年发表中篇小说集《密尔格拉得》,内含四篇小说。其中《旧式地主》与《伊凡·伊凡诺维奇和伊凡·尼基福罗维奇吵架的故事》揭露了宗法制庄园地主生活的无聊庸俗,笔调幽默,对地主阶级既讽刺嘲笑又有所同情。别林斯基把果戈理这种独特的讽刺艺术风格称为"含泪的笑"。《塔拉斯·布尔巴》取材于17世纪乌克兰人民反抗波兰王国统治阶级的斗争史实,歌颂了哥萨克老队长塔拉斯·布尔巴的爱国精神和英雄性格。

1835—1842年发表的五篇短篇小说组成《彼得堡故事集》,有暴露贵族社会和官僚阶层生活庸俗和丑恶的《涅瓦大街》,有描写上流社会的生活和金钱势力毁灭画家才能的《肖像》,有讽刺官吏好虚荣、想发财而又奴气十足的《鼻子》,而以描写"小人物"命运的《狂人日记》和《外套》为最著名。《狂人日记》写一个小官吏被官僚等级制度残酷迫害,直至发狂的故事;《外套》描写一个小官吏毕生抄写文书,过着贫困屈辱的生活,好不容易才攒够钱买了一件外套,但后来外套保不住,他也悲惨地死去。这些"小人物"题材的作品,不但表现了他们生活的贫困凄凉、孤苦无告,而且反映了他们对社会的不满和抗议,也表达了作者对他们的深切同情。"小人物"形象是19世纪俄国文学的传统形象之一,从普希金的《驿站长》、果戈理的《外套》到陀思妥耶夫斯基的《穷人》不断发展,是俄国文学具有强烈的人道主义精神的标志。

1836年创作的讽刺喜剧《钦差大臣》,讽刺对象是俄国专制制度。果戈理在《作者自白》中说:"我决定在《钦差大臣》中将我当时所知道的俄罗斯的全部丑恶集成一堆……痛快地一并加以嘲笑。"

某城以市长为首的一群官吏,个个老奸巨猾,长于官场世故,却把一个微不足道的十二等文官赫列斯达可夫当成钦差大臣,而且都认定没有看错,从而演出了一幕幕丑剧,真是妙趣横生,令人捧腹。

市长安东·安东诺维奇平时贪污受贿、敲诈勒索,有不少劣迹,做贼心虚。为了掩饰罪迹,便向那个"钦差"讨好。他凭经验设想,没有一个官儿不爱钱的,于是拼命收买,希望对方上钩。他把赫列斯达可夫的推辞、告饶当成是作假,等到后者放开胆子,甚至同市长夫人和女儿调起情来的时候,他倒受宠若惊,以为可以借"钦差"的裙带关系到京都里去做大官了。

同市长形象相映照的是其他官员。他们的行为和他们的职责正好相反:慈善医院的院长阴险残忍,法官善于收受贿赂,督学不学无术,邮政局长专爱偷拆别人的信件。这些品行都是本质的反映,可以说《钦差大臣》是俄国官僚阶层的缩影。

赫列斯达可夫是个典型的花花公子。他好享受,爱虚荣,认为"人生在世,就为了寻欢作乐"。他浅薄愚蠢,喜欢吹嘘,或者摆出一副"高尚""文明"的架子,或者是逞能耍威风。他之所以被当作钦差大臣,除了由于小城官吏们的惊慌失措外,也因为他身上具有彼得堡官僚的习气。

剧本的上演震动了整个贵族、官僚社会。作者特意借剧中人之口说出:"你们笑什么?他们在笑你们自己!"直接点明喜剧的社会意义。沙皇尼古拉一世看了首场演出后悻悻地说:"这个剧本对每个人都够受的,尤其对我。"果戈理的辉煌成就,使他无愧于"俄国文学的讽刺大师"的称号。

《钦差大臣》遭到俄国官僚阶层和贵族社会的攻击。果戈理深感痛心,遂于1836年6月侨居国外。他在国外写作了《死魂灵》第一部,于1842年5月出版。但就在此时,果戈理的思想出现了危机。

果戈理在1847年发表《与友人书简选》,否定自己的创作。对此,反动文人兴高采烈,进步人士非常痛心。别林斯基当即写了《给果戈理的一封信》(1847),严肃地批评了果戈理的错误。他开导果戈理说:"今天俄国最重要最迫切的民族问题是:废除农奴制度,取消体刑",而不是别的[①]。后来,果戈理部分地接受了别林斯基的批评。1848年,果戈理回国定居莫斯科,1852年因病去世。

(二)《死魂灵》

果戈理的代表作《死魂灵》(1842)的题材是普希金提供的。果戈理在写作过程中,曾写信告诉普希金,说"故事拉得很长,将会是一部卷帙浩繁的长篇小说……我打算在这部长篇小说里把整个俄罗斯反映出来,即使是从一个侧面也好。"小说一出版,立即引起巨大反响。赫尔岑形容道:"《死魂灵》震撼了整个俄国。"

小说的主人公六等文官乞乞科夫做投机生意,向地主们"收买"已经死去但在户口册上尚未注销的农奴(法律上仍然承认是活人),每个只要花几个戈比。"趁新的人口调查没有进行之前,买进一千个死魂灵[②],再到救济局去抵押,每个魂灵200卢布,足可以赚20万!"这种买卖并没有接触实物,只是在户口册上办理过户手续,买空卖空。然而转手之间,乞乞科夫的财产就可以由父亲留给他的"四件破旧的粗呢小衫,两件羊皮里子的旧长裤,以及微不足道的一点钱",猛增到几十万卢布。这种丑事发生在沙皇俄国绝非偶然。这是农奴制把人(农奴)当作地主的私有财产而且受法律承认的结果。乞乞科夫恰好是利用这样的制度和法律进行投机活动的。单是这个极富于讽刺性的情节,就足以暴露俄国专制农奴制度的反动和腐败以及新兴资产者乞乞科夫之流的投机钻营。

《死魂灵》从揭露地主和官僚社会的主题出发来安排结构。第一章介绍主人公乞乞科夫和某市官僚社会;第二至第六章反映地主们的情况,每章写一个地主;第七到第十章回过头来又描写官吏,不过是更细致地写了外省和首都的官吏;最后一章回溯乞乞科夫的过去并揭开他的内心世界。中心人物乞乞科夫在结构上起着串联全书的作用,通过他的游历线索,把俄国城乡一幅幅生活画面依次展现了出来。

小说描绘了五个具有鲜明个性的地主典型。玛尼罗夫外表文雅,内心空虚,生性懒散,不务实际,无法理解买卖死魂灵的投机活动。他的庄园一片荒芜,死亡的

---

① 〔俄〕别林斯基:《别林斯基选集》第2卷,满涛译,时代出版社,1952年,第329页。
② 在俄语里,这个词具有"农奴"和"灵魂"的双层意思。

农奴不计其数。这是个有文雅外表的寄生虫。女地主科罗蟠契加的个性正相反，她很会料理田产，虽然拥有许多农奴，有鸡、猪、菜园、果树等大量财产，但还是像一个小钱柜一样，"悄悄地慢慢地把现钱一个一个地弄到"，藏入里面去。就连卖死魂灵也怕价钱低了吃亏，她是一个悭吝的守财奴。罗士特莱夫粗野无礼，放荡不羁，把家产都挥霍在养狗、养马和赌场上。他吹牛造谣，惹是生非，胡闹成性，是个"地方恶少式的地主，赶热闹、爱赌博、撒大谎，要恭维——但挨打也不要紧"。梭巴开维支粗壮得像一头熊，"脚步很莽撞，常要踏着别人的脚"，喜欢大吃大喝，总是全猪全鹅地吃，"连骨头也嚼一通，直到一点不剩"。他把自己的庄园、住宅直到家具都营造得很牢固，在钱财上极精明，出卖死魂灵时不但要了高价，而且还在成交的名单中偷偷加进一个本来不值钱的女农奴去。这是个贪婪顽固的地主典型。泼留希金有大片庄园、上千农奴，仓库里有大批快要霉烂的衣料，堆攒的面粉已经硬得像石块，他却舍不得穿和用，自己的生活过得像乞丐。他还一直在捡破烂，一片破布，一块碎铁，他都要捡到仓库里去。他的农奴饿死得"像蝇子一样多"。贪婪和破坏财富成了他性格中矛盾统一的特征。

中心人物乞乞科夫也是一个成功的典型，他出身小地主家庭，但后来已经从地主阶级向资产阶级转化，成了俄国资本主义初期新兴的资产者典型。乞乞科夫从小受父亲的教诲："顶要紧的是：有钱、积钱……钱是不会抛弃你的。"他认为只要有了钱就可以达到一切目的，所以从做小学生起一直到在政府部门里供职，他一贯讨好老师、巴结上司，目的是为了向上爬、赚大钱。他在官场中屡受挫折，但从不气馁，每次都从头再来。他终于学得圆滑世故，具有投机钻营的本领。对于多情善感的玛尼罗夫，他能够用甜言蜜语讨其欢心，使之抄出一份死农奴清清楚楚的名单，笑眯眯地奉送过来。对于生性多疑、害怕在价格上吃亏的科罗蟠契加，他就连骗带诈，赌咒发誓，谈成了一个便宜的价格。他同行为粗野放纵的罗士特莱夫也能够周旋应付，尽力不闹别扭，免得做不成交易。对精于钱财的梭巴开维支，他则撕开脸皮，讨价还价，毫不含糊。对于既贪婪又吝啬的泼留希金，他是另一副面孔，摆出极其诚恳的同情姿态，使对方感激地称他为"救命恩人"。同时，乞乞科夫又具有唯利是图的本质，整天为了赚钱而挖空心思，居然想到拿死人去作投机买卖。

《死魂灵》是批判现实主义文学的典范作品。它的艺术特点是刻画人物形象注重典型化，注意细节的描写和运用讽刺手段。作品的语言生动、幽默，富有鲜明的比喻。

《死魂灵》出版后引起了比《钦差大臣》更为激烈的斗争。在反对派的压力下果戈理开始动摇，思想上的危机日益加剧。他构思和创作了《死魂灵》第二部，企图写出改恶从善的乞乞科夫和道德高尚的地主官僚形象，但这些违背生活真实的形象连作家自己都感到很不成功。他一再修改、重写，直至临终前把全部手稿付之一炬。

《死魂灵》受到进步文化界的欢迎。别林斯基称赞它是俄国"文坛上划时代的巨著",并写了一系列的文章如《乞乞科夫的游历或死魂灵》(1842)等,驳斥反对派的攻击。

三、屠格涅夫

(一) 生平与创作

伊凡·谢尔盖耶维奇·屠格涅夫(1818—1883)是具有敏锐观察力的俄国优秀现实主义作家,出生在一个贵族家庭,父亲早逝,母亲性格乖戾。据说母亲就是中篇小说《木木》里那个残暴而任性的女地主的原型。屠格涅夫于1833年进入莫斯科大学,1834年转入彼得堡大学,1836年毕业。大学期间参加过进步的学生小组活动,思想倾向于民主,对文学也感兴趣,曾写过诗。1838年去柏林大学留学。

屠格涅夫的第一部现实主义作品《猎人笔记》包括25篇特写,作于1847至1852年。作者采用一个猎人在俄罗斯中部山村、田野打猎,记录见闻的形式,反映了农奴制俄国村镇的生活现状,描写了不同类型的地主、农奴、磨坊主妇、县城医生、牧童和知识分子,也描绘了大自然的景色。各个短篇虽然题材多样,贯穿首尾的主题思想则是一致的——反对农奴制度。

《猎人笔记》着力写出农民聪明能干、感情真挚、心地善良和内心丰富,却受到农奴制度的摧残,不能享受人的生活权利。这是作品深刻的人道主义和民主思想的表现。作品揭露了旧式地主的野蛮粗暴和新式地主的"文明"和伪善。《猎人笔记》显示了屠格涅夫独特的艺术风格,即朴实鲜明的现实主义手法和浓郁的抒情情调相结合,曾被赫尔岑称为"用诗写成的对农奴制的控诉书"。

屠格涅夫的主要成就在于长篇小说。他在19世纪50至70年代先后写成六部长篇小说:《罗亭》(1856)、《贵族之家》(1859)、《前夜》(1860)、《父与子》(1862)、《烟》(1867)和《处女地》(1877)。

《罗亭》和《贵族之家》反映了19世纪40年代贵族知识分子在思想上的探索。罗亭是当时贵族知识分子的一种类型。他受过良好的教育,天资聪慧,博学多才,能言善辩。小说写他热忱地宣传真理和理想,滔滔不绝,口若悬河,启迪着人们的思想,唤起对美好生活的爱。17岁的少女娜达丽亚·拉松斯卡雅就是在他的启蒙下觉醒,情愿为崇高的理想而献身的。她同时也爱上了罗亭。不过罗亭又有致命的弱点:脱离实际,意志软弱,缺乏实践的能力,理想只能流于空谈,是个语言的巨人,行动的矮子。这是个"多余人"的新典型。作者肯定他宣传理想,起了进步作用,但在19世纪40年代需要的是行动。作者对主人公命运的悲剧是很惋惜的,所以在1862年小说新版时特意加进了罗亭在巴黎街垒上高举红旗、英勇战死的场面为结尾,以强调贵族知识分子同解放运动的关系。

《贵族之家》写贵族拉夫列茨基原来有个妻子侨居国外多年，讹传已去世；后来他爱上了远房甥女丽莎·卡里金娜，一个严肃而善良的姑娘。然而，不久之后他妻子突然归来，他和丽莎接受社会道德伦理观念的约束，决然分手。丽莎遁入修道院。拉夫列茨基也是个"多余人"的典型，尽管他比罗亭前进了一步，比较务实，力求改善农民的生活，愿意接近人民，但贵族习气和懒惰无为的作风使他只能向命运屈服。小说以生动的笔触显示了贵族庄园的衰败和贵族知识分子历史作用的消亡，对主人公们的悲剧命运无限地惋惜，使作品充满了挽歌的情调。

在创作《贵族之家》前后，屠格涅夫还写过一组以爱情为主题的中篇小说，如《浮士德》(1856)、《阿霞》(1858)、《初恋》(1860)等，这些作品都在一定程度上反映了他的人生虚幻、个人幸福渺茫的宿命论思想。车尔尼雪夫斯基在《幽会中的俄罗斯人》一文中指出《阿霞》中男主人公的精神危机是当时社会环境造成的，是俄国贵族社会破产的征兆。

19世纪50年代末60年代初，俄国社会发生了急剧的变化，解放运动进入平民知识分子革命阶段，贵族革命家的领导地位已被革命民主主义者所取代。屠格涅夫敏感到时代的要求，立即从写"多余人"转向反映"新人"。小说《前夜》和《父与子》的相继问世标志着他创作的新阶段的开始。

屠格涅夫论及《前夜》时说："我的中篇小说的基本思想是要有自觉的英雄性格"，他把这部作品里的男女两个主人公称作"新生活的先驱"。小说写俄国贵族小姐叶琳娜爱上了在莫斯科留学的保加利亚爱国志士英沙罗夫，她不顾家庭的阻挠，毅然随同他回保加利亚参加解放祖国的斗争。途中英沙罗夫不幸病逝，叶琳娜矢志不移，坚持到保加利亚起义军中服务，以继承丈夫未竟的事业。小说写的固然还是爱情故事，但是男女主人公的关系已经不仅仅是感情炽热的恋人，而且还是志同道合的战友。

叶琳娜的形象具有重要的典型意义，通过她可以说明俄国当时需要什么样的新人。她追求崇高的理想，勤于思考又勇于行动，而且有坚强的意志。她周围有三个青年倾慕她，唯有英沙罗夫是她理想的英雄，他身上最吸引她的就是为解放祖国而牺牲的精神。她听到这位爱国志士的事迹时一下子就入迷了："解放自己的祖国！啊，多么伟大，说起来是多么叫人战栗的话啊！"英沙罗夫不但有献身祖国的理想，而且有坚实的行动。这些正是贵族知识分子所缺少的，也是叶琳娜身上尚未完全具备的品质，所以叶琳娜毅然决然地选择了他作自己的爱人。她的行动也说明了俄国青年献身革命伟业的思想在觉醒。正如杜勃罗留波夫指出的，"在叶琳娜身上鲜明地反映了我国现代生活的良好倾向"。

杜勃罗留波夫对《前夜》作了革命的解释。他在《真正的白天何时到来？》(1860)一文中热情地肯定了小说的成就，并指出俄国现实生活中已经看得到这种新人了，而且俄国的英沙罗夫应该是反对专制农奴制的战士。屠格涅夫由于政治观点上的保守,竟要求《现代人》杂志不要刊登这篇评论文章;文章登出来之后他又断然宣布同该杂志决裂,这成了19世纪60年代革命民主派同贵族自由派之间矛盾斗争的一件大事。

此后,屠格涅夫逐渐转向贵族自由主义方面。当1863年沙皇政府镇压波兰起义时,他竟上书向沙皇表忠心,并且捐献两枚金币以慰问政府军。《烟》这部作品暴露了他思想中复杂的矛盾:既批判妄想恢复农奴制的贵族赖米罗夫将军,又对侨居国外的谷柏廖夫等进步分子的形象作了歪曲和讽刺,而作者的理想人物李特维诺夫不过是个贵族自由主义者。后者竟说出"俄罗斯人的生活,人类的一切……都是烟"这样语义双关的话,它仿佛也是作者颓唐心理的流露。小说具有浓厚的颓废情调。

长篇小说《处女地》,反映了19世纪70年代民粹派"到民间去"的活动。作者仍然坚持反农奴制的一贯立场,讽刺保守派贵族,同情民粹派,也能指出民粹派脱离农村实际、把农民理想化的弱点。作者并不相信民粹派的革命斗争,作品的题词点明了主题:要翻这样的"处女地","必须使用挖得很深的铁犁"。可是,这"铁犁"已不指革命,而是指自上而下温和的改良。

屠格涅夫的最后一部作品是《散文诗》(1882)。由于作者思想上苦闷,又远离祖国,身患重病,对民主主义失却信心,也不敢指望自由主义有光明的前景,于是情绪悲观。《散文诗》既是他的感怀之作,多数篇章就流露出前途渺茫、浮生若梦的消极情调,但也有一些诗格调高昂,怀有爱国主义激情,或者歌颂革命理想的。描写一个女革命者形象的《门槛》就是其中优秀的一篇,其他还有《麻雀》《我们还要继续战斗!》等。

1883年9月3日,屠格涅夫在巴黎病逝。遗体运回俄国彼得堡安葬。

(二)《父与子》

《父与子》是屠格涅夫创作的最高成就,它写于1860—1861年,1862年在《俄罗斯导报》上发表。

小说写平民出身的医科大学生巴扎罗夫随同贵族出身的同学阿尔卡狄·基尔沙诺夫于大学毕业后到后者的家中小住,巴扎罗夫的民主主义观点和基尔沙诺夫家的父辈格格不入。两个星期后,阿尔卡狄的伯父巴威尔挑起了一场争论,他宣扬贵族制度的原则,指责巴扎罗夫否定一切,是虚无主义。巴扎罗夫痛斥了对方的贵族自由主义观点,在辩论中得胜,随后即同阿尔卡狄到省城去,得遇优雅动人的富孀奥津左娃。两个青年人应邀到她的庄园去做客。阿尔卡狄热恋上她的妹妹,而巴扎罗夫对奥津左娃也产生爱情,但遭到拒绝。不久之后,两位青年人回到基尔沙诺夫庄园,阿尔卡狄转向安于享用父亲的产业,巴扎罗夫则埋头于生物研究工作。但巴威尔对巴扎罗夫仍然恨之入骨,伺机挑起了一场决斗。巴威尔负了轻伤,巴扎洛夫于次日回到父母家中,后来在为伤寒病死者解剖尸体时不慎割伤自己的手指,受感染而死。

　　作者曾经谈到这部小说的主题思想在于表达"民主主义对贵族阶级的胜利",他说:"我的整部小说都是反对把贵族阶级当作进步阶级的,请看看尼可拉·彼得罗维奇、巴威尔·彼得诺维奇与阿尔卡狄这几个人吧,他们多软弱,多萎靡,眼光多狭小。我顺从我的审美感觉挑选出贵族方面好的代表人物来证明我的主题:倘若奶油是坏的,那么牛奶更不用说了。"

　　小说中子辈的代表巴扎罗夫平民知识分子家庭出身,是体现"新人"特点的典型形象。他有坚定的信念,信奉唯物主义,重视实践,推崇实用科学,主张功利主义;他有明确的爱憎,憎恨农奴制度,否定贵族阶级,批判贵族自由主义的观点和原则,愿意为未来的生活而"打扫地面"。他以自己的平民出身而自豪,他也有坚毅的性格和埋头苦干的精神。应该说这些都是当时革命民主主义者特点的体现。相反,父辈的代表人物,即贵族方面那些"好的"人物都相形见绌。至于阿尔卡狄,虽有一时的热情为巴扎罗夫辩护,终究因贵族习性难改而去继承父亲的产业,心甘情愿地成为一个庄园主。他被巴扎罗夫称为"软软的、爱自由的少爷",他也是属于父辈阵营的。

　　但是巴扎罗夫也有弱点,他以庸俗唯物主义的观点看待科学、艺术和大自然,得出了片面的结论。他只看重实用科学,轻视一般科学,把大自然仅仅看作人们可以在其中劳作的工厂。他错误地否定艺术,说"一个好的化学家比20个诗人还有用"。这种片面性当然是当时一部分进步青年的写照,他们由于厌恶唯心论、"纯艺术"论和空谈的作风而往往走向另一个极端,这也是平民知识分子"新人"在成长过程中的缺点,作者对此加以描写说明他的观察力很敏锐。问题是作者受他的贵族自由主义的立场所局限,并不相信巴扎罗夫的理想和事业。作者把巴扎罗夫叫作"虚无主义者",让他早早地死去。作者认为革命前途渺茫,巴扎罗夫注定是不会成功的,所以结局悲惨。

　　由于小说描写的是现实中存在的重要社会问题,发表之后立刻引起了激烈的争论。贵族自由主义者不满意作者让巴扎罗夫在同贵族较量中占了上风,认为巴扎罗夫的行动危及"社会"的安宁;革命民主主义者当中也有人对这个形象不满,指责作者是站在贵族一边对革命青年进行攻击。不过,作者的思想是有矛盾的,一方面他肯定巴扎罗夫是革命者,另一方面又不相信巴扎罗夫的事业能够胜利,因而对这个形象有所歪曲,甚至让他过早地死去,这都是加剧评论界争论的原因。尽管如此,小说的成就还是主要的。它肯定了平民知识分子在社会斗争中的主导作用,揭露了贵族的无能和精神空虚,这都恰好反映了时代的本质。

　　此外,《父与子》又是一部很能代表屠格涅夫艺术风格的作品。正如他自己所说:"准确而有力地表现真实和生活实况者是作家的最高幸福,即使这真实同他个人的喜爱并不符合。"他以艺术形式反映了迫切的社会问题,塑造了典型的人物形象,他忠于现实,有时甚至突破了自己世界观的局限。

屠格涅夫的长篇小说都具有抒情风格。著名俄国作家谢德林曾称赞屠格涅夫的作品"每一个音响里都洋溢着明亮的诗意",形象也"仿佛是用空气铸成的"一样透明,作品让人读来感到陶醉,使人产生一种追求和向上的力量。

屠格涅夫的长篇小说都异常简练,篇幅往往接近于中篇,情节简单,人物不多,事件发生在不长的时间里。《父与子》的故事只发生在两个月的时间里,但是小说所包含的社会现象却是广阔和全面的,好像写了巴扎罗夫整整的一生。

屠格涅夫善于采用准确而有含义的细节,包括言谈举止、待人接物,直到外表和服饰等,来写出人物的典型特点,勾勒出鲜明的性格,着墨不多却能使人物具有浮雕感,同时又可以窥见人物的内心。作者不是作琐碎的心理分析,而是比较含蓄,用现象来显露内心的波澜,却又留有余韵,让读者去体味。

屠格涅夫擅长写景,能够刻画出瞬息万变的大自然,有"文学中的风景画大师"之称。他写景不但简洁、鲜明、准确,而且有深刻的含义,往往成为情节的有机部分。《父与子》的开头,那极度贫困的农村的凄凉画面,使书中的人物之一阿尔卡狄这个贵族少爷看了却不禁想到:"不,不能够照这样下去,改革是绝对必要的。"小说中的写景也带有浓郁的抒情笔调。

屠格涅夫又是个语言艺术的大师。他的语言富有表现力,风格简洁、纯朴、清新而富有抒情味。

思考练习题:

1. 19世纪中期的批判现实主义文学适应了什么样的社会历史文化需求?批判现实主义文学的基本特征表现在哪些方面?
2. 为什么批判现实主义作家大多都坚持人道主义传统?这一传统与文艺复兴时期有什么样的不同?
3. 批判现实主义作家给后代的西方文学提供了哪些优秀的遗产?
4. 简述《人间喜剧》的社会历史内容。
5. 简析狄更斯作品的艺术特征和果戈理"含泪的笑"的艺术成就。

第八章 19世纪文学(三)

第一节 批判现实主义文学概论

一、19世纪后期批判现实主义文学的基本特征

和第一阶段的批判现实主义文学相比,19世纪最后30年间的批判现实主义文学明显存在着三大特点。

第一,这一时期的作家除了继承司汤达、巴尔扎克、狄更斯和果戈理等作家描写下层人民的悲苦生活、揭露资本的剥削和压迫,还把批判的矛头指向了具有新时期特征的丑恶现象,如垄断资本的发展、资产阶级的道德堕落、民主的虚伪、军国主义和民族沙文主义的增长,以及广大知识阶层对社会的失望与苦恼等。

第二,这一时期的作家大多受到了资本主义精神危机以及反映这种危机的各种颓废思潮的影响,看不到社会的光明前途。因此在作品中表现出一种惶恐不安的情绪,对社会的批判往往和无可奈何的沮丧心情或悲观主义思想结合在一起,或者逃避到主观臆造的道德世界中去。

第三,在创作手法上,不少作家不囿于细节的真实描写和塑造典型环境中的典型人物,而是在现实主义中渗入自然主义成分,或借鉴象征主义的描写手法,使得作品的描写更为细腻,表现力更为丰富。

二、19世纪后期批判现实主义文学在各国的发展状况

19世纪中后期的批判现实主义文学在欧美各国的发展仍然呈现出不平衡的状态。自19世纪50年代后,法国文坛出现了强调科学精神、崇尚客观冷峻的创作新风格,倡导这一风格的是法国作家福楼拜。应该说法国文坛的这一变化,和当时法国思想界推崇实证主义是有一定联系的。自福楼拜始,法国批判现实主义文学对社会批判的精神有所减弱,但对人物内心世界的挖掘、对资本主义精神危机给人们带来无可言状的苦难的表现却达到了前所未有的高度。

英国此刻已丧失了资本主义世界的领头羊资格,经济频频出现危机,国内矛盾重重,思想界改良主义思想泛滥。在这种社会条件下,批判现实主义作家把目光更

多地投向抨击社会的道德伦理、宗教、家庭、教育制度等各种不合理现象,这之中最引人注目的是托马斯·哈代。他把目光投向了英国宗法制农村在资本主义入侵后发生的变化,揭示了资本主义发展给农村带来的灾难。

与英国批判现实主义文学的颓势相比,俄国19世纪中后期的批判现实主义文学却呈现出雄伟壮观景象。一大批杰出的作家脱颖而出,陀思妥耶夫斯基、列夫·托尔斯泰和契诃夫便是其中的佼佼者。在他们的作品中,或者将批判的矛头指向专制农奴制向资本主义过渡时期的都市中丑陋的人性、金钱的罪恶和家庭的变故,或者干脆对沙皇专制的整个国家机器进行入木三分的批判,或者在挖掘人性丑陋的社会根源后大声呼唤新时代的到来。可以说这一时期的俄国批判现实主义作家将这一文学思潮的文学社会功能发挥到了淋漓尽致的地步,从而也使俄国文学成为继法国文学之后的另一个世界文学的中心。

与此同时,东北欧的现实主义文学也出现迅猛发展的态势。东北欧国家长期处于异族的奴役和封建专制的压迫下,又受到欧洲大陆风起云涌的革命风暴的影响,因此在这些国家的文学中反复出现了一个主题,即暴露异族侵略者的残暴和本国统治者的腐朽,反映下层人民的疾苦,呼吁人民为争取自由和独立而斗争。这之中重要的作家有波兰的亚当·密茨凯维支、亨利克·显克微支,保加利亚的赫里斯多·保特夫、伐佐夫,丹麦的安徒生和挪威的易卜生。19世纪70至80年代,现实主义文学在挪威取得了令世人瞩目的成就,易卜生的一系列"社会问题剧"在揭发资产阶级的伪善与守旧,描述挪威中小资产者的心理历程方面很有功绩,为世界戏剧发展史增添了又一座里程碑。

19世纪后期美国现实主义文学的出现也格外引人注目。由于不同的社会条件,美国的批判现实主义文学比欧洲要晚半个世纪。随着美国资本主义发展进程的加快,先前对美国社会制度抱乐观情绪的浪漫主义文学逐渐淡出文坛,取而代之的是谴责资本主义罪恶、揭露帝国主义侵略与掠夺、反映美国黑人悲惨遭遇的现实主义文学。美国的现实主义文学经历了一个从微笑的现实主义到可笑的现实主义的发展过程。最早提倡现实主义文学的是豪威尔斯,他被认为是美国现实主义文学的奠基人。他强调文学应该忠实地描写"日常的、平凡的事物",可是他的保守思想却使他一味沉溺在美国例外论。他认为美国的资本主义发展不会重蹈欧洲资本主义发展给社会和人民带来痛苦的覆辙,美国是个例外。他主张"我们的小说家越是描写生活微笑的一面,就越能表现美国"。"谁在美国写出一部像《罪与罚》那么悲惨透顶的小说,谁就在说谎,犯了过错。"19世纪70年代,马克·吐温在完成美国现实主义文学由微笑到可笑的转换过程中,也完成了他从早期轻松的幽默风格到中晚期辛辣的讽刺的手法的转型。从这以后美国批判现实主义文学飞速发展,出现了欧·亨利、杰克·伦敦等一大批批判现实主义的优秀作家,以及"揭发黑幕运动"的暴露社会黑暗的文学。

第二节　法国文学与福楼拜

一、法国文学

19世纪最后30年是法国历史上的多事之秋。1870年普法战争爆发,拿破仑三世在色当投降,第二帝国随之解体;第二年,巴黎公社宣告成立,世界上第一个无产阶级政权在存在100多天后被镇压下去;随之而来的是巴拿马运河丑闻和德雷福斯诬陷案。然而,这又是一个社会生产力获得巨大发展的时期。1889年为庆祝法国大革命100周年,巴黎举行了世界博览会,作为博览会纪念物的埃菲尔铁塔拔地而起,新兴工业如雨后春笋,商业也呈现出一派欣欣向荣的景象。这一切使法国开始进入发达的资本主义社会。法国社会的这一矛盾现象,使作家们得以从不同角度观察与审视社会,于是文学出现普遍繁荣的景象。这一时期文学的繁荣既表现在文学流派的纷然杂陈,又表现在作家思想与创作的深刻矛盾。

法国19世纪后期文学与19世纪前期文学的分水岭在于实证主义理论的提出。法国哲学家孔德认为对生活应采取"纯科学"的静观态度,主张以事实代替结论,用自然科学的方法来研究社会。法国文艺理论家泰勒把孔德的实证主义哲学应用于文学及一般精神活动的解释,于是在文学创作中提倡科学精神成为这一时期作家创作的圭臬。福楼拜是这一创作风格的首位代表人物,而自然主义创作流派则是这一理念的极端表现。从文学要真实地描写现实上看,自然主义文学与欧洲19世纪传统的现实主义文学在根本上是一致的,但是自然主义主张用遗传学、生理学、病理学等自然科学理论来解释人物的心理动机,完全忽视社会对人的制约,则必然导致反对现实主义的典型概括的原则。19世纪后期的法国批判现实主义文学就是在这种时代背景下发展起来的,这一时期法国批判现实主义重要的作家主要是福楼拜、都德、法朗士、莫泊桑和罗曼·罗兰。

阿尔封斯·都德(1840—1897)是一位带有自然主义倾向的现实主义作家。他一生创作颇丰,在长篇小说、短篇小说、散文与戏剧上都有佳作。他的《阿莱城的姑娘》由法国著名作曲家比才谱曲改编为歌剧后,得以广泛流传。都德的短篇小说在法国小说史上占有较为显著的地位,其中《最后一课》和《柏林之围》是脍炙人口的名作。其创作形式的简约,文学内容的丰腴,淡雅风格中蕴藏着的激越而悲怆的韵律,一直为世人所称道。《最后一课》以一个顽童的视角,透析出法国人民丧权辱国的切肤之恨;《柏林之围》写一位军人在病榻上沉溺于与现实相去甚远的幻想中,折射出法国人民热情而深沉的爱国情操。这一系列对普法战争这一民族灾难的悲剧意义进行深刻挖掘的小说,达到了法国文学史上其他任何一个作家都未曾达到的高度。半自传性长篇小说《小东西》是都德的代表作品,小说描述了一个受人歧视、备尝各种辛酸的主人公达尼埃尔·爱赛特的痛苦遭遇。爱赛特因为个子矮小,被人讥讽为"小东西",从此他一直背负着这个备受污辱的绰号。身处家道中落的小东西16岁就自食其力,远离亲人去山区的一个学校工作,尽管他工作尽心尽职,可是却受到同事的轻视,连学生也瞧不起他,他甚至还因为处罚了一个富家子弟而当众受到校长与家长的羞辱。更为悲惨的是,他一直视为知己的剑术老师为勾引女人,请求他代为写情书,事情败露后竟栽赃于他,使他最后被学校开除。与外在丑恶的世界相比,小说中描述了一个充满爱与温暖的家庭关系。小东西的妈妈是一个慈爱的母亲;爱赛特的父亲由于破产的不幸而性格暴躁,但为了家庭的生计,他不辞辛苦,四处奔波;哥哥雅克更是一个为家庭不惜作出自我牺牲的殉道者。小东西对雅克的无微不至的照顾和近似母爱的兄长之情的回忆,构成了小说中感人弥深的篇章。

阿纳托尔·法朗士(1844—1924)是法国19世纪末20世纪初著名的批判现实主义作家,是维系从左拉到罗曼·罗兰的法国民主主义传统的纽带,是法国现代进步文学的开拓者。在他60年的文学生涯里,共发表了20卷小说和近20卷的诗歌、回忆录、文学评论、政论和历史著作。研究者大多以1890年为界,将其创作分为两个时期。

法朗士的前期创作中《波纳尔之罪》和《苔依丝》是两部重要的作品。《波纳尔之罪》(1881)是他的成名作,描写了一位特立独行的学者,以诚挚的心灵帮助生活中的弱势群体,却获得"罪"名的情节,谱写出一曲歌颂人性善的赞歌。《苔依丝》(1889)则是一篇继承自文艺复兴以来谴责宗教窒息人类爱的传统的优秀小说,描写贵族子弟巴福尼斯皈依基督教后,决心"拯救"美貌放荡的演员苔依丝,当苔依丝真心献身上帝后,巴福尼斯自己却陷入对苔依丝的爱恋之中。他竭尽全力企图抵御这种爱的"诱惑",曾爬到一根石柱顶上待了一年多,任凭日晒雨淋、皮肤溃烂;也曾钻入阴森恐怖的古墓之中,离群索居,与蛇蝎为伍。但是苔依丝的形象仍旧无法摆脱。当他得知苔依丝已经生命垂危的消息,便不顾一切赶到病榻,声嘶力竭地对奄奄一息的苔依丝哭道:"我爱你,你不要死!我的苔依丝,我欺骗了你!我是一个疯子。上帝、天堂都算不了什么,真实的只有人间的生活和人的爱,让我们相爱吧!"法朗士在这里以催人泪下的描写,淋漓尽致地揭示出宗教对人性的桎梏,无情地嘲弄了宗教信徒的苦行和忏悔,歌颂了世俗爱情的巨大力量。这部作品一百多年来以它强烈的艺术魅力吸引了世界各国无数的读者。

法朗士的后期创作除继承了前期对人道主义赞扬的主题外,还广泛涉及了法国资本主义制度的各种弊端,成为了左翼势力的杰出代表。发表于1896—1901年的四卷本《现代史话》,通过拉丁文教授贝日莱在外省和巴黎的见闻,揭露了法国第三共和国时期充满市侩气的社会风尚和官场的政治黑幕。尤其是法朗士在小说中第一次提到工人运动中的分歧,主张"建立一个人人按劳取酬的社会",表明了法朗士对社会历史进程的前瞻性把握。对法国德雷福斯事件的关注与介入，是法朗士生活和创作中的一个重要组成部分，在这一事件中，他始终与左拉并肩战斗，对法国当局无端陷害犹太血统的德雷福斯上尉表现出强烈的正义感。发表于1901年的短篇小说《克兰比尔》是对这一不白之冤的艺术再现，作品揭露了资产阶级司法的腐败，被译成了世界各国文字，在国内外产生了很大的影响。晚年的法朗士还发表了《企鹅岛》(1908)、《诸神渴了》(1912)和《天使的反叛》(1914)等。《企鹅岛》假托海上岛国因企鹅的贪婪、自私、凶残的本性，造成即使改朝换代也改变不了其是一个充满不义的社会的本质，反映出法朗士对资产阶级民主制度的极度失望和"历史循环论"的观点。《诸神渴了》以法国大革命为背景，借用古时墨西哥的女祭师们在用活人祭神时不断高喊"诸神渴了"这一掌故，谴责了丧失理性无端杀戮的极端行为，表现出对大革命失败后吸取沉痛教训的反思。1921年，法朗士因其在"文学创作的辉煌成就，它的特色在于高贵的风格、宽厚的人类同情、迷人的魅力，以及一个真正的高卢人的气质"荣获当年的诺贝尔文学奖。

二、福楼拜

（一）生平与创作

居斯达夫·福楼拜(1821—1880)是法国19世纪中后期最重要的批判现实主义作家。他的创作承先启后，既继承发扬了司汤达、巴尔扎克等人的批判现实主义传统，又开启了倡导客观、冷静、具有科学精神的现实主义新风格，为现实主义文学发展作出了巨大贡献，同时也对自然主义乃至唯美主义的形成起到了一定的影响。

福楼拜出生于法国卢昂一个世代为医的家庭，父亲是一位著名的外科大夫。福楼拜从小在医院的环境中长大，去法国参观福楼拜故居的人这样形容福楼拜幼时的居住环境：福楼拜的居室与父亲的手术室只有一墙之隔，其间有一块大玻璃可以彼此观看。这就是说，福楼拜从小就受到了父亲一丝不苟、精确务实工作之风的熏陶，这对他日后创作风格的确定起到了至关重要的作用。福楼拜一生相对比较平稳，18岁遵从父亲的旨意到巴黎攻读法律，两年后因神经系统的疾病辍学回家，从此专心致志转向文学创作。1846年父亲去世，他在卢昂附近的一所别墅定居，靠父亲的遗产为生，埋头写作，别无他求。他因疾病而终身未娶，只是在15岁时，暗恋一位比他大11岁的少妇，这段情感为他日后的创作留下了不少素材。他还因身体原因外出旅游过两次，仔细观察了社会，这些都为他的创作准备了背景材料。1880年福楼拜病逝于家中。

福楼拜一生的创作数量不多，然而他的作品却标志着一个时代的出现。与他同时代的法国文评家布吕季耶尔曾这样说："在法兰西小说史里，《包法利夫人》是一个日期，它点出某些东西结束和某些东西开始。"布吕季耶尔因为和福楼拜生活的时代太近而无法语焉其详,却清楚无误地洞悉出福楼拜创作中的独到之处。福楼拜在中学期间就开始创作,16 岁时就以他暗恋的少妇为素材,写出了《狂人回忆录》的手稿。1856 年,他发表了第一部长篇小说《包法利夫人》。这部小说是法国 19 世纪批判现实主义文学中的一部优秀作品,在法国文学史上占有相当重要的地位,可是却受到了当局的指控,罪名是败坏道德诽谤宗教。公诉状要求法院减轻对发行人和印刷者的处分,"至于主犯福楼拜,你们必须从严惩办!"福楼拜仰仗辩护律师的声望和辞令,才免遭处分。迫于压力,福楼拜不得不放弃当代题材转向写古代题材。发表于 1862 年的《萨朗波》就是在这种背景下写出的一部历史长篇小说。《萨朗波》叙述了公元前 3 世纪雇佣兵起义反抗迦太基的一段真实历史,福楼拜用现实主义的创作方法逼真地再现了这一历史事实。写作前,他阅读了大量历史文献资料,还亲自到突尼斯迦太基遗址考察。因而这部充满异国风情的小说一经发表,立即大受欢迎,甚至引起了法国皇后的关注。

1869 年发表的《情感教育》是福楼拜长篇小说中的一部重要作品。这部作品重新以当代生活为题材,并以自己年轻时期的生活体验和经历为素材,描写了七月王朝时期法国的社会的风貌。主人公莫罗是外省资产阶级的青年,中学毕业后到巴黎攻读法律,其间结识了画商阿尔努夫妇,并深深爱上了阿尔努夫人。阿尔努是个寡廉鲜耻、唯利是图的小人,夫人玛丽对他毫无好感,但玛丽恪守妇道。莫罗的痴情终于打动了玛丽,答应和莫罗约会。约会这天恰好玛丽的儿子病重,玛丽未能如期而至。莫罗绝望之余,投入了交际花萝莎乃特的怀抱,与她同居并生下了一个孩子,从此他陷入双重恋爱中不能自拔。为了进入上流社会,莫罗又成为了银行家妻子的情夫,不久又遭失败。他不得不返乡想去找一直迷恋他的路易丝,却发现她已嫁给自己的老同学。1867 年,满头白花的阿尔努夫人突然造访,两人万分激动,互诉衷肠,此刻两人宁愿让爱情保持崇高的精神状态,"谁也不属于谁"。阿尔努夫人留下一缕头发走了,莫罗永远回忆那"美好的时光"。

莫罗是法国七月王朝的时代产物,他意志薄弱,庸碌无为,浑浑噩噩又耽于空想。他时而想在艺术上一显身手,时而又想在政治上有所作为,但是却一事无成;他一生追求过四个女人,可是最后这些女人都离他而去。小说题名为"情感教育",其实他只有些微的情感体验;小说副标题是"一个青年的故事",完整地说应该是"一个庸俗青年碌碌无为的故事"。莫罗的生活经历再现了法国七月王朝的庸俗混乱的时代特征。福楼拜虽然对法国当时的重大事件不置一辞,也没有刻意制造曲折跌宕的故事情节,可是读完作品后,给人们留下的分明不仅是一个人物的情感史,同时也是一部记录法国 1848 年革命形象的编年史,这正是福楼拜创作的过人之处。

1877 年出版的《三故事集》是福楼拜晚年写作的成功作品,这部作品共包括三个短篇,其中《淳朴的心》是福楼拜短篇小说的精品。这部作品在福楼拜全部作品中是一部非常特别的作品。我们知道，福楼拜的全部作品从不描写正面人物，有进取心的英雄人物在他的小说中消失了。他在给高莱夫人的一封信中曾经这样说过："人生如此丑恶，唯一忍受的方法就是躲开。"在他和乔治·桑的著名争议中，针对乔治·桑"要写安慰人心的东西"的主张，他坚定地认为"一定要写伤人心的东西"。《淳朴的心》是福楼拜为顺从乔治·桑（因为乔治·桑对福楼拜怀有一种慈母般的感情）而写的唯一一部破例描写正面人物的小说。女主人公全福是个泥瓦匠的女儿，童年十分不幸，从小失去双亲。她衣衫褴褛，挨打受骂，受尽凌辱。长大后，她在爱情上遭受了沉重的打击，她所爱的人离她而去，娶了一个有钱的老太婆。她知道后伤心得几乎要疯了，在田野里痛哭了一个通宵。出于无奈她给人家当厨娘，对主妇和主妇的两个小孩殷勤备至，把全部的爱放在照顾两个小孩身上。孩子们长大后离她而去，她又把感情转移到侄子身上，侄子走后，她日夜想念他，甚至要人家在地图上指出他在美洲的住所。往后又与一只鹦鹉相依为命，鹦鹉死后，她把鹦鹉制成标本，整天侍奉着。晚年她孤苦伶仃，最后死在破败的老屋里。福楼拜用质朴无华的语言、简洁细腻的笔墨，描写了这位忠仆的一生，她的优秀品质和那颗充满爱的心灵，读来令人心碎，感人肺腑。这个短篇也因福楼拜描写真实细微的心理活动，而成为世界短篇小说史中的一个名篇。

　　福楼拜被称为现实主义的艺术大师。他的创作理论的核心有两点。其一，他强调"真实"，他所说的真实是要按人生本来的样子去描写。在《书信集》中他说："一件东西只要真，就是好的。淫书仅仅因为缺乏真实性，才是不道德的。"其二，他强调"普遍"，福楼拜在给友人的信中明确指出："我总是强迫自己深入事物的灵魂，停止在最广泛的普遍之上，而且特意回避偶然性与戏剧性。"就这一阐述来说，他所强调的普遍性，其实是我们今天所说的典型性。正如他在给高莱夫人的信中所说："就在此刻，同时在 20 个村庄中，我们可怜的包法利夫人正在那里忍受苦难，伤心饮泣。"福楼拜的上述理论完全符合我们今天所称之为现实主义理论的原则。可是福楼拜却一再否认自己是现实主义者。他在一封信中说："我憎恨众口一致叫做现实主义的东西，虽然人家把我当作它的大祭司之一。"造成这尴尬的原因是，当时那些号称自己是"现实主义"的作家和艺术家们，实质上已经走到了自然主义泥淖之中，再加之当时号称现实主义的人们否定他的《包法利夫人》，因此他憎恨"现实主义"。他所否定的是当时法国文坛上作为文学运动的"现实主义"，而不是作为创作方法的现实主义。福楼拜所提倡的冷静、客观、具有科学精神的创作新风格，恰恰是批判现实主义在新时期的发展状态。福楼拜的全部创作继承了司汤达、巴尔扎克那种研究社会、忠于现实的文学传统，但又偏离了他们纯粹批判性地反映现实的原则。他没有司汤达对政治生活认识的深刻性，也没有巴尔扎克创作中表露出来的宏伟与广阔性。他的创作风格是精确、完美、客观的。他提倡的"客观而无动于衷"的创作原则，恰如一幅描绘福楼拜塑造包法利夫人的漫画所示：福楼拜身着白大褂站在手术台旁,右手拿着放大镜,左手举着手术刀,正在对躺在手术台上的包法利夫人做手术。这种"客观而无动于衷"的创作理论的精髓是真实与客观。在小说描写的真实性上,福楼拜比巴尔扎克有过之而无不及,他要求自己像医生给病人诊疗那样,仔仔细细地观察和研究客观事实。为了写《包法利夫人》,他专程去实地调查了五年之久;为了写《萨朗波》,他亲自去北非进行实地考察,并阅读了数以千计的相关资料;为了写《淳朴的心》,他几次去主教桥体验生活,并在案头摆着一个鹦鹉标本;为了写《情感教育》,他写信给朋友打听巡回医院的情况。福楼拜近乎苛求地追求真实,使现实主义文学的真实描写达到了前人所无法比肩的高度。在追求描述的客观性方面,他也是如此。他要求作者在作品中不应暴露自己的任何观点,"作者的见解愈隐蔽愈好","就像上帝不该在自然里面露面一样"。为做到这一点,他强调精确表达词义在艺术创作中的重要作用。他对他的学生莫泊桑要求的"一词说"是一个典型的例证。他对作品的结构、意境、词句反复推敲、反复修改。他每写完一部作品,总是吟诵几遍,听听声调和节奏是否优美和谐,能否向读者传达思想,能否像音乐那样打动读者的心灵。由于他作品的精确、完美,因此被认为是法国著名的文体学范例。但是由于他对创作艺术的形式美和"客观而无动于衷"创作理论的过分强调,尤其是对语言艺术的苛求,则对日后的自然主义和唯美主义的泛滥负有一定的责任。

(二)《包法利夫人》

发表于1856年的《包法利夫人》是福楼拜的代表作。它在批判现实主义文学中占有一个重要的位置,它的发表标志着继巴尔扎克之后法国又一部重要的长篇小说问世。小说讲叙的是一个外省农庄主独生女爱玛悲剧性的一生。少女时期,爱玛被送到修道院接受教育,在这里她对布道和弥撒中提到的情人、婚姻等字句产生了兴趣。一个破落贵族后裔的老姑娘每月来修道院给女学生带来描述"情男情女、月下小艇、林中夜莺"的书籍,她在这里养成了满脑子的浪漫情调。可是,生活却给她开了一个玩笑,她嫁给了一个"谈吐就像人行道一样平板"的包法利医生,平淡无奇的生活使她陷入了极度失望之中。9月的一天,侯爵邀请包法利夫妇赴宴,在这里她目睹了贵族阶级的糜烂生活,邀请她跳舞的子爵的翩翩风度成了她理想中可能出现的偶像,她越发不满意自己的生活方式。包法利医生为了解除她的烦闷,举家迁往永镇,在这里她遇见了见习生赖昂,赖昂觊觎她的美色却又缺乏胆量,两人厮混一段时间后分手了。分手后的生活使爱玛越发感到压抑,而包法利医生却毫无察觉,爱玛非常气愤。一个偶然的机会,爱玛结识了附近庄园的地主罗道尔弗。这是一个谙熟逢场作戏的老手,百无聊赖的爱玛很快成了他的情人。爱玛十分厌恶丈夫,一心想和罗道尔弗私奔,可是在临走的前一天,她却收到这个风月场上老手的来信,声称为爱玛前程着想,不得不不辞而别,并在信上洒上水滴以示痛别之情。罗道尔弗的离去,使爱玛精神备受打击。包法利带爱玛去卢昂散心,凑巧遇到了赖昂,此时的赖昂已经出道,他很快勾引上了爱玛。爱玛为了填补心灵的空虚,投入了他的怀抱,并沉湎在淫乐之中。为了和赖昂相会,爱玛每周去一次卢昂。为了奢华的享受,爱玛不惜借高利贷。不久赖昂对爱玛失去兴趣,而高利贷者又催逼还债,爱玛出于无奈,想找公证人借钱,公证人则企图借机占有她,她愤而拒绝。她又找到罗道尔弗。刚见面时,罗道尔弗跪下来对自己先前的过失表示悔恨,并表示自己还爱着爱玛。可听说爱玛要向他借钱后,他慢慢站起来,冷冷地告诉爱玛他没有钱。至此,爱玛彻底绝望了,回家后便服毒自杀了。

爱玛无疑是法国19世纪文学中一个具有典型意义的艺术形象。福楼拜在描写爱玛由一个天生丽质、心地纯洁的少女到沉溺淫乐、追求奢华而不可自拔直至轻生的亡妇的悲剧一生中,让读者至少看到了形成这一悲剧的两方面因素。其一是爱玛性格中的好幻想、慕虚荣。修道院的教育是培养这一性格的罪魁祸首。19世纪法国流行中上层社会的女子都要接受修道院的教育,以培育日后进入上流社会所需的教养。修道院的教育是对正常人心理的残害,一方面修道院宣扬的禁欲主义压抑人的正常心理成长,另一方面宗教音乐和布道又以虚幻的情调挑逗人的情欲,加之上流社会奢靡生活对小资产阶级巨大的诱惑力,因此形成了爱玛不切实际、想入非非的浪漫幻想。爱玛性格中的这一特征,在文学上被称之为"包法利主义"。其二是法国卑鄙现实力量对爱玛的挤压。这种卑鄙现实既包括地理环境,也包括人群环境。小说中我们可以读到永镇的沉闷与庸俗、卢昂的淫靡与腐化;我们还可以看到罗道尔弗的无耻、赖昂的卑鄙、包法利医生的平庸和高利贷者勒尔的歹毒。福楼拜用他那如椽之笔在描写爱玛悲剧一生的同时,也让我们窥视到19世纪下半叶法国污浊的社会现实。令人感到意味深长的是,在小说结尾处画龙点睛地写到,爱玛死了,但那些置她于死地的人——罗道尔弗、赖昂、勒尔等却步步高升,左右逢源。这种对比的手法,饱含着作者对现有社会的愤怒控诉。

在小说表现艺术上,福楼拜殚思竭虑,做出了艰辛而又卓有成就的探索,他的《包法利夫人》堪称是一部"新的艺术法典"。福楼拜坚持"客观而无动于衷"的创造原则,不对小说人物作道德评判,不直接在作品中表述自己的观点,然而读者却在那些冷静的描述中体味到作者炽热的情感。例如描写爱玛对爱情的渴求,"就像厨房桌子上一条鲤鱼巴望水";写爱玛看透罗道尔弗卑鄙的心理活动,"他停在她的心灵深处,比一位国王的木乃伊尸体在陵墓还要尊严,还要安静";写罗道尔弗要摆脱爱玛,却又假惺惺写诀别信的情景,"他倒了一杯水,沾湿手指,在半空丢下一大滴水,冲淡一个地方的墨水。随后,他封信找印盖,摸到的图章偏偏就是那颗'心心相印'"。福楼拜这种外冷内热的表达方式,使小说艺术得到了进一步的发展。正如李健吾先生所言:"从作品删去作者的意见,不是从作品删去作者的个性,这是一个很大的区别。《包法利夫人》第一次完成福氏的希望,完成巴尔扎克的希望,使小说进入艺术的高尚的境界。"①

第三节 英国文学与哈代

一、英国文学

随着"日不落帝国"雄风不再,19世纪最后30年的英国文学也逐渐失去了昔日的风采。虽然在这一时期英国文坛上仍然出现了萧伯纳、王尔德和哈代,但与本世纪前期文坛的热闹景象相比显然要冷寂多了。先前萨克雷、夏洛蒂·勃朗特作品中的强烈批判意识逐渐被理解、宽容所替代,而狄更斯作品中的乐观主义精神则更被怀疑、悲观乃至颓废的"世纪末"情绪所取代。尽管如此,人们常常谈论的"维多利亚文学时期"的鼎盛气象此时仍然残有余晖,诗歌、散文,尤其是小说、戏剧仍然频出佳作,文学创作中的心理描写也比以前更深刻、更精确、更多样化。

乔治·梅瑞狄斯(1828—1909)是以一个诗人的身份登上文坛的,可人们往往都视他为小说家。他的小说大多以不成功的恋情和失败的婚姻为题材,这当中不乏作者自身的生活影子,但他对婚恋状况的探讨已大大超出了个人经历,表现了对现实社会问题及人性的深刻批评。1879年发表的《利己主义者》是他的代表作,作品塑造了一个"优秀的英国青年绅士",具有上流社会所公认的各种合乎礼仪的代表,可是这个模范的绅士,实质上是一个彻头彻尾的利己主义者。小说描述了他和三位女性的情感经历,康斯坦丁亚·杜亨在与他订婚之后发现他的自私,宁愿弃他而去,和别人私奔;克拉拉·米德尔顿订婚后也企图逃跑;拉蒂亚·黛尔同威洛化结婚时,她心里所感到的不是婚礼的欢呼,而是丧钟的声音。作品以喜剧的形式嘲弄了英国资产阶级的庸俗与堕落,成为这一时期英国文学中的一部重要作品。

萧伯纳(1856—1950)是英国继莎士比亚之后杰出的现实主义剧作家。他以喜剧形式再现了19世纪末20世纪初英国上流社会种种厚颜无耻的社会现象,用反论这一独特的艺术表现手法无情地嘲弄了英国资产阶级的丑陋嘴脸。正是在这一意义上,俄国文学批评家卢那察尔斯基称他是一位"精神饱满,笑声呵呵的武士"。

19世纪80年代,英国舞台上充塞着模仿法国的戏剧,这些戏剧内容平庸,题材狭窄,与英国社会现状相差甚远。萧伯纳深受易卜生的影响,指出"戏剧的使命在于振奋人心,迫使人们去进行思考,引起痛苦",反对把戏剧当作消遣之物,这些见解突破了19世纪末英国剧坛上形式主义、唯美主义的风气。他自19世纪90年代起到逝世,一共写作了51部戏剧,人们一般以第一次世界大战为界限,将他的全部创作划分为两个阶段。萧伯纳的思想较为复杂,他一方面无情地鞭挞英国资产

---

① 李健吾:《福楼拜评传》,湖南人民出版社,1980年,第115页。

阶级的伪善，另一方面又奉行改良主义，他是英国"费边社"的主要成员，费边社反对暴力革命，主张用点滴改良的"渐进"办法改造社会。这些思想在他的戏剧中都留下了深刻的痕迹。

19世纪90年代初萧伯纳创作了三部戏剧，分别是《鳏夫的房产》(1892)、《好逑者》(1893)和《华伦夫人的职业》(1894)。萧伯纳将这三个剧本合集出版，定名为《不愉快的戏剧》。他在这部集子的序言中谈到了定名的原因："在《鳏夫的房产》一剧中，我指出'可敬'的资产阶级以及出自名门的贵族子弟都是依靠剥削城市贫民窟的穷人过活，正如苍蝇之靠腐烂的东西过活一样。所以这个题材是不愉快的。在《好逑者》一剧中我描写荒诞不经的两性问题的交易，这种交易美其名曰男女之间的结婚，……我觉得很难否定所有这些非常不愉快的事情。在《华伦夫人的职业》一剧中我直截了当地叙述了华伦夫人自己所谈到的事情：'妇女保障自己的唯一恰当的方法就是嫁给自己心爱的能够养活自己的男人'……这个题材也是不愉快的。"①

《鳏夫的房产》是萧伯纳写的第一个戏剧。鳏夫萨托里斯是一个靠出租贫民窟房屋而发财致富的房产主。他的独生女儿白兰琪被培养成上等人，但她不知道父亲收入的来源，她的未婚夫屈兰奇医生从收租人那里得知她父亲的收入来源后，极为愤慨，决心放弃这门亲事。萨托里斯告诉屈兰奇，他的房屋的土地是医生家的产业，所以医生本人也从房地产中获益不浅。萨托里斯的这番话，使医生羞愧难当，在现实面前，他屈服了。他不但娶了白兰琪，还同意和萨托里斯一道经营房产。《华伦夫人的职业》在思想内容上与《鳏夫的房产》相似，也涉及资产阶级罪恶财源的问题。华伦夫人在欧洲许多地方开妓院，收入颇丰。女儿薇薇不清楚此事，她曾是剑桥大学的高材生，聪明能干，自命清高，有一天她突然发现了母亲的财产来源，自尊心受到沉重打击。她同母亲断绝了经济上的联系，决定走一条独立自主的生活道路。这两部戏剧都揭穿了英国上流社会"体面的"资产阶级不体面的财产来源，无情地嘲弄了英国资产阶级虚伪的面孔。

由于萧伯纳创作的剧本对英国现实进行了犀利的嘲笑，招来了有产阶级的强烈不满，因此他在19世纪90年代后半期创作了以《愉快的戏剧》命名的四部戏剧。这些戏剧虽然仍然保持对资产阶级的嘲讽，但是其讽刺有所收敛，妥协倾向较为明显。如《武器与人》(1897)中，胜利者被描写成古怪的样子，很像与风车作战的堂吉诃德；《不可预料》(1897)中，克兰敦夫人的女儿也放弃了为妇女争取平等权利的要求。这些剧本一方面表现出萧伯纳对资产阶级进行的无情揭露，另一方面又表现出无原则性的妥协。在萧伯纳的笔下，资本主义社会中的尖锐矛盾变成了一场滑稽可笑而又不得不被全盘接受的丑剧，正面主人公大多软弱无力，他们对资本主义

---

① 陈嘉：《英国文学史》，人民文学出版社，1983年，第569页。

的罪恶不满,但又不想反抗,只是作些极小的改良,这一切都是萧伯纳改良主义思想的反映。

《巴巴拉少校》(1905)是萧伯纳戏剧创作中的代表作品,剧中描写了大资本家、军火商安德谢夫的女儿巴巴拉在宗教慈善组织救世军中任少校,她热心慈善事业,宣传宗教,不但向穷人进行施舍,而且还想拯救人的灵魂,尤其是要拯救像他父亲一样的人的灵魂。安德谢夫是一个靠战争发财的资本家,巴巴拉要求父亲放弃制造杀人军火的事业。为了坚持自己认为正义的立场,巴巴拉甚至不愿接受父亲给救世军的捐款。可是她后来惊讶地发现,她所信奉的救世军原来也是靠像她父亲一样的资本家资助的,她的理想破灭了。戏剧是以她的未婚夫希腊文教授同意安德谢夫的条件,当他的助手和继承人而结束。因为她的未婚夫认为把继承权拿来,可以使工厂变为有利于人民的服务工具。这种从内部进行改良的做法,完全是萧伯纳思想中费边主义的表现。

萧伯纳在20世纪还创作出了《伤心之家》(1917)、《苹果车》(1929)等优秀剧本,但总的来说,19世纪末和20世纪初,是他创作的黄金时代。他主要是作为一个坚持现实主义并做了许多创新的戏剧大师而留名于世。萧伯纳对戏剧的艺术贡献是运用了被后世人称之为"反论"的艺术手法,这一艺术手法是以似非而是的语言表现形式,让观众与读者忍俊不禁,在嗤笑中领略作者的睿智。例如在《支配命运的人》里有这么一段话:"英国人什么好事坏事都做,但是永远不会做错事。英国人无论做什么事都有原则:按爱国原则进行战争,按商业原则进行掠夺,按帝国主义原则进行奴役。"在《易卜生主义精神》中,我们可以读到:"贫穷是有组织的抢劫与压迫的结果。"在《约翰牛的另一个岛屿》里,我们又读到:"有许多国家不幸缺乏管理自己的才能,我们英国人必须毫不吝啬地发挥我们这方面的天赋,为这些国家效劳。"萧伯纳的反论手法使他成为英国文学中最辛辣的讽刺者之一。

二、哈代

(一) 生平与创作

托马斯·哈代(1840—1928)是19世纪晚期英国最重要的批判现实主义作家。他是维多利亚后期一位伟大的小说家,20世纪英国第一位重要的诗人。他的创作生涯经历过从诗人到小说家又到诗人的循环,造成这一循环的原因既来自外界的压力(他由于创作了《德伯家的苔丝》和《无名的裘德》遭到评论界和社会的指责,因此一气之下不再写小说),也出自他个人对诗歌的偏爱。他一生最大的愿望不是成为一位有成就的小说家,而是一位卓越的诗人,他的第二位妻子也曾说过,要知道哈代的一生,读他100行诗胜过读他的全部小说。[①] 事与愿违的是,人们知道更多的是小说家哈代,而不是诗人哈代。

哈代出生在英国西南部多塞特郡多切斯特小城附近的农村,父亲是个石匠,后来成为建筑工程的承包商。哈代15岁时给一名建筑师当学徒,同时对文学产生了兴趣,哈代对农村和农民的生活习俗十分熟悉,对资本主义渗透进古朴的农村生活后给农民带来的破产和贫困,以及它对农村宗法制社会基础的破坏深恶痛绝。1862年哈代前往伦敦,在一位建筑师手下工作,此时他阅读了大量书籍,并到大学进修语言课程。因健康等原因,1867年哈代回到家乡,重新从事建筑师的职业,同时也开始了他的文学创作生涯。1874年哈代与他相恋四年之久的爱玛结婚,婚后哈代夫妇多次迁居,直到在家乡盖了一所房子才定居下来。他于1910年因文学创作的卓越成就被授予功绩勋章。1912年爱玛去世,1914年哈代娶女秘书为妻。1928年1月哈代病逝,葬于伦敦威斯敏斯特教堂的"诗人之角"。

哈代一生著述颇丰,他共写了长篇小说14部,短篇小说集4部,诗歌集8部,史诗剧1部。哈代将他的长篇小说分成三类,人物与环境小说、罗曼史和幻想小说及机敏和经验小说。他的最重要的长篇小说都属于"人物与环境小说"这一类,因为这些小说都以南部威塞克斯农村地区为背景。"威塞克斯"是他利用古代西撒克逊人的国名所虚构的地名,故这些小说又称为"威塞克斯小说"。这些小说按他本人的说法是"几乎没有受到他人影响的",亦即最具有原创性的作品,因此长期以来受人重视。哈代在这些小说中表现出一种深刻的矛盾性,一方面他对具有浓郁的宗法制社会风俗的英国农村在资本主义侵蚀后,给农民带来贫困和破产的现实深表同情,对资产阶级虚假道德进行严厉的抨击;另一方面他又认为宇宙间弥漫着一种凌驾于现实之上的神秘力量,人在这种力量面前表现为束手无策,任其摆布。因此我们在哈代小说中既看到西欧批判现实主义文学对社会无情的揭露性,又看到小说中善良的人们在命运面前不知所措、束手待擒的悲观性。

《远离尘嚣》(1874)是哈代"人物与环境小说"中首部获得成功的长篇小说,哈代从此放弃了建筑师的职业而全力投入写作。小说的背景是作者的故乡多塞特农村,但这不是充溢着田园风光的宗法制农村,而是受到资本主义思想侵蚀的乡村。主人公芭丝谢芭是个农场主,美丽聪慧,但爱慕虚荣,先后为三个男子追求。朴实的牧羊人噶布里尔向她求婚遭到拒绝。道德败坏的青年军官特罗伊欺骗了她的感情,与她结婚后又勾引了纯朴的少女,最后使这个少女惨死在救济院。另一个疯狂爱着她的博尔德伍德,因嫉妒而杀死特罗伊后被终身监禁。最后噶布里尔终于如愿以偿地和心爱的人结为伉俪,和芭丝谢芭过着幸福恩爱的生活。小说虽然以有情人终成眷属为美满的结局,但全书中笼罩着悲剧气氛。作者通过小说告诉人们:

[①] 罗芃、孙凤城、沈石岩主编:《欧洲文学史》第3卷,商务印书馆,2001年,第19页。

远离尘嚣的古老的乡村,再也不是恬静安宁之地,资本主义发展所带来的欺骗、争夺和利己主义已经侵蚀了田园牧歌式的宗法世界。

写作于1878年的《还乡》是哈代创作中一部脍炙人口的长篇小说。主人公克林·姚伯厌恶巴黎喧嚣的生活,抛弃珍宝商的舒适生活到家乡爱敦荒原从事教育事业,他的举止受到母亲的责备与不理解。美丽的乡村姑娘游苔莎则想往城市生活,虽然她早已有情人韦狄却又追求克林,希望克林重返巴黎而带她脱离农村生活。和克林结婚后发现她的愿望无法达到,夫妻之间矛盾不断加深。于是游苔莎暗中又和韦狄商量私奔,去过她想往的生活,不幸二人在私奔途中,双双死在爱敦草原。克林的理想终因家庭的变故和家乡人的不理解而破灭,做了传教士而终其一生。在这部小说中,忧虑的气氛十分浓烈,现实与理想的矛盾使读者深切体会到作者的悲观意识,哈代通过克林之口说道:"我们不能打算怎样在人生里光荣前进,而只能打算怎样不丢脸地退出人生。"悲愤之情溢于言表。尤其是对爱敦荒原的描写,使人们明确感受到,在万古如斯的荒原面前,人的力量是那么渺小,它冷漠地注视着变幻无常的世俗生活,凡是与它相抵牾的终将受到惩罚,克林的母亲、游苔莎和韦狄相继死在爱敦荒原上就是明证。作者毫不掩饰地告诫人们,以爱敦荒原为代表的宗法制乡村生活,在资本主义思想侵蚀下已成为桎梏人们思想和生活的枷锁。爱敦荒原也由此而成为冥冥之中主宰人们命运的象征物。

在1866年发表的小说《卡斯特桥市长》中,宿命论的思想更为浓烈。小说通过主人公亨察尔由当市长到众叛亲离、贫困潦倒,最后孤独而死的悲惨遭遇,形象地反映了威塞克斯两个时代、两种制度、两种思想之间的尖锐冲突,以及宗法制农村社会如何在资本主义的进攻和打击下逐步走向彻底死亡的悲剧性过程。亨察尔年轻时因酗酒铸成大错,可是无论他付出多大代价去赎罪,仍然无法逃脱命运对他的惩罚;代表新兴资产阶级的伐尔伏雷则节节胜利,彻底击溃了亨察尔。小说清楚无误地表明了哈代对19世纪后期英国社会变迁的高度关注和深切忧虑。然而作品也不是一味消沉于命途多舛之中,这从小说的题名《卡斯特桥市长的生与死,一个有性格的人的故事》可见一斑。在哈代的眼中,亨察尔是个有性格的人,他在孤独中依然保持着道德的坚定性,在他的一生中从没有向伐尔伏雷所代表的资产阶级势力投降,就是在死后也不屈服。小说结尾的"亨察尔遗嘱"是对冷酷的利己主义和虚伪世界的诅咒,这种诅咒不是出于绝望,而是表现出"一个有性格的人"的坚强意识。

哈代在完成他的优秀长篇小说《德伯家的苔丝》(1891)后,于1896年又发表了他的最后一部长篇作品《无名的裘德》。这两部小说与前期的作品相比,一个突出的特点是将个人的悲剧扩展为社会悲剧。在这两部小说中,哈代加强了对造成主人公悲剧的社会根源的挖掘,从而使他小说中长期表现出来的悲剧意识具有了更深的内涵。《无名的裘德》有较多的哈代个人传记色彩,主人公裘德和作者一样是个石匠,因家境贫寒而没有受教育的机会,但是他渴求知识,利用工作之余刻苦自学,向往到基督寺大学(影射牛津大学)去接受高等教育。可是这所大学接纳的是那些腰缠万贯人的子弟,裘德被拒之门外,只能从事他的石匠工作。小说还描写了裘德的两次婚恋故事。他曾经因年轻轻率和一个浅薄的女人结婚,婚后不久妻子因追求享乐离他而去。在基督寺大学他遇到了表妹淑·布莱德赫,两人志趣相投,在经历过痛苦的磨难后,两人终于同居,并生有小孩。他们这种大胆的结合遭到了来自社会和宗教的巨大非议,在精神和肉体的双重打击下,淑离开了裘德,裘德从此以酒浇愁,不久忧郁而死。

裘德的不幸遭遇令每一个读者动容,因为它展示的是,不合理的社会制度不仅堵塞了一个有为青年渴求成功的道路,而且埋葬了他对纯真爱情的追求。这是一曲无言的悲歌,它控诉的是人们正当的生活权力被剥夺的凄苦之状,同时也表现出作者回天乏力的悲苦之情。

《德伯家的苔丝》和《无名的裘德》的相继发表,招致了上流社会的无端指责,哈代又重新致力于已放弃多年的诗歌创作。哈代的诗歌创作量很大,其主题也和小说一样,多为表现命运的悖拗。但是在诗歌中,作者能敞开他的心扉,尽情而洒脱地倾诉他强烈的感情,包括对友人的思念、对妻子的缅怀、对昔日爱恋少女的追忆、对战争的厌恶和对未来生活的憧憬。读他的诗歌对理解他的小说有着特殊的作用,他所受到压抑的情感在诗歌中尽情地得到了释放,例如歌咏生命之光的《生命,我何曾计较》、抒发对生活希望的《希望之歌》以及反对非正义战争的《离别》。爱情是哈代诗歌中歌咏最多的主题,在这些诗歌中作者既有热烈情感的坦露,也有矜持腼腆的隐晦。《献给小巷里的露伊莎》就是一首优美动人的爱情诗。诗歌记载了哈代少年期间的一段往事。早年他爱上邻居的少女露伊莎,他俩常在小巷里相遇,每次相遇两人都是脉脉含情,可谁也没有勇气开口。一次,哈代和露伊莎再度在小巷相遇,哈代想同她说话,可是由于胆怯,只轻轻地说了一声"晚安",露伊莎嫣然一笑。哈代万万没有想到,这句"晚安"竟然是他俩讲过的唯一的一句话。

在哈代的诗作中,史诗剧《列王》(1904—1908)占有重要的地位。这是一部融史诗、戏剧、抒情诗为一体的大型史诗剧,全剧共3部19幕130场。剧情反映的是1805—1815年间欧洲各国抵御拿破仑侵略战争的史实。史诗剧取名为《列王》有两层意义:一是暴露出欧洲各国君主在拿破仑的淫威下摇尾乞怜、牺牲民族和人民利益苟且偷生的众生相;二是摘下拿破仑头顶的光环,揭示出他称霸欧洲奴役人民的狼子野心,表现出哈代反对侵略的进步思想。他在给一位友人的信中这样说:"《列王》想说明欧洲的统治者不是为人民的利益,而是为了维护他们的王朝,相互间展开了殊死的斗争。"① 但是由于哈代深受叔本华"内在意志"哲学思想的影响,

---

① 转引自罗芃、孙凤城、沈石岩主编:《欧洲文学史》第3卷,商务印书馆,2001年,第22页。

认为历史事件的结局并非人们的意志所决定,主宰历史的乃是一种冥冥中超自然的力量,帝王将相,包括拿破仑这样的天才,都不过是宇宙主宰的傀儡。因此和哈代的小说一样,在他的诗歌中也表现出相当浓厚的宿命论观念。

(二)《德伯家的苔丝》

《德伯家的苔丝》是哈代的代表作品,小说描写了农村姑娘苔丝短促而不幸的一生。苔丝是一个美丽、纯洁、善良而勤劳的姑娘,从小就承担起家庭生活的重负。多事的牧师从族谱中偶尔发现苔丝一家原本是早已没落的贵族后裔,加之父母欲摆脱贫困的强烈愿望,苔丝不得不来到富有的德伯家攀亲戚,从此苔丝踏上了苦难的道路。她在德伯家养鸡,德伯家的老太太手辣心狠,威逼苔丝做各种苦役。德伯家的少爷亚雷是个轻薄的纨绔子弟,对苔丝的美貌垂涎三尺,终于在一个黑夜奸污了苔丝。怀孕后的苔丝心酸地回到家乡,又受到邻里的蔑视。孩子夭折后,苔丝到一家牛奶厂当挤奶工,她勤勉地劳动,希望用无休止的劳动使自己忘却过去的痛苦。可是,她的善良与美丽吸引了一个牧师的儿子安矶·克莱,两人产生了爱情。新婚之夜,她出于对克莱的忠诚与热爱,向他坦白了失身一事,"思想开通"的克莱听罢,立即离开她只身前往巴西。被遗弃的苔丝又回到了娘家,在一家农场干着男人们一样的繁重工作。亚雷又来纠缠她,她在苦痛之余写了一封情辞恳切的信给克莱,希望他能回心转意,可是信又被克莱父母耽搁。百无聊赖的苔丝,在父亲去世、母亲患病、弟妹失学、一家沦落街头的窘境下,只得成为亚雷的情人。克莱在巴西经商失败,归来向妻子忏悔自己的过失,苔丝在悔恨和绝望中刺死了害她一生的亚雷。她和克莱在荒野中度过了几天幸福的逃亡生活,终于被捕,被判处死刑。

苔丝从一个美丽纯洁的姑娘"堕落"成一个杀人犯,哈代在苔丝被捕前有一番意味深长的描写:"'典刑'明正了,埃斯库罗斯所说的那个众神的主宰对于苔丝的戏弄也完结了。"这让每一个读者清楚地看出了作者对当时英国社会制度的强烈控诉。造成苔丝悲剧的结局至少有以下几个原因:首先是19世纪末资本主义入侵造成了广大农民破产后走向贫困的严峻现实,小说中一再描写苔丝在农场里干着繁重的超体力劳动但仍然食不果腹就形象地说明了这一点。其次是亚雷与克莱对苔丝的蹂躏与戏弄。如果说前者是对苔丝的肉体摧残,那么后者则是对苔丝精神的残害,拨火的"魔鬼"亚雷和抚琴的"天使"克莱以两种不同的方式将苔丝推向了悲剧的深渊。亚雷的荒淫好色、损人利己既体现了农村地主阶级的本质特性,也表现出新兴资产者的现实特征。克莱的情况则较为复杂,他一方面作为具有"自由思想"的资产阶级代表人物,鄙视阶级偏见、等级观念、厌恶都市繁华生活,来到农村和农民一起从事繁重的体力劳动,并在大自然中结识了像大自然一样纯洁的苔丝。应该说,克莱对苔丝最初的感情是真诚的,为此他拒绝了父母为他安排的一桩门当户对的婚姻。另一方面他头脑中固有的利己主义观念又妨害了他去接受一个并不真正"纯洁"的新娘,尽管他自己也本不是纯洁的人。他的遗弃本身是对无辜姑娘的致命打击,尽管他为此也付出了沉重的代价。

苔丝是英国文学史上熠熠发光的一位优秀女性。哈代怀着巨大的同情描写了苔丝的形象,在她身上集中了劳动妇女的优秀品质。她纯朴、感情真挚、有着一颗善良的心灵,同时她又是一个疾恶如仇的女人,当她明确意识到她的一生被亚雷所毁时,就不顾一切地杀死了他。用传统的习俗来看,她是一个邪恶、淫荡的女人,可是哈代却称她是"一个纯洁的女人"(小说的副标题亦是这样称呼)。但是对于苔丝这一形象不能仅从写实层面去理解,小说赋予了她多种隐喻的象征意义。克莱称她为阿耳忒弥斯(月神),又称她为德墨忒耳(农神、丰收神),她既有"飘逸"脱俗之美,又与大自然、大地合为一体,是繁殖力的象征,是自然本能和真情实感的化身,也是引起人的欲望之物。苔丝是哈代所寻求的斯多噶忍让精神的体现者,她并非完全无辜,或只是逆来顺受,而是有着极强个性的人。她不断做出选择,并忍受了选择的后果。她和《卡斯特桥市长》中的亨察尔一样,尽管犯了种种错误,却因具有承受巨大苦难的超常能力而获得人的尊严,从而也得到了作者和读者的同情和景仰。

第四节 北欧文学与易卜生

一、北欧文学

由于出现了安徒生、易卜生、斯特林堡等享誉世界的大作家,19世纪的北欧文学在西方文学史上占有重要的地位。

从14世纪开始,丹麦征服了斯堪的纳维亚诸国,长期控制着挪威、瑞典、芬兰和冰岛的政治、经济和文化。1814年挪威刚刚摆脱了附庸国的地位,又被迫与瑞典"合并",再次处于他国的统治之下,直到1905才最终获得独立。1863年丹麦与普鲁士爆发战争,丹麦军队被普奥联军打败,失去了部分领地。在这样一个动荡不安的世纪,出现了北欧现实主义文学的繁荣。

丹麦作家汉斯·克里斯蒂·安徒生(1805—1875)的童话是北欧文学对人类文明最杰出的贡献之一。《卖火柴的小女孩》《皇帝的新装》和《影子》是他最著名的批判现实的童话,《海的女儿》《丑小鸭》对爱情和女性命运的优美动人的描写,具有永恒的艺术魅力。

挪威剧作家比昂斯藤·马丁纽斯·比昂逊(1832—1910)是易卜生的朋友、亲家,也是论争对手。他的《破产》(1875)揭示了资本家的贪婪本性和尔虞我诈,《挑战的手套》(1883)揭示出女性作为男人玩物的屈辱地位。

瑞典作家奥古斯特·斯特林堡(1849—1912)是一个承前启后的作家,用他自己的话来说,即"过渡时代的人"。他的小说《红房间》(1879)和剧作《朱丽小姐》(1888)是出色的现实主义和自然主义作品,后者还被称为欧洲自然主义戏剧的典范。他的剧作《到大马士革去》(共三部,1898—1904)、《一出梦的戏剧》(1902)和《鬼魂奏鸣曲》(1907)用梦幻、鬼怪、时空交错等方式表现人的主观世界,对20世纪的表现主义戏剧产生了重大影响。

19世纪北欧文学成就最大者当属易卜生。

二、易卜生

(一) 生平与创作

亨利克·易卜生(1828—1906)生于挪威南部的希恩镇。他被誉为"现代戏剧之父",他的创作对现实主义戏剧、象征主义戏剧、表现主义戏剧、心理分析剧乃至心态小说都产生过直接影响。有人甚至把他看成"戏剧史上的罗马",因为"条条大路出自易卜生,条条大路又通向易卜生"。

因父亲破产,易卜生的童年和少年是在贫困中度过的。他当了6年药店学徒,期间大量阅读莎士比亚、歌德、拜伦等人的作品并学习拉丁文,同时开始诗歌和戏剧创作。1850年前往首都克立斯替阿尼遏(今奥斯陆),进入文艺界,也参加了一些政治运动。1851年出任卑尔根剧院的剧作家和编导,1857年返回首都,担任挪威剧院的艺术指导,为挪威民族戏剧的振兴做出过巨大贡献。1864年普奥联军再次入侵丹麦,易卜生义愤填膺,痛斥入侵者也痛斥挪威和瑞典不敢参战、不愿携手保护斯堪的纳维亚人民,继之愤而去国,开始了长达27年的旅居生活,主要居住在罗马和德累斯顿。1891年返国定居,1906年逝世。

《布朗德》(1866)是一部哲理诗剧。同名主人公是个十足的完美主义者和理想主义者,他奉行的准则是"全有或全无",要么是完人,要么是无赖。他对一切不符合理想的事物都采取毫不妥协的批判态度,他宣传真理,号召群众跟他一起往高处走。然而,民众后来被发财致富的诱惑所吸引,不仅弃他而去,还用石块砸向他,可他仍然继续号召人们为了远大、完美的理想社会而牺牲现实利益。布朗德最终被坍塌的冰块砸死,他的悲剧与堂吉诃德的一样,是思想超前的精英为现实社会所不容的悲剧。

《培尔·金特》(1867)可以视为《布朗德》的姊妹篇,其主人公在很多方面正好与布朗德相反,他几乎是个人主义和"妥协精神"的化身。他随波逐流,没有原则,可以昧着良心依附于任何秩序和生活方式,以保全自己的利益;他纵情享受,追求最大限度的"自我满足"。不过,培尔·金特也并非一个十足的恶棍,这个复杂人物的心中还有真挚感人的爱——对母亲和妻子的爱。他的"忠于自己",他的轻快活泼,他的高度发达的幻想和想象,甚至让观众不由自主地喜爱上他。

从1868年到1891年回国之前，易卜生写了9部社会问题剧。所谓"社会问题剧"指的是易卜生创造的直接揭示现实社会重大问题和热点问题的现实主义戏剧。它侧重于提出问题而不是指出解决问题的方法和途径，正如易卜生自己说的那样，"我的工作是提出问题，我对这些问题没有答案"。讨论是社会问题剧的又一主要特点，剧本里往往包含了大量的讨论和争论问题的对白，所以社会问题剧又被称为"讨论剧"。在这9部剧作里，有两组作品尤其著名，它们是《玩偶之家》(1879)和《群鬼》(1881)，《人民公敌》(1882)和《野鸭》(1884)。

《人民公敌》塑造了一个不惜一切代价也要说真话、揭露问题、坚持公理和正义的理想主义者形象，描写了这样一个极富社会使命感和责任心的人在虚伪、庸俗、堕落的社会里的悲剧命运。这个形象就是斯多克芒医生。斯多克芒发现小城的浴场被严重污染了，急切地想把这个发现告诉全城市民。然而，出于政治的和利益的考虑，上至市长下至普通市民居然没有一个人敢于和愿意正视这一事实，他们以劝说、警告、威胁、嘲笑等各种各样的方式试图制止斯多克芒把真相公之于众，剥夺他的发言权；而斯多克芒却毫不畏惧，坚持说出真话，并宣告他追求真理的独立人格不可侮，宣告他将为正义和公理、为说真话的权利和言论自由战斗到底。结局是，几乎所有的市民认定斯多克芒是"人民公敌"，许多人还野蛮地冲到斯多克芒的住处砸碎玻璃窗，直至迫使他离开家乡。

《野鸭》表达的则是对同一问题的完全相反的观点：从现实社会的角度考虑，完全不讲策略、不讲方法的说真话以及不顾现实可行性和实际效果的真实至上，其结果并不一定有助于社会，很可能还有害于社会和民众。主人公格瑞格斯是一个厌恶虚伪、希望彻底摒弃谎言的人。他觉得自己有责任使好友雅尔马擦亮眼睛，认清他的家庭幸福和欢乐是建立在谎言的基础上的，于是便把雅尔马的妻子过去与人私通以及雅尔马天真无邪的女儿不是他亲骨肉的真相揭发出来，希望从此以后朋友的家庭关系能"建筑在真理上头，不掺杂丝毫欺骗的成分"。然而，诚实和真相不仅没有给任何人带来幸福，反而带来了惨祸：女孩承受不了突如其来的巨大心理压力，自杀身亡，雅尔马一家家破人亡。作品表层的含义是"对一个普通人戳穿生活的谎言，你就是剥夺了他的幸福"。其更深的批判意义在于，易卜生要用如此惨痛的故事从反面说明，虚伪已经渗透人的骨髓，已经成为人不可分割的一部分，谎言已成为现代社会生活的一块基石，成为生存的规范；如果社会不发生根本性的变革，单靠个别人凭满腔热情和真诚去与普遍的虚伪抗衡，结局只能是，要么给别人带来灾难，要么造成自己的悲剧。

从1891年回国到1900年病重，易卜生的创作象征性增强，悲观主义色彩加重，《建筑师》(1892)和《当我们死而复醒时》(1899)是其晚年较著名的剧作。

易卜生是对我国影响很大的外国作家，他的杰出剧作《玩偶之家》对中国的反封建和女性解放产生过积极的推动作用。

(二)《玩偶之家》

《玩偶之家》是易卜生最优秀的剧作，也是使他获得世界性声誉的作品。作者在这部作品里讨论的是女性在家庭中的地位、家庭关系中的两性差异、女性的悲剧命运和女性解放等具有普遍而深远意义的重大社会问题。

银行经理海尔茂的妻子娜拉是个热情活泼、天真可爱的少妇。她深深地爱着他，他看上去也很爱她，"小鸟儿""小松鼠""金丝雀"等亲昵称呼唤个不停。她在丈夫患重病无钱疗养的时候，为治好他的病，不惜假冒父亲的笔迹向别人借钱。海尔茂痊愈之后发现娜拉冒名签字，认为这种违法行为有损他的声誉，便对娜拉大发脾气，辱骂她是"下贱女人"，还要剥夺她教育子女的权利。娜拉如梦初醒，看清了丈夫极其自私和冷酷无情的真相，也看清了自己在家庭中的玩偶地位和附庸地位。认识到自己可悲的地位和命运的娜拉决心重新建立自己的独立人格，不再依靠丈夫、父亲或任何男人。她义正词严地对海尔茂说："首先我是一个人，跟你一样的一个人——至少我要学做一个人。……什么事情我都要用自己的脑子想一想，把事情的道理弄明白。"最后，娜拉毅然决然地离开了那个"玩偶之家"，因为她再也不能忍受这种耻辱的处境。外面的世界究竟怎样，出走后会有什么样的结局，将来的出路在哪里……对这些问题娜拉还来不及考虑，但她依然勇敢果断地挣脱了束缚、冲出了牢笼，去面对新的问题，去自己把握自己的命运。她向丈夫也向整个男权社会宣布："现在我要去学习，我一定要弄清楚，究竟是社会正确，还是我正确。"

这部剧也形象生动地揭示了两性的差异和隔阂。对此易卜生自己有明确的解释："有两种精神法律，两种良心，一种是男人用的，另一种是女人用的。他们互不了解；但是女人在实际生活中被按照男人的法则来评判，仿佛她不是一个女人，而是一个男人……这个社会完全是一个男人的社会……他们从男人的立场出发判断女人的行为方式，在这样的社会里，一个女人不可能忠实于自己。"娜拉"伪造签名，而且这是她的骄傲；因为她是出于对丈夫的爱，为救他的命而这样做的。这个男人却以平常人的全部正直站在法律的土地上，用男人的目光来看待这件事"。他不仅认为娜拉犯了法，而且认为她的好意造成了可怕的恶果：将他们的爱情和婚姻建立在欺骗之上。欺骗就是欺骗，无论出于什么动机、包含多少情意，而欺骗就是对爱情和婚姻的亵渎。相反，娜拉却认为她是把婚姻建立在爱情之上的，她的一切行为的动机和价值标准都是爱。她绝对不能理解为什么法律要和爱过不去甚至要惩罚爱："难道法律不许女儿想法子让病得快死的父亲少受烦恼吗？难道法律不许老婆搭救丈夫的性命吗？"如果法律不考虑动机，"那一定是笨法律"。"国家的法律跟我心里想的不一样，……我不相信世界上有这种不讲理的法律。"易卜生的情感显然是倾向于娜拉的，但他同时也通过这出剧告诉人们，不能简单化地理解娜拉和海尔茂，因为冲突双方都有一些合理的诉求，也都有一些偏颇。从这一角度考察，不难发现，海尔茂和娜拉的问题也出在价值观不同又不能相互沟通和相互理解上。娜拉和海尔茂的悲剧让人们认识到：两性之间有一条巨大的鸿沟，而这种深刻的隔阂恰恰是许多两性矛盾的深层原因；因此，要真正实现男女平等和女性解放，就不能仅仅依靠冲突、斗争、疏远、出走和离异，更重要的还需要沟通和理解。

有人说，由于社会仍然是男权社会，由于娜拉并没有在经济和事业上独立，她即使出走了也没有好下场，不是堕落，就是再回来；进而又责怪易卜生没有给娜拉争取独立和解放提供一个清晰的正确方向和一条可行的道路。这种责难是不公平的，至少是苛求的。易卜生的本意就是提出问题，至于解决问题那是观众和后人的事。能够发现并提出如此重大而又具有普适性的问题，已经足以证明易卜生的深刻和伟大。更何况娜拉出走后可能的结局也并非只有那么两种。退一万步说，即使娜拉出走后真的毫无希望，那至少也能唤醒后人，为后人提供一个深刻的教训。易卜生似乎对"娜拉出走后会怎么样"并不太在意，也似乎不太担心；他关心的是，假如娜拉不出走，那将会怎么样？于是，他又创作了《群鬼》。

《群鬼》的女主人公阿尔文太太的丈夫沉湎于酒色，在外嫖赌，回家还勾引女仆。阿尔文太太既没有勇气离婚，也没有魄力出走，她选择了以最大的献身精神和最坚韧的忍辱负重留在家里做一个贤妻良母。她在每一件事情上都无私地牺牲自己，她甚至帮助被丈夫引诱的女仆，把丈夫的私生子抚养成人。所有这些付出得到的结果是，她不仅失去了丈夫，而且也害了自己唯一的寄托——她的儿子，她身心交瘁支撑的家庭彻底崩溃了。《群鬼》从反面再次证明了，娜拉们只能"出走"——这是一个象征，象征着她们必须独立，必须自立，必须挣脱束缚，必须学会把握自己的命运、开创自己的新生活。

第五节 美国文学与马克·吐温

一、美国文学

批判现实主义文学是19世纪后期到20世纪初美国文学的主流。南北战争结束后资本主义迅猛发展，1894年美国的工业总产值已跃居世界各国首位。与此同时，资本主义社会的种种弊端和丑态也充分暴露出来。批判现实主义文学就在这样的社会环境里应运而生。

哈里叶特·比彻·斯托（1811—1896）的《汤姆叔叔的小屋》（1852）对蓄奴制进行了深刻而影响巨大的批判，堪称批判现实主义文学的先驱。马克·吐温是美国批判现实主义文学的杰出代表。

弗兰克·诺里斯（1870—1902）的《章鱼》（1901）把四处延伸的铁路比作触角伸向四面八方的章鱼，象征着垄断资本对农村的侵蚀和剥削。诺里斯的创作还受到欧洲自然主义文学的影响，他的《麦克提格》（1899）和《凡陀弗与兽性》（1914）明显具备自然主义的特征。

欧·亨利(1862—1910)以其构思巧妙的短篇小说著名,《麦琪的礼物》《最后一片藤叶》《警察与赞美诗》等堪称世界短篇小说的优秀篇章。他的小说主要以情节取胜,特别是他那些精心设计的出人意料的故事结局,令许多读者赞叹不已。

斯蒂芬·克莱恩(1871—1900)的《街头女郎梅季》(1894—1895)描写了城市贫民窟的生活和妓女梅季的悲惨命运。他的另一部长篇《红色英勇勋章》(1895)着重表现普通士兵对战争的主观感受,这种审视战争的视角和侧重表现普通参战者心理现实的方法,受到20世纪反战小说作家的重视。

杰克·伦敦(1876—1916)出身于贫困家庭,他卖过报,卸过货,当过童工,当过水手,当过无业游民,做过苦力,淘过金。身处社会的最底层,生活在"资本主义文明的垃圾堆上",伦敦对金钱社会的丑恶有了具体而深刻的认识:"一切都是商品,所有的人都是顾客和买主。"在艰苦的生活条件下,伦敦埋头读书,埋头创作,终于获得了成功。他早期创作的短篇小说主要描写淘金者和猎人在遥远的北方极其严酷的条件下的奋斗,表现人的顽强意志和坚忍的生命力,如《热爱生命》。这些小说通称为"北方故事"。《荒野的呼唤》(1903)是伦敦最著名、影响最大的作品。小说的主人公是一条名叫布克的大狗。它野性未驯,能力出众,拖着雪橇在北极酷寒的雪地奔驰。在群狗的混斗中布克脱颖而出,最终离开人类,奔向森林,返回原始祖先的生活——变成了狼。这部中篇小说固然反映出作者深受达尔文主义的影响,但其成功却不在于它将"弱肉强食,适者生存"思想形象化,而在于它惊心动魄地描写了强烈的求生本能,无意识深层的召唤和挣脱束缚、获得自由、回归本我的永恒渴望。这部作品还是世界文学史上最卓越的动物小说之一。它形象生动地表现出动物旺盛的生命力、坚忍的耐力和始终不渝的忠诚;人类羡慕这些优秀品质,却很少有人真正具有这些品质。《马丁·伊登》(1909)是一部半自传体长篇小说,艺术地再现了一位出身贫寒的作家在资本主义社会的悲剧命运。同名主人公渴望在文学领域干一番大事业,也渴望经由这一途径爬上他所羡慕的上层社会。他忍受了巨大的痛苦,克服了重重困难,终于获得成功,赢得了荣誉、爱情、地位和财富。然而,爬上社会"顶峰"的马丁却发现"高处不胜寒":那里的人都"像是驯养的鹦鹉",愚昧无知,他们附庸风雅,其实"一点也不懂他的作品";高雅的外表掩盖的是他们的势利贪婪、龌龊卑劣,就连他深爱的富人家小姐罗丝也不但绝非"纯洁高尚",而且心地狭隘,目光短浅。马丁的梦想破灭了,他感到自己受骗上当了。极度空虚和彻底绝望的他自杀身亡。马丁·伊登的悲剧不仅是个别艺术家的悲剧,也是希望通过个人奋斗而获得名利地位的"美国梦"破灭的悲剧。小说发表7年后,年仅40岁的杰克·伦敦也服毒自杀。

在20世纪的头10年里,美国文坛和新闻界兴起了一场声势浩大的社会批判运动——"黑幕揭发运动",许多作家和记者以其惊人的勇气向社会丑恶势力挑战,特别是向掌握着国家机器的权贵和掌握着金钱权力的富豪挑战。他们揭发丑闻，掀开黑幕，誓言要像掏粪工那样掏尽社会上所有的肮脏（"黑幕揭发者"的英文原义就是"掏粪工"）。厄普顿·辛克莱的小说《屠场》(1906，揭露芝加哥肉类加工厂非人的劳动条件和肮脏的生产过程)、名记者林肯·斯蒂芬斯的报道《城市的耻辱》(1904，揭露商界与政界的勾结和自上而下的营私舞弊)以及《美国的巨大财富史》《不义之财》《参议院叛国罪》等一大批优秀作品接连问世。"黑幕揭发运动"是正直文人的社会使命感和责任心在20世纪的突出表现，是文学批判现实的优良传统在20世纪的发扬光大。"黑幕揭发运动"对当代美国乃至整个西方现实主义纯文学以及受众最广的畅销文学、影视文学产生了深远影响，同时亦对强化西方新闻报道的揭发丑恶、舆论监督的主导倾向产生了重大影响。

亨利·詹姆斯(1843—1916)是一位著名的心理小说家，他的作品虽然也反映了欧洲文化与美国文化的差异等社会现实问题，但更多的是揭示心理现实。中短篇小说《黛西·米勒》(1878)、《螺丝在拧紧》(1898)、《丛林猛兽》(1903)以及长篇小说《贵夫人画像》(1881)、《专使》(1903)等是他最著名的作品。詹姆斯侧重再现与分析主观世界，他首倡叙事视点、隐含作家、艺术性含混等叙事理论和方法及其实践，对20世纪文学创作和理论建设产生了很大的影响。

二、马克·吐温

(一) 生平与创作

马克·吐温(1835—1910，原名塞缪尔·朗赫恩·克莱门斯)生于密苏里州佛罗里达镇。他12岁就开始了劳动生活，先后作过印刷所学徒、送报人、排字工、领港员和新闻记者，积累了丰富的生活体验。"马克·吐温"这个笔名就来自密西西比河水手的行话"12英尺深"，意思是说水深足以保证轮船安全通过。

马克·吐温是吃西部民间文学的奶水长大的，以夸张、粗俗和热闹为主要特征的西部幽默文学对他的创作影响很大。他的成名作《卡拉韦拉斯县驰名的跳蛙》(1865)就是根据民间传说改写的幽默故事。

《跳蛙》问世后不久，马克·吐温在继续写作的同时又开始了一项新的事业：演讲。凭借出众的口才、满腹的幽默和对社会生活的深刻理解，马克·吐温迷住了他的听众。从西部讲到东部，从美国讲到欧洲，他的演讲生涯持续了二十多年。

《田纳西的新闻界》(1869)和《我怎样编辑农业报》(1870)是两篇以极度夸张的手法揭示美国新闻界真相的讽刺作品。

《竞选州长》(1870)则夸张地暴露了政客们在所谓的民主选举中的种种丑恶行径。他们造谣中伤，讹诈恫吓，不经任何授权和民意调查就随意盗用人民的名义（如"人民用雷鸣般的呼声要求回答"，必须"向伟大的人民交代清楚"），公然凌驾于人民之上,欺骗人民,强奸民意,同时还要以人民的旗号来掩盖他们自己的目的。

在《镀金时代》(1873,与查·沃纳合著)这部长篇小说里,马克·吐温为内战后经济突飞猛进的时代定了性。在那个所谓的黄金时代里,不少人感叹:"要抓紧时机——天啊!整个空气都是钱";而作者则清醒地认识到那其实只是镀金时代,而且是金玉其外,败絮其中。

《汤姆·索亚历险记》(1876)是世界儿童文学的杰作。它描写了小汤姆不满陈腐、枯燥、压抑人的生活环境,追求自由、自然和冒险的传奇般的经历。作品对童心和孩童生活把握准确,表现逼真,把汤姆的天真、幻想、善良、聪明、灵敏、虚荣、淘气等顽童特性描写得惟妙惟肖。这部小说也是一部人们可以在人生的不同阶段从不同的角度去阅读的作品。例如,从人物的典型性这个角度去考察,人们不难发现,汤姆可谓美国人的一个出色代表,他形象地体现了美国人的实用主义谋略和支配他人的能力(如汤姆巧用计谋,支配了一群孩子替自己粉刷围栏)以及渴望自由、独往独来、回归自然等特性。

《100万镑的钞票》(1893)、《败坏了赫德莱堡的人》(1900)和《三万元遗产》(1904)都揭示了金钱的魔力。在这个商品社会里,金钱无所不能,无往不胜。它可以让诚实廉洁的人变成贪婪的骗子,它可以使人们"抛弃了温暖淡泊的幸福的生活"。马克·吐温是残酷的,他残酷地以那么辛辣的嘲讽语句叙述了一个个金钱打败道德的故事。他让我们清醒地看到现实的残酷,让我们对人的诚实、良知、正义是不是能够战胜金钱的诱惑感到怀疑。然而,作者的意图显然不是要打消人们与金钱势力抗争的勇气,而是以愤世嫉俗的冷酷对金钱的异化作用发起最猛烈的批判。

晚年的马克·吐温笔锋更加犀利,嘲讽更加辛辣,揭露更加深刻,同时也经常流露出悲观绝望的情绪。在其著名的杂文《什么叫做人》(1906)里,马克·吐温对人的劣根性和人的异化进行了深入的哲学思考和毫不留情的批判:"人跟老鼠一样,不过是一架比机床更精密、更复杂的机器而已,而且仍然要服从一切机器法则。"人的大脑"是自动化的……它不能支配自己,它的主人也不能支配它"。"在一切生物中,人是最可憎的东西。整个生物界,人是唯一的——独一无二的具有恶意的东西。""只有他最凶残——这是一切本能、情欲和恶习中最下流、最卑鄙的品质。人是世界上唯一能够制造痛苦的生物……只有他才具有卑鄙下流的才智。"有人说晚年的马克·吐温走进了悲观厌世、否定一切的死胡同,但应当看到,此时的马克·吐温并没有放弃干预生活,相反却更加直接、更加猛烈地抨击社会丑恶。将马克·吐温的言行结合起来考察就不难发现,上述看似极端的批判显示出作者非凡的洞察力和不可压抑的激愤和急切,表现了作者意识到理想难以实现、努力徒劳无益而仍然要拼尽全力奋斗不止的悲剧的崇高和壮美。正因为如此,20世纪的批判现实主义作家德莱塞才提出,晚年的马克·吐温才是真正的天才。

1910年4月21日，天才的马克·吐温病逝于康涅狄格州。

马克·吐温是一位幽默大师，幽默和讽刺是他创作的主要特色。马克·吐温的幽默具有两个特征：第一是在荒谬情境里写真实，让真实与荒谬不协调地同时呈现并相互碰撞，从而造成幽默效果，即马克·吐温所说的"说实话是世界上最有趣的事情"，不能"仅仅是幽默的"，不能为幽默而幽默，而要在幽默中揭示真相，让真实与荒谬互相衬托。《车上人吃人纪闻》细腻逼真地描写一群被困在车厢饿了7天的绅士认真地按照议会的程序极其繁琐复杂地选出一个人供大伙吃。《在亚瑟王朝里的康涅狄格州美国人》把现代美国人放到中世纪英国的亚瑟王朝，描写他们在中古骑士胸前挂牙膏广告牌、用现代武器10分钟打死了25000名英军。第二个特征是热衷于营造起哄大叫的热闹场面和放声大笑的氛围。《败坏了赫德莱堡的人》对镇公所核对申请人密语一场面的描写最能体现这个特点。马克·吐温用一浪高过一浪的大笑、口哨、欢呼、朗诵、歌唱、祷告，把热闹的强度一步步推向顶点，让所有人在兴奋到极点的开怀大笑中淋漓痛快地嘲笑了那19户申请者，也嘲笑了他们自己。《车上人吃人纪闻》《傻子国外旅行记》和《天使的信》等作品里都有这类幽默。

(二)《哈克贝利·费恩历险记》

《哈克贝利·费恩历险记》(1884)是马克·吐温最优秀的作品。艾略特称这部作品是"英语的新发现"，称同名主人公是人类文学难得的永恒形象，可与奥德修斯、浮士德、堂吉诃德、哈姆雷特、唐璜等伟大形象相提并论。海明威言之更甚："全部美国文学起源于马克·吐温的一本叫做《哈克贝利·费恩历险记》的书，……这是我们所有的书中最好的一本。"

小说的情节并不复杂，主要写不满现实的少年哈克逃离家乡，与黑奴吉姆一起(汤姆后来也加入)划着木排，顺着密西西比河漂流千余里，以及沿途的种种见闻和他们的冒险经历。主要人物在《汤姆·索亚历险记》里均出现过(这种写法类似巴尔扎克的"人物重复出现")。哈克生活在密西西比河边的一个小城里，反感"体面""规矩"的文明生活，厌恶学校的死板教育，一心向往自由自在的生活。他与逃亡黑奴吉姆结伴同行，并帮助吉姆获得了自由。

小说包含了一分天真和九分深奥。天真指它首先还是一部儿童文学作品，它用了相当大的篇幅描写童心童趣和顽童业绩；深奥是指小说蕴涵了深刻的思想。

马克·吐温说，在这部小说里，"健全的心灵与畸形的意识发生了冲突，畸形的意识吃了败仗"。"健全的心灵"首先表现为"无拘无束，不做任何人的奴隶"。作品把黑奴吉姆写成富有尊严和爱心、不再逆来顺受的正面人物，详细描写哈克如何帮助吉姆逃亡，甚至为此宁愿下地狱。这表明小说的基本思想之一是"不分种族和肤色，人人平等"的废奴思想。

"健全的心灵"的另一个表现是：返璞归真，自由自在，简单生活，不受物欲横流的所谓文明社会的污染和异化。这是作品的另一个基本思想,也是更深层次的思想。它主要由小说里的两个含义十分丰富的核心象征——大河(密西西比河)和孩子(坐在木排上漂流的哈克)表现出来。

大河首先是自然伟力和自然神明的象征,它既是生命的发源地,又是摧残生命的自然力量的集大成者,同时也是人类生生不息的希望的化身。大河还是一种返璞归真、融入自然的生活方式的象征,那是一种淳朴清新、自由自在的生活,与之形成鲜明对比的是大河两岸的生活,那是粗鄙龌龊的现实,充满了追名逐利和虚伪阴险的人们。

对于孩子这个象征,可以历史地理解,亦可从恒久的普适价值的角度去理解。哈克在大河上的千里漂流是一条"发现之旅",读者可从哈克身上感受到西部开发时期千千万万普通美国人心灵的颤动。他们不满于现状,厌恶保守的生活,渴望冒险开拓,他们奔向西部,寻找新的生活。从这方面说,《哈克贝利·费恩历险记》堪称美国的《奥德修纪》,它象征性地表现出了时代精神。如果读者能够从整个人类的文明发展和生存方式选择的宏观考察这个孩子,还可能意识到,哈克同时也代表了返璞归真、限制扩张、控制欲望、摒弃征服、回归与自然和谐相处的生存态度和生存方式。哈克觉得,"别的地方都显得很别扭,闷气得很,木排上就不这样。你坐在木排上,就觉得自由,挺痛快,挺舒服"。他常常把木排撑到大河中流,然后"就随它便了,河水爱叫它往哪儿漂,就让它漂到哪儿"。他经常脱光衣服,因为衣服"穿着很不舒服,并且我压根儿就是不爱穿衣服的"。一个只靠钓鱼和岸边瓜果维生的男孩赤身裸体地坐在木排上顺着一条古老的大河漫无目的地漂流,何等的原始,何等的野趣,何等的自然人!在紧张忙碌的世界,哈克选择的是悠闲自在;在拼命发财的世界,哈克选择的是简单生活。哈克的生存方式是对美国乃至整个西方的传统价值观的挑战,是对永不满足、永远进取、永远开拓征服的"浮士德精神"的超越。

第六节 俄国文学与陀思妥耶夫斯基、托尔斯泰、契诃夫

一、俄国文学

俄国从1861年实行"农奴制改革",开始逐步向资本主义过渡。但是专制农奴制的社会经济依旧保存,使得下层民众遭受来自贵族地主和资产者的双重剥削,阶级矛盾激化,演发出"到民间去"宣传革命的民粹派运动。民粹派文学应运而生,平民文学进一步发展。这一派作家深入农村,有亲身体验,出现了不少特写和中短篇小说。

以《外省散记》(1856)和《一个城市的历史》(1870)尖锐讽刺著名的萨尔蒂科夫-谢德林(1826—1889),成了继果戈理之后19世纪下半叶俄国最杰出的讽刺作

家,他写出了暴露贵族之家彻底腐朽的长篇小说《戈洛夫廖夫老爷们》(1880)。陀思妥耶夫斯基继承普希金(《驿站长》)和果戈理(《外套》)开创的写"小人物"传统,坚持一贯写穷人,取得杰出的成就。

19世纪70—90年代,俄国批判现实主义文学发展到了极致,出现了陀思妥耶夫斯基"虚幻的现实主义"、托尔斯泰"最清醒的现实主义"和契诃夫"日常生活的现实主义"三种形式,把这一潮流的文学推向了高峰。

19世纪末出现了文学的转型,由高尔基等开拓俄国文学的新阶段。

二、陀思妥耶夫斯基

(一) 生平与创作

费奥多尔·米哈依洛维奇·陀思妥耶夫斯基(1821—1881)是俄国19世纪杰出的作家,其思想和创作中都存在着复杂的矛盾。

他生于莫斯科。父亲是一所贫民医院的医生,平民出身,后获贵族衔。父母都是虔诚的基督教徒。在这种环境中长大的陀思妥耶夫斯基从小养成了对贫病的下层人民和宗教的深厚感情。1838—1843年在彼得堡军事工程学校学习期间他对文学产生浓厚的兴趣,大量阅读普希金、果戈理、巴尔扎克、狄更斯等人的作品。1843年毕业,获准尉军衔,即被派往彼得堡工程兵团工程局绘图处任职。由于志在文学,只供职一年就退职,专事文学创作。

陀思妥耶夫斯基的成名作《穷人》发表于1846年。小说以对"小人物"的深切同情和对主人公心理的细腻刻画为特色,引起强烈的反响。《穷人》叙述一个年老的公务员玛卡尔·杰符什金和一个自幼父母双亡、被迫寄人篱下而沦为妓女的年轻姑娘瓦尔瓦拉·陀勃罗谢洛娃互相关照、互相爱怜,但迫于经济条件,杰符什金终究无法把她救出火坑,她只好嫁给地主为妾的悲惨故事。

《穷人》继承普希金和果戈理写"小人物"的传统,成为俄国现实主义文学"自然派"的代表作品。作者曾诚心诚意地表明他是师承果戈理的,他说:"我们都是从'外套'①里出来的。"但是小说比以往写"小人物"的作品有新的突破,它不但把19世纪40年代俄国社会从封建主义向资本主义开始演变时期深受双重压迫的平民阶层的苦难充分展示出来,而且把主人公的内心世界写得更加丰富。有复杂的心理,有对于旧制度瓦解的畏惧心情和模糊的反抗情绪,尤其是有他自己的人格尊严感,这就更能激起人们的同情和爱。

继《穷人》之后,陀思妥耶夫斯基在19世纪40年代还写了《分身》(1846)、《女房东》(1847)和《白夜》(1848)等小说。作者已表现出刻画心理的卓越才能。不过,

---

① 指果戈理的短篇小说《外套》。

他描写"小人物"的病态心理有时失之过细,往往使人物带有神经质和对生活悲观绝望,调子显得低沉。

他加入进步的彼得拉谢夫斯基小组,1849年4月23日和参加小组集会的其他三十几位成员一起被捕,12月被判处死刑,罪名是他在会上宣读过"文人别林斯基的一封犯罪的信①,信中充满了反对最高当局与正教教会的狂妄言论"。当他和同伴们被押赴刑场,正经受着等待死亡的恐怖时刻,突然被宣布撤销死刑判决书,改判为服苦役。这种精神上的折磨给他造成了终身难以平复的心灵创伤。

从1850到1859年,陀思妥耶夫斯基先后在西伯利亚服苦役四年,在边防军当兵近五年,直到重获军衔和恢复贵族衔之后,才获准回彼得堡居住。近10年的流放既摧残了他的肉体,使他本来就患有的癫痫病明显地加剧;又动摇了他的革命信念,使他的思想开始根本性的转变,逐渐形成一种反动的"土壤派"理论。他认为有文化的上层已经脱离了人民(即"土壤"),人民也不接受贵族革命家的理想,所以俄国不具有接受革命宣传的"土壤",人民只能忍耐、顺从和笃信宗教。随后,他皈依了宗教。这些思想,在他动手于流放期间(1855)、完成于流放之后(1861)的小说《死屋手记》里已有所表现。

陀思妥耶夫基于19世纪60年代初重返文坛。其时俄国正处于农奴制改革前夕,围绕着俄国走什么道路的问题,各派继续在争执,西欧派主张走西欧资本主义道路,斯拉夫派则主张回到古代宗法社会去。他积极参与社会的政治斗争,和哥哥一起先后创办《时间》(1861—1863)和《时代》(1864—1865)两本杂志以宣扬他们的观点。他一方面对贫民表示深切的同情,另一方面却公开宣扬"土壤派"理论。

陀思妥耶夫斯基在后半生写出了大量的作品,重要的中、长篇小说有《舅舅的梦》(1859)、《斯捷潘契科沃及其居民们》(1859)、《被欺凌与被侮辱的》(1861)、《地下室手记》(1864)、《罪与罚》(1866)、《白痴》(1868)、《群魔》(1872)、《少年》(1875)和《卡拉马佐夫兄弟》(1880),此外还有《作家日记》(1876—1881)和一些短篇小说。

《被欺凌与被侮辱的》是继续描写"小人物"的作品,写工厂主史密斯一家和小地主伊赫缅涅夫一家被瓦尔科夫斯基公爵作弄、坑害的悲惨故事。

作者满怀同情地写出一群被凌辱的小人物,指出他们具有正直、善良的品德,却又强调他们的驯良,只是用一种倔强的忍受和高傲的蔑视来对待这些凌辱。

陀思妥耶夫斯基的代表作为《罪与罚》,它为作者赢得了世界声誉。

继《罪与罚》之后发表的《白痴》是俄国农奴制崩溃、资本主义兴起时期贵族资产阶级日益腐化堕落、荒淫无耻的写照。小说女主人公娜斯泰谢是一个优美动人而敢于反抗的女性形象,她的悲惨命运是对于把妇女当作商品的资本主义社会的有力控诉。

---

① 指别林斯基的《给果戈理的一封信》。

小说《群魔》则是攻击和诽谤革命者之作。

最后一部长篇小说《卡拉马佐夫兄弟》发表于 1879—1880 年。它写了旧俄外省地主卡拉马佐夫一家父子、兄弟间因金钱和情欲引起冲突,直至发生仇杀的悲剧。

小说描写的卡拉马佐夫这个"偶然组合的家庭"分崩离析的历史,实际上是 19 世纪下半叶俄国社会在资本主义和金钱势力冲击下发生悲剧的缩影。老卡拉马佐夫年轻时是寄食于富户的丑角,后来靠不正当的手段发家,晚年成了豪富。他贪婪阴险,性情暴戾,极端好色,娶过两次妻,一个逃亡,另一个被他折磨而死。所生的三个儿子都被他弃置不顾,幸亏有一位老仆人加以抚养,孩子们才得以长大。他们回到家里后都憎恨这个父亲,并且为争夺财产和女人而明争暗斗。

长子德米特里性情暴烈,生活放荡,曾利用上司老中校因挪用公款案情危急,逼中校之女卡杰琳娜就范,接受求婚。但不久又爱起格鲁申卡,为争夺这个风骚女人以及家产而一再扬言要杀死父亲。小说写出在他卑劣的灵魂中也有善良的根苗,他后来慷慨帮助卡杰琳娜,真诚地爱格鲁申卡,被误认为杀父的凶手,虽受冤枉却甘愿受刑罚,说要"通过苦难来洗净自己"。次子伊凡上过大学,善于思考,抗议现存的社会秩序,同情人类的苦难,追求理想的生活。另一方面他为了继承遗产而盼望父亲早死。他也爱上卡杰琳娜,希望哥哥和父亲争斗,让"一个混蛋把另一个恶棍吃掉",只要父亲死,哥哥娶了格鲁申卡,他就可独得卡杰琳娜。三子阿辽沙是"白痴"式的人物,纯洁善良,谦恭温和,是修道院院长卓西玛长老的得意弟子,但又对尘世的生活(事业、爱情)有兴趣,不参与家庭纠纷,却周旋于家庭成员之间,起着抑恶扬善的"调节"作用。斯麦尔佳科夫是老卡拉马佐夫早年奸污疯女丽莎留下的私生子,他是恶的化身,卑琐、狠毒,为了夺取钱财,亲手杀了老卡拉马佐夫又嫁祸于人,最后忏悔罪行,上吊自杀。

卡拉马佐夫这个道德沦丧、人欲横流的地主之家,有一种共同的精神气质,文学史上称之为"卡拉马佐夫性格"。小说同时提出了政治、哲学、伦理道德等社会问题,是一部社会哲学小说。

陀思妥耶夫斯基长期遭受沙皇政府的迫害以及贫穷、疾病的折磨,1881 年 1 月 28 日病逝于彼得堡。

(二)《罪与罚》

《罪与罚》以惊险、凶杀等扣人心弦的紧张情节,把赤贫、奴役、酗酒、犯罪等现实生活图景和对于犯罪心理、社会思潮、伦理道德等问题的探讨有机地联系在一起,反映出农奴制改革以后,俄国社会在资本主义冲击下所发生的动荡和变化,同时也体现了作者世界观转折之后存在的尖锐矛盾。

小说的中心人物穷大学生拉斯柯尔尼科夫,住在彼得堡某贫民公寓顶楼的一间小房里,缴不起学费,又因无力缴付房租而整天躲着房东。由于衣衫褴褛,他想当家庭教师也无人聘请,只好靠母亲的养老金和妹妹在外省当家庭教师的薪金来度日。

这位饥肠辘辘的大学生踯躅街头,看到的尽是满目凄凉悲惨的景象:或者是一个被灌醉的姑娘在街上摇摇晃晃地走着,穿着被扯破的连衣裙,后面跟着不怀好意的男人;或者是几个粗野的男人在吵架;要不就是有人跳河自杀。这一切都使这个青年人早已紧张过度的神经更加难受。

拉斯柯尔尼科夫在下等酒店里碰到马尔美拉陀夫的情景更使他感到揪心的痛苦。那是一个被机关裁员的九等文官,找不到差事,一家五口无以为生。马尔美拉陀夫的长女索尼亚为了一家免于饿死,被迫出去卖淫,以维持一家清苦的生活。做父亲的羞愧难当,借酒消愁,从内心发出凄凉的绝叫:"这样的日子活不下去啊!"这个穷愁潦倒的公务员后来喝醉酒倒在马路上被车轧死,妻子几乎精神失常,她带着三个孩子上街求乞,结果肺疾发作死去了。

小说很巧妙地通过主人公的见闻和感受,既描绘出彼得堡暗无天日的贫民窟的阴森可怖,"被欺凌与被侮辱"的人们濒于绝境的严酷现实,又反映主人公在这贫穷和苦难的世界里惶惶不可终日,拼命挣扎,终于铤而走险的客观原因,也即资本主义社会里犯罪的社会根源。

一个偶然的机会,拉斯柯尔尼科夫在酒店里听到一个大学生对一个军官说的一席话:准备去杀一个为富不仁的放高利贷的老太婆,拿她的钱来周济穷人。他觉得这个主意不错,不义之财,取之何碍。作者设此伏笔意在影射当时的进步青年,似乎他们奉行以暴力对抗不平等社会的信条必然导致犯罪,这就给主人公的犯罪根据增加了一层新的因素——受社会思潮的影响;同时也给主人公的犯罪动机添加了"良好"的色彩:劫富济贫,主持正义。陀思妥耶夫斯基笔下的"小人物"都值得怜悯和同情,即使是杀人凶手也有几分可爱之处。拉斯柯尔尼科夫有善良的品质,做过不少善行:冒着生命危险从火灾里救出小孩,把自己不多的钱送给因病死去的同学的父亲,把全部生活费给了马尔美拉陀夫的家属去治丧。

作者还写了这个杀死放高利贷的老太婆和她妹妹的凶手拉斯柯尔尼科夫,不是寻常的罪犯,而是天资聪慧,能制造出一套特殊"理论"的读书人。这大量理论则是他犯罪的另一个根源。他认为,世上的人都分成两类,一类是"凡人",占大多数,必须俯首帖耳,屈从暴力;一类是"超人",占少数,可以为所欲为,把自己的意志强加于大多数人,像拿破仑一样"主宰世界"。他为了证明自己是"超人",是"命运的主宰",就不顾一切,甚至干出伤天害理的事情。这是他杀人的动因,也是他个人主义反抗的写照。

小说第一部展示了主人公内心的斗争,剖视了他一步步走向犯罪的过程,然后以可怕的杀人场景结束。其余的五部则详细描写惩罚罪犯的过程,看来小说的重点在于"罚"。作者对"罚"也赋予双重的含义。一是肉体上的罚:警察局的侦缉,法院的判决，监禁和流放西伯利亚服苦役；一是精神上的罚：罪犯在良心上的自我谴责，道义上的鞭挞，他被良心折磨到精神几乎分裂的地步。作者的侧重点显然在于精神上的惩罚。小说写了主人公在杀人之后，精神崩溃了，他意识到自己和别人一样，并不是"超人"；相反，他倒有了一种自外于人群，被人群抛弃的感觉。他明白自己的理论破产了。负罪感使他不得安生，加上索尼亚用基督精神的规劝，他终于表示愿意皈依上帝，去投案自首、经受苦难以走向新生。

对主人公作这样的处理显示了作者思想的强弱两个方面。他深刻地揭露了"超人"理论的残酷和反人道的本质，指出这种理论即使抱有行善的目的，其结果也对社会有害。但是作者选择拉斯柯尔尼科夫这种人来试行这种"理论"，却是别有用意的。他企图证明，一个人不管怎样善良和愿为穷人谋利，只要他走上暴力的道路，就必然为非作歹，背弃人道主义。这又是作者思想上的弱点。此外，他提出来作为暴力革命的对立面的宗教救世思想，不但使索尼亚的形象缺乏说服力，而且起到反对宣传革命的作用。

陀思妥耶夫斯基擅长于细腻的心理刻画，他对主人公的内心世界写得如此传神，仿佛曾经同主人公一起经过磨难和挣扎似的。小说描写拉斯柯尔尼科夫犯罪前和犯罪后的心理活动，显示了作者与众不同的刻画心理的方法。他写的不是人物在通常状态下的心理，而是在异常状态中、在无法解脱的矛盾中激烈的内心斗争，是高度紧张的情绪变化，一种近似疯狂的思想奔突。

为了表现主人公极度紧张、极为矛盾的思想情绪和心理状态，作者喜欢用内心独白的手法，尤其注重写梦境的幻觉，直至写出心理的病态、精神错乱、歇斯底里等等，有时则写出主人公失去自我控制时的下意识活动，也就是"意识流"手法。陀思妥耶夫斯基醉心于描写病态心理，强调直觉主义，而被现代派作家奉为鼻祖。

陀思妥耶夫斯基的长篇小说多数有曲折离奇、发展迅速的情节，而且故事的进展跌宕起伏，往往出人意料。《罪与罚》就是突出的例子。它选择凶杀案这种情节来展现主人公的性格，是基于作者对现实的独特看法。他说过："我对现实有一个与众不同的看法，而且大多数人认为几乎是荒诞和特别的事物，对于我来说，有时却构成了现实的本质。"他认为这些事看起来奇怪和荒诞，但并不特殊，因为它们每时、每刻、每天都有，在每一期报纸上都可以看到，因而更真实。

陀思妥耶夫斯基不同于别林斯基的看法。后者主张"毫不掩饰地"描写真实，即"按生活本来的样子"；他则要用夸张、怪诞、幻想等手法来反映生活中离奇的现象，他重在本质的真实，而不是现象的真实，说"虚幻的现实主义"更能反映现实的本质。这种创作方法对于反映资本主义社会畸形的生活无疑是很有效的，因而受到各国进步作家的推崇。这也是陀思妥耶夫斯基的独创。

不过事情往往具有两面性。有时过分追求离奇，对血淋淋的凶杀场景也作如此细致的描绘，就不免产生消极的作用。

三、托尔斯泰

(一) 生平与创作

列夫·尼古拉耶维奇·托尔斯泰(1828—1910)是俄国伟大的批判现实主义作家。

托尔斯泰于1828年9月9日出生在一个伯爵家庭里,后来承袭了爵位。他两岁丧母,九岁丧父,由姑母监护长大。1844进喀山大学东方系学习,后转法律系,接触到卢梭、孟德斯鸠的著作,开始对学校教育不满,三年后退学,回到故乡经营田庄。一生的大半时间都在自己的庄园雅斯纳雅·波良纳度过。1851年,他到高加索加入军队服役。后来参加了克里米亚战争中的塞瓦斯托波尔战役,任炮兵连长。1856年退役回家。

托尔斯泰在19世纪50年代初期,陆续发表了小说《童年》(1852)、《少年》(1854)和《青年》(1857),组成自传性三部曲,体现了他早期的思想和对创作的探索。三部曲描写尼古林卡从童年到青年的成长过程及其种种内心感受,显示了托尔斯泰的心理分析才能,同时也说明他在早年已具有民主思想。

车尔尼雪夫斯基在评论托尔斯泰的早期创作时指出,作者才华的两个特点是心理分析和道德感情的纯洁,并特别指出:托尔斯泰"最感兴趣的是心理过程本身,它的形式,它的规律,用特定的术语来说,就是心灵的辩证法"。

中篇小说《一个地主的早晨》(1856)是根据作者在自己的庄园里试行"农事改革"的亲身体验而写成的,带有自传的性质。主人公青年地主聂赫留朵夫退学后回到自己庄园,着手改善农民的处境。但他们对此并不理解,一直猜疑老爷的"善言"背后掩盖着自私的目的和阴险的打算。这位青年地主对于农民在千百年来受压迫生活中形成的对地主阶级的敌意,也感到无可奈何。

1857年年初托尔斯泰到法国、瑞士、意大利和德国旅行。他很赞赏法国的"自由"制度,但在巴黎广场上遇见断头台上的一次行刑,却使他极为反感。他在瑞士卢塞恩时,目睹一场"文明人"欺侮"下等人"的情景,也极为不满。根据这次游历的见闻,他写成了优秀的短篇名作《卢塞恩》(1857,一译《琉森》)。

19世纪50年代末60年代初,俄国的历史发展面临转折,社会上围绕着农奴制问题展开剧烈的斗争。托尔斯泰对这个问题的看法和态度也充满着矛盾。他一方面否定农奴制,同情农民,赞成解放农奴;另一方面又为地主的土地所有权担忧。对解放农奴的途径问题,他一方面反对以革命的方法消灭农奴制,从而与革命民主派发生严重的分歧;另一方面也反对贵族自由主义者和农奴主顽固派保护农奴制的主张。他指出沙皇政府自上而下实行的农奴制"改革""除了许诺之外别无他物"。

托尔斯泰于1859年创办学校,招收农民子弟入学。1860—1861年他再次出国作教育考察,回国后创办《雅斯纳雅·波良纳》教育杂志。农奴制改革后他还担任了农村和平调解人。在调停农民和地主之间的纠纷时,他常常同情农民,因而招致地主们的仇恨。这些表现,都引起了沙皇政府的注意。1862年,宪兵搜查了他的家。此事使托尔斯泰的思想发生了剧烈的震动,促进他更加坚决地否定专制制度。

1863年,他发表了写作将近10年的中篇小说《哥萨克》。小说描写贵族青年奥列宁深感上流社会生活的空虚,便离开首都,到高加索去寻找自由和幸福。但是城市生活在他身上造成的性格和思想观念始终是个障碍,奥列宁最终失败,痛苦地离开了哥萨克村。奥列宁这个形象,表明他看不到出路,只好诉诸一种脱离现实的理想境界——返璞归真,即把返回大自然当作是接近真理。

从托尔斯泰的早期作品中可以看出,他从创作活动一开始就进行着艰苦的思想探索。他敏锐地注意到俄国社会中上层与下层、地主与农民、贫与富之间存在着尖锐的对立,他不满俄国贵族社会,也厌恶资本主义,但又找不到出路。

1862年,托尔斯泰同一位医生的女儿索菲亚·安德烈耶夫娜·别尔斯结婚。从1863年起,他埋头于文学创作,在60和70年代,接连写出两部长篇巨著《战争与和平》和《安娜·卡列尼娜》。这是托尔斯泰从历史与现实两个方面来探索俄国社会出路的成果。

《战争与和平》(1863—1869)是一部历史题材的长篇小说。它以1812年俄国的卫国战争为中心,反映了1805年至1820年的重大历史事件,包括俄奥联军同法国在奥斯特里茨的会战、法军入侵俄国、波罗金诺会战、莫斯科大火、法军溃退等。其中着重写了1805至1807年在俄国国外进行的申格拉本战役和奥斯特里茨战役以及1812年在国内进行的卫国战争。小说以包尔康斯基、别竺豪夫、罗斯托夫和库拉金四家大贵族作主线,在战争年代与和平时期的交替描写中,展现了广阔的社会生活画面。小说描绘了559个人物,上自皇帝、大臣、将帅、贵族,下至商人、士兵、农民,反映出各阶级和各阶层的思想情绪,提出了许多社会、哲学和道德问题。小说发表后,在国内外引起强烈反响,为托尔斯泰赢得了世界文豪的声誉。

《战争与和平》很注重表现人民群众。它描写了俄国人民反抗侵略的战斗情景,赞扬人民的爱国精神和英雄气概,使小说成为一部波澜壮阔的人民战争的英雄史诗。

小说的主要人物形象是贵族。它把贵族分成两类——宫廷贵族和庄园贵族,并以他们对人民的态度如何、同人民是否亲近作为准绳而实行褒贬。书中用了大量篇幅揭露宫廷贵族和上层官僚的腐败。华西里·库拉金公爵一家劣迹昭彰,在小说中受到作者应有的鞭挞。另一类贵族,即温情脉脉的庄园贵族罗斯托夫一家、忠贞为国的古老贵族包尔康斯基一家,特别是作者的两个理想人物——贵族青年安德烈·包尔康斯基和彼尔·别竺豪夫,都受到作者的颂扬。在小说中,安德烈和彼尔经历了曲折的生活道路与艰苦的思想探索,并且在卫国战争中接近人民,理解到人生的真谛。他们是19世纪初中期俄国先进贵族的典型。

《战争与和平》有很高的艺术成就。它的突出特点是宏大的结构和严整的布局,有众多性格迥异又血肉丰满的人物形象,而且具有鲜明的民族风格。

《安娜·卡列尼娜》(1873—1877)是一部以现实生活为题材的长篇小说。作者从1870年开始构思,1873动笔。起初,他打算写一部单纯的家庭小说,叙述一个已婚妇女的不贞行为和由此产生的悲剧。但在写作过程中,他改变了原来的构思,把重心移到描写农奴制改革后俄国资本主义发展所产生的灾难性后果上来:贵族阶级家庭关系瓦解,道德败坏,贵族地主日趋没落,资产阶级则日渐得势,农村中阶级矛盾激化。

小说是由两条平行而又互相联系的线索构成的。一条线索写贵族妇女安娜不爱她的丈夫卡列宁,对贵族青年军官渥伦斯基产生爱情而离开了家庭,为此她遭到上流社会的鄙弃,后来又受到渥伦斯基的冷遇,终于绝望而卧轨自杀。这里表现了城市贵族和资产阶级生活的状况。另一条线索写外省地主列文和贵族小姐吉提的恋爱,经过波折结成了幸福家庭。这里反映了农奴制改革后俄国农村的动向,也提出了作者的社会理想。

安娜是一个追求资产阶级个性解放的女性。当她还是少女的时候,由姑母做主嫁给比自己大20岁的官僚卡列宁。她不但外貌美,而且内心感情丰富。卡列宁则冷漠无情,思想僵化。两人之间毫无感情可言,完全靠封建礼教维系了八年的家庭生活。随着社会风气剧变,安娜发出了"我要爱情,我要生活"的呼声,并为争取自由的幸福勇敢行动起来。安娜行动的社会意义,一方面是反对旧的封建礼教,反映了资产阶级个性解放的要求,另一方面也是向贵族社会的虚伪道德挑战。

小说写了围绕着安娜的那个"浑然一体"的彼得堡社会,存在着三个社会集团。一个是卡列宁的政治官僚集团,系钩心斗角、结党营私之徒。另一个是莉姬娅·伊凡诺夫娜伯爵夫人的集团,是些假仁假义的伪君子。第三个是培脱西·特维尔斯卡娅公爵夫人集团,是一些腐化放荡和撒谎成性的男男女女。三个集团都浸透着伪善的习性,在他们当中,丈夫欺骗妻子,妻子背叛丈夫,贵族仕女们几乎人人都有"外遇",所有"合法的"家庭外面几乎都有"非法的"婚姻补充形式。人们寡廉鲜耻,道德沦丧。安娜不愿随波逐流,而要求解除旧的婚姻关系,光明正大地缔结新的家庭。于是触犯了这个表面讲"道德",实际上腐败透顶的贵族社会,以至于受到它的制裁。残酷的现实表明,贵族上流社会的伪善之网不是她一个人能够冲破的。她在自杀时喊出:"这全是谎言,全是虚伪,全是欺骗,全是罪恶!"这是对罪恶社会发出的愤怒控诉。

当然,爱上渥伦斯基也说明安娜的局限性。她只发现渥伦斯基风度非凡,没有看到他那典型的"彼得堡花花公子"的另一面。实际上,渥伦斯基只是迷恋安娜的美色,并不理解她的感情。他不能摆脱上流社会的偏见。因此当安娜受到上流社会的制裁时，他便担心自己会失去在官场上升迁的希望，终于抛弃安娜，给了她最后的而且是直接的打击。

卡列宁是个伪君子。因为怕丢丑影响前程，他不敢到法庭去公开离婚；他要保全面子又不敢和渥伦斯基决斗；为了表面的虚荣竟不顾尊严，要求安娜表面上维持家庭的体面而允许她背地里偷情。他看准安娜不忍抛弃儿子的感情上的弱点，既不同意离婚，也不许她带走儿子，让她长期处于不合法的地位。而这正是对安娜最痛苦的精神折磨，实际上也是维护封建的传统。他就是旧制度的化身。

总的看来，托尔斯泰对安娜是同情的，小说的重点在于揭露造成安娜不幸的上流社会。但是作者的态度也有矛盾。他认为安娜为追求自己的爱情而破坏了家庭，也就影响了社会的和谐，应该受谴责。当然，在托尔斯泰看来，上流社会比安娜更坏，没有权利谴责她，只有上帝才能处罚她。

小说的另一条线索的主人公列文是作家笔下自传性的人物，代表了托尔斯泰这个时期的思想。列文对俄国的现状感到焦虑，又把宗法制当作理想的社会生活制度，赞扬自给自足的经济。他反对都市文明，但对于农村的分化、贵族地主的衰落又感到忧虑。他认识到自己的富足和农民的贫困是不公平的现象，因此力图找到普遍富裕的道路。他主张贵族地主应该与人民接近。调和矛盾，合作经营，"以人人富裕和满足来代替贫穷，以利害的互相调和和一致来代替互相敌视。一句话，是不流血的革命"。但是他的这种避开资本主义道路，保留宗法制农村的主张，终究是一种空想。

19世纪70年代末80年代初，托尔斯泰完成了世界观的转变。列宁指出他从上层地主贵族的传统观点转到宗法制农民的观点上来了。托尔斯泰转变后的观点存在着显著的矛盾：一方面对贵族资产阶级社会的虚伪、资本主义的剥削、政府机关的暴虐和官办教会的伪善都进行了揭露和抨击，另一方面又宣传"道德上的自我修养""不以暴力抗恶"、基督教的宽恕和博爱等一套托尔斯泰主义的说教。

托尔斯泰在世界观转变以后，创作了大量作品。著名的如剧本《黑暗的势力》(1886)、《教育的果实》(1891)、《活尸》(1911)；中短篇小说《伊凡·伊里奇之死》(1886)、《克莱采奏鸣曲》(1891)、《哈泽·穆拉特》(1904)、《魔鬼》(1911)、《谢尔盖神父》(1912)和《舞会以后》(1911)等。

他晚年写的长篇小说《复活》对俄国旧社会的揭露和批判空前激烈，而对托尔斯泰主义的宣传也异常集中，可以说是托尔斯泰世界观和创作的总结。

托尔斯泰到晚年一直致力于"平民化"：持斋吃素，从事体力劳动，耕地，挑水浇菜，制鞋；并希望放弃私有财产和贵族特权，因而和他的夫人意见冲突，家庭关系变得紧张起来。后来他终于秘密离家出走，途中感冒，于1910年11月20日病逝在阿斯塔波沃火车站。

(二)《复活》

《复活》写于1889—1899年。小说以一件真人真事为基础,作者起初想写一部以忏悔为主题的道德教诲小说。但在10年的创作过程中,他六易其稿,不断地修改、扩展和深化主题思想,逐渐转向揭露社会问题;小说的篇幅也逐渐扩大,由中篇而长篇,最后写成一部具有广阔而深刻社会内容和鲜明批判倾向的作品。正如作者所说,它的主题思想就是"要讲经济的、政治的、宗教的欺骗","也要讲专制制度的可怕"。

小说写贵族聂赫留朵夫出席法庭陪审时,发现被诬告杀人并被错判罪名的妓女,正是他10年前诱骗过的农奴少女玛丝洛娃。于是他良心觉醒,开始悔罪,极力要为她申冤。上诉失败后,他又陪她去西伯利亚,终于感动了她。最后两人都在精神和道德上"复活"了。

《复活》对俄国社会的揭露和批判达到了空前激烈的程度。它的主要的篇幅揭露法庭、监狱和政府机关的黑暗,官吏的昏庸残暴和法律的反动。在堂堂的法庭上,一群执法者各有各的心思,随随便便将一个受害的少女玛丝洛娃判刑。上诉过程也暴露沙皇政府从上到下的腐败:国务大臣是贪贿成性的吸血鬼,枢密官是镇压波兰人起义的刽子手,掌管犯人的将军极端残忍,副省长经常以鞭打犯人取乐,狱吏更以折磨犯人为能事。作者据此指出:人吃人的行径并不是从原始森林里开始,而是从政府各部门、各委员会、各司局里开始的。小说还撕下了官办教会"慈善"的面纱,暴露神父麻醉人民的骗局,让人们看清俄国政府与教会狼狈为奸的实质。小说又指出农民贫困的根源是地主的土地私有制,而资本主义则给农民带来双重的灾难。这些方面反映了作者消灭地主土地占有制、消灭压迫人的沙皇专制制度等强烈愿望。他实际上提出了民主革命和社会主义革命所要解决的具体问题。从这个角度看,托尔斯泰的确是个伟大的思想家。

但是小说在反对政府及统治阶级压迫和奴役人民的同时却呼吁"禁止任何暴力",否定暴力革命;在反对官办教会的伪善时却主张信仰"心中的上帝",号召人们"向你心中的上帝"祈祷,说"天国就在你们心里";在反对地主和资产者的剥削时也只是软弱无力地怨诉或咒骂。不但如此,小说还宣扬"爱仇敌、为仇敌效劳""永远宽恕一切人"等主张。这些主张被称为托尔斯泰主义。

《复活》在艺术上是成功的,它塑造了一个丰满而复杂的形象——聂赫留朵夫公爵,一个"忏悔"贵族的典型。作者在描绘这个人物思考和探索解决社会问题过程中充分展示人物思想和性格的辩证发展。聂赫留朵夫出于贵族阔少的任性和不负责任,诱奸了农奴少女玛丝洛娃,从此把她推入不幸的深渊。但这不仅仅是他个人的恶行,而且是贵族阶级对他影响的结果。他本来是纯洁、有理想、有真挚感情的青年,但贵族社会和沙俄军界使他放荡和堕落。他是贵族阶级罪恶的体现者。他由于青年时代受过民主主义思想和人道主义思想的影响,个人身上的善良品性还没有完全泯灭,加上有寻根究底好思考的性格,使他和别的纨绔子弟多少有些不同。所以十年后在法庭上重新见到玛丝洛娃时,才能被她的悲惨遭遇震惊,产生了忏悔之心。他先是承认自己"犯了罪",决定替被冤枉判刑的玛丝洛娃上诉申冤,借以挽救她,也为自己赎罪。他奔走于各级政府机关,活动于权贵之门,看到统治阶级和国家机器的专横无理,逐步意识到本阶级的罪孽深重。他转而愤怒起来,揭露法庭、监狱和政府机构的黑暗。这样,他又成了贵族地主阶级罪恶的揭露者和批判者。这种揭露和批判是来自旧营垒中的反戈一击,所以就特别有力。不但如此,他还进一步对革命者产生了同情心,决定交出土地,到西伯利亚去,有了投向人民的表示。在整个过程中他的贵族阶级旧性不断死灰复燃,他每走一步都要经过痛苦的思想斗争,这一切都使得这个人物形象显得丰满和真实可信。同样,女主人公喀秋莎·玛丝洛娃也是成功的人物形象。两个主人公都是现实中的典型,其性格既复杂又完整,其思想性的发展变化都是合乎逻辑的。作者把人物转变的原因归结为"人性"和"兽性"的冲突,仿佛人人身上皆有"精神的人"和"兽性的人",即"人性"和"兽性"二者的对抗,并以此来解释主人公的向善、堕落、忏悔和精神复活等问题。

《复活》除了描写主人公形象的艺术成就之外,还有许多特色。它运用单线的情节线索而能够描绘广阔的社会生活,成功地提供了社会全景图;它在描绘艺术画面和人物形象时大量使用了对比手法,如景物对比、人物对比、贫富之间的生活遭遇对比等,从而突出社会矛盾,加强了作品的批判力量;它对人物的心理刻画细致入微,既深入各种人物的内心,又抓住其瞬息间的思想感情变化;重视细节的描写,所有细节包括人的外貌特征和生活环境,都被描绘得生动逼真、栩栩如生。《复活》充满批判的激情,它用鲜明的哲理和道德说教来提出重大的社会问题,表明作者的观点。托尔斯泰采用大声疾呼、直接诉诸读者的形式,所以作品具有宣言式的风格。

四、契诃夫

(一) 生平与创作

安东·巴甫洛维奇·契诃夫(1860—1904)是俄国 19 世纪批判现实主义最后一个杰出的作家,以短篇小说和剧作驰名。

契诃夫出生在塔干罗格城的一个小商人家庭。童年生活困苦,中学时代不得不一面求学,一面当家庭教师以维持生计。1880 年进入莫斯科大学医学系,同年以安托沙·契洪特的笔名在幽默杂志《蜻蜓》上发表了最早的两篇作品,从此开始文学创作活动。1884 年大学毕业后,一面行医,一面写作。在 19 世纪 80 年代先后汇集出版过三本短篇小说集,即《梅尔波美娜的故事》(1884)、《杂色的故事》(1886)和《在昏暗中》(1887)。

为了赚钱养家和供自己上大学，他的创作不得不求速成。在1883—1885年，他每年都要写小说100篇以上，1885年最高达到129篇。他一生创作了470多篇小说，其中约400篇写于这个时期，而且多是短篇。

19世纪80年代正是沙皇政府为防范革命活动而实行高压政策的时候。进步杂志被迫停刊，能出版的都是"为笑而笑"的庸俗刊物。契诃夫为了迎合刊物的胃口，逗人发笑，某些作品不免流于粗俗。后来他在出版文集时，毫不可惜地舍弃了这些作品。在早期的作品中却有相当一部分内容具有深刻的社会意义。

早期作品可分为两类：一类是表面上写俄国社会日常生活中的笑话，实际上却无情地嘲笑和揭露专制警察制度和小市民的奴性心理，如《小公务员之死》(1883)、《变色龙》(1884)、《普里希别叶夫中士》(1885)等；另一类是反映劳动人民的贫困和痛苦生活的，如《哀伤》(1885)、《苦恼》(1886)、《万卡》(1886)等。

《小公务员之死》写的是一个小公务员在看戏时打了个喷嚏，把唾沫星溅在前座的一位将军的秃头上，后三番五次向将军道歉，唯恐将军大人不肯原谅而对他施加惩罚，从此心惊胆战，惶惶不可终日，不久就一命呜呼。这个故事说明在黑暗的社会里，大官们的暴虐和飞扬跋扈造成了卑微的小人物的畏惧和奴性心理，使读者感到那种社会制度是多么不合理，多么不可容忍。

《苦恼》写一个孤苦伶仃的老马车夫，在儿子死后整整一个星期，几次想找人倾吐一下他内心的痛苦，但是谁也不理睬他，他只好向他的老马去倾诉。作者通过这个故事控诉了社会的冷漠无情，描述了劳动人民孤苦无告的悲惨遭遇。

中篇小说《草原》(1888)和其他短篇不同，不是通过描写个别人物的遭遇来反映社会，而是通过主人公——九岁的叶果鲁希卡从乡村到城市的一次旅行，广泛地描写了大自然的景色和人们的生活。作品充满了对俄国命运的关心和对幸福前途的憧憬。它告诉读者，草原是美好的，人民也很有智慧，但是在草原上奔驰的没有人民的英雄，只有贵族、商人和神甫等同广阔的草原不相称的人物。作者通过叶果鲁希卡的幻想，表示期望未来的俄罗斯大地应当由人民来主宰。

1890年，契诃夫千里迢迢带病前往库页岛考察流刑犯和当地居民的生活。在库页岛待了三个月，访问近万名犯人和移民，了解到大量丰富的现实材料。然后乘船绕道印度、新加坡、锡兰(斯里兰卡)、塞得港、君士坦丁堡、敖得萨回国。库页岛之行使他亲眼看到俄国政治犯的悲惨生活和斗争精神，也使他对黑暗现实有了进一步的认识。回来之后，他克服了不问政治的倾向，果断地和反动报刊断绝联系。契诃夫的思想有了明显的变化，创作也有了相应的发展。作品的题材更为广泛，思想内容更加深刻，艺术技巧也更为成熟。由于表现的内容更为深广，他写出了不少中篇。

19世纪90年代是契诃夫创作的繁荣和成熟时期，许多优秀名篇都产生于这个时期。其中，暴露社会黑暗和抨击各种错误思想及小市民庸俗习气的作品占相当大的比例,如《第六病室》(1892)、《挂在脖子上的安娜》(1895)、《带阁楼的房子》(1896)、《醋栗》(1898)、《套中人》(1898)等。

《第六病室》是契诃夫库页岛之行的产物,描写一个发生在外省小城医院里的故事。这所医院里的第六病室是专住"精神病患者"的。病室阴暗潮湿,臭气熏天,拥挤混乱不堪。看门人像狱吏一样肆意殴打病人,克扣病人的食品。"患者"到了这里不是得到治疗,而是遭到非人的虐待。医生拉京曾经对这种状况不满,但他信奉的是托尔斯泰"不以暴力抗恶"的理论,一点也不进行斗争,采取不闻不问的态度。一次,他值班巡视病室,结识了因反抗专制压迫而被关进来的"病人"格罗莫夫,两人谈得很投机。此后不久,拉京也被诬告为"精神病人"并被关进了第六病室,照例遭到看门人的毒打。这时拉京才醒悟过来,认识到"不抗恶"是错误的,但是为时已晚。他被打后,第二天就死了。小说描写的那间专横野蛮、阴森恐怖的第六病室,活像一座牢狱,是专制俄国的缩影,揭露了沙皇俄国的黑暗统治。小说主人公格罗莫夫不是一个寻常的"精神病人",人们认为他疯,只因为他老是说有人要逮捕他,而这种心理状态却是反动当局日夜滥捕人所造成的。实际上他是一个清醒的人,不但感到社会像是"野兽一般的生活",而且能在同拉京的争论中痛斥"不用暴力抗恶"的谬误。这样一个很有思想的人竟遭到如此残酷的迫害,更显出了统治阶级的罪恶。医生拉京是个软弱的知识分子,能看清社会的黑暗和不公正,但没有勇气起来斗争,只能逃避现实,苟且偷安,可是反动势力的迫害无情地落到了他的头上。他的死宣告了托尔斯泰主义的破产。

《带阁楼的房子——艺术家的故事》的主题是批判错误的社会思潮"小事论"的。贵族小姐莉达年轻有为,精力充沛,有为社会办事的一腔热忱,但是只热衷于"小事"的改革,对严重的社会问题却不感兴趣。这种"小事论"在19世纪八九十年代的俄国曾风行一时,它在革命形势日益临近的年代显然非常有害。契诃夫通过小说中的一位画家之口,驳斥了"小事论"者莉达:"依我看来,什么医疗所啦、学校啦、图书馆啦、药房啦,在现有条件下,是仅仅为奴役服务的。人民给一条大链子缚住;您呢,不砍掉那条链子,反倒替它添上新的环节。"在作者看来,要紧的是根本解决"好几百年"以来不断"重演的那套旧故事",即"千千万万人生活得比动物还糟——只为了有一口饭吃就得经常担惊受怕"的问题。然而,作者在小说中还不能指出解决问题的正确道路。

《套中人》则是这个时期的代表作。

契诃夫在揭露黑暗社会和错误思潮的同时,还对知识分子的空虚无为和小市民的庸俗丑恶进行了有力的抨击。这表现在《跳来跳去的女人》(1892)、《文学教师》(1894)、《姚尼奇》(1898)等作品中。

在19世纪90年代的创作中,另一个重要的主题是农民问题。他对农民问题很关心,特别是1892年他迁居离莫斯科不远的田庄梅里霍沃之后,由于行医、办学以及担任地方自治委员等活动,同农民有了更多的接触,对他们有了更深的了解,从而创作了一组描写俄国农村和农民的作品。《农民》(1897)、《峡谷里》(1900)用生动的现实说明,资本主义已在农村发展,农民在沙皇专制和资本主义的双重压榨下濒临破产,从而驳斥了民粹派认为俄国可以避免资本主义的错误理论。他深切同情农民贫困的处境,期望农民有光明的生活前景;但他笔下的农民大都很软弱,缺乏反抗精神。

契诃夫小说描写的多是阴暗或灰色的生活,并且流露出明显的抑郁哀伤的调子,但这并不表明作者是悲观主义者。相反,他对祖国和人民的前途是抱有信心的,他对普通劳动者的优良品质是歌颂的;而他对丑恶生活的暴露,对人们身上消极面的揭露,则是为了向人们说明除旧布新的必要。1898年他认识了高尔基,在高尔基的影响下非常关心政治。在19世纪末20世纪初革命形势的感染下,契诃夫的思想更朝着积极方向转变,晚年的作品有着显著的乐观主义情调。在1903年写的最后一部小说《新娘》中已经充满着对新生活即将来临的预感,作者热情歌颂摆脱了庸俗生活的新人。

契诃夫短篇小说的创作经验有很多地方值得借鉴。在选材方面,他善于从日常生活中习见的人和事取材,甚至通过一些平凡小事说明大道理;在结构方面,简括精练,作品中人物不多,情节简单;另外,叙述简洁,用语明确,没有冗长的描写和啰嗦的对话,往往是通过人物的言行表现人物的内心世界或作品的主题思想,不用作者发议论。

契诃夫写过不少剧本。在19世纪80年代写过一些独幕剧,较著名的有《蠢货》(1888)、《求婚》(1889)等。这些剧本带有闹剧的特点,都很幽默,但反映的生活面不广,主要是通过日常生活中喜剧性的情节嘲笑小市民的庸俗等。后期则写多幕剧,一共有5部,剧中的主角大多是外省的知识分子。《伊凡诺夫》(1887)写一个从热情奋发转变成苦闷颓唐的知识分子。《海鸥》(1896)描写两个想创造一番事业的演员和作家的不同结局。《万尼亚舅舅》(1897)写一个对"名教授"偶像的盲目崇拜者终于绝望和一个想造福后代的乡村医生幻想的破灭。《三姊妹》(1901)描写憧憬美好生活的三个姐妹,都只有美丽的幻想而没有实际的行动。剧本写的这些人物大多是不关心政治的小资产阶级知识分子,反映了他们在革命前黑暗年代里的苦闷、彷徨、挣扎和追求,表现了他们正直、敏感和富于幻想的特点。作者同情他们抱负不能实现的命运,但没有指出他们脱离实际、脱离人民的弱点,因而也不能给他们指明出路。

契诃夫最有名的一个剧本是《樱桃园》(1903),描写19世纪末20世纪初俄国资本主义迅速发展、贵族庄园彻底崩溃的情景。朗涅夫斯卡娅和夏耶夫这些旧式的贵族,尚空谈而不务实际,好幻想而无实践能力。他们整天悠闲自在地消磨时光,可是灭亡的命运已在等待着他们。他们对新形势毫无适应能力,结果这些寄生虫坐吃山空,荡光了家产,卖掉了樱桃园。"贵族之家"终于经济破产,道德堕落,彻底崩溃。代之而起的樱桃园新主人是商人和企业主陆伯兴。他精明强干,头脑清醒,拥有资本。他不顾什么"美"感,废弃古老庄园,兴建新别墅,完全从经济利益出发来考虑问题。所以,他刚买下樱桃园,旧主人未走,就已经动手砍伐樱桃树了。他是"一个看见什么就吞什么的吃肉猛兽",的确,正是这个新起的资产阶级"猛兽""吞吃"了贵族的庄园。但是,以陆伯兴为代表的资产阶级并不是未来社会的主人,作者已经看到了这一点。所以他在剧中塑造了平民知识分子特罗菲莫夫和安尼雅这新一代的正面形象,虽然不够丰满,但特罗菲莫夫喊出的"新生活万岁!"却是激动人心的,使剧本显示出乐观的调子,也是作者对未来充满信心的体现。

契诃夫是具有民主主义思想的作家。他痛恨沙皇专制制度,反对黑暗反动势力。他曾在1900年当选为科学院名誉院士。可是到1902年,当沙皇政府下令取消高尔基的名誉院士资格的时候,他立即和俄国著名作家柯罗连科一同发表声明,放弃院士称号,以示抗议。

(二)《套中人》

《套中人》是一篇脍炙人口的小说,它塑造了一个旧制度的卫道者、新事物的反对者的典型形象。别里科夫是个普通中学教员,"他所以出名,是因为他即使在顶晴朗的天气也穿上雨鞋,带着雨伞,而且一定穿着暖和的棉大衣。他的雨伞总是用套子包好,表也总是用一个灰色的鹿皮套子包好;……连削铅笔的小折刀也是装在一个套子里的。他的脸也好像蒙着一个套子,因为他老是把脸藏在竖起的衣领里。他戴黑眼镜,穿羊毛衫,用棉花堵上耳朵;他一坐上马车,就要叫马车夫支起车篷来。"描写近乎夸张,但是透过"套子"的外表特征,揭示出人物的内心思想。这是一个顽固的保守势力的代表,他把"思想也极力藏在一个套子里。只有政府的告示和报纸上的文章,其中写着禁止什么事情,他才觉得一清二楚"。别里科夫像害怕瘟疫一样害怕一切新事物,害怕一切超出平凡庸俗的生活常轨以外的东西。为了扼杀一切新事物,他甚至用盯梢、告密等卑鄙手段,搞得全城都怕他。人们"不敢大声说话,不敢写信,不敢交朋友,不敢看书,不敢周济穷人,不敢教人念书写字……"小城的生活因而变得死气沉沉。在专制制度腐朽没落的年代,作者拿出别里科夫这个典型来加以鞭挞,正是要激发人们起来改变这种窒息创造精神的社会。他借小说中的猎人之口说道:"不成,不能再照这样生活下去啦!"

契诃夫恪守他"日常生活的现实主义"原则,形成了独特的艺术风格。其一是从日常生活中选材,展现一个普通中学里的希腊普通文教员的日常生活故事,通过日常的生活现象,揭示出重要的社会问题。与主人公相关的那些看似平淡的生活场景,日复一日、年复一年地重复着,人们习以为常,殊不知社会的灾难就在这里永无休止地蔓延着,这就显得可悲和可怕了。

其二是运用日常生活的细节来塑造主人公的性格。包括人物相貌、衣着特征、生活起居、待人接物一切举止,都使人看到,别里科夫总是要把自己"套起来",甚至"思想也极力藏在一个套子里"。主人公的心理特征就是"害怕"。他老是说:"千万别闹出什么乱子来。"这样来写更富于典型性,更能反映生活的本质。

其三是揭示人物在日常生活中的影响力。人是社会的人,一切交往活动总是在社会生活中进行,从而发生人与人之间的影响。作者写出人们对别里科夫的态度有几类。有怕他的,如教师、校长,"整个中学都抓在他手里,足足15年"。社会上许多人也怕他,不敢大声说话,不敢交朋友。有反抗他的,如柯瓦连科兄妹。也有与他相类似的,如村长的老婆马芙拉,仿佛是另一个"套中人"。通过日常生活中人际关系,平时交往情景,而不求助于特殊事故或特别事件,这样来写更真实,更符合生活实际,也更显出主人公的个性。这也是作者特殊的艺术功力,于平凡处见突出,显特殊。个性的特点总是在日常生活中与别人相比较,相对照或相联系中显示出来的。所以契诃夫说过,"在生活里人们并不是每时每刻都在开枪自杀,悬梁自尽,谈情说爱,他们也不是每时每刻都在说聪明话。"在他看来,生活往往是平平淡淡地进行着,"人们吃饭,仅仅吃饭,可是就在这时候他们的幸福形成了,或者他们的生活毁掉了"。

此外,《套中人》也同作者其他小说一样,结构简括精练,人物不多,情节简单,通过讲故事的方式展开,叙述简洁,用语明确,没有冗长的描写。哪怕对农村月夜景色,也只是放在小说末尾,巧妙地以景抒情。语言简洁干净,无作者的议论。

思考练习题:
1. 19世纪后期的现实主义文学在哪些方面继承了中期的传统,同时又在思想和艺术上有哪些新的贡献?
2. 你认为哪些作家的创作最能够体现19世纪后期现实主义文学的特点?为什么?
3. 谈谈社会问题剧在世界戏剧史上的贡献。
4. 试析《哈克贝利·费恩历险记》在美国文学史上的成就。
5. 简述《罪与罚》和《复活》的思想意义和艺术特色。

第九章 19世纪文学(四)

第一节 自然主义等流派文学概论

19世纪后期的欧洲,浪漫主义文学已失去锋芒,现实主义仍是文学的主流,但亟待变革与创新。而自然主义文学的出现,虽不是独领风骚,但声势和影响却超过了现实主义文学,成为了令人瞩目的新流派。标榜"为艺术而艺术"的唯美主义和象征主义文学也出场亮相。四大主要文学流派汇合形成19世纪后期欧洲文学多元化的态势。

一、自然主义文学

自然主义是19世纪60—90年代法国文坛上一个重要的文学流派,也是19世纪后期欧洲最重要的文学思潮。"自然主义"一词第一次出现在法国作家爱弥尔·左拉1866年7月25日发表的《大事件》一文中。该文重点分析泰纳的《拉封丹和他的寓言》,认为泰纳是道德世界的自然主义者,并且指出:"做一个自然主义者,即意味着要把纯粹的观察、精确的分析运用到道德事件的研究和生理个案的研究中。" 1881年左拉在《自然主义》一文中又明确地指出:"自然主义者要从自然的本源上重新研究自然,要用生理的人去代替抽象的人,不把人同决定他命运的环境分离开。"

19世纪60年代,随着工业革命的深入,法国进入了科技时代,在生物学、生理医学方面都取得了前所未有的成果。自然科学的勃兴、许多新理论的不断引入、新观点的不断提出,对作家观念、方法的更新势必产生影响。在这一背景下,达尔文的进化论、孔德的实证主义哲学、泰纳的实证主义艺术观以及克洛德·贝尔纳、吕卡思的生理学研究成果对自然主义文学的形成产生了重要影响。达尔文的进化论认为高贵的人类是由低等动物演变、进化而来的,人和兽都处在生物进化的链条上。受达尔文思想的影响,左拉后来宣称,"在所有人的身上都有人的兽性的根子,正如人人都有疾病的根子一样"。孔德的实证主义哲学把接受科学方法看成是获取正确知识的唯一有效的途径。而泰纳是第一个主张把艺术同科学结合起来的批评家。他主张用种族、环境和时代三要素理论来研究文化历史的成因。贝尔纳医生在《实验医学研究导论》中则阐述了可以将实验方法应用于生理学与医学研究的观点。他还强调研究生物体内部环境的重要性。吕卡思的《自然遗传论》一书把一切肉体、精神疾病的现象归于遗传,认为遗传律是说明一切正常、病态的生理和心理现象的最终原因。应该说,这些新成果、新理论成为了当时自然主义理论的主要来源。

1865—1876年是法国自然主义文学的形成时期。1865年是自然主义形成的转折点,这一年,克洛德·贝尔纳(1813—1878)的专著《实验医学研究导论》和龚古尔兄弟的小说《翟米妮·拉赛特》出版问世。贝尔纳医生的理论直接或间接地为年轻的左拉所接受,并形成了他后来的自然主义文学理念。《翟米妮·拉赛特》是法国第一部自然主义作品,龚古尔兄弟首次把医学的方法运用到对人物悲剧性格的分析中。受其影响,左拉于1867年发表了他的第一部自然主义小说《戴雷斯·拉甘》。1868—1876年间,左拉开始为自然主义写作方法辩护,并在福楼拜、都德和屠格涅夫的支持下继续其自然主义文学创作。

1876—1884年是法国自然主义文学发展的鼎盛时期。1876年《小酒店》的发表获得成功,左拉被年轻的作家奉为文学大师,以此为标志,法国自然主义文学进入了其辉煌时期。1880年短篇小说集《梅塘之夜》的发表巩固了左拉在文坛上的个人威望,与此同时,自然主义文学团体"梅塘集团"宣告成立。1881—1884年左拉结合其创作实践系统地提出了自然主义文学主张。他提出自然主义小说应具有三个特征:一是准确、真实地描写生活。小说家要像科学家做实验那样去真实描写现实生活。二是英雄人物的缺席。小说家要写有血有肉的活生生的人、生物的人,避免用夸张与虚构去塑造非凡人物。三是小说家要在作品中消失。

1884—1893年是法国自然主义文学的分化和遭质疑的时期。1887年左拉的作品《土地》出版,5位年轻作家联名发表文章,攻击左拉,自然主义文学趋于衰落。

从自然主义文学发展历程来看,福楼拜(1821—1880)是个承前启后的作家。他上承巴尔扎克的传统,下启自然主义文学。1857年他发表了作品《包法利夫人》,引起轰动。他在此后的创作中提出的创作理论对自然主义文学产生了重要影响。

爱德蒙·龚古尔(1822—1896)和于勒·龚古尔(1830—1870)兄弟1865年合写了《翟米妮·拉赛特》,主要描写一个女仆的沉沦的故事,作品中有许多赤裸裸的感官描写,但作者重点是对女主人公的堕落进行临床的医学分析。该小说的创作对左拉自然主义文学理念的最初形成具有决定性的影响。

爱弥尔·左拉(1840—1902)是法国自然主义文学运动的领袖和自然主义文学理论的创建者。1867年,左拉发表了他的第一部自然主义小说《戴雷斯·拉甘》,1869—1893年,构思并创作了《卢贡-马卡尔家族》这包括20部小说的大型自然主义文学巨著,重点通过一个家族的自然史和社会史去反映法国第二帝国的兴衰。

都德(1840—1897)因1866年发表《磨坊书简》成名。他曾是左拉的支持者。和莫泊桑一样,他曾接受过自然主义的影响,但他对自然主义理论的接受只停留在一般的感官印象的描写上,没有超越写实的某种限度。他擅长于写短篇,代表作品是《最后一课》和《柏林之围》。

从19世纪80年代起,随着左拉的作品被翻译介绍到英国、德国、意大利、美国和日本等国家,法国自然主义文学的影响遍及欧美大陆和世界各地。

二、唯美主义文学

唯美主义是19世纪后期产生的一个"纯艺术"文学流派,属西方早期现代派文学。由英国拉斐尔前派拉开序幕,代表人物是奥斯卡·王尔德。唯美主义形成的思想渊源可以追溯到康德美学对于艺术形式的偏重和英国浪漫主义文学对纯美诗的追求。至19世纪初,唯美思想才形成明确的理论,提出"为艺术而艺术"的是法国诗人戈蒂耶。美国诗人爱伦·坡(1809—1849)和法国诗人波德莱尔(1821—1867)在创作中对新的表现技巧的追求、对病态美和丑的偏爱,无疑推动了后来的唯美主义文学运动。19世纪60年代法国巴那斯诗派又发挥了"为艺术而艺术"思想,明确提出了与浪漫主义美学理论所不同的"崇尚纯粹的形式美"的口号。巴那斯诗派强调诗歌语言和格律的至善至美,并在创作中实践这一主张。其影响在19世纪七八十年代又扩展到了英国,得到青年诗人约翰·罗斯金、瓦尔特·佩特和奥斯卡·王尔德等人的积极响应,从而形成了后来的唯美主义文学流派。

19世纪中后期的欧洲进入了科技文明时代。一方面物质财富增长加快,欧洲呈现出繁荣景象,另一方面物质主义泛滥,物取代了人成为受尊崇的对象。欧洲到处弥漫着商业气息。面对这种物欲横流的现实和商业化的氛围,诗人们不禁悲哀地发现艺术已不再被视为受尊崇的神圣之物,诗人、艺术家也被置于社会的边缘。唯美主义文学的产生可以说是对工业文明和商品化社会造成诗情消弭、理想失落的谴责。唯美主义文学从一开始就具有否定传统、追求形式美的倾向。它所提出的美学纲领就是"为艺术而艺术"。它包含两方面意义,一是否定文学的功利主义,二是反对艺术商品化。唯美主义虽然有形式主义倾向,但它重申艺术的超功利性和独立性,强调艺术家要崇尚精神自由和个性解放。这些见解无疑颠覆了西方以德化教育为目标的传统的文学观,促使人们重新思考和认识艺术的目的和艺术家的使命。

泰奥菲尔·戈蒂耶(1811—1872)是法国唯美主义文学的先驱。青年时代曾是法国浪漫主义文学的支持者。1831年出版第一部诗集,次年发表第二部诗集《阿贝杜斯》,并成为以雨果为首的浪漫主义文学团体的核心成员。19世纪30—50年代,先后发表了小说《莫班小姐》(1835)、《弗拉卡斯船长》(1836)和诗集《珐琅和玉石》(1952)。戈蒂耶率先在文坛上提出"为艺术而艺术"的口号,并以他的小说和诗歌,奏出了唯美主义先声。诗歌创作上,他重视语言的推敲和韵律的色彩,把对形式美的追求推到了极致。

奥斯卡·王尔德(1854—1900)是英国唯美主义文学运动的主要代表。青年时代在都柏林三一学院和牛津大学读书时深受黑格尔派哲学、达尔文进化论和英国拉斐尔前派理论的影响,成为约翰·罗斯金和瓦尔特·佩特的美学观点的信徒。1881年出版《诗集》成名。19世纪80—90年代,先后出版童话故事《快乐王子》(1888)、散文《说谎的堕落》(1889)、小说《道林·格雷的画像》(1891)、剧本《温德梅尔夫人的扇子》(1892)、《无足轻重的女人》(1893)和《莎乐美》(1893)等。1895年因同性恋而被判入狱,1897年出狱。《道林·格雷的画像》是王尔德的唯美主义代表作,小说以幻想和现实相结合的手法描写了一个美少年道林·格雷由纯洁走向堕落与毁灭的过程。在小说中,王尔德阐述了唯美主义美学观:美与道德是毫无关系的,美是高于现实的一种存在,人们不能用道德标准去衡量它的价值。

三、象征主义文学

象征主义是19世纪后期法国的一个颇具影响的诗歌流派,出现于1886年。先是诗人勒内·吉尔发表《言词研究》,诗人斯特凡·马拉美为它写了前言。这部论著肯定了从波德莱尔以来诗坛上出现的一些新诗。随后,一个笔名为让·莫雷亚斯的诗人在1886年9月18日的《费加罗报》上发表了一篇文学宣言,主张用"象征主义"作为当时文坛上出现的具有创造精神和新倾向的诗歌的定名,并且把波德莱尔视为该流派的先驱,把马拉美、魏尔伦和邦维尔视为主要代表。这篇宣言获得广泛的响应,标志着象征主义流派的产生。

19世纪后期印象派绘画和瓦格纳音乐在法国掀起了一场革新运动。印象派绘画改变了传统绘画的表现技巧,从色彩中找到了最本质的诗意的表达。瓦格纳的《罗恩格林》《尼伯龙根指环》等歌剧陆续在法国上演,引起了轰动。瓦格纳在歌剧中尝试把音乐和诗完美地结合在一起,通过整体和谐的艺术去实现传达人类精神的理想。印象派绘画的出现无疑从观念和方法上启发了诗人们对诗歌语言特性及表现手段的再思考,诗人们开始重新审视诗歌的语言及其对语言的运用。他们发现,日常语言具有实用性,诗歌的语言不是叙述和描写,而是一种隐喻和暗示。瓦格纳的音乐则丰富了诗人的想象力,启发了诗人重新去发现表现人内心奥秘的手段,促使诗人去思考诗歌表现手段的更新。

象征主义作为创作方法,早在中世纪的宗教文学中就已出现。后来美国爱伦·坡的诗被翻译介绍到法国,人们从中读到了令人耳目一新的东西;尤其是《恶之花》的作者波德莱尔在创作中重视诗歌语言的象征、暗示作用,他们都被视为象征主流派的先驱。19世纪70—80年代,象征主义作为新的创作方法被认可。诗歌《一个牧神的午后》的发表,确定了马拉美的地位,他被拥戴为象征主义诗歌流派的领袖。每逢星期二,马拉美都在自己的寓所里与年轻诗人们相会,交流与探讨写诗的经验。1898年7月马拉美去世,这一聚会也因此而终止,标志着象征主义运动在法国的衰落。但在19世纪90年代后期,象征主义运动开始向欧美各国扩散,20世纪初又形成了后期象征主义运动。

象征主义的主要成就和贡献表现在诗歌方面。这一流派的作家提倡诗歌应表现人的内心世界,但反对浪漫主义直抒胸臆的表现手法,而主张用隐喻和暗示,尤其重视语言的多重功能和内涵的丰富性,主张用语言的魔力去创造一个独立的诗情世界,并把这个诗情世界与现实世界隔开,将之神秘化。19世纪后期象征主义流派的主要代表是法国的兰波、魏尔伦、马拉美和比利时的梅特林克。

兰波(1854—1891),法国诗人,共出版3部作品:《诗集》(1870—1871)、《地狱一季》(1873)和《启示录》(1886)。兰波最著名的一首象征主义名诗《醉舟》被收录在早期的《诗集》中。诗人以醉舟为自我的象征,写诗人自由灵魂的远航和理想追求,全诗富于幻想和象征色彩。

魏尔伦(1844—1896),法国诗人。受波德莱尔的影响较深,其诗歌的中心主题是描写忧郁和痛苦。他是位多产作家,先后出版10多部诗集,其中《无言的罗曼司》是其代表作。魏尔伦对构建象征主义诗歌理论方面有贡献,主张打破传统的韵律诗的格律,但又不放弃韵律的要求,他认为诗的语言要富于音乐性。

马拉美(1842—1898),法国象征主义诗人和理论家。1861年因读波德莱尔的《恶之花》而产生了写诗的冲动。1862年开始发表作品。1866年在《当代巴那斯诗派》上发表了《窗》等11首诗,并在诗坛上引起关注。19世纪70年代他把爱伦·坡的诗翻译介绍到法国。19世纪80年代,成为法国象征主义运动的领袖。他的《海洛狄亚德》《一个牧神的午后》和《骰子一掷永远取消不了偶然》都是象征主义诗歌的杰作。在对诗性语言本质的认识上,马拉美认为诗与散文的区别不是性质和形式上的,而是运用上的不同。

梅特林克(1862—1949),比利时象征主义诗人和剧作家,1911年获诺贝尔文学奖。19世纪80年代末受法国象征主义的影响,开始写诗和剧本。他的文学成就主要表现在象征主义戏剧创作上,《青鸟》(1908)是其代表作。该剧通过两个孩子寻找青鸟的故事,表现了人类对幸福的渴望与追求。

四、巴黎公社文学

巴黎公社文学是19世纪后期欧洲无产阶级文学成就的集中体现。1864年第一国际创立,很快欧洲各地纷纷成立了支部,会员发展到了上万人。1864年5月,法国迫于工会的力量通过了允许工人罢工的权利法。正是在这一背景下，无产阶级文学进入了新的发展阶段。巴黎公社文学是巴黎公社革命的产物。1870年法国在普法战争中失败，随后梯也尔政府的卖国投降活动和政治选举是促成巴黎公社革命的主要原因。这是无产阶级以夺取政权为目的的第一次革命起义，巴黎公社文学就诞生于这次革命起义前后。巴黎公社成立后仅存在72天，但巴黎公社文学包括在巴黎公社诞生前后20年间公社战士创作的所有诗歌、小说和散文。巴黎公社文学的突出成就表现在诗歌方面，主要代表有欧仁•鲍狄埃(1816—1887)、路易斯•米雪尔(1830—1905)、让•巴蒂斯特•葛莱蒙(1836—1903)、茹尔•瓦莱斯(1832—1885)和列昂•克拉代尔(1835—1892)等。欧仁•鲍狄埃是巴黎公社文学的最杰出的代表。

巴黎公社文学发展经历了两次高潮。一是革命酝酿时期，巴黎公社文学主要起革命的喉舌作用。公社诗人写诗向人民揭露资产阶级政府的卖国活动，宣传爱国主义思想，号召人民起来斗争，迎接公社成立。如爱弥尔•特勒在政治讽刺诗《巴黎换了一块牛排》中揭露讽刺了以梯也尔为首的资产阶级政府的卖国活动。欧仁•鲍狄埃在《一八七〇年十月三十一日》一诗中号召群众支持和迎接公社成立。二是革命失败以后，巴黎公社文学主要继续履行其文学使命，总结革命失败的沉痛教训，继续揭露和控诉资产阶级政府镇压革命的罪行。如鲍狄埃的《国际歌》(1871)和《巴黎公社》(1876)、葛莱蒙的《"上墙根去"队长》(1885)、爱弥尔•特盖尔的《拼血的一周》(1893)等都是总结巴黎公社斗争经验、揭露反革命分子镇压革命的罪行，并且宣传爱国主义和国际主义思想的。

巴黎公社文学以鲜明的爱国主义主题、高昂的革命激情、崇高的理想境界和极强的战斗性在法国文学史上揭开了新的篇章。但这一时期的无产阶级文学与后来前苏联的无产阶级文学相比，无论在思想性和艺术性方面仍显得不够成熟。

欧仁•鲍狄埃是巴黎公社文学的杰出代表。他曾以一首《国际歌》蜚声世界诗坛，被誉为全世界无产阶级的诗人。鲍狄埃出生于巴黎，因家境贫困，13岁辍学，在父亲的木箱店当学徒。后来又当绘制印花布图样的技工，一生过着贫困的生活。少年时代开始以平民诗人贝朗瑞为榜样立志为平民百姓写诗，14岁开始写诗。1831年发表第一部诗集《年轻的诗神》。1848年，鲍狄埃参加了二月革命和六月革命，并写下了许多诗篇。1851年，路易•波拿巴发动政变，成立了第二帝国，鲍狄埃写下了《谁将为她复仇？》一诗，对君主制复辟表示不满。1865年初，巴黎成立第一国际巴黎支部，鲍狄埃被推选为巴黎工人协会联合会代表。1870年前后，他成为工人运动活动家，开始发动工人，组织工会。1870年，普法战争爆发第二天，写下了《告全世界各民族工人书》，号召工人起来反对侵略战争。同年9月，普鲁士围困巴黎，他参加国民自卫军。1871年在巴黎公社成立的72天中，他投入到战斗中，被选为公社委员。公社失败后，鲍狄埃创作了《国际歌》，总结巴黎公社斗争的经验。1871—1880年,被凡尔赛法庭判处死刑,这一期间,鲍狄埃一直流亡于英国和美国。这10年,先后发表了《难道你一点也不知道?》(1871)、《巴黎公社》(1876)和《美国工人致法国工人》(1877)等诗作。1880年大赦回国以后,虽已年老体弱,却仍坚持参加工人运动,并继续写诗。1884年创作了《铁匠的梦》《起义者》和《罢工》等诗。1887年,诗人出版《革命歌集》,著名的《国际歌》就收录在这个集子里。1887年11月6日,鲍狄埃病逝于巴黎。

《国际歌》是脍炙人口、广为传诵的诗篇,也是鲍狄埃一生诗歌的杰作。该诗写于1871年6月,即巴黎公社被血腥镇压后不久。创作《国际歌》主要是为了总结巴黎公社的历史经验,鼓舞人们的斗志。

全诗共分八节。首尾四句诗内容一样:"这是最后的斗争,团结起来,到明天,英特纳雄耐尔,就一定要实现。"中间六节,诗的第一节是号召全世界无产阶级起来斗争,改变他们的奴隶地位,要做新世界的主人:"起来饥寒交迫的奴隶,起来全世界受苦的人,满腔的热血已经沸腾,要为真理而斗争。旧世界打个落花流水,奴隶们起来,起来!不要说我们一无所有,我们要做天下的主人。"诗的第二节写工人阶级的解放应该由他们自己去争取的道理:"从来就没有什么救世主,也不靠神仙皇帝。创造人类的幸福,全靠我们自己。"诗的第三、四、五节是向工人阶级揭露政府、法律的虚伪,统治阶级的残暴:"政府在压迫,法律在欺诈,捐税将民脂民膏搜刮,豪富们没有任何义务,穷人的权利是句空话。"诗的第六节再次讲明工人阶级是创造了人类历史的主人,他们起来斗争的意义:"我们要夺回劳动果实,让思想冲破牢笼。一切归劳动者所有,哪能容得寄生虫。"

《国际歌》艺术地总结了巴黎公社斗争的历史经验,说明了工人阶级起来斗争的必要性,工人的解放不能等待救世主,只能靠自己去争取。作品提出了无产阶级的历史任务和斗争目标。无产阶级不是仅仅为解放自己,而是要砸烂旧世界,创造共产主义美好的明天,它要为这一崇高的目标而奋斗。但无产阶级的斗争也要把握时机,将革命进行到底。"快把那炉火烧得通红,趁热打铁才能成功。"这是诗人对巴黎公社革命失败的经验的总结,也是巴黎公社血的教训。

《国际歌》是一首政治抒情诗。它直接表达工人阶级要摧毁旧世界、创造新世界的决心,表达了工人阶级强烈的政治热情。其次它具有鲜明的战斗性,是号召工人阶级起而斗争,为实现真理和共产主义而奋斗的激昂的战歌。诗歌气势雄浑、磅礴。此外整个诗作音律整齐,结构完整,语言生动,想象丰富。

第二节 法国文学与左拉、莫泊桑、波德莱尔

一、法国文学

19世纪最后三四十年,对法国来说是荣辱交加的时代。1870年普法战争失败和被迫割让国土使法国蒙受了耻辱,民族自信心空前跌落。1871年巴黎公社的成立也给第三共和国以打击。这两大事件是造成法国思想界出现危机的根源,也促使知识界人士去思考民族命运和国家前途。19世纪后期法国文学呈现出繁荣景象,对普法战争失败的反思和对第二帝国腐败的揭露推动了现实主义文学和自然主义文学的发展。19世纪末,科学的进步和工业文明的发展没有给人类带来人性的解放,反而促使了物质主义泛滥和人的异化。对传统价值观念和信仰的怀疑、对工业文明发展和人类前景的困惑使悲观主义思想盛行。19世纪后期文坛上流派更迭也是世纪末人们思想活跃、否定现实与反叛传统的情绪的表现。

二、左 拉

(一) 生平与创作

左拉(1840—1902)1840年4月2日生于巴黎,童年在法国南方普罗旺斯的埃克斯度过。其父是意大利人,土木工程师,1833年从意大利来到埃克斯,承接一个修建拦水大坝的工程,后与当地一位法国女子结婚。左拉7岁时,父亲去世,从此随母亲投奔外祖父母,直至17岁,才随母亲来到巴黎进入圣·路易公立中学。左拉早年喜欢文学,1862年在阿歇特出版社做打包工。因喜欢写诗,被老板看中,提升为广告部主任,开始为知名作家泰纳、圣勃夫等人推销书籍,产生了当作家的念头。阿歇特出版社广告部的工作也为他进入文学圈提供了便利,他开始为许多杂志、报刊撰写故事、专栏文章和文学评论,积累了丰富的创作经验。1864年他发表了第一部小说《给尼侬的故事》,1865年又完成了小说《克洛德的忏悔》。1866年辞去工作,走上了职业作家道路。

"要么拥有一切,要么一事无成"是左拉的座右铭。成为职业作家以后,左拉立志要走前人没有走过的路,从当时多如牛毛的平庸作家中脱颖而出。19世纪60年代是科学思想传播和普及的时代。达尔文的进化论、孔德的实证主义、泰纳的文学理论成为了知识界的热门话题。左拉从刊物上了解到自然科学的新成果,产生了要将科学引入文学的思想,革新文学观念。1865年,龚古尔兄弟的小说《翟米妮·拉赛特》出版,这部小说首次将生理学的方法运用到人物描写与分析上。受其影响,左拉开始了自然主义文学的尝试。1867年发表他的第一部自然主义小说

《戴雷斯·拉甘》，写一个通奸犯罪的故事。女主人公戴雷斯·拉甘从满足生理需要出发走向犯罪，最后导致个人毁灭。左拉在小说的情节构思和人物塑造上都突出了生理因素和遗传因素；在探讨人物悲剧的成因时，不强调社会因素，仅强调生理因素起决定性的作用。

1866年文学评论集《我憎恨》的出版表明了左拉文学观念的转变，左拉谈及了小说的两种定义："小说自身的界定已发生了变化。它不再以杜撰一个情节曲折离奇的故事吸引读者为目的，而仅仅是记录人的行为，揭示决定身体和灵魂的机理。"19世纪60年代末，左拉终于探索到自己所要走的创新之路，要继续沿着遗传规律这条线去探讨人的内在气质和环境如何支配人、改变人问题。这就是巨著《卢贡-马卡尔家族》。左拉的出名是从《卢贡家族的命运》开始的，1877年《小酒店》的发表使他扬名。此后他建了一所别墅，起名为"梅塘"。一批年轻的作家每逢星期四到左拉住所聚会，由此形成了一个文学团体——"梅塘集团"。成员除左拉外，有莫泊桑、阿莱西斯、瑟阿尔、于斯曼和厄尼克。1880年，这六位作家的合集《梅塘之夜》出版，在文坛上引起轰动，将法国自然主义文学运动推向高潮。1880—1883年，左拉发表了《实验小说论》(1880)等5篇自然主义理论文章，阐述其文学主张。

从1871年至1893年，左拉主要致力于《卢贡-马卡尔家族》的创作。这部包括20部作品的大型巨著是左拉自然主义文学的代表作，从构思至完成，前后历经25年，共计600万字。这部巨著主要描写"第二帝国时期一个家族的自然史与社会史"。自然史主要研究卢贡-马卡尔家族的血缘与遗传问题、家族的谱系及遗传。社会史主要通过卢贡-马卡尔家族的盛衰再现第二帝国从政变阴谋到色当投降的历史全貌。

《卢贡家族的命运》是第一部作品，发表于1871年。这部作品一方面写卢贡-马卡尔家族的遗传问题。卢贡-马卡尔家族的老祖宗阿·福格是个精神病患者，她活了105岁。她年轻时，同一个名叫卢贡的园丁结了婚，生下一子。卢贡是个健全者，他死后福格又与一个酒精中毒者马卡尔姘居，生下一子一女。卢贡-马卡尔复姓由此而来。由于第一代人的精神疾病和嗜酒如命的病态特征导致了后代的遗传。卢贡一系的后代大多是健全者，有权有势，而马卡尔一系的后代大多是不健全者。家族遗传问题虽是小说的一个内容，但并不是情节的主线。另一方面，作品以1851年路易·波拿巴政变为背景重点写了第二代人皮埃尔·卢贡的发迹过程。

《小酒店》(1877)是第七部，描写工人生活。小说主要通过一个下层社会的妇女，即卢贡-马卡尔家族的第三代人绮尔维丝的遭遇来反映酗酒与纵欲问题。小说把工人生活的贫困归结为他们自身的恶习，没有揭示出造成工人贫困的真正根源。

《娜娜》(1880)是第九部，主要描写妓女生活和卖淫制度。女主人公娜娜是《小酒店》中洗衣女绮尔维丝和羊铁匠古波的女儿。娜娜15岁时离家出走，靠卖淫为生。18岁当上了一名歌剧演员，演下流喜剧，出卖色相，诱惑无数王孙公子和达官贵人。她是腐蚀剂,腐蚀了巴黎整个上层社会,最后死于天花。左拉通过娜娜短暂的一生间接地描写第二帝国时期上层人物道德的败坏史。

《金钱》(1891)是第十八部。主要描写第二帝国时代的金融竞争,重点写两个金融巨头萨加尔和甘德曼之间的竞争。萨加尔是卢贡-马卡尔家族的第三代人。他具有卢贡家族人的特征:贪婪而又野心勃勃。他一生把全部精力放在赚钱上,为了金钱,不顾廉耻,具有赌徒心理,后在竞争中败给甘德曼。小说反映了第二帝国后期金融资本集中垄断的过程。

1893年最后一部作品《巴斯加医生》出版。19世纪90年代以后,左拉开始创作了三部曲《三名城》:《卢尔特》(1894)、《罗马》(1896)和《巴黎》(1898),及四部曲《四福音书》:《繁殖》(1899)、《劳动》(1901)、《真理》(1903)和《正义》(未完成)。1898年为了坚持真理,左拉介入了德雷福斯案件中,1月13日在《黎明报》上发表了致共和国总统的信《我控诉》,并因此遭政府指控,被判一年监禁,后被流放至英国。1899年才返回巴黎。1902年因煤气中毒去世。

(二)《萌芽》

《萌芽》是《卢贡-马卡尔家族》的第十三部作品,是左拉的代表作,最能体现左拉思想和艺术成就。和《小酒店》一样,《萌芽》也是描写工人生活题材的,但与《小酒店》所不同的是,它第一次把社会问题——"劳资矛盾"作为小说所表现的内容。这是19世纪末欧洲最具有震撼力的社会问题,明显表现出左拉对社会政治问题的关注超过了对生理和遗传问题的重视。

在序言里,作者写道:"小说是描写工资劳动者的起义,这是对社会的冲击,使它为之震动:一句话,描写劳资斗争,本书的重要意义就在于此。我希望它预示未来,它提出的问题将是20世纪最重要的问题。"小说以"萌芽"为名有深刻的含义。萌芽既是指春季大地回春、种子萌芽的季节,又暗喻工人的阶级意识觉醒,预示着工人阶级的力量会像种子一样萌芽壮大。

19世纪80年代法国工人运动情绪高涨。《萌芽》直接取材于1884年初瓦朗西诺哇地区煤矿工人举行的大罢工。大罢工持续了两个月,左拉从1884年1月起,开始构思《萌芽》。为了收集素材,他从2月23日到3月2日去瓦朗西诺哇地区的安赞煤矿作现场调查,了解矿区的情况及矿工们的生活。

《萌芽》主要以蒙苏矿区沃勒煤矿为故事发生的背景,围绕艾蒂安·朗蒂埃的活动经历展开情节。艾蒂安·朗蒂埃是《小酒店》中女主人公绮尔维丝的小儿子。他原本是里尔钢铁厂的一名机械工,因反抗工头的暴行而被解雇,来到蒙苏矿区寻找工作,结识马赫,在其帮助下在沃勒煤矿当了一名矿工。他是第一国际的成员,信仰社会主义。来到沃勒煤矿后,他目睹了10000多名工人在资本家和煤矿主的剥削下过着贫困的生活。他也接触了一些已经萌发反抗意识的工人,如马赫等。于是他抓住机会向矿工们宣传革命理论,启发他们的觉悟。艾蒂安因聪明博学、好读书和善于思考问题,加之能吃苦耐劳和技术娴熟,在工人中享有威信。他还在矿区组织了互助会,帮助矿工们解决生活困难。不久工业危机冲击沃勒煤矿,资本家和矿主推行新的工资制度和惩罚制度。此时矿井失事,工人遇难,资本家置工人死活于不顾,于是他和马赫组织了矿区矿工们的大罢工。10000多名工人还加入了国际劳工联合会。大罢工持续了一个多月后,资本家采取软硬兼施的策略分化罢工工人。一部分矿工也为饥饿所迫重新下井劳动。艾蒂安号召工人们坚持下去,并率3000名矿工举行更大规模的示威游行。后游行遭宪兵镇压,马赫被枪杀,艾蒂安产生了妥协意识,但遭马赫嫂嘲笑。此时小酒店的店主赖塞纳趁机夺权,取代了艾蒂安。矿工们听从错误劝告重新下井,但井下发生险情,排水设施遭破坏,井下矿工们被困在矿井中。大部分矿工们遇难,其中包括马赫的儿子和女儿,只有艾蒂安幸存。不久,他被矿主解雇,被迫离开了矿区。但他发现矿区工人的反抗意识已经觉醒,将酝酿下一次的革命。

《萌芽》从社会政治方面去探讨工人贫困的根源。小说首先通过对矿工与资本家之间生活和工作条件的客观描写,初步揭示了造成工人贫困的原因,并将矿工与资本家之间潜伏着的矛盾暴露出来。

其次,小说重点描写了工人运动兴起的整个过程和壮观的场面。当工业危机冲击沃勒煤矿时,资本家为了转嫁危机,加紧对工人的剥削与掠夺。被逼上绝路的工人起而反抗,导致了劳资矛盾总爆发。罢工最终被镇压,矿工们付出了血的代价。但小说的结局并不悲观,工人们的阶级意识已经觉醒,反抗精神增强。

在艺术成就上,《萌芽》在情节构思上采用了对照、对比的结构。小说的主要章节和情景都呈现出双重画面、图景。小说从对人物的体貌、服装、生活条件到工作环境、人物的日常行为的描绘上处处突出矿工们与资产者的不同。这样的情节构思和对比描写主要为了突出两大阶级的尖锐对立和矛盾,深化作品所表现的主题。

再次,《萌芽》还成功地塑造了艾蒂安的个人形象和沃勒煤矿工人的群体形象。左拉对艾蒂安显然抱有好感。艾蒂安是《小酒店》中女主人公绮尔维丝的小儿子,虽然他是马卡尔家族的后代,并有酒精中毒的遗传,但这样的出身背景在小说中没有成为影响他个性发展的重要因素。在作品中,他是沃勒煤矿罢工的组织者和领导者,也是法国文学史上第一个有觉悟的工人形象。他聪明、博学,喜欢读书,在矿区,他对任何事情都能拿出解决办法,深得矿工们的信任。其次他埋头苦干,技术娴熟,是个出色的机械工。而且他为人正直,生活有节制,能尊重妇女,和工人打成一片。在沃勒煤矿罢工过程中,他还是个出色的、有领导才干的组织者,只是在政治上还缺乏经验和远见。对工人群体形象的塑造是小说又一重点。这些矿工群体包括男女老少等各类人物,每个人物都被塑造得具体生动。马赫一家最为突出。这个家庭真实反映了整个矿区工人生活及精神状况。马赫是个勤劳、憨厚、正直、没有任何恶习的矿工。祖上数代都当矿工,本人很小就下井劳动,为了养家糊口不得不在黑暗的洞窟似的矿井里当一名挖煤工。在艾蒂安的启发下觉悟渐渐提高,和艾蒂安一道成为了罢工的组织者,并死于与宪兵的斗争中。马赫嫂的形象更为丰满。她原是一个胆小怕事的普通妇女,曾对资本家抱有幻想。她最初对丈夫参加罢工忧心忡忡,后在严酷的斗争中觉醒了,不仅自己参加罢工,还鼓励丈夫和其他矿工坚持罢工继续下去。失败后,她不泄气,坚信事情终有一天会改变的。她是矿工群体中的杰出代表。

小说中,左拉仍一如既往地采用了自然主义的手法。偏重于从生理学的角度去解释矿工们的行为,此外他仍要像一位科学工作者那样深入事物的内部去寻找能解释问题的不变的规律。但作品真实地反映了法国资本主义经济危机,揭示了工人贫困的真正根源,并在一定程度上用社会学的分析代替了生理和遗传学的分析,这是左拉对自然主义局限性的一种超越。

三、莫泊桑

(一) 生平与创作

居伊·德·莫泊桑(1850—1893)被认为"世界短篇小说之王"。1850年8月5日,他出生在一个破落的贵族家庭。莫泊桑从小深受有文学素养的母亲的熏陶,1868—1869年进入鲁昂中学学习,成为巴那斯派诗人路易·布耶的学生,通过布耶结识了福楼拜,开始写诗。1870年去巴黎学习法律,普法战争爆发后应征入伍,战后定居在巴黎。1872年起在海军部和教育部任小职员,长达8年之久。1873年正式拜福楼拜为师,学习写作。福楼拜要求他注意观察事物、锤炼字句,用最简洁的语言去表达事物。福楼拜还引荐他结识左拉、都德、屠格涅夫。莫泊桑后来成为了以左拉为核心的"梅塘集团"的成员之一,于1880年在左拉编撰的纪念普法战争结束10周年的作品集《梅塘之夜》上发表处女作《羊脂球》而一举成名。从此辞去公职,专心写作。

《羊脂球》的发表使莫泊桑正式进入文坛。19世纪80年代,他追随着左拉。然而他从一开始就自命为现实主义者,崇尚龚古尔兄弟典雅的文风,拒绝承认文学可以像科学那样建立在实证的基础上。对他来说,作家必须深入了解他所写的对象,要仔细揣摩它。对不熟悉的对象,他从不在作品中表现。因此,他最初只写些诺曼底的农民和巴黎的小职员。1888年他在长篇小说《皮埃尔和若望》的序言中谈到了他对现实主义的理解:"现实主义者,如果说他称得上是一个艺术家的话,他所要探索的,并不是为我们将生活呆板地摄影下来,而是要将比现实更完整、更激动人心、更具有说服力的景象呈现给我们。"

莫泊桑的文学创作始于1880年,结束于1890年。在这10年间,莫泊桑创作了长篇小说6部、短篇小说300多篇、杂文和评论集3卷等。1883年长篇小说《一生》获得成功,此后,又创作了《漂亮朋友》(1885)、《温泉》(1886)、《皮埃尔和若望》(1888)、《像死一般坚强》(1889)和《我们的心》(1890)。长篇小说主要写法国上流社会生活,揭露上层社会的丑恶和腐朽。《一生》和《漂亮朋友》堪称代表作。

《一生》主要描写一个名叫约娜的贵族妇女由幻想到幻灭的一生。约娜一生婚姻不幸,失意之余便把希望寄托在儿子身上。但儿子长大后却承继其父的秉性,让约娜十分伤心。晚年约娜身心疲惫,痛苦不堪。小说通过约娜的一生揭露了法国上流社会的丑恶和贵族阶级道德的堕落。

《漂亮朋友》(又译为《俊友》)是莫泊桑的长篇代表作。小说主要通过一个不学无术的骗子乔治·杜洛华的发迹故事深刻揭露法国第三共和国后期社会的本质和政治黑暗腐败。主人公杜洛华出身低微,是一个乡村小酒店老板的儿子,青年时代去法国殖民地阿尔及尔当了两年的军人,退役后来到巴黎谋生,后靠一位朋友的帮助进了一家报社。他既没有才华,又没有经验。为了出人头地,他凭借漂亮的外表和狡猾的手段,利用爱情、靠赢得上层社会有权势的女性的青睐而达到了个人目的。小说结束时,他终于成为了报界巨头瓦尔特的女婿,升任了《法兰西生活日报》的总编辑,从而打开了通往内阁的道路。一个不学无术的骗子,仅仅靠冒险欺骗、寡廉鲜耻和不择手段,就获得了成功。他身上的卑劣品性不仅没有影响他的前程,反而成为成功的必要手段。杜洛华的成功恰恰揭露了法国第三共和国后期社会的本质。小说在刻画典型人物和描绘巴黎上流社会生活画面方面表现了莫泊桑的艺术才华。

莫泊桑以写短篇小说见长,大多以反映中下层资产阶级生活为内容。其题材范围极为广泛,大致可分为四类:一是描写普法战争,反映法国下层劳动人民的爱国情感,代表作有《羊脂球》《两个朋友》《米龙老爹》和《菲菲小姐》等。二是描写资产阶级市民生活,揭示小市民的自私、吝啬、势利和爱慕虚荣的性格弱点,代表作有《我的叔叔于勒》《珠宝》《伞》《勋章到手了》和《项链》等。三是描写诺曼底农民生活和善良品质,代表作有《归来》《衣柜》《散步》等。四是描写自然人性,如比较成功的代表作《月光》和《西蒙的爸爸》,不太成功的作品《一次郊游》等。莫泊桑在短篇小说创作方面表现出了出色的叙事技巧和精细的刻画人物的功力。他擅长从平凡生活中择取富于典型性的个别事件或生活画面,以小见大地反映生活。在表现手法上,他采用对比、对照、反衬等多种手法,去构思情节、描写场景和刻画人物等。此外,莫泊桑还擅长于细节描写,这是他长期注意培养观察力和临摹生活场景的结果。

莫泊桑晚年对庸俗的现实看不惯,又看不到未来的出路,因此精神抑郁。由于母系家族精神病的遗传,莫泊桑于1890年精神失常,3年后病死于疯人院。

(二)《羊脂球》

《羊脂球》是莫泊桑的成名作,也是其短篇小说的佳作。

《羊脂球》以普法战争为背景,故事发生在诺曼底地区的鲁昂城。普法战争开始不久,法军溃败,德国普鲁士军队步步进逼,占领了鲁昂城。在一个冬日的清晨,有十名居民同乘一辆公共马车离开被占领的鲁昂城,前往北部的勒阿弗尔港。其中有三对资产者夫妇,他们是葡萄酒批发商人鸟先生夫妇、纺织厂老板卡雷-拉玛东夫妇和于贝尔伯爵夫妇,两个修女,一个外号为"民主党人"的高尼岱,以及一个外号为"羊脂球"的妓女。妓女羊脂球离开鲁昂城是因刺杀普鲁士士兵未遂而要躲避德国人的逮捕。三对资产者夫妇中,有的是为了转移财产,有的是去领巨款,有的是为了保命。高尼岱则准备去勒阿弗尔港修防御工事。起初,九位"正派人物"与妓女羊脂球之间势不两立。但到了中午吃饭的时间,只有羊脂球准备了丰盛的食物。九个上等人因抵御不住饥饿,吃了羊脂球的食物。双方关系一度出现缓和。到了夜晚,马车到达了多特镇的旅馆。马车被普军关卡扣押,三天不被放行。一德国军官要求妓女羊脂球陪他过夜,遭到她拒绝。九个上等人为了马车能获准放行,开始密谋交出羊脂球。为了马车能放行,羊脂球答应了德国军官的要求。第四天,马车终于从多特镇出发了。在车上,九个上等人又开始鄙视羊脂球。他们因时间充裕,准备了丰盛的食物,只有羊脂球没有来得及准备。等马车行进到了中午,九个上等人开始狼吞虎咽,他们还把吃剩的食物卷起来收着。故事是在羊脂球的哭泣声中结束的。

作品通过一辆马车的出行,通过对车上来自不同社会阶层的十位旅客的描写,生动展示了普法战争中法国社会各阶层对待战争的态度。通过普鲁士军官要求妓女羊脂球陪他过夜的故事,表现了如何对待侵略者野蛮无礼的要求问题,以此来反映法国不同阶级和不同社会力量在战争期间的政治态度。莫泊桑在小说中运用了对比和讽刺的手法揭露了上层资产者和所谓的资产阶级正派人物的自私、怯懦、伪善的本质,歌颂了以羊脂球为代表的下层劳动人民的爱国主义精神和民族气节。

作品在情节安排上处处突出以羊脂球为代表的下层劳动人民的爱国主义精神和他们高尚的道德情操。首先,在交代十位旅客的出行目的时,小说描写了国难当头时,九个上等人贪生怕死,只关心个人的私利,对国家命运漠不关心。而与之形成对照的是羊脂球对走进她寓所里的第一个普鲁士士兵,她扑上去掐住他的脖子,后因杀人未遂险遭德国人的逮捕。她出行不是因为贪生怕死,而是不愿为侵略者卖身。其次,在马车出行的过程中,她不计较同胞对她的歧视,从主动贡献食物到最后为了马车能被放行而献出自己的肉体。小说歌颂了羊脂球的爱国主义精神、善良的心地和高尚的品德。

作品重点揭露了普法战争期间法国上层资产阶级"正派人物"的丑恶灵魂,揭示了普法战争失败的原因。两次车上饥饿场面的描写都表现了上层资产者的贪婪、虚伪和自私的性格。而多特旅馆的逼淫情节的安排更突出揭示了九个上等人是灵魂丑恶、损人利己、没有爱国心和出卖同胞的民族败类。他们对待侵略者野蛮无礼的要求，只有短暂的愤怒，随之就是妥协和顺从。为了个人的私利，竟然出谋划策，出卖同胞。当羊脂球为了他们做出牺牲时，他们没有表现出良心的不安，反而通宵达旦地饮酒作乐。第二天马车被放行，他们又像起初那样对羊脂球抱以轻蔑的态度。小说的结尾以羊脂球的哭泣声结束，这表明了羊脂球的觉醒，及对上层资产者卑劣灵魂的认识。

从艺术成就上来看，小说的情节安排和结构布局十分巧妙，在时间、地点和人物方面都表现出高度敏感、高度集中和高度概括的特点。小说以普法战争为背景，目的是要警醒国人勿忘国耻。故事发生的地点主要是在马车和多特旅馆两个空间里，地点、空间相对集中，便于描写。而马车上的十位乘客来自不同社会阶层，具有高度的概括性。从结构布局上来看，以车上饥饿开始，以饥饿场面结束，首尾呼应。另外，对比手法贯穿作品情节发展的全过程。对比手法的运用主要为了突出主题和塑造人物，增加艺术感染力。肖像描写生动、逼真，而人物语言极具有个性化，也是这部小说的另一大特色。

四、波德莱尔

（一）生平与创作

夏尔·波德莱尔（1821—1867）是法国现代诗歌的创建者。他生前不被他的时代所理解，死后他的声望却与日俱增。他出生于巴黎一个中产阶级家庭。6岁时，其父去世，与母亲相依为命。7岁时，母亲再婚，他因此变得孤独、忧郁。继父欧比克将军官运亨通，在帝国时代担任过要职。但在波德莱尔心目中，欧比克是当时社会秩序和资产阶级正统价值观念的体现者。随着年事的增长，他对继父的憎恶与日俱增。波德莱尔聪慧异常，天性倔强。中学毕业后，他拒绝了继父为他在外交部谋到的职位，宣布要当作家。为了做一个浪漫诗人，他把所有时间用在泡酒吧、咖啡馆，或徜徉于画廊里，混迹于一群文学青年中。1841年6月，继父为了遏制他的放浪生活，决定让他出游印度的加尔各答。但船到毛里求斯后，他便搭船返回了巴黎。这次历时9个月的东方之旅打开了他的眼界，对他后来的文学创作影响很大。返回巴黎后，他带上了父亲遗留给他的10万法郎离开家，过着挥金如土的浪荡生活。不久，将遗产几乎挥霍殆尽。为了生存，他开始卖文谋生。

1845年，波德莱尔登上了文坛。此时，文坛风头已转，浪漫主义文学已失去锋芒，现实主义文学的势头正旺。法国的诗歌却面临着新的危机和抉择。波德莱尔正处在新与旧的交汇点上。1847年对爱伦·坡的发现使他为之震撼。这位大洋彼岸的怪诞作家与他有着相似的身世、精神气质、艺术追求和美学见解。于是他着手将爱伦·坡的作品翻译介绍到法国。波德莱尔是以艺术批评家的身份走上文坛的。画评《1845年沙龙》和《1846年沙龙》奠定了他艺术批评家的地位。1847年他发表了小说《芳法洛》。同时，从19世纪40年代起，他开始发表诗作。19世纪40年代末，他的创作进入高潮。1857年，他把所写的诗作汇编成集，以《恶之花》为名出版，共收录了100首诗。诗集出版不久，因"有伤风化和妨碍道德罪"遭到查禁。1861年他亲自编定出版《恶之花》的第二版，删除了6首诗，增添了32首诗。《恶之花》的再版获得成功。自1857年以后，他又连续发表了《1859年沙龙》《人造天堂》和《现代生活的画家》等评论文章。文学上的成功并没有改善波德莱尔的物质处境。早年的放浪生活使他病魔缠身，后期为了医治艺术创造力的枯竭靠吸食鸦片，幻想进入一个人造天堂，这使他债台高筑。1864年，贫困交加的波德莱尔为了赚钱去比利时的布鲁塞尔演讲，但演讲遭冷遇。1866年波德莱尔不慎跌倒，从此半身不遂。1867年死于脑中风。

（二）《恶之花》

《恶之花》是波德莱尔的代表作。《恶之花》的法文原意是"病态的花朵"，1857年发表时收诗100首，分5个部分。1861年再版时共收录了126首诗，全书被分成六个部分：《忧郁与理想》《巴黎风貌》《酒》《恶之花》《反抗》和《死亡》。其中《忧郁与理想》篇幅最长，约占全诗的三分之二。

《忧郁与理想》是全诗的展开部分，一方面写诗人在现实中的处境和命运，另一方面写诗人对艺术和爱情的追求，追求不得使诗人产生了忧郁与厌倦。《巴黎风貌》写诗人把目光转向外部世界，他走遍了巴黎的各个角落，向人们展现出一幅幅社会生活场景。《酒》是抚慰失意者、孤独者的佳酿，它能让诗人进入"人造天堂"，但酒只能产生短暂的效果，它非但不能止渴，而且使人增加焦渴。《恶之花》写诗人追求被禁的快乐，追求有毒的"恶之花"。他转而歌颂淫荡、吸毒和同性恋，但追求被禁的快乐仍不能使折磨诗人的恐惧得以消除。《反抗》表达诗人对上帝的不敬和否定，转而歌颂魔鬼撒旦对上帝的反抗。《死亡》是凡人的归宿与解脱，也是诗人最终的愿望和最后的希望。诗人将最后的希望寄托在远航，去死亡的未知世界之底发现新奇。

《恶之花》主要描写诗人的灵魂在光明与黑暗、灵与肉、虚幻与现实之间上下求索、不断寻求美和理想的曲折过程。《恶之花》的第一首诗《祝福》写的是诗人受上帝的旨意降临于人间，但迎接他的是仇视、虐待和轻蔑。开篇所展示的是社会的丑恶以及对诗人的不容。首先从降生的那一刻起，他就受到母亲的诅咒。母亲骂不绝口，像憎恶怪物一样仇视他。至于其他人，"在供他吃的面包和葡萄酒里，他们掺进灰尘和不洁的唾沫，还虚伪地扔掉他触过的东西，因把脚踏进他的足迹而自责"。就连他的妻子也要把他的心掏出，满怀轻蔑把它扔在地上。但是诗人看见了天上壮丽的宝座,他明白了上天的意图和自己的使命。在通往朝圣的途中,诗人须历尽苦难与艰险。痛苦是医治心灵的圣药,也是为强者准备的快乐。因此,虽身处逆境,诗人心中仍旧洋溢着宁静的快乐。然而诗人来到人间,既要经受肉体的折磨,还要饱尝精神上不被理解的痛苦。他像巨大的信天翁从天空掉到船上,遭到众人的奚落。他本是翱翔于天空的"云中之君",但"一旦落地,就被嘘声围得紧紧"(《信天翁》)。堕落到尘世的诗人渴望摆脱烦恼的世间,渴望高翔,他开始追求美和理想。但美和理想是可望而不可即的。在失望之余,他转而追求爱;肉体之爱充满"污秽的伟大,崇高的卑鄙"(《你把全世界都放进……》),而精神之爱能唤醒他的灵魂,但却是不可走近的幻影。诗人重新又沉入他试图摆脱的堕落中。但他悔恨不已,试图用烟草和音乐来驱除忧郁。诗人如"一个不幸的中邪人,为逃出爬虫的栖地,在徒劳的摸索里寻找钥匙,寻求光明"(《无可救药》)。在寻求光明过程中,诗人走向了现实,想在巴黎的大都会中找到美和快乐。诗人期盼"从我的顶楼上,我眺望着歌唱和闲谈的工场;烟囱和钟楼……还有那让人梦想永恒的苍天……在黑暗中建造我仙境的华屋"(《风景》)。他想象自己像太阳那样降临城内,让微贱之物的命运变得高贵。然而诗人寻找到的美如同在街上所邂逅的女郎一样只是电光一闪,稍纵即逝。而他所看到的是"一个污泥浊水的城市",一边是贫贱的红发女乞丐、衣衫褴褛的老人、年迈的老妪、呆滞的盲人、骷髅的农夫,一边是沉湎于声色犬马的赌徒、老妓和浪子。现实呈现给他的是丑恶、可怖的景象,那么他到哪里去寻求美好的乐园呢?于是他求助于"酒"。酒是辛劳、汗水和阳光做成的,诗人希望从中寻觅到能"飞向上帝"的诗。酒可以给孤独者、拾破烂者、诗人以希望、勇气和骄傲,酒为诗人建造了人造天堂。诗人希望停留在这种幻景中,哪怕让他坠入到罪恶的深渊。而那里盛开着"恶之花",诗人可以去探险。在魔鬼的鼓动下,诗人品味到了女人、大麻的刺激。放浪的结果是悔恨与绝望,于是诗人走向了"反抗"。诗人原以为饱尝了苦难,可以得到拯救,但上帝却无动于衷。于是诗人终于向天鹅一样,"向上帝吐出它的诅咒",他开始赞美撒旦虽败但志不移。至此,诗人仅存的唯一希望和获救只是向"死亡"寻求解脱。"穿过飞雪,穿过浓霜,穿过暴雨,那是漆黑的天际的颤颤光华。"(《穷人之死》)"死亡像一个新太阳飞来,让他们头脑中的花充分绽开。"(《艺术家之死》)于是诗人"登船驶向冥冥国的海上",开始了死亡之旅,"要深入渊底,地狱天堂又有何妨?到未知世界之底去发现新奇!"(《远行》)

波德莱尔在谈到《恶之花》的时候,曾经说过:"在这本残酷的书里,我放进了我全部的心、全部的温情、全部的信仰(改头换面的)、全部的仇恨。"《恶之花》的主题是写恶。作者在诗集的前言《告读者》里指出了在当今社会上到处充斥着谬误、罪孽、吝啬和愚昧,这些"恶"占据着人的精神,是魔鬼牵着人活动的线,人们生活在腐败恶臭中却并不反感。《恶之花》揭示了诗人处在恶的重重包围之中,成为恶的牺牲品,表现了诗人的忧郁、无可奈何的伤感、放纵和沉沦。但《恶之花》也表现了诗人不甘沉沦、不断挣扎、寻觅灵魂上升的过程。波德莱尔在诗中自始至终都在寻觅诗人获救的希望，表现了现代人无望的追求和精神探索。但诗人最后所寻觅到的获救途径不是乞求上帝拯救，而是在恶中生活；但不要被恶吞噬，不要回避恶，而要认识恶，提炼恶之花，从中寻觅摆脱恶的控制的途径。

《恶之花》中，诗人善于从丑恶、病态中去发掘美，开拓了诗歌表现的领域。丑恶、病态在波德莱尔看来是与生俱来的，它不是一种绝对的消极。恶本身其实具有一种净化的作用，也是通向善的途径。因此描绘丑恶、病态并不是赞美恶本身，而是为了发掘其中蕴藏的善和美。而诗人描绘丑恶、病态，目的就是要化腐朽为神奇。《恶之花》中有许多题材直接写丑与恶。如《腐尸》写的是诗人携女友驻足于腐烂的动物尸体前，他细致地描绘出了腐尸呈现出的令人作呕的恐怖画面，然后笔锋一转，联想到自己的女友终有一天也会像腐尸那样腐烂变质，只把优美的形式留存在诗人的记忆中。

《恶之花》充满着象征、暗示与隐喻，它重在表现丰富的意象，注重表现心灵世界复杂的感受，展现诗人丰富的想象力。如在《信天翁》一诗中，波德莱尔用信天翁象征诗人，通过信天翁的遭遇形象地反映了诗人的命运。《应和》一诗充满着象征、暗示与隐喻，它以象征和隐喻的手法描写了人同自然的关系。自然在这里是具有神力的生命体，一个隐秘的世界，它能向人发出信息。而存在于自然之中的万物都是彼此联系着的，它们以种种方式显示其存在，共同组成了一座象征的森林。人与自然，人的心灵与万物之间具有心心相印的契合，可以彼此交流沟通。在人与自然交流沟通时，人的各种感觉器官彼此都是互相感应的。"芳香、颜色和声音在互相应和。"波德莱尔通过人的各种感官对自然的通感应和来暗示诗人的心灵可以与隐秘的世界进行彼此的交流沟通，揭示诗人是一个通灵者。这首诗后来被誉为是"象征派的宪章"，它所揭示的人与自然、人的心灵与万物之间具有心心相印的契合关系后来成为了象征主义诗歌的创作纲领。

《恶之花》的诗作富有音乐性。波德莱尔重视节奏的安排和韵律的装饰，他往往通过诗句长短、强弱的变化使其诗作听起来有抑扬顿挫之感。《恶之花》中近一半的诗作都是格律极严的十四行诗。诗的韵律重在押韵，《恶之花》的诗作通过韵脚的安排和内含的旋律反复回环，加强了诗的节奏感，以达到和谐整齐的效果。

思考练习题：
1. 如何理解各种新的文学思潮出现的历史文化原因？
2. 三种新的文学思潮与现实主义文学之间存在着什么样的联系？
3. 19世纪后期西方文学出现了多元化特征，你如何理解这种新特征对文学发展的价值？
4. 试析《羊脂球》的艺术成就。

第十章　20 世纪文学(一)

第一节　俄罗斯苏联文学概论

20 世纪的俄罗斯文学走过了一条曲折的道路。1917 年的二月革命,推翻了沙皇政府,随后爆发十月革命,诞生了世界上第一个社会主义国家。1922 年,俄罗斯与乌克兰、白俄罗斯等一起建立了苏维埃社会主义共和国联盟(简称"苏联")。1941 年,德国法西斯入侵苏联,苏联人民奋起抵抗,于 1945 年取得反法西斯战争的伟大胜利。战后,苏联进入相对稳定的和平发展时期。1991 年,苏联解体。

"20 世纪俄罗斯文学",指从 19 世纪末 20 世纪初一直到 20 世纪 90 年代的俄罗斯民族文学;"苏联文学",包括 1917—1991 年间属于苏维埃社会主义共和国联盟的 15 个加盟共和国的文学,其中的俄罗斯文学成就最高,影响最大。

19 世纪 90 年代,俄罗斯民族现代意识觉醒,一批具有现代特色的作品开始出现。俄国象征主义、"阿克梅派"、未来主义及具有自然主义倾向的作家先后出现,同变化发展了的现实主义一起,构成一个多种思潮和流派并存发展的文坛新格局。有的文学史研究者把 1890—1917 年这个文学时代称为"白银时代"。

象征主义者把哲学家弗·索洛维约夫(1853—1900)尊为精神导师,强调艺术的宗教底蕴,坚信艺术具有改造尘世生活的伟大作用,赋予艺术以"创造生命""建设生活"的重要意义,认为"象征"是带有寓意性的形象,并有其无限宽泛的多义性。象征主义文学的主要成就是诗歌。象征派诗人的作品往往以幻想的彼岸世界反衬现实的黑暗,着重表现孤独、悲愁、厌世的情绪。诗人有德·梅列日科夫斯基(1865—1941)、康·巴尔蒙特(1867—1942)、勃留索夫(1873—1924)、费·索洛古勃(1863—1927)、亚·勃洛克(1880—1921)等。安·别雷(1880—1934)的长篇小说《彼得堡》(1913—1914)是俄国象征派的代表性成果。

阿克梅派认为最高的"自我价值"在尘世,追求艺术表现的明朗化和清晰度,主张恢复词的原始意义,显示出与象征派艺术观的鲜明对立。尼·古米廖夫(1886—1921)是阿克梅主义理论的主要阐释者,但从诗歌创作的角度看,安娜·阿赫玛托娃(1889—1966)和奥·曼德尔什塔姆(1891—1938)两位诗人则是阿克梅派的双璧。

俄国未来主义诗人高举"未来"的旗帜,声称与"过去"和"现在"决裂,抛弃一切文化传统,反对社会对个性的束缚。在诗歌创作上,他们主张语言革新,不受传统审美习惯和诗歌形式的束缚,大胆表现现代生活的高速度、强节奏以及人对外界迅速变换的事物的瞬间感受。其中一部分诗人走向极端,任意破坏语言规则,追求诗歌形式的奇、险、怪,有的诗作甚至成为无意义的文字游戏,维·赫列勃尼科夫(1885—1922)、弗·马雅可夫斯基(1893—1930)是俄国未来主义诗人的代表。

另有一些作家的创作显示出自然主义倾向。米·阿尔志跋绥夫(1878—1927)的长篇小说《沙宁》(1907)的同名主人公,把对享乐的崇拜视为生活的一种宗教或纲领,把人的全部心愿归结为性欲。整部作品就是由许多有幸或不幸的爱情故事,确切些说,是由一系列满意或不满意的色欲关系编织而成的,其中有不少性关系的细节描写,人物往往被赋予某种动物性特点。

现实主义文学在19世纪末20世纪初仍获得重大进展。以列夫·托尔斯泰、契诃夫和柯罗连科为代表的老一代现实主义作家在这一时期的创作,既丰富了现实主义库藏,为其注入了新的活力,又直接影响了新一代现实主义作家。新一代作家的杰出代表有高尔基以及布宁、库普林、安德烈耶夫、魏列萨耶夫、绥拉菲莫维奇等。列·安德烈耶夫(1871—1919)是最富有个性特色的作家之一。他的短篇小说《红笑》(1905)有富于刺激性的色调、怪诞的形象、大反差的对比,呈现出现实主义与表现主义结合的特点。

1917年十月革命也在20世纪俄罗斯文学史上划出了前后迥然不同的两个时代。作家队伍发生剧烈分化和重新组合,约有一半人在革命后迁居国外,俄罗斯文学因此而分为两大板块:"国内俄罗斯文学"(苏联文学的主体部分)和"国外俄罗斯文学"(侨民文学)。

从十月革命时期到20世纪20年代,国内文学团体林立,各种新口号层出不穷。如"无产阶级文化协会"(1917—1932)、"意象派"(1919—1927)、"谢拉皮翁兄弟"(1921—1926)、"左翼艺术阵线"(简称"列夫",1922—1929)、"山隘派"(1923—1932)、"俄罗斯无产阶级作家联合会"(简称"拉普",1925—1932)等,都是较有影响的文学团体。其中,"无产阶级文化协会"和"拉普"规模最大,其理论主张显示出极左文学思潮的逐渐抬头。在理论批评方面,20世纪20年代曾同时活跃着多种派别。如以卢那察尔斯基(1875—1933)为代表的马克思主义文学批评,以亚·康·沃隆斯基(1884—1943)为代表的现实主义批评,以弗里契(1870—1929)为代表的庸俗社会学批评,以什克洛夫斯基(1893—1984)为代表的形式主义理论与批评等。

在创作领域,思想倾向与艺术风格各异的作品同时存在。勃洛克的长诗《十二个》(1918)在黑与白、新与旧、光明与阴暗的强烈反差中,显示出十月革命胜利初期彼得格勒的独特生活氛围。"田野诗人"谢·叶赛宁(1895—1925)的《四十日祭》(1920)一诗,提供了"逝去的俄罗斯"的鲜明形象。曼德尔什塔姆的《世纪》(1922)一诗,思考着历史变革的实现与流血牺牲的关系,渗透着一种无法抹去的对历史过程的悲剧感受。马雅可夫斯基的长诗《列宁》(1924)把列宁看成"未来的人"的理想化身予以热情歌颂,具有强烈的历史感和磅礴的气势;短诗《开会迷》(1922)讽刺苏维埃政府中那些整天淹在各种会议里的官僚主义者,成为传诵一时的名篇。

20世纪20年代的小说创作也取得了新的成就。绥拉菲莫维奇(1863—1949)的《铁流》(1924)和法捷耶夫的《毁灭》(1927)是较早描写国内战争、正面歌颂革命英雄人物的两部代表作品,其中后一部作品显示出作者杰出的心理分析才能。叶·扎米亚京(1884—1937)的日记体幻想小说《我们》(1924),运用象征、荒诞、幻觉、梦境、意识流等艺术手段,表达了反对过于强调集中统一、维护个性自由独立的意向。安·普拉东诺夫(1899—1951)的长篇小说《切文古尔》(1927—1929)描写20世纪20年代中期俄罗斯中部某草原小城切文古尔"自发地"提前实现共产主义的故事,是"反乌托邦文学"的一部力作。在一大批肯定现实的小说中,革拉特科夫(1883—1958)的《水泥》(1925)和潘菲罗夫(1896—1960)的《磨刀石农庄》(第1部,1928)是较有代表性的两部。其中,《水泥》以国民经济恢复、工业生产建设为题材,《磨刀石农庄》则是第一部反映农业集体化运动的长篇小说。

1934年,苏联作家第一次代表大会召开。大会通过了《苏联作家协会章程》,规定把"社会主义现实主义"作为苏联文学和文学批评的基本方法,从思想上、组织上对作家和文学创作实行一统化,结果使各种文学团体、思潮、运动和不同流派荡然无存。卫国战争爆发后,民族矛盾升居首位,一批优秀之作脱颖而出,成为世界反法西斯文学的重要组成部分,如亚·特瓦尔多夫斯基(1910—1971)的长诗《瓦西里·焦尔金》(1941—1945)、康·西蒙诺夫(1915—1979)的长篇小说《日日夜夜》(1943—1944)等。战后,苏联社会对个人崇拜达到顶峰,对阿赫玛托娃和左琴科等作家的批判,导致了文学回避矛盾、粉饰生活、为极左政策唱赞歌。代表这一时期俄罗斯文学真正成就的是米·布尔加科夫(1891—1940)的长篇小说《大师与玛格丽特》(1928—1940)、高尔基的《克里姆·萨姆金的一生》(1925—1936)、肖洛霍夫的《静静的顿河》(1926—1940)和阿·托尔斯泰(1882—1945)最终完成的《苦难的历程》三部曲(1919—1941)等作品。

20世纪50年代初,苏联社会政治生活发生重大变化。1954年,老作家爱伦堡(1891—1967)发表中篇小说《解冻》,宣告了20世纪俄罗斯文学一个新时代的开始。同年12月,在第二次苏联作家代表大会上,作家们就"社会主义现实主义"以及文学的一系列重要问题展开争论,打破了文坛长期以来的沉闷空气。经由对"无冲突论"的批评,强调积极干预生活,文学中的人道主义、现实主义传统得以回归。"奥维奇金派"的出现,"解冻文学"思潮的流行,"战壕真实派"的崛起,标志着苏联文学的深刻变化。自20世纪50年代初至80年代中期,苏联文学总的趋势是多元化,各种思潮、流派和风格的作家作品争奇斗妍,并存发展。这三十多年间影响较大的作品有列·列昂诺夫(1899—1994)的长篇小说《俄罗斯森林》(1953),弗·杜金采夫(1918—1998)的《不是单靠面包》(1956),鲍·帕斯捷尔纳克(1890—1960)的长篇小说《日瓦戈医生》(1957),肖洛霍夫的短篇小说《人的命运》(又译《一个人的遭遇》,1956—1957),亚·索尔仁尼琴(1918—2008)的中篇小说《伊凡·杰尼索维奇的一天》(1962),鲍·瓦西里耶夫(1924—2013)的中篇小说《这里的黎明静悄悄》(1969),尤·邦达列夫(1924—　)的长篇三部曲《岸》(1975)、《选择》(1980)和《人生舞台》(1985),尤·特里丰诺夫(1925—1981)的《滨河街公寓》(1976)等"莫斯科小说",小说家兼电影艺术家瓦·舒克申(1929—1974)的中篇电影小说《红莓》(1973),瓦·拉斯普京(1937—2015)的中篇小说《活着,可要记住!》(1974),阿斯塔菲耶夫(1924—2001)的散文体小说《鱼王》(1976),艾特玛托夫(1928—2008)的长篇小说《一日长于百年》(1980)等。

20世纪80年代中期以后,随着苏联社会政治生活和经济生活再度发生的深刻变化,文学生活也发生了具有根本意义的、全方位的改变。对文学的行政干预停止了,创作自由、出版自由真正得到实现。"回归"是这一时期俄罗斯文学最突出的现象。"回归文学"首先是指世纪之初白银时代的作品、三代侨民作家的作品,经过若干年月的风风雨雨,终于回归到俄罗斯读者手中来。其次,"回归文学"也指自20至80年代的漫长岁月中由于种种原因被禁止发表、被封存或被"搁置"的作品,从被禁状态回归到自由状态,得以同广大读者见面。

除了"回归文学"之外,20世纪80年代中期以后还出现了所谓"另一种文学"(即"异样文学")。

1991年苏联解体后,俄罗斯国内文学与侨民文学之间的界限被打破,两大文学板块的区分不复存在。20世纪90年代文学的基本特点是多元化。同时,宗教对文学的广泛渗透成为引人注目的文学—文化现象,通俗文学作品也显示出量的优势和特殊的影响力。这一切都改变着世纪末俄罗斯文学的基本格局。

第二节　现实主义文学与高尔基、肖洛霍夫

一、现实主义文学的主要成就

现实主义是20世纪俄罗斯苏联文学中最主要、最有成就和影响的文学流派。这不仅是由于19世纪俄国现实主义文学传统的强大存在和有力影响,更因为20世纪的现实决定了俄罗斯作家们始终没有丢弃人道主义的旗帜和强烈的使命感。但20世纪的现实主义作家们在继承19世纪传统的基础上,又积极吸取各种新兴艺术流派,包括西方现代主义的新鲜经验,不断向纵深开掘,因此取得了不容忽视的新成就。

20世纪初,著名的现实主义作家除高尔基之外,还有同样是"知识派"成员的伊凡·布宁(1870—1953)。布宁以诗歌创作进入文坛,却是以小说创作确定在文学

史上的地位的。他的小说,或以"严峻的真实"描写俄国农村和农民的世界,讲述知识分子—无产者的生活和他们的精神骚动;或以凄婉的笔调勾画出贵族庄园的没落和旧俄国社会的解体,为贵族阶级黄金时代的消逝吟唱着深情的挽歌。短篇小说《安东诺夫卡的苹果》(1900)因抒情诗般优美的文笔、通篇散发出的浓烈的乡愁气息、精雅考究的语言和印象主义色彩,被批评界认为代表了布宁作品典型的风格特征。中篇小说《乡村》(1910)是布宁十月革命前最成功的作品。小说广泛地描写了1905年革命期间的俄国乡村生活,多角度地传达出那个深刻变动的历史时代的社会气氛,冷峻地揭示了农民的贫困和他们的精神心理特征,即以各种形式表现出来的粗俗、野蛮、猥琐、冷漠和愚昧,显示出观照俄国乡村和农民生活的一种新的、批判的目光,在文学史上具有开风气之先的意义。《乡村》没有贯穿全部作品的完整的故事情节,也不着意勾画主人公的性格发展轨迹,主要由一幅幅动态生活图画和人物剪影组接而成,在结构形式上具有开放性的特点,行文过程中始终伴有一种沧桑感、命运感。布宁的另一部中篇小说《从旧金山来的先生》(1915)则形象地表明有产者拼命聚敛财富的毫无意义,在对主人公乐极生悲、命运突变的描写中,传达出关于生与死、贫与富、幸福与痛苦的哲学思考。1920年布宁迁居国外以后,仍不断有新作问世,其中包括《中暑》(1927)、《莉卡》(1939)、《幽暗的林中小径》(1946)等中短篇小说,以及长篇小说《阿尔谢尼耶夫的一生》(1927—1931)。后者是布宁在国外完成的最重要的作品。在这部"虚构的自传"中,作者再现了过去时代的俄罗斯以及自己童年和青年时代的生活,表现了深深的乡愁、浓厚的怀旧情绪和对生活的无限眷恋,并流露出对某些"永恒"问题的哲学沉思。由于这部长篇小说,布宁于1933年获得诺贝尔文学奖,成为第一个获得该奖的俄罗斯作家。

亚·伊·库普林(1870—1938)也是有成就的现实主义作家。他的中篇小说《决斗》(1905),通过描写一个诚实的青年军官罗马绍夫和环境的冲突以及这个人物内心生活的演变过程,勾勒出在民主思想的影响下人们的个性复苏的轨迹,反映了1905年革命前后俄罗斯人社会意识的觉醒。作家借鉴了托尔斯泰的"心灵辩证法"传统,十分重视人物心理过程本身的再现。他的另一部中篇小说《亚玛》(1909—1915),以妓女生活为题材,写尽她们的不幸与悲苦,具有催人泪下的艺术力量。

阿·托尔斯泰、费定、法捷耶夫、肖洛霍夫等,也取得了突出的成就。阿·托尔斯泰(1883—1945)以象征主义诗歌创作进入文坛,但到1910年,他已经找到了小说这一适合自己的文学体裁。1923年,阿·托尔斯泰回到苏联,除继续于在国外即已开始的三部曲《苦难的历程》的写作外,还创作了长篇历史小说《彼得大帝》(1929—1945,未完成)和一系列中短篇小说。《苦难的历程》的第一部《两姊妹》(1921)写于国外,第二部《1918年》(1927—1928)、第三部《阴暗的早晨》(1941)则是作家回国后完成的。这三部曲是阿·托尔斯泰的代表作。作品在从第一次世界大战前夜到苏联国内战争结束的广阔社会背景上,以两姊妹卡嘉和达莎以及她们的恋人旧军官罗欣和工程师捷列金四个知识分子在这一动荡年代的经历和命运为主线,艺术地表现了知识分子的历史角色和精神心理的转换,是一个"在清水中泡三次,在血水中浴三次,在碱水中煮三次"的"苦难的历程"。作品既展示了四个主要人物追求高尚的理想生活、真诚善良的共性,又突出地表现了他们各自鲜明的个性。阿·托尔斯泰善于把人物内心世界的揭示和社会生活的描写结合起来,在时代风云变幻的背景下表现人物的精神心理特点,又透过人物思想情感的变化显示出历史的变迁。《苦难的历程》内容丰富,情节生动,技巧运用娴熟,语言流畅优美,是20世纪俄罗斯现实主义文学中的一部优秀作品。

康·亚·费定(1892—1977)最著名的作品是长篇小说《城与年》(1924)。作品的主人公安德烈是一个心地善良、感情丰富的俄国青年,在剧烈的历史变动中,他软弱、动摇、徘徊,走过了一条复杂的生活道路,最后悲剧性地结束了自己的生命。作品的名称点出了情节展开的时空背景:"城"指的是安德烈生活过的德国和俄国的城市,"年"指的是自第一次世界大战到苏联国内战争那一动荡的历史时代。

亚·亚·法捷耶夫(1901—1956)最重要的作品是两部长篇小说《毁灭》(1927)和《青年近卫军》(1945)。《毁灭》写的是苏联国内战争期间远东地区一支红军游击队,为了冲破敌军的包围,在队长莱奋生的带领下浴血奋战的故事。作品以莱奋生这一忠于职守、积极乐观、坚持原则而又热爱战友的布尔什维克形象为中心,塑造了一系列各具个性的人物,突出了在艰苦的斗争中进行着"人才的精选"这一主题。《青年近卫军》则以卫国战争时期的真人真事为基础,描写了敢于同德国法西斯占领者进行不屈不挠斗争的苏联青年一代的英雄群像,展示了他们高尚的精神品质和人格魅力。全书把严格的写实和浓郁的抒情结合起来,既洋溢着感情的波澜,又具有一种理想主义色彩。

20世纪后半期俄罗斯现实主义文学的主要成就,还体现在"战壕真实派"文学、"集中营文学"、道德题材作品和反思历史的作品等几个方面。其中,"战壕真实派"是指从20世纪50年代中期起在文坛崭露头角的、一批亲历卫国战争的青年作家。他们的作品多以个人经历或所见所闻为素材,用逼真的细节描写再现战场上的实景,写出了普通士兵和下级军官在前沿战壕中的真实感受,从而突破了以往的战争题材作品偏重描写"司令部真实"的旧有模式。邦达列夫的《营请求火力支援》(1957)和《最后的炮轰》(1959)、巴克兰诺夫的《一寸土》(1959)、贝科夫的《第三颗信号弹》(1962)等中篇小说,是"战壕真实派"的代表作品。

"集中营文学"的主要作品有索尔仁尼琴的中篇小说《伊凡·杰尼索维奇的一天》(1962)、长篇小说《第一圈》(1968)以及所谓"文艺性调查初探"《古拉格群岛》(1973),瓦·沙拉莫夫(1907—1982)的短篇小说集《科雷马故事》(1966—1978),尤·多姆勃罗夫斯基(1909—1978)的长篇小说《无用之物系》(1978)等。这类作品大都根据作者的个人经历写成，往往融自传、纪实和政论于一体，描写集中营生活的黑暗可怖以及集中营中的反抗、暴动和逃亡事件，把劳改犯个人遭遇的展示和对他们心理状态的揭示结合起来，并进行历史和哲学的思考。其中，《古拉格群岛》曾产生过广泛的影响，虽然它算不上一部文学作品。

道德题材作品在20世纪60—70年代的苏联文坛尤为发达，且深受当时的读者喜爱。特里丰诺夫、舒克申、拉斯普京等，是这一领域取得突出成就的作家。同时又是电影艺术家的瓦·舒克申(1929—1974)在短篇小说创作方面颇有成就。作为西伯利亚作家，他的作品描写得最多的是农村生活和乡下人。他一方面揭示出许多平凡人身上的美好人性和崇高品质，力图以其一尘不染的纯洁心灵来感染读者，另一方面又谴责和讽刺了乡下人身上那种愚昧无知、自私自利、自命不凡、固执己见的弱点和习气，并展示出这类陋习所造成的灾难性后果。《怪人》(1967)、《出洋相》(1970)、《我的女婿偷了一车木柴》(1971)和《倔强汉》(1970)等都是他的短篇杰作。这些作品一般不刻意追求情节的紧张复杂，出现在读者面前的人和事仿佛都是从生活中信手拈来，作者几乎不加任何雕琢。读者在他的小说中所看到的，往往不是离奇的故事，而是蕴藏在平凡生活中的真理，并由此而受到某种启示。舒克申的中篇小说《红莓》(1973)更是一篇哲理与抒情水乳交融的佳作。它通过主人公叶戈尔刑满释放后回到农村，与在监狱中以信函方式结识的乡下姑娘柳芭结婚，在后者的帮助和鼓励下改过自新，却被他曾与之有过关系的盗窃集团头目杀害的悲剧，揭示了人的改恶从善、重新做人的艰难。主人公以自己的死表达了愿意脱胎换骨的决心，也显示出他对生活的意义有了新的认识。这部作品体现了深刻的人道主义精神，在艺术上也达到了很高的水平。由作者本人根据这篇小说自编自导自演的同名电影于1973年上映，次年获第7届全苏电影节主奖。

尤·特里丰诺夫(1925—1981)的创作生涯以长篇小说《大学生》(1951)开始，到60年代末期，找到了表现生活的最佳切入点，这就是关注城市人，特别是知识分子的日常生活，由此揭示现代人的精神心理状况，提出引人深思的人生与社会问题。他陆续发表的《交换》(1969)、《预期的总结》(1970)、《长别离》(1971)、《另一种生活》(1975)和《滨河街公寓》(1976)等中长篇小说，均以当代莫斯科生活为背景，统称"莫斯科小说"。《滨河街公寓》是其中成就最高的一部，也是特里丰诺夫的代表作。作品通过主人公格列勃夫这样一个精于权术、阴险狡诈、见利忘义的野心家和两面派的升降沉浮，刻画出一个"现代市侩"的典型形象。这部小说显然已超出一般道德评判的范围，获得了一种历史反思的意义，并显示出锐利的社会批判锋芒。在作家后来的长篇小说《老人》(1978)、《时间和地点》(1981)以及他死后才得以发表的《消逝》(1987)中，这种批判锋芒犹存。可以说，特里丰诺夫比同时代的其他作家都更为出色地继承了俄国文学的现实主义传统。他对现代都市人情世态的洞察与体验，对现代人的处境、心理、弱点和困惑的逼视与表现，使他在20世纪后期俄罗斯文学中独树一帜。

在当代苏联文学的发展历程中,钦·艾特玛托夫(1928—2008)的文学生涯占有重要而独特的地位。他坚持认为自己的创作是"严格的现实主义",基于现实,又超于现实。对苏联当代生活中人的价值、人性的善恶、人的命运、人类的未来、人与自然、人与历史、人与自我等问题进行层层展示和哲理探索,虽饱含忧患,却充满希望。艾特玛托夫又是公认的描写动物、刻画心理的文学能手。生动的动物形象与理想色彩浓郁的人物形象相互辉映,进一步强化了作品的题旨和哲理因素。他还认为自己是一位"通用两种语言的作家,是个两种文化的作家",而"地方作家如果沿自我隔绝的道路走下去,那将意味着民族文学整个儿的衰败和消失"。他非常注重从吉尔吉斯民族文学、俄罗斯文学,以及整个世界文学的殿堂汲取大量丰富的营养,凭借神话传说等假定性形式来隐喻、象征和折射现实,集历史、现实、未来于一体,创造出作品构思的立体性框架,形成自己鲜明、独特的艺术风格。

生于吉尔吉斯南部农牧民家庭的艾特玛托夫,以中篇小说《查密莉雅》(1958)一举成名。这部小说真切、细腻地展示了一个年轻女性爱情的苏醒过程,极好地体现了作家早期创作的特点和风格:故事情节简洁、紧凑,人物心理刻画细腻,行文流畅优美,自然景物描写富有民族特色,充满了浓郁的抒情情调,洋溢着浪漫主义激情。1966年发表、1968年获苏联国家文学奖金的中篇小说《永别了,古利萨雷!》,标志着作家的创作进入了新的发展时期。小说的成就之一在于,作家不仅塑造了塔纳巴依个性鲜明的人物形象,而且较早地在当代文学动物题材领域,开拓了社会道德探索之主题,将溜蹄马古利萨雷这一动物主人公的生动形象奉献给读者。20世纪70年代起,艾特玛托夫将假定性和写实手法融为一体,探求人生的目的和永恒,大大加重了作品的哲理性内涵,同时作品的悲剧色彩亦愈发浓重。《白轮船》(1970)等都突出表现了作家这一新的创作倾向。1980年,他推出了自己的第一部长篇小说《一日长于百年》(又名《风雪小站》)。这部小说结构自由开放,摆脱了传统小说单一线形情节模式的束缚。在历史、现在和未来的立体画面中,神话、现实、宇宙三条线索相互交错,又对应包含了三个不同历史时期的悲剧:传说中乃曼族关于"曼库特"的古老悲剧;苏联现实社会和个人的悲剧;幻想中人类自我封闭、毁灭的悲剧。三大悲剧尽管在历史的各个断面上呈现出不同的形态,其内涵却是相通、一致的。它们互为表里、相互映照,奇特地交织成一部多主题、多层次、多线索、多种文体,具有史诗规模的哲理"交响乐式"小说。同时,小说的叙事时序也由时间的自然承接转向空间的并列运行和主人公叶吉盖心理意识的自由流动。1986年完成的长篇小说《断头台》是其又一部多主题、多层次、多角度、多种艺术手法并存的哲理性小说。但小说发表后,始终处于争论之中。苏联解体后,1993年底,艾特玛托夫被吉尔吉斯共和国任命为驻卢森堡大使兼驻欧洲共同体和北约的代表,后任吉尔吉斯共和国驻比利时大使。此时,这位吉尔吉斯族作家仍然继续用俄语写作并称俄罗斯是他的"共同的祖国"。2006年11月,他携新作《群峰颠崩之时》(又名《永远的未婚妻》)来到莫斯科。据统计,艾特玛托夫的著作在全世界被译成150种语言,出版650余次。

在自20世纪80年代中期出现的"回归文学"、1991年苏联解体之后的文学中,仍然可以看到不少继承现实主义传统的作品,如格罗斯曼的《生活与命运》、雷巴科夫的《阿尔巴特街的儿女们》、杜金采夫的《穿白衣的人们》、阿斯塔菲耶夫的《悲伤的侦探》《受诅咒的和被处死的》等长篇小说。这些作品在20世纪末日渐走向多元化的文学格局中,依旧显示出文学的社会批判功能,并且具有广泛的社会影响。

二、高尔基

(一) 生平与创作

马克西姆·高尔基(1868—1936)是20世纪俄罗斯文学的伟大代表,也是20世纪世界文学最杰出的现实主义作家之一。他原名阿列克谢·马克西莫维奇·彼什科夫,1868年3月28日生于下诺夫戈罗德市一个木工家庭。幼年丧父的高尔基仅上过两年小学,1878年秋开始独立谋生,主要依靠刻苦自学、漫游俄罗斯和在社会"大学"中学习而获得丰富的知识,为日后的创作积累了丰富的素材。

高尔基的创作道路,大致可分为三个阶段。

(1) 早期创作(1892—1907)。包括浪漫主义和现实主义两类作品。浪漫主义处女作《马卡尔·楚德拉》(1892),通过一对热烈相爱的青年男女为了自由和独立不惜舍弃爱情乃至生命的故事,表现了"不自由毋宁死"、自由高于一切的主题。《鹰之歌》(1894)和《伊则吉尔老婆子》(1895)也是作家的浪漫主义代表作。

现实主义小说在高尔基的早期创作中占有更大的比重,其中尤以"流浪汉小说"最为引人注目。作家凭借着对这个社会阶层的生活与心理的熟知,喊出了流浪汉们的屈辱与挣扎、苦闷与希求,既未隐瞒他们的弱点和旧习,又显示出他们那掩藏在生活实践的粗糙外壳下的珍珠般的品格,如短篇小说《切尔卡什》(1892)、《玛莉娃》(1897)和《沦落的人们》(1897)等。有一些小说还反映了下层民众的反抗意识和抗争行动,如短篇《好闹事的人》(1897)、《基里卡尔》(1899)等。在第一部长篇《福马·高尔杰耶夫》(1899)中,作家通过主人公福马的悲剧性命运,揭示了旧俄社会的统治者们对本营垒内部的一颗正直灵魂的扼杀。

20世纪初,高尔基成为俄国现实主义文学的核心人物。长篇小说《三人》(1900)以三个年轻人的不同生活道路为线索,在更为复杂的矛盾中表现"人与社会的冲突",集中反映了作家对于世纪之交一代青年的生活与命运的思考,对影响颇广的"忍耐哲学"作了有力的抨击。散文诗《海燕之歌》(1901)以象征和寓意的手法,传达出"山雨欲来风满楼"的时代气氛,表现了人民群众变革社会的强烈愿望。

剧本《底层》(1902)则是高尔基对流浪汉世界"将近20年的观察的总结"。构成剧本主干的,是聚集在一家"夜店"里的一群流浪汉所持有的不同人生态度的对立和矛盾。高尔基借流浪汉沙金之口,表达了流浪汉们不同于小市民的人生哲学,力求唤起人们对于生活的积极态度。从艺术上看,该剧没有曲折离奇的情节,不追求带刺激性的廉价效果,主要通过饱含激情和哲理的对话和独白展示人物的心理特点及彼此之间的精神冲突,语言生动凝练,形象可感可闻,充分显示出社会哲理剧的特点。

第一次俄国革命爆发后不久,高尔基离开俄罗斯。在国外,他完成了长篇小说《母亲》(1906—1907)。作家试图以这部作品从艺术上揭示人改变自身命运、改造社会环境的现实可能性和历史前景。贯穿小说始终的形象是母亲尼洛夫娜。小说着重描写了这位备受精神欺压、软弱柔顺的普通劳动妇女,如何在时代的感召和先进分子的影响下逐步觉醒、投入社会斗争的过程,意在鼓舞那些尚未摆脱各种心理重负的人们,促进他们的精神觉醒。所以列宁曾经指出:《母亲》十分有益于工人读者由"自发"走向"自觉"。

高尔基的早期创作,风格多样,色彩绚丽,激情充溢,现实主义与浪漫主义交融,呈现出以力度与气势取胜的基本格调和刚健明快、激越高亢的总体美感特征,而其基本思想倾向则是社会批判,并以唤起人们对于生活的积极态度为目的。

(2)中期创作(1908—1924)。第一次俄国革命失败后,身在意大利的高尔基所集中思考的,是这次革命失败的原因,是俄罗斯的命运与前途。1913年,他回到阔别多年的俄罗斯。他热情欢呼1917年推翻沙皇政权的二月革命,却不能理解和接受十月革命。这一历史巨变又把革命与文化的关系问题注入他的思索中,政论文集《不合时宜的思想》(1917—1918)就是这一思索的成果。在革命后极为复杂和困难的条件下,他为拯救文化、保护知识分子付出了极大努力,本人却常常处于痛苦的精神矛盾之中。1921年秋,他再度离开俄罗斯。

这一时期,高尔基在创作思想和艺术风格上都发生了明显的变化。第一次革命失败之初,高尔基仍然通过自己的作品鞭挞专制黑暗势力(《没用人的一生》,1907—1908),讴歌民众意识的觉醒(《夏天》,1909),并企图经由高扬人民群众的巨大创造性,将他们的意志和情绪保持在进行一场新的革命所需要的高度上(《忏悔》,1908)。然而,对革命失败之原因的沉痛反思,却使高尔基意识到自己的任务并不在于继续进行这种悲壮的努力,而在于深入揭示俄罗斯民族性格、民族文化心理的基本特征及其与历史发展之间的内在联系,发现民族历史发展滞缓的原因,探测未来历史的动向。在这一主导意向的统辖下,高尔基在这一时期共完成了六大系列作品,即"奥库罗夫三部曲"、自传体三部曲、《罗斯记游》《俄罗斯童话》《日记片断》和《1922年至1924年短篇小说集》。

"奥库罗夫三部曲"包括中篇小说《奥库罗夫镇》(1909—1910)、长篇小说《马特维·科热米亚金的一生》(1910—1911)和《崇高的爱》(1912)。其中,《奥库罗夫镇》以1905年革命事件为背景,通过小镇居民在革命的消息传来时的种种反应,勾画出参加"闹事"和反对"闹事"的两部分人所共有的昏聩、愚昧和凶残,从而提供了俄国小市民生活和精神心理特点的一个横剖面。《马特维·科热米亚金的一生》则以同名主人公一生的经历为主线,在自1861年农奴制改革以后近半个世纪的时间跨度上,致力于对奥库罗夫人的日常生活和文化心态作一番历史的追寻,完成了对于俄国小市民阶层的纵向剖析。

《罗斯记游》(1912—1917)包含29个短篇。作品的主人公有小市民、手工业者、小铺老板、教堂执事、退役军官、破产商人、外省知识分子、破落贵族、菜园主各色人等,涉及社会各阶层。《俄罗斯童话》(1911—1917),则为国民劣根性在斯托雷平反动年代的显现,提供了一组绝妙的讽刺性写照。创作于十月革命后的《日记片断》(1924)和《1922年至1924年短篇小说集》(1925),或取材于革命年代的现实生活,或向记忆、向不堪回首的往事汲取诗情,均成为对民族生活和文化心态的"直接的研究"和"如实的写生"。

高尔基中期作品记录了作家在民族文化心态研究这一总体方向上艰难跋涉的足印,是高尔基一生创作中最辉煌的时期。清醒的现实主义笔法,作品故事性的弱化,情节结构上的开放性、剪辑性特点,洗练、平易、恬淡、冷峻的语言风格,显示着作家新的美学追求与杰出的艺术才华。

(3) 晚期创作(1925—1936)。高尔基在国外期间,一直关注着国内的文学与社会生活。1924年列宁的逝世,曾给他以强烈的思想震动。1928年5月,他曾回到阔别七年的国内小住,10月返意大利,以后每年(除1930年未回国外)几乎都在相同的时间内往返一次,直至1933年最后回国定居。面对国内的现实,他既为经济建设的某些成就而高兴,又为极左思潮的泛滥成灾而忧虑和痛心。为保护受到不公正对待的知识分子和干部、伸张正义,为了文学和文化事业的发展,他同极左势力进行了不懈的斗争,终于力不从心,于1936年6月18日逝世。

高尔基的晚期创作主要是两部长篇小说:《阿尔塔莫诺夫家的事业》(1925)和《克里姆·萨姆金的一生》(1925—1936)。《阿尔塔莫诺夫家的事业》以农奴出身的麻纺厂主阿尔塔莫诺夫一家三代人对待"事业"的态度和心理的变化为基本线索,揭示了俄国资产阶级的先天不足、发育不全的特点,勾画出俄国资本主义尚未真正站稳脚跟便很快日落西山的命运。作品同时还使人们注意到:这一切既是俄罗斯的独特历史文化传统所决定的,又从一个特定角度昭示着这个民族未来的历史行程。

高尔基的最后一部作品《克里姆·萨姆金的一生》,既是一部思考俄罗斯民族历史、现实和未来的史诗性巨著,又是作家长期进行民族文化心态研究的总结性成果。小说沿着主人公萨姆金的生活轨迹,生动地记录了十月革命前40年间俄罗斯生活中的一系列重大事件,表现了各种思潮、学说、流派之间的纠葛与冲突,塑造了几乎无所不包的社会各阶层人物众生相,描绘了从城市到乡村、从首都到外省、从国内到国外的五光十色的生活图画,多方位、多层次地表征出俄罗斯人的人生态度、思维模式、情感方式和价值观念。

作品的中心人物萨姆金出身于外省某城市的一个"中等"家庭,在家乡读完中学后,先后到彼得堡和莫斯科大学法律专业学习,毕业后给一名律师当助手,但却渐渐地几乎断绝了自己同法律的一切职业联系。1905年革命中,他一度"被推进"起义行列,也"无意中"当过告密者。革命失败后,他来往于外省与首都之间,并短期旅居国外,似乎主要是作为一个"观察者"存在于第一次世界大战和二月革命时期,在1917年4月列宁返回彼得堡时被密集的人群挤倒,践踏而死。但萨姆金决不只是一个观察者。40年间变动着的俄国现实既是他的观察对象,又是他的性格和心理赖以生成的环境。他在各方面都是中等水平,却要竭力表明自己的不平凡;他希望得到人们的尊重与崇拜,却不愿受任何拘束,不愿尽任何义务;他对什么都不相信、不入迷,总是给自己披上一件超越于一切思想之上的"怀疑论者"的服装,他本身的思想其实有着明显的破碎性、庞杂性;他缺乏对人的信任、尊重和爱,对人冷漠,常隐含敌意。他曾标榜自己对革命采取"不偏不倚"的态度,其实他始终是从能否显得与众不同、保持自己的"独立自由"的角度来看待革命的。他始终没有任何坚定的信仰和明确的社会理想,更不会为任何一种革命而奋斗和献身。萨姆金的性格特征、思维方式、文化心理和命运归宿,在很大程度上对认识俄罗斯、了解俄罗斯人的灵魂有意义。他的精神文化性格,既从一个侧面体现了俄罗斯民族文化心理的某些消极特征,又是这一民族文化环境的必然产物。他的空虚无为的一生,既表征出横跨两个世纪的俄国部分知识分子的沉浮起落,又显示了这一部分知识分子无可回避的命运轨迹。借助萨姆金这一形象,高尔基艺术地揭示了部分俄国知识分子市侩化的历史真实,对俄罗斯民族文化心理弱点进行了痛切的批判。此外,从作品中还可品味出作家关于提高民族文化心理素质、创造良好的社会文化环境和知识分子历史作用的发挥等几个方面互为条件、互为因果的思考,聆听到一代忧国忧民的真诚知识分子的心声。

高尔基晚期的两部长篇小说的基本特色,是开阔的艺术视野结合着深邃的哲理思考,强烈的历史感伴随着缜密的心理分析,叙述风格上则显示出一种史诗般的宏阔与稳健。在人物形象刻画上,作家还借鉴了西方现代主义文学在心理描写方面的某些新鲜经验,如通过人物的梦境、幻觉、联想、潜意识,或以象征、隐喻、荒诞的手法,来描写人物的内心分裂、精神危机和意识流程。这既表明高尔基在创作方法的运用上是不拘一格的,又显示出20世纪俄罗斯现实主义文学的新特色。

(二) 自传体三部曲

《童年》(1913)、《在人间》(1916)和《我的大学》(1923)三部中篇小说,是高尔基根据自己的亲身经历写成的自传体三部曲。它们自陆续问世以来始终保持着艺术魅力,吸引着一代又一代的读者,成为高尔基创作中最受欢迎的作品。

贯穿于三部曲始终的是自传主人公阿辽沙。其中,《童年》描述阿辽沙从1871年父亲去世到1879年母亲去世的八年间在下诺夫戈罗德市外祖父家的生活,包括他短暂的学校生活和1878年秋辍学后"到街头去找生活"的情景,刻画了外祖父一家人、这个家庭染坊的工人、房客、邻居等众多的人物形象,显露出童年生活给阿辽沙留下的鲜明印象。《在人间》以阿辽沙1879年秋至1884年夏在社会上独自谋生的坎坷经历为线索,记述他先后在下诺夫戈罗德鞋店、绘图师家和圣像作坊当学徒、在伏尔加河上的"善良号""彼尔姆号"轮船上当洗碗工的所见所闻,提供了俄罗斯外省市民生活的生动画幅。《我的大学》则是主人公1884年秋至1888年在喀山时期的生活印象与感受的艺术记录,其中展示了伏尔加河的码头、"马鲁索夫卡"大杂院、捷林科夫面包店、谢苗诺夫面包作坊、民粹派革命家罗马斯在附近村庄上开的小杂货铺及村民的生活图景,最后以主人公漂泊到里海岸边卡尔梅克人一个肮脏的渔场作结,描写了各阶层人物的众生相。三部曲所描述的内容在时间上彼此衔接,不仅是作家本人早年生活的形象化录影,更是俄罗斯民族风情的艺术长卷,具有不可替代的文化史价值和美学价值。

三部曲在读者面前展开了一幅幅彼此连缀的动态风俗画。作品凸现了充斥着愚陋、污秽和无耻的旧时代俄罗斯生活的特点。整个童年生活在阿辽沙的记忆中,仿佛是一个"悲惨的童话",他所寄身的外祖父家的染坊,是一片充满着可怕景象的狭小天地,弥漫着人与人之间的炽热的仇恨之雾。家庭内部、邻里之间、街头巷尾出现的种种恶作剧和残酷行为,几乎达到疯狂的程度。市井之中充满着淫乱行为、"强者"肮脏的夸耀和各种幸灾乐祸的下流议论,以及各种可恶可恨的"娱乐"和"消遣",如打赌叫一个店伙在两个小时内吃掉10磅火腿,一直让他吃得脸色发青,一群肥胖的买卖人却在一旁围观哄笑。在一个大杂院里,住着打算从数学上来证明上帝之存在的数学家,给商人太太姘居解闷的青年,拼死也要把自己的富裕亲戚搞得倾家荡产的无赖汉。面包作坊的工人竟要拿秤砣去殴打闹风潮的大学生们。有些农民憎恨商人和官老爷,却又时常对这些人摆出一副逢迎的嘴脸。三部曲以主人公阿辽沙的经历为基本线索对国民愚昧特征的揭露,差不多覆盖了俄罗斯社会各阶层。作家多次指出这是一种"俄罗斯式的愚昧",也就是将它作为整个民族的文化心理特点之一来认识的。

消极的人生态度与愚昧的生活内容往往是形影相随、互为因果的。高尔基在三部曲中以饱含忧虑的笔触,描写了"铅样沉重的生活"怎样在俄罗斯民族中造就了无数听天由命的人,浑浑噩噩、无所事事的人,不幸沦落的人,以及一些曾经有过些许热情,不久即心灰意懒的颓废的人。在《我的大学》中作家写道:甚至在工人中间,也滋长着一种顺从和忍辱精神,一种顽强的耐性,"他们甘心受着醉汉老板狂暴的凌辱";有人将生活的全部意义归结为一块面包和一个女人,而这种观念却获得了相当广泛的认同。作家慨叹道:"世界上还没有谁能像我们俄国人这样彻底否定生活的意义。"《在人间》中的司炉工雅科夫·舒莫夫,精力旺盛,性格开朗,从不怨天尤人,然而他也同样否定生活的意义,认为"活着就是活着",对一切都很冷漠。高尔基通过描绘这些众生相,表明作为民族文化心理特征之一的消极无为的生活态度怎样有力地影响着、制约着俄罗斯人,包括某些本来是可以有所作为的人们。

愚昧的重要表征,一是对知识的不尊重,对文化的否定和对理性的排斥,二是道德观念淡薄,习惯于彼此仇恨,互相折磨。《在人间》里的那个圣像作坊掌柜,常常故意把阿辽沙读过的一些优秀作品中的故事改头换面,变成猥亵的东西,告诉圣像鉴定家老头;后者又从中提出些无聊的问题,帮他添油加醋,"把一些不要脸的东西,跟垃圾一样,扔到欧也妮·葛朗台、柳德米拉、亨利四世身上"。在他们对美的事物的这种恣意玷污背后,不难发现一种反文化的心理特征。《我的大学》中的一位"政治上的老油子",断言知识分子是"害群之马"。鄙陋的文化状态和低水平的精神境界,决定了人们在情感方式和相互关系方面互相仇恨、彼此敌对的特点。阿辽沙的两个舅舅居心险恶地作弄老匠人格里戈里,戕害年轻的茨冈学徒伊凡,他们俩之间也是动辄大打出手,打得你死我活。《童年》中写到的那个来回摆动着下贱的长腿、用脚尖踢女人胸脯的"继父";《在人间》中写到那个毫无人性地折磨着一个不幸妇女的妓院看门人,则是恶毒凶残地欺侮女性的代表。这一幅幅写照,将由愚昧生活培养的"人对人的无法理解的仇恨"呈露在读者面前,足以引起人们对于反人道生活的一种生理上的厌恶。

为什么高尔基要向读者讲述这么多"极其讨厌的故事"?作家这样回答说:"我很爱人们,不愿使谁痛苦。但我们……不能把严峻的现实掩蔽在美丽的谎话中去生活",而要让人们知道,"我们大家都在过着一种卑鄙龌龊的生活"。正因为如此,作家才不得不怀着一种切肤之痛,严峻地剖析了民族性格中层层叠叠的积垢,表明了改造国民性、重铸民族灵魂的鲜明意向。

当然,高尔基的自传体三部曲并未对俄罗斯人民的精神美点和优点视而不见,也从未忘记这个民族的文化心理弱点与漫长的专制农奴制之间的必然联系。作家后来曾写道:"当我批评我们的人民的无政府主义倾向、不热爱劳动以及它的各式各样的野蛮无知的时候,我没有忘记:它不可能是另一种样子。它在其中生活的种种条件,既不可能在它身上培养起对个性的尊重,也不可能培养起公民权利意识和正义感——这是些充满着无权、对人的压迫、最无耻的诺言和野兽般残酷的条件。应当惊奇的倒是,在所有这些条件下,人民仍然在自己身上保留着不少人类感情和一部分健全理性。"对俄罗斯人民身上保存的这些美好的人类感情与健全理性的张扬,贯穿于高尔基自传体三部曲的始终。作家并没有把自己的激情完全倾注到对民族性格消极面的揭示上,而是真实地表现了俄罗斯人的心理、情趣、追求、生活方式诸方面的复杂矛盾性,特别是人们精神生活的丰富多样性,在各种文化心理因素的交叉、纠葛与冲突中,着力发掘人们心灵中的美好感情和他们对文明的向往,从而显示出民族精神复兴的内在心理基础,或表达出作家本人对于提高民族文化心理素质的一种深深的期望。

在三部曲中我们看到,不幸而愚昧的生活并没有泯灭俄罗斯人的美好天性。如阿辽沙的外祖母阿库琳娜这位慈蔼的老人,以深切的爱心领着阿辽沙走进了艰难而有趣的生活,培养了他许多优良的品格。"善良号"轮船上的厨师斯穆雷生活在孤独之中,却有力地培养起阿辽沙对书籍的热爱。"玛尔戈皇后"把许多优秀的文学作品提供给阿辽沙阅读,使他懂得了世界上还有"另外一些思想和感情"。还有,独立不羁、富于同情心的洗衣女工娜达丽雅给阿辽沙以温暖与关心,民粹派革命者捷林柯夫和罗马斯培养了他的公民意识和献身精神。读者从执拗地进行着化学试验的房客"好事情"身上(《童年》),从单纯爽直、热情好学的农民伊佐特身上(《我的大学》),都可以看到普通俄罗斯人对知识的肯定与崇尚,对文化的渴望与追求。《在人间》中有一个场面:莱蒙托夫的长诗《恶魔》有力地感染了圣像作坊中的人们,使得"整个作坊似乎都沉痛地沸腾起来"。作家显然是要表明:人们向往着可以使心灵变得美好的东西;他们心灵深处存留的文明的因子,正是民族精神觉醒和文化复兴的基石。善于"在每个现象里探求它的肯定的品质,在每个人身上寻求他的美德",即使在对民族文化心理进行批判性考察时,也没有忘却显示出人们灵魂中的美点和亮色,这是高尔基的自传体三部曲的一个重要特点,也是作品历来深受人们喜爱的原因之一。

三部曲还多侧面地、突出地表现了主人公阿辽沙的性格,如在艰苦的环境中不断奋进的自我意识,勤奋的品格,多思的习惯,不断积累知识的欲望,决不向恶势力低头的高贵人格,积极从周围大量平凡的人物事件中发现美与价值、吸取精神养分的努力,等等。在所有这些性格特征中,他那锲而不舍的求学精神尤其得到了最鲜明的表现。阿辽沙那一发不可收的读书热情,曾经给他带来了无数难堪的屈辱;他曾经长时间地生活在一种"弥漫着龌龊的、醉醺醺的、放荡的有毒空气"的环境里;他曾宁愿用每星期被人痛打一顿为代价来换取上大学的幸福,但这一愿望始终未能实现。但所有这一切都阻挡不住阿辽沙追求知识的热情。他从未放过任何一个可以利用的学习机会。正是数不清的优秀书籍促进了阿辽沙的精神自觉,以一股强大的推动力,使他得以彻底摆脱愚昧和庸俗的泥潭而迅速成长起来。阿辽沙这一从苦难中崛起的形象,给一代又一代的读者,特别是生活道路坎坷的青年读者以极大的精神鼓舞。这一"出淤泥而不染"的自强不息者形象,至今仍有其独到的吸引力与启示意义。

毋庸赘言,高尔基的自传体三部曲的魅力不仅来自作品丰厚生动的内容和富于启迪意义的形象,也来自作品的艺术成就,来自深刻的思想、真挚的情感与完美的艺术形式的有机统一。纯熟洗练的描写艺术,行云流水般优美自如的语调,常常是带有抒情色彩和思索性质的叙述文字,体现着作家忧患意识的沉郁风格,因以日常生活为素材而决定的浓郁的生活气息,都使读者获得了极大的审美享受。特别是作品中的那些情、景、意浑然一体的篇幅,那些由作者直接倾吐心曲、抒发情怀的段落,更是美不胜收,令人百读不厌。那些精彩的文字,与其说是散文,毋宁说是诗行,令人想起屠格涅夫笔下的一些充满魅力的篇章。

三、肖洛霍夫

(一) 生平与创作

米哈伊尔·亚历山大罗维奇·肖洛霍夫(1905—1984)是20世纪俄罗斯文学中一位具有独特地位的作家。这不仅是因为他的创作具有独特的风格,取得了杰出的成就,而且还因为他的创作像俄罗斯古代的编年史似的反映了十月革命前后俄罗斯苏联几十年来的发展历程,更因为他的承前启后的艺术成就把苏联文学推向了世界。1965年他由于"在描写俄国人民生活各个历史阶段的顿河史诗中所表现的艺术力量和正直的品格"而获得诺贝尔文学奖。

肖洛霍夫于1905年5月生于顿河流域的维约申斯克镇克鲁日林村。这个地区在1917年十月革命期间斗争特别激烈,少年肖洛霍夫是这个地区许多事件的目击者和见证人。他亲眼看到1919年初红军进驻叶兰斯克镇的各个村庄和这年春天爆发的维约申斯克哥萨克暴动,也目睹了5月末暴动者的仓皇撤退。1920年顿河地区建立了苏维埃政权,年仅15岁的肖洛霍夫参加了保卫苏维埃政权的斗争,当过镇苏维埃的统计员、文书、粮食监察员,后来又参加了征粮队。当时的肖洛霍夫虽然只是个十五六岁的少年,但是由于他的机敏智慧,却成了一支二百余人队伍的指挥员。

1922年苏联国内战争结束后,肖洛霍夫来到莫斯科,开始了他的文学创作生涯。他以自己在国内战争时期的亲身经历和见闻为素材,描写顿河流域尖锐复杂的阶级斗争。从1924年到1926年,相继发表了《胎记》《死敌》《看瓜田的人》《人家的骨肉》和《浅蓝色的原野》等20多部中短篇小说。这些作品后来汇成一集,即《顿河故事》。在这些作品中,肖洛霍夫独具一格的现实主义艺术风格已经初露端倪。他大胆地描写现实生活中的矛盾和冲突,把巨大的斗争场面浓缩在个人的关系上,通过家庭矛盾、父子兄弟和夫妻之间的冲突来表现斗争的激烈和残酷,这是肖洛霍夫作品的深刻之处,也是他不同于其他同时代作家的独特之处。他写人物总是从生活出发,多方面地表现人物的性格和心理状态。《顿河故事》尽管带有初出茅庐的作者常有的那种艺术技巧上的稚嫩,但是从这些作品中已经看出一个大艺术家的身影:处理复杂题材上的大胆无畏,表现生活中悲惨的流血冲突的那种勇气。因此绥拉菲莫维奇把《顿河故事》誉为"草原上的鲜花",称赞肖洛霍夫是即将"展翅高翔"的"黄嘴小鹰"。

　　1925年肖洛霍夫又回到故乡维约申斯克镇,开始创作他一生的力作《静静的顿河》,历时15年,直到1940年才最后完成。这期间,苏联在农村开展了大规模的农业集体化运动,一向关注农民命运的肖洛霍夫立即放下正在写作的《静静的顿河》,从1929年至1930年,全部身心地投身于这场巨大的社会变革之中,并根据亲身参加这场运动的体验和感受,创作了长篇小说《被开垦的处女地》(1932)。小说以真实而生动的艺术形象大胆地表现了农业集体化运动中的矛盾和冲突,不仅反映了敌人或明或暗的抵抗和破坏,而且表现了劳动者的重重疑虑和观望;不仅写了运动领导者达维多夫的胜利和成功,而且也表现了他们的错误和偏差。不管今天对这场运动怎样评价,但是20世纪30年代所发生的这些事件毕竟是历史的真实。小说的主人公达维多夫等人的性格、思想、心理正是那一代人的思想状况和心理活动的体现。肖洛霍夫以真实生动的艺术形象所展现的这段前苏联社会的历史不仅具有认识价值,也具有艺术价值。

　　1941年6月法西斯德国入侵苏联,肖洛霍夫同许多苏联作家一样,投笔从戎,上了前线。战争期间,他写了大量通讯报道,发表了短篇小说《学会仇恨》(1942),并着手创作长篇小说《他们为祖国而战》(1943)。战后年代,肖洛霍夫的创作开始了一个新的阶段。在"解冻"思潮中,他的短篇小说《一个人的遭遇》(1956—1957)开创了苏联文学,特别是苏联军事题材作品创作的新局面。这篇小说一反过去苏联军事小说单纯表现英雄主义的写法,着重表现凝积在人民内心深处的战争创伤;它描绘的不是一幅战胜侵略者的战争图画,而是战争过后对于战争的回味和思考。小说没有着意刻画主人公索科洛夫的英雄气概,而是浓墨重彩地描绘他的普通劳动者的淳朴情怀,成功地塑造了一个苏联普通劳动者的艺术形象。肖洛霍夫晚年曾两次中风,不能工作,《他们为祖国而战》一直未能写完。他于1984年在维约申斯克镇病逝。

(二)《静静的顿河》

　　《静静的顿河》是肖洛霍夫一生最主要的作品,小说写的是俄国历史上至关重要的十年(1912—1922)的历史发展状况。这十年中,爆发了第一次世界大战,发生了推翻沙皇的二月革命和建立无产阶级政权的十月革命。这是俄罗斯风云变幻、社会动荡、新旧交替、激烈搏斗的十年。肖洛霍夫说,他想在小说中"表现革命中的哥萨克"。《静静的顿河》开头有一首《卷首诗》,这是一首古老的哥萨克民歌,歌中唱的就是哥萨克的血泪历史:"我们光荣的土地不是用犁来翻耕……/我们的土地用马蹄来翻耕,/光荣的土地上种的是哥萨克的头颅,/静静的顿河到处装点着年轻的寡妇,/我们的父亲,静静的顿河上到处是孤儿,/静静的顿河的滚滚波涛是爹娘的眼泪。"

《静静的顿河》共四部八卷,以顿河岸边鞑靼村几家哥萨克的经历为经线,表现了20世纪初俄国社会动荡变革的历程。这里主要写了葛利高里·麦列霍夫一家和他的邻居司捷潘·阿斯塔霍夫等几个哥萨克家庭。这几个保持着宗法社会家长制传统的哥萨克家庭,在20世纪初俄国社会的大动荡、大变革中,都遭到了毁灭性的打击,家破人亡。葛利高里的妻子娜塔莉亚在战乱年代死于流产,兄嫂及父亲都在哥萨克暴动的混乱中相继死去。司捷潘在暴乱失败后随白军逃亡国外,他的妻子阿克西尼亚同葛利高里相爱,在葛利高里经过种种遭遇后两人决定逃离鞑靼村时,阿克西尼亚被巡逻的红军士兵打死。当葛利高里离开暴乱的匪帮,把枪支弹药扔进刚刚解冻的顿河,返回家园时,他那个曾经充满欢乐和幸福的大家庭只剩下了他已出嫁的妹妹和已失去母亲的儿子。

肖洛霍夫用经纬交织的笔法通过几个哥萨克家庭的悲欢离合,展示出俄国社会的这段历史进程,描绘了人们的思想、意识、感情、风习、性格等在这场社会大变革中的震荡和冲突。尽管肖洛霍夫始终保持着冷静、客观的笔调,但作品总的思想倾向是十分明显的。一方面他为小说中哥萨克男女在历史动荡中的悲剧命运感到惋惜,对他们深表同情;同时又认为十月革命是历史的潮流,是不可阻挡的社会进步。小说描写了旧政权的垂死挣扎和白军的彻底失败,写出了历史发展的这个趋势。然而作家着力表现的是在历史巨变、社会动荡,新思想同旧观念、新世界同旧世界激烈搏斗的过程中,以葛利高里·麦列霍夫为代表的哥萨克劳动者走向新生活的艰难曲折的历史道路和他们中许多人充满迷误和痛苦的悲剧命运。

《静静的顿河》写了众多的人物,可以说几乎每个人物都是栩栩如生的。他们的命运,他们的悲欢离合,言谈话语,行为举止,都给人留下了深刻的印象。小说的中心人物是葛利高里·麦列霍夫,整个小说的情节、结构都是围绕他展开的。葛利高里首先是个哥萨克劳动者,勤劳、淳朴、善良、真诚、热情、勇敢是他显著的性格特征。如果说葛利高里具有哥萨克劳动者的种种优点,那么他身上也最充分、最深刻地体现着哥萨克的种种弱点:效忠沙皇,谨遵父命,哥萨克光荣等传统观念。作为劳动者,他对土地的感情是纯朴的,但是作为私有者,他继承家业的愿望也是刻骨铭心的。他之所以不肯同阿克西尼亚远走高飞,就是因为不能舍弃土地、房屋和祖上传下的那份家业。如果不是生活在20世纪初期这个动荡的时代,葛利高里可能会像父辈一样,作为勤劳勇敢的哥萨克而度过一生。但是时代波涛将他推到了历史选择的十字路口,而在这里就暴露出了葛利高里摇摆不定的性格特点。在历史的巨变中,他有了新的追求,但是又不能摆脱传统观念的羁绊,因而造成了在人生道路上的摇摆不定。小说中从两个侧面展现葛利高里性格和命运的这一特点。在爱情生活中,他深爱阿克西尼亚,但却不敢违抗父命,只好娶了娜塔莉亚,然而婚后又不能舍弃前情,忘却阿克西尼亚,因而在某种程度上造成了两个女人的悲剧。在葛利高里的人生道路上,少年时代鞑靼村的哥萨克生活,是他最无忧无虑的幸福时光。但是从他入营当兵起便被投入到颠簸激荡的历史长河中去了。在第一次世界大战的俄德战场上,他作战勇敢,但不明白为什么要打仗。听了具有进步思想的乌克兰士兵加兰扎的一席话,他似乎顿开茅塞,效忠沙皇的传统观念第一次受到剧烈冲击;但是一回到家中,亲人的崇敬、邻里的奉承又煽起了哥萨克的优越感和偏见,他仍旧回到前线为沙皇效命。葛利高里曾两次参加红军,又两度离开红军投入白军。在那历史转变的关头,他徘徊于生活的十字路口。他有驰马挥刀、冲锋陷阵的勇敢精神,却没有摆脱哥萨克传统束缚的思想力量;他有追求合理生活的向往,但是传统观念又羁绊住他迈出的脚步。他四顾茫然,不知所向。当他终于认清了应走的道路时,已经铸成了终生的大错。这就是葛利高里的悲剧。

　　肖洛霍夫是在社会巨变的历史潮流的大背景上表现葛利高里的人生悲剧的。社会的进步、革命的胜利同个人的悲剧恰成鲜明的对照。这里当然有葛利高里自身背负的因袭重担所造成的迷误,也有客观形势使之坠入错误泥坑的原因。肖洛霍夫将葛利高里的命运置于小说结构的中心是企图从总结历史经验的高度,提出工人阶级在革命中如何对待农民,特别是中农的问题。在俄国十月革命中,有的地方不加分析地把哥萨克一律当作"沙皇走卒",造成非常严重的后果,在某种程度上导致了顿河地区哥萨克的暴乱。肖洛霍夫对哥萨克劳动者寄予真切的同情,他在肯定十月革命的同时,也注意到革命过程中那些本不应该被历史淘汰,但却成为历史前进的牺牲品的人。对于他们中某些人所走过的一段弯路(或者说在历史进程中所发生的迷误),他是站在十月革命的立场上从总结历史教训的高度来看待的,并不是简单地把他们推入反革命的营垒。有研究者提出,肖洛霍夫在表现葛利高里悲剧的同时,对他进行了道德的审判。实际上,与其说作家对葛利高里及其他哥萨克劳动者作了道德的审判,不如说小说通过描写葛利高里的悲剧命运对苏维埃政权在国内战争年代所推行的对哥萨克的过火政策进行了政治的和道德的评议。通篇小说表现出,肖洛霍夫对葛利高里等哥萨克的悲剧命运满怀深切的同情,而对于葛利高里在人生道路上的摇摆不定和误入歧途,并不是严厉的审判,而是一种深沉的理解。肖洛霍夫的这一立场,许多年来不被批评家理解,因而使葛利高里成为一个文学界争论不休的人物。

　　肖洛霍夫的《静静的顿河》在小说创作上取得了很高的艺术成就。他在继承俄国文学史诗传统的基础上,对史诗小说这一体裁有所开拓和创新。肖洛霍夫在谈到自己的艺术追求时说:"对于作家来说,他本身首先需要的是把人的心灵的运动表现出来。我在葛利高里·麦列霍夫的身上就想表现出人的这种魅力……"通过表现"人的心灵的运动"展示"人的魅力"可以说是《静静的顿河》在艺术描写和人物塑造方面所取得的突出成就。更为重要的是肖洛霍夫在俄罗斯文学中第一次把农民置于艺术表现的中心,多方面地描写了他们的感情世界,真正显示出他们的"人的魅力"。

《静静的顿河》的另一艺术特点是它浓郁的地方色彩。在肖洛霍夫笔下,顿河流域的自然景色,顿河两岸的哥萨克的风俗习惯、世故人情,都写得栩栩如生,多姿多彩。特别是肖洛霍夫大量运用了哥萨克生动的、富有表现力的口语,虽有方言过多之嫌,但的确让人感到顿河流域的生活气息。

第三节 非主潮文学与布尔加科夫、帕斯捷尔纳克

一、非主潮文学

俄罗斯苏联非主潮文学主要包括社会批判文学、回归文学、现代主义文学、侨民文学等文学形态。作为苏联—俄罗斯主潮文学的对立一面,它们在20世纪的俄罗斯苏联文学发展中呈现出复杂的状况,也具有独特的地位。

(一)社会批判文学

社会批判文学继承了俄国批判现实主义文学传统,大声疾呼捍卫人的价值、人的个性尊严,对社会的阴暗面发出无情的揭露和批判。其中大部分作品在当时受到批判,有些则在当时难以问世,属于回归文学、侨民文学。从内容上看,社会批判文学包括几种类型。其一,暴露现实生活中社会政治矛盾的政治性作品,如爱伦堡的中篇小说《解冻》、法·伊斯坎德尔的讽刺作品《羊牛星座》(1966)等。其中《解冻》(第1部,1954;第2部,1956)从人道主义思想出发,抨击当时社会生产方式和经济模式的弊端及其产生的社会官僚,重在展示个人情感世界和个人生活,提出了社会关心人的问题。作者的笔端还指向20世纪30年代的肃反扩大化等历史事件。因此,尽管《解冻》本身在艺术上不足称道,却是社会批判文学的鼎力之作,并形成了"解冻文学"浪潮。其二,对日常生活丑恶行径的道德心理批判,似乎要在人性匮乏的社会中找寻某种精神道德支柱,如亚·雅申的短篇小说《杠杆》以及特里丰诺夫以中篇小说《滨河街公寓》(1976)为代表的一系列城市文学作品中对"现代世俗"的重笔浓描。其三,披露劳改营和劳改犯生活的集中营文学,如沙拉莫夫的《科雷马的故事》(1966—1978)、亚·索尔仁尼琴的《伊凡·杰尼索维奇的一天》(1962)、《古拉格群岛》(1973)等。其四,在对历史的反思中重新书写历史,如鲍·帕斯捷尔纳克的长篇小说《日瓦戈医生》(1957年在意大利出版,1988年在苏联发表)以永恒的道德标准、至善至美、个性价值、人道主义的价值尺度来审视十月革命这一重大历史变革,堪称通过一位俄国知识分子的个人命运书写出暴力革命与"人性冲突"的社会史。

鲍·莫扎耶夫的长篇小说《农夫与农妇》(第1部,1976;第2部,1987)描写了梁赞州20世纪30年代推进全面农业集体化运动中出现的各种过火行为:强迫农民一夜间必须加入集体农庄等各种行为最终引发了宰杀牲畜、村民骚乱等一系列流血事件。这一类作品还有别洛夫的长篇小说《前夜》(1972—1987)、谢尔盖·安东诺夫的中篇小说《瓦西卡》(1987)、伊万·特瓦尔多夫斯基的纪实中篇《辛酸往事》(1988)等等。此外,对卫国战争的反思,也出现了诸如格罗斯曼将战争写成两大极权间争斗的长篇小说《人生与命运》(1988)和艾特玛托夫混淆敌我界限、把斯大林和希特勒相提并论的长篇小说《卡桑德拉的印迹》(1994)。阿斯塔菲耶夫通过长篇小说《受诅咒的和被处死的》(第1部,1992;第2部,1994),竭力渲染战争的不人道、战争的恐怖,抹杀正义战争与非正义战争界限,进而完全否定卫国战争的正义性。

(二) 回归文学

回归文学是对本该属于苏联文学整体创作潮流之中的一个复杂文学现象的总称。它从时间上分为两个浪潮。20世纪第一次浪潮是在50年代中期到60年代末。主要有安娜·阿赫玛托娃、尼古拉·扎鲍洛茨基等人的诗集,皮利尼亚克、伊萨克·巴别尔、伊万·卡达耶夫、奥丽普·曼德尔什塔姆、左琴科、安·普拉东诺夫、布宁等人的小说,以及布尔加科夫的《大师和玛格丽特》等文学创作。第二次浪潮始于20世纪80年代中期。此时,随着苏联实行改革、公开性和民主化原则在社会生活的各个领域的贯彻执行,以及某些政治性禁忌的打破、文艺政策的放宽,各文学报刊竞相发表过去被禁止和遭批判的作品,形成了称之为"发掘热"的回归文学的第二次浪潮。其中主要有普拉东诺夫、别克、特瓦尔多夫斯基、普里斯塔夫金、布尔加科夫、皮利尼亚克、雷巴科夫、田德里亚科夫、安·比托夫、杜金采夫、阿赫玛托娃、格罗斯曼、帕斯捷尔纳克、扎米亚京、弗拉基米尔·纳博科夫、索尔仁尼琴等人的创作。

《切文古尔》(写于1928—1929,小说的第一部分1927年在巴黎完成并出版)、《基坑》(写于1929—1930,1969年在伦敦出版)、《初生海》(写于1934,1979年在巴黎《回声》杂志上发表),这组普拉东诺夫创作于20世纪20年代末至30年代上半期的三部曲,是作家创作高峰之时最重要的作品之一。它们典型地体现出了作家的艺术天才:运用象征、隐喻、夸张、假定、不规则组合等恣肆离奇的手段,在理想的激情与淡淡的幽默、辛辣的嘲讽中,将种种乌托邦空想的荒诞逼真地外化出来。

《穿白衣的人们》是杜金采夫在因发表《不是单靠面包》受到批判后,作品长期不能面世的巨大压力下,历经二十多年创作出来的一部力作。小说标题取自《圣经》,喻指身着白衣、勇为科学献身的正直无畏的科学工作者,反映了20世纪40年代末期在苏联开始的生物学界李森科派对摩尔根遗传学派的迫害。

雷巴科夫的长篇小说《阿尔巴特街的儿女们》发表后,反响空前,在当时被称为近年来前苏联文学界"最重要的事件"。《新世界》杂志曾计划在1964年发表这部长篇小说的第 1 部,但因故停发,后来作者又创作了它的第 2 部和第 3 部。小说之所以轰动在于它通过描写阿尔巴特街上的儿女们 20 世纪 30 年代的个人遭遇,揭示"肃反运动"前夕社会政治生活的不正常;通过叙写党内斗争、基洛夫被杀这一历史悬案,塑造出专制的斯大林的形象。

《我们》是扎米亚京 1920—1921 年间以日记形式写成的一部反乌托邦小说。作家通过精心构制的富有讽刺意味和幻想的未来社会图景,来"预告人和人类会受到无论是机器或国家的过大权力的威胁"。艺术上体现出作家独特的印象主义风格。这是扎米亚京创作完成的唯一一部长篇小说,也是代表其艺术最高成就的集大成之作。小说完稿后,在苏联被禁,只能以手抄本的形式私下流传,但是很快便在国外问世。1924 年在纽约出版了英文版,1927 年在捷克出版了捷克语版,1929 年在巴黎出版了法文版;1929 年小说的俄文版也在国外发行时,苏联国内开始了对扎米亚京的大规模批判运动,迫使作家于 1931 年 11 月离开了苏联。

(三) 异样文学

异样文学主要是指 20 世纪八九十年代文坛上悄然兴起的一股文学新浪潮。这种文学所描写的往往不是重大的、惊人的题材,而是一些日常生活琐事。作品主人公往往是一些小人物、被损害者,其精神心理特点是压抑、彷徨、怀疑、冷漠;作品的体裁样式与严格意义上的小说有着明显的区别,往往兼有故事、小说、随笔、回忆录、日记或书信的文体特征,并显示出零散化、剪辑性的特点。"异样文学"的作家们积极借鉴了意识流文学等西方现代主义的表现手法,但它"得不到应有的理解和社会施展的不安心灵",仍然是俄罗斯文学的人道主义传统的体现。这种文学的代表作品有维·叶罗菲耶夫(1947—　)的《莫斯科—别图什基》(1989)、叶·波波夫(1946—　)的《爱国者的心灵》(1989)、托尔斯泰娅(1951—　)的《彼得斯》(1986)、《雾霭夜游人》(1988)和《野猫精》(2001)、皮耶楚赫(1946—　)的《彩票》(1987)和《新的莫斯科哲学》(1989)等。

(四) 现代主义文学

20 世纪初至 20 年代,现代主义文学在俄罗斯文坛曾兴盛一时,三四十年代相对"沉寂",60 年代开始复苏。但是该派作家有限的创作很难见容于文坛,主要作品有:瓦·阿克肖诺夫的长篇小说《带星星的火车票》(1961),它塑造的主人公可称得上是苏联社会"垮掉的一代"的代表;卡达耶夫的中篇小说《圣井》(1966)、《小方块》(1969),以现代派的手法处理了时间与空间观念;安德烈·沃兹涅先斯基的诗集《抛物线》(1961),语言奇巧怪诞,结构繁复,诗人的关注中心即是词语及结构本身;别拉·阿赫玛杜林娜的抒情诗集《琴弦》(1962)和《音乐课》(1969)则显示出这位女诗人在操纵诗句乐感韵律和具有强烈隐喻性语言方面的精到典雅、超凡脱俗。

到20世纪70年代和80年代上半期,现代主义文学仍然是步履蹒跚。较为有影响的作品是安·比托夫的《普希金之家》(1971)和萨沙·索科洛夫70年代完成的长篇小说《傻瓜学校》。此外,1979年瓦·阿克肖诺夫、安·比托夫、法·伊斯坎德尔、维·叶罗菲耶夫、叶·波波夫等人共同编辑了一部文集《大都会》,收入包括五位编者及沃兹涅先斯基、阿赫玛杜林娜、维索茨基等17位有现代主义创作倾向作家的作品,但是文集当时没有通过苏联官方的审查,后来在美国得以问世。

《普希金之家》描写了知识分子在这个社会中既找不到自己位置,也无法在当今及未来中寻到落脚之地的困惑与迷惘。它同索科洛夫的那部以"傻瓜学校"象征封闭、停滞的外部世界,以一个生活在自我意识图画中的未成年人为主人公,以思绪的跳跃决定时间流动的无人物、无体裁的作品,都被看成是后现代主义文学的代表作。

苏联社会进入全面改革的20世纪80年代中期后,特别是苏联解体的80年代末、90年代初,一方面是人们信奉了半个多世纪的世界观被击得粉碎,精神上面临着巨大的信仰危机;另一方面是整个社会混乱无序,弥散着一种因种种现实威胁带来的无望的世纪末情绪。此时,以归谬的手段,通过无序的叙述、松散或消亡的结构来展示现存世界非自然性的后现代主义在俄罗斯文坛有了充足的土壤,成为苏联解体后现代主义文学的主体。如哈里托诺夫的长篇小说《命运线,或米拉舍维奇的小箱子》(1991)、弗·马卡宁的中篇小说《盖着呢子、中间放着玻璃瓶的桌子》(1992)以及阿·科罗廖夫的《果戈理的头》(1992)等都是该派文学比较重要的作品。

(五) 侨民文学

从1917年的俄国十月革命至今,由于各种原因,一大批俄苏作家侨居国外,他们的创作统称为侨民文学。从时间上划分,侨民文学主要分为三个阶段。

(1) 第一阶段:十月革命后到第二次世界大战前

当时国内进行的十月革命、白色恐怖、国内战争及其他种种社会政治因素,使得许许多多的俄国文学家取道新西伯利亚、敖德萨、塞瓦斯托波尔、波罗的海的各个港口及符拉迪沃斯托克(海参崴)流亡于伊斯坦布尔、布拉格、贝尔格莱德、里加、哈尔滨等地。1921—1923年在柏林形成了最大的俄侨文学中心,而后移至巴黎,自1940年起该中心转至纽约。包括的主要作家有:列·安德烈耶夫、巴尔蒙特、安德烈·别雷(1923年回国)、伊万·布宁、吉皮乌斯、亚·库普林(1937年回国)、德·梅列日科夫斯基、阿·托尔斯泰(1923年回国),以及1921—1923年侨居国外的格奥尔基·阿达莫维奇、鲍里斯·扎伊采夫、格·伊万诺夫、阿·列米佐夫、符·霍达谢维奇、玛·茨维塔耶娃(1939年回国)、伊万·施米廖夫和分别于1924年、1931年移居国外的维亚切斯拉夫·伊万诺夫、叶甫盖尼·扎米亚京等。他们出版了相当数量的俄文报纸(在欧洲各国,1920年有138种,1921年有112种,1922年有109种;在中国哈尔滨,1926 年有 13 种)、杂志[如:《未来俄罗斯》(巴黎)、《俄罗斯思想》(索菲亚—布拉格—巴黎,1921—1927)、《界线》(哈尔滨,1926—1945)、《帆》(上海,1931—1934)、《新杂志》(纽约,1942 年至今)],并成立了数十家出版社[如:《言论》(柏林)、《火焰》(布拉格)、《俄罗斯大地》(巴黎)],印发了布宁、施米廖夫、扎依采夫、梅列日科夫斯基、列米佐夫、纳博科夫、茨维塔耶娃、苔菲等众多作家的作品。20 世纪 40 年代,随着希特勒铁蹄对欧洲的践踏,俄侨文学的大本营开始迁往美国。1942 年俄侨文学杂志《新杂志》在纽约创刊,以出版俄侨文学为主的契诃夫出版社也随后成立。那些留在欧洲本上的俄侨作家则大多饱受法西斯集中营和战争之苦。而中国的俄侨文学中心自 1931 年日本帝国主义大规模公开入侵东北,便自哈尔滨南下迁至上海。经过几年的兴盛,在 1937 年"七•七事变"发生,抗日战争全面爆发,上海日益陷于战争的水深火热之中后,上海的俄侨文学也开始呈衰落之势。同时,战争也造成这批中国俄侨作家队伍的分化,他们中的一部分移居第三国,一部分返回苏联。这样,20 世纪 40 年代时,俄侨文学在中国已基本消亡。至此,欧亚俄侨文学最辉煌的时代——俄侨文学的第一阶段始告完结。

(2) 第二阶段:第二次世界大战期间及战后

这一阶段越过苏联国境线汇入侨民文学潮流中的作家并不多,主要有诗人伊万•叶拉金、小说家鲍里斯•希里亚耶夫、谢尔盖•马克西莫夫等。这批人就其才华素质、创作数量、创作的艺术水平而言,都比前一阶段的侨民文学逊色得多。但他们使走向终结的第一阶段侨民文学有了承续,有了新的内容,而且仍然同现实的苏联社会保持了千丝万缕的联系。

(3) 第三阶段:20 世纪七八十年代

这一阶段出现的引人注目的前苏联作家移居国外的浪潮几乎都与社会政治因素密切相关,如:三次入狱、两次入精神病院的索尔仁尼琴,1972 年因为在国外发表了长篇小说《古拉格群岛》,1974 年被驱逐出境;弗拉基米尔•沃伊诺维奇因为在国外出版了短篇小说《士兵伊凡•琼金的生平及奇遇》被开除出苏联作协,而后于 1980 年移居国外;约瑟夫•布罗茨基被认为是持不同政见者的代言人,于 1972 年被逐出国境。当然这一浪潮也同此时当局对犹太公民出境的限制放宽有关,所以在大部分新侨民移居西方(美洲、欧洲)的同时,也有一部分人侨居于以色列。这时期的侨民文学主要包括:瓦•阿克肖诺夫的长篇小说《燃烧》(1980)、《克里木岛》(1981)、《冬天里的几代人》(1994);约•布罗茨基的多部诗集及散文。布罗茨基于 1987 年获得诺贝尔文学奖,评奖委员会的评语认为其作品"超越时空的限制,无论在文学上及敏感问题方面,都充分显示出他广阔的思想和浓郁的诗意"。其他代表作品有:在巴黎出版的侨民杂志《大陆》的主编弗•马克西莫夫的长篇小说《创世七日》(1971),沃依诺维奇的《士兵伊凡•琼金的生平及奇遇》(1969),加利奇的诗集,弗里德里赫•戈连施坦的中篇小说《赎罪》(1979),弗•纳博科夫的长篇小说《洛丽塔》(1954)、《普宁》(1957)等以及58篇短篇小说和两卷集的《文学讲稿》(1980)等，维克多·涅克拉索夫的《愚人笔记》(1974)，以及A.库兹涅佐夫、安德烈·西尼亚夫斯基、萨沙·索科洛夫、索尔仁尼琴等人的创作。其中很大一部分是这些作家以前完成于苏联国内，却被禁止在苏联出版的作品。

  侨民文学家远离故土大多是由于政治原因，因此，无论在国内还是国外，对苏联政权制度和种种社会现象的不解、疑虑、揭露、批判和否定都在他们的创作中占有极大的比重。索尔仁尼琴的纪实体的长篇《古拉格群岛》等一系列的小说及政论文章，安·西尼亚夫斯基持不同政见的内心独白《合唱队的歌声》，阿克肖诺夫的讽刺幻想长篇《克里木岛》，苔菲对布尔什维克极尽嘲讽的小说和杂文，吉皮乌斯对苏维埃政权的诅咒，梅列日科夫斯基的反苏之作等，都堪称其中的代表。然而，不管这些作家身居何处，过着怎样的生活，也不管他们有着怎样的创作观念，他们终究无法摆脱缠于自身的"俄罗斯情结"。因而，几乎所有的侨民文学作家，特别是第一浪潮中的侨民作家的创作主题之一都是流亡者对俄罗斯家园深深的眷恋、失落家园的孤独、悲观、绝望，以及对纷繁往事的不尽缅怀。例如普宁作品中无可奈何的乡思、伤感和绝望的情调，创作生涯多半在国外度过的女作家苔菲作品中对俄罗斯、俄罗斯人生活和品性的溯本求源。即使是在1977年加入美国籍、成为美国公民的约·布罗茨基用俄语和英语两种语言构筑的诗文大厦中，对俄罗斯故乡的怀恋之情仍是其创作的主题之一。而用俄、法、英语创作，成为美国公民的弗·纳博科夫的许多诗歌、小说，反映的则是他在俄罗斯度过的童年、少年生活以及俄国流亡者的心态和境遇。可以说，俄罗斯就是他的梦境、他的神话和他的忆念。同时，他和一些侨民文学家一样，向西方译介了包括《叶甫盖尼·奥涅金》《伊戈尔远征记》在内的俄国文学名作，应该说这也是侨民文学家们怀乡之情的一种表现。在美国定居以后，纳博科夫变得更加贴近西方社会，由此又引出了侨民文学的另一特点，那就是对异域文化的接受和表现。这方面纳博科夫和布罗茨基是最成功的代表。此外，列·安德烈耶夫侨居芬兰时创作的《撒旦日记》描绘了第一次世界大战前夕的欧洲；尼·巴伊科夫侨居中国时写就的长篇小说《大王（虎的故事）》(1936、1942)等塑造了中国猎人的形象，作品具有浓郁的中国东北地方色彩。

二、布尔加科夫

（一）生平与创作

  米哈依尔·阿法纳西耶维奇·布尔加科夫(1891—1940)生于基辅，父亲是基辅神学院教授。布尔加科夫1909—1916年在基辅大学攻读医学，此后就职于斯摩棱斯克和基辅的医院，1919年开始文学创作，1921年移居莫斯科，为报纸杂志撰稿。

  布尔加科夫的文学之路曲折艰难。1924年，布尔加科夫完成长篇小说《白卫军》。根据莫斯科艺术剧院的建议,他将《白卫军》改编成剧本《屠尔宾一家的日子》,1926年10月5日,话剧首演成功,但此剧被批评为"仇视革命",一度被禁演。斯大林非常欣赏这个作品,此后直至1941年,《屠尔宾一家的日子》在舞台上成功演出达九百余场。不久,剧本《佐依卡的住宅》(1926)和《火红的岛》(1928)上演,也受到批评。小说《不祥的蛋》(1925)则被认为是寓意恶毒的反苏作品。中篇《狗心》(1926)的原稿被没收。1928年,剧本《逃亡》完稿,彩排后不久便被查禁。批评家们竭力诋毁他的名字,1929年7月至1930年3月,他的剧本不能上演,作品不能在刊物上发表,住处被搜查,本人被传讯,创作自由被剥夺,生活没有着落。布尔加科夫致信高尔基和斯大林请求准许他出国或者让他在剧院工作糊口。1930年4月18日,斯大林打电话给他,生存问题得以解决。从1930到1936年,布尔加科夫在莫斯科艺术剧院任导演助理。此后,他完成剧本《伪君子的奴仆》(1932)、《普希金》(1935)、《亚当与夏娃》(1931),还将果戈理的《死魂灵》、塞万提斯的《堂吉诃德》改编成剧本。《伪君子的奴仆》(1932)、《普希金》(1935)表现了权力与奴役、自由与专制的冲突,遭到批判。《亚当与夏娃》(1931)则表现反战主题。1936年,布尔加科夫调到大剧院,创作自传性的作品《戏剧小说》(1936—1937)。临终前完成长篇小说《大师和玛格丽特》(1928—1940)。

布尔加科夫的文学成就主要体现在戏剧和小说创作两方面。

布尔加科夫一生戏剧创作颇丰,代表作是《屠尔宾一家的日子》《逃亡》。《屠尔宾一家的日子》主要情节围绕屠尔宾一家三兄妹——阿历克谢、叶列娜、尼古拉的命运展开,客观地塑造了一群白卫军阵营中的俄国知识分子形象,揭示了历史发展的趋势。《逃亡》(1928)描写了白卫军的崩溃、逃跑和流亡,白俄流亡者在土耳其和巴黎的噩梦般的逃亡生活,作品将主人公置于艰难困苦的生活环境之中,使其精神世界面临巨大考验,揭示逃亡者的唯一出路就是回归祖国。

布尔加科夫的小说代表作有中篇小说《不祥的蛋》《狗心》和长篇小说《大师与玛格丽特》。

《不祥的蛋》抨击了无视客观规律而急功近利的官僚主义。莫斯科动物学教授佩尔西科夫偶然发现一种"神奇的红光——生命之光",被其照射任何生物都会迅速繁殖。这一成果就被国营农场主席强行用于振兴全国的养鸡业。然而,农场的种蛋经"红光"照射后,竟孵出大批巨型爬虫。它们吞吃了农场主席的妻子,迅速繁殖,蔓延到各地农村,吞噬一切,并渐渐逼近城市。大批全副武装的红军战士开赴灾区,莫斯科采取了紧急措施,准备与这些怪物决一死战。生死攸关之际,天降寒流,怪物冻死,人民得救。官僚主义是这场灾难的罪魁祸首。

《狗心》反思了人性及其在社会风暴的冲击下的异化。医学教授菲利普·菲利波维奇试验给狗沙里克移植人的性器官和脑垂体。结果,狗毛褪去,直立行走,口吐人言,具备人形。教授给它穿上服装,办理了证件,取名沙里科夫。一夜之间进化为高等动物的沙里科夫,身上仍有一些"狗的残余习性",比如:喜欢睡在厨房里,用鼻子找跳蚤,到处追逐猫……由于它的脑垂体来自一个酗酒斗殴而死的盗窃犯,因而他也继承了一身流氓习气:偷钱,酗酒滋事,口吐秽语,调戏妇女……荒唐的是沙里科夫后来竟担任了莫斯科公共卫生局清除无主动物(野猫之类)科科长,利用职务之便搜捕猫,还利诱一位姑娘嫁给他。沙里科夫越来越无法无天,教授已无法控制自己创造的这个"试验成果"。同时,教授的干涉使沙里科夫怀恨在心,他对教授进行了恶毒的诬告和陷害。教授决定把这个无赖赶出家门,沙里科夫竟举起了手枪。一番搏斗后,沙里科夫重又躺到了手术台上,教授再次为他实施了手术……十天后,刑侦人员赶到时,出现在他们面前的是一只奇特的、会直立行走的狗——沙里科夫,一个低等动物。

《狗心》意在讽刺流氓无产者,他们的工作就是唱歌、开会、整人,他们是"带狗心的人"之所以能够胡作非为的社会基础。沙里科夫就是这类"流氓无产者"的化身,他身上集中了种种卑劣品质,除了出身,此外再无任何可资炫耀的东西。他曲解革命,主张"把什么都拿来,大家分分不就齐了吗?"他只要权利,拒绝义务:"登记可以,去打仗——没门!"俨然一副混入革命队伍的"流氓无产者"的丑恶嘴脸。沙里科夫按职务穿上皮夹克,坐专车回家,随时准备咬人,令人生畏。医生从失败的实验中得出结论:"科学实验是不可能创造出一种更高级的人来的,人的本性只有通过怜悯和仁慈才能改变;恐怖、强制和各种各样的暴行,无论它们是红的、棕的还是白的,都无济于事。"

(二)《大师与玛格丽特》

长篇小说《大师与玛格丽特》历时 12 载,八易其稿,集布尔加科夫哲学、宗教及道德的探索和魔幻艺术之大成,成为 20 世纪俄国文学经典之作。

小说主要有两条故事线索。一是魔王沃兰德一行造访莫斯科探测人心,引发一系列奇异故事。一个闷热的春日下午,化装成外国专家的魔王沃兰德遇上了莫斯科文联主席柏辽兹和青年诗人伊万·流浪汉,与他们展开了一场关于"上帝是否存在"的争论。柏辽兹和伊万·流浪汉是无神论者,不信上帝,也不信魔鬼,沃兰德一一加以驳斥,并预言柏辽兹马上就会身首异处。其预言果真应验,目睹柏辽兹丧生车轮的伊万怀疑沃兰德是外国特务,一心追踪"凶手",却被当作疯子关入精神病院。在精神病院,他结识了自称"大师"的人。大师因写了一部关于耶稣和彼拉多的小说而遭到批判,他烧毁手稿,离开情人玛格丽特,住进了精神病院。大师相信伊万的奇遇。魔王的随从大黑猫用法术骗取魔术表演的合约,住进柏辽兹的公寓。第二天,魔王扮成外国魔术师与助手在莫斯科一家剧院施展魔法,把普通的纸片变成 10 卢布的纸币洒向观众,变出满天的卢布雨,全场观众疯狂抢夺。报幕员高喊:这不过是催眠术!观众不高兴,叫嚷:"揪下他的脑袋!"大黑猫跃扑过去,一把揪下了他的头颅。随后台上又出现了巴黎时装店,免费以旧换新。曲终人散,他们发现捏在手中的不过是一张张废纸,女士们的时装也不翼而飞,只穿着内衣内裤,羞得掩面狂奔。魔王沃兰德一行在柏辽兹的住宅举行盛大的撒旦晚会。魔王找到了玛格丽特,请她当一场盛大的魔鬼舞会的皇后。玛格丽特为救大师甘愿变为妖女。作为奖赏,沃兰德救出了大师,有情人终成眷属。在沃兰德的帮助下,大师焚毁的手稿得以再现,二人进入了一片宁静的花园。沃兰德一行的魔法引起当局重视,立案侦查并进行搜捕,他们又将武装警察戏弄一番,放了几把火,飞离了莫斯科。

另一条线索是罗马总督彼拉多因怯懦而下令处死耶稣于是备受精神折磨的故事。总督彼拉多明知道耶稣不是煽动群众闹事的暴徒,但屈从于犹太祭司的决定,判处耶稣死刑。行刑后,彼拉多阅读了马太记录在羊皮卷上的耶稣的言行,后悔不已,处死了出卖耶稣的犹大。"怯懦是最深重的罪过"这句话让他失魂落魄,痛苦莫名,每到月圆之夜,都会梦见一条月光路从天上垂到自己的花园里。他带着自己的爱犬踏上这条路,追随那个白天被他处死的流浪哲人,和他争论一个非常重要、非常复杂的问题。可是每当他梦到这里,都会可怕地醒来,意识到耶稣死于自己之手。怀着悔恨,彼拉多在耶路撒冷的秃山上坐了两千年,翘首期盼那条月光路从天而降,接他去见那个哲人。

这两条线索通过大师的创作联系起来,大师关于耶稣与彼拉多的作品先后通过柏辽兹和评论家拉通斯基的嘲笑和批判、沃兰德的讲述、玛格丽特的阅读而贯穿作品始终。耶稣看到了大师这部有关彼拉多和他自己的小说,让马太带信给撒旦,请他帮助大师和他的情人玛格丽特获得永恒的安宁。撒旦如约行动,让这对恋人享受永恒的创造和爱情。沃兰德将权力交给大师,而大师宣布了总督的自由,昏沉的总督终于得到了救赎,踏上月光之路追寻耶稣。

《大师和玛格丽特》通过巧妙的架构和时空的切换有机地融合现实时空(莫斯科的故事)、超现实时空(魔鬼一行的故事)和历史时空(耶稣和彼拉多的故事),将现实与历史以及相应的事件和形象有机地对称呈现(耶路撒冷—莫斯科、耶稣—大师、该亚法—柏辽兹、马太—伊万、犹大—莫加雷奇),莫斯科的现实生活成为古代罗马生活的翻版,时空在变,而人心依旧。现实中存在的问题与历史上的道德探索紧密相连,历史的叙事成为理解现实的参照,大师与彼拉多从狂躁到宁静隐喻现实的道德出路。小说在历史与现实的相互交错中深化了思想内涵,显示了布尔加科夫寄真实于魔幻、寓庄严于谐谑的艺术造诣。

三、帕斯捷尔纳克

(一) 生平与创作

鲍里斯·帕斯捷尔纳克(1890—1960),犹太族,生于莫斯科。父亲列奥尼德是著名的画家,与列夫·托尔斯泰过从甚密,托尔斯泰的小说插图以及临终的画像即出自其手。母亲罗莎·考夫曼是钢琴家。帕斯捷尔纳克从小受到文艺的熏陶。里尔克激发了他写诗的兴趣和激情,托尔斯泰则影响了他的宗教观念,帕斯捷尔纳克晚年说:"他(托尔斯泰)的形象伴随我的一生。"他曾跟随斯克里亚宾学习乐理和作曲,表现出相当的音乐才华。1910年,他考入莫斯科大学法律系,后转入历史语文系的哲学班。1912年,留学德国马尔堡大学,师从赫尔曼·科恩教授研究新康德主义。1913年冬天,帕斯捷尔纳克放弃了哲学研究,转而写诗。

1914年,诗集《云雾中的双子星座》面世,走上诗坛。同年加入谢尔盖·勃布洛夫领导的"离心机"社团,结识未来主义主将马雅可夫斯基。1916年,诗集《超越障碍》出版。1918年,诗集《生活啊!我的姐妹》完成,在1922年正式出版以前就广为传诵。到1922年《主题与变奏》面世时,帕斯捷尔纳克已成著名诗人了。帕斯捷尔纳克早期的诗歌主要表现个人内心世界的细微变化,抒发对大自然和爱情的独特感受,也表达自己对诗歌和艺术生命的见解。他歌颂大自然的创造力,认为这种创造力是人类社会的一种普遍经验,它推动历史的和个人的变化。他早期诗歌意象奇特、句法多变,继承了德国和俄国哲理抒情诗人里尔克、莱蒙托夫和丘切特夫等人的优秀传统,虽然深受象征派和未来派的影响,但能破其局限,锐意创新。

20世纪20年代,《生活啊!我的姐妹》(1922)和《主题与变奏》(1922)先后出版。新的社会现实使他由抒发个人内心感受转向描写社会题材,创作了多部叙事长诗。《热病》(1923—1928)描写了革命,塑造了列宁形象,思考了革命中的个人命运;《一九一五》(1927)和《施密特中尉》(1927)描写了1905年的革命,表述了诗人对革命和个人命运的深沉思考。

帕斯捷尔纳克还致力于小说创作。中篇《阿佩莱斯的特征》(1915)和短篇《寄自土拉的信》(1918)表达了作者早期反对浪漫主义,主张现实主义的观点。《空中路》(1924)描写了列宁、李卜克内西等革命家的形象。《摘自中篇的三章》(1922)、《中篇故事》(1922)和诗体小说《司倍克托尔斯基》(1931)在内容上有内在联系,其中《司倍克托尔斯基》描绘了十月革命和内战期间普通人的命运,大自然和爱情的诗意描写引人入胜。《柳威尔斯的童年》(1922)塑造了一个心灵完美的俄罗斯少女形象,富于深刻的艺术内涵和强烈的艺术魅力,堪与作者的诗媲美。

1931年帕斯捷尔纳克完成了自传性随笔《安全通行证》,他回忆了自己1930年以前的生命历程:与里尔克富于诗意的邂逅,音乐家斯克里亚宾的教诲和影响,德国的留学生活,意大利之行与家人出国旅行,诗坛生涯,和马雅可夫斯基的友谊等。从中可窥其艺术观及20世纪20年代莫斯科诗坛状况。

1932年出版诗集《第二次诞生》,其主要内容是歌颂自然、爱情和友谊,在艺术上虽然仍有联想奇特、意象迭出等特点,但不乏质朴清新之作。

1934年帕斯捷尔纳克参加全苏作家代表大会,布哈林称他是"我们当代诗坛的巨匠"。但是诗歌评论界对他的诗褒贬不一,许多评论家批评他的诗晦涩难懂,脱离群众。肃反扩大化期间,帕斯捷尔纳克退出了所有的政治性活动,潜心文学翻译,先后翻译了格鲁吉亚诗人和拜伦、济慈、裴多菲等人的作品。

卫国战争时期,帕斯捷尔纳克赴前线采访,写下了一系列战地通讯报道。1943年诗集《在早班列车上》出版,1945年诗集《大地的延伸》出版。

1946年联共布中央整顿文艺界,日丹诺夫主持工作,"无冲突论"盛行。帕斯捷尔纳克的作品再次受到批判,被指责为无思想性、非政治化和缺乏人民性。帕斯捷尔纳克再次沉默,潜心翻译莎士比亚的主要悲剧、歌德的《浮士德》和席勒的《玛丽亚·斯图亚特》等。

1948年,他开始创作长篇小说《日瓦戈医生》,1956年完稿。手稿送到《新世界》杂志编辑部,《新世界》以"仇视社会主义,……观点反动"为由拒绝发表。1957年,小说在意大利米兰以意大利文出版。到1958年底,《日瓦戈医生》被译成十八种文字,在欧美引起强烈反响,被誉为堪与《战争与和平》媲美的不朽史诗。1958年10月23日,瑞典皇家学院将该年度的诺贝尔文学奖授予帕斯捷尔纳克,以表彰他"在现代抒情诗和俄罗斯伟大叙事诗传统方面所取得的重大成就",引发"帕斯捷尔纳克事件"。

帕斯捷尔纳克晚年孤独凄凉,于1960年5月30日逝世。逝世前两年,他完成了组诗《雨霁》(又译《到天晴时》)和自传性随笔《人与事》,还致力于创作历史剧《盲美人》(未完成)。《雨霁》中的不少诗篇抒写其晚年心迹。《人与事》一书分为五章:"少年""斯克里亚宾""1900年""第一次世界大战前""三个影子(茨维塔耶娃、亚什维里、塔比泽)"。它是对《安全通行证》的补充。

帕斯捷尔纳克的遭遇既有社会的原因,也有个人的原因。他生于艺术之家,受到世界一流的诗人、作家、音乐家和哲学家的直接教育和熏陶影响,因此,其艺术观和审美观不同于他人。"帕斯捷尔纳克事件"是"冷战"的产物,《日瓦戈医生》成为"冷战"的牺牲品。这部小说一直被禁,直到20世纪80年代中期,帕斯捷尔纳克被恢复名誉,《日瓦戈医生》才回到苏联读者面前。

(二)《日瓦戈医生》

《日瓦戈医生》以日瓦戈和拉拉的经历及其在战乱中爱情为主要情节,以红军将领斯特列尔尼科夫的故事、游击队员帕雷赫的故事、少年瓦夏的故事、知识分子戈尔顿和杜多罗夫的故事等为次要情节,在广阔的时空背景上再现了第一次世界大战、1905年革命、1917年二月革命、十月革命、国内革命战争、新经济政策时期等一系列重大的历史事件,深刻地反思了历史意义、个人命运和时代精神。

《日瓦戈医生》创作时间长达八年,可谓深思熟虑之作。帕斯捷尔纳克非常珍视《日瓦戈医生》,他说:"除了《日瓦戈医生》还值得一读之外,其他作品都没有任何价值。"作品以新的形象、新的叙事角度和新的叙事形式探讨了十月革命、知识分子和时代精神等重大的问题,思想深刻且有前瞻性。

《日瓦戈医生》塑造了一个全新的艺术形象日瓦戈。他与同时代的文学形象截然不同,他不是革命英雄,也不是改造成功的知识分子,不是新时代的建设者,更不是先进生产者。他是从旧俄时代过来的一个知识分子,他受过良好的教育,是医生,也是诗人;他善良真诚,固守自己的价值观念,独善其身,拒绝改造;他性格坚韧,但有时也非常脆弱。可就是这样一个形象在和时代精神作抗争,作品通过他的所见所闻所感完成了对历史、人生和时代精神的思考。

《日瓦戈医生》反思了十月革命的历史意义。指导日瓦戈审视时事的思想是爱的信仰、生命即牺牲、个人自由、独立寻求真理等观念。所以,他看到了革命中太多的个体的悲惨遭遇和悲剧命运。暴力不仅给日瓦戈、拉拉等普通人带来不幸,而且同样也给它的积极分子带来悲剧命运。暴力带来自相残杀,带来历史倒退。虽然《日瓦戈医生》通过主人公之口赞叹过十月革命摧枯拉朽除旧立新的伟大意义,从马尔克尔由日瓦戈家的守院者变成新时代房管处负责人的变化也可以看到社会变迁的进步的历史意义,但是,整个作品充满浓烈的悲剧气氛。

《日瓦戈医生》反思了一代知识分子的人生选择的意义。作品中的知识分子的人生选择表现为三种类型:一种是以加里乌林为代表的投靠旧政权的选择;一种是以巴沙为代表的投奔新政权的选择;还有一种是以日瓦戈为代表的既不投靠旧政权也不投奔新政权的独善其身的选择。加里乌林的结局是不言而喻的。巴沙最后遭到被清洗的厄运。戈尔顿、杜多罗夫等旧俄知识分子在经历了流放和监狱生活后,改造了思想,成为新时代的建设者。日瓦戈对革命的态度经历了一个从内心里向往革命到精神上逐渐背离革命的过程,但是,自始至终没有投靠旧政权,选择独善其身。巴沙和加里乌林虽然曾经叱咤风云,但是终归是过眼云烟,成为革命或反革命的工具;戈尔顿和杜多罗夫虽然通过思想改造获得了新生,但是失去了独立思考的能力;日瓦戈始终坚持自己的信仰,不随波逐流,其精神获得永恒价值。日瓦戈既不像科马洛夫斯基那样奸诈精明,也不像巴沙那样能率领大军横扫一切,他的意志有时是相当薄弱的,但他却是作家心目中的理想人物,是正宗的俄国知识分子。

《日瓦戈医生》反思了时代精神。这是一个个性精神衰微的时代,无论是沙皇时代还是革命及革命后的时代,言不由衷是其时代的病症。"人们头脑里想的是一套,言谈表现的是一套。"尤其是革命后的年代,人人自我批判,自我忏悔,自觉罪孽深重,一有借口便自我谴责。日瓦戈认为,人们谴责自己,不仅是由于恐惧,而是出于一种不可收拾的病态心理,这些人之所以自觉地言不由衷,是因为他们不能独立思考。日瓦戈和杜多罗夫、戈尔顿的一次交谈最具代表性。杜多罗夫本是个正直有个性的知识分子,十月革命后被捕流放"洗脑",他告诉日瓦戈流放使他成为"一个真正的人"。日瓦戈认为:"这种想法符合时代精神,一个不自由的人往往把他所处的不自由状态理想化,中世纪的耶稣会一贯耍弄这种把戏,苏维埃时代的知识分子把政治神秘主义当作知识分子的最高成就或所谓'时代精神的顶峰'。"当杜多罗夫讲述自己在流放如何被改造时,日瓦戈感觉就像在听一匹马讲述它如何被驯服一样,心情十分沉重,戈尔顿却听得十分入耳。日瓦戈认为时代精神的本质就是如此。

《日瓦戈医生》以全新的角度反映了十月革命前后的一段历史。它不同于同期的传统现实主义小说,也不同于持不同政见者的小说。传统现实主义小说通过个人的命运突显了时代精神对人的影响和改造,歌颂了时代精神,肯定了十月革命的伟大的历史进步意义,《苦难的历程》就属此类。而《日瓦戈医生》则是通过个人的经历和命运审视了这段历史,突出个体精神与时代精神的不可调和,质疑了十月革命的意义。持不同政见者的小说直接从政治、经济的角度批判甚至攻击十月革命和苏联社会主义政权的合法性,而《日瓦戈医生》则对十月革命及其时代精神作了哲学的和伦理学的审视,未涉及政治、经济和社会制度的层面。

作为一部以十月革命为历史背景的小说,《日瓦戈医生》反思历史,却质疑了十月革命伟大意义;反思一代知识分子的人生选择,不写旧知识分子弃旧图新的历史趋势,相反是质疑思想改造,主张独善其身;反思时代精神,不写时代精神对个体的积极影响,而是写日瓦戈所体现的个性价值。这些观念对当时的主流思想无疑是一种颠覆。因此,《日瓦戈医生》一面世,先是被杂志社编辑否定,而后引发一场轰动世界的风波。

《日瓦戈医生》在艺术上也有独特之处。

(1) 采用了散文与诗歌互文叙事之法。第一章至第十六章是散文部分,叙述的是外在世界的故事,"日瓦戈的诗"则展示了日瓦戈的内心世界,是小说不可缺少的组成部分。如果舍去这些诗,日瓦戈形象的象征内涵就大打折扣。

(2) 采用了奏鸣曲式的结构。第一章至第十五章是第一部分,时间横跨1905年至1929年,分别以日瓦戈和拉丽莎为主题的两支旋律组成了一个大的二重奏,叙述着纷乱的过去;第十六章是第二部分,这是主旋律回忆的尾声;《日瓦戈的诗》是小说的第三部分,这是一组描写爱和救赎的抒情诗。这一结构展示了广阔的时空,众多的人物,叙事宏大纷繁而又舒展自如,情节发展时而紧张急促,时而轻松舒缓;动人心魄的内心独白和充满激情的景物描写交相辉映,梦幻与现实相互交融,清新明快中又透出几分神秘,自然景物和场面描写透出浓郁的印象画色彩。这使整部小说显现出一种浓厚的诗意。

(3) 运用了象征的手法。作者在人物名字与关系的处理、自然景观和一些细节的描写上都倾注了一番苦心。如:"日瓦戈"来源于俄语"生命"一词,日瓦戈的遭遇和命运即生命的遭遇和命运,日瓦戈成了生命的象征;十月革命的消息在暴风雪中传来,暴风雪在俄罗斯大地呼啸而过,壮美而凄凉,象征革命风暴善恶兼而有之;"窗台上那支燃烧的蜡烛和玻璃上的冰凌融化出来的圆圈"是小说中多次出现的意象,这是日瓦戈和拉丽莎灵犀相通的火花;还有瓦雷金诺旷野的狼、日瓦戈的梦与幻觉等都有象征色彩。这些象征为小说意义的阐释提供了更多的可能性。

思考练习题:
1. 简述20世纪俄苏文学的发展历程,思考社会思潮变化对文学发展的作用。
2. 如何看待高尔基自传体三部曲的主题思想、人物形象和艺术价值?
3. 如何评价肖洛霍夫《静静的顿河》中葛利高里这一形象?这部小说在艺术上的主要成就是什么?
4. 俄罗斯苏联非主潮文学有哪些主要文学形态?它们各自的特点是什么?
5. 如何评价作品《大师与玛格丽特》和《日瓦戈医生》?

第十一章　20世纪文学(二)

第一节　现实主义文学概论

一、现实主义文学的基本特征

20世纪是个波澜起伏、动荡不安的世纪,对历史进程具有决定性影响的是两组重要事件:第一次世界大战与第二次世界大战;1917年俄国十月革命与东欧剧变、苏联解体。

当欧美各国从自由资本主义阶段相继进入垄断资本主义阶段后,其相互交织的各种矛盾空前尖锐,最终酿成了第一次世界大战。两大帝国主义集团之间的这场战争给各国人民带来了深重的灾难,也使爱好和平的人们意识到这场战争的非正义性。十月革命爆发后,苏俄宣布退出战争,并且建立了世界上第一个社会主义国家,持续四年之久的第一次世界大战也在革命的浪潮中落下了帷幕。当经济危机再次席卷欧美、法西斯势力兴风作浪之时,第二次世界大战不可避免地爆发了。战争的性质从开始的帝国主义战争逐步演变成人民的反法西斯战争。战争催生了东欧和亚洲的一系列社会主义国家,战后形成了以苏联为首的社会主义阵营和以美国为首的资本主义阵营,形成东西方长期"冷战"、相互对峙的局面。随着世界形势的发展,两极格局趋于缓和,20世纪八九十年代的东欧剧变、苏联解体,使世界走向多极化的新时代。

人类历史上空前的两次浩劫、两种意识形态的对峙以及第三世界的崛起,给20世纪的现实主义文学打上了时代的烙印。

20世纪现实主义文学作家既继承了19世纪批判现实主义文学前辈们广泛、深入地批判资本主义社会、着力塑造典型环境中的典型人物等传统,同时又吸收了现代主义文学的营养。由于20世纪现实主义作家所接受的哲学思想较为复杂,所以他们的创作在思想面貌上呈现出更为复杂的特点。这一时期的现实主义文学具有如下基本特征:

(1)除了继续揭露批判垄断资本主义的种种罪恶之外,战争文学或反法西斯文学成为20世纪现实主义文学的一个重要题材。

(2)在表现人与社会关系的同时,越来越重视对人的主观精神世界的探索和开掘。

(3) 由于受到现代主义思潮的影响,20世纪现实主义文学呈现出一些现代主义意识。

(4) 在技巧上力图创新,传统的批判现实主义文学创作模式在新的历史时期得到了更新,呈现出多元化的特点。

二、现实主义文学在各国的发展状况

两次世界大战使英国的实力大为削弱,其在资本主义世界的霸主地位也随之丧失。这时期的英国现实主义文学呈现出衰落的趋势。

萧伯纳(1856—1950)是英国最有代表性的现实主义剧作家,同时也是一位向旧世界进行战斗的"勇敢的战士"。

约翰·高尔斯华绥(1867—1933)以福塞特家族几代人命运为核心的系列长篇小说,描绘了英国19世纪末20世纪初广阔的现实图景。这组系列小说含三个三部曲:《福塞特世家》三部曲包括《有产者》(1906,又译为《有产业的人》)、《进退两难》(1920,又译为《骑虎》)和《出租》(1921);《现代喜剧》三部曲包括《白猿》(1924)、《银匙》(1926)和《天鹅之歌》(1928);《一章的结尾》三部曲包括《女侍》(1931)、《开花的荒野》(1932)和《河那边》(1933)。这些作品通过对福塞特家族成员私人生活的描写,不仅揭示了个人的性格特征,而且反映了资本主义英国的共同特征。

大卫·赫伯特·劳伦斯(1885—1930)是20世纪最杰出的现代主义小说家之一。他出身矿工家庭,个性热情执着,生活与婚恋富于传奇性。

成名作《儿子与情人》(1913)代表了早期小说的心理现实主义风格,描写工人生活的苦难及其家庭内外人与人之间的情感纠葛。其特色在于创造性地阐发了"恋母情结",在一定程度上具有自传性。当然其丰富内涵,又远非心理分析概念和个人自传所能局限。作品以年轻人的心灵成长为主题,涉及家庭关系的异化。小说的重心是保尔与父母的关系,特别是复杂而强烈的母子之情以及保尔与恋人的关系,特别是两次失败的爱情追求。作家表现保尔与母亲灵犀相通、与恋人心心相印的章节,情感描写深刻动人。作品注重心理感受,遵循情感逻辑,调动拟人化象征手法,通过自然界的花草昆虫指代并烘托内心世界的微妙感受,取得了间接含蓄又颇具震撼力的效果。保尔最终在恋人分手、母亲死去的痛苦中,走向了万家灯火的城市,形成了一个面向人生的开放式结局。

劳伦斯创作中期的主要作品《虹》(1915)和《恋爱中的女人》(1920),艺术上独具一格,并称其代表作。两者原本出于名为《姊妹》的同一小说构思,后来一分为二。其中,《虹》前后八易其稿,初版因含反战文字而遭焚毁,并遭查禁达11年之久。《虹》具有史诗般的风格,通过布莱温一家三代的心路历程,表现了当时的英国从农业社会进入工业文明、从乡村生活转向城市生活的历史变迁。作为一部生命史诗,劳伦斯希望通过爱的信仰,使世俗追求一步步走向神圣。《虹》的不足表现为收尾仓促,厄秀拉的情感转换缺乏铺垫,过于突兀。在劳伦斯的全部创作中,《虹》具有承前启后的地位,兼具现实主义与现代主义两种风格。《恋爱中的女人》(1920)在创作过程中即面对舆论的否定性评价,承受着来自文明异化、残酷的战争和日常生活急剧变化的压力,因而《虹》的结尾那种乐观、期望和对女性自我的赞赏肯定,已经有了明显改变。作品以两性关系为焦点,体现现代主义艺术追求,把大战期间人的内心充满暴力、绝望和孤独和社会生活的分崩离析表现得淋漓尽致,被看作在远离硝烟的地方描写第一次世界大战的伟大小说。作品集中表现个人与环境的心灵冲突。煤镇贝尔多福这一工业世界充满了污染和异化,利润扼杀人性,机器支配着人的思想感情。伦敦文化圈子里的艺术世界通行的是放荡享乐堕落沉沦。理性和意志践踏着心灵,社会处于崩溃的边缘。甚至恋人相互之间都在试图征服和控制对方,无法实现和谐完美的男女婚恋,反而走向冲突、暴力和死亡。小说中的女性古德伦天生倔强,与高大英俊、强悍务实的恋人杰罗德针尖对麦芒,总想把自己的意志强加给对方,由于激烈的个性冲突而彼此伤害,酿成人生悲剧。作品围绕两性关系主线,不断地强调生活中破坏性因素的普遍性和必然性,试图揭示充斥世界的所有形式的暴力冲突的根源。作者认为,人类总是梦想征服自然和他人。然而征服欲势必导致冲突、暴力和毁灭。小说对常规叙事难以充分传达的情感直觉,做出了极富暗示、象征和想象空间的成功表现。作家很少出面解释或评论人物情感,而是让读者与人物形成直接交流,从而大大缩短了读者和人物内心的距离。这在描写人物心绪的起伏和强烈激情时效果特别显著。小说采用以各自分离的事件为中心的波浪式结构,根据内心剖析的深浅需要安排叙事。作品以有关两性关系的人物对话开局,不交代时间地点;又以保留意见不做结论的对话结束小说,为读者提供了想象和主动参与的空间。

20世纪20年代中期,劳伦斯重新关注英国日趋尖锐的劳资矛盾,着手写作他最后一部长篇小说《查特莱夫人的情人》(1928)。尽管当时他已重病缠身,仍坚持三次重写。小说描写女主人公康妮放弃失去活力徒具形式的贵族资本家生活,转而与守林人梅勒斯共同追求以和谐美好的性爱生活为基础的人生幸福的故事,表现了劳伦斯跨越阶级鸿沟、不畏社会压力、在艺术上坚持独立思考和人生探索的顽强意志和巨大勇气。小说以性爱探索为特点,大胆突入性禁区,直接描写性行为、性心理和性器官,反对将性爱淫秽化和隐秘化和强行压抑在潜意识领域或文明之光照射不到的黑暗角落的传统做法,而是把性爱公开化、文明化和艺术化。作家从生命活力的高度上赞美性爱,表达了通过性爱的力量恢复理性与本能的平衡,进而从虚伪做作中挽救西方文明思想。作家的写作风格重返现实主义,追求单纯明快,放弃了在语言结构和叙述视角技法上的革新实验。这部作品因性爱描写惊世骇俗而不得不自费出版,旋即遭禁,直到20世纪50年代末社会风气日渐开放,才得以公开发行。作品曾引起抢购热潮和学界关注,后遭女性主义对其第二性倾向的批判。《查特莱夫人的情人》未必能够完全代表劳伦斯的思想,但对作家声名浮沉确实产生了重要影响。

总起来看,劳伦斯在继承现实主义传统的同时又有所创新,他从两性关系的视角、以独特的艺术构思再现了人物的命运,从而展示了20世纪20和30年代英国的社会风貌。其作品既有现实主义特色,又有现代主义特色。

毛姆(1874—1965)的成名作是《人生的枷锁》(1915)。作品描绘了主人公菲利普从残疾孤儿到成年人的经历。他同四个女性有过不同程度的爱情关系。通过各种各样的生活体验,他得出结论:如果要从混乱的生活中找出它的奥秘,那么老实说,生活是毫无意义的。这种发现把他从责任与义务的"人生的枷锁"中解脱出来。毛姆其他的重要作品还有《月亮和六便士》(1919)和《刀锋》(1944)等。

20世纪50年代,英国文坛出现了一个新的文学流派——"愤怒的青年"。该派不是一个固定的文学组织,也无统一的文学章程。属于该派的多是出生于二三十年代的中下层作家。他们对资本主义社会的现状表现出强烈的愤怒与不满,但又找不到社会出路,因而悲观沮丧。其作品所塑造的多是一种"反英雄"的人物。他们的出现,是英国现代主义兴起后,现实主义再度复苏的标志。"愤怒的青年"的代表作家作品有金斯莱·艾米斯的《幸运的吉姆》(1952)、约翰·奥斯本的《愤怒的回顾》(1956)等。

德语国家文学在19世纪还处于缓慢发展阶段,到了20世纪,德国、奥地利和瑞士的现实主义文学达到前所未有的高度。现实主义作家以人道主义为理论基础,深入剖析了两次世界大战前后的资本主义社会,通过选择典型事件,塑造典型环境中的典型人物,广泛地揭露社会的黑暗和罪恶。反法西斯内容和在新的社会形势下探索人与人之间的关系成为当时的两大重要主题。

托马斯·曼(1875—1955)是德国杰出的现实主义小说家,1929年诺贝尔文学奖获得者。其创作贯穿着人道主义思想的红线,同时深受叔本华、尼采哲学以及瓦格纳的创作思想的影响。他的作品主要描写了资本主义社会的衰败和没落。长篇小说《布登勃洛克一家》(1901)是他的成名作,小说的副标题是《一个家庭的没落》。故事发生于1835年至1876年间德国的商业城市吕贝克,中心事件是布登勃洛克家族的衰落以及哈根施特罗姆家族的发迹。小说中所描写的布登勃洛克一家四代,代表了德国自由资产阶级从兴盛到衰亡的整个历史。老约翰见过世面,他的思想带有明显的普鲁士精神。小约翰比父亲更加精明,也更有"勇气"。他坚持"个人的狭隘的幸福"要服从整个家族利益。托马斯既有进取精神,又有圆滑的手腕,但按照祖传的"商业道德"已经行不通了。布登勃洛克家族在他手上由盛而衰。汉诺是布登勃洛克家的末代子孙,他多愁善感,神经脆弱,根本无法应付那个尔虞我诈的社会。与布登勃洛克家族的没落形成鲜明对照的则是野心勃勃的暴发户哈根施特罗姆的崛起。他以不择手段、弱肉强食的垄断资产者的形象,战胜了标榜"诚实"的托马斯。围绕着这两个家族的矛盾与竞争,作者还描写了一系列有着不同的思想感情和个性的人物,同时还通过婚姻和遗产问题揭露了资产阶级社会中人与人之间赤裸裸的金钱关系。小说并没有着重描写重要的政治历史事件,而只是通过对婚丧嫁娶等日常生活的描写来反映出时代的变迁和社会的风土人情。《布登勃洛克一家》结构严谨,画面对比强烈,人物形象丰满,心理描写细腻。其语言风格精练、质朴,对话生动幽默,具有讽刺性。托马斯·曼的其他重要作品还有长篇小说《魔山》(1924)、中篇小说《马里奥和魔术师》(1930)、长篇小说《浮士德博士》(1947)等。他在艺术创作上既有继承也有创新,作品以传统的现实主义手法为主,同时又吸收了现代主义的艺术手法,其成就使他成为20世纪德国最伟大的现实主义作家。

海因里希·曼(1871—1950)是托马斯·曼的哥哥,也是德国重要的现实主义作家。代表作《帝国三部曲》包括《臣仆》(1914)、《穷人》(1917)、《首脑》(1925)。其中,《臣仆》是作者最优秀的讽刺长篇小说。主人公赫斯林是一个奴性十足的忠诚臣仆的形象,作品生动地描写了他从一个卑贱的庸人走上政治舞台、成为沙文主义代言人的过程,从而反映了各个集团的利益冲突和阶级矛盾,展示了处于新旧交替时期的整个德意志帝国的风貌。

埃里希·玛利亚·雷马克(1898—1970)的成名作是长篇小说《西线无战事》(1929)。因其销量巨大,这部战争小说被出版业同行誉为"古今欧洲书籍的最大成就"。小说描写了保罗和他的同学们18岁应征入伍,成为战争牺牲品的故事。他们当初怀抱着一腔爱国热情,但走上战场亲眼看到累累的尸体与淋漓的鲜血时,他们不得不思索为什么双方要发了疯似的彼此残杀。作者以极其真实的笔触,展现了战争的残酷性,从而反衬了在英雄主义、爱国主义幌子下的欺骗宣传的残忍和反人道性。《凯旋门》(1946)是雷马克的另一部重要作品。

斯蒂芬·茨威格(1881—1942)是奥地利的著名作家。中篇小说《一个陌生女人的来信》(1922)、《一个女人一生中的二十四小时》(1927)以细腻的心理描写见长,传记著作《三大师》(1920)也很有名。

贝托尔特·布莱希特(1898—1956)是德国重要的剧作家、理论家。其演剧理论的核心是"间离效果"(又译为"陌生化效果")。《大胆妈妈和她的孩子们》(1939)、《四川好人》(1941)、《伽利略传》(1947)等都是他的重要作品。

君特·格拉斯(1927—2015)出生在波罗的海岸边的但泽(今称格但斯克,属波兰)。长篇小说《铁皮鼓》(1959)、中篇小说《猫与鼠》(1961)、长篇小说《狗年月》(1963)由于以但泽作为故事背景,合称为"但泽三部曲",该系列作品成为20世纪德语文学的一座丰碑。"三部曲"的第一部《铁皮鼓》尤其著名,小说以侏儒奥斯卡的回忆写成,通过他的坎坷经历,揭露了第二次世界大战前后法西斯的残暴和小资产阶级的精神空虚,展示了光怪陆离的众生相和一个畸形时代的历史。小说的民族自省意识、"异化"的人的形象、怪诞的情节、鲜明的讽刺性,构成了格拉斯独特的艺术手法。1999年,格拉斯因其用"嬉戏般的黑色寓言"唤醒了人们对第二次世界大战灾难的记忆而获得诺贝尔文学奖。

第二节 法国文学与罗曼·罗兰

一、法国文学

现实主义文学传统在法国源远流长,20世纪仍然出现了不少卓有成就的现实主义作家。罗曼·罗兰的创作便是突出的例子。此外,还有法朗士等。

阿纳托尔·法朗士(1844—1924)的《苔依丝》(1890)描写的是修士巴甫努斯劝说放荡的女优苔依丝皈依上帝,从而造成了苔依丝的死亡和自己心灵与肉体的无尽折磨。通过这一惨剧,作者得出结论:"上帝,苍天,这一切都等于零。只有尘世的生活和活人的爱情才是真理。"长篇小说《企鹅岛》(1908)是人类社会的寓言。作品通过对企鹅人的描写,演绎了人类历史的发展过程,揭去了"文明"的光环,展示了所谓"文明"的历史就是野蛮与暴力的历史,"每个民族的生活只不过是贫困、罪行和疯狂的交相更替"。他于1921年获得诺贝尔文学奖。

弗朗索瓦·莫里亚克(1885—1970)的重要作品有《给麻风病人的吻》(1922)、《爱的荒漠》(1925)、《苔蕾丝·德斯盖鲁》(1927)、《蝮蛇结》(1932)等。他善于从宗教角度审视社会丑恶现象,揭示普通人身上的不洁情感,作品多描写那些固守旧习惯、逐步走向毁灭的灵魂,富于浓郁的乡土气息和宗教色彩。1952年,他被授予诺贝尔文学奖。

亨利·巴比塞(1873—1935)的长篇小说《火线——一个步兵班的日记》(1916)表现了强烈的反战倾向。马丁·杜·加尔(1881—1958)的《蒂博一家》(1922—1940)总共八卷,是名副其实的"长河小说"。

二、罗曼·罗兰

(一)生平与创作

罗曼·罗兰(1866—1944)出生于法国中部克拉姆西小镇的一个中产者家庭。由于家庭的熏陶,他很小就喜欢音乐,敬佩贝多芬。全家移居巴黎后,他读完中学,后考入巴黎高等师范学校。在此期间,由于他所崇拜的列夫·托尔斯泰对艺术进行了谴责,对贝多芬、莎士比亚进行了批评,他感到茫然,于是给托尔斯泰写了一封信。托尔斯泰在回信中阐述了他泛爱的人道主义思想,指出文学艺术的动机应该是为了爱全人类,而不是为了爱事业本身。托尔斯泰的观点对罗兰的思想影响很大,他"慈父般的帮助"令罗兰终生难忘。

1889年8月,罗兰毕业后顺利通过中学教师就业考试,11月前往设在意大利罗马的法国考古学校研究历史。在此期间,他结识了70多岁的玛尔维达·冯·梅森柏女士,她是歌德的后裔,德国的一个理想主义者,具有极深的学识与修养。她的智慧与见解给青年罗兰以很大的启发和鼓励,罗兰后来在回忆录中称她为"第二个母亲"。1895年,罗兰获得艺术博士学位,其学位论文《现代歌剧之起源》受到法兰西学士院的褒奖;之后,他在巴黎高等师范学校和巴黎大学讲授艺术史课程。

罗兰以戏剧创作踏上文学之路,由于痛恨小市民的庸俗猥琐,他在"信仰悲剧"中塑造出"火一样炽热"的理想人物以重新激发起国民的信仰和英雄主义。"信仰悲剧"包括《圣路易》(1897)、《阿埃尔》(1898)、《时间总会到来》(1903)三部。他还发表戏剧论文,汇成《人民戏剧》出版。罗兰把戏剧看作"群众的战斗武器",认为艺术不应脱离当代的社会问题。在对人民戏剧研究的基础上,他创作了"革命戏剧",包括《群狼》(1898)、《理性的胜利》(1899)、《丹东》(1899)、《七月十四日》(1901)、《爱与死的搏斗》(1924)、《罗伯斯庇尔》(1939)等八个剧本,均以法国大革命作为背景。

由于舞台条件的限制,这些戏剧并未获得预期的反响。为了让世人"呼吸英雄的气息",在伟大人物身上寻找精神力量,罗兰撰写了几部名人传记:《贝多芬传》(1903)、《米开朗琪罗传》(1906)、《托尔斯泰传》(1911)、《甘地传》(1923、1926)等。《贝多芬传》使罗曼·罗兰一举成名。罗兰在贝多芬这个人物身上,寄予了20世纪人类的追求与梦想。在他笔下,他的贝多芬、米开朗琪罗、托尔斯泰并非已逝去的历史人物,而是在与现代人进行活生生的精神交流的伟大思想者和艺术家。作者颂扬了贝多芬"从痛苦走向欢乐"的精神力量,米开朗琪罗为坚持信仰而受苦受难的坚强意志,托尔斯泰以造福人类为己任的崇高品德。

从1904年到1912年,罗曼·罗兰创作出长达十卷的巨著《约翰·克利斯朵夫》。1915年,由于"他的文学作品中高尚的理想主义和他在描绘各种不同类型人物时所具有的同情之心和对真理的热爱",罗兰被授予诺贝尔文学奖,成为"法国的托尔斯泰"。

第一次世界大战爆发后,罗兰在《日内瓦日报》上发表长篇政论《超乎混战之上》(1914,1915),谴责民族沙文主义,主张人道、和平,呼吁以精神力量遏制战争势力。其反战言论使他成为狂热的"爱国者"攻击的目标,"卖国贼""德国特务""奸细"等罪名连同大量的恐吓信无端飞来,朋友们纷纷离他而去。罗兰在孤独中仍然宣称,尽管德法两个民族在战场上交战,他要继续赞美歌德、贝多芬。他自觉地超越了狭隘的民族意识,"人是属于人类的。我是人。我在寻找人类的祖国……"(《战时日记》)。他将诺贝尔奖奖金全部捐赠了援助战争难民的民间组织和国际红十字会。战争结束后,罗兰回到法国,在巴黎《人道报》上发表《精神独立宣言》

(1919),号召知识界在精神上独立于统治势力,以预防可能发生的新的战争。这期间,他发表了反战小说《皮埃尔和吕丝》(1920)、《格莱昂波》(1920)。接着,他与巴比塞合作组织了"国际反法西斯委员会",并被选为名誉主席。1932年8月,在荷兰召开的全世界各党派反战大会上,罗兰被选为大会名誉主席。第二年,他在《欧罗巴》期刊上发表论文《反对殖民帝国主义》。当德国纳粹政府赠予他"歌德奖章"时,他断然拒绝,以实际行动表明自己的反法西斯立场。罗兰的高风亮节与和平进步立场,使他成为知识界的精神领袖,被誉为"欧罗巴的良心"。

由于害怕社会主义制度妨碍个人的"精神独立",罗兰曾拒绝了列宁向他发出的访问苏联的邀请,但是,当法西斯势力猖獗、彻底的"精神独立"不可能实现的时候,罗兰于1931年发表了著名的《向过去告别》一文。他在其中承认,过去认为"十月革命是一场政治党派的混战"是错误的看法,并指出自己过去把希望寄托在知识分子身上的不现实性,这些人并不具有"坚强的性格、公民的勇气、大无畏的思想","这些人侈谈真理,用来装点门面",对"这些人"的失望使罗兰明确了站到苏联一边的立场。在《我为谁写作》(1933)中,罗兰再次宣称:"我和人民在一起,和为人类长河开辟道路的阶级在一起,和组织起来的无产阶级劳动群众以及他们的苏维埃社会主义共和国联盟在一起。"

高尔基十分赞成罗兰的现实主义文学原则,敬仰罗兰具有坚定的信念。1935年6月至7月,罗兰应高尔基之邀,访问苏联。其所见所感,都反映在《莫斯科日记》中。在罗兰的心目中,苏联是反法西斯的强大堡垒,是世界人民的未来。他热爱这种新生力量,但他同时以一个人道主义者的敏感,看到这个新政权的种种已见端倪的隐患和不祥之兆:一大批干部被无辜整肃,言论自由、通信自由没有保障,出现无产阶级贵族,树典型、浮夸风严重,个人崇拜盛行,权力缺乏有效监督且过分集中,等等。为了不给反苏势力提供口实,他遗嘱该日记"50年内不得发表"。1989年,这部《莫斯科日记》出版了俄译本。1995年,出版了中译本。

1921—1933年,罗兰创作了长篇小说《欣悦的灵魂》(又名《母与子》),共分四部:《安乃德和西尔薇》(1921)、《夏天》(1924)、《母与子》(1926)、《女预言者》(1933)。作品在广阔的社会背景上描绘了安乃德、玛克、阿西娅等人物形象。小说不仅探索了知识分子的命运问题,而且是20世纪文坛上首批反法西斯的作品之一。

"我是一个囚犯"——这种感觉伴随了罗曼·罗兰的一生。为了理想与自由,他一生都在与"囚禁"他的东西进行抗争。他以他的光辉榜样,让我们看到了人类的尊严与高贵,激励我们为了和平、自由与幸福而奋斗。1944年12月30日,久病不愈的罗曼·罗兰与世长辞。

(二)《约翰·克利斯朵夫》

为了"把变革现实的希望寄托于'英雄'人物的力量",罗曼·罗兰酝酿创作《约翰·克利斯朵夫》由来已久。1890年,罗兰在古罗马游历,发出了"我必须创作,否则不如一死"的誓言。在他的回忆录里,他谈到一种类似"神示"的"霞尼古勒启示":"在罗马郊外的小山上,我仰观满天彩霞,俯瞰夕阳照耀的罗马城,心中突然大为震动。一霎时,我仿佛瞥见克利斯朵夫这个人物从地平线上涌现,站着涌现出来,额头先出土。接着是眼光,克利斯朵夫的眼睛。身体的其余部分,慢慢地、从容不迫地、年长日久地,都涌现出来了。""在霞尼古勒山上的一瞬间我就是那样一个创造者。后来,我用了20年功夫,把这一切表达出来。"这部小说最初在杂志上发表时,遭到巴黎舆论界的抵制。这首先是由于作者超越了民族意识,歌颂了一个德国艺术家,其次是作者直言不讳地批评了巴黎文艺界。但小说所描写的一切却深深地打动了千千万万的读者,"直接接触到那些生活在文学之外的孤寂的灵魂和真诚的心",使他们重新审视自己的生活。尽管罗兰本人并未拿到稿费,他却欣慰地说:"这是我真正的报酬。"

长篇小说《约翰·克利斯朵夫》共有4部,分为10卷,作品主要描写了一个艺术家的一生。约翰·克利斯朵夫出生在德国莱茵河畔一个音乐世家中。在祖父的影响下,他从小就胸怀大志。祖父发现了他的音乐天赋,呈报宫廷让约翰开了专场音乐会,演出获得成功,大公爵夸这个6岁孩子是"再世莫扎特"。11岁时,约翰被任命为宫廷音乐联合会的第二小提琴手,以此收入挑起全家生活的重担。后来他升任第一小提琴手。当接连几次爱情的打击使他变得逐渐消沉时,舅舅要他振作精神,埋头音乐创作。克利斯朵夫对德国古典音乐大师的做作提出了批评,同时得罪了乐队指挥、演奏家、歌唱家乃至观众。他来到法国巴黎,结识了青年诗人奥里维。经过几年的努力,约翰的《大卫》在法德两国的演出均获成功。不久,约翰和奥里维参加五一节游行,奥里维为救一个孩子而死,他也不得不逃往瑞士。在那里,他偶遇已丧夫的葛拉齐亚,两人虽不能结合,但却心心相印。晚年的克利斯朵夫成为欧洲的知名人物,临终之际,他对上帝自语:"我曾经奋斗,曾经痛苦,曾经流浪,曾经创造。让我在你的怀抱中歇一歇吧。有一天,我将为新的战斗而再生!"

罗兰在开始写《约翰·克利斯朵夫》的时候,是按照贝多芬的形象来塑造他的主人公的。逐渐地,罗兰在克利斯朵夫身上融进了莫扎特、亨德尔、瓦格纳、沃尔夫等等大音乐家的音容笑貌。同时,他将自己的全部激情也熔铸其中。罗兰自称,他塑造这个人物的时候,是"对着镜子来个自画像"。

作品展示了主人公约翰·克利斯朵夫童年、青年、中年、老年的整个人生历程,表现了他对腐朽势力和黑暗社会进行强烈反抗的英雄主义精神。克利斯朵夫成为20世纪西方社会一个充满奋斗精神和追求精神的知识分子的典型形象。他从小就有倔强的平民性格,长大后这种精神得到延伸。他热爱自由、忠于艺术,当德国社会庸俗习气蔓延的时候,他绝不人云亦云。他敢于抨击被奉为经典的音乐大师和时下的媚俗音乐。对于人人仰视的公爵,他也敢大声顶撞:"我不是你的奴隶,我爱说什么就说什么,爱写什么就写什么。"巴黎也不是一个理想的天堂,这里气氛"愈来愈窒闷,艺术在堕落,厚颜无耻和道德沦丧的风气腐蚀着政治生活",这里充斥着"文艺的市集,智力的卖淫和腐化的精神"。对此,他不是顺从迁就,而是起而反抗。他嘲弄那些浅薄的观众,指责那些所谓的艺术"权威"。这个"抗争的灵魂"孤独一人与整个社会作战。一切阻碍都不能阻挡住他,相反,却激发了他的斗志。阻力成就了他,奋斗成为他生命和快乐的源泉。作者将他塑造成一个生来就要攀登世界高峰、挽狂澜于既倒的英雄人物。

克利斯朵夫同时又是一个"具有伟大的心的普通人"。他富于人道主义情怀,关注社会问题,罗赛一家自杀的实例令他对广大人民的贫困充满同情。他追求真挚的友谊和美好的爱情,与安多纳德、葛拉齐亚和奥里维的关系坦率而诚恳。他致力于为人类造福的事业,主张用爱与艺术沟通人类、改造人的灵魂,减少社会的悲剧,实现人类友爱和谐的理想境界。

"真正的英雄绝不是永没有卑下的情操,只是永不被卑下的情操所屈服罢了。"克利斯朵夫的人生历程像大河般曲曲弯弯。他有过怀疑、动摇、失望、迷乱、过失、谬误,但他对理想的追求忠贞不渝。"所以在你要战胜外来的敌人之前,先得战胜你内在的敌人;你不必害怕沉沦堕落,只消你能不断的自拔与更新。"克利斯朵夫在改造客观世界的同时,也在改造自己。通过他的经历,作品探索了人的生存意义、人的内在本质问题。人应该超越民族与职业局限,寻找自己精神的上帝,为完美的生活而奋斗,使自己臻于至善。所以,作者让晚年的克利斯朵夫进入"清明高远的境界",达到完满的和谐统一。克利斯朵夫的生命也在读者身上不断延续。罗兰曾说:"我想把自己的生命多少阐明些,我想把它的意义解释给别人和我自己。"因此,《约翰·克利斯朵夫》成为一部展示人类精神历险的史诗性作品。

克利斯朵夫的形象蕴含着丰富的时代内容,反映了当时知识分子的思想和精神面貌。作品借他的遭遇揭示了资本主义社会的各种矛盾,反映出人民群众的呼声,全景勾勒了一个时代的历史。这部内容丰富、规模宏大、浩瀚深邃的长篇巨著,牢固地奠定了罗曼·罗兰在20世纪世界文坛的地位,成为"一个时代的精神遗嘱"。

《约翰·克利斯朵夫》以高度音乐化的手法谱写出了一部反抗黑暗、个人奋斗的英雄交响曲。全书处处回荡着音乐的旋律,序曲、主旋律、变奏与协奏、长调短调、尾声等应有尽有,罗兰自己称这部作品为"音乐小说"。大河般的结构形式、生动的心理刻画、优美的自然景物描写、深刻的议论与广泛的象征性,也是这部作品的重要特点。

第三节 美国文学与德莱塞、海明威

一、美国文学

　　两次世界大战使欧洲列强实力大伤,而美国则在战争中大发横财,一跃而为资本主义世界的霸主。美国的现实主义作家们清醒地看到了战争遗留下来的诸多问题及其带给人类的精神创伤,看到了在社会表面经济繁荣背后隐含着的深刻的社会矛盾和精神危机,从而创作出了一批具有世界影响的作品,把美国文学推上了一个高峰。在 20 世纪的欧美现实主义文学中,美国文学占据着突出的地位。

　　第一次世界大战后,出现了"迷惘的一代"作家。这些作家包括菲茨杰拉德、海明威、斯泰因等,他们对于那段时间渗透美国文化的各个方面的物质至上主义深感失望,以至于纷纷离家出走到欧洲去。称其为"迷惘的一代"作家,并非指他们有共同的信仰和宗旨,而是因为他们具有共同的艺术才思和对时代的敏感性。海明威是"迷惘的一代"的代表作家,对世界的荒诞与非理性的洞察使他获得了一种强烈的现代意识。

　　弗·斯科特·菲茨杰拉德(1896—1940)是"迷惘的一代"的另一位重要作家,其作品主要表现第一次世界大战后年轻一代对"美国梦"的追逐以及所抱幻想的破灭。他的代表作是《了不起的盖茨比》(1925)。小说以青年尼克·卡罗威的第一人称形式叙述。他住在长岛的西卵,与富有的杰伊·盖茨比为邻。盖茨比常常举办豪华宴会,其真正目的是吸引昔日的情人黛西前来光顾。当他与黛西重温旧情后,黛西却不愿改变现在的生活。威尔逊太太被黛西失手撞死,黛西的丈夫嫁祸于盖茨比。盖茨比承担了罪责,被威尔逊杀死。盖茨比的葬礼异常冷清,黛西既没发唁电,也没送鲜花,只有尼克在办完丧事后坐在海岸边回忆着盖茨比的梦想。盖茨比既是一个充满追求精神的浮士德式的人物,又是一个天真幼稚、缺乏现实感的堂吉诃德式的人物,而在一个"他们都是一群混蛋"的现实社会中,他的理想只能造成精力与才智的浪费。作品通过盖茨比的形象展示了"美国梦"的破灭,以及理想主义在一个物欲横流的世界中被击败的必然性和悲剧性。菲茨杰拉德的其他重要作品还有《人间天堂》(1920)、《夜色温柔》(1934)等。

　　德莱塞是这一时期最为典型的批判现实主义作家。

　　辛克莱·刘易斯(1885—1951)的作品以善于描写中西部小镇陋习"乡村毒菌"而著称,作有《大街》(1920)等。《巴比特》(1922)是他的代表作,作品以讽刺手法,塑造了一个美国中产阶级市侩的典型形象。这个人物被描写得惟妙惟肖,以至于"巴比特"已经成为"庸俗"的同义词而进入美国的现代语言。刘易斯"由于他充沛有力而且深刻动人的小说叙述艺术,以及机智幽默、不断创新的才能"荣获 1930 年诺贝尔文学奖,成为第一个获此殊荣的美国作家。

约翰·斯坦贝克(1902—1968)是20世纪三四十年代美国重要的小说家。其作品一般以下层人民为描写对象,代表作有《人鼠之间》(1937)、《愤怒的葡萄》(1939)等。《愤怒的葡萄》反映了垄断资本对广大农业工人的压榨及其所引发的社会危机,表现了作者对下层人民的同情心和敏锐的洞察力,被称作美国30年代经济大萧条时期的一部史诗作品。

杰罗姆·大卫·塞林格(1919—2010)以青少年的独特视角,揭露了资本主义文明的丑恶。其成名作和代表作是《麦田里的守望者》(1951)。主人公是16岁的少年霍尔顿·考尔菲尔德,他还未成年就已体会到了社会的种种黑暗。拉皮条者伙同妓女向他敲诈,体面的中年人男扮女装,成年的男男女女们寻欢作乐,对他最好的英文老师也是个性变态者,就连学校教育培养的也不过是伪君子。他孤单寂寞,精神极度空虚,只有妹妹菲比是他唯一的慰藉,因为她可爱纯洁,还未沾染成年人的种种恶习。在这个世界上,也只有天真无邪的孩子才是他心目中的理想人物,成人世界则是虚伪的、可怕的、堕落的,而青少年与其说在成长不如说在蜕化。他们太容易受到成人世界的污染,就如同在麦田里嬉戏的孩子太容易跌入旁边的深渊一样。所以他要做一个守望者,尽其所能,使孩子们免于堕落。霍尔顿这个人物形象集中体现了成长的痛苦和时代的痛苦。

二、德莱塞

(一) 生平与创作

西奥多·德莱塞(1871—1945)是20世纪前半期美国批判现实主义文学的重要作家,亦被称作自然主义作家。1871年8月27日,他出生在美国印第安纳州特雷霍特镇一个德国移民的家庭。父亲是一个破产的毛纺工人,笃信天主教,为了逃避兵役而从德国移居美国。母亲出生于俄亥俄州的一个农民家庭,善良勤劳。他中学便辍学谋生,当过报童、店员、洗碗工等,曾失业流落街头。18岁时,由老师资助在印第安纳大学上过一年。他的几个哥哥有的夭折,有的成为酒鬼,有的离家出走,几个姐姐有的失身后遭遗弃,有的沦为妓女。其家庭经历使他对人生与社会有了初步的了解。他自己后来这样回忆:"许多年来……冬天的来临总使我充满了十分压抑的不可名状的恐惧。……同样,任何形式的社会不幸……都足以使我在思想感情上感到和肉体疼痛一样的悲哀……我总会感到无比的压抑并觉得自己有责任去解脱这种贫穷或苦难。"

1892年德莱塞受聘为记者和编辑,走访了芝加哥、纽约、圣路易斯等城市,这使他广泛接触了社会生活,了解到"金元帝国"社会的方方面面。1899年他转向小说创作,翌年完成第一部长篇小说《嘉莉妹妹》(1900)。年轻姑娘嘉莉最初相信依靠自己诚实的劳动能够过上好一点的生活,但现实粉碎了她的"美国式梦想"。她逐渐明白,在美国光靠诚实是找不到出路的,只有出卖灵魂,才能得到金钱和地位。于是,嘉莉先是和一个推销员同居,后又作了酒店经理的情妇。一个偶然的机会,嘉莉成了名演员,爬到了"社会的上层"。梦想实现了,但"她感到孤独……不幸福。她已经懂得了……在她目前的生活里没有幸福。"嘉莉最终的名利双收,使美国的读者愤激不已。因为这超出了他们的"期待视野",他们已经习惯了堕落的妇女受到严厉的惩罚这种结局。因而他塑造出嘉莉这样一个反传统形象,意在揭示出社会表象后的真实。

出版《嘉莉妹妹》的商人读了清样,发现此书"有伤风化",便将所印的1000本书的大部分封存,直到1907年才在美国正式出版。作者深受打击,后来他又经历了种种坎坷,悲观之际甚至想过自杀。辍笔十年后,他发表了《珍妮姑娘》(1911)。《珍妮姑娘》描写的也是穷家姑娘沦为情妇的故事。珍妮出身于一个贫困家庭,为了养家糊口,她和母亲到一家旅店给人洗衣服。住在该旅店的参议员白兰德趁珍妮求他保释自己兄弟之际,诱奸了她。后来她在做女佣时与富家子弟莱斯特相爱,但莱斯特根本没有想过去向一个女仆求婚。多年之后,他抛弃了珍妮而娶了一个富家寡妇。作者塑造了一个纯真善良、富于奉献精神的劳动妇女形象。"她那种天生的性情就是要她来作牺牲的。她不能马上就被世界上叫人如何保重自己以防祸害的那套自私自利的教训所腐化。"珍妮这种柔顺依人的性格既是她的美德,也是她的弱点。两个男人既被她吸引,又无须付出婚姻的代价。珍妮最终成为弃妇的结局,正是劳动妇女的普遍遭遇。作者对珍妮一家人的描写,几乎就是自己家庭的翻版。

《珍妮姑娘》出版不久,德莱塞的一部以艺术家命运为主题的小说《天才》完成了初稿。1914至1915年间他重写了二稿,1915年9月出版后被控告为"伤风败俗"。许多知名作家纷纷出面为他辩护,迫使法院不得不以"证据不足"了结了这场官司。

小说写一个天才画家尤金·威特拉一生的经历。尤金本来是一个正直、诚实、"具有艺术家气息"的青年,但到了繁华的纽约后,他开始逐步堕落。在种种物质享受的诱惑之下,他变得利欲熏心,荒淫无耻,终于丧失了自己的良知和才华,陷入了创作的绝境。《天才》凝聚了德莱塞的切身体验和感受。小说中的尤金与生活中的德莱塞有着很多相似的经历。尤金的形象正是资本主义社会中艺术界的一个典型代表,作品揭露了资本主义社会对艺术的毒害。

德莱塞做记者时,就非常关注资本家的发家史,收集了不少金融巨头的资料。这使他日后创作出了长篇巨著《欲望三部曲》,包括三部长篇小说《金融家》(1912)、《巨人》(1914)和《斯多噶》(逝世后于1947年出版,又译为《禁欲者》)。三部曲的背景发生于资本主义向帝国主义过渡的时期,其中心人物是金融巨头柯帕乌。《金融家》主要描写柯帕乌从银行职员的儿子成为百万富翁的经历。柯帕乌自幼聪颖,雄心勃勃。南北战争时,他抓住机会做成票据经纪业务,后又追求富商新寡珊波尔太太,几年后便腰缠万贯。然而他欲壑难填,不但大做股票和运输业投机生意,而且与费城三巨头之一巴特勒的女儿艾琳私奔同居。在1871年芝加哥大火灾所引起的美国经济恐慌中,他盗用市库公款的丑行也暴露出来。三巨头为了保护自己,并且在议会选举中拉更多的选票,将柯帕乌抛出做替死鬼。他出狱后又做成几笔大生意,再度成为百万富翁。《巨人》写柯帕乌在芝加哥成为垄断资本家、金融巨头的经历,着重描写19世纪70至90年代他在芝加哥建立铁路垄断企业的活动。当他开始涉足芝加哥市内铁路时,不过控制了六七百万元的资产,通过不断钻营、筹划,10年内其资产翻了10倍。为了登上亿万富翁的宝座,他想方设法地要把经营铁路的7年有效期延长为50年,为此,他与对手展开了无情的较量。双方都使尽浑身解数,不遗余力地拉拢收买政界、法律界、舆论界的人物。最终,柯帕乌的50年特许状未获通过,这个巨人败下阵来。《斯多噶》写柯帕乌19世纪末20世纪初输出资本到伦敦建筑地铁的活动。他以纽约为基地,成功地投资了伦敦地铁。正当他事业发达之时,其肾脏病突然发作,最终孤孤单单地死于路上。之后,他的财产或被拍卖,或被瓜分。他的情妇贝丽妮西到印度学习瑜伽,从中寻求精神寄托。

《欲望三部曲》的开篇极为有名,它描写的是龙虾和墨鱼的相斗,这象征性地拉开了竞争社会弱肉强食的斗争序幕。龙虾吃掉墨鱼的描写,使柯帕乌得出"生活就是如此"的结论。他后来之所以成为金融界"巨人",正是抱定了"一切都靠吃掉对方才能生存"的信念。柯帕乌是美国垄断资本家的典型代表,他最大的特点是对财富、权力、情欲的贪得无厌。追求欲望的满足是作者之所以取名为《欲望三部曲》的原因所在。柯帕乌的一生,时间上横跨19世纪中叶到20世纪初,空间上横跨美洲、欧洲,作者生动地勾勒出了当时美国社会的整个历史风貌。皇皇巨著显示出他处理各种重大社会政治问题的从容不迫,得心应手。因而,《欲望三部曲》当之无愧地成为美国资本主义的"编年史"。

俄国十月革命给德莱塞以很大鼓舞,使他看到了人类前途的"朦胧的希望",其世界观和创作也发生了一定的变化。长篇小说《美国的悲剧》(1925)的发表,标志着德莱塞的现实主义创作取得新的成就。1927年11月,作者应邀去苏联访问,次年出版《德莱塞看苏联》(1928)。1929年,他发表了短篇小说集《妇女群像》,其中的《艾尼达》塑造了美国文学史上第一个女共产党员的形象。20世纪30年代初,在政论集《悲剧的美国》(1931)中,他大胆地分析和抨击了美国寡头政治造成的种种危害,赞扬社会主义思想。第二次世界大战中他积极参加了反法西斯斗争。1945年7月,他写作了《我的生活的逻辑》,8月加入美国共产党,同年12月28日于加利福尼亚州的好莱坞病逝。长篇小说《堡垒》(1946)是他去世后由他的妻子整理出版的。

(二)《美国的悲剧》

《美国的悲剧》是德莱塞的代表作,也是使他获得世界性声誉的作品。德莱塞认为:"我们不是一个具有艺术气质的民族。我们所关心的一切,就是发财和握有大权。"这就是所谓的"美国式梦想"。这是许许多多涌入城市的农民和远渡重洋而来的移民所孜孜以求的。《美国的悲剧》描写的正是对"美国梦"的追求以及"美国梦"的幻灭。小说最初命名为《海市蜃楼》,后来改为《美国的悲剧》。

小说的中心人物是穷牧师的儿子克莱德·格里菲斯。他原本是一个天真幼稚的青年,由于受到外部世界腐蚀,逐渐演变成为一个崇拜金钱、追求情欲、玩世不恭的人。后来他与富商伯父萨缪尔·格里菲斯邂逅,萨缪尔雇用他当了工头。他与本厂女工罗伯塔有了私情,并使她怀孕。结识了富家小姐桑德拉之后,罗伯塔自然成为他高攀桑德拉的障碍。于是,克莱德设计了翻船阴谋企图淹死罗伯塔。但事到临头,他又不敢贸然下手。这时船翻,罗伯塔堕入湖中。案发后,分属两个党派的司法界人士利用此案明争暗斗。作为两党政治赌博的结果,克莱德以故意杀人罪被判死刑。

主人公克莱德属于德莱塞所说的"欲望强烈,但是资质可怜"的那一类人。他从小就反对父母的宗教狂热,当上大饭店的侍应生后,亲眼见识了外界的富有和豪华。这使他心旌飘摇,眼花缭乱。"从这时起,他的世界观就完全变样了。"在他看来,人生在世就是追求金钱和美女,而其他一切全不重要。姐姐生孩子需要钱时,他只用五元钱就冷酷地把母亲打发走了。赚钱与享乐的欲望恶性膨胀以后,他逐渐变得为了目的不择手段。他先是因为经受不住情欲的诱惑而与女工发生关系,后又盼望着富家小姐的垂青而一步登天。在究竟是选择罗伯塔还是桑德拉的问题上他矛盾重重,被称为"思想上和道德上的懦夫"。最终,狂热的金钱欲与色欲冲昏了他的头脑,使他丧失了清醒的理智和判断力。然而,在他将罗伯塔送上黄泉路(尽管也有几分出于偶然)的同时,也将自己送上黄泉路,成为美国梦的牺牲品。

由于克莱德是一个普普通通的美国青年,既没有超人的才智也没有显赫的门第,既非德行高尚又非十恶不赦,所以,他成为美国青年一代的典型。福斯特悼念德莱塞时说,"德莱塞是揭露资本主义制度下小资产阶级思想意识的迷惘的一个杰出的先驱者"。小说的发表具有很强的现实针对性。当时的美国功利主义盛行,青年人普遍认为,有了金钱便能拥有一切。克莱德的悲剧,揭露了金钱至上的生活方式对人的腐蚀毒害作用,昭示了利己主义恶性膨胀的严重后果,表明了悲剧的祸首就是美国的社会制度。作者认为:"这本书整个讲来是对社会制度的一个控诉,……小说之所以得到成功,并非因为'它是悲剧',而正因为它是美国的悲剧。"正因为这部作品的典型性,许多美国青年感到切肤之痛,有人甚至对号入座,投书作者说"克莱德就是我"。

《美国的悲剧》发表以前,许多的通俗作品中充斥着勤劳即可致富、奋斗就会发财或者与富人联姻就会功成名就的俗套故事。但德莱塞根据当记者时所获得的材料,看清了那一切仅仅是小说家的杜撰。然而,大众的心理是根深蒂固的,他们宁可相信虚伪的幻觉,而不相信真实的东西,所以德莱塞给人们的梦想泼了一瓢冷水。姑且不说克莱德牵涉命案难免一死,就是他没有官司也很难平步青云。桑德拉是否肯死心塌地地跟他尚是问号,其家长的反对更是确定无疑。凭她家的势力除掉克莱德远比克莱德除掉罗伯塔容易得多。因此,克莱德的"美国梦"只不过是"海市蜃楼"。路易斯评价说:"德莱塞常常得不到人们的赏识,有时还遭人嫉恨,但跟任何别的美国作家相比,他总是独辟蹊径,勇往直前。"德莱塞坚持"真实是人生的命脉,是一切价值的根基"的创作原则,以天才的洞察力,戳穿了美国社会斯文、正派的虚伪面纱,将人物形象和社会背景写得真实可感。作者一方面揭露了美国社会的残酷现实,另一方面也流露出命定论和虚无主义思想。小说描写了克莱德从一个地方奔向另一个地方,从一个人的怀抱投向另一个人的怀抱,任凭命运将他的人生小船上下颠簸。就连罗伯塔的死亡也是出于偶然性。他一推她,船歪了,他想帮她站稳,但船却翻了。蓄谋已久的谋杀并非取决于他的意志而是假借于命运获得了成功。作者似乎表明了个人的无足轻重与无能为力。

《美国的悲剧》继承了巴尔扎克的现实主义传统,描写出典型环境中的典型人物,同时将写实的描写与幻觉、潜意识、梦境联系起来,使作品既具有时代特色,又体现出了人性深度。

三、海明威

(一) 生平与创作

海明威(1899—1961)生于伊利诺伊州橡树园小镇,父亲是医生和体育爱好者,母亲从事音乐教育,同时是一位早期的女权主义者。六个兄弟姐妹中,他排行第二。在父亲的影响下,他从小酷爱体育、捕鱼和狩猎。其早年生活的经历,以及从中所获得的自我感觉,为他日后的创作提供了丰富的素材,也使他对生活于其中的那种繁文缛节的文化持本能的反感态度。他中学毕业后曾在《堪萨斯星报》工作,报馆要求记者写文章时语言简洁,尽量使用短句。海明威日后干净利落的文笔,不能说与这种训练毫无关系。第一次世界大战爆发后,他加入了美国红十字战地医院服务团,先是在法兰西短期服役,然后自愿赴意大利当战地救护车司机。在那里,他严重受伤,身上共中了237片弹片。危急关头,他还背着一个比他伤势更重的意大利人,冒着重机枪的扫射,赶到急救站。因为他的英勇行为,意大利政府颁发他一枚银十字章。在恢复健康这段时间,他潜心地写作。1921年,他偕妻子重返巴黎,结识了美国女作家斯坦因、青年作家安德森和诗人庞德等。在为《多伦多市星报》写专栏文章的同时,他发表了处女作《三个短篇小说和十首诗》(1923)。接着,短篇故事集《在我们的时代里》(1924,1925)使26岁的海明威初获成功。

1926年,海明威出版了他的第一部长篇小说《太阳照样升起》。男主人公杰克·巴恩斯由于在战争中受伤而丧失了性机能,战后他成为一家报社驻欧记者。为了排遣空虚,他经常出入于舞厅与酒宴。一天,他与战时就结识的英国女护士勃莱特相遇,二人倾心相爱。但由于缺乏性爱的基础,杰克不得不将自己深爱的女人推向别的男人。痛苦绝望的杰克因此而不断地诅咒战争。杰克的身边还有一批这样的青年,他们由于战争的创伤而丧失了信仰,在无可奈何中自我放纵、及时行乐。小说的扉页上写着斯泰因的题词:"你们都是迷惘的一代"。作品还描写了另一个美国人罗伯特·科恩。他在勃莱特对他冷淡、转而迷恋一个年轻的斗牛士时,由于自尊心受挫而变得有失风度,表现出明显的狂妄自大、自我中心主义。在这里作者似乎提出了一个有关失败的问题。他关注于失败远胜于关注成功。人生的真相是人迟早都要失败的,重要的是如何面对。与杰克、科恩等人迷惘、颓丧、悲观、厌倦不同的是,斗牛士佩德罗在从事斗牛活动的过程中,灵魂得到了净化。当科恩因嫉妒而多次将他击倒时,他总是不屈不挠地站了起来,最后给对手以决定性的一拳。佩德罗身上具有明显的不甘沉沦的男子汉气概,他给那些无论是精神上还是肉体上受到打击的人提供了路标。正是这种精神,使得"太阳照样升起"。

1929年,反映第一次世界大战的长篇巨著《永别了,武器》问世。这是海明威的第一部获利之作,初版80000本,四个月内销售一空。小说原书名为 *A Farewell to Arms*,既可译为"永别了,武器",也可译为"永别了,怀抱",表示出战争与恋爱的双重主题。小说以第一次世界大战时的意大利前线为背景。男主人公弗雷德里克·亨利是志愿参加第一次世界大战的美国青年,他怀着保卫世界民主的热情来到异国前线,结识了英国女护士凯瑟琳,两颗年轻的心在战地相爱了。在一次撤退行动中,亨利被误认为是"德军间谍"而遭逮捕,在等待处决时他逃了出来。经过一番曲折,他找到凯瑟琳,二人一起来到中立国瑞士。在度过了一段远离战争厮杀的温馨时光之后,凯瑟琳却因难产而永远地离开了亨利,剩下亨利一人孤零零地从雨中走回旅馆。

在作者的笔下,战争是"地球上前所未有的最大规模、最凶残、指挥最糟糕的屠杀",参战的上下官兵无不盼望结束战争,重过和平生活,"什么神圣、光荣和牺牲,我一听到这些空洞的词语就感到害臊",的确,那些空洞的政治宣传后面隐含的是无数的尸体与鲜血。在战场的腥风血雨中,美好的爱情便越发显得珍贵了。情感的甜蜜与战争的残暴形成鲜明的对照。然而,美好不可能长久地存留于天地间,生活不会给人以圆满的结局。"如果有人带着这么多的勇气来到世界,世界为了要打碎他们,必然加以杀害,到末了也自然就把他们杀死了。世界要打碎每一个人,于是有许多人在打碎过的地方变得坚强起来。但是世界对于打碎不了的人就加以杀害。世界杀害最善良的人,最温和的人,最勇敢的人,不偏不倚……如果你不属于以上这三种人,你迟早当然也得一死,不过世界也不特别着急要你的命。"凯瑟琳去了,亨利像海明威的其他主人公那样,逃不脱属于他的悲剧命运。凯瑟琳不是死于别的,而是死于难产,这暗示了生与死的合而为一。海明威令人信服地揭示了战争的悲剧与人生本身的悲剧,表现了战时与战后的那种虚无主义情绪,因而《永别了,武器》成为"迷惘的一代"的又一部代表作。

海明威独特的艺术风格在《永别了,武器》中得到了全面的展示。他精确地叙事,决不附加任何华丽的词藻,语言简练而传神。如写鲜血滴落在担架下面的男主人公身上:"血滴得很慢,像太阳下山后冰柱上滴下来的水。"又如写春天打了胜仗,秋天则进展不大:"军队也在攻夺那座山,然而不甚得手,秋雨来时栗子树树叶凋零,树枝光秃秃的,树干被雨淋成黑色。"海明威对创作精益求精,《永别了,武器》的结局他修改了 39 次之多。"海明威对自己写的文字,总是大刀阔斧,一再删改,叙事形式力求精练准确。"传统式的结尾总是要把该交代的都交代清楚,而海明威最终做出了抡起板斧、去掉枝蔓、只留主干的选择。"我赶走了她们,关上门,灭了灯,但这也没有什么好处。那简直是在跟一尊石像告别。过了一会儿,我走出病房,离开医院,雨中走回旅馆。"作者不再交代一些次要情节,只写主人公机械刻板的动作,将万千话语、将悲痛欲绝的心情都浓缩于其中。之后,全书戛然而止。据说海明威有这样一个习惯——写作时站着并且用一只脚支撑,他本人自称这样可使作品简洁。

20 世纪 30 年代初,海明威到非洲旅行和狩猎,出版了《午后之死》(1932)、《赢家一无所得》(1933)、《非洲青山》(1935)等作品。1936 年,他发表了《乞力马扎罗的雪》,这是海明威自己认为最优秀的短篇小说。小说写诗人哈里在非洲荒野上因疾病而等待死神降临之际的思维意识。作者运用了内心独白、幻觉与现实相结合的手法,展现了主人公苦闷复杂的心理历程。这是海明威的一篇意识流作品。第二年,海明威发表了描写美国与古巴之间海上走私活动的小说《有的和无的》,作品揭示了社会对人的腐蚀性及个人主义人生哲学的破产。

西班牙内战爆发后,海明威积极支持年轻的共和政府,斥责法西斯主义是"一种恶霸与流氓的谎言",断言"一个不愿意说谎行骗的作家是决不能在法西斯主义统治下生活和工作的",内战促使他日后创作了一些反法西斯文学。1937 年,海明威以北美报业联盟记者的身份去西班牙报道战事。第二年,他发表了剧本《第五纵队》(1938)。西班牙内战结束后,他回到古巴,在哈瓦那郊区创作以西班牙内战为背景的长篇小说《丧钟为谁而鸣》(1940)。

《丧钟为谁而鸣》写美国青年罗伯特·乔丹自愿参加西班牙反法西斯战争。为了支持主力部队,他接受了极其危险的炸桥任务。游击队里有个孤女玛丽亚,她的父母被法西斯分子枪杀,她自己也惨遭蹂躏。乔丹与她一见钟情,两心相悦。但任务在肩,他们只能把儿女情长放置于次要地位。后来发生了一连串意外情况,有人动摇了。但几番曲折都不能动摇乔丹炸桥的决心。最后他终于炸毁了大桥,但自己也受了伤,跌断了腿。他掩护大家撤离,独自等待着最后的时刻。

主人公乔丹是个理想主义者,也是一个行动主义者。他把完成炸桥任务既看成一项事业,"那是一种为全世界被压迫的人们鞠躬尽瘁的感情";同时也看作对自身价值的体现和确认,"我为了自己的信念已经战斗一年了,如果我们能在这儿打赢,在任何别的地方也一定能取得胜利"。即使死亡来临,他也毫不悲哀迷惘,而是充满了正义必胜的信念和找到自我、实现自我的乐观精神。"他用勃勃的生命丈量了从天堂到地狱、从地狱到天堂的路程,热烈而不动声色地恭候着死神。"他的身上已经摆脱了海明威前期作品中人物的迷惘情绪,而走上了寻求生命意义的新征程。乔丹与玛丽亚之间的真情也堪为一曲爱情绝唱。生死关头,为了让玛丽亚安全撤离,他说:"要是你走了,那么也就是我跟你走了,这样也就等于我走了。"也许乔丹将会死去,但他的爱、他的精神将伴随玛丽亚而去。在死亡的洗礼面前,他们的爱情放射出夺目的光彩,乔丹的形象也具有了强大的生命力。

《丧钟为谁而鸣》的书名借用了17世纪英国诗人约翰·堂恩的布道词句:"谁都不是一座岛屿,自成一体;每个人都是那广袤大地的一部分。……任何人的死亡都使我受到损失,因为我包孕在人类之中。所以别去打听丧钟为谁而鸣,它为你敲响。"这表现出海明威自觉地将每个个体与人类整体联系起来,关注人类的前途与命运的责任感与宏观意识。

1941年,海明威偕夫人玛莎访问中国,支持中国抗日战争。中国之行是他一生中的一次重要经历,也是中美文化交往史的一个重要事件。接着,海明威又以战地记者身份重赴欧洲,并多次参加战斗,战后客居古巴。1952年,《老人与海》问世,深受好评,翌年获普利策奖。这为他获得诺贝尔文学奖铺平了道路。一年后,"由于他在近作《老人与海》中表现出的精湛的小说艺术,以及他对当代创作风格的影响",海明威荣获1954年诺贝尔文学奖。嗣后,他离开古巴返美定居。

1961年7月,海明威因不愿再忍受病痛的折磨、精神的痛苦和才思的衰竭,把两发子弹装进了猎枪,将枪头塞进嘴巴,自杀身亡。海明威一生奉行的名言是:人可以被毁灭,但绝不能被打败。所以,他宁肯毁灭自己,也不愿自己被打败,海明威以其自杀行动体现了他一贯倡导的决不认输、藐视死亡的"硬汉"精神。其墓碑上这样写着:欧内斯特·米勒·海明威,生于1899年7月21日,死于1961年7月2日。与众不同的是,碑文并非刻在墓碑的中央,而是刻在墓碑的下部,这偌大一片空白似乎意在说明:一切留与后人评说。

海明威去世后发表的遗作有《海流中的岛屿》(1970)和《伊甸园》(1986)等。

(二)《老人与海》

1952年,《生活》以全本杂志的篇幅登出了中篇小说《老人与海》,立刻掀起一轮阅读热潮，创下了 48 小时售出 530 万册的纪录。由于杂志并没有同时登出作者的名字，人们普遍感觉神秘莫测。杂志还约请了 100 位著名人士就这部神秘的作品发表评论，这越发引起读者的好奇心。后来，人们才得知，这是文坛硬汉海明威的一部力作。《老人与海》后被改编成电影，海明威自己在其中扮演了一个穿花格衬衫的赌徒，只出现了几秒钟。

《老人与海》的素材来源于海明威所写的一篇通讯《蓝色的海上》(1936)。它报道了一个古巴渔夫出海捕鱼的故事。这个渔夫捕到一条很大的马林鱼，它把小船拖得很远。后来，鲨鱼将马林鱼的肉吃掉了一半多。海明威将这个故事加工提炼，赋予了其丰富的内涵。

小说讲述的是一个极其简单的故事：桑提亚哥是个在一条小船上独自钓鱼的老人，至今已去了 84 天，一条鱼也没逮住。开始，有个少年跟他在一起。可是，过了 40 天还没捉到一条鱼，少年的父母认为，老人十足地"倒了血霉"，于是孩子不得不听从父母的话，上了别的船。但他还是常常来陪伴老人，帮他拿些渔具。就在第 85 天，老人终于钓住了一条比船还大的马林鱼，但他又不得不与鲨鱼搏斗，等他将鱼拖回来时，马林鱼只剩下一个巨大的骨架。老头疲倦地睡着了，他又梦见了非洲的狮子。

整部小说以摄像般的写实手法记录了桑提亚哥老人捕鱼的全过程。小说情节与美国文学的经典作品麦尔维尔的《白鲸》颇多相似之处。《白鲸》中的亚哈船长，在茫茫的大海上固执地追逐那条曾经咬伤他的鲸鱼，在他的身上体现了人与大自然拼搏的雄心与活力，《白鲸》堪称一部捕鱼史诗。而《老人与海》中的桑提亚哥也同样在海上，单枪匹马地与马林鱼、鲨鱼进行了殊死的搏斗。作者在大自然的背景下，表达了人类的命运、人类的孤独与苦难、失败与抗争、不屈不挠的进取精神以及面对莫测的自然、悲怆的人生所表现出的一种"重压下的从容"。面对不可逆转的命运，失而不败，向死而生，以人的能动性去反抗人生的宿命，这正是人生的真正价值所在。故事中的主人公桑提亚哥是海明威所崇尚的完美的人的典型，是精神上的强者，是真正的"硬汉"形象。即使在自然与人生的角斗场上遭到不幸，他们仍然坚强不屈，勇往直前，视死如归，尽管失败了，却有着胜利者的风度。

《老人与海》反映了海明威本人的思想。桑提亚哥的捕鱼犹如海明威的写作，桑提亚哥的话语正是海明威的话语。桑提亚哥梦见非洲和狮子，暗示了他就是一头狮子。而我们知道海明威本人也被称作一头老狮子。海明威的许多创作都在言说自己，他曾说："我的一生都写在我的书里了。"在写作《老人与海》时，海明威年已老迈，精神苦闷，创作力衰退，但他顽强地与厄运做斗争，表现出一种悲壮之美。正像桑提亚哥最终捕获了大马林鱼那样，《老人与海》是海明威在他的艺术之海里捕获的最大的猎物。

由于从事过新闻工作，海明威更强调的是客观真实，而非主观表现。在接受记者的访问时,他谈到:"你根据已经发生过的事情,根据现存的事情,根据你知道和你不可能知道的一切事情,你根据这一切进行虚构,你创造出来的东西就不是表现,而是一种崭新的东西,它比实际存在的真实的东西更为真实。"因此,海明威更长于叙事,而较少抒情。因为在他看来,他把用语言编织的画面放在那儿即可,剩下的由读者自己琢磨。矫揉造作的修饰只会失去真实。对于桑提亚哥的虽已老态龙钟但却壮心不已,作者并没有大肆铺陈,而是由人物的行动自然地展示出来。对在黑暗中与鲨鱼搏斗时他的孤独艰难,作者也没有着力渲染,而仅仅是平实地叙述。

《老人与海》鲜明地体现了海明威独特的艺术风格。作品只写了一个老人、一个孩子和一条大鱼,情节简单到了极点,抽象到了至美至纯。但就在这种单纯中包蕴了复杂的内容。海明威曾说:《老人与海》"本来可以写成1000多页那么长,小说里有村庄中的每一个人物,以及他们怎样谋生、怎样出生、受教育、生孩子等等的一切过程"。但我们读到的作品却是一部不到60页的中篇。他删去了人物的身世经历、村庄的环境背景、人物之间的种种关系,而只写单一的事件——老人出海捕鱼。海明威把自己的创作比做"冰山",并用"冰山原理"来形象地概括自己的艺术创作风格和技巧。他曾说:"冰山在海里移动,它之所以显得庄严宏伟,是因为只有八分之一露出水面。""我总是试图根据冰山原理去写它。关于显现出来的每一部分,八分之七是在水面以下的,你可省略去你所知道的任何东西,这只会使你的冰山深厚起来。这是并不显现出来的部分。"《老人与海》正是厚积薄发,运用"省略"原则的产物。他省略了冗长、拖沓的情节,他将出场人物降至最低,他将主题深深潜藏起来,他将情感低调处理,他避免形容词的修饰,他运用"电报式的语言",所有这些,使海明威成为"精明朴实而又志趣高雅的'能工巧匠'"[①]。简短的句子,准确易懂的词汇,明快有力的对话,流畅自然的叙述,朴素简洁的文体,凝练含蓄的意境,耐人寻味的象征手法,恰到好处的内心独白,这一切都表现出一种海明威式的独特美感。

思考练习题:
1. 20世纪欧美现实主义文学的主要成就是什么?
2. 简述劳伦斯的文学创作成就。
3. 分析罗曼·罗兰《约翰·克利斯朵夫》的思想内容、人物形象和艺术特色。
4. 如何看待"迷惘的一代"作家?
5. 为什么说德莱塞的小说《美国的悲剧》形象地揭示了"美国梦"的破灭?
6. 分析海明威小说《老人与海》的主题意蕴和艺术成就。

[①] 〔美〕埃默里·埃利奥特:《哥伦比亚美国文学史》,朱通伯等译,四川辞书出版社,1994年,第607页。

第十二章　20世纪文学(三)

第一节　现代主义文学概论

一、现代主义文学的形成和发展

现代主义是20世纪上半叶西方文学主要思潮之一,也是对受这一思潮影响的文学流派的统称。作为文学思潮,它以反传统为标榜,以内在论为依据,从个体心灵出发,侧重开掘非理性因素,对文学的观念与方法进行了大胆的革新和多样化实验,产生了广泛而深远的影响。作为文学流派,现代主义包括未来主义、超现实主义、后期象征主义、表现主义和意识流小说等文学现象,可以概括地称之为现代主义文学。它们大都反对传统文化以整体压制个人、以物质压制心灵、以理性压制感性的弊端,在艺术上突出孤独个体非理性心理的地位,把文学看作人的语言化生存,并据以探索文学描写的新对象新方法,在与传统文学的差异中发展和壮大自己,为西方文学打开了新的局面。

现代主义文学形成的根据是20世纪初西方所遭遇的重重危机。危机发生在政治经济思想文化各个领域,集中体现为经济危机、政治革命、世界大战和荒火般蔓延的反传统思潮。

科技创新和生产力飞跃,构成了现代主义文学发展的物质基础。相对论、量子论、测不准原理等现代科学成果带来了新的眼光和胸怀,促使人们意识到传统理念绝对化的虚幻。

战争与革命,构成了现代主义文学发展的历史条件。人既然不能从某种外部的抽象的绝对的虚假价值根源,比如"上帝、国王与祖国",获得人生意义,那就只能在以情感、意愿、直觉、本能为内容的个人内心世界里,自己寻找自己生活的意义。不幸的是,缺乏准备的心灵中的自我,却显得如此空虚孤独软弱无助。正是因为沉溺于狭隘有限的内心世界,现代主义文学在追寻心灵探索、精神寄托和情感安慰的同时,伴随着深深的孤独、焦虑、悲观、绝望的情绪。

反传统思潮,为现代主义文学的发展提供了思想资源。其核心内容是孤独个体的非理性心灵,对抽象化理性主体等绝对理念的反叛。康德最早提出内在性原则,限制理性的作用,排斥形而上学,强调个性主体的地位。叔本华反对从理性或经验引出万物，提出世界不过是自我的意志和表象。克尔凯郭尔强调个人感受，认为与人无关的存在实际上没有意义。尼采以强力意志为中心，主张弘扬个性，重估一切价值。发展到20世纪初，克罗齐以其心灵哲学为基础，提出美即直觉表现，反对自然摹仿说、道德象征说或理念显现说等传统观念。

二、现代主义文学的基本特征

简言之，现代主义文学几十年的发展，形成了以反传统为号召、以非理性为追求、以孤独个体的心灵活动为中心的基本特征。它把个体心灵活动当作文学表现的主要对象，或是根据个体心灵活动的特点来感受和把握世界，进而形成了非理性人本价值追求、形式化艺术实验语言革新两种基本倾向，分别关注个体存在的非理性心灵活动本身，或心灵活动特点对文学形式与语言的意义。讨论现代主义文学，自然应当从多层次多角度展开。但这并不妨碍对于它的总体把握。

现代主义文学复杂多样，根源即在于个体心理对丰富多彩诡谲多变的生活世界的多样化的感受和体验。立足于五光十色、争奇斗妍的个性化艺术追求，面对活跃异常、求新求变的个性化审美需要，现代主义把文学创作近乎无限的可能性转化为多姿多彩的文学成就。

现代主义文学锐意出新，大胆实验，表现了强烈的先锋意识和激进的挑战姿态。它们观念有别，方法各异，或同时并存或频繁更替，或影响渗透或排斥对立，构成了一个飞速发展的令人眼花缭乱的多样化文学世界。它们的艺术探索鱼龙混杂、良莠不齐，在文学史上地位不等，甚至有故弄玄虚之嫌。但就全局而论，毕竟有助于扩大文学视野，积累文学经验，丰富人类感受和把握世界的方式，进而为文学发展提供宝贵的经验与教训。

三、现代主义文学的主要流派组成

现代主义文学主要由未来主义、超现实主义、后期象征主义、表现主义和意识流小说等流派组成。掌握现代主义文学，可以从对其主要流派的具体分析入手。

（一）未来主义

未来主义是20世纪最早出现的一个以意大利为中心的反传统文学流派。它以全新的发达的未来为号召，肯定机器文明，讴歌力量、运动和速度，在无序联想和自由不羁的文字中追求刺激性和冲击力，大力扫荡传统文化，表现出狂热的无政府主义和文化虚无主义的反叛激情。为了打碎传统、开创未来，未来主义仇视过去，为此不惜鼓吹暴力、恐怖和战争。

未来主义的创始人是意大利作家菲利普·托马索·马里内蒂(1876—1944)。他1909年在巴黎《费加罗报》用法文发表《未来主义的创立和宣言》，宣告了这一运动诞生。其后，未来主义"诗歌宣言""戏剧宣言""电影宣言""音乐宣言""舞蹈宣言""雕塑宣言""建筑宣言"相继问世，前后十年间掀起了一股颇有气势的热潮。到法西斯主义崛起，未来主义分化，20世纪20年代初趋于沉寂。

未来主义热衷于把握"现代的感觉"，讴歌机器化大生产这一新时代的标志，并由此形成以强烈动感为中心、以力量美和速度美为追求的美学原则。他们提出，"时间和空间已于昨天死亡"，竞争成为时代的主题。文学必须依赖直觉想象，挣脱语言规范，捕捉奔突狂放的意象，造成视觉和听觉的刺激。于是，在瞬息万变的运动中，行走的人闪现出十二条腿，奔跑的马翻飞着二十只蹄，港口怀抱着千百艘汽轮，飞机的螺旋桨像一面旗帜呼啦啦迎风呼啸……新世界呈现出一派光怪陆离的色彩、震撼人心的声部和复杂多样的形态，成为速度的展示与力量的集合，制造出动感强烈的奇特效果。

未来主义以摧枯拉朽之势为现代主义扫清了障碍，及时地提出了文学艺术应当为适应工业化发展而变革这一历史要求，并以新奇的构思启发了创新思路，对现代主义文学有开拓意义。然而，把革新与传统绝对对立起来，视传统为敝屣，一切唯新是举，则混淆了艺术标准，使现代艺术走向喧嚣狂躁。

马里内蒂的长篇小说《未来主义者马法尔卡》(1910)塑造了一个机器人式的英雄。他身体的每一部分，其构件都可以拆卸更换。他有万能本领，唯独没有人的心肝，于是成为一个蔑视理智与道德、崇尚意志和力量的冷酷的未来战士。马里内蒂的诗歌从事艺术实验，要求绝对自由，随意突破韵律规则，把意象、名词、拟声词、动词不定式以至图案拼贴、数学符号等生硬堆砌在一起，造成了一种恣意宣泄的粗暴怪异的风格。在戏剧领域，马里内蒂主张"彻底摧毁导致传统戏剧僵死的手法"，努力追求夸张、悖理、诡异、梦魇般的强力效果。比如《他们来了》一剧中的椅子，就以其反客为主的强烈舞台效果，影响到后来皮蓝德娄和尤涅斯库的荒诞剧。

未来主义的代表人物还有意大利剧作家雷莫·基蒂、诗人帕拉采斯基、法国诗人阿波里奈、俄国诗人马雅可夫斯基等。

(二) 超现实主义

超现实主义是20世纪20年代中期兴起于法国的一个具有先锋特色的文学流派。它以否定一切的达达主义为先驱，要求发动"文化革命"，摧毁一切旧传统，实现精神领域包括潜意识的解放。创作中运用超出意识控制的"自动写作"法，表现不受理性束缚的梦幻现实即超现实，进而记录绝对真实，"解决人生的首要问题"。

超现实主义的创始人是法国作家安德烈·布勒东(1896—1966)。他于1924年起草宣言，成立组织，为这一运动拉开了序幕。超现实主义文学在20世纪二三十年代在法国形成高潮,四五十年代向世界拓展,影响波及欧、美、非、亚几大洲,直至60年代末期方告结束。

超现实主义者醉心于描写梦幻现实。受弗洛伊德影响,他们执意摆脱理性干预,通过纯粹的心理自发现象,比如梦幻、催眠和疯狂状态,还有随心所欲的想象,实现对内心世界的深入挖掘,追求现实与梦幻的自由结合,进而创造神奇怪异的超现实境界。在他们看来,理性意识和外部世界一样,已经受到资本主义的毒化。只有解除了心理压抑的潜意识领域,才蕴藏着奇妙而独特的可靠"真实"。他们"反对一切公式主义",肯定"人是自由的主人",要求"按照我们自己的样子来了解自然界"。超现实是"一座人为制造出来的天堂",是在心灵深处才能实现的境界超越。

超现实主义者推崇文学实验,在方法上向往"纯粹的精神自动反应",提倡"自动写作"和集体行为,努力进入一种类催眠状态,依靠"神秘的诗的直觉",在意识的边缘信马由缰,通过梦境或"白日梦",最大限度地发掘自我的内在真实,体现纯粹精神的神奇魅力。这就突破了传统文学的樊篱,进入了一个光怪陆离、神奇诡异的世界。

布勒东始终以超现实主义为追求。他1919年和苏波合作写出了第一部尝试"自动写作法"的小说《磁场》,后又创办《文学》《为革命服务的超现实主义》等杂志,不断开辟文学阵地。他曾起草历次《超现实主义宣言》,发表《首先是革命,永远是革命》(1925)等重要文章,一生留有许多著述,成为超现实主义的核心人物和理论权威。其小说《娜嘉》(1928)是超现实主义的传世之作。其诗与散文常常依靠自动写作,借助奇异怪诞、不可思议的词语和意象,探索心灵深处的奥秘,既具有独特的魅力,又流于晦涩难解。

路易·阿拉贡(1897—1983)曾是超现实主义主将之一。他一生先是投身达达运动,接着发起超现实主义,20世纪30年代转向社会主义现实主义,最终走向新小说派。其诗集《节日之火》(1919)、《永动集》(1926)和小说《阿尼塞》(1921),是超现实主义的最初成果。长篇散文《巴黎的土包子》(1926)以丰富的联想、洒脱的笔调,描写了"土包子"眼中光怪陆离的巴黎,成为超现实主义的成功典范。

超现实主义的风云人物还有苏波、艾吕雅等一批激进文学青年。其团体在运动发展过程中历经改组分化。总体而言,他们接受马克思"改造社会"的观点,热心投身现实斗争;同时强调思想革命,坚持独立自主;不过更加向往绝对自由,倾向无政府主义。

(三) 后期象征主义

后期象征主义是20世纪20年代至40年代西方盛极一时的现代主义文学流派,随着意象派汇入,形成了现代主义诗歌大潮。它以19世纪中后期象征主义文学为基础发展而来,注重内在体验的象征表现,借助精致传神的鲜明意象,间接地暗示心灵对世界的把握,以求激起想象和联想,实现心灵体验的传达沟通。它同前期象征主义的区别在于:主张超越纯粹个人情感的狭隘局限,力图从普遍本性的高度概括世界面貌,为此注重对传统的改造和利用。相对而言,后期象征主义视野更为开阔。

象征主义兴起于法国。后期象征主义进一步从法国扩展到欧美各地,涌现出众多著名作家,如法国诗人瓦雷里、阿波利奈,俄国诗人勃洛克、叶赛宁,奥地利诗人里尔克,美国诗人庞德,英国诗人叶芝、艾略特,意大利诗人蒙塔莱,西班牙诗人洛尔卡,比利时诗人维尔哈伦等。

象征主义意在摆脱如实纪录外部事实的自然主义,探索心灵内部的"最高真实",赋予抽象观念以具体可感的象征形式。它致力于追求象征词语那神奇的暗示力量和非同寻常的心理效果。这就要求在字面义之外,通过意象联想和音响激励,发挥其路标或视窗作用,使诗焕发出魔法般的魅力。

象征主义重视"道"与表象之间的内在联系,并将之归结为一种息息相通的神秘感应。热衷于描写城市文明阴暗腐败的一面,特别是其中的丑恶污秽,比如乞丐、娼妓、腐尸、野猫等,在象征中暗示或体验神秘感应之美。

后期象征主义在肯定象征根源于个人对传统的创新的同时,突出强调其客观性。波德莱尔已经提出,诗人应该"从感觉的世界里取得材料,为他自己或他的梦,冶铸一个对应的象征"。到了艾略特手里,"对应的象征"发展为"客观对应物","使种种印象和经验在这个工具里用种种特别的意想不到的方式相互结合"。他强调,诗作为象征"是多样化体验的集中表现"。诗"不是放纵情感,而是逃避情感,不是表现个性,而是逃避个性"。

英国后期象征主义诗人叶芝(1865—1939)是爱尔兰文学复兴运动的发起者,曾因"高超的艺术形式表现了整个民族精神的总是富于灵感的诗"获 1923 年诺贝尔文学奖。他的早期诗作体现了具有唯美倾向的象征主义风格,如名篇《茵纳斯弗利岛》。中年以后倾向神秘主义,日益向宗教和哲学靠拢,认为诗若不表现高于它自身的东西便毫无价值可言。

法国后期象征主义的代表瓦雷里(1871—1945)是一位学者型诗人。同超现实主义相反,瓦雷里的诗学强调"清醒意识"的作用,把创作看作一种主动自觉的艺术追求,其实质在于运用理智支配下的形式与结构,对感觉经验进行整理综合。他借鉴通感论,致力于捕捉复杂多样的感官印象,着意表现其内在联系,暗示情感体验的变化及其所蕴含的主客观秩序的共鸣呼应,进而赋予象征意象以非同凡响的个性。代表作有《年轻的命运女神》《海滨墓园》。

(四) 表现主义

表现主义是 20 世纪二三十年代兴盛于德语国家和美国的一个现代主义文学

流派。它于20世纪初萌生在美术领域,接着扩展为文学运动,并取得重要成就。表现主义根源于第一次世界大战前后的社会动荡。人们在世界性危机中,形成了深重的灾难感绝望感不信任感,强烈地体验到心理上的惶惑、激动、压抑和反叛,于是在"我亵渎了/上帝吗?/还是上帝亵渎了人?"的大胆怀疑中,抛弃了对国王、祖国和上帝的信仰,穿越父辈的道德伦理,走向与非理性情感紧密纠缠在一起的意志与表象的世界。

表现主义不满于穷形尽相的外部描绘,转而直接表现情绪和感受,为此运用扭曲、变形、夸张、荒诞等手法,突出内心体验、心理过程和激情力量,追求强烈的效果。由于强调激情、体验和思考,人物形象往往被有意扭曲或抽象化,成为某种共性符号或情感象征,不仅缺乏个性特征,甚至连姓名也没有。情节境遇为了适应表现的需要,往往出自人为构想,虽怪诞突兀却发人深省。戏剧舞台常以内心活动和长篇对话取代个性化动作,以至独白、喊叫成为激情表达的特殊方式,并大量采用梦境、幻觉、潜台词、灯光、面具、音乐、布景等手段来渲染效果,影响到后起的荒诞派戏剧。

表现主义文学滥觞于瑞典作家斯特林堡(1849—1912)的著名戏剧《鬼魂奏鸣曲》(1907)。德国曾出现一批以狂热激情呼唤新人的剧作。剧中人慷慨陈词,尽管多出于直觉感悟或模糊认识,但的确把舞台变成了为群众所包围的富于生机与魅力的讲坛。捷克作家恰佩克(1890—1938)以其对人生的科幻表现著称于世。剧本《万能机器人》(1920)通过合理想象,表现作者对科技无限发展终将导致人类灾难的深切忧虑。20世纪最杰出的表现主义小说家是卡夫卡。

尤金·奥尼尔(1888—1953)是美国戏剧史上最重要的剧作家之一,一生写有50多个剧本。他的剧作风格多样,既有现实主义、象征主义,也有表现主义;但就总体而言注重心理分析,致力于发掘社会现实重压下的人的心态,为现代心理悲剧开辟了道路。剧作《毛猿》(1922)被看作表现主义代表作。作品通过寓言式情节,使思想表现戏剧化。主人公扬克成为归属感无从满足的底层劳动者的写照。

贝托尔特·布莱希特(1898—1956)是具有世界意义的德国现代剧作家,因法西斯迫害而长期流亡海外。他以其独到的理论探索和戏剧实验,推动了传统变革。布莱希特主张戏剧应当有助于改造世界,为此首创叙事剧,追求间离效果,帮助观众超脱幻觉,实现独立思考。其叙事剧可分教育剧、寓意剧、历史剧三类,具有浓郁的表现主义色彩。教育剧长于在似是而非的境遇中刺激政治思考。《例外与常规》(1930)写主人带着仆人跟随向导穿越沙漠。途中,主人担心仆人和向导串通,于是找借口打发走了向导。仆人出于义务,把自己壶里仅剩的一点儿水让给主人喝。主人却误以为仆人要砸死他,于是开枪打死了仆人。然而,法律宣判主人无罪。因为生死关头让水给人不过是例外,只有加害于人才是常规。法律不能根据例外,只能根据常规来判决。寓意剧把抽象哲理具象化,表现社会矛盾和人际关系。《高加索灰阑记》(1945)写真假母亲争夺儿子,其动机分别是遗产和爱。作者改变原著精神,让民间法官把孩子判给了假母亲,从而用爱的原则,即"一切应归善待之者"取代了宗法血缘关系这一私有化依据。历史剧借历史题材回答现实问题,如《大胆妈妈和她的孩子们》(1939)、《伽利略传》(1947)和《公社的日子》(1948—1949)等。

(五) 意识流小说

意识流小说是1915年至1940年间流行于欧美,后来对文学艺术产生了广泛影响的一个现代主义文学流派。它突破了现实主义小说高度关注外部环境和人物情节的传统模式,主张直接摹写个人内心的意识流动,成为一种"或许是最纯粹的自我表现形式"。

"意识流"概念最早由美国心理学家威廉·詹姆斯提出。他把人的意识描述为一条无法切断的河流,即"主观生活之流"。法国哲学家柏格森肯定,"真实"只存在于"意识的不可分割的波动之中"。弗洛伊德提出只有"潜意识才是精神的真正现实",其本性是反对束缚,不合逻辑,同意识、前意识混杂在一起,时时处处以意想不到的形式要求突破压抑,实现补偿性满足。艺术是白日梦,一场潜意识借助象征机制挣脱压抑、获得补偿性满足的白日梦。

在意识流小说家看来,生活内容是主观印象、体验感受和意念思绪的总和。它往往变幻莫测,错乱复杂,不可理喻,川流不息。作家力求"退出小说"(乔伊斯),既不议论也不抒情,只是客观地摹写生活所造成的人物意识的流动。小说结构超越物理时空,转而采用不同时刻渗透互动的"心理时空",即现实与幻觉交织错杂,过去、现在与未来颠倒并置。

20世纪前期,意识流小说成就显著,影响广泛。法国的普鲁斯特、英国的乔伊斯、美国的福克纳成为这一流派的主要代表。纯粹的意识流小说到20世纪40年代后在西方渐趋沉寂。然而作为一种感受和表现生活的艺术手段,其影响却波及世界。

普鲁斯特(1871—1922)是法国小说革新的代表人物。他的七卷本鸿篇巨制《追忆似水年华》(1914—1927)用240余万字的篇幅,借助"内心独白"发掘主人公马赛尔心灵的"深层矿脉",成为现代主义文学经典和意识流小说的代表作。小说以生活感触为契机,通过多样化的感觉生发与联想,追忆心灵中珍藏的年华片断,试图仰仗写作来超越时间局限,使青春体验获得永生。小说采用第一人称,语调成熟,有意在主人公、叙述者和作者之间造成某种心理张力;在超越时空秩序的内心独白过程中,重视意象和隐喻的作用,并依据人物形象的变化处处设伏,形成了小说内容的对称与呼应。

第二节 德语国家文学与卡夫卡

一、德国表现主义戏剧

20世纪前半期,德语国家文学出现反传统现象,包括热衷于过去时光的新浪漫主义、来自法国的象征主义和土生土长的表现主义。其中,表现主义成为最有影响的文学流派,其成就主要体现为德国戏剧和奥地利卡夫卡的小说。

德国表现主义戏剧全盛于1910年至1924年。第一次世界大战前后,时局动荡,人们普遍缺乏安全感,对社会政治充满激情。表现主义重在表现内心激情,突出社会政治思考的主题,为此形成了以艺术的扭曲和变形为特征的文学风格。德国戏剧把情节变成寓言,把人物变成冲动的力量,把环境变成布景,把台词变成喊叫,把理想变成"只有以异乎寻常的精神狂喜才能达到的感情的顶峰"。他们利用梦境、幻觉、影子、幽灵等多样化穿插,借助舞台艺术,直接诉诸观众的理性参与,从而有效地打破了第四堵墙的限制,激起了强烈的剧场效果。

格奥尔格·凯泽(1878—1945)是德国表现主义最优秀的作家之一。代表作《从清晨到午夜》(1906)借动作写思考,表现金钱戕害人性的现实。剧中人是一位银行出纳,无数金钱在他手上像水一样流过,他始终无动于衷,只当例行公事,好像一架不会动感情的机器。直到有一天,面对一位急等用钱的美丽女性,他的人性冲动被唤起,于是一厢情愿为了她卷带巨款潜逃。一路逃去,无论在自行车赛场,还是布道厅,只要是有人的地方,金钱的力量就足以激起疯狂。其间的例外,只是一个始终默默跟着他,却一直不为金钱所动的女孩。出纳为此倍感欣慰,以为毕竟有人重人性胜过金钱。可惜最终恰恰是这个女孩叫来了警察。原来,她只是想要合法的收入。至此出纳明白过来,把人性冲动置于金钱秩序之上的,或许只有他一人,人性即孤独。终其一生,他只有这一次听从了人性的呼唤,从清晨到午夜,"一直脚步不停地兜圈子",结果却导致自己在人世间走投无路。最后,他用手枪把答案射进了自己的胸膛,离开了这个只认金钱、排斥人性的世界。凯泽主张,面对戏剧,观众需要的是"思考"而非"观看"。他的剧作体现对新人的渴望。然而,新人不得不经历种种罪恶、暴力和心灵的苦难方能诞生,但他们最终会给世界带来安宁。

恩斯特·托勒(1893—1939)在表现主义文学中地位突出。代表作《群众与人》(1921)以革命领导层内部的思想冲突为艺术焦点,集中探讨革命动机和暴力手段之间、人性要求和群众自发的破坏力量之间不可调和的矛盾。剧中的"女人"和"无名氏"分别是动机和手段、新人和群众的化身。

二、卡夫卡

(一) 生平与创作

弗兰兹·卡夫卡(1883—1924)是20世纪德语文学的代表人物,表现主义小说的经典作家。他生前不过是布拉格一个默默无闻的业余作者,去世后却被看作"20世纪最优秀的作家之一"。

卡夫卡生长在曾作为奥匈帝国首都的布拉格的一个犹太商人家庭。帝国内部世纪末的灾难感,犹太人无家可归的流放意识,家庭中父亲对他的严厉压制,特别是"不许争辩"的反复斥责,保险公司小职员谨小慎微如履薄冰的地位,使他从社会生活、物质现实和纲常伦理愈来愈深地退回到自己的内心世界。于是,在社会生活中,他成了一个"不开口的大个子"。面对老朽的父亲,他"永远是儿子",心理上既向往独立自主,又挣不脱旧道德的精神羁绊。他梦想建立家庭独立生活,然而一次次恋爱,一次次事到临头解除婚约。他全身心投入写作,以内心生活为生命,又不放心出版作品,临终竟然要求将之付之一炬。

卡夫卡的创作始于读大学时期。1902年,他结识了马克斯·布洛德,并引为知己。布洛德后来成为知名作家,对卡夫卡颇有影响。卡夫卡生前只发表过一个短篇集,其余作品都由布洛德在他去世后编辑出版。卡夫卡曾要求布洛德把自己遗物中的"一切稿件……统统予以焚毁"。但布洛德认为,有必要将之公之于世。他投入了大量耐心,细致地编辑整理,陆续出版了卡夫卡的所有遗作。

卡夫卡早年的小说保留下来的很少。1912年所写的《判决》和《变形记》,是其独特艺术风格形成的标志。1913年写出《司炉》,后来成了长篇小说《美国》的第一章。自1912年始,至1922年病重止,除了他本人烧掉和被纳粹毁掉的不算,卡夫卡共创作了78个短篇小说和3部长篇。其中重要作品有短篇《在流放地》(1914)、《乡村医生》(1917)、《为科学院作的报告》(1917)、《万里长城建造时》(1918—1919)、《饥饿艺术家》(1922)、《地洞》(1923—1924)、《女歌手约瑟芬或耗子民族》(1924)等。长篇小说《美国》(1912—1914)、《审判》(又译《诉讼》,1914—1918)和《城堡》(1922)都没有写完。所有作品中,影响最大的要数《判决》《变形记》《美国》《审判》和《城堡》。

《判决》是卡夫卡的成名作,作家把它看作自己全部作品中"最可爱的"一篇。小说以抗议父权为主题,描写儿子故意屈从父亲的判决,用自我戕害证明其荒谬,表达了一种消极然而明确的反父权诉求。年轻商人格奥尔格·本德曼把自己订婚的消息写信告诉远在彼得堡经商的朋友,却遭到父亲的蛮横指责。儿子不过顶撞了一句,专断的父亲竟然宣布:"说到底,你是一个没有人性的人!——所以你听着:我现在判决你投河淹死。"出乎意料的是,儿子竟然真的冲下楼去,真的投河自尽了。临死前,他低声喊着:"亲爱的父母,我可一直是爱着你们的。"这里的潜台词是:只有用自我戕害的办法,才有可能抨击儿子绝不可冒犯的父权,才有可能证明在日常生活中无法证明的绝对父权的荒谬。当然,这一切都要以儿子承认父权为前提。

《变形记》进一步揭示父权力量的非人性,及其对人的异化。出于沉重的工作压力和家庭负担,推销员格里高尔·萨姆沙一觉醒来,发现自己变成了一只甲虫。主人公由此失去了人的地位,丢掉了工作,丧失了养家活口的能力。家庭和社会于是相继失去了对格里高尔的温情和耐心。公司抛弃了他,全家人开始厌恶他嫌弃他憎恨他,父亲甚至用苹果把他打成了重伤。苹果陷进脊背,在伤口里腐烂变质,成为后来他致死的原因。一次,格里高尔爬出自己的房间,想听妹妹拉琴。结果房客发现了他,起而退租。至此,全家为彻底处置他下定了决心。又病又饿、羞愧难当、对人生完全绝望的格里高尔,当晚在孤独和痛苦中默默地离开了人世。全家如释重负,动手大扫除,重新开始生活。

人变甲虫,表面上看当然是无稽之谈。但是如果从物质现实的压力使人失去了做人的感觉,在心理上早已异化为只有利用价值的工具来考虑,那么应当承认,格里高尔变形为甲虫符合现实生活的异化逻辑。在艺术上,我们习惯于把这种描写叫作离形得似,即通过对表现对象做有意识的变形处理,以传达其内在神韵。这恰是表现主义的艺术特征。

《审判》常被看作卡夫卡的重要作品,并已被改编成电影。小说写的是一个颇具表现意味的荒诞故事,开头即富于悬念:"一定有人诬告约瑟夫·K。因为他没做坏事,却在一天清晨被捕。"人们自然会问:谁是诬告者?K 为什么受审判?值得注意的是,作品叙事线索扑朔迷离,具体描写有如梦幻,悬念始终悬而未决。读者由此被吸引进入一个虚构艺术的迷宫,发现主人公 K 不明不白被捕后,一方面确信自己无罪,一方面又在接受抽象法庭的抽象审判,同时还在巨大的心理压力下,继续从事银行职员的工作,直到一年后引颈受戮。问题是,K 至死也不明白自己犯了什么罪。

作品的主人公是个小人物。他想通过自己的努力与命运抗争。他四处奔走,寻求帮助,竭力为自己申诉。然而律师对他讲了实话:所谓法院其实是个"藏污纳垢的地方"。法庭根本不看状子,"定罪往往是由于某一个不相干的人说了一句不相干的话"。然而一经起诉,法院"就坚信被告有罪",程序不可逆转。K 想上诉。但最高法院可望而不可即。谷物商经多见广,他为自己的案子已经上诉了 20 年,到头来倾家荡产,徒劳无功。约瑟夫·K 终于省悟了:"这个法庭的所作所为有强大的机构作背景。它所干的就是把无罪的人抓起来,进行莫名其妙的审判。"

值得注意的是,"这审判之所以是审判,只是因为我承认它的权威"。就是说,"审判"能否成立其实取决于 K,以 K 的自愿为前提。于是,荒谬绝伦的审判在一定意义上反而成为 K 对法庭这一体现类父权力量的社会存在的审判。K 四面出击，处处表现出对法庭这一庞然大物的蔑视和厌恶。他称法警是"乌合之众"，骂法官是"腐化堕落的黑帮"，说法庭的唯一意义"在于它毫无意义"。国家机器作为类父权力量的扩展和延伸，在这里成为卡夫卡清算审判的主要对象。K 在小说结尾束手待毙，只是表明了人既不能也不愿在这种类父权力量占统治地位的世界里继续生存的事实。K 为自己曾经生活在这样一个根本谈不上公理与正义的世界而感到羞愧，并为自己曾萌生贪生怕死、留恋人世的念头而无地自容。

事实上直到死刑执行，K 仍然不知道："他从未见过的法官在何处？他从来没有能够进入的最高法院又在哪里？"对这个法律形同虚设、迫害却如影随形的世界，K 没有眷恋只有厌恶，甘愿引颈受戮。他临死前唯一的遗憾，只是感觉不好。因为他觉得自己"真像条狗"。在这里，我们看到的，是一种对于荒谬异己的世界欲哭无泪、欲笑无声的独特审判。

特别引人注目的是，小说中"法律的序文"一节有一个怪诞的故事：乡下人一生试图进入法律的大门，却始终为"看门人"所阻。弥留之际，看门人告诉他：此门专为你而设，现在我也要关上它并离开这里了。小说人物对这一故事展开讨论，并试着做出种种可能的解释。他们最后认定，所有解释实际上都不成立。因为能够作为依据的，只有处在解释之外又决定着所有解释的一个事实：并不是"任何人在任何时候都可以到法那里去"。一切都要得到许可。法的本质就是颁发许可的权力。如此看来，乡下人、看门人都不过是诚实、职责之类传统观念的受骗者。他们无冤无仇，却在毕生对峙中耗费了宝贵的生命，成为法的骗局的牺牲品。悲剧或许在于，谁都在等待来自外部的许可。谁也不敢去尝试许可范围之外的事情，哪怕它属于自己的内心。

(二)《城堡》

《城堡》是卡夫卡一生最后一部长篇，一般被看作最具代表性的"卡夫卡式"小说。

小说的主人公 K 是个外乡人。他后半夜来到村里，又在睡梦中被叫醒。原来村子隶属于城堡，在此逗留必须有伯爵许可。K 申辩说，是伯爵本人邀请他来做土地测量员的。言外之意他是一个自由人，有人身、居住和工作的自由。然而，这里有这里的规矩。不过既已得到许可，人们将信将疑，还是对 K 表现出几分敬畏。

第二天一早，K 动身前往城堡，打算面见伯爵，确认许可。但他费尽了力气，城堡始终可望而不可即。傍晚，他不得已折回客栈，却见到了伯爵派来的两个助手。助手告诉他，外乡人未经许可，谁也进不了城堡。K 给城堡通电话，询问何时可以去城堡。城堡答复："任何时候都不能来。"一个名叫巴纳巴斯的信使，带来了克拉姆部长签署的信，承认 K 已为伯爵聘用，指定 K 的直接上司是村长。K 不甘放弃人格独立,希望与伯爵对话。在他看来,契约双方应当权力对等。他想随信使去城堡问个明白,谁知却来到了巴纳巴斯家。巴纳巴斯的姐姐奥尔加把 K 送到一家专门接待城堡官员的旅馆,结识了女招待弗丽达。弗丽达是克拉姆部长的情妇。为了通过她晋见克拉姆,K 以其孤独无助赢得了弗丽达母性般的爱。

接着,K 面见村长,得知这里其实并不需要土地测量员。对 K 的聘用不过是一个"绝不会发生的"公文差错。村长告诉他,尽管涉及极其复杂的行政纠葛,但你不能抱怨。因为"这是最无关紧要的事情中一件最无关紧要的事情"。只是因为不愿承担招惹是非的风险,村长才勉强决定让 K 去小学校做杂役谋生,并指定小学教师做他的顶头上司。

旅馆老板娘对弗丽达的任性感到不平:她竟然为了 K 而自我贬低,不应克拉姆之召。老板娘本人,还有村长老婆等许多其他女人,那可都是心甘情愿任由部长随叫随到的。她们打心里以此为荣,并为无法得到长期宠幸而抱憾。别人谁能拥有这样的荣耀? K 从未见识过这种特权,它竟然在办公室、厨房和卧室同样有效。

尽管屡遭贬抑备受屈辱,为生计所迫,K 还是忍气吞声地去做小学教师的下属,负责生火、卫生等日常杂务,试用期间不发工资。这中间,K 为面见克拉姆费尽心机。然而部长像伯爵一样难以谒见。不过他还是通过信使给 K 带来第二封信函,莫名其妙地赞许 K 及其助手的工作。

现在的困境,是 K 开始与弗丽达以及助手的关系恶化。K 厌恶两个助手,不习惯弗丽达对他们的怜悯。小学教师的苛刻刁难激化了矛盾。K 终于对助手发出了驱逐令,并因不择手段求见克拉姆伤透了弗丽达的心。

为了打探克拉姆的消息,K 又来到巴纳巴斯家。奥尔加告诉 K,巴纳巴斯虽然去过城堡,但人微言轻根本见不到克拉姆。他带给 K 的两封信是一个录事从废纸堆里随手捡来的。信扔在那里已经很久,失去了时效。因此,对于刚到此地的 K,这封信其实没有任何意义。

奥尔加向 K 诉说了她们一家的遭遇。由于妹妹阿玛丽亚拒绝了城堡官员索尔蒂尼赤裸裸的下流要求,全村人竟然都断绝了同他们家的往来。他们家遭遇灭顶之灾:失业、破产、父母伤残、奥尔加沦为侍从们恣意蹂躏的玩物、巴纳巴斯不得不去给城堡当义务信使……尽管 K 想通过信使谒见城堡,奥尔加一家实际上还在指望通过讨好 K 来获得城堡的宽宥与欢心。

深夜,弗丽达请 K 的助手之一杰里米亚来奥尔加姐妹这里找 K。另一助手受不了 K 的粗暴严厉,已经上城堡告状去了。K 因为他们是城堡强加给自己的下属,所以一直想把他们撵走了事,这使得他们伤透了心。助手决定离他而去,弗丽达也要离开 K 重回酒吧当招待。K 不懂得珍视他们,甚至总是虐待他们。杰里米亚现在有点儿像当初的 K。他又病又弱需要关爱,弗丽达于是把自己的爱又给了他。

正当此时,巴纳巴斯带来口信,克拉姆的秘书艾格朗要土地测量员向他汇报。凌晨时分,K赶到旅馆,排队等待召见。虽然返回城堡的时间就要到了,艾格朗似乎还在酣睡。令人心焦的是,谁也不敢去叫醒他。小说至此中断。据布洛德讲,关于《城堡》的结尾,卡夫卡设想让K力竭身死。只是到了弥留之际,城堡才传谕下来:考虑到某些其他情况,城堡许可他在此地居留。

小说通过一个外乡人为了得到居留许可开始正常生活,在城堡势力范围内屡遭贬抑备受欺凌的见闻感受,深刻地揭示了现代社会人性异化的体制根源。作品集中描写了一种已经社会化体制化的高度成熟的类父权力量,城堡即其象征。诚如卡夫卡所言:"资本主义是一个从内到外、从外到内、从上到下、从下到上的层层从属的体系,一切都分成了等级,一切都戴着锁链。"

当然,学界对"城堡"的寓意存在着不同的理解。布洛德认为《城堡》涉及犹太人的遭遇。他们失去了自己的家园,在异国他乡难以得到正常的居留许可。加缪把"城堡"看作现代人孤独的象征。本雅明把"城堡"理解为与父权同位的"官僚世界",确认父子冲突是贯穿卡夫卡作品始终的主线。阿多诺从"城堡"看到了对希特勒统治的预言。索克尔提出,《城堡》反映了同类父权力量无法沟通与对话的现实。艾姆里希肯定《城堡》表现"个体与社会的冲突"。还有人把《城堡》看作韦伯"官僚形而上学"论的文学翻版。有必要指出,阐释空间的广阔,事实上根源于艺术概括的有力,重要的或许不是确认阐释的唯一性,而是打开思路,深化理解。

小说中K的感受遭遇,使人痛切地领教了彬彬有礼的统治机制的厉害:高高在上的行政当局,通过把人们强行纳入严格的等级制组织而获得了高高在上的特权,进而有效地维护着高高在上的老爷们的利益。这正是K欲进入城堡,求见伯爵、部长、部长秘书而不得的真正原因。K只能见到村长,只能隶属于小学教师,只能做杂役谋生,而不是什么听起来享有平等和自由的土地测量员。造成上述局面的根源,卡夫卡认为不过是人们出于恐惧的盲从习惯。正如K对奥尔加所言,"问题的关键"在于:"害怕官方是你们这里的人生来的脾性。它通过各种方式和各个方面影响了你们的全部生活,你们自己又尽量加强这种影响。"当然,流离失所的外乡人在社会上得不到合法地位而形成的那种强烈的异己感孤独感,会迫使人沦为软弱自私的动物。卡夫卡说,作为一个没有祖国的民族,犹太人"被莫名其妙地拖着、拽着,莫名其妙地流浪在一个莫名其妙的、肮脏的世界上"。正是这样一种难堪的处境,导致了《城堡》中那一场以居留许可为主题的日渐沉沦却得不到结果的斗争。

在艺术上,《城堡》体现了鲜明的表现主义特色。首先,小说以反抗异化的激情思考为艺术焦点。这是一种对于人的社会政治境遇的现代思考。作为一个外乡人,K在朦胧中执着地追求着现代人格的独立、自由和平等,这集中表现为他与城堡直接对话的渴望。然而,他历尽艰辛所得到的,却是等级制下处于最底层的仆从地位和依附性生活。在这里,人物对自身境遇的感觉体验越恶劣,作者反异化的激情表现越成功。卡夫卡的魅力,恰恰在于给人以身临其境般的强烈感受。

其次,表现的需要导致了艺术上大幅度的扭曲变形。例如获取居留许可竟然成为 K 的生存目标和小说的结构主线。为此,K 被强行纳入等级体制,不得不一步步沦为伯爵、部长、秘书、村长、小学教师的仆役附庸。然而直到心力交瘁他才仿佛弄明白,自己能够得到的,仅仅是等级制金字塔之下底层蚁民的地位。又如作为等级体制的化身,城堡体现了写意化特征。它既近在咫尺,又无从进入;既严密苛酷,又荒谬虚夸;既彬彬有礼,又残暴专横;既循规蹈矩,又为所欲为……卡夫卡想要传达的特定人生体验——有目标而无道路,有抗争而无结果,有跋涉而无前途,在这里得到了传神的表现。

再次,为了强调内心激情的普遍性,小说采用了抽象化手法。于是,构成情节的大小故事几乎全成了寓言,小说在整体上成为一个纯粹出于人为的完整而系统的巨型寓言。主要人物被抽象为语言符号,省略了感性具体的大量描写,甚至具备了一种纯粹主语或宾语在动词的不断变换中承担施事或受事功能的语法特征。环境也成了写意式布景,其细节带上了有意设计的特点,比如对城堡的描写和对两封来信的安排。特别是小说中的城堡,尽管朦胧神秘,但作为类父权力量的体制化象征的意图却十分清楚。它等级森严,飞扬跋扈,正在无可挽回地走向没落衰亡。因此,城堡失去了中古时期高大威严牢不可破的模样。它"既不是一个古老的要塞,也不是一座新颖的大厦,而是一堆杂乱无章的建筑群"。它的"泥灰早已剥落殆尽,石头似乎也在风化剥蚀",一派风雨飘摇寒碜破败的景象。

最后,为了表现同透辟深入的生活思考裹挟在一起的情感洪流,小说中出现了大量的长篇对话和以夹叙夹议、间接引语为形式的动作—心理分析。

第三节 英国文学与艾略特、乔伊斯

一、英国文学

第一次世界大战前后,英国文坛出现了偏离以至反叛传统的文学倾向。这主要表现在诗歌和小说两个领域,意象派和 T.S.艾略特的诗歌创作与诗学主张,以伍尔夫和乔伊斯为代表的意识流小说创作,都在西方现代文学史上具有重要的地位。

意象派诗歌是后期象征主义文学的主力之一,曾对英美现代诗歌,包括艾略特的创作产生了重要影响。它反对传统诗歌,特别是浪漫主义"模糊""肤浅"的情感和直抒胸臆的表达,在继承发展象征主义的基础上,主张运用"日常""准确"的语言,不受拘束的格律和"坚实、清晰、精确的形象",创作一种以意象为中心的富于灵感的诗。所谓"意象",如庞德所言,是"一刹那间思想和感情的复合体"。它既是被感知的客体物象,也是诗人对它的主观体验。两者统一于准确而不加藻饰的词语形式,蕴含着语言表现的特殊潜能。意象派的目标,是"为感觉和人的意识内容提供方程式",即意象概括模式,从而建立起视觉意象与心理联想之间的确切关联,并为此追求古典式的明晰确切和客观性,成为逻辑思维由以出发的可靠前提。意象派诗歌的效果,在于通过意象的瞬间呈现,"给人以一种突然获释之感,一种脱离时空界限之感,一种我们在最伟大的艺术作品面前所经历到的突然成长之感"。

意象派运动最早形成于英国批评家和诗人 T. E. 休姆(1883—1917)在伦敦创立的一个文学组织。其核心成员包括休姆、庞德和弗林特。1913 年,他们在《诗歌》杂志发表意象主义的三点宣言:直接表现主客观事物,删除一切无助于表现的词语,以口语节奏代替传统格律。意象派诗人分别在法国象征主义和 17 世纪古典主义诗歌中,在中国旧体诗和日本俳句中,找到了自己的典范。属于这一流派的诗人有庞德、弗林特、R. 奥尔丁顿、T. S. 艾略特以及一批美国诗人。虽然意象派文学的影响至今依稀可辨,但狭义的意象主义运动到 20 年代已趋于衰微。

英国是意识流小说的发祥地。乔伊斯和伍尔夫都是意识流小说的代表作家。

弗吉尼亚·伍尔夫(1882—1941)出生于伦敦一个文学世家,性格敏感脆弱,自幼饱读诗书。

《到灯塔去》(1927)是伍尔夫最优秀的小说。作品分为"窗""岁月流逝"和"灯塔"三部分,犹如充满诗意的三个乐章,集中表现一个大家庭的核心人物拉姆齐夫人带给大家的美好的家的感觉。她亲切、美丽而忧伤,慷慨无私地关怀着每一个人,像是同秩序、和谐与慈爱同在的一位女神。然而她自己的一切,却被人们遗忘在一旁。时间一晃过了十年。拉姆齐夫人去世了。她带小儿子去看灯塔的愿望始终未能实现。终于有一天,长大成人的詹姆斯和父亲故地重游,驾船去了灯塔。他们感到,拉姆齐夫人的心灵之光仍然照耀着自己。

小说使用大量篇幅,细致入微地展现了"他人"如何自然而然地占据了拉姆齐夫人温柔的心灵。其间,又不时转换角度,插入"他人"的感受、印象和思索,投射出拉姆齐夫人的精神世界。这就形成了一个朦胧温暖的"意识的光圈",环绕着拉姆齐夫人和她带给大家的美好的情感世界。灯塔象征着女主人公的心灵,成为贯穿全书组织叙述的主导意象。叙述角度的转换,在这里突破了个人眼界,呼应着拉姆齐夫人自我超越的历程。小说的感人力量,除了艺术上精致的营造,还来自作者对中心人物的深刻体验和真挚感情。伍尔夫承认,拉姆齐夫人以她的母亲为原型。

伍尔夫一生从未中断对各类虚构作品的探索,如《奥兰多》(1920)、《弗拉希》(1933)等。

由于病痛和战争所造成的心理压力,伍尔夫 1941 年投水自尽。

二、艾略特

(一) 生平与创作

T. S. 艾略特(1888—1965)是 20 世纪英语诗歌的代表人物,美裔英国诗人和批评家,曾获 1948 年诺贝尔文学奖。他的创作实践为英语诗歌开一代新风,其诗学理论为英美新批评开辟了道路。

艾略特生于美国一个有教养的商人家庭。其祖父创办华盛顿大学,曾任校长。母亲是诗人。艾略特少年时开始写诗,在哈佛求学期间受美学家白璧德、桑塔亚那影响。曾游学巴黎,大量接触象征主义诗作,萌生了摆脱英美旧诗传统的想法。他学过多种语言,对东方文化颇有兴趣。1914 年为撰写博士论文赴牛津留学,从此定居英国。他教过语言,当过职员,编过先锋派文学刊物。1922 年至 1939 年创办并主编文学评论季刊《标准》。刊物以书评著称,有国际影响。艾略特 1927 年加入英国国籍,皈依英国国教。他自称在政治上是保王党,宗教上是天主教徒,文学上是古典主义者,主张"建立积极的基督教社会",挽救危机重重的西方文明。

艾略特 1909 年起发表诗歌,先后出版多部诗集。1914 年秋结识时已成名的庞德,进入以后者为核心的文学圈子,得到了有力帮助。他的诗作受象征主义和玄学派诗歌,特别是意象主义的显著影响,意象确切,联想丰富,暗示性强,表现了 20 年代普遍的怀疑与幻灭,和三四十年代向宗教寻求解脱的情感意向。

艾略特不是一个崇尚力量、充满自信的人。他历来喜欢猫。《情歌》描写黄昏的烟雾在街头弥漫,与猫的一系列动作结合得天衣无缝,把一种漫无目的的慵懒生活写得活灵活现,成为现代诗歌的经典段落。

艾略特以不守格律的自由诗体、不登大雅之堂的街巷意象和新奇怪诞的独特隐喻来写情歌,以此回应浪漫夜莺的甜蜜歌唱,告别矫揉造作的维多利亚时代。他擅长把自己隐匿在诗句背后,不断变换面具和语气,尽量不露痕迹。诗中的"我"多取角色式形象,表现为一种萎靡无奈又不失幽默的声音。波德莱尔启示艾略特,把描写城市丑恶的写实笔法和诗人变化万端的幻觉奇想巧妙地结合起来。传统趣味当然难以接受这一切。当年的诗坛甚至怀疑这些"观察"是否可以称之为诗。然而,西方诗歌史上一种新的情感表现方式由此得以形成。

艾略特的诗作往往没有通盘谋划的思想脉络。其"想象的逻辑"常常省略过渡环节和连接成分。在他看来,诗人"变得愈来愈无所不包,愈来愈隐晦,愈来愈间接,以便迫使语言就范,必要时甚至打乱语言的正常秩序来表达意义"。这与乔伊斯"词语革命"的要求具有某种内在的一致性。这一切,使得现代诗歌晦涩费解。照艾略特的意见,读者应该听任诗的意象自行进入敏感的记忆,不必顾及意象是否得体,阅读最终自然会收到效果。

前期的名篇还有被视为现代主义文学里程碑的《荒原》。作为前期创作终结的标志,《空心人》(1925)中的"我们"早已不是"迷失的狂暴灵魂",而是死亡国土上的影子,头脑里塞满稻草的空心人。"我们"的世界"在一声抽噎中结束"。

艾略特的创作转变表现在以宗教名义肯定世俗生活。信仰的关键在于接受生活。如《圣灰星期三①》(1930)所言:"我对事物的现状感到欢欣。"当然,前提是皈依宗教,即对人为造作悔罪,服从上帝安排。以往灵活多变的语气和视角,至此已逐渐接近作者本人的声音。它不再是对生活充满巧智但又几近虚无的嘲弄,转而具备了但丁式的不怨不忿的谦卑。诗人通过隐喻揭示获得信仰的艰难历程,终于从窗口看到了"白色的船帆仍然飞向海的远方"。圣诞小诗《玛丽娜》通过亲王与失而复得的女儿相认的情景描绘自己新的内心世界:"为了生活在一个超越自我的时间世界里",作者要重新扬帆出海。前面是"那希望,那新的船只"。

《四个四重奏》作于1935—1942年间,分别以四处地点为题,既是整体,又可独立成篇,是一组探讨永恒与时间的宗教哲理诗。组诗通过个人经历、历史事迹,表现过去、现在与未来的虚幻和生命的短暂易逝,宣扬宗教式的谦卑。诗作一开头即把人们带入关于时间的思考:"时间现在和时间过去/也许都存在于时间将来/而时间将来包容于时间过去。"他不赞成进化论否定过去,又拒绝永恒与时间的简单对立,提出要征服或拯救时间,必须把入世精神和宗教关怀水乳般交融在一起,进入具体的时间。"只有在时间中,玫瑰园里的那一刻,/雨点敲打棚架的那一刻,/烟雾降落在多风的教堂里的那一刻,/才能被人记住。""所以,当一个冬日下午/历史就是现在和英格兰。""一个没有历史的民族/不能从时间中得到拯救。"组诗语言凝练,流畅自然,超越了《荒原》的雕琢。艾略特对语言异常敏感,重视意义,常患词不达意,甚至把写诗比作"同词语和意义的难以忍受的扭斗"。在他看来,只有精益求精才是唯一出路。

在文学批评方面,艾略特的代表作是著名论文《传统与个人才能》(1917)。他提出了一种并非一成不变的传统观。传统"不是继承得来的。你要得到它,必须付出很多的劳动"。于是,传统成为一种包含历史意识的当下存在。"现存的艺术经典本身就构成一个理想的秩序,这个秩序由于新的(真正新的)作品被介绍进来而发生变化。"作家不能脱离传统创作,但可以像催化剂那样使传统起变化。这正是个人才能之所在。

作为批评家,艾略特曾提出两个颇有争议的诗学观念:"感性脱节"和"客观对应物"。他认为,英国诗歌18世纪后趋于理念化,思想与感情、形象彼此脱节;19世纪的思想感情又趋于模糊朦胧。所以回过头来,应当向17世纪前期文学和玄学派诗歌学习。

---

① 基督教纪念日,四旬斋第一天,教徒该日有以灰抹额之习俗,意在表示悔罪和服从。

"客观对应物"说以意象和现实之间的两两对应关系为基础,有绝对化之嫌,离开了文学是一种相对性人本价值的现代思路;但又在一定意义上突破了自我中心的偏颇,有助于肯定诗的普遍意义。艾略特后来强调:诗应该像玻璃窗一样,透过它可以看到窗外的景物。诗人的情感个性不应遮蔽事物本身。

艾略特还表现出非凡的诗剧才能,著有《阖家团圆》(1939)、《鸡尾酒会》(1950)、《机要秘书》(1954)和《政界元老》(1959)等作品,最重要的是历史剧《大教堂凶杀案》(1935)。

(二)《荒原》

《荒原》(1922)被看作划时代的文学经典,现代派诗歌的里程碑。全诗433行,分"死者葬仪""对弈""火诫""水里的死亡""雷霆的话"五章,使用了七种文字(包括题词)和大量典故。题解中强调韦斯顿《从祭仪到神话》和弗雷泽《金枝》两部书中的圣杯传说、繁殖仪式和人类学所概括的复活原型对其创作的影响。

"死者葬仪"以荒原象征战后的欧洲文明。它缺乏水的滋润,需要春天和生命,然而现实却充满了低级欲念,半死不活。"对弈"把上流社会妇女和酒吧里的下层市民生活两相对照,同样庸俗而无意义。"火诫"写情欲之火造成猥亵、空洞而虚伪的爱。"水里的死亡"篇幅最短,暗示死亡不可避免,人们所渴望的生命之水也于事无补。"雷霆的话"回到荒原主题,宣扬宗教的"克制、同情、给予"。全诗意象鲜明,情调和谐,借助暗示和联想,构成了完整的诗篇。诗中极少用韵,大多为有节奏的自由体,语言变化多端,典故冷僻繁富。

诗作发表后因晦涩难解一度颇受訾议。后经作者注解、研究者诠释,大致可以读懂。人们一般把它看作西方文明没落的写照。也有人从宗教拯救着眼,认为诗作描写了孤苦无依的个人面临无边的黑暗战栗不止。至于解决问题,已非人力所及,唯有在隆隆的雷声中静候甘霖降落。艾略特本人既未认可宗教拯救,也不赞成幻灭表现,甚至否认它是社会批评。"对我而言,它仅仅是个人的、完全无足轻重的对生活不满的发泄;它通篇只是有节奏的牢骚。"

有观点认为,《荒原》总体效果虽佳,但并不存在过去所理解的那种象征结构或宗教意义。全诗由一些互不相干的片断连缀而成,内容上没有推进与发展。在这一点上,艾略特类似他所赞赏的诗人:"破碎的思想体系的残片充斥于市,多恩这样的人就像好收集杂货的喜鹊一样,拣起那些引他注目的亮晶晶的各种观念的残片,胡乱装点自己的诗行。"[①]《荒原》的特征唯在旁征博引。艾略特是集字、集句艺术的大师。他擅长把学自前人的东西熔铸在一种全新的、独一无二的感觉之中,将不同的文体纷然杂陈。这种手法古已有之,尤为20世纪先锋派音乐家、艺术家所

---

① 〔英〕艾略特:《托·史·艾略特论文选》,周煦良等译,上海文艺出版社,1962年,第138、139页。

喜用。

《荒原》中有不少片断,以极其简洁的笔法表现转瞬即逝的美使人心灵震撼的那一刻。比如:"等我们从风信子花园回来,时间已晚,/你的臂膊抱满,你的头发湿漉,我一句话/都说不出,眼睛看不见,我既不是/活的,也未曾死,我什么都不知道,/望着光亮的中心,一片寂静。/荒凉而空虚是那大海。"与此同时,大量的诗行却具有截然不同的性质。比如诗作常出现一派腐烂破败、老鼠横行的景象,"白骨碰白骨的声音",弥漫于字里行间的百无聊赖的感受,以及"尸体""枯树""烟头""空瓶""沉舟""焦土"等死亡意象。如艾略特所言,死亡的动机出自作者对生活本身的厌恶和无可名状的恐惧。这种憎恨代表了人生过程的一个重要阶段。理所当然,谁都不应该误以为个人的有限经验就是生活的全部。对于他人,自然也不会提出类似要求。

三、乔伊斯

(一) 生平与创作

詹姆斯·乔伊斯(1882—1941)生于都柏林。祖上为爱尔兰望族,热心政治,民族意识强烈。到父辈家道中落,然而家庭中对艺术的兴趣和对民族命运的关注,直接影响了乔伊斯的成长。乔伊斯读书勤奋刻苦,作文时常得奖,大学期间曾因一篇关于易卜生的评论引起大师本人的注意。由于对爱尔兰社会抛弃民族英雄帕内尔感到绝望,他长期居留国外,主要是巴黎和意大利。尽管他远离爱尔兰40年,但所有作品都以爱尔兰尤其是都柏林为背景,真实地展现了爱尔兰的生活画卷。

乔伊斯机敏聪慧,博闻强志,不仅熟悉人文学科的众多领域,而且关注自然科学。此外,他有过人的语言天赋,能用意大利语、法语、德语流畅交谈,阅读丹麦语、挪威语和拉丁语书籍也毫不费力。这些,在他的创作中都有明显表现。

从艺术潮流看,自19世纪后期开始,自然主义、象征主义、唯美主义以及后来的未来主义、超现实主义诸流派已经对传统文学发起了围攻。现代主义思潮蓬勃兴起。不满于传统束缚的许多文学家、艺术家开始自发地聚集在巴黎,寻求新的突破。正是这样一种时代氛围,促使当时旅居巴黎的乔伊斯致力于小说的变革与创新。

综观乔伊斯的全部作品,可以发现其创作的前后两个时期,有一个从现实主义走向现代主义的发展过程。前期作品《都柏林人》(1914)由有内在联系的15个短篇小说组成,运用现实主义手法集中揭示生活内在的"瘫痪"状态。"瘫痪"隐喻一种麻木僵化、死气沉沉、无所作为、自甘没落的普遍心态。在乔伊斯眼里,都柏林人是"冷漠的公众",都柏林是"瘫痪的中心"。他试图从"童年期、青春期、壮年期和社会生活"四个方面描写这种"瘫痪",又在瘫痪所造成的幻灭中找到了一种突然而至的心灵感悟。

小说集笔法细腻,含蓄冷静,表现出福楼拜和契诃夫的影响,即以平淡自然的白描方式叙写平凡琐屑的日常生活,讲究细节的精确及其蕴含的意味,从中透露心灵世界的微妙变化;结构上淡化情节及其戏剧性,转而按照"顿悟"模式布局,在感受积累的渲染铺垫中体现"一种突然的心灵显现",形成了乔伊斯的风格。

长篇小说《一个青年艺术家的画像》(1916)由作者早年的自传体长篇手稿《斯蒂芬英雄》演变而来。书中许多情节出于作者经历,甚至连主人公的名字,也来自乔伊斯的笔名。小说采用第三人称人物视角,从童年往事的片断记忆开始,描写作者对爱尔兰丑恶现实的摒弃过程,暗示了主人公后来与家庭、国家、宗教冲突的主线。全书共五章,每章记述冲突的一个阶段,层层推进。第一章通过印象和感受,细腻地描写幼小的心灵对身体伤害的恐惧,比如遭神父体罚、受同学欺侮、被推进"冰冷""黏滑"的水坑等。第二章表现青春期骚动,在感官肉欲驱使下,斯蒂芬同一个妓女发生了性关系。第三章写内疚自责,向神父寻求心灵庇护。第四章记叙摆脱教会束缚的过程,拒绝神职召唤。第五章出现了大量的讨论因素和日记形式的思考,表明了主人公同现实彻底决裂的态度。

就结构而言,上述两部小说都以"顿悟"为构思支点,典型例证是构成全书高潮的第四章,对斯蒂芬海边漫步的描写。斯蒂芬厌倦了平庸现实,意外地听到有人在呼唤代达罗斯①和斯蒂芬的名字。突然间,他仿佛感到有一本书在眼前打开,看到"一个像鹰一样的人在海上朝着太阳飞去"。他的心灵豁然开朗,像是蛹蜕而出的飞蝶从大地飞上天空。走向成熟的心灵摆脱了束缚,开始自我创造。"他将和那个同名的伟大发明家一样,从他灵魂的自由和力量之中,骄傲地创造出一个富有生命力的东西,一个新的、向上的、美丽的、摸不着的、永不毁灭的东西。"

从叙述角度看,小说采用第三人称人物视角,一方面限于人物感官范围,一方面常常进入人物内心,具体叙述因而转化为内心独白。乔伊斯已经意识到,人的心理活动并不总是处于理性层面和逻辑状态,而是思维与情感、体验、直觉、欲望特别是多样化的感觉混杂在一起,表现出明显的不连贯性和跳跃性。他将之用于对主人公心灵活动的摹仿,形成了自觉的意识流小说实验。

代表作《尤利西斯》是意识流小说的典范,前期创作的高峰,标志着英国小说史上的一次历史性革命。小说人物作为20世纪文学"反英雄"的原型,体现了现代小说在人的观念上的变化。意识流探索则改变了传统小说的情节模式和时空观念。小说对英语语言的创造性运用,丰富了英语的语词形式和表意功能。英语文学从此为之面目一新。

---

① 希腊神话中一个能工巧匠的名字。他为国王设计了克里特岛的迷宫,却被扣留在岛上。于是,他用蜡和羽毛做了两对翅膀,带着自己的孩子飞出了困境。

后期小说《芬尼根的苏醒》(1939)的构思与创作前后花费了16年时间。乔伊斯在眼疾日甚的情况下,以惊人的毅力坚持完成了小说,体现了认真而执着的艺术追求。作品有意识地从事语言实验,把意识流技法推向极致。书名来自爱尔兰酒吧小曲,说的是泥瓦匠芬尼根从梯子上掉下来摔死。葬礼前守灵夜,一阵威士忌酒香飘来,他又复活了。书中人物包括都柏林郊外酒吧老板伊厄威克、其妻安娜、孪生儿子森和桑、女儿伊莎贝尔。主人公的名字有"普通人"的含义。两个儿子与《圣经》中的一对兄弟该隐和亚伯形成对照。小说分四部,从黄昏开始,把读者带入"梦幻境界",主要描述伊厄威克及其家人的夜间梦呓。

作品以艰深晦涩著称,小说语言是文本难以索解的主要原因,这在很大程度上应归因于作者有意识的语言实验。

(二)《尤利西斯》

《尤利西斯》(1922)是乔伊斯小说创作的主要成就,被誉为意识流小说经典。作品标志着意识流真正成为小说的唯一描写对象和基本创作方法。作家早在1906年即已开始构思这部小说,具体写作从1914年起,花了7年时间完成。小说出版后,在英美各国长期被列为禁书,直到1933年年底,经法庭判决方予解禁。

《尤利西斯》以爱尔兰首府都柏林市民一天的生活为艺术焦点,透视现代人的心灵活动。这一天是1904年6月16日,乔伊斯与娜拉第一次幽会的日子。但对他人而言,这不过是历史上极普通的一天。作品情节淡化,主要纪录斯蒂芬·代达罗斯、利奥波德·布卢姆和妻子莫莉三个人物的日常琐事和内心生活。斯蒂芬思想敏锐,富于艺术家气质。他总是在对一切进行思考,又总是找不到出路,渴望寻求心灵的指导和依靠。布卢姆是一个广告经理人,多年前幼子夭折,后来妻子红杏出墙,他深感痛苦。作为犹太人,他始终有一种流落异乡的失落感,渴望家庭的亲情和温暖。莫莉是一个生命力旺盛的女人,由于丈夫性无能,常与情人幽会,渴望全身心的爱。

全书共三部。第一部三章,以斯蒂芬为中心,写母亲过世、生父好酒贪杯,他因绝望而离家出走,在布卢姆那里找到了一种心灵父子的感觉。第二部十二章,以布卢姆为中心,展现他自上午8点至子夜后2点的活动。他起床后做好早餐,送到妻子床头。莫莉是个歌手,小有名气。她的代理人兼情人安排她最近到外地演出,下午要上她家送节目单。布卢姆整天为妻子与情人幽会这件事烦恼。他上午10点钟出门,先去邮局取回自己情人的情书,然后乘马车参加迪格纳穆的葬礼,中午到报馆向主编汇报广告预案,下午接着在城里奔波,先后去了图书馆、奥蒙德饭店、基尔南酒店和海滩。晚上10点,到医院看望难产的麦娜·普里福伊夫人。斯蒂芬和医学院的学生在食堂高谈阔论,喝得酩酊大醉,又请大家去伯克酒店继续喝酒。布卢姆不放心,一起跟去。夜半12点,斯蒂芬在妓院遭英国士兵寻衅,被打倒在地。布卢姆产生错觉,把他当作自己夭折了的儿子鲁迪,从地上扶他起来,找到了一种温暖亲情的感觉。第三部三章,写布卢姆带斯蒂芬到一家通宵酒店喝咖啡,然后领他回家。斯蒂芬酒醒,两个人在客厅促膝而谈。布卢姆留斯蒂芬过夜。斯蒂芬感激然而辞去。布卢姆回卧室,上床后思绪万千。凌晨两点过三刻,莫莉似醒非醒,在梦幻中找到了一种全身心的爱的感觉。小说在她的朦胧意识中结束。

小说有意与荷马史诗建立互文性关系。书名取自奥德修斯的拉丁名,人物、情节与结构都与《奥德修纪》形成对照。史诗原本也分三部分,写忒勒马科斯外出寻父,奥德修斯返乡途中十年历险,父子联手除掉无赖全家团聚。只是到了乔伊斯笔下,斯蒂芬痛失母亲,又因对父亲绝望弃家出走,形同流放。布卢姆平庸凡俗,无所作为,谈不上英雄气概。莫莉水性杨花,得过且过,随遇而安。有阐释者认为,这里文本互文的作用在于使现代资产阶级的"反英雄"与古代英雄在对照之下显得更加卑微渺小。然而在乔伊斯看来,两者之间或许并不存在实质性差别。据维柯的见解,人类社会经由神灵时代、英雄时代、凡人时代和混乱时代,终将重归起点。因此,两者不过是各自时代的人物原型,人性相通。布卢姆在第四章曾向莫莉解释过"灵魂转世"。按乔伊斯的意思,布卢姆即系奥德修斯"灵魂转世",《尤利西斯》是《奥德修纪》的现代翻版。所谓英雄主义,古往今来,其实只不过是花样不同的各色谎言。

《尤利西斯》以日常生活的平凡琐事为意识流主题,其间找不到可歌可泣的英雄业绩。有学者指出,在他的小说里,"没有任何重大的事件,没有任何重要的人物,没有任何重要的思想"。乔伊斯的现代性,或许恰恰体现在这里。早在20世纪初年,他已经通过自己的小说实践证明,只有日常生活才是艺术创造的真正领域,只有意识流描写才能找到生活的真实。

《尤利西斯》运用了成熟完善的意识流技法。意识流在本性上属于"意识的前语状态",即"未经审查的、未经理性控制的,或未经逻辑编排的"先于理性层次的心理活动,是自由联想的真实记录。乔伊斯大力发展了这一技法,从而对人无时不在流变的内在自我做出了深入探索。他用第一人称把人物纷繁凌乱的思绪感受直接展现出来。读者所看到的,往往是回忆、印象、感觉、思绪经过自由联想汇聚为一股飘忽不定、变幻莫测、如行云流水般游走的意识流,具有独特的艺术魅力。当然,意识流并不意味着漫无边际,想到哪儿写哪儿。事实上,乔伊斯的创作章法严谨,意图明确。《尤利西斯》仅第十五章就修改了八遍才定稿。

上述特点,在乔伊斯本人认为最具吸引力的全书最后一章,写莫莉似睡非睡状态下的意识流动时,得到了集中表现。

第四节　美国文学与福克纳

一、美国文学

现代主义追求在美国最初始于19世纪末的女诗人艾米莉·狄金森(1830—1886)。现代主义诗歌初成气候,最早是在1912年芝加哥出版的《诗刊》上。杂志头几卷,曾刊出庞德、H.杜利特尔(1886—1961)、I.洛威尔(1874—1925)、W.K.威廉斯(1883—1963)、桑德堡(1878—1967)、T.S.艾略特等人的诗作。这批人在后来的意象主义诗歌运动中,大多取得了显著成就。

美国戏剧在两次世界大战之间摆脱了商业化倾向,大踏步走向世界。奥尼尔成为这场新戏剧运动的主要代表。他对美国社会生活的秩序表示怀疑,善于把乏味的日常生活和美好的梦想加以精心对照,通过大胆创新的多样化手法表现出来,创造了美国现代心理悲剧,达到了戏剧心理化和艺术哲理化的高度。其剧作体现出了多样化特色,除《毛猿》外,重要剧作还有《天边外》(1920)、《琼斯皇》(1920)、《安娜·克里斯蒂》(1922)、《榆树下的欲望》(1925)、《大神布朗》(1926)、《哀悼》(1931)等。

美国现代主义小说的倡导者,一般认为是女作家G.斯泰因(1874—1946)和S.安德森(1876—1941)。斯泰因一生大部分时间旅居巴黎,热心支持现代艺术。20世纪20年代许多旅法美籍青年艺术家出入于她的沙龙,得到帮助和鼓励。"迷惘的一代"一词即出自她之口。斯泰因自觉追求文学改革,一反前人的雕琢藻饰,摹仿儿童语言,注重声律节奏,创造出一种以稚拙为特色的文体。她还借鉴电影手法,用重复但又有细微差别的文句表现一种流动的、连续不断的景象。她认为标点符号多为累赘,特别是问号、冒号和分号,因而不大使用它们。这些都对当年旅居巴黎的美国作家产生了影响。斯泰因有实验小说《三个女人的一生》(1909)传世。安德森注重心理描写,擅长表现生活失意的小人物苦闷变态的内心世界,并不时为之营造神秘氛围。代表作是短篇小说集《俄亥俄州瓦恩斯堡镇》(1919)和自传性长篇小说《讲故事者的故事》(1924)。

二、福克纳

(一) 生平与创作

威廉·福克纳(1897—1962)是欧美现代主义文学的经典作家。作为"南方文学"的代表,他以其规模宏大的"约克纳帕塔法"系列小说,深刻地表现了美国南方二百年来的社会变迁,不同家族各色人物的历史命运及其心路历程。他对人的痛苦心灵的描写,对传统文化和物质主义的怀疑与否定,炉火纯青的意识流手法和打破常规的文体语言特色,使其小说成就获得了世界意义。

福克纳是美国南方种植园主的后裔。其曾祖在当地颇有影响,到父辈家道中落。第一次世界大战中曾在加拿大空军服役,战后上过一年大学。福克纳1925年结识时已成名的安德森,在他帮助下出版第一部小说《士兵的报酬》(1926)。福克纳毕生完成了19部长篇和70多个短篇小说,绝大部分以约克纳帕塔法县为背景,且其人其事相互间有一定联系。1929年出版的《喧嚣与骚动》是其代表作。此后直到1936年,是作家创造力最旺盛的时期,有长篇小说《当我弥留之际》(1930)、《八月之光》(1932)、《押沙龙,押沙龙!》(1936)问世。

福克纳创作后期有现实主义回归倾向,主要作品是"斯诺普斯三部曲",包括长篇小说《村子》(1940)、《小镇》(1957)和《大宅》(1959)。中短篇也有一批名作,如《老人》(1939)和《熊》(1942)。

20世纪30年代初,福克纳还要靠为好莱坞写电影脚本维持生计。1946年《袖珍本福克纳选集》出版,其作品渐受推崇,生活境遇产生实质性改变。他曾获1949年诺贝尔文学奖,1962年病逝于家乡牛津镇。

福克纳的前期创作最有特色。《当我弥留之际》写安斯·本德伦带领儿女送妻子艾迪的灵柩回乡时一路上所遭受的磨难。先是尸体腐臭,一个儿子想放火烧棺,被送进疯人院。另一个儿子为了不让棺木落水,被大车轧断一条腿。经过6天跋涉,总算到达目的地。值得注意的是小说叙事所进行的大胆实验。全书15个人物,共59节,每节是一个人物的意识流,通过从旁观察、感受体验和心理活动,描写与这次跋涉有关的一部分生活内容。语言采用南方农民的生动口语,但人人口气不同,体现了艺术家对人的个性的把握。

《八月之光》通过弃儿命运写种族矛盾和文化偏见,并在双线对照中肯定原始人性,要求返璞归真。一个名字同耶稣基督相近的孤儿,由于保育员陷害,被误认为黑白混血儿赶出孤儿院。白人社会不接纳他,黑人也对他排斥猜疑。因为失去"身份",他经历了一系列悲惨遭遇,最后杀死情人,主动接受白人私刑而死。

《押沙龙,押沙龙!》故事复杂,同《圣经·旧约》有互文关系。小说通过父辈罪孽、兄弟阋墙、乱伦谋杀、纵火毁灭等触目惊心的艺术描写,表现种植园主家族的兴衰和种植园制社会必然灭亡的命运。艺术上则安排洛莎小姐和康普生两人叙述种植园主的故事,让昆丁带引读者辨析故事中出现的疑问,使叙述形成丰富的层次,带上个性化色彩,进而形成读者究真辨伪、填补空白的主动阅读,使小说带上扑朔迷离的神秘氛围和奇情闪烁的怪异特点。

福克纳的后期创作注重开拓社会内容,生活画面广阔,带有史诗特征。三部曲中的第一部《村子》,其艺术风格最早体现了这一变化。小说描写精于算计的底层无赖弗莱姆巧取豪夺的发家史,然而主要借助被称为"感情的奴隶"的四个相关人物的喜剧性故事来完成。小说由众多插曲组成,结构松散,使用现代南方口语,与前此完成的《押沙龙,押沙龙!》恰成对照。《押沙龙,押沙龙!》写的是南方贵族庄园的开拓和衰败过程,结构严谨,故事阴森恐怖,用的是伊丽莎白时代庄重严肃的英语。《小镇》和《大宅》承接上作,写弗莱姆利用妻子向上爬,目的达到后又把她逼死,终至恶贯满盈,被由他陷害入狱的堂兄明克杀死。以弗莱姆为代表的斯诺普斯家族是美国南方社会的畸形儿,体现了新兴资产者在不利于自己正常发展的社会条件下穷凶极恶的心态。

(二)《喧嚣与骚动》

《喧嚣与骚动》是福克纳心血投入最多,又"总是撇不开,放不下"的一部作品。书名出自莎士比亚悲剧《麦克白》第5幕第5场主人公的台词:人生就"像一个白痴所讲的故事,/充满喧嚣与骚动,/却毫无意义",表达了作者对南方世界的悲观见解。

小说描写杰弗逊镇康普生家族的没落及其主要成员的命运与感受。这是一个曾经出过将军、议员,拥有大量田产和黑奴的种植园主世家。而今,康普生先生终日酗酒,沉湎于过去了的好时光。康普生太太无病呻吟,越来越自我中心,冷酷无情。他们有四个子女:大儿子昆丁读过哈佛,但心理脆弱,深为自己对妹妹的乱伦情爱所苦。二儿子杰生唯利是图,冷酷无情,连姐姐卖身挣来的外甥女的抚养费都要克扣,还想给白痴弟弟施行阉割。小儿子班吉是白痴,长期受杰生虐待。女儿凯蒂热情开朗,但未婚先孕,又遭丈夫遗弃,沦为妓女。小说分为四部分,由四个人物从不同角度分别讲述凯蒂的故事:"班吉的部分",1928年4月7日讲述;"昆丁的部分",1910年6月2日讲述,昆丁就在这一天自杀;"杰生的部分",1928年4月6日讲述;最后是"迪尔西的部分",改用第三人称,讲述1928年4月8日发生的故事。

白痴班吉33岁,只有3岁的智力。他没有时间观念,过去现在混为一谈,统统被汇入一股狂乱混杂的意识流。然而由其讲述中,仍然可以感受到他在失去姐姐的母性关爱后的痛苦。昆丁的精神已经崩溃。他身上既保留了祖先的贵族骄傲,又缺乏胆识和实际能力。懦弱使他陷入对妹妹的爱情不能自拔。他无法接受凯蒂嫁人和堕落的事实,在紧张的回忆、思考、梦呓和潜意识活动中奔突无路,最终自杀。昆丁之死表明,对南方旧传统恋恋不舍的一代,面对变动中的现实软弱无力,终被吞噬。杰生不同于哥哥,他顺应潮流,接受现实,集中体现了种植园主的野蛮残忍和资产者的自私与卑鄙。凯蒂妨碍他谋求银行职位,他恨死了凯蒂,连同她的私生女小昆丁。他所叙述的故事经过偏执狂、虐待狂的目光折射,心态极度变形扭曲。黑人女仆迪尔西客观清醒,她补充说明了前三部分没有交待清楚的情节,讲述了故事的结局。杰生的仇恨与虐待,终于招致命运的报复。长大成人的小昆丁卷走了杰生的全部钱财,随一个流浪艺人私奔。这一天是复活节。康普生家充满仇恨手足相残的故事,同基督"你们要彼此相爱"的告诫,形成鲜明对照。

　　福克纳通过对种植园主家族沉沦没落的描写,为南方传统和贵族精神谱写了一曲绝望的挽歌;凯蒂粉碎了传统道德,班吉没有清醒意识,昆丁丧失了行动能力,杰生眼里只有金钱,完全抛弃了贵族价值观。与此同时,作者找不到出路,对现代文明抱怀疑态度,甚至心存幻灭感。或许全书只有在劳动者迪尔西身上,可以发现人性中一息尚存的忠诚、忍耐、坚毅与仁爱,体现了"人性复活"的些微希望。

　　《喧嚣与骚动》成功地运用了多重人物视角的意识流叙事,又将之与象征隐喻、对位式结构有机地结合在一起,造成了扑朔迷离、变幻莫测的神秘色彩以及万花筒般繁复多样、引人入胜的艺术效果。由于构思巧妙,同一事件从四个不同视角展开叙述,却丝毫没有重复啰嗦之感。相反,更显得中心事件有层次有纵深,表现了生活的立体感,人物意识的涌流也变得更加充分而自然。在意识流手法的具体运用上,小说前三部分分别根据三个叙述者各自不同的心理状况,突出了白痴、精神崩溃者以及偏执狂、虐待狂的语言特色,准确到位地揭示了三个人物不同的文化心理状态。第四部分从正常清醒、非功利的旁观者视角写来,既给人以清晰完整的经验感受,也释疑解惑、总括全书,增强了小说的可读性。

　　《喧嚣与骚动》体现了福克纳的独特风格,为现代小说开辟了道路。

思考练习题:
1. 现代主义文学兴起的社会历史文化基础是什么?
2. 现代主义文学的主要流派有哪些?它们各自的特点是什么?
3. 如何看待卡夫卡的文学创作成就?如何理解小说《城堡》的主题意蕴?为什么说这部小说在艺术上体现了鲜明的表现主义特色?
4. 如何评价艾略特的诗学理论主张和诗歌创作成就?
5. 《尤利西斯》与荷马史诗《奥德修记》在人物、情节上的互文体现了作者的何种思考?小说体现了哪些典型的意识流特征?
6. 《喧嚣与骚动》的结构与叙述手法的主要特色是什么?小说的主题思想是什么?

第十三章　20世纪文学(四)

第一节　后现代主义文学概论

"后现代"问题在世界思想文化领域引起了热烈的讨论和激烈的争论,时至今日仍然没有定论。一部分学者认为后现代话语与现代话语必定是断裂的,后现代主义就是"反现代主义",只要思想上属于后现代主义,就可以忽略其产生的历史时期,将之归于后现代主义范围;另一部分学者则认为后现代主义与现代主义存在着明确的分期,后现代文学一定是在后工业社会语境里产生的文学;还有一些学者认为后现代话语产生于现代话语,后现代主义应该归属于现代主义,现代与后现代之间不存在历史的分期;更有人完全否认后现代主义的存在,认为所谓"后现代"是一个伪问题。然而,无论怎样争论,"后现代"问题显然是无法回避的,因为"后现代"思潮席卷了哲学、文学、艺术乃至科学等诸多领域,对半个多世纪以来的世界文学产生了深刻的影响。如何命名"后现代"其实并非最重要的问题,最重要的是必须直面"后现代"理论和"后现代"文学创作,认识它们独特的、创造性的贡献和价值。

一、"后现代"理论及文论

美国批评家伊哈布·哈桑(1925—2015)于20世纪70年代开始使用"后现代主义"这一术语,并创造出"不确定的内向性"一词来描述所谓"反文学""文学归于沉寂"的现象。这种现象的特点在于文学中的"自我指涉"和"自我质疑",这类文学不在文本之外寻求意义,文本的意义就在自身。可以说,"后现代主义"一词最初是从文学现象中提出的,在随后的发展中,"后现代主义"又从文学领域走向整个文化领域。哈桑在这一过程中同样起到了重要的作用,在其《后现代文学初探》(1982)中,他将文化现象也纳入"后现代主义"进行分析。

哈桑提出后现代问题之后,法国哲学家让-弗朗索瓦·利奥塔(1924—1998)于1979年发表《后现代状况:关于知识的报告》,从知识的角度切入并讨论后现代问题。利奥塔首先提出的是知识的合法化危机问题。他把知识分为两种,即叙述知识和科学知识,认为这两者之间的区别在于:叙述知识不接受外部标准的衡量,不追求真理性选择与判断,它只与美、幸福、正义等价值有关,通过叙述最终构成社会伦理以及审美规范;科学知识则具有各种标准对其加以衡量,并且以真理性追求作为目标。利奥塔指出,科学知识往往因为叙述知识的无法实证而对叙述知识产生置疑;然而,科学知识恰恰建立在无法实证的叙述知识之上,科学知识也是话语的一种,同样是"语言游戏"。利奥塔指出,之所以提出知识合法化问题,原因就在于,后工业时代的知识的符号化、形象化和商品化,造成了传统知识、知识教育者及研究者与知识使用者、学习者之间的分裂。

利奥塔接着对元叙事进行了消解,他认为"后现代"就是对元叙事的质疑,现代知识无法通过元叙事获得自身的合法性。利奥塔认为存在两种宏大叙事:法国的"启蒙型叙事"和德国的"思辨型叙事"。前者认为理性可以带来真理、正义和解放;后者则在科学本身之基础上建立科学体制,探索真理是其首要目标。宏大叙事中的精神辩证法、意义阐释学和人类解放学说在某种意义上说孕育了现代精神。利奥塔的后现代理论正是在对元叙事的消解中提出的。利奥塔引用了维特根斯坦(1889—1951)关于语言的比喻:语言仿佛不断增加新建筑和街道的老城,错综复杂,没有一个人可以掌握所有的语言。语言和语言之间具有不可通约性,形成共同的语言是不可能的。正是语言的这种特点使得现代知识不可能凭借元叙事取得合法性,某种语言一统天下的局面不可能出现。在这一意义上,元叙事被消解了。利奥塔认为,实用性、异质性以及不稳定性是现代知识的重要特征,当元叙事不再是知识合法化的手段时,科学知识合法化的条件就是作为科学衡量标准的效益。元叙事的消解实际上揭示出利奥塔后现代思想中对于总体性和共识的排斥与拒绝。利奥塔在《歧异》(1988)一书中又强调了"歧异"的思想。他认为世界上存在各种各样的声音,我们应该允许各种声音说话,"歧异"是必须受到保护的,它预示了社会的公正。

丹尼尔·贝尔(1919—2011)从经济和社会发展的角度解释了后现代主义产生的根源。贝尔认为,按照工业化的程度,可以把人类社会划分为三种形态:前工业社会、工业社会和后工业社会,后现代主义是后工业社会发展的必然产物。贝尔最重要著作是《后工业社会的来临》(1973)和《资本主义文化矛盾》(1976)。

后现代主义思潮中另一个重要人物是法兰克福学派第二代代表人物之一尤尔根·哈贝马斯(1929—)。哈贝马斯在法兰克福学派第一代哲学家对启蒙精神的批判之基础上进一步提出,启蒙精神的积极因素是其所带来的民主和平等,而工具理性的扩张则是其消极的一面。但是,他进而指出,工具理性扩张的原因在于人类主体的哲学传统,因此人类中心的哲学传统应该向人类主体间的哲学转变。哈贝马斯认为,通过人类主体间的交往能够达成"共识"。也正是在这一点上,哈贝马斯与利奥塔展开了"共识"与"歧异"的论战。总之,在哈贝马斯看来,现代性尚未完成,他所提倡的是现代性的重构。《交往行动理论》(1981)、《现代性的哲学话语》(1985)、《后形而上学思维》(1988)以及《在事实与规范之间》(1994)是其主要著作。

让·鲍德里亚(1929—2007)的后现代主义思想极其激进。他指出当代的社会是符号与消费的社会,并认为当代西方人生活在一个由符号构筑起来的"仿真"的世界中。"仿真"是一个过程,包含了四个阶段:首先,在从意象到实现现实反映的过程中,符号与现实建立起对应的关系;然后,现实被遗忘,符号得到保留;接着是以符号进行的思维形成;最后,符号构筑起独立的与现实无关的体系。鲍德里亚用"超真实"一词指代仿真世界中的真实,所谓的"超真实",事实上是从模型到模型的真实,这种真实与现实无关。在鲍德里亚看来,后现代社会不存在任何界限,后现代社会是平面化的、无差别的。他的著作有《客体系统》(1968)、《消费社会》(1970)、《符号政治经济学》(1972)、《生产之镜》(1973)等。

弗雷德里克·詹姆逊(1934—   )在他的《后现代主义,或晚期资本主义的文化逻辑》(1984)中指出,后现代并非历史断裂的产物,而是资本主义发展阶段中的文化体现。詹姆逊认为,后现代作品消解了现代作品中的深度模式,平面化是后现代作品一个重要的特征。后现代作品不再表现现代作品所表现的焦虑、孤独、疯狂、异化等情绪,个体创作风格缺失,"拼贴"形式盛行。他进而总结了后现代文艺的四个特征,即主体消失、深度消失、历史感消失和距离消失。在詹姆逊的理论中,现实主义、现代主义和后现代主义分别对应于市场资本主义、垄断资本主义和跨国资本主义。与利奥塔不同的是,詹姆逊认为宏大叙事并没有消失,只是沉淀下来作为"政治潜意识"而存在。詹姆逊的其他主要著作还有《语言的牢笼》(1972)、《时间的种子》(1994)、《文化转向》(1998)等。

女性主义是后现代时期重要的思潮。女性主义可以追溯到 18 世纪末,英国女作家沃尔斯通克拉夫特(1759—1797)的《女权辩护》(1792)和英国哲学家密尔(1806—1873)的《妇女的屈从地位》(1869)是 18—19 世纪的两部著名论著,是女性主义的先声。20 世纪的女性主义思潮最主要的著作有波伏娃(1908—1986)的《第二性》(1949)、弗里丹(1921—2006)的《女性的奥秘》(1963)、米利特(1934—2017)的《性政治》(1970)、米切尔(1940—   )的《妇女:最漫长的革命》(1966)、费尔斯通(1945—2012)的《性别的辩证法》(1970)、阿尔特巴赫(1941—   )的《从女性主义到解放》(1971)等。

西蒙娜·德·波伏娃是法国著名的女性主义思想家、文学家,她的杰出著作《第二性》被誉为西方女性的《圣经》,深刻和久远地影响了西方女性思潮和女权运动。波伏娃回顾了各个历史时期女性地位的演变,认为妇女不平等地位的形成是女性长期屈从男性权威的结果。她不承认有什么永恒的女性,相反却提出了一个石破天惊的著名论点:女人不是天生的,而是被造就出来的,是男权社会的文化符码人为造就的产物。在一个男性视自身为正常、规范和标准的价值体系中,女性自然被贬斥为"他者",并因为与男性在生理和心理等方面的差异而被降格为"第二性"。

假如女性不能将自己看成是具有主体性的独立存在,那么她们将无法获得表达自身的权利。

生态思潮也是后现代时期思想文化领域出现的一个重要现象。生态思潮也可以追溯到18世纪,卢梭的回归自然说、华兹华斯和梭罗的简单生活观、恩格斯的以遵循自然规律为前提说和一线胜利二线失败论、利奥波德(1887—1948)的大地伦理等构成了当代生态思潮的思想资源。生态思潮兴起于20世纪60年代,主要代表性人物和著作有卡森(1907—1964)的《寂静的春天》(1962)、怀特(1907—1987)的《我们的生态危机的历史根源》(1967)、佩切伊(1908—1984)的《深渊在前》(1969)、梅多斯(1941—2001)的《增长的极限》(1972)、拉夫洛克(1919—)的《该亚:地球生活的新视野》(1987)、奈斯(1912—2009)的《生态、社会和生活方式》(1989)、罗尔斯顿(1932—)的《哲学走向荒野》和《环境伦理学》等。

霍尔姆斯·罗尔斯顿是当代著名的环境伦理学家,生态整体主义思想的集大成者。在《哲学走向荒野》(1986)和《环境伦理学》(1988)等著作里,罗尔斯顿承袭了利奥波德的大地伦理思想,强调把不破坏生态系统的稳定和动态平衡、保护物种的多样性作为最基本的价值判断标准,把生态系统的整体利益当作最高利益和终极目的。生态整体主义并不否定人类的生存权和不逾越生态承受能力、不危害整个生态系统的发展权,而是主张限制人类的非基本需求和无节制的发展,把人类对自然的污染和索取控制"在能为自然所吸收、在适于生态系统之恢复的限度内"[①],目的是确保包括人类在内的自然万物的持续存在和持续发展,保护包括人类的长远利益在内的整个自然系统的长远利益。

在生态危机愈演愈烈的当代,生态思潮越来越波澜壮阔。生态的思考和生态的理解成为普遍采纳的思维方式,从生态的角度探讨问题,成为人文和社会科学研究的重要趋势。人文社会科学几乎所有的学科都建立了与生态相联系的新的交叉学科,如生态哲学、生态社会主义、生态马克思主义、生态伦理学或环境伦理学、生态神学、生态政治学、生态社会学、生态史学、生态文学、生态批评、生态女性主义、生态美学或环境美学、生态人类学、生态心理学、生态经济学等。不少思想家都预言:鉴于人类所面临的最严重、最为紧迫的问题是生态危机和生存危机问题,21世纪必将是生态思潮的时代。

重要的后现代主义文论家有拉康、福柯、罗兰·巴特以及德里达等。

雅克·拉康(1901—1981)从精神分析出发建立了他的理论,对当代西方文艺批评具有重大影响。1936年在第14届国际精神分析学会上,拉康提交了他的著名论文《镜像阶段》。拉康的"镜像理论"认为,能指与所指之间的和谐只是一种象征性的秩序,这种秩序无法使自我得到确认。人总是根据外界的形象塑造自身,最终

[①] 〔美〕罗尔斯顿:《哲学走向荒野》,刘耳、叶平译,吉林人民出版社,2000年,第60页。

成为支离破碎的人,成为异化了的人。人类确认自身主体现实性依赖于三个领域,即想象界、象征界和现实界。只有在对他者或者说镜像的想象认同进入到自身无意识中的时候,人的自我意识才逐渐形成;只有在接触到由语言构造的社会象征性并且顺从这种象征性的时候,人才确立了其主体性;而现实的世界是想象和象征的前提。拉康进一步指出,审美与想象相关,但是更加依赖于象征界,由语言构成的象征秩序是审美依附的重要条件。拉康对爱伦•坡的《失窃的信》进行了分析,展示了象征秩序在文学作品中如何构建主体、如何左右整个作品。拉康由此而证明了语言对主体所具有的颠覆性权利。与弗洛伊德不同的是,拉康将语言学引入精神分析领域。他认为主体是语言性的构造,而主体的无意识同样具有某种"语法",这种"语法"与主体的语言经历相关。拉康的主要著作还有《自我的语言》(1956)、《拉康文集》(1967)、《精神分析学的四个基本概念》(1978)等。

米歇尔•福柯(1926—1984)运用知识考古学和系谱学的方式展开了他对现代西方社会和文化的深刻分析和批判。他从众多历史文本中搜集片段,揭示出知识形成的条件以及背后潜藏的权力机制。通过这样的研究,话语与权力之间的关系被揭示出来。福柯关于文学的理论同样离不开话语—权力的理论体系。他认为作者也是权力话语的产物,作者代表一种话语功能,作者的存在告诉人们某种话语存在、传播以及运作的特征。在福柯看来,批评应该突破旧有的模式,批评的目的在于解答人类如何行为以及找到行为所建立的基础。福柯的主要著作有《疯癫与文明》(1961)、《词与物》(1966)、《知识考古学》(1969)、《规训与惩罚》(1975)和《性史》(1976—1984)等。

罗兰•巴特(1915—1980)的学术生涯经历了从结构主义到后结构主义(又称解构主义)的转变。巴特早期的结构主义著作有《写作的零度》(1953)、《神话集》(1957)、《符号学的元素》(1964)、《叙事作品结构分析引论》(1966)、《方法系统》(1967)等。巴特认为人类历史本身的存在构成了叙事存在的合理性,结构主义对叙事形式的研究在这一意义上显得相当合理。他把叙事作品的内在结构分为三个层次:功能层、行动层和叙述层。《作者之死》(1968)和《S/Z》(1970)表明巴特完成了后结构主义转向。在《作者之死》中,巴特认为语言代替了作者成为写作的主体;读者代替了作者成为可以随意切入文本、解读文本的主体。《S/Z》则指出"客观性"不能成为评论作品的标准。巴特还认为文本和文本之间存在"互文性",即文本之间可以相互补充、相互解释。他把文本分为"读本"和"写本"。读本是限定了意义的现实主义式的作品,而写本则给予读者足够的空间,任由读者进行"创作"。

雅克•德里达(1930—2004)的理论充满着对权威、传统和理性的反叛。1966年,在美国约翰•霍普金斯大学举行的一次结构主义研讨会上,德里达作了题为《人文科学话语中的结构、符号和游戏》的报告。此报告与整个会议的主题大唱反调,运用解构方法对结构主义观念公开提出挑战,开了解构主义思想的先河。第二年,德里达发表了他的三部代表作——《语音与现象》(1967)、《文字语言学》(1967)、《书写与差异》(1967),标志解构主义理论的正式确立。《哲学的边缘》(1972)、《立场》(1972)、《人的目的》(1980)、《文学行动》(1998)也是他十分重要的著作。德里达以语言为切入点,开始了他质疑与解构的历程。德里达质疑了能指与所指明晰的对应关系。在他看来,能指永远指向能指,这是一个无限循环的过程。这种无限循环只是一种符号表意的游戏,事物自身的意义无法确定,事物只能依靠事物之间的相互牵制得到确证,这样,"中心"便消解了。西方传统中诸如"上帝""理性""本质"一类的中心受到了巨大的冲击,从中心退向了边缘。德里达由此开始了其解构主义理论话语。

德里达提出,西方自柏拉图以来就存在着贬抑文字而推崇以声音、语言沟通思想的传统,德里达称之为语言中心主义。在德里达看来,语言中心主义的本质是逻各斯中心主义。逻各斯中心主义相信,在语言之外存在着逻各斯,即道、存在、本质、意义、绝对真理等,人类认识的目的是对逻各斯的追求,而语言是传达逻各斯的工具,只有通过语言才能表达真理。德里达则认为,逻各斯中心主义所坚持的语言优于文字、只有通过语言才能传达真理的观念是建立在错误的语言/文字二元等级对立基础上的。实际上,这种等级对立并不存在。德里达还进一步提出,代表本质、意义、绝对真理的逻各斯也不存在,我们所能做的只是在语言符号中不断地转换、延宕,逻各斯对我们来说只是一个永远无法达到的幻象。德里达还对"作品"和"文本"作了区别。他认为"作品"中蕴含着逻各斯中心主义,而"文本"则交织着"延异"和"踪迹"。德里达在《白色的神话》(1974)一文中指出哲学根植于文学的隐喻之中,离开了文学性的哲学仿佛是用白色墨水写成的"白色的神话"。这样,德里达又消除了文化的等级。

女性主义文学批评是20世纪后半期发展起来的新的文学批评模式。女性主义文学批评致力于重新解读经典作品中的女性形象,解构男性中心的文学,并进一步探索女性自己的话语与写作,梳理历史上女性文学的创作传统,建立起女性文学创作的领域。女性主义文学批评的特征在最初阶段表现为争取女性在政治、经济、职业、性别上与男性平等,后来逐渐转向对女性差异性与独特性的正视与强调,以这种差异性对男性象征秩序进行否定。女性主义批评还从文学批评领域进入跨学科的文化批评。女性主义文学批评有英美批评派和法国批评派。英美批评派偏向社会—历史批评,批评家们在历史中寻找女性形象,填补女性文学传统的空白。法国批评派受到心理分析与解构主义的影响,注重话语与文本的研究。主要的女性主义文学批评家及其著作有波伏娃的《第二性》(被誉为女性主义文学批评的奠基之作),埃莱娜·西苏(1937—)的《美杜莎的笑》(1975),露丝·依利格瑞(1930—)的《非一之性别》(1977),朱丽娅·克里斯特瓦(1941—)的《中国妇女》(1974)、《诗歌语言的革命》(1974)、《恐怖的权力》(1980)、《爱的故事》(1984),埃伦·莫尔斯(1928—1978)的《文学妇女》(1976),伊莱恩·肖瓦尔特(1941—　)的《她们自己的文学》(1977),桑德拉·吉尔伯特(1936—　)和苏珊·格巴(1944—　)的《阁楼上的疯女人》(1979),加亚特里·查克拉沃尔蒂·斯皮瓦克(1942—　)的《在其他世界里:文化政治论文集》(1988)等。

　　后殖民批评也是20世纪后期兴起的一种批评模式,是一种以被第一世界宗主国文化霸权所压迫者的身份向后现代状况下虚拟的文化帝国主义挑战的批评。1978年,爱德华·W.萨义德(1935—2003)在《东方主义》一书中提出,"东方主义"探讨的是西方世界与东方世界之间的后殖民关系,东方与西方具有地理区别意义以外的更深层的文化内涵。所谓的"东方主义"体现了建立在东西方不同本体论与认识论基础上的不同的思维方式,同时也是18世纪以来西方世界对待东方的共同规范。"东方主义"的提出,揭示了西方世界认识东方世界的认识体系,也揭示出西方世界对东方世界的政治体系的影响。后殖民主义批评的主要著作还有萨义德的《文化与帝国主义》(1992)和《流亡的思考》(2000)、斯皮瓦克的《后殖民批评家》(1990)和《后殖民理性批判》(1999)等。

　　生态批评发端于20世纪70年代,90年代后形成热潮,目前是文学批评领域里的一门显学。生态批评主要是生态危机现实迫切需要的思想批评,是以生态整体观、系统观、动态平衡观作为主导思想的、以文学作品为媒介的文化批评,其主要目的是挖掘并揭示生态危机的思想文化根源。揭示人类的思想、文化、科技、生产和生活方式、社会发展模式如何影响甚至决定了人类对自然的恶劣态度和竭泽而渔式的行为,如何导致环境的恶化和生态的危机,是生态批评最基本的特征和最重要的价值。今天所面临的全球性生态危机,起因不在生态系统自身,而在于我们的文化系统。要渡过这一危机,必须尽可能清楚地理解我们的文化对自然的影响。只有从思想文化的深层次解决问题,进而普及生态意识,创造出与自然和谐相处的人类文化和生存发展模式,才可能从根本上消除生态危机。生态批评的主要著作有克洛伯尔的《生态文学批评》(1994)、格罗特费尔蒂和弗罗姆主编的《生态批评读本》(1996)、贝特的《大地之歌》(2000)、布伊尔的《为处于危险的世界写作》(2001)和《环境批评的未来》(2005)等。

二、后现代主义文学

(一) 后现代主义文学的产生

　　后现代主义文学的产生和发展与20世纪60年代以来西方社会经济文化生活的巨变密切相关。第二次世界大战后,新科技革命的发展推动西方社会迅速进入信息时代,大规模的机械复制和数码复制技术使信息迅速膨胀。一方面,图像和影视文化对传统文学造成了巨大的冲击;另一方面,文学作品通过网络等电子媒介方便地扩散,网络平台为普通人提供了廉价迅捷的作品发表途径,五花八门的文学形式如网络文学、超文本小说等如雨后春笋般地成长。这些新因素不断挤压着现代主义精英文学的生存空间,日益把文学推向大众化、平民化和娱乐化。文学艺术日渐失去昔日的光环,作家们也不再板着面孔对待读者和文学本身,而是更多地采取一种戏谑、调侃的态度。不仅调侃读者,也调侃文学和文学传统本身。另外,20世纪后半叶西方流行的后现代主义文化思潮也对文学产生了深刻的影响。后现代理论家对宏大叙事的消解、对差异和不稳定性的推崇、对本质中心等深度模式的解构和对意识形态的不信任引发了作家们强烈的怀疑精神和批判态度,极端者甚至发展为一种无所谓的虚无主义态度。追求建设性的目标似乎已经失去了意义,尽其所能打破传统才是唯一的目的。

(二) 后现代主义文学的共同特点

后现代主义文学虽然各具特色,但还是有一些共同特点的。很多人认为,后现代主义文学的基本特征可以概括为三个方面:不确定性的创作原则(主题、形象、情节和语言都呈现出不确定性)、创作方法的多元性、语言实验和话语游戏。从20世纪文学发展的轨迹看,后现代主义文学是对现代主义文学的继承、背离和超越。它们继承了现代主义文学的批判和创新精神,并进一步将其推向极端。从艺术形式上看,如果说现代主义对文学表现形式的探索还停留在打破现实主义和自然主义的传统手法并力图有所创新的阶段,那么后现代主义文学则倾向于放弃艺术形式,甚至从根本上反对艺术形式本身。从思想倾向上看,如果说现代主义文学对西方文化还抱有危机意识和变革意识,对人生的无意义和世界的荒谬性还表现出痛苦和焦虑,那么后现代主义作家则换了一副嘲讽和调侃的面孔,他们相信,与其毫无结果地思考那些无法解决的问题,不如对它们投以轻蔑的一笑。

(三) 后现代主义文学的主要流派组成

"后现代主义"文学包括多个文学流派,主要有存在主义文学、荒诞派戏剧、新小说、"垮掉的一代"、黑色幽默和魔幻现实主义。

存在主义文学产生于20世纪30年代的法国,繁荣于第二次世界大战期间和之后,对后现代文学,特别是荒诞派戏剧、黑色幽默和"新小说"产生了很大的影响。存在主义文学承袭了存在主义哲学对于人的存在的关注,作家们通过文学创作表达对存在的哲学思考,探讨存在的荒诞性、人的存在与本质之间的关系、人的自由选择等问题。代表作家有萨特、加缪和波伏娃等。

荒诞派戏剧于20世纪50年代在法国兴起,后流传到欧美各国。荒诞派戏剧在内容上力图展现世界的"荒诞"以及在"荒诞"世界中人类的异化、苦恼、烦闷和孤独的情绪。荒诞派戏剧在艺术手法上具有反传统戏剧的独特性:传统的戏剧情节被打破,取而代之的是破碎的、看似缺乏连贯性的片段;典型的人物形象被抽象化、平面化的人物所取代;人物语言的深度化模式被打破,代之以看似毫无目的的、缺乏逻辑性及深度含义的人物对话。总而言之,荒诞派戏剧以反传统戏剧的"荒诞"形式表现"荒诞"主题。荒诞派戏剧的代表作家主要有法国的尤内斯库、阿达莫夫、让·热内,英国的贝克特、品特,美国的阿尔比等。

新小说与荒诞派戏剧同一时期兴起于法国。新小说提倡对传统小说的反叛,其共同的艺术旨趣是:不再追求小说对于意义的揭示,却表现出怀疑一切信仰的精神危机;打破传统小说中的故事性与情节性,力图以此方式展现世界的荒诞;不再以人为中心,侧重描写物的世界。娜塔丽·萨洛特、罗伯-格里耶、布托尔、西蒙等是重要的新小说家。

"垮掉的一代"是第二次世界大战后美国的一批作家,他们受到法国存在主义思潮的影响,反叛原有的价值体系,关心人的生存状态。他们的创作表现了时代特征以及一代年轻人的精神状态。"垮掉的一代"在行为上表现出对社会压抑的反抗,他们的作品中也塑造了反叛的形象。这类形象往往狂放不羁,蔑视一切,并以放纵、堕落、颓废甚至犯罪来表现自身的反叛。"垮掉的一代"在艺术手法上主张对高雅艺术特点的抛弃,作品的结构往往是自由的,语言风格狂放甚至粗鄙。凯鲁亚克、金斯堡是代表性作家。

黑色幽默是美国20世纪六七十年代颇为流行的文学流派。其主要特点是以调侃轻松的语言和滑稽可笑的外在形式,表现压抑、沉闷、绝望的情绪和对荒诞世界的思考,因此它又被称为"绝望的喜剧"和"绞刑架下的幽默"。主要作家有海勒、冯尼格特、品钦等。

魔幻现实主义文学兴起于拉丁美洲,20世纪60年代达到高峰。魔幻现实主义文学融会了印第安精神和拉丁美洲本土文化,表现出作家对于社会问题的关注,这在后现代主义文学范围内是与众不同的。魔幻现实主义文学多从现实生活中取材,同时往往又带上神秘的魔幻色彩。魔幻现实主义的代表作家主要有哥伦比亚的马尔克斯、危地马拉的阿斯图利亚斯、墨西哥的鲁尔福等。

除了以上后现代主义代表性作家之外,20世纪后半叶西方文坛还涌现出如下优秀作家。

维斯瓦娃·辛波丝卡(1923—2012),波兰著名女诗人,《存活的理由》(1952)是她的第一本诗集,《一百个笑声》(1967)是她的成熟之作,《桥上的人们》(1986)标志着她诗歌创作的高峰。辛波丝卡的诗多以日常生活经验为元素,通过隐喻揭示生命的本质,表现现实的荒谬和人性的愚昧。她认为,诗歌以好奇、求知和探索为翅膀而飞翔,扩大了人类的生活领域,使之涵盖我们内在的心灵空间,也涵盖我们渺小地球悬浮其间的广袤宇宙。辛波丝卡获得了1996年的诺贝尔文学奖。

凯尔泰斯·伊姆雷(1929—2016),匈牙利著名作家,出生于布达佩斯一个犹太人家庭,第二次世界大战期间在纳粹集中营里度过了四年痛苦岁月,这一经历使他对人类的本质和生存状态产生了严肃的思考,他的处女作《命运无常》(1975)就是以集中营生活为背景创作的。他的主要作品还有小说《给未出生孩子的祈祷》(1990)和散文集《作为一种文化的大屠杀》(1993)、《沉默的瞬间,当行刑队子弹上膛时》(1998)等。2002年因其"捍卫了个人对抗历史的残暴专横的脆弱经验"而成为第一个获得诺贝尔奖的匈牙利作家。

米兰·昆德拉(1929—),当代西方影响最大的作家之一,生于捷克布尔诺市,20世纪60年代提出了自由创作的要求,1968年"布拉格之春"之后被解除公职,著作也遭到查禁。1975年,昆德拉到了法国,用捷克文创作了小说《生活在别处》(1979)、《不能承受的生命之轻》(1985)等,又用法文创作了小说《不朽》(1990)、《慢》(1995)、《身份》(1997)、《无知》(2000)和文论集《小说的艺术》(1986)、《被背叛的遗嘱》(2002)等。昆德拉把他对存在、政治、时代的多重思考在小说中融为一体,他的作品有着深刻的哲理蕴涵。

伊塔洛·卡尔维诺(1923—1985),当代意大利乃至整个西方的优秀作家,生于古巴,两岁时随父母回到故乡意大利圣莱莫。第二次世界大战德军占领期间,卡尔维诺参加了当地的游击活动。卡尔维诺20世纪70年代创作的作品颇具后现代主义风格:《看不见的城市》(1972)以新颖的方式讲述马可·波罗为成吉思汗描述皇帝所看不到的城市;《命运交叉的古堡》(1973)按照塔罗牌的图案来安排小说的结构和情节,展现人物的经历与命运;《寒冬夜行人》(1979)是卡尔维诺后现代作品的代表,小说中时空交错、人物互换,超理性与超现实成为该小说的独特之处。

若泽·萨拉马戈(1922—2010),葡萄牙作家,他的第一部小说《罪恶的土地》出版于1947年,最有名的小说是《修道院纪事》(1982),其他重要作品有《里斯本围困史》(1989)、《盲目》(1995)和《暂停死亡》(2005)等。1998年因其"极富想象力、同情心和颇具反讽意味的作品"使读者重温了特定历史阶段的社会状况而获得诺贝尔文学奖,他也因此成为第一个用葡萄牙语写作的诺贝尔文学奖得主。

埃尔弗里德·耶利内克(1946—),奥地利女诗人、小说家和剧作家,在奥地利享有民族"文学良心"的独特地位。她很小就开始写诗,21岁时发表了首部诗集《丽莎的影子》(1967),1974年因长篇小说《女情人们》而一举成名,自传体小说《钢琴教师》(1983)被改编成电影后获得2001年第54届戛纳电影节评委会大奖。她的小说激烈地抨击了男性社会和等级社会,经常表现性、暴力、犯罪、权力等主题。2004年因其"用充满乐感的语言和韵律,来表现这个充斥着陈腐和压抑的社会的荒谬"而获得诺贝尔文学奖。

第二节　法国文学与萨特

一、法国文学

20世纪上半叶,人类经历了史无前例的动荡不安。在这一历史过程中,战争不仅摧毁人类建立起来的物质文明,同时也摧毁了人类的精神支柱。两次世界大战之后,许多人沉浸在孤独、焦虑、彷徨和荒诞感之中,无法在人类原有的价值体系中寻找到精神支柱。在这样的历史时期,存在主义哲学产生了重大的影响。这一时期的法国文学与存在主义哲学有着密切的关系。

德国的海德格尔(1889—1976)和雅斯贝尔斯(1883—1969)是早期存在主义哲学的代表人物。海德格尔关注本体论意义上的存在问题,并在存在意义上探索人的生存状态。在雅斯贝尔斯那里,所谓存在就是自我意识与人的主观性,他认为人能够自由地选择,人的这种自由选择关系着人类自身的生存状态。存在主义的思想核心是人的存在、人在存在中的自由以及自由选择对人及社会的意义。

存在主义文学最早产生于法国,随后波及欧美其他地区,带动了其他国家存在主义文学创作。法国存在主义文学的重要作家有萨特、加缪和波伏娃。

萨特是存在主义哲学和文学主要代表人物。萨特认为,人初来到世上是一无所有的,没有任何人以外的存在能够设定人的本质。人是绝对自由的,人具有自由选择的权利。人自身的本质只有伴随着人的自由选择才能最终完成。萨特的创作表现了他的存在主义思想,无论是小说、戏剧还是文学批评著述,都蕴含着他对"存在先于本质""自由选择"等命题的思考。

阿尔贝·加缪(1913—1960)生于阿尔及利亚,从幼年开始就长期过着贫民生活,17岁又得了肺病,1940年来到法国。加缪重要的作品包括中篇小说《局外人》(1942),长篇小说《鼠疫》(1947年),戏剧《误会》(1944)、《卡利古拉》(1944)、《戒严》(1948)、《正义者》(1950)等。加缪的哲学随笔《西绪福斯神话》(1942)论述了"荒诞哲学"。他的作品自始至终都没有脱离对"荒诞"的表现,同时也不断思考在"荒诞"世界之中人所具有的姿态和反应,无论是《局外人》中默尔索的沉默,还是《鼠疫》中里约医生的主动抗争,都是对于荒诞所采取的不同的抗争方式。加缪作品中充满着人类对荒诞的抗争意识。1957年,加缪获得诺贝尔文学奖。

西蒙娜·德·波伏娃生于法国巴黎一个天主教家庭,然而在青年时期便放弃了教派信仰。她天资聪颖,从小成绩优异,1928年考取教师资格,并认识了她一生的伙伴萨特。除了《第二性》之外,波伏娃还创作了不少文学作品,主要有《女宾》(1943)、《他人的血》(1945)、《人都是要死的》(1946)、《官员》(1954)等。

荒诞派戏剧是法国20世纪后期文学的重要组成部分,它受存在主义思想的影响,着力表现世界的荒诞。荒诞派戏剧采用的是反戏剧的形式,以荒诞的形式表现荒诞的内容。主要剧作家有尤内斯库、阿达莫夫和热内等。

欧仁·尤内斯库(1912—1994)是最早创作荒诞派戏剧的法国作家,作品主要有《秃头歌女》(1949)、《椅子》(1952)、《犀牛》(1959)、《国王正在死去》(1962)等。《秃头歌女》讲述马丁夫妇拜访史密斯夫妇,却好像素昧平生一般陌生,在交谈中才逐渐发现他们原来乘坐同一趟火车、来自同一个地方、住在同一条街上的同一间房子、睡在同一张床上,最后才发现原来他们是夫妻,还有一个共同的女儿。作品夸张地表现了人与人之间的陌生感和隔绝感。《椅子》表现的是言语的空虚、行为的空虚和整个人生的空虚。剧中一对老人请来众多客人,要向他们宣布关于人生奥秘的信息,然而却看不见客人,只能见到不断增多、最后把两位老人挤得几乎无立足之地的椅子,最后两位老人让一个职业演说家代替他们发布信息,自己从窗口跳海自尽,可那演说家竟然是哑巴。《犀牛》讲述一个小城全城人都变成犀牛的怪诞事件,唯独主角贝朗瑞抗拒这种异化,全剧在他高呼决不投降的喊叫声中结束。犀牛象征着巨大的异化力量,它既可以是盲目的群体信仰,也可能是蛊惑人心的思想理论。

阿瑟·阿达莫夫(1908—1970)的主要作品有《大小演习》(1950)、《一切人反对一切人》(1953)、《塔拉纳教授》(1953)、《弹子球机器》(1955)等。《弹子球机器》中的主人公维克托和让着迷于弹子球游戏,为了改进机器而耗尽了一生的精力。人物对游戏和机器的沉迷意味着物质对人的控制和精神压迫。

让·热内(1910—1986)的主要剧作有《女仆》(1947)、《阳台》(1956)、《黑人》(1959)、《屏风》(1961)等。与尤内斯库、贝克特等人不同,热内的荒诞剧少有喜剧性的夸张,其主要特点是通过制造舞台与观众的间隔、人物性格与其语言不协调等方式创造荒诞感,并带有祭礼式的风格。

"新小说"以反小说的姿态在法国20世纪后半期文学中扮演着重要的角色。"新小说"作家主要有萨洛特、罗伯-格里耶、西蒙和布托尔。"新小说"作家对小说的含义和叙事方式进行了大胆的探索。他们不认为小说要塑造完整的人物形象,也反对利用小说来表达作家个人的感情,或者如存在主义文学那样传达深刻的哲学思考。他们认为,小说的任务就是要客观地复制生活,将现代人混乱不堪的生存环境和生存方式表现出来。"新小说"作家喜欢用散乱的拼贴结构代替连贯的小说情节,把现实、回忆和幻想交织在一起。重视对物的描写也是一些"新小说"的特点,客观的物体成了小说的主角,人反而变成了物。

娜塔丽·萨洛特(1900—1999)生于俄国,1938年发表短篇集《向性》,被认为是"新小说"的先驱,此后专门从事写作。萨洛特早期的作品有《无名者的肖像》(1948)、《马尔特罗》(1953)。她的论文《怀疑的时代》(1956)被誉为"新小说"的宣言。她的其他著名小说还有《天象仪》(1959)、《金果》(1963)、《生死时间》(1968)、

《傻瓜们说》(1976)、《童年》(1983)、《这里》(1995)等。

阿兰·罗伯-格里耶(1922—2008)是"新小说"派最重要的理论家和代表,主要作品有《橡皮》(1953)、《窥视者》(1955)、《嫉妒》(1957)、《在迷宫里》(1959)等。他认为,人物不是小说的中心,实物形态或内心活动比人物更重要,人物只能作为"临时道具"在小说环境里出现,相比之下,他更强调物的重要性,认为小说家的主要任务是描写物的世界,是对物质世界作机械的、外形的描写。其代表作《窥视者》突出描写的是一个直观的物的世界,例如墙上一个斑点,是一只被碾死的蜈蚣,它当初是怎样被碾死的、如何留下痕迹、痕迹的形状与颜色、痕迹的淡化……这一切一再重复,每次又略有不同,仿佛是挥之不去的顽念,令读者感到物质世界的魔力。罗伯-格里耶还是杰出的电影剧作家,他的《去年在马里昂巴德》(1961)等影片是电影史上的名作。

克洛德·西蒙(1913—2005)在1957年发表的小说《风》标志着他创作的成熟。《风》的主人公从父亲那里继承了葡萄园,然而最终却以葡萄园的出卖收场。小说揭示了外力对人的控制以及这种境况下人的抵抗的徒劳。1958年发表的《草》讲述小学教师玛丽的故事,她终身未嫁,培养弟弟,最终寂寥死去。故事情节的连贯性被取消了。西蒙的代表作《弗兰德公路》(1960)主要写的是人物对战争的回忆,那些回忆没有按照时间顺序组织起来,给人深刻印象的是前后跳跃、交错重叠的一组组画面,既精确生动,又纷乱嘈杂。西蒙的其他作品还有《豪华大旅馆》(1962)、《历史》(1967)、《法萨尔战役》(1969)、《农事诗》(1981)等。1985年,西蒙因"兼有诗人与画家的创造才能,在小说中致力于表现深刻的时间意识和人类的处境"而获得诺贝尔文学奖。

米歇尔·布托尔(1926—2016)的代表作《变》(1957)以第二人称写成,叙述的是人物在21个小时的火车之旅中的所见、所感、所思、所梦,十分庞杂,主人公的意识跨越时空飞跃,却又始终围绕着主题。布托尔的其他主要作品还有《米兰巷》(1954)、《日程表》(1956)、《度》(1960)、《陀螺仪》(1996)等。

这一时期的其他重要作家和作品还有玛格丽特·尤瑟纳尔(1903—1987)的小说《阿德里安回忆录》(1951)、《炼金》(1968),玛格丽特·杜拉斯(1914—1996)的小说《抵挡太平洋的堤坝》(1950)、《如歌的中板》(1958)、《情人》(1984)和电影剧本《广岛之恋》(1959)、《长别离》(1960),米歇尔·图尼埃(1924—2016)的小说《礼拜五,或太平洋上的虚无飘渺境》(1967)、《桤木王》(1970),弗朗索瓦丝·萨冈(1935—2004)的小说《你好,忧愁》(1954)、《某种微笑》(1956)、《你喜欢勃拉姆斯吗?》(1959)和剧作《瑞典城堡》(1960),让-马里·古斯塔夫·勒·克莱齐奥(1940—   )的《笔录》(1963)、《沙漠》(1980)等。

二、萨 特

(一) 生平与创作

让-保罗·萨特(1905—1980)生于巴黎的一个海军军官家庭,幼年丧父,从小寄居于外祖父家中。中学时代开始接触叔本华(1788—1860)、尼采(1844—1900)、柏格森(1859—1941)等人的哲学著作。1924年进入巴黎高等师范学校学习哲学。1928年结识了波伏娃,从此结成终身伴侣。1929年任教于勒阿弗尔一所高级中学。1933—1935年在柏林法兰西学院进修哲学,跟随现象学大师胡塞尔学习,并研读海德格尔的哲学著作。1936年开始发表哲学著作。第二次世界大战爆发后应征入伍,1940年为德军所俘,1941年逃出集中营。1945年创办《现代》杂志,宣传存在主义思想。20世纪50年代积极参与维护世界和平运动,60年代支持1968年法国学生反政府学潮。1964年被授予诺贝尔文学奖,然而本人拒绝接受此项荣誉。1980年4月15日在法国巴黎逝世,成千上万的民众自发地为他送葬。

萨特的哲学思想发展可以分为三个阶段:第一个阶段是第二次世界大战之前,他主要运用现象学的方法研究现象、存在和意识。第二个阶段是第二次世界大战之后到20世纪60年代,他将马克思主义同存在主义相结合,"人学"成为其思想核心。第三个阶段是20世纪60年代以后,他积极投身于社会运动当中,表现出强烈的社会参与性。其主要哲学著作有《论想象》(1936)、《存在与虚无》(1943)、《存在主义是一种人道主义》(1946)、《辩证理性批判》(1960—1985)等。

作为哲学家的萨特发展了存在主义思想。萨特认为,存在主义哲学的核心命题是"存在先于本质"。存在包括"自在的存在"和"自为的存在"。"自在的存在"不依赖于同他物的联系而存在,它是孤立、荒谬和没有理由的,是纯粹物质性的自然世界;"自为的存在"就是自我的世界,它与自在的存在完全相反,需要不断和外界发生关系并寻求超越。萨特认为,作为个体的人是一种自为的存在,而自由则是作为自为的存在的人的必然属性。人有自由选择的权利,人天生是自由的。在萨特看来,自由就意味着责任,即你必须选择使自己变成什么样子。这种自由选择是任何人都无法逃避的,即使不选择,那也是一种选择。"存在先于本质"在这个意义上等于说,人的本质不是先验决定的,而完全是自由选择的结果。在自为的存在之外,萨特认为还存在一个"为他的存在",即作为个体的他者。萨特认为,个体要认识和确定自己的存在,就必须将自己置于他者的意识中,而个体又不甘心受制于他者,这就必然使个体和他者之间处于一种水火不容的境地。因此,在个体与他者的关系上,萨特提出了"他人即地狱"的观点。萨特的存在主义思想对20世纪世界文学产生了深刻的影响。

作为文学家的萨特是法国存在主义文学杰出的代表,他的作品往往寄寓着深刻的哲学思想。萨特的文学还有一个重要的特征就是"介入":作家的创作要介入时代、介入社会、介入自由,反对消遣文学和纯粹的感伤文学。因此,人们又把萨特等存在主义者的文学称为"介入文学"。萨特还是一个文学批评家,主要批评著述有《什么是文学》(1948)以及文学评传《波德莱尔》(1947)、《谢奈》(1952)和《家庭白痴(福楼拜)》(1971—1976)等。

萨特的主要小说作品包括中篇小说《恶心》(1938)、短篇小说集《墙》(1938),以及长篇小说《自由之路》(1945—1949)等。

短篇小说集《墙》由《墙》《卧室》《厄罗斯忒拉特》《床笫秘事》和《一个企业主的童年》五个短篇组成,主要表现这样一些观念:人的生命是荒谬的,人的死亡也是荒谬的,人的存在和他可能成为的东西之间有着一面不可逾越的墙,人可以选择自己的存在,却不能选择自己的命运。《墙》是萨特的文学处女作,首发于1937年3月的《新法兰西评论》上。小说主人公帕勃洛等人被投入监狱,即将被送上死刑场。临刑前,死亡的恐惧折磨着他们。恐惧在不同的人物身上以不同的形式表现。帕勃洛最后以戏弄的心态虚假招供了一个战友的藏身之处,结果居然不幸言中,敌人真的在他胡编乱造的那个地方发现并枪杀了他的战友,不可捉摸的偶然性竟然使假供成真。《卧室》的男主人公因为自身的精神病而受到幻象的纠缠,女主人公则拒绝将有病的丈夫送入精神病院,若无其事地和丈夫生活在一起。《厄罗斯忒拉特》的主人公憎恶社会的一切人与事,他选择了枪杀路人来证明自己的存在,正如厄罗斯忒拉特以作恶来肯定自己的存在一样。《床笫秘事》中的吕吕在阳痿的丈夫和情人之间矛盾地抉择。《一个企业主的童年》的吕西安在成长的经历中不断地被灌输关于自身的认知观念,然而这些观念又不断地被推翻。当他决定在实践中证明自己的存在时,却选择了种族歧视与法西斯道路。

长篇小说《自由之路》以三部曲的形式阐发萨特的自由观。小说包括《理智之年》(1945)、《延缓》(1945)和《心灵之死》(1949)。《理智之年》中的哲学教师马蒂厄同情处于内战中的西班牙人民,由于这种同情心,他产生过参战的愿望。然而,即使马蒂厄是渴望自由的人,他却无法超越现实中的种种因素,现实生活将他捆绑得严严实实,剥夺了他选择的力量。《延缓》展现了慕尼黑会议期间法国的社会反应。各类人等的粉墨登场反映了当时法国人面对战争时的心态,然而,局势不容选择地把人们卷到了战争的旋涡当中,一纸通知将马蒂厄召进军队。《心灵之死》描述的是1940年马其诺防线的崩溃与巴黎的沦陷。这个时期的马蒂厄获得了自由掌握自身的主动权,他反思个人对法国战败所负有的责任,成为一个做出自由选择、主动抵抗的人。他并不奢求成功,他唯一追求的是行动,行动是对平庸的反抗。马蒂厄终于实践了存在主义的最高伦理准则,走上了介入的自由之路。

萨特主要的戏剧作品有《苍蝇》(1943)、《禁闭》(1944)、《死无葬身之地》(1947)、《恭顺的妓女》(1947)、《肮脏的手》(1948)《魔鬼与上帝》(1951)、《涅克拉索夫》(1955)和《阿尔托纳的隐居者》(1959)等。

《苍蝇》讲述阿伽门农之子俄瑞斯忒斯回到阿尔戈斯城为父报仇的故事。阿伽门农被杀以后，众神为了使阿尔戈斯民众陷入悔恨，使象征邪恶的苍蝇笼罩全城。俄瑞斯忒斯的复仇使阿尔戈斯城的人民得到了解脱，而他自己却成为复仇女神追逐的对象。《禁闭》是萨特著名的剧作，该剧提出了"他人即地狱"的著名命题。三个死去的人伊奈司、埃司泰勒和加尔森来到了地狱，所谓的地狱其实就是一个房间。这三个人生前都有污点：伊奈司是同性恋，她爱上了表弟的女友，从而导致表弟、女友和自己的死；埃司泰勒亲手杀死了自己和情夫所生的女儿，情夫也因此而自杀；加尔森是一个逃兵。在地狱中，伊奈司爱上了埃司泰勒，而埃司泰勒缠着加尔森，伊奈司则厌恶加尔森。三个人在所谓的地狱中相互揭发隐私，相互挖苦，谁也不放过谁。地狱中没有任何刑具，然而三个人的相互折磨更为严酷，他们在那里永无安宁。最后，加尔森说出了地狱的真相："他人，就是地狱。"《死无葬身之地》里的五个游击队员因为任务失败而被捕。他们受到囚禁，遭遇严刑逼供。开始他们因为没有可保守的秘密而找不到自己受苦牺牲的意义，进而争论他们的坚持究竟是为了保守秘密还是为了羞辱敌人。其中一个队员为了保守秘密，在受审过程中跳楼自杀了。另外一名15岁的队员因为可能泄密而被队友杀死。其余三人最后捏造了假的信息，然而最终也难逃一死。《恭顺的妓女》揭示了种族歧视、种族压迫和法律不公。妓女莉瑟在火车上受到一伙醉酒白人的骚扰，两个黑人为她解围，其中一个却被枪杀了。杀人犯倚仗自己是参议员的外甥，与警察串通一气，嫁祸给另一个黑人，并迫使莉瑟作了伪证。《魔鬼与上帝》的格茨决心不再作恶，挖空心思竭力行善，最终却发现作为善人的自己导致了比作恶时更大的灾难。

(二)《恶心》

《恶心》堪称萨特最重要的作品。小说以日记体的形式写成，日记的记录者安托万·洛根丁就是小说的主人公。洛根丁游历了中欧、北非和远东，回来以后便在布维尔城定居下来，进行有关德·罗尔邦侯爵的历史研究。

萨特在小说开头引用了法国作家塞利纳(1894—1961)的话："这个青年没有群体的重要性，他仅仅是一介个体。"这正是洛根丁在布维尔城的生活状态。无论是相对于周遭的人，还是相对于周遭的事物，洛根丁都似乎是游离于一切之外的多余的人。他与一切无关，一切也与他无关。他的生活平淡无奇，不外乎就是到图书馆读书，做他的历史研究，偶尔和"铁路之家"的老板娘偷偷情，到街上溜达一圈，去教堂观望一下弥撒，想想他的女友安妮。如果洛根丁没有意识到某种变化，那么他的生活或许也就会如此平淡无奇地延续下去。

然而，令洛根丁困惑的是，一种奇怪的感觉突然在某一天降临到他身上，而他甚至难以捕捉到这种感觉，他感到必须时刻做好准备，否则"这个感觉就会再次从我指缝间溜走"。他在一个星期六突然发现自己无法像孩子一样打水漂了。这只是"未留下清楚的印迹"的表象,却恰恰是他的恶心感的开始:"我看到了什么东西,它使我恶心,但我不知道自己注视的是海还是石子。"接下来的事实证明了,无论是海、石子抑或其他任何事物,都能够随时引发这种恶心感。他逐渐开始正视这种变化,"我遇到一件不平凡的事,我不能再怀疑了。它不是一般确切的或确凿的事实,而是像疾病一样来到我身上,偷偷地、一步一步地安顿下来……它一旦进入就不再动弹,静静地待着","我不知如何描写,它仿佛是恶心,但又与恶心正相反"。他为这种突发的恶心感困惑不已,他急于摆脱这种感觉,却发现恶心感从四面八方将他团团围住,一切的存在,包括周围人的生活状态都令他感到恶心,他无处可逃。

就在洛根丁觉得万分无助、急需寻找出路的时候,他收到了安妮写给他的信,信中安妮要求和他见面。洛根丁期待着这次见面,希望通过和安妮的见面摆脱掉这种可怕的感觉。但是,见面的结果却不如他所愿,他甚至不能向安妮诉说自己遭遇到的这种变化。洛根丁意识到这种恶心感来自于"存在"。当"存在"赤裸裸摆在面前的时候,一切都使他感到恶心,"我不惊奇,我知道这是世界,突然显现的、赤裸裸的世界,对这个巨大而荒谬的存在,我愤怒得喘不过气来。你甚至无法想这一切是从哪里来的,怎么会存在一个世界,而不是虚无。这毫无道理。前前、后后,无处没有世界。而在世界之前却什么也没有。什么也没有。不曾有过它不存在的时刻……它没有任何理由存在,但它又不可能不存在。这是无法设想的!"在一切无法设想的存在以理所当然的姿态呈现在人们面前时,人们对此不加思考,因为一切无须思考,就是这种无须思考让洛根丁周围的人们面对存在能够麻木地生活而不被恶心所困扰。洛根丁最终选择了离开布维尔城,前往巴黎,他将放弃历史研究,选择文学创作。

《恶心》以文学的形式阐释哲学思想,是存在主义哲学思想的艺术载体。萨特在小说中直接提出了存在主义的命题,即存在的荒诞性、存在与本质的关系等。在主人公洛根丁意识到恶心并思考恶心的过程中,存在主义哲学的重要命题——存在先于本质——逐渐被展现出来。萨特认为一切存在都是不带有任何意义的被抛物,他让洛根丁在思考恶心的过程中逐渐意识到"存在就在那里""存在就是存在",意识到存在就是洛根丁恶心感的来源。"我理解了恶心,我掌握了它,其实当时我无法表述这个发现,但是,现在,用文字来表述它大概是轻而易举的了。关键是偶然性。……存在就在那里,很简单,存在物出现,被遇见,但是决不能对它们进行推断……偶然性不是伪装,不是可以排除的表象,它是绝对,因此就是完美的无动机。一切都无动机,这个公园,这座城市,我自己。当你意识到这一点时,你感到恶心,于是一切都漂浮起来……这就是恶心。"存在就在那里,没有任何理由,然而却无懈可击得合理,因为之前和以后它都必定是这样存在,这也是荒诞的源头。洛根丁找不到存在背后的东西,他只看到一切的存在,湿漉漉、软绵绵、黏糊糊,一切都让他恶心。周围的人也如此存在着,他们存在,这无须解释,并且意识不到世界存在以及关于"存在"的问题,所以他们并不感到恶心。他们每天重复地做着一些事情、一些他们理所当然要去做的事情,然而这也使洛根丁感到恶心。

故事到了最后,人可以通过自由主动的选择为存在附上意义的思想也展现了出来。自由选择的思想是萨特存在主义思想的重要组成部分。萨特认为,人的存在必须经由自由选择、经由行为的展开而逐渐获得本身的意义。先于本质的存在引发了洛根丁的荒诞感,在他决定离开布维尔城前往巴黎的时候,他决定放弃所从事的历史研究,转向文学创作,他要创造另一种书:"我不太清楚是哪一种,但是,在印刷的文字后面,在书页后面,应该有某个东西,它不存在,它超越存在。比方说一个故事,一个不会发生的故事,一件奇遇。它必须美丽,像钢一样坚硬,使人们为自己的存在而羞愧。"这就是洛根丁最后所作的选择。他希望他的选择、他最后创造出来的东西能够使他在回忆往事时不对自己产生厌恶感,使自己能够"接受自己——过去时,仅仅是过去时"。他所要创造的并非单纯存在着的"存在",而是具备了本质的存在,是美丽的存在。所有这一切都始于人自身的选择。洛根丁正是通过这样一个选择,使自己的本质与自己的存在结合起来。从小说的结尾来看,洛根丁的转变表现出某种介入的姿态,这同时也是萨特本人的文学主张。

第三节 英国文学与贝克特

一、英国文学

第二次世界大战结束,英国虽然是战胜国,但国力几乎被战争耗尽,政治、经济实力已大不如前。在国内,工党执政,进行了一系列改革,但并没有给人民带来预期的福利。国际上,印度、巴基斯坦等前殖民地相继独立。英国经济在20世纪50年代到60年代取得相对稳定的发展,进入70年代后经济增长迟缓,国力落后于美国和战后新兴的联邦德国。战后的英国社会充满着矛盾和对抗,战争的阴影笼罩在人们心头,使人们对传统的道德观念产生了怀疑。另一方面,科学技术的迅猛发展也动摇了人们固有的宗教观念,信仰危机进一步加剧,人们普遍地存在着深切的恐惧感和幻灭感。

(一) 小说

战争过后,对道德的反省、对人性的探讨成为小说的主题,这类小说常常被称为"新现实主义"。整个20世纪50年代的小说大体都可称为"新现实主义"小说。20世纪60年代是战后英国小说最富创造性的时期,形式上的实验主义和一种貌似不作价值判断的非道德主义成为小说创作的主调。20世纪70年代英国小说进入一个相对萧条的时期,及至80年代,马丁·艾米斯等几位小说家终于给死气沉沉的文坛打了一针强心剂,英国小说得以再次蓬勃发展。

乔治·奥威尔(1903—1950)在第二次世界大战刚刚结束就出版了政治讽喻小说《动物庄园》(1945)。小说描绘了发生在动物庄园里的一次以平等博爱为目的的革命最终演变成集权主义统治的过程,用笔辛辣、尖刻,在西方知识界引起强烈反响。《1984》(1949)是奥威尔最有名的作品,是20世纪三大反乌托邦小说之一。小说对集权统治者控制思想、篡改历史、指鹿为马、颠倒黑白的卑劣行径做了更加深刻的揭露。

格雷厄姆·格林(1904—1991)在战前就已出名,但他的主要作品多出版于第二次世界大战后。格林的作品常以濒临政治危机的第三世界国家为背景,致力于表现善与恶、正义与非正义的搏斗,让人物在痛苦中煎熬,以此展现人物的内心世界和灵魂的救赎或沉沦。作品包括《权力与荣誉》(1940)、《问题的核心》(1948)、《沉默的美国人》(1955)、《喜剧演员》(1966)等。

金斯利·艾米斯(1922—1995)是"愤怒的青年"中影响较大的作家。所谓"愤怒的青年",一般特指英国20世纪50年代蜚声文坛的一群青年小说家和剧作家。他们没有结成一个固定的文学团体,但他们大多采用传统现实主义的描写手法,不约而同地在不同程度上描写了中下层小人物的命运,对社会现状进行了愤怒抨击和讽刺,因而被评论界称作"愤怒的青年"。艾米斯和奥斯本是"愤怒的青年"的代表性作家。

艾米斯于1954年发表了他的第一部小说《幸运的吉姆》。这部喜剧式的作品使他一举成名,也成为"愤怒的青年"的代表作。在这部小说里,大学临时聘任讲师吉姆为保住教职,忍辱负重,疲于奔命,纠缠于各种麻烦之中;但他对于正统的教授学者们始终持批判嘲讽的态度,进而与他们彻底决裂。最后,吉姆重获自由独立的生活和真正的爱情。小说对精英文化和学院生活进行辛辣嘲讽,蕴意丰富,许多评论家认为这部小说是最具有50年代特色的作品。此后,艾米斯又发表了《拿不准的感觉》(1955)和《我喜欢这里》(1958)等小说。

威廉·戈尔丁(1911—1993)擅长运用现代儿童寓言的形式编撰小说,着力表现人性之恶。其代表作《蝇王》(1954)一经出版,就立即引起读者和评论家的强烈反响。小说把故事放在未来时代的背景中,一群孩子被抛到远离文明的荒岛上,为了生存,他们互相合作,建立起自己的组织,但很快地,孩子们就从合作走向争吵,从民主走向独裁,后来竟分裂成两派,互相残杀。故事所展示的儿童世界只是成人世界的一个缩影。戈尔丁设置了人的原善与原恶、人性与兽性、理性与非理性、文明与野蛮等一系列矛盾冲突,用他特有的沉思与冷静挖掘人类千百年来从未停止过的互相残杀的根源,深刻有力地揭示了人性之恶。戈尔丁的其他主要作品还有《继承者》(1955)、《品切尔·马丁》(1956)、《黑暗昭昭》(1979)等。1983年,戈尔丁获得诺贝尔文学奖。

约翰·福尔斯(1926—2005)是一位勇于创新的作家。1963年,他凭小说《收藏家》在文坛崭露头角。第二部小说《占星家》(1965)是作家本人最为看重的作品,但在评论界引起的反应却是褒贬不一。真正为福尔斯奠定地位的是1969年出版的《法国中尉的女人》,这是一部集现实主义、实验主义和其他非小说成分于一身的作品,作者用十分贴切的维多利亚时代的语言、对话、文体对那个时代的人物和事件进行戏拟,并用现代人的视角对该时代在思想意识、道德观念上的因循守旧、妄自尊大、虚伪自私进行批判。福尔斯后来的作品主要有《丹尼尔·马丁》(1977)、《尾数》(1982)、《狂想》(1985)等。

多丽丝·莱辛(1919—2013)1962年以《金色笔记》冲击了文坛,并成为女性主义代表人物。《金色笔记》是一部从内容到形式都相当复杂的作品,具有多层结构和多重主题——从对现实主义文学的反省到20世纪50年代西方左翼知识分子所经历的幻灭,从当今世界的纠纷冲突到所谓的"性战争",从挖掘集体潜意识的精神分析到关于人类未来的预言,可以说是包罗万象。故事的主线是女作家安娜的生命历程,所谓《金色笔记》是她记录自己生活历程、政治经历、文学创作、心理分析四个方面内容的笔记在形式上的最终交汇。这四个侧面相互交义、彼此呼应,对不受婚姻家庭约束的所谓"自由女性"的处境做了全方位、多维度的审视。除此以外,莱辛还著有《野草在歌唱》(1950)、五部系列小说《暴力的孩子们》(1952—1969)、《简述地狱之行》(1971)、《黑暗前的夏天》(1973)和《幸存者回忆录》(1974)等作品。莱辛对当代生态危机也给予了高度关注,1999年发表了反乌托邦小说《玛拉和丹恩》,描写并预测人类遭受毁灭性生态灾难的未来情景。

马丁·艾米斯(1949—　)是金斯利·艾米斯的儿子。20世纪八九十年代,英国文坛一批新秀崭露头角,马丁·艾米斯是其中的佼佼者。他生于英国却在美国接受中小学教育,这样的生活背景使其作品带着浓厚的美国特征,同时又与英国的实验主义一脉相承。小说《钱:自杀的绝命书》(1984)把金钱当作最主要的颓废因素进行猛烈抨击。《伦敦场地》(1989)勾勒出一派末日景象,对英国社会现状的批判达到异常激烈的程度。《时光之箭》(1991)借着不断翻新的叙事技巧,将尖刻的黑色幽默推向新高峰。

与马丁·艾米斯同时代的实验先锋还有伊恩·麦克尤恩(1948—　),他著有《水泥花园》(1978)、《时间中的孩子》(1987)、《黑犬》(1992)等小说,对怪诞、荒谬和幻觉以及世界末日的景观表现出强烈的关注。另一位是朱力安·巴恩斯(1946—　),他是福楼拜的崇拜者。小说《都市郊区》(1980)表达了他对法国文化和观念的热爱。《福楼拜的鹦鹉》(1984)既可以说是福楼拜传记,也可以说是包含着严肃批评理论的作品。《十又二分之一章世界史》(1989)把小说实验推到一个新的高度。彼得·艾克罗伊德(1949—　)则是继艾米斯、麦克尤恩和巴恩斯之后出现的又一颗新星。他的作品带有一股神秘朦胧的诗味和浓重的文学传记色彩。艾克罗伊德基本不把自身的生活经历作为素材,能较为彻底地超越自身,但由于过多地依赖文学模仿和戏拟。他的作品呈现出一种过度的实验性,甚至可以说虚假性。艾克罗伊德著有《伦敦大火》(1982)、《奥斯卡·王尔德最后的遗言》(1983)和《霍克斯莫尔》(1985)等小说。

维·苏·奈保尔(1932—2018)是英国移民作家,生于中美洲特立尼达和多巴哥的一个印度婆罗门家庭。1950年获奖学金赴英国牛津大学留学,毕业后为自由撰稿人,曾为BBC做"西印度之声"广播员并为《新政治家》杂志写书评。1955年在英国结婚并定居。他的《米格尔街》(1959)、《在自由的国度》(1971)、《抵达之谜》(1987)等小说描绘了后殖民时代殖民地人民精神家园的失却,以及流亡者的困境和局外人的疏离感。他"以极具洞察力的叙述与不为世俗左右的探索""从扭曲的历史中探寻真实"而获得2001年诺贝尔文学奖。

奈保尔与拉什迪(1947—   )、石黑一雄(1954—   )并称"英国移民文学三雄"。

(二) 诗歌

第二次世界大战后的英国诗坛出现了一批杰出的诗人。

罗伯特·格雷夫斯(1895—1985)于1955年出版了《诗集》,奠定了他的世界性声誉。他的诗歌格调清新明快,形式整齐,闲雅流畅,其中爱情诗更是出类拔萃。他常常从全知全能的角度敏锐细腻地表现深沉的爱情。

狄兰·托马斯(1914—1953)是一位不断探索诗歌语言表现潜力、试图将想象力发挥到极致的诗人。诗集《死亡与出口》(1946)的问世确立了他在英国诗歌界的地位。大胆新奇的语言变异,匠心独具的音韵节奏安排,以及辉煌的意象,传达出诗人洋溢着天才光辉的独特经验。可惜的是,诗人在语言创新的过程中,对直觉、本能、欲望、感觉等非理性因素的过分推崇,使得有些诗歌变得晦涩难懂,失去了许多读者。1953年秋,托马斯在美国因酒精中毒而英年早逝。

20世纪50年代中期,一批青年诗人崛起,他们大多出身中下家庭,受过高等教育,对社会有着敏锐的洞察力,他们反对以艾略特为代表的现代主义诗歌,推崇英国本土诗歌传统和清澈朴实的风格,主张以诗作为理性控制感情的工具,相信理智和道德判断在诗歌创作中具有决定性作用。这批被称为"运动派"诗人的代表者是拉金。

菲利普·拉金(1922—1985)是运动派诗人的领袖人物,也是战后英国诗坛后起之秀中的杰出者,主要诗集有《北方船》(1946)、《较少受骗者》(1955)、《降灵节婚礼》(1964)和《高窗》(1974)等。拉金用冷峻的笔触描写生活的无奈、人类命运的惨淡无光、逝去的年华以及希望与现实的差距等社会与人生问题。他的诗真实地再现了战后英国人民的无奈心态和英国社会的种种弊端,是对现代主义,甚至浪漫主义的反拨。拉金及其"运动派"的崛起使英国诗歌踏上了一条与战前迥然不同的道路,形成了一道绮丽、奇特的"拉金风景"。

20世纪50年代中期至60年代,一批年轻诗人每周聚会切磋诗艺,他们没有固定的政治信仰,各人风格也不相同,他们不赞赏"运动派",比其更激越。这批诗人被称为"小组派",他们的部分诗作汇集在《小组诗人诗集》(1963)里,代表人物是休斯。

泰德·休斯(1930—1998)以诗集《雨中鹰》(1957)一举成名,给英国文坛带来一股雄浑之风。他的诗吸收了现代主义的思想内涵却没有现代主义诗歌的晦涩词句,用直白、强烈的语调表现深刻的内在情绪。他以独特的系列动物意象为隐喻,展现20世纪的种种暴行,传达诗人对人类社会的不满和隐忧,因此被称为"动物诗人"和"暴力诗人"。休斯的主要诗集还有《牧神》(1960)、《木神》(1967)、《乌鸦》(1970)、《穴中鸟》(1975)、《河流》(1979)等。

进入20世纪70年代,真正能反映时代精神面貌的是北爱尔兰诗人谢默斯·希尼(1939—2013)。他的诗集《自然主义者之死》(1966)、《通向黑暗之门》(1969)、《外出度冬》(1972)、《北方》(1975)、《精神层面》(1996)和《空旷的大地》(1999)等充满浓郁的乡土气息和民族意识,使用传统格律,简洁洗练,凝聚着使命感和历史意识,努力从对民族文化的追溯中找到独特的言说方式,从而使诗人的个人经验升华为深厚的民族经验。1995年,他因"能从日常生活中提炼出神奇的想象,并使历史复活"而获得诺贝尔文学奖。

(三) 戏剧

第二次世界大战以后,英国剧作家用不同的声音、不同的方式,或发出"救世"的呐喊,或传达深刻的思考。奥斯本继承现实主义传统,畅快地宣泄他的愤怒与诅咒;贝克特撒下荒诞派戏剧的种子,用反传统的形式表现当代人的感受,揭示人的处境和生存状态的荒诞性,力图回答千年未解的难题:我们到底是谁?我们在这儿做什么?我们怎么办?

约翰·奥斯本(1929—1994)于1956年创作并上演了《愤怒的回顾》,震动英国剧坛。这部被誉为"英国戏剧的里程碑"的作品塑造了年轻的吉米——当代不幸的"反英雄"人物的代表。吉米无法在社会中找到自己的位置,失去了立足点,陷入无法解脱的矛盾中,于是他愤世嫉俗,对着平庸难挨的生活愤怒地咒骂。该剧以强劲的原始之力表达了战后英国一代青年的痛苦和愤怒情绪。这一代青年以及表现他们的作家都被称为"愤怒的青年"。奥斯本还有《卖艺人》(1957)、《路德》(1961)、《承兑的契约》(1966)等剧本。

哈罗德·品特(1930—2008)的多数作品属于荒诞派戏剧的范畴。在他的作品中,普通人的日常生活始终处于神秘的外来危险的威胁中,他的剧作也因此被称为

"威胁喜剧"。在创作方法上,他把整体构思的荒诞性同细节描写的现实性融为一体,从而达到荒诞感与真实感的统一。他笔下的人物与场景都很具体,具有浓厚的英国色彩,这也是他有别于贝克特的地方。品特的剧作以《房间》(1957)、《生日晚会》(1957)、《送菜升降机》(1959)、《看守人》(1959)、《归家》(1964)、《月光》(1993)和《往事追忆》(2000)等较为著名。2005年品特因"在作品中揭示出日常闲聊中的惊心动魄,迫使人们进入密闭的压抑空间"而获得诺贝尔文学奖。

汤姆·斯托帕德(1937——)的剧作在荒诞闹剧和浪漫情事下掩藏着人生的悲凉。1966年,代表作《罗森格兰茨和吉尔登斯特恩死了》上演,获得极大成功,被戏剧评论家誉为"60年代最辉煌的新作"。该剧让《哈姆雷特》中的两个小角色罗森格兰茨和吉尔登斯特恩成为主角,但他们的命运却早已在《哈姆雷特》中注定,他们注定是要死的人,或者说是死了的人。作品揭示出人类的自由意志终究阻挡不了命运铁轮的碾压,以及人类在注定命运面前束手无策的窘境。斯托帕德还有《跳跃者》(1972)、《戏谑》(1974)和《乌托邦彼岸》(1993)等作品。他的《莎翁情史》(1998)获得1999年奥斯卡最佳编剧奖。

二、贝克特

(一) 生平与创作

塞缪尔·贝克特(1906—1989),爱尔兰剧作家、小说家和诗人,荒诞派戏剧的领袖。1969年因"他那具有新奇形式的小说和戏剧作品使现代人从精神贫困中得到振奋"而荣获诺贝尔文学奖。

1906年4月13日,贝克特在都柏林出生,父亲是个测量员,母亲是法国人,虔信新教。贝克特自幼受到良好的教育,中学毕业后进入都柏林三一学院攻读法文和意大利文。1928年,赴巴黎高等师范学校教授英语,其间与詹姆斯·乔伊斯相识,并成为其亲密的朋友与助手,参与整理《芬尼根的觉醒》一书的手稿。1930年回母校三一学院,获得硕士学位,并留校教授法语。1932年起漫游欧洲各国,1938年在法国定居。第二次世界大战爆发后,贝克特投身抵抗法西斯的地下运动,险些被逮捕。战争结束后,曾回爱尔兰,临时为红十字会工作。1945年冬天回到巴黎从事写作,直到去世。

贝克特是同时用两种语言写作的作家,早期用英语,后期主要用法语。前期的作品主要是诗歌和小说,创作上深受普鲁斯特和乔伊斯等现代派作家影响。1930年出版了第一部诗集《婊子镜》,随后又出版了短篇小说集《卵多于石》(1934)和长篇小说《莫菲》(1938)、《瓦特》(1953)以及长篇叙事体三部曲——《莫洛瓦》(1951)、《马洛纳之死》(1951)、《无名的人》(1953)等。他的小说没有涉及具体的社会问题,而是热衷于对人的精神领域进行探索,揭示人类生存的困惑、焦虑与孤独。

1953年,贝克特第一个剧本《等待戈多》(用法文写就)在巴黎上演,荒诞的表现形式和内容引起巨大轰动,成为荒诞派戏剧的经典之作。此后,他又推出了《失落的一切》(1957)、《最后一局》(1957)、《克莱普最后的录音带》(1958)、《啊,美好的日子》(1961)、《戏剧》(1963)、《来来往往》(1966)、《一段独白》(1979)、《俄亥俄即席演说》(1981)等剧本。

贝克特一生经历过两次世界大战,亲眼目睹战争给人们带来的灾难和现实世界令人绝望的一幅幅画面,这使得他在思想上更容易接受存在主义哲学。这种哲学认为世界总是时时处处威胁、压迫着"自我",人所存在的周围世界充满了"敌意""荒诞""冷酷",人活着毫无意义,只是痛苦和孤独、恐惧和失望。在存在主义哲学影响下,贝克特也认为存在是荒诞的,历史毫无规律,命运是不可知的,人类无能为力,这些观点明显地反映在他的创作中。然而,贝克特并不是一个彻头彻尾的悲观主义者和虚无主义者。他的沮丧和忧郁既真实又深刻。痛苦、折磨、失望深深地困扰着他,而他那些伟大作品正是来源于这种切肤之痛和失落之感。在他的作品中,甚至是在那些最黑暗、最绝望的句子中,我们也不难发现一种形态、一种能量和一种活力,它们抵消了作品中的虚无主义。

《等待戈多》等多部作品风靡世界各国,给贝克特带来了可观的版税,与此同时,他的善良和大方简直就成了盛传一时的传奇故事。许多人都获得了他慷慨的资助,不等他们开口,他就不声不响地把支票寄给那些入不敷出的朋友。他还经常为素昧平生的人慷慨解囊。他的所作所为完全出于他对弱势群体自然而然的同情。他对任何人遭受的痛苦和压抑都无法视而不见,无论是失败者、病人、囚犯、乞丐、流浪汉,还是无所事事者。他有一颗无与伦比的同情心。

(二)《等待戈多》

《等待戈多》是贝克特一生的巅峰之作,也是20世纪西方戏剧所取得的重要成果。这是一出两幕剧,上场的人物共有五个:两个流浪汉——爱斯特拉冈(戈戈)和弗拉季米尔(狄狄),一对主仆——波卓和他的幸运儿,还有一个小男孩。故事发生在两个黄昏,背景是一片荒野,路旁有一棵枯树。第一幕,戈戈和狄狄在枯树下等待戈多的到来。他们的生活无聊而痛苦,期待着戈多能给他们带来幸福。为消磨时间,他们语无伦次、东拉西扯地没话找话,不停地做一些莫名其妙的无聊动作,还错把路过的波卓和幸运儿当作戈多。直到天快黑时,来了一个男孩,告诉他们戈多不来了,明天准来。第二幕,次日黄昏,两人依旧在等待戈多,不同的是枯树上多了几片叶子。他们模模糊糊地回忆着昨天发生的事,突然,一种莫名的恐惧感向他们袭来,他们又开始喋喋不休,只有这样才可以停止可怕的思想。波卓主仆再次出场,波卓成了瞎子,幸运儿成了哑巴。戈多的信使小男孩又上场说戈多今晚不来了,明天准来。两位流浪汉玩了一通上吊的把戏后,决定离去,可口里喊走,却仍然站着不动。

这是一出什么也没有发生的戏:没有剧情发展,结尾是开端的重复;没有戏剧冲突,只有语无伦次的对话和莫名其妙的动作;地点模糊不清,人物形象支离破碎。但这一切所构成的荒诞、凄凉、黑暗与绝望却具有震撼人心的力量,观众对这噩梦般的情境产生强烈共鸣,开始思索人类在荒谬的世界中的尴尬处境。

对戈多的等待是贯穿全剧的中心线索,但戈多到底是谁?他代表什么?评论界对此众说纷纭,有人说是指上帝,有人说他是死亡,有人说他就是波卓,还有人说这是在影射现实生活中的人物。然而,戈多与其说是一个人,不如说是一种世外之物、一种渺不可见的希望,或者直接理解为即使到来也会叫人大失所望的明天。人们正是在这种莫名其妙的憧憬和若有似无的期盼中耗尽自己的生命。

横向观望,这是个等待的世界;纵向求索,这是个等待的人生。在《等待戈多》所展示的世界和人生画面中,我们可以看到人与外部世界的隔绝,人与人的隔阂,以及人对自身生活的迷失。

首先,作品揭示了人与外部世界始终处于一种无法沟通的隔绝状态。作者多次写到戈戈和狄狄无法辨清自己所处的环境和时间:

戈戈:那么,我们这会儿是在什么地方呢?
狄狄:你以为我们可能在别的什么地方?你难道认不出这地方?
戈戈:(突然暴怒)认不出!有什么可认的?我他妈的这一辈子到处在泥地爬!你却跟我谈起景色来了!(发疯似的往四面张望)瞧这个垃圾堆!我这辈子从来没离开过它!

外部世界变得无关紧要,无论生活在哪里,是"麦康地区"还是"凯康地区",无论什么时间,是白天还是黑夜,这一切,都无助于改变人们的生存状态,人与外部世界深深地隔绝。然而,外部世界却又老是压迫着人们,将人们激怒:

波卓:你干吗老是用你那混账的时间来折磨我?这是十分卑鄙的。什么时候!什么时候!有一天,难道这还不能满足你的要求?有一天,任何一天。有一天,他成了哑巴,有一天我成了瞎子,有一天,我们会变成聋子,有一天我们诞生,有一天我们死去。同样的一天,同样的一秒钟,难道还不能满足你的要求?

生活静止不变,而时间无情地流逝,二者狼狈为奸,将人们折磨得支离破碎,使人们苟延残喘,纯粹被动地等待,赤裸裸地应对时间流逝本身,这尴尬的处境把人们压迫得近乎窒息。

其次,人与人之间处于一种无法分开又相互隔膜的异化状态。戈戈多次说要离开狄狄,却始终没有离开;波卓老是扬言要赶走幸运儿,但却时刻需要他。他们都在精神上互相折磨,却又彼此依赖,失去一方,也就失去了自我存在的价值;但他们情感上丝毫不能沟通,只能在一起共同消磨时间。人与人之间就是这样无法理解、无法沟通地聚居在一起。

最后,人如何面对自身呢?作品中,人既不知自己从何处来,也不知自己向何处去。既不了解自己的历史,也无从弄清楚自己在现实生活中的意义,更无从预测自己的明天。人已经完全失去了自己的精神家园,孤独无援、恐惧幻灭、生死不能、痛苦悲观,最后只能把自己拴在缥缈的戈多身上。然而,在对戈多的等待中,孤寂感、隔膜感、绝望感和空虚感又更加强化。

这是一出关于无望的等待的悲剧,但却包含了某种启迪人心的力量,那是力透纸背的愤怒,是对社会的罪恶、灾难与虚假,对人性的沉沦、人格的丧失、个性的毁灭,对人的孤立无援、人变成非人的愤怒。全剧没有人死去,人们依旧在等待,透过无望的期待发出来的是对悲惨生存状况的近乎悲壮的抗议,尽管这抗议是微弱的,但它的后盾却是人类强大而清醒的理性意识。"最可怕是有了思想。"这一句话就可以证明人类已经意识到这种荒诞,只是还没有勇气去接受,还没有找到应对的途径。尽管如此,在被迫承受荒诞的过程中能发出一丝微弱的抗议,至少意味着人类还有些许希望。

《等待戈多》的形式和内容是高度统一的。反传统的戏剧形式贴切而完整地表达了主题思想,很好地突出了全剧的荒诞色彩。

首先,此剧有极强的象征性,剧中的人物、场景、戏剧动作都显示了这一点。四个人物象征着人类存在的不同状态。可以说,戈戈和狄狄象征着人类生活的单调、困窘和无价值,波卓和幸运儿象征着人类的异化与病态。而且,象征的多义性又给人以多种解释的可能,从而使作品的意蕴因解释者的再创造而变得非常丰富。剧中的场景、道具、动作也被象征性地抽象和简化了,只作为"直喻"社会的一种符号而存在,传统戏剧在此方面的充分与繁复统统被剥去。在贝克特看来,只有这些高度概括、抽象、超现实的存在,才是最高意义上的真实。

其次,此剧具有不同于传统戏剧的独特结构。为了表现人类存在的荒诞可笑、生活的枯燥无味、人生的机械反复,贝克特创造了独特的重复式的结构,强调幕与幕在内容上的重复和场景与片断内的重复,使观众感到时间和空间仿佛凝固,人的一生只是一个痛苦而毫无意义的重复过程。这种结构与剧作家要阐释的思想融合得天衣无缝,达到了惊人的艺术效果。

最后,语言荒诞离奇。在整个剧作中,人物的语言往往是颠三倒四、支离破碎的,互相间不能构成对话,让人莫名其妙、不知所云,无法用逻辑思维加以辨析。但是,所有这些语言,又确实是人类荒诞感与绝望感的一种外化。作者正是用这种语言填满整个时间,让荒诞感得以具体显现,让观众从中得到切实的感受。

总之,欣赏《等待戈多》绝不是轻松的娱乐,而近乎是一种酷刑。正是在这种自虐般的酷刑中,读者和观众获得一种荒诞人生的再体验。这就是《等待戈多》久演不衰的奥秘所在。贝克特也因此成为 20 世纪戏剧发展史的里程碑。

第四节　美国文学与海勒

一、美国文学

第二次世界大战后的美国文学在世界文坛占有举足轻重的地位。在这半个多世纪里,美国文坛涌现出一大批杰出的作家,后现代主义文学、现实主义文学果实累累,黑人文学、女性文学得到了长足发展。

(一) 小说

第二次世界大战后的美国小说,无论在形式、题材上还是写作手法上,都呈现出五彩缤纷的景象。

第二次世界大战刚刚结束就涌现出一批优秀的战争小说。作家们根据亲身经历和见闻,采用现实主义的艺术方法,再现第二次世界大战这一特定历史时期的社会画面,阐发内心的体验和感受。主要作品有约翰·赫塞(1914—1993)的《广岛》(1946)和《墙》(1950)、欧文·肖(1913—1984)的《幼狮》(1948)、赫尔曼·沃克(1915—　)的《该隐号兵变》(1951)和《战争风云》(1971)以及《战争与回忆》(1979)、詹姆斯·琼斯(1921—1977)的《从这里到永恒》(1951)和诺曼·梅勒(1923—2007)的《裸者与死者》(1948)。《裸者与死者》写得最具思想深度,小说客观地展现了残酷战争中权力与人性的冲突,并以寓意的手法预示社会发展的可能趋向,颇具前瞻性。梅勒关心的是在战场上浴血奋战的"裸者和死者"们。"裸者"(the naked)包含两层意义:一方面代表小说中的普通士兵没有保障、任人摆布甚至被权力和战争机器无情地碾压;另一方面则代表人们内心深处的非人性因素的大暴露。

第二次世界大战结束后,一批犹太作家相继走上文坛,犹太小说取得突破性进展,从边缘进入美国主流文学。这批作家大多关注犹太人被美国文明同化的进程,以及由此引发的个性危机。在他们笔下,个人往往成为社会力量的牺牲品。除了贝娄之外,主要的犹太作家及其作品有伯纳德·马拉默德(1914—1986)的《店员》(1957)、《杜宾的生活》(1979)和短篇小说集《魔桶》(1958),艾萨克·巴什维斯·辛格(1904—1991)的《傻瓜吉姆佩尔》(1953)、《卢布林的魔术师》(1960),菲利普·罗斯(1933—2018)的《乳房》(1972)、《情欲教授》(1977)和《垂死的动物》(2001)等。辛格于 1978 年获得诺贝尔文学奖,获奖理由是他"不仅是从波兰犹太人的文化传统中汲取了滋养,而且将人类的普遍处境逼真地反映出来"。

索尔·贝娄(1915—2005)是战后最杰出的犹太作家,他的文学生涯长达半个多世纪。他的小说主要描写犹太知识分子的精神世界,表现出人道主义的关怀和喜剧的风格。其主要作品有《奥吉·玛琪历险记》(1953)、《雨王汉德森》(1959)、《赫索格》(1964)、《塞勒姆先生的行星》(1970)、《洪堡的礼物》(1975)和《更多的人死于心碎》(1987)等。1976年贝娄由于"他的作品中融合了对人性的理解和对当代文化细致的分析"而荣获诺贝尔文学奖。贝娄反对评论界把他仅仅当作犹太作家,事实上,他的创作更多的是在探讨所有当代人都面临的问题。他最积极向上的小说《雨王汉德森》表现的就是消费社会的物质生活给人带来的精神危机,探讨了人生的选择等哲学问题。

南方小说在20世纪三四十年代兴起并繁荣,属于怀旧式的文学流派,具有鲜明的地方色彩。这些作品蕴含着强烈的历史感、神秘感、虚幻感和痛苦感,呈现出美国南方社会盛衰兴亡的历史画卷。罗伯特·佩恩·沃伦(1905—1989)的《国王的人马》(1946)揭露南方政界的腐败和黑暗;杜鲁门·卡波特(1924—1984)的《其他的声音,其他的房间》(1948)与《草竖琴》(1951)将梦幻与现实结合起来,被认为是典型的"南方哥特小说";威廉·斯泰伦(1925—2006)的成功之作《苏菲的选择》(1979)另辟蹊径,把注意力转向南方以外,揭露了纳粹令人发指的罪行,引起人们对历史、信仰、善恶等问题的深刻反思。南方女作家也取得了可观的成就。尤多拉·韦尔蒂(1909—2001)的《乐观的女儿》(1972)以家庭婚姻为题材,探讨了过去与未来的关系;卡森·麦卡勒斯(1917—1967)的《伤心咖啡馆之歌》(1951)描写的是畸形的性格,反映现代人的心理病态;弗兰纳里·奥康纳(1925—1964)的《慧血》(1952)和《好人难找》(1955)探讨的是福佑、赎罪等宗教问题。

美国的黑人文学在20世纪崛起,取得了辉煌的成就。第二次世界大战前最杰出的黑人小说是理查德·赖特(1908—1960)的《土生子》(1940)。第二次世界大战后的黑人小说不再局限于单纯的抗议,而是能够以娴熟的艺术技巧表现作家对黑人命运的深层思考,并且超越种族的局限,探讨整个人类都面临的普适性问题。拉尔夫·艾里森(1914—1994)的《看不见的人》(1952)是黑人文学的经典之作,作品不仅通过主人公的坎坷人生展现了黑人悲惨的命运,而且着重探讨"寻找自我"这样一个具有普遍意义的命题。詹姆斯·鲍德温(1924—1987)的《向苍天呼吁》(1953)以诗一般的语言表达了黑人烈火一般的激情和义愤。阿历克斯·哈利(1921—1992)的长篇寻根小说《根》(1976)产生了轰动性的影响,其主题是人最宝贵的是知道自己是什么人、从哪里来。艾丽斯·沃克(1944—)是当代美国最有影响的黑人作家之一,她的代表作《紫色》(1982)讲述黑人女性在深重的摧残和严酷的逆境中保持尊严、坚守个性的自我解放过程,《拥有欢乐的秘密》(1992)表现非洲一些地方盛行的姑娘割礼习俗,控诉男权社会对女性的迫害。

托妮·莫里森(1931—2019)是当代美国黑人文坛乃至整个美国文学界最亮丽的巨星之一,她的处女作《最蓝的眼睛》(1970)以一个年仅12岁的黑人小女孩渴望拥有一双最蓝的眼睛的故事,表现种族歧视和白人文化对黑人心灵深重的扭曲。莫里森的主要作品还有《秀拉》(1973)、《所罗门之歌》(1977)、《柏油娃》(1981)和三部曲《爱娃》(1987)、《爵士乐》(1992)、《乐园》(1998)等。1993 年,莫里森荣获诺贝尔文学奖,成为获此殊荣的第一位美国黑人作家。

战后,随着冷战的不断升级,国内政治空气日趋保守,社会上弥漫着一种压抑个性的气氛,青年一代沉溺于物质享受,精神上呈现出麻木不仁的状态。杰洛姆·大卫·塞林格(1919—2010)的小说《麦田里的守望者》(1951)反映的就是这种精神状态,小说叙述一个被开除的中学生霍尔顿在纽约一天两夜的流浪生活,揭示了中产阶级子弟的苦闷和彷徨。

20 世纪 50 年代美国社会出现了颓废青年的文化抗议活动,它也影响到了文学,形成了战后美国文坛的第一个后现代主义流派,即"垮掉的一代"。"垮掉的一代"是一群松散地结合在一起的青年人,他们的共同之处是与美国社会业已形成的中产阶级生活标准背道而驰。他们将"优雅"的文学变成了"嚎叫",以颓废、堕落、犯罪、流浪来与传统社会的价值、行为规范相抗衡。在思想倾向上,他们深受欧洲存在主义思想的影响,东方古代僧人的独立不羁也成了"垮掉的一代"模仿的对象。杰克·凯鲁亚克(1922—1969)的小说《在路上》(1957)是"垮掉的一代"的代表作品,书中描写了几个"垮掉"男女漫游美国各州,他们放弃家庭、婚姻和职业,逃离正统,漂泊在路上,在放浪形骸中寻求麻醉和解放。"垮掉的一代"的另一个代表人物是威廉·巴勒斯(1914—1997),他根据吸毒所产生的病态和妄想写成小说《裸体午餐》(1959)。

弗拉基米尔·纳博科夫(1899—1977)是后现代主义的代表作家,而且对黑色幽默派影响很大。这位俄裔作家的主要作品有:《洛丽塔》(1955)、《普宁》(1957)、《微暗的火》(1962)、《阿达》(1969)和《透明物》(1972)。其中《洛丽塔》因为描写一个中年男子与一个 12 岁少女的畸恋而产生很大的轰动。《微暗的火》是其最富有实验性和最神秘莫测的作品,小说近乎文字游戏,充满了典故、双关语和多义词,多层次的结构宛如迷宫。

1965 年,美国作家弗里德曼(1930—)编辑了一本名叫《黑色幽默》的小说选集,收录了纳博科夫、海勒、品钦、巴思等人的作品,从此,黑色幽默小说名噪一时。所谓"黑色幽默",实际上是一种用喜剧形式来表现悲剧内容的新的文学形式。"黑色幽默"作家往往以存在主义哲学为思想基础,以世界的本质是荒诞这一判断为出发点,突出描写现实世界的混乱不堪以及个人与世界的紧张对峙,并以一种无可奈何的嘲讽态度着意将这种对峙加以放大、扭曲、变形,使之显得更加荒诞不经、滑稽可笑,同时又令人感到压抑和沉闷。除了海勒的作品之外,"黑色幽默"的主要作品还有冯尼格特(1922—2007)的《第五号屠宰场》(1969)、托马斯·品钦(1937—)的《V.》(1963)和《万有引力之虹》(1973)等。

约翰·巴思(1930—)是后现代文学的典型作家,他的著名文章《枯竭的文学》

(1967)和《富足的文学——后现代主义小说》(1980)是后现代主义代表性文论。巴思的主要作品有《烟草经纪人》(1960)、《羊童贾尔斯》(1966)、《迷失在开心馆》(1968)等,后者是后现代文学的代表作品,阅读它仿佛进入一个迷宫。另一位后现代文学代表作家是唐纳德·巴塞尔姆(1931—1989),其小说的主要特点是戏仿和反讽。他的《白雪公主》(1967)是对传统的童话故事《白雪公主》和《青蛙王子》的戏仿,情节荒诞离奇。他死后出版的《国王》(1990)是对中世纪有关亚瑟王的传奇的戏仿。

除以上小说家外,还有两位小说家值得特别关注。一位是现实主义作家约翰·厄普代克(1932—2009),他的"兔子"系列小说——《兔子,跑吧》(1960)、《兔子回家》(1971)、《兔子富了》(1981)、《兔子休息了》(1990)和《记忆中的兔子》(2000)等通过一个绰号叫"兔子"的普通美国人哈里的一生,勾画出战后美国社会的道德史。另一位是心理现实主义小说家、当代最著名的女作家之一乔伊斯·卡洛尔·欧茨(1938—   ),她的小说有大量的心理描写,着力展现人们复杂微妙的内心世界。欧茨是个高产作家,涉足小说、戏剧、诗歌和文学评论各个领域,其主要的小说有《他们》(1969)、《奇境》(1971)、《我生活的目的》(1994)、《乳房》(2002)、《强奸:一个爱情故事》(2003)、《被窃的心》(2005)和《失踪的母亲》(2005)等。

(二) 诗歌

20世纪50年代中后期,美国诗坛发生了巨大的分化和改组,形成纷繁多样的诗歌流派,主要有垮掉派、黑山派、自白派等。

黑山派的名称来自北卡罗来纳州的黑山学院,该院院长查尔斯·奥尔森(1910—1970)在20世纪50年代提出诗歌形式要开放,要用自由格律,以自然呼吸和思想的节奏为基础建构诗行,在内容上,诗人要自发即兴地写作,将诗人从外在物质获得的"能"投射给读者。根据这一理论进行创作的黑山派诗人,除奥尔森外,主要还有罗伯特·邓肯(1919—1988)、丹尼丝·莱维托夫(1923—1997)、罗伯特·克里利(1926—2005)等。

第二次世界大战后影响最大的诗派是垮掉派。垮掉派诗人将矛头直指主流价值观,要求彻底解放和表达自我。其代表人物是艾伦·金斯堡(1926—1997),《嚎叫》(1955)是他本人乃至整个垮掉派文学的经典之作,展示出"垮掉一代"的整体形象:他们酗酒、吸毒、纵欲、放浪形骸;他们内心恐惧、疯狂、愤怒、绝望;他们渴望释放长久压抑的情感;他们用以毒攻毒的方式对这个世界进行强烈的控诉和彻底的反叛。垮掉派其他代表诗人还有肯尼斯·雷克斯罗斯(1905—1982)、劳伦斯·费林盖蒂(1919—   )、加里·斯奈德(1930—   )和格雷戈里·科尔索(1930—2001)等。

1959年,罗伯特·洛威尔(1917—1977)的诗集《人生研究》的发表被看作自白派形成的标志。这一派的诗歌有鲜明的标志:内容上,毫无顾忌地揭露自己的隐私,表现无法排遣的内心痛苦,并将深刻痛苦的原因归之于社会和时代,恨不得在毁掉自己的同时也毁掉世界;形式上,不拘泥于诗歌格律,开放自由,有如日常谈话。这一派包含了一批重量级诗人,除了罗伯特·洛威尔还包括 W. D. 斯诺德格拉斯(1926—2009)、约翰·贝里曼(1914—1972)、安妮·塞克斯顿(1928—1974)和西尔维娅·普拉斯(1932—1963)等。

20 世纪 60 年代以后,诗坛上又出现了纽约派、新超现实主义、新形式主义、后自白派、语言诗等流派,诗歌的内容和形式更加多样化,标新立异的实验之作越来越多。其中较为著名的诗人有弗兰克·奥哈拉(1926—1966)、罗伯特·布莱(1926—   )、理查德·威尔伯(1921—2017)、保罗·齐默(1934—   )、罗恩·西利曼(1946—   )等。除此之外,还有一些不属于这些流派的著名诗人,如堪称 20 世纪最重要的女诗人之一的伊丽莎白·毕晓普(1911—1979)、关怀底层民众的菲利普·莱文(1928—2015)、诗作具有强烈梦幻色彩的马克·斯特兰德(1934—2014)以及著名的女性主义诗人艾德莉安娜·里奇(1929—2012)等。美国黑人诗歌经过黑人文艺复兴运动,思想性和艺术性都有了很大提高,涌现出格温多琳·布鲁克斯(1917—2000)、妮基·乔万尼(1943—   )、玛雅·安吉罗(1928—2014)、丽塔·达夫(1952—   )等一大批出色的诗人。

切斯瓦夫·米沃什(1911—2004),美籍波兰诗人,1933 年出版了第一本诗集《冰封的日子》,1960 年定居美国,在加利福尼亚大学伯克利分校任斯拉夫语言文学系教授。战后的主要作品有《白昼之光》(1953)、《波别尔王和其他的诗》(1962)、《诗歌集》(1977)等。米沃什的诗所表现的情感和经验复杂而又深邃,贯穿始终的主题是时间与拯救,具有浓重的沧桑感。他"以毫不妥协的深刻性揭示了人在充满剧烈矛盾的世界上遇到的威胁",并因此获得 1980 年诺贝尔文学奖。

20 世纪 60 年代以来,美国社会出现了一个十分重要并持续至今的文化现象:诗歌教育和诗歌欣赏的大繁荣。大、中、小学对诗歌教育的持续重视,直接引发了始于 20 世纪八九十年代的全民性的诗歌欣赏和诗歌创作大繁荣。诗朗诵的热潮席卷全国,人们在社区图书馆、教堂、咖啡馆、酒吧,直至私人住宅的花园、客厅里定期举办诗歌朗诵会和讨论会,经常邀请诗人现场朗诵。奔走于各地和各种场所朗诵诗作,已经成为许多诗人现实生活的主要内容。这种民间自发的诗歌活动场面往往十分热烈,参加者不仅有占多数的中产阶级人士,而且还有不少蓝领工人、商场服务员和家庭妇女。这一文化现象的深远影响远远超出了文学、教育乃至整个文化领域,它直接关乎整个民族的素质、民族的发展和民族的未来。

(三) 戏剧

战后,美国戏剧翻开了新的一页,继奥尼尔后出现了两位新的戏剧大师——威廉斯与米勒。这两位剧作家风格迥异,但都创作出当代戏剧的经典之作。

田纳西·威廉斯(1914—1983)的戏剧多以美国南部为背景,关注失去了传统价值的社会中孤独寂寞的个人。威廉斯一生创作了 30 多部戏剧,其中最主要的有《玻璃动物园》(1944)、《欲望号街车》(1947)和《热铁皮屋顶上的猫》(1955)。《欲望号街车》是威廉斯的代表作,作品融合了威廉斯的三大标记——性爱、暴力和南方传统,通过情欲和性的隐喻,描写南方古老的传统在现代文明和欲望的冲击下的堕落和毁灭。

阿瑟·米勒(1915—2005)的代表作《推销员之死》(1949)展现的是一个只认可"成功"的社会,以及主人公威利对"美国梦"执迷不悟却屡遭挫败直至精神崩溃自杀身亡的悲惨遭遇,批判了以推销术为代表的商业文化对普通民众价值观的误导。米勒的其他作品还有:《全是我儿子》(1947)、《严峻的考验》(1953)、《桥头眺望》(1955)、《堕落之后》(1964)等。

20 世纪 60 年代,荒诞派戏剧崭露头角,主要代表人物是爱德华·阿尔比(1928—2016),《美国梦》(1961)是阿尔比批判性特别强的作品,剧中有一个所谓的标准美国式美男子,他内心完全空虚,只知道金钱和利益,作者以其象征"美国梦",进而描绘出一幅真实生动的时代画像。阿尔比其他的重要作品还有《动物园故事》(1958)、《沙箱》(1960)、《贝西·史密斯之死》(1960)、《谁害怕弗吉尼亚·伍尔夫》(1963)等。

20 世纪 70 年代以后美国最著名的剧作家及其作品有:萨姆·谢泼德(1943—2017)的《罪恶的牙齿》(1972)、《被埋葬的孩子》(1978),戴维·马梅特(1947—   )的《美国野牛》(1975)、《团圆》(1976)、《舞台生涯》(1977)等。

二、海　勒

(一) 生平与创作

约瑟夫·海勒(1923—1999),美国当代著名作家,"黑色幽默"派最重要的代表人物,生于纽约市布鲁克林的一个俄裔犹太家庭,4 岁丧父,生活颇为艰辛。第二次世界大战爆发,海勒参加了空军,并赴欧洲战区作战,曾执行 60 多次轰炸任务。战后他进大学学习,1948 年毕业于纽约大学。1949 年在哥伦比亚大学获文学硕士学位后,海勒又得到富布赖特研究基金赴牛津大学深造一年。1950 年他在宾夕法尼亚州立大学任教,业余从事文学创作。1961 年起,海勒成为职业作家。

1954 年,海勒开始创作长篇小说《第二十二条军规》,历时 7 年,小说于 1961 年出版。作品问世之初反响不大,随着越战的爆发和国内反战思潮的日趋高涨,该小说引起越来越广泛的重视和推崇,短短几年内就销售 800 多万册,轰动一时。

1974 年,海勒出版了第二部长篇小说《出了毛病》,把笔触深入内心世界,揭示现代人惶惶不安的恐惧心理,艺术上仍具有"黑色幽默"特色,笑料百出,却蕴含冷峻尖刻的讽刺。此作发表后好评如潮,销量十分可观。1979 年,海勒的第三部小说《像高尔德一样好》问世,小说巧妙地运用"黑色幽默"手法揭示美国上层社会的黑暗内幕,成为继《第二十二条军规》之后的又一部力作。

海勒后来又写了几部长篇小说,包括《天晓得》(1984)、《这幅画》(1988)和作为《第二十二条军规》之续篇的《终了时光》(1994)。在《终了时光》这部续篇里,《第二十二条军规》里的主要人物再次出现,约塞连已经是68岁的老人,米洛正在研制具有第二次核打击力量的轰炸机。小说的情节依然荒诞不经,如塔普曼牧师的小便是制造核武器所需要的重水,总统玩游戏机时不小心按错了按钮,把美国所有的洲际导弹全部发射出去,国家进入战争状态。晚年的海勒一直没有搁笔,逝世前他完成了自传《此时彼时》(1998)和最后一部小说《一位艺术家的老年画像》(2000)。

(二)《第二十二条军规》

《第二十二条军规》是海勒最成功的作品,是"黑色幽默"的经典之作。它奠定了海勒在美国文坛乃至世界文坛的地位,已成为美国大学生的必读书。

小说以第二次世界大战为背景,故事发生在意大利附近皮亚诺扎岛,岛上驻扎着美国空军的一支轰炸中队。主人公约塞连上尉厌恶战争要求复员回国,但是第二十二条军规的存在使他无论如何难以实现自己的愿望。第二十二条军规规定,空军军官如果完成规定的飞行次数就可以回国;同时第二十二条军规还规定,即使你飞满规定的次数,如果上司命令你继续飞行,你必须执行,否则就是违抗军规。第二十二条军规规定,一切精神失常的人都可以不完成规定的飞行次数,立即遣送回国;但它同时规定,一切停止飞行的申请都必须由本人提出,如果你能够提出停飞的申请,即证明你并没有疯,你还必须继续执行飞行任务。第二十二条军规在小说中无处不在,使参战者无法摆脱,直到战争结束或本人死亡。约塞连上尉飞了70次后终于明白军规是个圈套,是个骗局,驾机向中立国瑞典逃去。事实上,第二十二条军规象征的是统治世界的荒谬和疯狂。海勒曾多次表示,《第二十二条军规》真正关注的是当代人的生活。他指出,把军队这一套搬到和平时期,则不仅会产生荒谬,还会导致悲剧。

这部作品的意义显然超出了战争的范畴。海勒的着眼点并不仅仅在于战争,他只不过想借荒诞战争这一极端形式来表现他眼中的美国社会。第二次世界大战中,美国社会出现了一个暂时的举国一致的时期,但随着战争接近尾声,这种一致分崩离析了,各阶层的利害冲突重又突显出来,社会不公进一步加剧,麦卡锡时期许多美国公民受到政府明目张胆的监视和迫害。海勒因此觉得,美国社会呈现出有组织的混乱和制度化的疯狂。于是他借虚构的皮亚诺扎岛上发生的种种荒诞不经的事情,象征性地揭露和批判了美国社会,让人们看清楚荒谬的世界如何使人疯狂。

在皮亚诺扎岛这个小小的世界里,一切都不可理喻、令人绝望。这里发生的荒唐事一个接一个:关于作战飞行次数的规定没有一点严肃性,可以被任意增加;一个大活人被宣布已经死了,而一个明明已死的人在官方的名单上却还活着;那个梅杰少校只有当自己不在屋子里的时候才允许部下进屋去见他；根据规定，只有从来不提问题的人才可以在开会时提问。为逃离这个荒唐世界，保全自己的性命，约塞连做了种种努力，但每一次挣扎的结果都是被束缚得更紧，就像有一条绳索紧紧地箍在脖子上，你越挣扎它就箍得越紧。这条绳索就是那该死的第二十二条军规。那么，第二十二条军规又是什么呢？它包含着什么样的意义呢？

海勒没有用 regulation（规则）或 rule（规章）等常用词来表示"军规"，而是用了 catch 这个词，而 catch 一词本身就有陷阱、圈套的意思。这里的奥秘就在于：第一，作为一条军规，军人必须无条件服从；第二，它运用了自相矛盾的推理逻辑，任何想对它提出异议的人都不知道该从何处入手。在了解到这条军规的实质后，约塞连感到"它订得真是简单明了至极"，"各部分配合得好极了"，"还具有椭圆形的精确"。这真是一个妙不可言的圈套，足以使任何人陷入无法摆脱的困境。

所谓"第二十二条军规"并没有一个具体、不变的文本，"它没有什么实实在在的内容或条文可以让人们嘲弄、驳斥、指责、批评、攻击、修正、憎恨、漫骂、啐唾沫、撕成碎片、踩在脚下或者烧成灰烬"；但它又无处不在，军队里不消说，连罗马妓院的姑娘们被赶出门外也是因为第二十二条军规。它的内涵可以不断变换，统治者可以任意使用，随意解释。与其说它是具体的条文，不如说它是一种形而上的意志。"第二十二条军规"象征着战后美国民众普遍感受到的那种不可捉摸而又无处不在的异己力量。

在被"第二十二条军规"控制的荒谬绝伦的世界里，没有一般的战争小说必不可少的"英雄"，主人公约塞连没有什么理想和信念，唯一的愿望就是活着降落地面和尽早复员回国。他毫不掩饰自己的贪生怕死，总是千方百计地设法保全自己的生命：在执行战斗任务时他故意拔掉自己的对讲机，致使飞机中途返航；他一次又一次地装病，以便住在医院里不出来；最后他干脆拒绝执行任何战斗任务。以通常的眼光来看，约塞连足可以定性为一个卑琐胆小的鼠辈，但读者却总是隐隐地感到他的行为之中似乎包含着某种正义。这是因为在荒谬污浊的世界里，约塞连难能可贵地保持了清醒意识和独立人格。约塞连清醒地看穿了隐藏在第二十二条军规背后的阴谋和无耻："只消看一看，我就看见人们拼命地捞钱。我看不见天堂，看不见圣者，也看不见天使。我只看见人们利用每一种正直的冲动，利用每一出人类的悲剧拼命地捞钱。"在官僚政客与利益集团掌控下的战争中，道德变得纤弱，正义感变得可笑。与麻木到丧失了求生本能的同伴相比，约塞连才更像一个正常人。

然而，作为唯一的清醒者，约塞连终究没有努力唤醒众人，没有同荒谬的世界做悲壮的对抗，没有舍生取义地奋力一搏，只是拒绝同流合污，只是出逃。他的出逃决定也不是产生于痛苦挣扎的灵魂交锋，没有崇高可敬的心灵震撼，也没有令人钦佩的自我超越，他只是在非理性的社会中做出关乎个人幸存的选择。这比社会本身的病态和荒谬更令人痛心，因为作为社会希望的清醒者无心于拯救。这表明在疯狂的世界里,更令人担忧的是人们的悲观绝望和精神危机。

《第二十二条军规》的成功还要归功于作者在艺术技巧上的创新。小说运用了独特的黑色幽默手法。如约塞连说战争唯一的可取之处是它打死了不少人,使孩子们摆脱了父母的恶劣影响;丹尼卡医生妒忌约塞连至少还有个"可能被打死的指望",而自己什么指望也没有;伤兵的肾脏排泄通过管子"一滴不漏地流入放在地板上的一只洁净的封口的瓶内",然后再将其与输液的挂瓶"很快地互换一下位置,使瓶里的排泄又重新流入他的身体"。海勒似乎无动于衷地把大不幸、大悲哀当作开玩笑的对象,把最大的笑声建立在最大的痛苦和恐惧之上,所产生的戏剧效果跟传统幽默的轻松愉悦迥然相异。在语言上,他经常采用矛盾模糊的句子,同一句中的前后内容常常截然相反,如"内特利出身糟糕,他来自一个良好的家庭";"丹尼卡医生是约塞连的朋友,而且也不会做自己力所能及的任何事情来帮助他";"这个肮脏、贪婪狠毒的老人使内特利想起他的父亲,因为两人之间毫无相似之处";等等。作者通过这样的荒诞语言给我们展示了他眼中的美国社会混乱的生活秩序。幽默在这里成为一种手段,一种万般无奈之下求得心理平衡的方法。除此以外,小说的章节之间存在着明显的不连贯性,情节结构松散,而正是这种支离破碎的结构营造出荒诞的氛围,给读者以混乱的真实感。总之,海勒的黑色幽默手法淋漓尽致地表现了荒诞世界的病态,达到形式与内容的统一。

第五节 拉丁美洲文学与马尔克斯

一、拉丁美洲文学

第二次世界大战后,拉美文学的发展出现了前所未有的高峰,"爆炸文学"犹如春雷,炸响在世界文坛上空,让人们发现了拉美文学的神奇绚丽,拉美文学由此走向世界。拉美文学的根基是本民族的土壤和历史传统,拉美文学的创造性来自作家们对欧美大师们的潜心研究和反叛。带有强烈社会责任感与历史使命感的几代作家孜孜不倦的探索,创造了拉美文学的繁荣。

第二次世界大战结束之时,先锋派小说已经发展了近二十年,涌现出众多具有国际声誉的作家和作品。先锋派作家立足于本土,开创民族文学之路,同时又借鉴了欧美现代派文学,把笔锋直指社会痼疾,或宣泄愤怒和不平,或表达虚无和绝望之感。

危地马拉小说家安赫尔·阿斯图利亚斯(1899—1974)是先锋派的代表人物,他的《总统先生》(1946)以现实生活中的独裁者为原型,辅之以虚幻的形象和巧妙的隐喻,深刻揭露和剖析了拉丁美洲普遍存在的寡头政治。这部作品被看成魔幻现实主义文学的早期代表。1967年,因其创作"深深植根于拉丁美洲的民族气质和印第安人的传统之中","为具有拉丁美洲本土特色的魔幻现实主义奠定了坚实的基础",阿斯图利亚斯获得诺贝尔文学奖。

其他重要的先锋派小说家及其作品有：古巴的阿莱霍·卡彭铁尔(1904—1980)的《人间王国》(1949)、阿根廷的莱奥波尔多·马雷查尔(1900—1970)的《亚当·布宜诺斯艾利斯》(1948)、墨西哥的胡安·鲁尔福(1917—1986)的《佩德罗·帕拉莫》(1955)等。《佩德罗·帕拉莫》反映的是内战和庄园制度给农民造成的灾难。作品打破了时空和阴阳的界限,把人与鬼、过去和未来交织在一起,创造出一种怪诞离奇的文学世界。胡安·鲁尔福也因此被看成魔幻现实主义的代表作家。

20世纪60年代到70年代初,拉丁美洲民族意识觉醒,文学创作也盛况空前,一大批思想内容丰富深刻、艺术技巧奇特的作品纷纷问世,赢得了广泛关注并引发了民众阅读小说的热潮,进而产生了世界性的影响。这一现象被称为文学"爆炸"。这个阶段的文学也被称为"爆炸文学"。"爆炸文学"作家直面现实,探究拉美各国落后的原因,具有强烈的忧患意识和社会责任感。他们承袭拉美文学传统并广泛借鉴外来文学的艺术技巧。这一时期文学流派纷呈,主要有魔幻现实主义、心理现实主义、结构现实主义、社会现实主义、意识流小说、"新小说"、黑色幽默、记录体小说等。其中成就最大的、影响最广泛的是魔幻现实主义。

魔幻现实主义文学发轫于20世纪30年代,60年代达到高峰。魔幻现实主义文学融会了印第安精神和拉丁美洲本土文化,表现出作家对于社会问题的关注。作品多从现实生活中取材,同时又带有神秘的魔幻色彩。魔幻现实主义的代表作家主要有危地马拉的阿斯图利亚斯、墨西哥的鲁尔福和哥伦比亚的马尔克斯等。

除魔幻现实主义作家之外,以下重要作家也值得关注。

胡里奥·科塔萨尔(1914—1984),阿根廷著名作家,拉美"新叙事文学"的代表人物之一,代表作有《中奖彩票》(1960)和《跳房子》(1963)等。后者是一部对拉美现实生活和文化有深刻见解的作品,被评论家称为拉丁美洲的《尤利西斯》,又被看作一部关于情感和思想的百科全书。

卡洛斯·富恩特斯(1928—2012),墨西哥小说家、散文家和剧作家。他善于吸收西班牙文学精华,将多种表达方式融为一体并勇于在创作技巧上革新,关注墨西哥社会现实。他的两部长篇小说《最明净的地区》(1958)和《阿特米奥·克鲁斯之死》(1962)为其赢得了国际声誉。

马里奥·巴尔加斯·略萨(1936—),秘鲁小说家、社会活动家,结构现实主义最重要的代表作家。《绿房子》(1965)是他和整个结构现实主义文学的代表作品。小说打破传统的结构形式,以所谓"情节小块组合法"构建作品,反映了秘鲁北部的社会生活。略萨的其他重要作品还有《城市与狗》(1962)、《胡利娅姨妈与作家》(1977)等。

20世纪70年代,拉美一些国家发生军事政变。军事独裁政权实行高压政策,许多作家受到监禁,大批作家流亡国外,"爆炸文学"宣告结束。然而,又有一批文学新人登上了文学舞台,他们继承了"爆炸文学"的反抗精神,继续以社会生活和民族危机为创作对象,写出了一大批题材丰富、艺术技巧新颖奇特的作品,进一步强化了"爆炸文学"在西方世界的冲击波。评论界称他们为"爆炸后的新一代",称他们的作品为"爆炸后文学"。

"爆炸后的新一代"作家大体上可以分成两个派别:一派重视对语言文字进行改革,他们极力打破传统现实主义的束缚,追求对语言结构的扭曲,以嘲笑小说传统概念为乐事,以叛逆者自居。代表人物有阿根廷作家马努埃尔·普伊格和奈斯多尔·桑切斯(1935—)、墨西哥作家古斯塔沃·萨因斯(1940—)、古巴作家塞维罗·萨尔杜伊(1937—1993)等。另一派则坚持更敏锐、更深刻地捕捉和反映现实生活,追求艺术技巧的新颖奇特。代表人物有古巴作家雷纳尔多·阿雷纳斯(1943—1990)、智利作家伊莎贝尔·阿连德和安东尼奥·斯卡尔梅达(1940—)、秘鲁作家阿尔弗莱多·普利塞·埃切尼克(1939—)、哥伦比亚作家布里纽·阿勒雷尤·蒙多萨(1932—)、厄瓜多尔作家伊万·埃圭斯(1944—)、墨西哥作家费尔南多·德尔·帕索(1935—)等。

马努埃尔·普伊格(1933—1990),阿根廷著名作家,"语言文字改革派"的代表人物,主要小说有《丽塔·海华兹的叛变》(1968)、《红红的小嘴巴》(1969)和《蜘蛛女人之吻》(1976)等。他的作品主题严肃,高度关注社会现实,艺术上不拘一格,勇于创新,特别重视语言本身的含义。

伊莎贝尔·阿连德(1942—),智利女作家,被誉为"穿裙子的加西亚·马尔克斯"。《幽灵之家》(1982)和《爱情与阴影》(1984)是其代表作,这两部小说都反映了拉美政治的风云变幻和丰富多彩的社会现实,将现实、神话和想象融为一体,语言明快洗练。

当代拉丁美洲诗歌创作也取得了很大的成就,一批优秀诗人的创作产生了世界性的影响。

加夫列拉·米斯特拉尔(1889—1957),智利杰出的女诗人,14岁就发表诗作,1914年以3首《死的十四行诗》一举成名,主要诗集和散文集有《柔情》(1924)、《白云朵朵》(1934)、《智利掠影》(1934)、《母亲的诗》(1934)、《有刺的树》(1938)、《葡萄压榨机》(1955)等。1945年,米斯特拉尔"因为她那富于强烈感情的抒情诗歌,使她的名字成为整个拉丁美洲的理想的象征"而获诺贝尔文学奖,她是拉美第一位获此殊荣的作家。

巴勃罗·聂鲁达(1904—1973),智利诗人,《二十首情诗和一支绝望的歌》(1924)是其成名作,《地球上的居所》(1933)以隐喻表达诗人的孤独痛苦情绪,长诗《西班牙在我心中》(1937)讴歌了西班牙人民和国际纵队的英勇战斗,谴责法西斯的非人暴行,被译成多国文字在反法西斯前线广泛流传。他的主要诗集还有《愤怒与痛苦》(1939)、《元素的歌》(1954)、《葡萄和风》(1954)等。1971年,"因为他的诗歌具有自然力般的作用,复苏了一个大陆的命运和梦想",聂鲁达获得诺贝尔文学奖。

奥克塔维奥·帕斯(1914—1998),墨西哥诗人,在诗歌创作和诗学理论两方面都有突出贡献。他的作品内容十分丰富,反映了当代墨西哥知识分子的彷徨与迷惘,充满对宇宙、现实和人生奥秘的哲理性思考。帕斯主张把诗歌语言从"清规戒律"中解放出来,恢复其原始的魅力,在诗歌结构方面他也进行了不懈的探索。帕斯的主要作品有诗集《假释的自由》(1949)、长诗《太阳石》(1957)、诗集《狂暴的季节》(1958)、《蝾螈》(1962)和诗论集《弓与琴》(1956)等。1990年,帕斯获得诺贝尔文学奖。

二、马尔克斯

(一)生平与创作

加夫列尔·加西亚·马尔克斯(1927—2014),哥伦比亚著名小说家,魔幻现实主义文学的杰出代表。马尔克斯生于哥伦比亚马格达莱纳省的小镇阿拉卡塔卡,8岁前一直生活在外祖父家。外祖父是个受人尊敬的退休上校,外祖母很有文化素养,会讲神话传说和鬼怪故事。在外祖母的影响下,马尔克斯7岁就开始读《一千零一夜》。在他童年的心灵里,故乡孤独而神秘。童年的经验成就了他独有的思维方式,为其日后的魔幻现实主义创作奠定了基础。1947年,马尔克斯进入大学攻读法律,由于不感兴趣而中途辍学。1948年担任《观察家报》记者,被派驻欧洲,并正式走上文学创作的道路。1955年,马尔克斯因撰写一篇揭露海军参与走私的报道而受到军事独裁当局指责,被迫流亡国外。1959年回国,任古巴"拉丁"社驻哥伦比亚办事处的负责人。1961年任该社驻联合国记者,后迁居墨西哥。1976年返回哥伦比亚,并参加"文学罢工"以抗议军人政权。1981年,受军政府迫害而再次流亡墨西哥。1982年哥伦比亚新政府成立,作家才得以在祖国长期从事文学创作。

马尔克斯的第一个短篇小说集《周末后的一天》(1954)里第一次出现了马贡多村,该作品获得哥伦比亚全国文学奖。1955年,第一部长篇小说《枯枝败叶》出版,作者用意识流小说的技巧表现了现代文明冲击下马贡多人矛盾、迷惘和孤独的心态。这部小说在拉丁美洲文学界受到普遍重视,为日后《百年孤独》的创作打下了基础。

1961年,他出版了中篇小说《没有人给他写信的上校》,讲述一位曾建立功勋的老上校退休后被社会冷落的故事,反映了社会的冷漠无情和人们孤独彷徨的情绪。这位退休上校在贫困与孤独中期盼邮船给他送来信件,苦苦等待了15年却一无所获。小说带有明显的现代主义色彩。1967年,马尔克斯出版了代表作《百年孤独》,在拉丁美洲引起了一场文学地震,奠定了他在当代世界文学史上的地位。1975年,马尔克斯发表了历时八年才写成的长篇小说《家长的没落》,再一次引起轰动,被美国《时代》周刊推荐为1976年世界十大优秀作品之一。小说情节荒诞离奇,将虚幻与真实融为一体,成功地塑造了尼卡诺尔这个穷凶极恶的独裁统治者形象。

20世纪80年代以后,马尔克斯继续笔耕不辍,相继发表了文学谈话录《番石榴飘香》(1982)以及《一件事先张扬的凶杀案》(1981)、《霍乱时期的爱情》(1985)、《迷宫中的将军》(1989)、《爱情和其他的魔鬼》(1994)、《苦妓回忆录》(2004)等文学作品。

1982年,马尔克斯因"他的长篇小说把幻想和现实融为一体,勾画出一个丰富多彩的想象中的世界,反映了拉丁美洲大陆的生活和斗争"而荣获诺贝尔文学奖。

(二)《百年孤独》

《百年孤独》是马尔克斯最重要的作品,是作家苦心孕育了18年而写成的天才杰作,被看作魔幻现实主义当之无愧的典范。

小说描写了布恩迪亚家族一百年的兴衰史。第一代老布恩迪亚和表妹乌苏拉成婚,乌苏拉担心他俩会像姨妈姨父一样因近亲结婚而生出长猪尾巴的孩子,拒绝与布恩迪亚同房。布恩迪亚因此受到邻居阿吉尔拉的嘲笑,并一怒之下刺死了她。为了躲避阿吉尔拉鬼魂的纠缠,他携妻出走,在荒原上建造了马贡多村。从此,布恩迪亚家族就在这里繁衍生息,每代人都有自己坎坷离奇的命运。第六代的奥雷良诺·布恩迪亚同姑姑乱伦生下了长猪尾巴的孩子——这个家族的第七代,四面八方聚拢来的蚂蚁将孩子拖入蚁穴,活活吃掉,马贡多也被一阵飓风刮得无影无踪。

对于这个百年孤独的家族来说,"百年"是它的历史框架,"孤独"是它的精神内核。然而两者各自究竟包含了怎样的意蕴呢?

"百年"是一个轮回,在这一百年的历程里,马贡多从无到有,由衰及盛,由盛及衰,最后化为乌有。布恩迪亚家族第一代因为害怕生出长猪尾巴孩子而建造了马贡多,最后还是因为乱伦生出长猪尾巴的孩子,绵延七代的家族由此断子绝孙,马贡多也随之灰飞烟灭。荒芜的起点与虚空的终点重合,家族人事的鼎沸在百年后悄然凝止,永恒的荒芜复归原位,由此形成了一个大的历史循环。在这个大循环中,布恩迪亚家族的人名、性格、命运也无不随着时间轮回往复。

在家族的男性中,有5个人物取名"何塞·阿卡迪奥",有22个人被冠以"奥雷良诺"的名字,名字的迷宫常常令读者迷路。对于这个看似无法区分的人物群体,家族的女创始人乌苏拉曾这样总结道:"奥雷良诺们都离群索居,却头脑出众,霍塞·阿卡迪奥们则感情冲动而有闯荡精神,但都打上了悲剧的印记。"在这两组人物当中,后代的阿卡迪奥总是重复前辈阿卡迪奥的性格,而后辈奥雷良诺则又总是重复上一代奥雷良诺的性格,唯一例外的是孪生兄弟阿卡迪奥第二与奥雷良诺第二。由于童年时代的胡闹使得兄弟俩的特征弄颠倒了,但是这个长期的错误却在他们同时死去后意外地得到了纠正:抬灵柩的人喝醉了酒,把棺材放错了墓穴。这些人物的死亡也具有重复性,那些何塞·阿卡迪奥们都死于悲惨的谋杀或疾病,而三位奥雷良诺死时都睁着双眼,并且头脑清醒。在家族的女性中,有三位年轻的女性都以"雷梅苔丝"命名,布恩迪亚家族中最后一位女性阿玛兰塔·乌苏拉则继承了两位最有影响的先辈——乌苏拉和阿玛兰塔的名字。叫乌苏拉和阿玛兰塔的都精力充沛,讲究实际;而叫雷梅苔丝的,都不同程度地表现出幼稚、无知和不成熟。布恩迪亚家族几代人的名字、性格和命运就这样循环往复,所有人物都不可避免地受到前辈力量的支配,被系统地纳入先辈同名人业已建立的模式和轨迹之中。正如乌苏拉所惊呼的那样:"家里的每个成员每天都在走同样的路,干同样的事,甚至在同一时间说同样的话,而他们自己都不知情!"

时间在重复轮回,历史在原地打转,冥冥之中支配这一切的神秘力量便是无法排遣的孤独;循环的时间本身自我封闭,没有出路,身陷其中的任何人和事物都变得苍白无力。在这封闭的、自我循环的状态中,家族成员无论如何苦苦挣扎,都逃脱不了孤独的命运。总之,孤独的精神内核注定了百年的循环往复;而在百年封闭的轮回中,孤独则天经地义、无法避免。

在马尔克斯的笔下,孤独表现得极为复杂。

首先,孤独是一种摆脱不掉的生存状态。《百年孤独》中出现的每一个人都以自己独特的方式感受着不同类型的孤独:奥雷良诺上校周而复始地制作他的小金鱼,沉默寡言,悄然独处,不问世事和家政;老处女阿玛兰塔为自己织裹尸布,织了拆,拆了织,直至死神来到面前;雷蓓卡闭门封窗,把自己关在房间直到死亡;俏姑娘雷梅苔丝每天要在浴室里几小时地洗澡,以此消磨时间。正如奥雷良诺上校所说,他们都"与孤寂签订了一个体面的协定"。孤独成了心灵的庇护所,成了一种惯性,一种生存状态,犹如一片充满罂粟气息的泥沼。深陷在其中的人们所做的一切不是为了摆脱孤独,而是沉浸在其中,让孤独耗尽灵魂,耗尽生命。这种孤独的恶习在布恩迪亚家族世代相传,意味着它已经深入了拉丁美洲的民族灵魂,这种"孤独"是人们因为不能掌握自己的命运而产生绝望、冷漠和疏离感,人们因此与世隔绝、不思进取、自我封闭、离群索居,这正是家族衰败、民族落后、国家灭亡的根源。

其次,孤独是在爱的荒漠中的绝望心态。用老布恩迪亚的话说,在他们家族,"爱情简直成了瘟疫"。布恩迪亚家族中的每一桩婚姻、每一场性爱都涂上了疯狂与荒诞的色彩,仿佛受到了魔咒的困扰。乌苏拉与布恩迪亚本是表兄妹,他们不顾可能生出猪尾巴孩子的警告而结婚,从此,一条比爱情更坚实的纽带——共同的良心谴责把他们系在一起,直到老死。这里,罪恶感替代了爱情。第二代奥雷良诺上校与还是孩子的雷梅苔丝结合,也是"乱伦情结"的变种,奥雷良诺上校在打仗期间与众多女人的关系则更加荒唐。姑姑阿玛兰塔与侄子奥雷良诺则公然在破败的家园中,在爬满虫子的屋子里纵欲欢闹。小说中把他们生下的带着猪尾巴的孩子称作"一个世纪来唯一由爱情孕育出来的后代",仿佛他俩真正尝到了爱情的甜蜜;但是,孩子的畸形与被蚂蚁吃掉的悲惨结局,不仅象征着布恩迪亚家族的不可救药,也象征着阿玛兰塔与奥雷良诺的孽恋注定要承受的罪与罚。就这样,布恩迪亚家族的两性关系一直沉沦在乱伦情结与感官肉欲的污淖中。乱伦情结像幽灵一样游荡在布恩迪亚家族,表明马贡多人浸透着浓浓的蛮荒意识,他们沉醉其中,不能自拔,无力超越自我,无力战胜诱惑。可以说,布恩迪亚家族的爱情悲剧植根于民族的精神缺陷里。整个民族爱的精神和能力都在逐渐萎缩,他们因为孤独而追求爱情,反而因为不懂爱情而更加绝望、孤独。

最后,孤独是一种文化冲突中的失重状态。作品中所有人物都不承担任何责任,也不受任何规范的束缚:他们从马贡多开始建立时便坚持的无政府主义,导致了正常社会所应有的管理的缺失;他们又怀疑任何宗教信仰,不受宗教的规范。老布恩迪亚就曾到处拍照,来寻找上帝,最终否定了上帝的存在。就这样,作者在小说中呈现了一个混乱、失重的社会状态。虚无主义泛滥,价值体系崩溃,人们处在一种不知所措、不知所为的状态中,放任漂流,找不到自己的位置。这正是本土文化与异域殖民文化的冲突所导致的结果。西方的制度、科学与文化涌入后,人们迷失了自我,不知该坚持什么。当代表西方文明和教养的媳妇菲兰达来到家族后,文化上的差异使得乌苏拉这位拉丁美洲人民的优秀代表丧失了原有的判断力:"那些靠直觉弄得清楚的东西,她想用眼睛去看,就失误了。"她不得不"完全改变了自己关于子孙后代的看法",并从此陷入"黯然无光的暮年的孤独"。拉丁美洲人民就这样在自己的家园中变成了无所适从的陌生人。

《百年孤独》是一本关于孤独的综合性大辞典。这种孤独并非仅仅是个体的心灵孤独,也是民族的孤独,是整个拉丁美洲的孤独。残酷的资本主义入侵参与书写了拉丁美洲孤独而苦难的历史,使拉丁美洲人民遭受了延续数百年之久的不公正以及难以数计的苦楚。而今,西方世界对拉美文学和文化以及社会变革所持有的误解和猎奇态度,也使得拉丁美洲感到孤独。马尔克斯说"孤独的反面是团结",这是作家对拉丁美洲的呼唤,也是《百年孤独》对世界的启示。

《百年孤独》在艺术上也取得了极高的成就。

首先,小说中大量奇异的描绘和荒诞不经的情节营造出一种魔幻的氛围,使读者获得一种似曾相识又觉陌生的感受。如老布恩迪亚去世时天降黄花雨;马贡多下了整整四年十一个月零两天的大雨;何塞·阿卡迪奥被杀后,鲜血流淌成河,血流穿过大街小巷去给他母亲报信,为了不弄脏地毯,血流还懂得拐几个弯。

其次,小说大量运用拉美、印第安、阿拉伯和西方的神话传说和民间故事,将其中奇幻怪诞的成分巧妙地穿插在作品中,进一步加强了作品的神秘性。俏姑娘抓着床单飞上天去,让人想起《一千零一夜》中飞毯的故事;编织裹尸布的阿玛兰塔使人想起《荷马史诗》中的佩涅罗佩;尼卡诺尔神父喝了一杯巧克力后居然能离地12厘米,证明"上帝有无限神力",则显然是对宗教传说的讽刺嘲笑。

再次,小说运用了象征手法,寓意深刻。黄花象征着死亡,老布恩迪亚死时天降黄花,乌苏拉死后,庭院的水泥裂缝中也钻出朵朵小黄花。马贡多村民集体丧失了记忆,则意味着他们忘记了传统和历史。

复次,作家还独创了从未来的角度回忆过去的新颖的倒叙手法。小说一开头,作家就这样写道:"许多年之后,面对行刑队,奥雷良诺·布恩迪亚上校将会回想起,他父亲带他去见识冰块的那个遥远的下午。"短短的一句话,实际上容纳了未来、过去和现在三个时间层面。紧接着作家笔锋一转,把读者引回到马贡多的初创时期。这样的时间结构,在小说中一再重复出现,环环相扣,不断造成新的悬念。

最后,小说具有让人耳目一新的语言。直观的、简约的语言不仅有效地创造了一种新的视角,而且叙述的速度极其惊人,27万字,七代人的命运生死,不经意间就过了百年。有的评家认为这部小说仿佛出自8岁儿童之口,用这种语言来反映落后民族(人类儿童)的自我意识再贴切不过了。

总之,高屋建瓴的气魄、凝重的历史内涵、强烈的忧患意识、深刻的民族文化反省、新颖的艺术技巧,足以使马尔克斯和他的《百年孤独》不朽。

思考练习题:

1. 如何理解后现代主义文学?后现代主义文学的一般特征是什么?
2. 后现代主义文学主要包括哪些流派,它们各自的特点是什么?
3. 如何看待萨特的文学贡献?《恶心》体现了怎样的存在主义哲学思想?
4. 《等待戈多》体现了哪些荒诞派戏剧的特色?
5. 《第二十二条军规》在内容和形式上体现了怎样的"黑色幽默"特色?
6. 如何理解马尔克斯笔下"孤独"的内涵?简析《百年孤独》的艺术成就。

第二部分
东方文学

第十四章 上古文学

第一节 概 述

　　东方上古文学主要包括亚洲和非洲的文学。亚非两洲是人类文化的发祥地，世界文明的摇篮，古代埃及、巴比伦、印度和中国四大文明古国就诞生在这块土地上。早在五千多年前，东方各民族的祖先已先后摆脱了茹毛饮血的野蛮状态，跨进了历史的文明阶段。较之古希腊罗马的海洋文化，东方各国是典型的内陆大河文化。黄河和长江流域、印度河和恒河流域、幼发拉底河和底格里斯河流域以及尼罗河和尼日尔河流域等，这些大河冲积的平原土地肥沃，便于精耕细作，因而产生了古老的农耕文明和安土重迁、封闭传统的文化心理，但东方各民族勤劳智慧，也创造了许多闻名世界的古典文学名著。世界上最古老、最庞大的诗歌总集，人类最早和最长的史诗、最早的长篇小说都相继出现在东方。这些具有艺术魅力的文学珍品，是东方各国人民留给世界的不朽遗产。

　　东方上古文学是指原始社会末期和奴隶社会时期文学。

　　上古时期，东方地区的奴隶制较原始，甚至尚未超出家庭奴隶制的剥削形式，所以无法从根本上彻底瓦解氏族制度的残余和古老的公社——家庭氏族和后来的农村公社。这种情况严重地阻障了东方奴隶占有制度的进一步发展，使上古时期的东方社会在相当长的一段时间内发展得既缓慢又欠充分。另一方面，上古时期东方地区的专制政体也有明显的特征，即最高的政治权力完全掌握在专制君主——国王手中，在体制上是鲜明的东方专制主义。埃及、亚述、印度和波斯，无不如此。在巩固国王统治权力和威信的过程中，宗教发挥了很大的作用。祭司们竭力宣扬王权神授的谬说，把国王的命令说成神意的再现。许多国王由氏族贵族领袖转化而来，氏族贵族的统治势力异常强大和牢固，使古代东方不可能出现民主政体。在这样的社会历史条件下，上古东方文学的发展就出现了较西方古代文学独特的轨迹，形成了自己的文学特色。

　　首先，上古东方文学具有鲜明的民间文学色彩。民间口头文学是东方各民族文学产生的重要源泉，由于年代久远，又缺少文字记载的手段和方法，因此这种文学很难完整地保存下来。现在能看到的少量作品，大都凭口耳相传，或在晚近期根据口头转述记载而成，其形式表现为劳动歌谣、民歌等。它们大都是劳动者在劳作和生活中为宣泄自己的情感而吟唱出来的,表达了劳动人民质朴自然的思想感情、愿望和要求。

在原始社会,由于人们的思维不发达和知识水平低下,无法解释各种自然现象,因而普遍出现了万物有灵的神话传说和英雄故事。神话传说是关于神的故事,一般产生得早;英雄故事是人和神的后代或部落早期英雄的故事,相对产生得较晚。东方各民族几乎都出现了各种大同小异的开天辟地神话、创世神话、大洪水神话等。由于人类有了理解和顺应自然规律的能力,所以有些神话的神开始具有人的形态,出现了人神同体或人神相似的现象。如在古代埃及产生的有关奥西里斯的神话,在西亚两河流域产生的阿努和伊什妲尔的神话,在巴勒斯坦产生的耶和华神话等。随着原始公社的解体,人类社会逐渐向奴隶制过渡,东方许多民族之间发生了氏族兼并等大规模战争,于是出现了史诗。在两河流域的古巴比伦产生了现存人类社会最早的完整史诗《吉尔伽美什》,在印度出现了两大史诗《摩诃婆罗多》和《罗摩衍那》。进入奴隶制社会以后,广大的奴隶和劳动者被剥夺了参与文化活动的机会和权力,社会上出现了专职文人。他们把过去流传在人们口头的文学作品进行加工整理,或是自己进行创作,文学发展进入了新阶段。

其次,上古东方文学表现出强烈的宗教色彩。古代东方文学同宗教有着极为密切的关系。文学成为宗教的代言人,宗教成为文学的载体。流传至今的许多作品都有宗教思想的流露,如希伯来文学的作表《旧约》与犹太思想密切相关,许多地方表现出对耶和华的崇拜;波斯古代诗文总集《阿维斯塔》就是波斯古教琐罗亚斯德教的经书;古代印度文学与吠陀教和婆罗门教思想息息相通,有的甚至直接宣传某种宗教教义。上古文学的许多文学形式,如赞美诗、抒情诗、咒文、祈祷文、忏悔诗、民间故事、寓言故事等都成了宗教宣传的媒体。宗教对文学具有二重作用:一方面经僧侣或祭司之手,大量古代文学遗产得以保存并流传;另一方面由于祭司和僧侣力图把宗教变成适应自己统治需要的舆论工具,宗教思想在很大程度上抑制了文学创作的积极性,文学变成宗教宣传的艺术装饰品,许多古代流传下来的文学创作有失原来的风貌和文学性。

最后,上古东方文学体裁丰富,有多种源头。劳动歌谣、神话传说、民族史诗、宗教颂诗、爱情诗歌、民间故事、寓言等应有尽有,对后来世界文学各种体裁的形成和发展产生了深远的影响。由于古代东方文学的起源并非只有一个中心,因此,和欧洲文学相比形成迥然不同的特点。四大文明古国的文学创作,最初在各自国家的土壤上独立发展起来,具有独特的民族风格,堪称独创的文学,并逐渐形成东亚、南亚、西亚北非三个中心,后来由于历史的演进、交通与贸易的拓展,东方各邻国之间有了接触与交流,开始显示出融合的趋向。

上古东方文学对古希腊罗马文学,并通过古希腊罗马文学对后世的西欧文学产生了深远的影响。

上古东方文学主要包括巴比伦文学、古埃及文学和古印度文学。

一、巴比伦文学

巴比伦位于美索布达米亚（即"两河之间的地方"）南部，是古代两河流域文化的中心。它正处于底格里斯河和幼发拉底河的接近点上，由于自然条件优越，成为人类文明的发源地之一。早在公元前4000年左右，美索布达米亚地区开始从氏族社会末期向奴隶社会过渡。大约在公元前2800年（或更早些时候），苏美尔人建立了自己的王朝。大约到了公元前2350年，阿卡德人又建立了阿卡德王朝。他们继承了苏美尔人的文化并取得新的惊人成就。大约在公元前1900年，古巴比伦建立了奴隶制国家，国势盛极一时，著名的汉谟拉比王（前1792年—前1750年在位）统一了苏美尔和阿卡德。此时的巴比伦已成为西亚的经济文化中心之一。公元前1795年古巴比伦毁于赫梯人的入侵。继后，虽有加美特巴比伦和新巴比伦出现，但昔日的雄风已不再。至公元前539年，终于被波斯所灭。

在远古时期，苏美尔人和阿卡德人就创造了丰富的文化，并用楔形文字保存下不少文学作品。巴比伦文学是在继承苏美尔和阿卡德文学传统的基础上发展起来的，因此，通称苏美尔-巴比伦文学。大约在公元前4000年末，苏美尔-巴比伦就已有了用楔形文字记录下来的书面文学作品。通观苏美尔-巴比伦长达3000余年的文学发展，它虽属奴隶制社会的文学，但又不乏反映原始社会末期情况的作品。这些文学作品丰富多彩，主要有神话、传说、史诗、哀歌、赞歌、故事、格言、谚语、咒文等。这些作品从不同角度反映了当时人们对自然界的朴素理解与探求。其中，诗歌和神话较发达。

巴比伦神话在继承苏美尔神话的基础上，有了较大的发展，形成了自己的神话世界，其中包括宇宙生成、人类创造、长生不老、天命观等神话母题。最有代表性的是创世神话，它描写玛尔杜克从英雄升为主神并创造天地万物的壮举，赞美了光明战胜黑暗的正义性。《伊什妲尔下冥府》源于苏美尔神话《伊南娜下冥府》，略有删减。它通过女神伊什妲尔下降到冥府搭救丈夫的曲折故事，反映了古巴比伦人对四季变化、万物枯荣的自然现象，有着自己特殊的探求和理解。

巴比伦的史诗出土的不多，《吉尔伽美什》是唯一一部具有代表性的英雄史诗，达到了苏美尔—巴比伦文学的最高峰。《吉尔伽美什》约在公元前3000年初具雏形，由苏美尔、阿卡德人口头创作汇编，"在公元前11世纪尼布甲尼撒一世时由一乌鲁克诗人写成"[①]。在目前发现的史诗中，它是最古老的。全诗由12块泥板组成，研究者多认为第12块泥板是后人增补的，共约3600行，现在复原后所能见到

[①] 《吉尔伽美什》，赵乐甡译，译林出版社，1999年，第355页。

的约2000余行。

史诗大致可分为四个部分：第一部分写主人公吉尔伽美什在乌鲁克城为所欲为的统治以及吉尔伽美什和恩启都厮打成交的友谊；第二部分描述吉尔伽美什和恩启都一起出走，为民造福，成为群众爱戴的英雄；第三部分写恩启都死后，吉尔伽美什为探索生命奥秘而进行的长途跋涉；第四部分记述吉尔伽美什同好友恩启都幽灵的谈话。这部英雄史诗通过引人入胜的情节，反映了上古两河流域人民同自然及社会暴力抗争的情景，颂扬了为民建功立业的英雄，对宇宙和人生的奥秘做了积极的探索，艺术地再现了当时人们的价值观和道德理想。史诗中的主人公吉尔伽美什胸怀建功立业的雄心壮志，行动上不畏强敌，敢于与神抗争。恩启都之死使他在悲愤之余又踏上追求永生的道路。虽然他的抗争与探索都以失败告终，但是他的英雄气概使全诗洋溢着人应该不甘寂寞死去的顽强精神。

《吉尔伽美什》是古巴比伦神话故事的总汇，是两河流域早期文明的结晶，在世界古代文学史上具有特殊的意义。它不仅对后世西亚文学产生了一定的影响，而且间接影响到希腊神话、荷马史诗及希伯来的《旧约》等人类早期文学。

二、古埃及文学

埃及是世界著名的、历史悠久的文明古国。在公元前4000年左右，尼罗河谷地就出现了一些奴隶制的城邦国家。公元前3300年左右，古埃及出现了写在纸草卷上的象形文字。上古埃及的许多文字作品都是写在纸草卷上保存下来的。作为世界上最古老的文学之一，古埃及文学内容丰富、题材多样，主要包括神话传说、诗歌、《亡灵书》和故事。

在上古埃及文学中，神话传说最久远。在最早出现的诸多创世神话中，描写太阳神拉开天辟地的神话最著名。混沌初开之际，拉在水神努的体内孕育成形，以蛋形花苞状升起在水面，显形为一轮太阳，大地便有了光和热。拉神创造天、地、日、月、星空和万物。后由于人类堕落犯罪，拉派女儿爱情之神赫托尔去毁灭人类，但又恐人类灭绝，就在她的必经之路上造出美酒之湖，使她饮后醉卧不醒，停止了毁灭人类的工作。这则神话既反映了古代埃及人对天地、人类和万物的出现心存美好的想象和理解，也表现了他们对大自然力量的崇拜。

在古埃及神话中，奥西里斯的神话流传得极广。奥西里斯是水和植物之神，是尼罗河、土地和丰收之神，也是耕作和文化的传播者。他被人民拥戴为王，却被其弟塞特所杀。奥西里斯的妻子伊西丝生下的遗腹子荷拉斯长大成人后，为父报仇，打败塞特，做了埃及国王。伊西丝历尽千辛万苦找回丈夫奥西里斯的尸体，大声恸哭，感动了太阳神。奥西里斯复活，成为冥界之王。这个神话反映了氏族社会贵族间的权力之争，也宣扬"君权神授"的思想。

上古埃及文学中另一种重要的文学体裁是诗歌。保存下来的主要有劳动歌谣、爱情诗、宗教诗和赞美诗等。其中劳动歌谣产生的最早,如《庄稼人的歌谣》《打谷人的歌谣》《撒谷人的歌谣》等。这类作品保存下来的不多,但却颇为真实地反映了当时奴隶们的生活、劳动和思想情趣。古埃及最著名的宗教哲理诗是《失望者和自己灵魂的谈话》,它不仅把死亡比拟为人的幸福,并且发出了反抗的呼声,被视为古代埃及诗歌中成就最高的诗篇之一。礼赞尼罗河的颂诗《尼罗河颂》是古埃及诗歌中的名篇。

《亡灵书》(又译为《死者之书》)是古埃及最有代表性的作品,是古埃及文学的汇编。

当时古埃及人想象人死后要经受地下王国的种种磨难,顺利通过这些考验,才能荣登上界,得到复活。因此,古埃及人十分重视尸体的保存和死后生活的指导。他们不仅将尸体制成木乃伊,还在古埃及所特有的纸草上,写下许多诗歌,置于石棺和陵墓中,指导死者对付地下王国的种种磨难。后人从金字塔和其他墓穴中,把这些指导死者生活的诗歌编辑成集,题名为《亡灵书》。《亡灵书》汇入了大量的神话诗、祷文诗、颂诗、歌谣、咒语等,内容驳杂。它的许多内容录自埃及古王国时期的"金字塔文"和中王国时期的"棺文"。其中有对当时的社会生活特别是一些宗教礼仪的描述,也有对冥界生活的想象。《亡灵书》反映了古埃及人企图将生命的荣华富贵延续到后世的幻想。

故事是古埃及文学创作的又一种主要体裁。现存柏林博物馆的《魔术师的故事》是古埃及流传下来的最早的一篇故事。它由"克拉福拉所讲的故事""保甫拉所讲的故事""豪尔代夫所讲的故事"组成,讲述者是第四王朝克胡甫王的三个王子,所讲述的均与魔术师有关。这些故事叙述的虽然是一些神奇的魔法,但从整个故事的情节和艺术形象来看,展示的都是当时统治阶级中一些王公贵族和祭司的实际生活,宣扬了埃及国王都是"拉神之子"的君权神授思想。中王国时期,埃及古代文学高度繁荣,史称古典文学时期。文学作品中的故事此时也有所增多,出现了《乡民与雇工》《遭难的水手》《撒奈哈特历险记》等故事名篇。《乡民与雇工》描写一个机智的农民巧于辞令而自救的故事,反映了中王国初期的社会矛盾,揭露了统治阶级的为非作歹,歌颂了一个普通农民反对掠夺与迫害的不屈不挠的斗争精神。到了新王国时期,故事作品不仅数量多,情节更加离奇曲折,反映的社会生活面也更加广泛。这时期的主要故事有《厄运被注定的王子》与《昂普·瓦塔两兄弟》。前者描写人的自下而上的愿望与神意及命运的冲突,后者则叙述了正义必定战胜邪恶的真理,显示了劳动者的机智与力量。

古埃及文学无论是在题材、体裁还是艺术手段等方面,都对古希腊文学、罗马文学、中世纪阿拉伯文学等产生过直接或间接的影响。

第二节 《旧约》与《圣经》文学

《圣经》包括《新约》和《旧约》两部分,是不同历史时期,不同作者的著作的汇编。《圣经》并不是这本书的原名,是在翻译成汉语时,按习惯把重要、严肃的著作都称作"经",并在前面加一个"圣"字以表尊重。

一、希伯来民族概况

《旧约》是犹太人的经典,这是一部关于生活在古代巴勒斯坦地区的希伯来民族以色列人和犹太人的古典文献。希伯来民族是闪族人的一支,公元前 2000 多年时在幼发拉底河流域游牧,公元前 1500 年前后进入迦南(今巴勒斯坦地区),当地人称他们为"希伯来人",意思是"河那边来的人"("河"指幼发拉底河)。希伯来民族又分为北部的以色列人和南部的犹太人,这两个部族都在本民族早期的征战中立下过功勋,但两个部族不和。在占领迦南的几百年时间里,出现了很多民族的英雄,其中最著名的包括摩西。他用了 40 年的时间领导希伯来人逃离埃及的奴役,在沙漠中练兵、教育。

公元前 1030 年,希伯来人在以色列建立王国,由扫罗(约公元前 1030—公元前 1013 在位)作第一任国王。在与非利士人的战争中,扫罗父子双双战死。代替它的是犹太人大卫(公元前 1013—公元前 973 在位)。大卫战胜了非利士人,统一了南北两个部族,建立希伯来联合王国,定都耶路撒冷。在他当政时期,希伯来国势强大,四邻臣服,商业繁荣。从那时起,犹太人逐渐有了善于经商理财的美誉。

大卫的儿子所罗门(公元前 973—公元前 933 在位)以他的富足而著称,他当政时期是王国的鼎盛时代,这也是希伯来文学开始发展的时代。所罗门死后,王国分裂为南部的犹太和北部的以色列。两个本是手足的部族相互残害,使得国势迅速衰落。公元前 722 年,以色列被亚述征服;公元前 586 年,犹太国亡于新巴比伦,君民被掠数以万计。从此,犹太人在巴比伦度过了约半个世纪的囚徒生涯(公元前 586—公元前 538),直到波斯人灭掉巴比伦。这一段耻辱的历史被希伯来人牢牢地记在心中,称为"巴比伦之囚"。自此之后,希伯来遗民渐被称为犹太人,基督教也从犹太教中独立出来,成为有世界影响的大宗教。

公元前 444 年,耶路撒冷重建,犹太复国。从那时到公元前 2 世纪初,希伯来人受到的外界压力不大,文化一直较发达。但从公元前 198 年开始他们再次受到外族的有力侵袭,直到公元前 63 年,罗马将军庞培占领耶路撒冷,希伯来人多次起义失败后,于公元 135 年被迫流散世界各地,他们民族的历史到此结束。

希伯来民族是一个苦难深重的民族,在漫长的历史中,他们磨炼出坚忍的意志和极强的战斗精神,依靠浓重的宗教意识和民族凝聚力,顽强地保存着自己的传统。虽然他们早就没有了属于自己的国土,但散居各地的希伯来人仍将自己民族的宗教和文化一代代传承下来。

二、《旧约》与《圣经》文学

希伯来文学是希伯来人在各个历史时期创作的各种文学作品的总和,主要用希伯来文书写,也有用亚兰文、希腊文或拉丁文写成。希伯来文学又称为《旧约》文学,因为它们主要保存在希伯来人的宗教经典《圣经·旧约》中。

《旧约全书》最早被译为希腊文时,正经被分为39卷,这39卷现在被分为四部分:

(一)经书或律法书,即所谓的"摩西五经",包括《创世记》《出埃及记》《利未记》《民数记》《申命记》。这一部分成书最早,公元前444年就被确定为"圣经"了。它的内容包括天地创造、伊甸乐园、洪水方舟等神话,以及希伯来人的始祖亚伯拉罕、雅各、摩西等人的传说,以及犹太教所定的教规国法。托名创国英雄摩西受命于天所写,因此被称为"经"或"律"。

(二)历史书——《约书亚记》《士师记》《撒母耳记》上、下,《列王记》上、下,《历代志》上、下,《以斯拉记》、《尼希米记》等十卷,是以色列和犹太立国到亡国的史记,成书年代大约是公元前300年左右。

(三)先知书——《以赛亚书》及以下15卷(《旧约》的目录中有先知书18卷,其中的《耶利米哀歌》《约拿书》和《但以理书》3卷,是诗歌和小说,应归入第四类"诗文集")。所谓"先知"是先知先觉的社会改革家和思想家,他们愤怒地谴责社会的不平等,奔走呼号,演说、诵诗唤醒群众,警告欺压者。他们所处的年代大约是公元前8世纪到公元前3世纪,正是国家的多难之秋。

(四)诗文集——有《诗篇》《雅歌》等抒情诗集,有《箴言》《传道书》等哲理诗集,有《约伯记》那样大型的诗剧和《路得记》《以斯帖记》《但以理书》等小说。这部分作品成书年代最晚,大约在公元前400年到公元前150年之间。编入"圣经"的时间,最迟的在公元后100年左右。

以上四部丛书,与我国《四库全书》或《四部丛书》"经、史、子、集"的四分法有异曲同工之妙。各卷的写作年代,上自公元前12世纪,下迄公元前2世纪,其间经过1000年。被编为"圣经"的时间,最早的是"五经",于公元前5世纪时,最晚的是《雅歌》,在公元后1世纪,历时约500年。被收为基督教的《旧约全书》后,近2000年来,由于基督教的传播、各国翻译者的辛劳而传诵于世界各地,对各国的文学产生了深远的影响。

作为希伯来文学的总集,《旧约》无论是内容还是形式都十分丰富。按照今天的标准,《旧约》中包括神话、诗歌、小说、戏剧等多种体裁。

(一) 神话

《旧约》中的神话故事非常引人注目,因为作为西方文化的两大源头之一,希伯来文学对西方文学产生了重大影响。其影响的重要一方面,便是《旧约》中的神话在后来的西方文化中成为尽人皆知的典故。

神话是希伯来人最早的精神产品,主要保存在《旧约·创世记》的前11章中,主要有创世造人、伊甸园、大洪水等神话。与其他民族的神话相比,希伯来文学中保存下来的神话较少,主要原因是希伯来人所信仰的犹太教是一神体系,禁止多神崇拜。

创世造人的神话说,世界起初是一片混沌,上帝耶和华以命名的方式创造了光明与黑暗、海洋与陆地、日月星辰和动物植物等。第六天,上帝按自己的样子用泥土创造了人类,并让人类管理地上的一切。第七天,上帝休息,并将这一天定为"圣日",即"安息日"。

上帝创造的第一个人就是亚当,因为怕他寂寞,上帝取下亚当的肋骨为他创造了一个女人夏娃。亚当和夏娃生活在上帝为他们建造的东方伊甸园里,衣食无忧,过着幸福快乐的生活。但是,在上帝所有的创造物中,蛇最狡猾。它引诱夏娃违背上帝的禁令,偷吃了智慧树上的果子,亚当也禁不住夏娃的劝说吃了果子。上帝得知后非常愤怒,将他们逐出了乐园,从此人类失去了永生的希望。

这一则失乐园的神话对世界文化产生了巨大而深远的影响。犹太教和基督教认为人类受到上帝的惩罚和诅咒,"原罪"的观念就是基于此。神话将人不能永生的原因归结为对上帝意志的违背,突出强化了一神信仰的巨大作用。这个神话中的"伊甸园""偷吃禁果""智慧树"等典故已经成为一种象征和意象,不断为后人引用。

希伯来神话中另一则著名的神话便是洪水灭世的神话。地上的人越来越多,罪行也越来越猖獗。上帝对此非常失望,决定用洪水灭掉人类。但上帝爱怜义人挪亚,让他赶快造一只方舟,保护自己的家人,并且带上所有的植物,以及动物一公一母逃避灾难。果然,洪水来了,其他一切生灵全都死了。40多天后,挪亚先后两次放出鸽子。第二次放出的鸽子飞回时,衔着一支崭新的橄榄枝,证明洪水已经退去。

大洪水神话是东方各大神话体系中都具有的一个文学母题,而希伯来人的这个洪水神话在东方洪水神话中影响最深远。现代考古学家和历史学家认为这则神话中包含着人类远古历史的真实记录;人类学家和心理学家认为,大洪水是人类对于初民阶段的遥远记忆和集体无意识。但在希伯来神话中,大洪水用于宣扬的是上帝的惩恶扬善。在这个神话中,"方舟""橄榄枝""鸽子"也都已经成为具有永恒普遍性的象征。

(二) 诗歌

诗歌形式的篇章在《旧约》中占有很大比重。《诗篇》《雅歌》《耶利米哀歌》等是希伯来诗歌中的杰出代表。此外,《箴言》《传道书》也是属于诗歌形式的作品。就其内容而言,其中有赞美劳动的歌谣、讴歌英雄的赞歌、歌颂爱情的情歌以及抒发亡国之怨的哀歌等。

《诗篇》是《旧约》中最大的诗歌集,它收录诗歌150首,其中很多诗歌是假托大卫王所作,因此,《诗篇》又被称为"大卫的诗"。这四个字在希伯来文中有两个意思,一是诗歌为大卫王所作,二是献给大卫的诗。《诗篇》中的诗歌有很多是配乐的或运用了填词的方法,例如"大卫的诗,交与伶长。调用慕拉便""调用朝鹿""调用第八""调用百合花"等。由于犹太教是无偶像崇拜的宗教,因此造型艺术不突出,但音乐艺术较发达,从这里也可见一斑。诗集中的诗行基本上是献给耶和华的赞美诗,也有一些反映了家国沦亡的哀伤主题。例如《诗篇》第23首,是赞美耶和华的:"耶和华是我的牧者,/我必不至缺乏。/他使我躺卧在青草地上,/领我在可安歇的水边;/他使我的灵魂苏醒,/为自己的名引导我走义路。"(23:1—3)

另外,第137首,表现亡国之恨:"我们曾在巴比伦的河边坐下,/一追想锡安就哭了。/我们把琴挂在那里的柳树上,/因为在那里,掳掠我们的要我们唱歌;/抢夺我们的要我们作乐,说:/给我们唱一首锡安的歌吧!"(137:1—3)此诗写于耶路撒冷被毁之后,犹太人成为"巴比伦之囚"时期。诗中丧国之痛与思乡之情水乳交融,感情真挚,动人心魄。

希伯来文的字母只有声母,没有韵母,因此他们的诗歌不用韵脚。他们常常用两行、三行或四行并列的"并行体"。希伯来诗歌虽无韵脚,但有内在的情思律动和美感。在他们的这种没有韵脚的诗歌中,韵律运用得最具特色的是"贯顶体"。希伯来字母共22个,按照它们的顺序,第一节用第一个字母"阿雷弗"开头;以第二个字母"背斯"为第二节的开头……直到最后一节,即第22节用最后一个字母为开头。最具代表性的是《诗篇》第119首,全诗176节,分为22解,每解8节用一个字母为首,22个字母依序排在各解之首。这是《旧约》中仅见的繁复严谨的贯顶体诗律。

在所有的抒情诗中,两部作品最引人注意。一部是《耶利米哀歌》,另一部是《雅歌》。

《耶利米哀歌》包含5首,是希伯来诗歌发展到顶峰的标志。它除了第五歌外,全诗不仅有"贯顶体",而且创造性地运用了"气纳体"。气纳体诗歌在句子中间有间歇或停顿,象征哭泣似的吞声,表示呜咽。这种诗歌形式类似我国"骚体"诗歌中,运用一个"兮"字。《耶利米哀歌》每句前三个音步,后两个音步,中间停顿。例如用"骚体"翻译的第四歌一部分:"一何黄金之变色兮,纯金黯淡,/彼神阙之圣石兮,弃诸路畔!/二叹锡安之众子兮,贵比精金,/今贱于陶工手兮,所制瓦瓶。"(4:1—2)

《耶利米哀歌》写于希伯来圣城被毁之后,亡国之恨成为这一时代的主题。诗歌中的第一歌哀叹耶路撒冷被劫后的惨相;第二歌谴责耶路撒冷的罪恶;第三歌自我叹息,祈求解救;第四歌以耶路撒冷的今昔对比开始,到后面改为认识到毁灭源于国人的腐化,是应该遭受的天罚;全诗只有第五歌没有用"贯顶体",而且诗节特短,最终的四节乞求祖国的复兴。《耶利米哀歌》是一部爱国主义的组诗,它的艺术特点非常突出。除去使用了严整的"贯顶体"和"气纳体"之外,诗歌运用的拟人化、象征化手法也不容忽视,例如它说:神发怒,像火焰吞并雅各的子孙;城墙泪流成河,昼夜不息。

《雅歌》又称"歌中之歌",是一组热情奔放的抒情歌集,主要内容是描写男女间的爱情。全诗共分八章,却通篇没有提到神。这样一篇难于寻觅到宗教气息的诗歌,在《旧约》中显得异常清新自然,因此也更多受到文学研究者的眷顾。诗歌描写国王所罗门和牧羊女书拉密从相遇、求婚、相爱、成婚到回乡的过程,文字热烈、大胆、奔放。"新郎:王女啊,你的脚在鞋中何其美好!/你的大腿圆润如美玉,/是巧匠的手做成的。/你的肚脐如圆杯,/不缺调和的酒。/你的腰如一束麦子,/周围有百合花。"(7:1—2)诗句采用自然界中的优美景象,将少女的妩媚体态刻画得惟妙惟肖。词句优美,联想丰富,譬喻巧妙。诗歌对男女之间的爱慕、依恋、挚爱、思念描写得纯朴真挚,是世界抒情诗中难得的优美篇章。

《旧约》诗歌除去以上所说的之外,还包括由数百首短诗汇编而成的哲理诗集《箴言》。《箴言》从推崇智慧和智者开始,总结和概括了希伯来人的伦理道德准则。此外,《传道书》也是一部哲理诗集。诗歌流露的是一种浓重的悲观虚无情绪:"传道者说:虚空的虚空,/虚空的虚空,凡事都是虚空。/人一切的劳碌,/就是他在日光下的劳碌,有什么益处呢?/一代过去,一代又来,/地却永远长存。/日头出来,日头落下,/急归所出之地。/风往南刮,又向北转,/不住地旋转,而且返回转行原道。/江河都往海里流,海却不满;/万事令人厌烦,/人不能说尽。/眼看,看不饱;/耳听,听不足。"(1:2—8)

《传道书》的核心是"虚空"。这是希伯来人遭受劫掠后,产生的悲观厌世心理的表现。作品情绪低沉,连信仰的灵光也被笼罩在虚无怀疑的沉沉黑幕之下,是一篇宿命论和怀疑论的大胆宣言。在整个《旧约》中,《传道书》所表现出来的这种精神和异样的声音,只有《约伯记》可与之相比肩。

(三) 戏剧

《旧约》中的戏剧指的主要是《约伯记》和《创世记》中的某些篇章。早在希伯来人的宗教颂神诗中,就已经有了戏剧性的对唱,先知书中也有戏剧体的诗歌。但真正的戏剧作品《约伯记》的成熟却是在公元前4—前3世纪之间。

《约伯记》是一部哲理诗剧,也是希伯来文学中最伟大的作品,被列入世界最佳文学名著之林。一方面,这部作品歌颂了耶和华主宰人类福祸的权威;另一方面,也赞扬了约伯的正直与坚贞。《约伯记》的主题就是"好人为什么受苦",它的价值恰恰在于探索了人类悲剧命运的根源。上帝为了证实义人在困境中是否忠实,就允许撒旦对虔诚完美的好人约伯进行考验。约伯面对人生的突变,开始思考受难的原因。他的三个朋友前来看望约伯,认为上帝对任何人的惩罚都是源于人自己的罪恶。约伯据理力争,上帝突然在乌云和暴风之中与约伯对话,用自己的神威慑服了约伯。全剧分为开端(第1、2章)、发展(第3—37章)、高潮(第38—41章)、结局(第42章)四个阶段,起承转合,脉络清晰,场景壮阔。有人认为,《约伯记》的成就丝毫不亚于稍早于它出现的希腊悲剧。而且,作为一部诗剧,《约伯记》独特的散文式的"序曲",后来影响了歌德的戏剧《浮士德》中的"天上的序幕"。

(四) 小说

希伯来文学中的小说和戏剧都是产生于流亡以后的作品。相比较而言,小说晚于戏剧,但成就比戏剧高,是希伯来文学光辉的结束。这类作品包括《路得记》《约拿书》《以斯帖记》等,《路得记》是其中的名篇。

《路得记》是一篇充满温情的田园牧歌式的作品。希伯来人拿俄米与她的丈夫和儿子一起在外乡生活,她的两个儿子也都娶了外族的女子为妻,路得是其中之一。但是,很短的时间里,拿俄米先后失去了丈夫和两个儿子。拿俄米决定让她的两个儿媳各自回家,她自己则要长途跋涉回到自己的故乡。另一个儿媳走了,路得却不忍心抛下年迈的婆婆,决定陪她回家。经过旅途的艰辛,拿俄米和路得回到了希伯来人的故土。这时拿俄米已经不能劳动,只有依靠路得每天去田间拾麦穗过日子。善良的财主波阿斯是路得亡夫的亲戚,他同情两位妇人的遭遇,让手下人每天多留一些麦穗在田里。慢慢地,路得发现了他的好意,婆婆拿俄米则做主将路得许配给了波阿斯。这个篇幅不长的小故事,歌颂了婆媳的相亲相爱和不同民族间的宽容与接纳,这与后来希伯来人强烈的民族排外情绪极不相容。因此,这部作品也是用以说明希伯来民族早期生活和情感交流的重要作品。除这部作品外,《约拿书》号召打破狭隘民族主义,向世界开放;《以斯帖记》描绘了犹太女子以斯帖为民族的存亡而斗争的故事,是希伯来人在"希腊化"时期爱国精神的体现。

总体来说,《旧约》中的希伯来文学是人类历史中产生较早的,几乎反映了他们本民族的发展和王国兴亡的全部历史。由于希伯来民族的文学都保存在他们的宗教典籍《圣经·旧约》中,因此,它们的文学具有很强的宗教性,表现了希伯来人对上帝耶和华虔诚的敬畏与赞美,由此而产生的真挚的情感化倾向也是世界文学史中少有的。

《旧约》文学在艺术上的特色也十分明显:首先,题材广泛。早至开天辟地、万物伊始,晚至民族罹难、国人四散;上至上帝的权威,下至人类在世上的生活……上天入地,谈古论今。在这广阔的时空之中,《旧约》文学为我们描述了宇宙的形成,万物的起源,人类的繁衍,部族的残杀,王国的兴衰,上帝的戒律,摩西的伟业,亡国的惨景,智者的思虑,暴君的昏庸,民族的仇恨……因此,《旧约》文学如同希伯来民族的生存史和创造史,是一幅广阔的画卷。其次,体裁多样。散文、神话、史诗、小说、戏剧、抒情诗、哲理诗、叙事诗、寓言、谚语等,成为后来世界文学发展中各种体裁的雏形,为各类文学的发展奠定了基础。最后,想象丰富,人物众多,情感真挚。《旧约》文学的产生时期,还是人类文学发展的初级阶段,它的很多成就反映了人类童年时代的思想状态。希伯来人的文学天马行空,想象大胆。对世界的主宰者上帝耶和华的描述、对世界形成的想象、对自然和神迹的波澜壮阔的抒写,无不表现了希伯来人卓越的文学才能。此外,在《旧约》中为我们刻画了无数性格鲜明的人物形象:意志坚定的摩西、骁勇善战的大卫、智慧而富有的所罗门、悲壮的大力士参孙、温柔善良的路得、勇敢无私的以斯帖,等等。这之中的很多人物都成为后世各国文学艺术形象的原型。

希伯来文学是世界文学宝库中极其重要的组成部分,它与古希腊罗马文学一起组成了西方文学的两大源头,但"与希腊文学作品相反,希伯来文学一般更简朴、更世俗、更直接、更富有自发性。它的组织往往较差,不注重形式,更不注意节制。为了最雄辩地表述内心情感,希伯来文学使用了夸大的形象('晨星一起唱歌')和具有想象力的比喻('主是我的牧羊人')。此外,在《路得记》等简朴和感人的故事中,还洋溢着温暖的人性。文献中到处可见娓娓动情的描述。在涉及人类犯错误的可能性时,往往流露出令人释然的坦率。整个希伯来文献充满了举世无双的宏伟和庄严感('众城门哪,你们要抬起头来!永远的门户,你们要被举起!那荣耀的王将要进来')。"①

《旧约》作为希伯来人的文学总集,对后世的世界文学影响深远。如果说,古希腊、罗马文化中那种将秩序井然的世界视为一种理性的原则为西方古典主义传统提供了基础,那么,希伯来文学中的宗教情绪使得西方文学中也充斥着对信仰的重视和对纯洁心灵的赞美。中世纪时代,教会文学的宗教剧、梦幻故事以及圣徒传说大多都是取材于《旧约》文学,对上帝的颂扬、禁欲主义思想和宿命论观点也多是来源于犹太人的传统。这种影响,不仅局限于中世纪。从文艺复兴开始一直到20世纪的现代主义文学,《旧约》的影子不断出现在后世作家的创作中:班扬的《天路历程》、弥尔顿的诗剧《失乐园》《复乐园》和《力士参孙》、拜伦笔下的《该隐》、雪莱的《撒旦逃脱》……除此之外,莎士比亚在每出戏剧中平均引用《圣经》14次,《小癞子》以拉撒路为典故命名,歌德的《浮士德》涉及《约伯记》,以及福楼拜的《圣安东尼

---

① 〔美〕罗德·霍顿、〔美〕文森特·霍珀:《欧洲文学背景》,房炜、孟昭庆译,人民文学出版社,1992年,第212页。

的诱惑》、麦尔维尔的《白鲸》、霍桑的《红字》、奥尼尔的《拉撒路笑了》、叶芝的《幻象》、福克纳的《押沙龙，押沙龙》等无不与《圣经》有着千丝万缕的联系。由此可见，《圣经》，尤其是《旧约》，无论在内容还是形式上，都对世界文学的发展产生着巨大影响。无疑，《旧约》文学是世界文学遗产中最重要的遗产之一，也是东方文学值得骄傲的组成部分。

第三节　印度古代文学与迦梨陀娑

一、印度古代文学

　　印度，作为世界文明古国之一，创造了光辉灿烂的古代文化。印度河流域是印度文化的发源地。公元前2500年左右，居住在印度河流域的土著民族最早创造了印度河文化，并在对外交流过程中汲取外来文化营养，发展和壮大了自己。约在公元前2000年，生活在伏尔加河流域的雅利安民族大举南迁，其中一支进入印度河流域，并带来了自成体系而风格迥异的雅利安文化。自雅利安人入主印度以后，民族斗争转化为种族冲突，继而又进一步衍化为纷繁的种姓斗争和教派斗争。在永无休止、错综复杂的斗争中，雅利安文化与印度河文化渐渐合流，并不断吸收其他民族的文化，汇成了属于整个印度民族的吠陀文化以及后来各个时期的印度文化。这是印度文化发展的基本史纲。印度文化的种种风格与特征，均由此而来；印度文学的种种风格与特征，也均由此而来。

　　印度现存最早的文献是四大吠陀本集，其中以《梨俱吠陀》为最早、最重要，也最具文学意义。以四大吠陀本集为主，再加上注释、阐述吠陀的《梵书》《森林书》《奥义书》等，组成了一个庞大的"吠陀文献"。人们通常所说的"吠陀文学"就是指吠陀文献中富于文学性的成分，主要有颂诗、神话、咒语诗、传说等。四大吠陀从总体上说是韵文作品，《梵书》《森林书》《奥义书》则基本上是散文作品。吠陀文献中包含一整套宗教哲学思想体系，雅利安人借此建立起自己的宗教。吠陀教发展成婆罗门教和印度教，也都奉吠陀为根本经典。吠陀是印度最早的文献总汇，几千年来对印度人产生了深远而巨大的影响。

　　《梵书》又称《净行书》《婆罗门书》，是一大类典籍的总称，现存十多种。各种《梵书》分属四大吠陀，其主要内容是介绍如何进行祭祀，所以，《梵书》实际上是婆罗门祭司的职业用书。它的意义主要集中在宗教与文学两个方面：在宗教上，《梵书》对于婆罗门教与印度种姓制度的确立与巩固，起着重要的作用；在文学上，《梵书》起着上承吠陀，下启史诗、往世书的作用。

　　《森林书》现存八种，如《梵书》是《吠陀》的附属一样，《森林书》是《梵书》的附属。但其作者不是《梵书》的继承者，而是对《梵书》思想的反叛或对立。由于《森林书》的作者当时处于反对派的地位，所以他们在远离城镇的森林里秘密著书立说，秘密传授，故此得名。《森林书》反对婆罗门垄断知识，在当时是进步的。后来，很多非婆罗门的大学问家的涌现，不能说与此无关。《森林书》开启了对诸多哲理问题的探讨，标志着由《梵书》的"礼仪之路"转向奥义书的"学问之路"。

《奥义书》又附于《森林书》之后，数量巨大，有200多种，最古老的约有13种。《奥义书》的原意是"坐在某人身旁"，有"秘传"之意。它内容庞杂，最主要的内容是有关世界终极原因的哲学思辨。《奥义书》不是文学作品，但有一定的文学性。它的梵我同一和轮回业报思想，几乎成了印度人的思维定势，其对印度文学创作的影响，无时无处不在。

婆罗门上层人物不但通过《梵书》《奥义书》从宗教、哲学的角度为种姓制度大造舆论，而且还直接通过立法手段，来强制推行种姓制度。古代印度有众多法典、法经，其中以《摩奴法典》最为著名。它成书于公元前2世纪到公元2世纪，内容驳杂，涉及法律、宗教、哲学、政治、伦理、习俗等问题，是研究古代印度社会和文化的极有价值的历史文献。它本身虽不是文学作品，但也记载了不少神话传说。它常常在印度文学作品中被提及，它的思想，特别是人生四行期和种姓制度，对社会生活和文学创作的影响是不可抗拒的。尤其是它以法律条文的形式对种姓制度做了真实的记录，而种姓制度不知给多少印度人带来悲欢离合与生死荣辱。正是这一代又一代人的悲欢离合与生死荣辱，构成了印度文学创作的一大主题。

印度文学史上，吠陀文学之后的又一个高峰是史诗文学。《摩诃婆罗多》和《罗摩衍那》并称印度两大史诗，不但是印度文学宝库中的无价之宝，也是世界文学天空中彪炳千秋的星座。如果说吠陀文学是宗教文学，那么，两大史诗为代表的英雄颂歌则是宗教化了的世俗说唱文学。两大史诗的形成与发展，是一个漫长的历史过程，经过了无数婆罗门和民间歌手的加工修改。

两大史诗规模浩大，举世难匹：《摩诃婆罗多》有10万颂，号称十万本集；《罗摩衍那》有2.4万颂。它们成书的时间并不确定，一般认为《摩诃婆罗多》是在公元前4世纪至公元4世纪之间；《罗摩衍那》是在公元前4世纪至公元2世纪。前者作者相传是毗耶娑，意译广博仙人；后者相传是跋弥，意译蚁蛭仙人。但这两大史诗成书时间各自前后相距上千年，不可能由某一个人完成，所以毗耶娑或跋弥只能是群体编订者的代称或专名。

《摩诃婆罗多》的书名意思是"伟大的婆罗多族的故事"。全书共分18篇，主要分三个部分。一是主干故事。主干故事以列国纷争时代的印度社会为背景，叙述了婆罗多族两支后裔俱卢族和般度族争夺王位继承权的斗争。代表正义一方的般度族长子坚战被指定为王位继承人，但遭到代表邪恶一方的俱卢族难敌的反对。难敌设计陷害坚战等人。坚战开始时处处忍让，最后忍无可忍，于是在黑天（大神毗湿奴的化身）的支持和众兄弟的帮助下，与难敌展开决战，终于取得王位继承权。

坚战在位 36 年后,与四个弟弟和妻子一起升天。二是围绕这个主干故事,有大量的神话传说和寓言故事等各种插话,共有 200 多个,以《那罗传》和《莎维德丽传》最著名。插话不是无目的的文字堆积,而是为史诗主题服务的,是情节发展的需要。三是史诗中有不少宗教、哲学、政治、伦理性的说教文字,又以宗教长诗《薄伽梵歌》影响最大。《薄伽梵歌》作为这部史诗的一部分,被认为是综合性的宗教哲学诗,它神化黑天,宣扬对黑天的崇拜,开创了后来印度教虔诚运动的先河,同时也为虔诚文学的出现和发展定下了基调。《摩诃婆罗多》以其内容的丰富和庞杂被视为一部百科全书式的巨典。

《罗摩衍那》书名的意思是"罗摩的游行"或"罗摩传"。全书共分 7 篇,以罗摩和悉多的悲欢离合为故事主线,描写印度古代宫廷内部和列国之间的斗争。阿逾陀城十车王指定罗摩为王位继承人,但他的爱妃反对,要求由她自己生的儿子婆罗多为王位继承人,并要十车王答应把罗摩流放 14 年。十车王不得已答应。罗摩带着妻子悉多和弟弟罗什曼那在森林中到处漫游,过着艰辛的流放生活。10 年后,楞伽城十首魔王罗波那的妹妹向罗摩求婚未成,遂怂恿哥哥罗波那劫走悉多。罗摩帮助猴王须羯哩婆登上猴国王位,须羯哩婆派神猴哈奴曼帮助罗摩寻找悉多。罗摩与罗波那大战,最终杀死罗波那,夫妻团聚。14 年流放期满,婆罗多主动退位与罗摩。在罗摩治理下,阿逾陀出现太平盛世。但此时,罗摩听信谣言,怀疑妻子悉多被劫后失贞,于是把怀孕在身的她抛弃在恒河岸边。悉多得到蚁蛭仙人的救护,住在净修林里,后生下一对双生子,长大后由蚁蛭仙人授予《罗摩衍那》。在罗摩举行马祭时,二子演唱《罗摩衍那》,罗摩得知演唱者是自己的儿子。但罗摩表示仍难以信服。悉多求救于地母以证其贞洁,大地顿时开裂,悉多投入地母的怀抱。大梵天预言,罗摩全家将在天堂团圆。

两大史诗被看作印度教圣典,在印度家喻户晓,妇孺皆知,是印度人精神生活中不可少的太阳和月亮,也是进行文学再创造的最重要的源泉。没有任何一个国家,没有任何文学作品能像两大史诗这样,对它的人民产生如此深广而久远的影响。两大史诗的世界意义,也正在被越来越多的人所发现和认识。

以《摩诃婆罗多》和《罗摩衍那》为代表的英雄史诗,印度人称之谓"历史传说"。几乎与此同时,还出现了大量"古代传说"。古代传说实际上是神话故事,以《往世书》著称于世。《往世书》的种类很多,除 18 部大《往世书》之外,还有 18 部小《往世书》。两者的题材性质没有多大差异,只是小《往世书》比大《往世书》更具地方色彩和教派倾向。然而,人们一般都重视大《往世书》,小《往世书》地位不高。史诗定型时间较早,《往世书》定型时间则拖得很晚,一般认为在公元 7 世纪至 12 世纪之间。《往世书》不间断地得到扩充和衍化,容量越来越大,最后像两大史诗一样成了无所不包的百科全书式的典籍。其规模之巨大,令人惊叹,仅是 18 部大《往世书》就超过 40 万颂,相当于《摩诃婆罗多》的四倍之多。

史诗和往世书互为相长，共同创造一个不同于吠陀时代的宗教新世界。在这个新世界里，梵天、毗湿奴和湿婆被尊为三大主神。梵天为创造之神；毗湿奴为保护之神；湿婆为毁灭之神。这三大主神，既三足鼎立，又互为一体，共同组成印度神话世界的最高领导，统率各路神将天兵演出了一幕又一幕的神话剧。再加上印度其他教如佛教、耆那教等，为宣扬各自的教义，各宗各派互相攀比、竞争，纷纷创造属于自己的神话，造成了古代印度神话盛极的局面。

印度民族众多，民族语言也极为丰富，这就为多样性文学的产生提供了肥沃的土壤。约在公元前5世纪至公元2世纪，与北方的史诗、往世书创作相辉映，在印度南方以泰米尔语为代表的达罗毗荼语系，涌现出大量优秀诗作，史称"桑伽姆文学"。由于年代久远，大量作品已经散失。现存的桑伽姆文学，主要有三部典籍：《朵伽比亚姆》《八卷诗集》和《十卷长歌》。

《朵伽比亚姆》既是一部语法书，又是一部创作论。全书用诗体写成，共3卷27章1600颂。《朵伽比亚姆》本身不是文学作品，但它总结了古代泰米尔文学的成就与经验，从而能够使我们高度综合而概括地了解桑伽姆文学的盛况。《八卷诗集》和《十卷长歌》是数百年间集体创作的产物，由学者在国王支持下收集整理而成的诗歌总集，成书时间一般认为在公元2世纪左右。两书共收诗歌2000多首，其中著名诗人迦比拉尔的作品最多，有235首之多。《八卷诗集》为短诗集，《十卷长歌》为长诗集。泰米尔诗歌注意格调韵律，刻画细腻，情节生动活泼，内容的现实主义倾向比较鲜明。

《八卷诗集》和《十卷长歌》是桑伽姆文学的两部代表作，标志着古泰米尔文学的发达与繁荣。

从公元1世纪左右至19世纪，印度古代文学经历了一条曲折发展的道路，这段时期的文学上承史诗文学和早期佛教文学，下启近代文学，我们可以把它看作两个发展阶段：古典梵语文学的兴盛和渐趋衰弱；古典梵语的衰微，代之而起的印度各地新兴方言文学的兴起，以及因伊斯兰教的传入而出现的虔诚文学。

古典梵语文学的衰弱是在12世纪左右，而在此之前，古典梵语文学依然在诗歌、戏剧、故事、小说及文学理论等方面取得了很大的成就，出现了一大批名作名家。

古典梵语诗歌一般可以分作"大诗"和"小诗"两大类。"大诗"指的是叙事诗，"小诗"指的是抒情诗。古典梵语叙事诗导源于两大史诗，尤其是《罗摩衍那》。它的特点是题材大多取材于两大史诗、古代神话和历史传说，内容上一般都少不了关于爱情、战斗和风景的描绘，形式上注重文采，讲究修辞。古典梵语抒情诗导源于吠陀诗歌和两大史诗中的抒情成分，大致可归为四类：颂扬神祇的赞颂诗、描绘自然风光的风景诗、描写爱情生活的爱情诗、表达人生哲理的格言诗。

叙事诗主要有五部"大诗"——迦梨陀娑的《罗怙世系》《鸠摩罗出世》，婆罗维的《野人和阿周那》、摩伽的《童护伏诛记》、室利诃奢的《尼奢陀王传》；另外还有佛教诗人马鸣的《佛所行赞》，跋底的《罗波那伏诛记》，毗尔诃纳的《遮娄其王传》，迦尔诃纳的《王河》，泰米尔诗人甘班的《甘班罗摩衍那》，泰米尔语史诗《大往世书》，印地语长篇叙事诗《地王颂》《赫米尔王颂》，加耶西的《莲花公主》，苏尔达斯的《苏尔斯海》，杜勒西达斯的《罗摩功行之湖》等。

抒情诗主要有迦梨陀娑的《云使》、伐致呵利的《三百咏》、阿摩卢的《百咏》、摩由罗的《太阳神百咏》、毗尔诃纳的《偷情百咏》、牛增的《阿利耶七百首》、胜天的《牧童歌》、格比尔达斯的《真言集》等。

印度戏剧起源于公元前，但现存的剧本都是公元以后的作品。最早的是公元1、2世纪的佛教诗人马鸣的三部戏剧，而且是残本，除一部名《舍利佛传》外，另两部残缺过甚，连剧名都无从知晓了。公元2、3世纪的著名戏剧大师跋娑有13部作品，《断股》和《惊梦记》是他的代表作。他在古代印度名声很大，许多古典梵语作家如迦梨陀娑、波那等都曾在作品中提及他，他为以后印度戏剧创作高峰的到来奠定了基础。

讲到印度古典戏剧，首陀罗迦的《小泥车》是不能不提的。这部伟大作品的诞生时间至今无法确定，一般认为是出于跋娑和迦梨陀娑戏剧之间，约在公元3世纪左右。这是一部十幕剧，描写妓女春军为逃避国舅的追逐，躲进声名卓著而家道中落的婆罗门善施家中，由此产生了一段曲折爱情。国舅霸占春军不成，便向她下毒手，并嫁祸于善施。善施蒙冤，被押赴刑场。这时，曾得到善施帮助的牧人起义成功，推翻暴君，解放了善施和被救活的春军，准其正式结为夫妻。《小泥车》情节曲折复杂，扣人心弦，而时时洋溢着诗情画意，充满风趣和幽默，语言质朴流畅，并利用不同语言为不同角色服务，自然生动。总之，《小泥车》具有极高的艺术造诣，以其深刻鲜明的主题思想和炉火纯青的表现手段，与迦梨陀娑的《沙恭达罗》并称为印度古典梵剧史上的双峰。

迦梨陀娑的戏剧，标志着印度古典梵语戏剧创作达到鼎盛阶段，并且独领世界戏剧风骚，直到中国元、明戏剧的兴起。

印度的故事文学，可谓独步世界。印度是个故事大国，世界各地的许多故事都可以溯源到印度。故事文学最主要的作品是《本生经》和《五卷书》。

《本生经》是佛教文学最重要的组成部分之一，内容丰富多彩，具有多方面的价值。本生故事大体有以下几类：歌颂菩萨智慧与神通；主张平等反对种姓歧视；讽刺鞭挞愚蠢迷信；宣扬经商发财。故事中保留了大量的寓言故事，讽喻欺诈虚伪，自私残暴；歌颂团结友谊，知恩图报；赞扬坚贞和忠于爱情。这些故事经过佛家的改造、加工，蒙上了一层神秘的宗教色彩。它生动形象地保存了古代印度人经济、政治、思想、道德、文化、风俗等方面的宝贵资料，为后人研究印度古代社会提供了方便。其文学价值，不但在印度文学史上备受尊崇，而且在世界文学史上也占有重要地位。

《五卷书》与《本生经》堪称印度故事文学的双璧,两者所收的主要是寓言故事,一个是婆罗门文人编订,一个是佛教徒编订。《五卷书》讲一位国王的三个儿子不学无术,国王请来一位婆罗门,要他在六个月里将所有的治国方略、道德规范及人情世故都教会王子。《五卷书》就是婆罗门为王子编写的教材。

《五卷书》和两大史诗一样,也采用连串插入式的创作方式。全书有五个主干故事。第一个讲君臣关系,第二个讲团结就是力量,第三个讲策略权谋,第四个讲交友之道,第五个讲谨慎行事。在每个主干故事中又插入了许多故事,全书共 80 多个。

《五卷书》确切的诞生年代很难考证,在流传过程中有许多不同的版本。其中一个版本在公元 6 世纪由梵文译成了巴列维语。这个本子后来又改译成阿拉伯语,书名改成《卡里来和笛木乃》,以后就传遍了欧洲和世界,对意大利薄伽丘的《十日谈》、英国乔叟的《坎特伯雷故事集》、德国格林兄弟的《格林童话》的创作,产生过影响。由于宗教的排他性,佛教徒始终没有将《五卷书》译成汉语,但仍有不少故事在中国有广泛的传播,这主要是靠汉译佛典。佛典中不少故事与《五卷书》相同或相似。

古典梵语小说是在两大史诗、古典梵语叙事诗和民间故事的基础上发展而成的。现存最早的这类作品产生于 6、7 世纪,即苏般度的《仙赐传》、波那的《戒日王传》《迦丹波利》和檀丁的《十王子传》。它们在题材上继承民间故事的世俗性,在叙事方式上继承两大史诗和民间故事集的框架式结构,在语言和修辞方式上继承古典梵语叙事诗的风格。但总的来说,古典梵语小说不及诗歌和戏剧发达。

印度文艺理论与欧洲和中国的理论成鼎立之势,构成了世界文艺理论的三大体系。印度的古典文艺理论包括戏剧学和诗学,分为七个学派,即味论派、庄严论派、风格论派、韵论派、曲语论派、相宜论派、惊奇论派。其中味论派和庄严论派是两大基本阵营,其他属小学派。

味论派是印度文艺理论中最具影响的一大学派。"味"是印度一个基本的诗学概念,是指读者(观众)对作品感情基调的艺术享受。味论派的创始人是婆罗多(2世纪),代表作是《舞论》,它是印度现存的最早的戏剧学著作。但它所涉及的内容不局限于戏剧,更不是一般戏剧工作手册,而是一部内容丰富、意蕴深刻的百科全书式的文艺学著作。

庄严(修辞)是印度文艺理论中的一个重要概念,它是形成诗歌魅力的因素,同时也是一种对诗歌价值进行评判的标准。印度文论家很早就对修辞的审美本质、特征和内容进行探讨研究,逐渐形成修辞(庄严)论,并与味论一起并称印度文艺理论的两大支柱。庄严论的奠基者是 6 至 7 世纪的婆摩诃,代表作是《诗庄严论》。他的贡献在于第一个将修辞理论从戏剧学中独立出来,所以,他常被认为是印度诗学的创始人。7世纪的檀丁是继婆摩诃之后的第二位庄严论家,《诗镜》是其代表作,内容承前启后,是一部有重要影响的形式主义诗学著作。

进入12世纪后,由于梵语日益脱离百姓口语,古典梵语文学逐趋衰微。虽仍不时有佳作问世,但已无力回天,遂逐渐在印度各地出现了用地方语言创作的文学。这些方言文学一方面深深扎根于当地人民,吸取本地区民间文学营养,在发展中形成各自的特色,另一方面又受梵语文学很大的影响。它们大都直接继承了梵语文学的传统,所以一开始便有相当成熟的作品问世。

在印度地方语言文学兴起的同时,印度各地的虔诚运动也方兴未艾。公元7世纪下半叶,伊斯兰势力入侵印度,引起印度教和伊斯兰教之间的激烈冲突。面临伊斯兰教的攻势,印度教低等种姓不堪高等种姓的压迫,纷纷归宗伊斯兰教,在这种情况下,出现了虔诚运动。虔诚运动主张各宗教平等,消除互相之间的隔阂,提倡同一宗教内部一视同仁,取消高等种姓对低等种姓的歧视,不可接触者可以享受膜拜大神的权利;认为个体灵魂通过虔诚都可以达到与神结合的目的;但是并不主张取消种姓制度。虔诚运动汇成一股强大的社会思潮,得到广大印度教徒,特别是低等种姓的拥护。这一思潮对印度文学创作产生了巨大而深刻的影响,以至于后世的文学史家将这一时期的文学称之为"虔诚文学"。虔诚文学是印度13至17世纪文学的主流。一般来讲,虔诚文学可以分成两派四支:无形派,含明理支和泛爱支;有形派,含罗摩支和黑天支。无形派认为神明无形,反对偶像崇拜。明理支主张通过理性来达到与神合一,泛爱支主张通过爱来与神合一。有形派认为神明有形,主张用虔诚的感情来膜拜神的化身,主张崇拜罗摩的为罗摩支,主张崇拜黑天的为黑天支。

虔诚文学与地方语言文学的发展和兴起几乎同步,也是相互影响的。也就是说,在古典梵语文学衰微以后而继起的各地方言文学和虔诚文学时期涌现出来的大批具有重大影响的诗人和作家,大多是用民族语言创作的,而内容又多是与虔诚运动的思潮相呼应的。在众多的虔诚文学作家中,最重要的是格比尔达斯、加耶西、苏尔达斯和杜尔西达斯。

格比尔达斯的诗都是口头创作,由他的弟子记录而流传下来。现在编订的《真言集》分"见证者""短曲""短诗"三部分,主要是讽刺印度教和伊斯兰教,还有不少写社会问题,揭露各种丑恶现象,并认为金钱是万恶之源,还有一些诗宣扬神秘思想和悲观论。他的诗通俗易懂、明白如话,在广大劳动人民中有广泛的拥护者。尽管他的诗抨击了印度教和伊斯兰教,但他毕竟是在虔诚运动中涌现的诗人,被视为虔诚文学"无形派"中的"明理支"诗人的代表。

加耶西(1493—1542)的作品现存三种,以长篇叙事诗《莲花公主》最为著名。这篇长诗是一部爱情悲剧,具有深刻的社会意义和艺术感染力。莲花公主和宝军代表纯洁的爱情,德里皇帝代表邪恶势力对爱情的摧残。这一主题,在封建社会有其普遍性。加耶西在继承印度优秀文学传统的基础上,又汲取民间文学的精华,使得这个爱情悲剧流传不息。

苏尔达斯是虔诚诗人中的有形派黑天支的代表。他的作品有三部,《苏尔诗海》是其诗歌全集,除一小部分是叙事诗外,大多是抒情诗,中心内容是歌颂大神黑天。

杜尔西达斯(1532—1623)的作品有12种,以《罗摩功行录》最负盛名。自蚁蛭的《罗摩衍那》问世以来,两千年间不知有多少种方言的改写本、编译本问世。然而,其中最成功、影响最大的是杜尔西达斯的《罗摩功行录》。由于种种原因,印度人对《罗摩衍那》中的罗摩故事渐渐淡忘了,而对《罗摩功行录》中的罗摩故事却是家喻户晓,出口成诵。所以说,《罗摩功行录》在印度老百姓中的实际影响,要比梵文的《罗摩衍那》大得多。

在印度有一种说法:苏尔达斯是太阳,杜尔西达斯是月亮。可见这两位诗人在印度这一时期的文学上的影响了。

二、迦梨陀娑

(一) 生平与创作

迦梨陀娑是印度古代文学史上最杰出的诗人和剧作家,大约生活在公元3世纪中叶至4世纪中叶。他为后人留下了众多的作品:剧作《优哩婆湿》《沙恭达罗》《摩罗维迦和火友王》;长篇叙事诗《鸠摩罗出世》《罗怙世系》;长篇抒情诗《云使》;抒情短诗《六季杂咏》等。他的创作往往取材于吠陀、梵书、史诗、往世书和民间故事,对它们进行增删、加工、提高并赋予全新的艺术生命。

《摩罗维迦和火友王》是一个五幕剧,描写宫娥摩罗维迦和火友王的爱情。《优哩婆湿》又译《广延天女》,描写天界歌伎优哩婆湿与国王补卢罗婆娑的悲欢离合。这是一个古老的故事,《梨俱吠陀》《百道梵书》《摩诃婆罗多》《莲花往世书》等典籍中都曾出现,但比较粗糙简单。迦梨陀娑以生花妙笔,将其创造加工成一出使人回肠荡气的五幕剧。

《鸠摩罗出世》是取材于古代神话的长篇叙事诗,讲山神之女波哩婆提(湿婆前妻萨蒂转世)通过苦修,与湿婆结合生下战神鸠摩罗。鸠摩罗不负众望,助天神打败魔王多罗迦。作品歌颂爱情战胜苦行,入世战胜出世。《罗怙世系》是以罗摩出家为重点的帝王世系传说,格调高雅,画面绚丽,韵律优美,被喻为梵语古典叙事诗的最高典范。

《云使》是印度文学史上第一部抒情长诗,分《前云》和《后云》。诗的内容是:有个药叉玩忽职守,受到俱毗罗诅咒,被贬谪一年。他谪居在南方罗摩山苦行林中,忍受与爱妻分离的痛苦,已有八个月。现在正是雨季来临的六月,他看到一片由南往北的雨云飘上罗摩山顶,激起了他对爱妻的无限眷恋。于是,他向雨云献礼致意,托它带信。他向雨云指点到达阿罗迦城的路线。他对每一处的秀丽景色和旖旎风光都做了富于感情的生动描绘,有些简直成了他朝思暮想的爱妻的化身。他向雨云描述阿罗迦城里药叉们的欢乐生活,指出他家在阿罗迦城里的方位、标志以及他爱妻的容貌。他委托雨云向他爱妻倾诉他的炽热相思,请雨云安慰他爱妻,说他的谪期将满,不久便可团圆。最后,他向雨云致谢,祝愿雨云和它的闪电夫人永不分离。这部抒情长诗感情缠绵,想象丰富,语言优美,比喻精妙,韵律和谐。《云使》不但奠定了长篇抒情诗在印度文学史上的地位,也代表了印度古代长篇抒情诗的最高艺术成就。①

(二)《沙恭达罗》

在迦梨陀娑的众多作品中,《沙恭达罗》是最能代表他的艺术成就的杰作。印度有句古谚:韵文里最优美的就是英雄喜剧,英雄喜剧里《沙恭达罗》总得数第一。这可看出,《沙恭达罗》在印度人心目中的崇高位置。

《沙恭达罗》基本剧情源于《摩诃婆罗多》和《莲花往世书》,描写修女沙恭达罗和国王豆扇陀之间悲欢离合的爱情故事。主要剧情讲的是豆扇陀国王打猎时在净修林遇见沙恭达罗,两人一见倾心。一别之后,两人均相思成疾。一次偶然的机会,豆扇陀听到了沙恭达罗向女友倾诉的对他的爱慕之情,豆扇陀也趁机向沙恭达罗表白了自己的炽热爱情。两人以自主方式结了婚。不久,豆扇陀回京,临别时将一只刻有自己名字的戒指作为信物送给沙恭达罗。国王走后,沙恭达罗情思绵绵,无意中得罪了一位大仙,大仙发出诅咒:只有当豆扇陀见到信物,才会记起他的爱情。这时,沙恭达罗的养父回到净修林,祝贺养女的婚事,并派徒弟送已经怀孕的沙恭达罗赴京找豆扇陀。沙恭达罗不小心在途中失落了信物。沙恭达罗来到京城,见到了国王豆扇陀。但是,由于仙人诅咒的作用,豆扇陀完全忘却了沙恭达罗,不肯相认。沙恭达罗悲痛欲绝,向天求告。空中闪起一道金光,沙恭达罗的生母——天女弥那迦将她接去天国。后来,豆扇陀获得沙恭达罗遗失的信物,恢复了对沙恭达罗的记忆,痛悔自己的薄情。不久,天神因陀罗派遣使者邀请豆扇陀去天国协同降伏恶魔。豆扇陀完成这个使命后,乘天车回国,途经天国的金顶仙山,见到一位满身王气的男孩子正在戏耍狮子。从两个仙女与孩子的谈话中得知,他是沙恭达罗的孩子。恰在这时,沙恭达罗来了。豆扇陀上前下跪求情,沙恭达罗也已知道他不是故意遗弃自己,而是仙人咒语的作用,便与他重归于好。他们一起拜别仙山上的列位尊师,携带儿子婆罗多高高兴兴地回到京城。这婆罗多就是印度民族的先祖,传说中最早的国王——转轮王。

《沙恭达罗》之所以成为印度古典名剧之冠,艺术魅力历经千古而不衰,主要是

---

① 参见季羡林主编:《东方文学史》上册,吉林教育出版社,1995年,187、188页。

以美取胜。其一,沙恭达罗的青春美给人以不可抗拒的魅力。她灵秀妙丽,色佳天下,如林中的鲜花一样,是那么清纯、温柔、恬静、质朴、多情。当她初见豆扇陀时,是那样的惊慌和害羞,而当她爱起豆扇陀来,又是那么热切、执着。其二,净修林的自然美令人心旷神怡,美不胜收。那里到处是嘉木芳草,珍禽瑞兽,清泉流水,使人如入仙境,大有流连忘返之感。其三,是沙恭达罗和净修林的和谐美。清丽纯朴的沙恭达罗,从小生活在这样圣洁的净修林中,显得那么自然和谐。在第四幕里,当沙恭达罗要进京离别净修林时,她和小鹿、树木、藤蔓等依依惜别,是那样的动情,简直是灵魂与灵魂的拥抱和沟通。其四,是性格刚柔相济的适度美。印度文学史上有不少千古传诵的女子形象,像悉多和黑公主等。但作为文学形象,显然沙恭达罗比她们更加可爱,因为沙恭达罗的性格刻画十分适度,恰到好处。她既不像悉多那样逆来顺受,又不像黑公主那样刚烈泼辣,而是柔中见刚,刚柔相济。在第五幕中,豆扇陀见了她拒不相认,而且出口不逊,沙恭达罗善良纯朴的心受到了欺侮,她怒骂豆扇陀披上一件道德的外衣,实际上是一口盖着的井,表现出她身上有相当的反抗精神,符合观众和读者的愿望,使得她在大家心目中的形象更加完美。

综观全剧,人物性格鲜明,形象生动,刻画细腻;情节曲折多变,引人入胜;结构严密完整;自始至终充满诗情画意,弥漫着浓郁的抒情色彩,给人以超脱凡俗的美感。

《沙恭达罗》在印度有许多不同的版本。18世纪末,先后被译成英文和德文,震惊了整个欧洲。歌德和席勒都曾大力推崇过它。现在世界上有几十种译本,而且被广泛搬上舞台。它在中国也有多个译本,深受中国人民的喜爱。

思考练习题:
1. 简述《旧约》与《圣经》文学的内容、意义及影响。
2. 概括印度两大史诗的主要思想内容。
3. 分析迦梨陀娑的主要艺术成就。

第十五章 中古文学

第一节 概 述

东方中古文学是指亚非地区中古时期的文学,即亚非封建社会的文学。许多东方国家先后在公元2、3世纪至7、8世纪确立了自己的封建制度,一般较之欧洲封建社会出现的要早。但是,东方的中古时期极为漫长,封建专制统治和自然经济严重束缚了人们的思想。尽管如此,东方各国的古代文化还是发展到了各自的顶峰,文学、科学、艺术和哲学仍然处于世界的前列。随着军事扩张,商贸扩大,东方各民族文化开始向周边扩散,形成东亚、南亚、西亚北非三个文化圈。它们互相渗透,互相补充,使中古文学呈现出一派繁荣灿烂的局面。

中古时期,东方各国家强调高度集权统治,强大的封建专制制度极大地限制了社会形态各方面的发展,农民不但受地主盘剥,还要直接向国家缴纳贡税,生活极为贫困,政治地位极其低下。自给自足的自然经济居于统治地位,限制了商品经济的发展,因此,手工业和商业始终得不到充分发展。异族入侵和野蛮统治,从客观上束缚了先进国家的发展。上述种种原因造成了亚非地区经历了一个漫长的中古时期。

东方中古文学达到了空前的繁荣,在许多方面都取得了辉煌的成就。这一时期的文学主要表现出以下特征。

首先,东方中古文学创作空前繁荣,呈现出多民族文学共同兴旺的大好局面。其文学发展空间大大扩展,除埃及、巴比伦、希伯来的古代文学出现中断现象以外,印度文学在古代文学成就的基础上继续向前发展。与此同时,朝鲜、日本、越南、波斯、阿拉伯国家等一系列新兴民族和国家都出现了较高水平的文学成就。

其次,各民族文学相互交流,互相影响,促成了东方中古文学的大发展。这种文学交流的大趋势主要表现在两方面。一是历史悠久、文学发达的国家,其文学作品的流传影响了周边国家的文学。如中国、印度、波斯和阿拉伯国家的文学对邻近各民族都产生过深远的影响。二是各国人民齐心协力共同创造的文学财富,成为各国人民共有而且共享的遗产,如《卡里来和笛木乃》《一千零一夜》《古兰经》等。

再次,民间文学尤其发达,成为东方中古文学的重要组成部分。无论是民歌、民谣,还是民间故事、民间戏剧,在古代东方各国始终有较深广的群众基础,以至于影响了文人的创作。中古文学的民族史诗由神话传说和民歌民谣发展而来,小说的母体是民间故事、说唱文学和民间传奇等。这都表明,民间文学对民族文学的生成有着明显的影响作用。

中古东方文学主要包括朝鲜、日本、越南、印度、波斯、阿拉伯等国家的文学。因为日本文学、印度文学和阿拉伯文学下面有专节介绍,所以,此节重点介绍其他国家的文学。

朝鲜文学自古就受到中国文化和文学的多方面影响。统一的新罗时期由于唐代文学的辐射,汉文文学大兴。写作汉文诗成了当时文人抒情、叙事、写景、咏物的主要手段,出现了以崔致远为代表的一批汉文学家。崔致远(857—?)是统一新罗时期最重要的一位大诗人。12岁曾到唐朝留学,接受了唐朝的先进文化,回国后长期不得志,只好隐居山中从事创作。其文集《桂苑笔耕》曾收入中国《四库全书》中,汉文诗中最优秀的作品是七律《陈情上太尉》、五言古诗《江南女》《古意》《寓兴》和《蜀葵花》等。他的作品讽刺了社会的黑暗和丑恶,对下层人民表现出深切的同情,从中可以发现作者鲜明的爱憎情感和高尚的人格力量。他被公认为朝鲜汉文文学的奠基者,对后世影响深远。

高丽时期的汉文文学,尤其是汉诗,占据文坛主流。被誉为"高丽文学双璧"的李奎报、李齐贤及一大批诗人将诗歌创作推向一个新高度。李奎报(1169—1241)保存下来的就有2000余首诗。其中写始祖东明王开国业绩的长篇叙事诗《东明王篇》,充满爱国主义思想和民族自豪感。《孀妪叹》《苦寒吟》《代农夫吟》等诗描述了农民的苦难生活,表现了诗人浓厚的人道主义思想。李齐贤(1288—1367)曾在中国居住二十余年,一生写有大量诗词,其中《王祥碑》《题长安逆旅》《白沟》《金刚山二绝》《朴渊》等山水诗造诣颇深,借抒发对中国山水的留恋之情,流露出对祖国山河的热爱。此外,金富轼(1075—1151)编纂出版历史人物传记《三国史记》和一然(1206—1289)所著《三国遗事》是现存朝鲜历史文献中古老的两部著作,广泛搜集和整理统一新罗出现以前三国时期的文学作品,是朝鲜古代文学的宝贵遗产。

李朝前期,汉文诗和"禅说体"文学和传奇小说也得到了发展。其主要代表作家是金时习(1435—1493),所著《金鳌新话》是朝鲜文学史上第一部具有近代短篇小说因素的传奇集,具有承上启下的意义。李朝中期,汉文诗仍然是文人抒情写志的重要手段,国语文学出现繁荣局面。反映壬辰战争的小说《壬辰录》以反对日本侵略为题材,贯穿着强烈的爱国主义思想,表现出中朝两国人民的浓厚情感和传统友谊。金万重(1637—1692)的长篇小说《谢氏南征记》通过描写贵州家庭内部嫡庶矛盾,揭露了上层贵族政治上的危机和道德上的堕落。他的另一部长篇小说《九云梦》以书生杨少游的宦途得意和前世姻缘为线索,美化了士大夫的贵族生活。李朝后期贵族士大夫仍将汉文文学视为正统,而国语文学却愈来愈被普通平民所接受。尤其是以民间传说为基础的朝鲜国语小说,深受广大人民欢迎。其中以《春香传》

《沈清传》最著名。《春香传》以民间传说为基础,重点描写了艺伎之女春香和贵族公子李梦龙之间的爱情纠葛,在歌颂男女主人公追求自由、平等、真挚爱情的同时,突出春香与封建官吏之间的矛盾冲突。《沈清传》是一部家庭伦理小说,写一位孝女的故事,成就远逊于《春香传》。

越南文学受中国文化和文学影响很深,早期只有汉语书面文学。越南民族国家自939年建朝,历经三朝,至李朝(1009—1225)时才基本安定。开国皇帝李公蕴选择升龙(即河内)建都,下诏迁都。这个用了200余个汉字写成的诏书是迄今尚存的最早的越南文学作品。13世纪末,越南开始出现用自己的民族文字字喃书写的文学。据传,用字喃撰写诗文的第一人是陈朝的阮诠,他善用字喃赋诗,是首先将唐代诗律运用于越南字喃诗的文人。

越南中古文学的最高成就是字喃长篇叙事诗《金云翘传》。这部堪称越南民族文学瑰宝的作品为阮攸(1765—1820)所作。他出生于诗书之家,颇有才华,曾两次奉命出使中国,写有大量汉语诗文。受当时中国流行的才子佳人小说《金云翘传》的影响,他将原作的章回小说体改编再创作为具有越南民族特色的六八体诗的形式,也名为《金云翘传》,又称《翘传》或《断肠新声》。诗中描述女主人公翠翘和书生金重一见钟情,私订终身。后金重奔丧回乡,翠翘老父与幼弟遭勾结官府的奸商谋害而入狱。翠翘无奈,卖身赎父,不幸沦为娼妓。她屡屡反抗,终未能摆脱悲剧命运。最后投江遇救,落发为尼。15年后翠翘才得以和金重团圆。阮攸借中国这对男女主人公悲欢离合的爱情故事,影射了越南黎朝末年、阮朝初年黑暗残酷的社会现实。翠翘的一生代表了当时广大妇女和被压迫人民的悲惨命运和痛苦遭遇。全篇充满了强烈的人道主义精神和深刻的现实主义因素,具有鲜明的典型意义。

波斯古国素有"诗之国"的赞誉,中古时期波斯涌现出一批世界著名的诗人,他们以自己丰富多彩的创作使波斯文学能够立于世界文学之林。第一位比较重要的诗人鲁达基(858—941)被称为波斯文学史上的"诗歌之父"。他一生写有很多的诗歌,但流传至今的仅有2000行左右。他灵活地运用颂体诗、抒情诗、叙事诗、四行诗等一切波斯诗歌的形式,充分表达了作者的充沛情感和人生态度。《暮年》一诗不仅是诗人个人一生经历的缩影,而且也是当时文人不幸命运的真实写照。菲尔多西(940—1020)是波斯民族著名的英雄史诗《列王纪》(又名《王书》)的作者。这部史诗共计12万行,内容主要有神话传说、勇士故事和历史故事三大部分,描写了公元651年萨珊王朝灭亡以前传说中的兴衰大事。《列王纪》中有20余个精彩的故事,最主要的是4个悲剧故事。其中夏沃什的悲剧篇幅最长,人物描写也最出色,而苏赫拉布的悲剧则最出名。欧玛尔·海亚姆(1048—1131)是世界著名的四行诗诗人,也是著名的哲理诗人。四行诗译为"柔巴依",这种传统的诗歌形式与中国的绝句相类似,形式短小,便于抒情。海亚姆的四行诗很多,确切数字难以考定,其内容主要有三个方面,即探索宇宙人生的奥秘,剖析社会现象,揭露与抨击宗教神学。内扎米·甘泽维(1141—1209)是波斯文学史上著名的叙事诗大师,他的代表作诗集《五卷诗》堪称东方文学的优秀之作,包括《秘室之库》《霍斯陆与西琳》《蕾莉与马杰农》《七美人》《亚历山大故事》5部叙事诗。其中《蕾莉与马杰农》的影响最大,它描写不同部族的男女主人公由于周围人的非议和责难,最后双双殉情而死的爱情悲剧,因此有"东方的《罗密欧与朱丽叶》"之称。萨迪(1208—1291)是波斯13世纪的大诗人,代表作是诗集《果园》和散文故事集《蔷薇园》。《果园》的内容带有更多的伊斯兰理想主义色彩,而《蔷薇园》则更多地表现了诗人对现实世界的理解,但两部作品都反映出作家强烈而深沉的人道主义思想。哈菲兹(1320—1389)是14世纪波斯著名的抒情诗人。在伊朗,其诗集的发行量仅次于《古兰经》。他是一位不倦追求自由思想的诗人,美酒和爱情是他讴歌的主要对象。在著名的《酒歌》中,诗人驰骋想象,发思古之幽情,叹今生之苦短,表达了渴望冲破现世秩序束缚,追求美好人生的迫切愿望。贾米(1414—1492)是中古波斯文学繁荣时期的最后一位大诗人,他效法萨迪写了《春园》;他师承内扎米写了《七宝座》,但表现了自己对人生与社会的认识。他的创作标志着持续了6个世纪之久的中古波斯文学黄金时代的终结。

第二节　日本文学与《源氏物语》

一、日本文学

日本文学的形成是从古代开始的,它包括大和、飞鸟、奈良和平安时代,时间从公元4世纪到12世纪末。日本文学的发展是以中世纪封建阶级走上舞台为标志的,这一时期包括镰仓、南北朝、室町、安土桃山、江户时代等,时间从12世纪末武士集团兴起,到19世纪中叶江户时代封建政权没落。此时期文学的主人公主要是创立封建天下的武士阶级和繁荣封建经济的町人阶层。

事实上,早在公元前后,日本列岛上已经有人居住。公元4世纪中叶,大和地方(今奈良县的部分地区)的豪族天皇氏统一了日本。从此,"大和"成为日本民族的代称。在此之前的日本史前时期,文学只是存在于口头上,因为日本古代没有文字。直至4世纪后半叶,日本人从百济学到汉字,用它们标注日本语的发音,从此,文字文学的历史于推古朝(593—628)前后开始了。

日本最早的书面文学开始出现是在奈良时期(710—793),代表作品有《古事记》《日本书记》《风土记》《怀风藻》《万叶集》等。

《古事记》成书于712年,是当时的天皇为了发扬"邦家之经纬"令人修订的。虽然如此,它的价值主要还是在文学和史学成就上。此书第一卷记载了日本民族关于开天辟地、国家形成等神话和传说,还包括故事、古代诗歌等。作为日本的第一部文学作品,《古事记》开拓了日本书面文学的创作天地。另一部重要作品《日本书记》,被认为是模仿中国的《汉书》和《后汉书》而写的正史《日本书》,因之撰写了"日本书"中的"帝王本纪"而得名。同时出现的是《风土记》,根据中国把地方志都称为"风土记"而得名。这三部作品成书年代相近,几乎都把神话、传说、诗歌等集于一身,表现了日本当时的历史与生活。

这一时期,诗歌方面的主要成就包括成书于 751 年的《怀风藻》和稍后出现的《万叶集》。《怀风藻》是日本现存的最早的汉诗集。当时日本贵族阶级文化水平提高,写作汉诗成为富于教养的标志。《怀风藻》中的汉诗,内容上多是表现宴会、游览等宫廷之作,诗风上受中国六朝和唐初影响,几乎都是五言诗。由于其狭窄的宫廷视野和诗歌语言与形式的非民族性,《怀风藻》在日本文学中的地位远远不及《万叶集》。

《万叶集》是日本的第一部和歌总集。为了与用汉字而写的诗歌——汉诗——相区别,日本人将用大和文字而写的诗歌称为和歌。《万叶集》在日本文学史上的地位,相当于《诗经》在我国文学史上的地位。《万叶集》中的作品包括短歌、长歌、旋头歌、佛足石体歌等四类。短歌有 31 个音节,分 5 句,分别是 5、7、5、7、7。长歌句数不限,但常常后面附有反歌,以概括大意。旋头歌和佛足石体歌与短歌差别不大。《万叶集》中最重要的诗人是山上忆良,他的代表作《贫穷问答歌》开创了反映下层民众生活的新领域。《万叶集》中的诗歌题材广泛,除去和歌外,还有大量的描写戍边生活、爱情生活和农民生活的民谣。诗集显示了日本民族的艺术创造力,形成了日本诗歌的独特风格,在诗歌的创作精神上对后世产生了重要影响。

到了平安时期(794—1192),汉文文学继续发展。平安的早期,由于假名文字的出现,日本也出现了具有民族性的作品,如物语、散文等形式的作品。尤其值得重视的是这一时期的散文创作上出现了女性作家大放异彩的情况,这主要包括日记和随笔。由于平安时期虽然已经出现本民族的假名文字,但重视汉文化传统的日本贵族男子仍然崇尚汉文,女性则较少这方面的顾虑,这就为当时的女性作家的假名创作留下了一定的空间。最具说服力的证据就是第一部假名散文作品《土佐日记》(935)的作者纪贯之虽然是男性,但他仍然化用女名,按女子的口吻表述。第一部真正的女性散文作品是出身中层贵族的右大将道纲的母亲,她写了《蜻蛉日记》(约 995)。此外的女性散文还有和泉式部的《和泉式部日记》(约 1004)、紫式部的《紫式部日记》(约 1009)等。这些散文作品以女性的视野和角度,细腻描述了主人公个人的情感、遭遇以及丰富的内心感受,影响了后世私小说。随笔方面的代表作是清少纳言的《枕草子》(约 1001)。

除去散文的高度发展,平安时期的最高成就体现在"物语文学"的出现上。平安的中后期,假名在贵族中开始广泛使用,这使得流传于民间的街谈巷议和已广为上层社会熟知的中国唐传奇、南北朝的志怪小说得以在文学领域确立。本来是"语说故事",现在从口头转为文字的记录或创作。

日本的物语文学主要分为两类:一类是以《伊势物语》为代表的围绕和歌为中心的"歌物语",另一类是以《竹取物语》为代表的富于传奇色彩的"传奇物语"。两者都是用假名文字写成,其中《竹取物语》明显受到唐传奇的影响,取材于《浦岛子传》和《羽衣天女》等民间传说。此后,"传奇物语"和"歌物语"逐渐合流,10世纪后期出现的《宇津保物语》是合流的过渡作品。11世纪初产生的《源氏物语》是这一时期物语文学的最高成就。它之后产生的一系列作品中,只有《今昔物语集》具有较高价值。

日本中古文学是日本文学的成熟期。它从镰仓时期(1192—1333)开始,至明治维新(1868)为止。主要包括镰仓、室町(1338—1573)、江户(1603—1867)等三个时期。

镰仓、室町早期,政局动荡,战乱丛生。新兴的武士阶层成为政治和经济上的主宰者,于是在文学上取代了古代文学中那些皇家贵族,成为这一时期文学中的主人公。另一方面,由于商业的发达,町人的出现,相应出现了表现町人生活和趣味的文学。中古的日本文学已经从古代的宫廷和贵族走向庶民的世界,文学的现实主义精神有了新发展。此外,知识阶层也不再依附于宫廷,开始独立的创作。除去已有的和歌、物语、散文等有了长足发展之外,新的文学形式,例如连歌、御伽草子、狂言等也显示了新的生命力。

在上一时期就已很发达的和歌在这一时期继续延续传统的同时,也产生了新变化。过去的和歌多反映宫廷生活,而此时的歌者虽然仍然是贵族,但他们的情感充满对世事无常的慨叹,面对时事的混乱,贵族文人寄情颓废的美学感受,展现内心的困惑与迷惘。《新古今和歌集》就是这一类的代表。

由于局势的动荡,物语文学也出现了新的门类"军记物语",主要指从战争中汲取素材,反映新兴武士集团军事生活的叙事作品。公认的军记物语的代表作是《平家物语》(1201—1221),这部作品反映了源氏和平氏两大武士集团的争权始末。作品文体新颖,汉文、日文夹杂,韵文、散文并列,雅语、俗语相糅。《平家物语》后的军记物语中成就较突出的只有《太平记》(1372)。

戏剧方面,此时产生了能乐。日本原来没有戏剧,受中国散乐的影响,又融合了民间的歌舞表演等内容,在镰仓、室町之交,形成了综合性的舞台艺术。能乐,也称为能、猿乐、猿乐能等。观阿弥和世阿弥父子是能乐的集大成者。能包含念、唱、做、服饰、面具等多种因素,后来其中的科白成分逐渐独立出来,形成另一种讽刺剧,被称为"能狂言",简称"狂言"。这是一种区别于贵族趣味的平民性喜剧,它往往以滑稽可笑的故事为主题,尖锐讽刺社会现实,具有现实主义的特色。

江户时期,町人阶级有了巨大发展,因此代表町人趣味的现实态度取代了镰仓、室町时期占主流的佛教来世思想。町人面对现实的态度被称为"忧世"或"浮世"。这种人生观深刻地反映在了文学创作上,一方面出现了町人文学的繁荣,另一方面也孕育了颓废腐化的危机。

小说方面,井原西鹤(1642—1693)的"浮世草子"取代了上一时期的以短篇连缀而成的"御伽草子",成为最具代表性的作品。浮世草子主要描写城市中町人的现世生活,已经具有了"近世小说"的雏形。西鹤的小说主要有两类:一类是反映商品经济下町人享乐思想的"好色物",以描写男女的性爱和肉欲为主题,例如《好色一代男》(1682)、《好色一代女》(1686)、《好色五人女》(1686)等。另一类描写町人在金钱支配欲控制下的经济生活,主要表现为资本的积累和挥霍,这类作品被称为"町人物",代表作品有《日本永代藏》(又名《致富奇书》)(1688)、《西鹤织留》(1694)等。井原西鹤的这两类作品都深刻表现了人的本性和追求现实生活的欲望,在冲破封建思想束缚方面具有一定的积极意义。

戏剧方面,净琉璃和歌舞伎是江户时期的两个重要剧种。净琉璃就是木偶戏,得名于一部名叫《净琉璃物语》戏中女主人公的名字。江户时代戏剧的真正高峰是近松门左卫门(1653—1724)的出现。当时的净琉璃大多是取材于历史故事或描写豪侠等非凡人物的"时代物",而近松门左卫门将笔触深入到下层庶民的日常生活,描写町人阶级经济力量增强后的道德问题和生活态度,以及男女的情爱问题。这类描写町人爱情悲剧的作品被称为"心中物"("情死剧"),代表作有《曾根崎情死》(1703)和《天网岛情死》(1720)等。近松通过对当时社会生活中道德、情感、义理等问题之间的矛盾的反映,创作了具有深刻概括力的悲剧,对封建宗法和道德制度进行了抨击,赞扬并维护了新兴町人阶层追求平等和爱情自由的理想。

俳谐是江户时期诗歌方面的重要代表。它是作为连歌的余兴派生出来的一种形式短小,具有滑稽、轻松、幽默风格的小诗。一般俳谐有三句,每句分别有 5、7、5 个音节,是世界上最短小的诗歌。俳谐的重要代表是被称为"俳圣"的松尾芭蕉(1644—1694),他的俳句已经摆脱了这类诗歌早期一味追求滑稽的风格,将它变成了意境幽远、寄情自然、富含文人心绪的高层次的诗歌。

自井原西鹤、近松门左卫门和松尾芭蕉之后,由于町人逐渐沉迷于享乐,町人文学也一味注重娱乐性,逐渐走向低级趣味。很多作家只是将文学视为游戏笔墨,他们被称为"戏作者",这类作品也被称为"戏作文学"。随着江户幕府的衰落,町人文学也逐渐走向了衰落。

二、《源氏物语》

紫式部(约 973—1014)的《源氏物语》是日本平安时代女性文学大发展时期的重要代表作品,它将以《竹取物语》为代表的"传奇物语"的虚构性、以《伊势物语》为代表的"歌物语"的抒情性和由《蜻蛉日记》开创的女性日记特有的细腻心理表白集于一身,成为日本传统文学的集大成者。《源氏物语》在日本的地位相当于《红楼梦》在中国,像中国的"红学"一样,在日本也有专门研究《源氏物语》的"源学",足以见得它对于日本文学的重要性。

《源氏物语》的作者紫式部,出身中层贵族,自幼丧母,由父亲藤原为时养育成人,后来嫁与年长她很多的藤原宣孝,两年后丧夫寡居,与女儿相依为命。不久,她入宫成为一条天皇的皇后的女官,教授皇后汉诗和才艺。8年后她辞去宫中女官职,翌年故去。宫廷生活的经历和个人遭遇的不幸为她进行文学创作奠定了丰厚的生活基础。除长篇小说《源氏物语》外,紫式部还留有《紫式部日记》和和歌集《紫式部集》。

《源氏物语》共分54帖,约80余万字。各帖故事相对独立,又以主人公光源氏贯穿全书。全书大体分三部分:第一部分从第1帖到第33帖,写容貌俊美的光源氏虽然命运多舛,但也尽享了人间富贵,爱情生活丰富浪漫。桐壶帝与女官更衣生有一子,取名光。更衣生下他后便死去,桐壶帝深怕光被其他后妃所害,于是将他降为臣籍,赐姓源。光源12岁时,娶大他四岁的左大臣之女葵姬为妻。但他不爱葵姬,却爱上了与生母相貌酷似的父王的妃子藤壶。两人育有一私生子,被桐壶帝认作己出,后来成为冷泉帝。在与藤壶相爱的同时,光源氏还追求中级官吏的妻子空蝉,爱上了出身下层的美女夕颜,与丑女末摘花交往,甚至和一个年近六十的风骚女人鬼混。20岁时,他的妻子葵姬因生子夕雾死去,光源氏将自己收养的年方14的紫姬娶为正妻。不久,因在宫廷政治势力的较量中受到牵连,光源氏被贬往偏远的须磨,藤壶也不得已出家。在被贬的日子中,光源氏的感情生活并不寂寞。几年后,冷泉帝即位,光源氏重新获得锦衣玉食的生活。他筑华屋为居,将过去与之相恋的所有女子都接来同乐,过着荣华享乐的生活。

第二部分从第34帖到第41帖,写光源氏终因对现实绝望而出家,可以说第一部分是因,第二部分是果。光源氏后娶的妻子三公主与紫姬矛盾重重,光源氏异常烦恼。后来,年轻的三公主与柏木私通,生下一子薰。光源氏将这件事看作自己早年与父亲的爱妃藤壶私通的报应。最终,三公主遁入空门,紫姬郁郁寡欢而死,光源氏也深感世事难测,落发出家。

第三部分从第42帖到54帖,是光源氏死后,他的后人薰与一些女子的感情纠葛。结局也是死的死、出家的出家。

关于《源氏物语》的主题,一直有种种看法,例如有人认为作品是模仿《春秋》,有劝善惩恶之意;有人认为在学习司马迁"不虚美、不隐恶"的批判精神等。近世日本的最著名的国文学家本居宣长提出了划时代的见解。他认为,《源氏物语》的主题就是"物哀"。物哀是日本一种传统的审美观,有感慨、感动、哀伤、壮美的含义。本居宣长认为,《源氏物语》并非以道德的眼光看待和描写男女主人公的恋情,而是意欲以此引发读者的兴叹、感动,产生"物哀"之情,让读者内心超越伦理的束缚,得到美的升华,将人世的情欲升华为审美的对象。另一位研究者池田龟鉴则认为,小说的那三部分分别是人生的三种状态:"光明和青春""斗争和死亡"以及"超越死亡",三者由宿命论统一着。作者紫式部在开始创作时并没有统一的构思,而是在写作过程中不断发现着新的主题。

《源氏物语》中塑造了很多女性的形象,她们身份各异,遭遇却几近相同。当时的日本,男女间的关系非常松散。男女结合后,女方仍留在自己家,没有家庭这种形式维系双方的关系。加上一夫多妻的制度,使得妇女往往成为政治交易的牺牲品或男子渔猎玩弄的对象。

在这部作品中,有很多引人注意的女性。例如美貌坚定的贵族妇女空蝉,她婚姻不幸,丈夫年长她很多。在光源氏的一再追求下,空蝉虽然终于动心,却陷入深深的矛盾之中,最终落发为尼。另外,家道中落的贵族女子末摘花,相貌丑陋,她主动追求光源氏。虽然终于得到光源氏的垂青和照顾,但也经常忍受他和其他女子的嘲笑。本书所塑造的"永远的理想女性"就是光源氏的正妻紫姬。她才貌出众,而且忍让顺从。虽然丈夫一生风流成性,但紫姬宁愿暗洒珠泪,也不在丈夫面前表露。尽管如此,光源氏仍然认为她的唯一缺点便是嫉妒。紫姬几度想出家了此残生,光源氏都不允许,最终她心力交瘁,命断中年。这些众多女性的不幸遭遇从另一个侧面反映了作家对当时贵族腐烂生活的指责。

小说的主人公光源氏,是女作家着意刻画的一个理想中的贵族形象。他既是桐壶帝所宠爱的皇子,又是身份低微的更衣所生。他既有济世救国之才,又有雍容大度的风度。他容光照人、才华出众,为人风雅、正直公道,而且富于人情。众人钦佩他,称他为"光君",表明他受人爱戴。在爱情生活上,他从不缺乏内容,因为他本身具有不可抗拒的吸引力,更因为他生得一副多情男儿身。但在紫式部的笔下,光源氏绝不是始乱终弃的浪荡公子。他得到的女人越多,他的精神负担就越重。他从追求第一个女子空蝉开始,每得手一个女人就多一份悲愁和责任。他为情欲而煎熬,为不得而苦恼,为私情而不安,也为自己违背伦理而遭受良心的谴责。对每一个与他有关的女人,无论最初是出于同情、怜悯、爱慕还是占有欲,他都会负责到底。在他的晚年,他专门为这些女子修建了"六条院",给她们供养终生。在这一形象的塑造上,体现了作家对于贵族男性所寄予的不切实际的幻想,这也是女作家本身所处的时代和阶级的局限所决定的。虽然光源氏是紫式部心目中的理想贵族,但在当时的时代背景下,作家也能意识到他最终只能走向没落的悲惨结局。

《源氏物语》在艺术上具有极高的价值:它将极强的抒情性与社会批判性完美结合在了一起。紫式部在书中一再强调"作者女流之辈,不敢侈谈天下大事",证明作者的主观创作意图只是叙述一些男女之情,将恋情作为当时贵族社会的"人性"和"人情"加以表现。日本文学的传统就是不注重社会实用功能,而注重文学的抒情写意功能,追求古朴、清纯的自然美,将个人的感受和感情世界作为主要的题材,对重大的政治背景和社会问题并不关心。在《源氏物语》中,主人公光源氏虽然是政界名流,但社会政治发展只是故事的远景,它的重点是主人公的个人情愫和男女恩怨。作品中常常通过自然景物的变化,男女间互赠的情诗等表现人在外在环境的触动下产生的凄楚、悲愁、伤感、缠绵之情。从这一角度说,《源氏物语》继承了日本传统文学中的抒情性,处处体现了人物细腻的心理感受和敏锐的情感体验。书中的一景一物都是情感的对象化,在日常的琐细生活中体现直观的情感。全书的每一帖相对独立,采用"并列式"结构,冲淡了情节,将读者的注意力引向细腻丰富的感受。

虽然如此,《源氏物语》仍然在客观上体现了现实主义的特征。因为作品中的情事不单纯只是情事,它与政治、时代等一切人间常事都连在一起。《源氏物语》的第2帖"帚木"写了光源氏等四人在雨夜品评世间种种女子的言论。对女子的品评实际上也是对天下事的品评,因为在紫式部笔下,男女之情与人生内涵、婚姻之愁与宫廷之争没有太大区别。因此,主人公光源氏的人生悲剧就不仅是他个人的情感问题,而是也有着复杂的社会原因。由于严格的等级制度,生母出身低微的光源氏受到其他贵族的歧视;由于复杂的宫廷权力斗争,光源氏被贬须磨,他成为贵族阶级争权夺利的牺牲品。他的悲剧正是平安王朝时期贵族的悲剧。从这出悲剧中,我们也看到了紫式部对皇室贵族腐败无能的痛斥,对当时社会矛盾的揭露,以及对行将没落的贵族阶级必将灭亡的无尽哀叹。

《源氏物语》艺术上的另一特色是人物性格的刻画。小说中人物众多,各个性格独特。女作家善于以细致入微的笔触挖掘人物内心的微妙变化,生动表现他们的处境和历史命运。藤壶的温文尔雅、弘殿女御的专横跋扈、六条御息所的傲慢嫉妒、空蝉的刚直温柔、末摘花的古怪真挚等各有千秋。紫式部常常将人物放在无法解决的深刻矛盾之中,层层挖掘他们的矛盾心理,揭示心理变化的现实基础和社会根源。所以日本国内有不少人也认为《源氏物语》是一部"心理小说""心境小说",这不是没有道理。光源氏追求的第一个女子空蝉,婚姻并不幸福。在光源氏开始热烈追求她时,她严词拒绝,甚至深感厌恶。但当她看到光源氏俊美的容貌,听到他热情的告白时,她的内心产生了剧烈的波动。然而,现实的处境和伦理的束缚使她陷入深深的矛盾之中。她接到光源氏的几次来信,都置之不理,不予回复。然而她却在光源氏的来信上题诗一首:"鸣蝉翼上凝寒露,树叶遮掩难见貌。思念光君肝肠断,泪水沾污空蝉袖。"紫式部通过自己出神入化的笔触,将一个陷于爱情,却囿于世俗伦理的女子的矛盾心理,生动准确地刻画出来。

《源氏物语》所使用的语言绵密优雅,是当时使用假名文字进行创作的作品中的上乘之作。小说中穿插大量的贵族男女在爱欲生活中相互赠答的和歌。叙事的同时,常常插入古代的诗歌或汉诗。诗歌的出现,极大地增强了这部叙事作品的抒情性,对推动情节发展,渲染作品气氛,营造独特情调起到了良好作用,形成了作品婉约多姿、缠绵悱恻、典雅艳丽的独特风格。

《源氏物语》是日本文学的重要遗产，影响深远。它改变了传统的物语文学的观念，将过去传奇物语中的虚构成分、歌物语中的抒情性以及日记体文学对人物心理的细腻写实手法相融合，形成了具有深刻包容性和概括力的优秀创作。另外，《源氏物语》的产生，成为日本文化生活中的大事。它不仅影响了服饰、游艺等审美趣味，更重要的是在文学上，它已经成为最高的文化遗产和无可比拟的典范作品。后世的物语文学从构思到修辞都明显受到《源氏物语》的影响。在诗歌创作上，也有"不看《源氏》，是咏歌中的憾事"的说法。后来的浮世草子以及能、狂言、歌舞伎等戏剧也从这部作品中借鉴题材、意境或手法。近代以来的作家更是常常从中寻找灵感，汲取创作的营养。

第三节　阿拉伯文学与《一千零一夜》

一、阿拉伯文学

阿拉伯人将伊斯兰教创立以前的150余年的时期，称为"贾希利叶时期"，即蒙昧时期，当时的文学起源于口头创作，先有诗歌，后有散文。"悬诗"代表了蒙昧时期诗歌创作的最高成就。据说每年都要在夷加附近的欧卡兹集市上举行赛诗会，中选的诗以金粉汁书写在亚麻布上，高悬于"克尔白"天房，因而得名。最著名的悬诗诗人是乌姆鲁勒·盖斯（约500—540）。其悬诗或描写凭吊某些遗址及与其相关的回忆和哀伤之情，或描写爱情冒险，或描写在游历时的所遇所感，或描写大自然的风光。他感慨爱情转瞬即逝，触景生情而写的"让我们停下来哭泣"，是人类直面死亡对爱的最伟大呐喊。盖斯的悬诗朴素自然，语言表达细腻，长期以来一直是阿拉伯诗歌的典范。

伊斯兰教初创时期，阿拉伯诗歌创作的风格一改蒙昧时期的诗风，以赞美真主、颂扬穆罕默德、宣传伊斯兰教的宗教诗、歌颂圣战的征伐诗等，为诗坛新兴。至伍麦耶哈里发时期，又出现了一些为各自派别服务的政治诗，以及游牧青年的爱情诗和城市贵族的艳情诗。

阿拉伯文学史上第一部成文的散文巨著是《古兰经》。它包含有信仰、礼仪、风俗习惯、教法教规与教义原则等多方面的丰富内容。它实际是伊斯兰教的神圣经典，是穆斯林世界观、人生观和价值观的体现，是阿拉伯人思想的一面旗帜。从本质上讲，《古兰经》是穆罕默德在创立和传布伊斯兰教的23年（610—632）中，针对当时社会产生的具体问题，根据不同情况和需要，而陆续发表的一些讲话和演说。每当他宣谕这些经文时，听讲人便将它记录在兽皮、石板、骨片或树的叶柄上，也有人将其默记心中，再反复背诵。当时穆罕默德的弟子中有很多能背诵全部《古兰经》者。穆罕默德去世后,《古兰经》才被记录下来,经多次对这些抄本进行校订、编纂,才形成正式版本。《古兰经》共114章,每章有若干节,全书共有6200多节,大体可分为两大部分,以622年穆罕默德从麦加迁徙到麦地那为界,前一部分又可称为"麦加章",后一部分可称为"麦地那章"。"麦加章"主要是穆罕默德艰苦创立伊斯兰教时期宣谕的,计有90余章,简短、明确,重在宣讲教义。"麦地那章"主要是穆罕默德在伊斯兰教顺利发展时期宣谕的,篇幅较长,重在向皈依伊斯兰教者阐述教法。除了有伊斯兰教的内容以外,《古兰经》中还引述了许多当时流行的犹太教、基督教,以及古代阿拉伯人的神话、传说、历史故事、格言、谚语等。总之,《古兰经》的内容异常丰富,包罗万象,堪称古代阿拉伯文化的集大成者,对后世影响很大。

《古兰经》之所以被称为人类"永远的奇迹",主要是因为语言文字的权威性和文学史的开创性。首先,《古兰经》由一种新奇美妙的文体写成。它既没有依照某种韵律,也没有以若干押韵的短节来表达一个意义,但又不是没有节奏和韵脚的散文,而是一部语言简洁生动,文辞流畅华美,至今仍被奉为阿拉伯文学典范的散文巨著。在当时诗歌和辞章著称于世的阿拉伯人心目中,《古兰经》以其特殊的艺术魅力诱惑着他们,使他们不能不惊心动魄,以至于肃然起敬,百读不厌,以至于折服于它的魔力。其次,在奇迹发生,即《古兰经》出现以前,阿拉伯人长期沉浸在迷信、残忍、邪僻、愚昧之中。当《古兰经》以阿拉伯文学史上第一部成文的作品问世以后,人们才真正听见了先知穆罕默德惊心动魄的声音,仿佛刚刚从酣睡中醒来,并竟然发现周围是那么一种新鲜而又热烈的生活。《古兰经》现今已被译成40多种文字,无论是作为文学名著,还是作为宗教经典,它对伊斯兰世界各国的文学所产生的影响都是难以估量的。

继伍麦耶王朝之后,阿巴斯王朝延续了500年之久。经济的发展,贸易的频繁,促使阿拉伯文化向外国学习,因此,无论是文学还是文化都呈现出繁荣的景象。阿拉伯文学进入一个蓬勃发展的黄金时代。这一时期的代表诗人有艾布·努瓦斯等,代表作品有《卡里莱和笛木乃》《玛卡麦韵文故事》和《一千零一夜》等。

艾布·努瓦斯(762—813)虽家境贫寒,但有强烈的求知欲。他学习《古兰经》和《圣训》,学习语言学,有极高的文化修养。他在游学过程中没有忘记对于青春快乐与自由的追求,并很快就融入青少年放纵享乐的潮流中。他的狂放不羁淋漓尽致地表现在他的饮酒诗里,酒被视为"治我疾病的良药",有"酒里落不下忧愁"的妙用,他好似"出来就是为了咏酒而存在的"。对酒的熟悉与热爱,使努瓦斯在这类诗歌中表现出空前的创新才能。诗中赞美青春、爱情、美酒,其数量之多,风格之独特,是阿拉伯文坛古往今来的诗人所难比拟的。

《卡里莱和笛木乃》以动人的寓言使印度古代《五卷书》中的故事传遍亚洲、欧洲和非洲,其阿拉伯语译者是伊本·穆格法(724—759)。他生活在伍麦耶王朝与阿巴斯王朝交替的时代,对现实充满厌恶和不满,因此,将改革时弊的改良主义思想充分表达在《卡里莱和笛木乃》这部译作中。全书以国王大布沙林和哲学家白得巴之间的交谈为主线,以白得巴为国王讲故事的形式进行道德说教,并阐释某种哲理。在这些故事中,除狮王身边侍从中的两只狐狸卡里莱和笛木乃以外,还出现了各种的鸟兽鱼虫等动物。穆格法借这些动物在自然界的生活遭遇,来影射自己在现实人类社会里的体验和感受,达到以理惩恶扬善,教人弃恶从善的目的。

《玛卡麦韵文故事》是用带韵的影文写的故事。"玛卡麦"原意为"集会""聚会",引申为聚会场所讲述的故事,类似中国古代的"话本"和近代的"译书"。白迪阿·宰曼·赫迈扎尼(969—1007)是玛卡麦体故事的奠基人。他传世的故事有52篇,各篇故事内容各自独立,但有一个共同的主人公。因其情节幽默,并表现对社会的讽刺,而深受人民欢迎。玛卡麦体故事在发展中成为后世阿拉伯古典小说的雏形,后传到欧洲,产生了不小的影响。

诗人蒲绥里(约1211—1296)也是此期有名的诗人。

二、《一千零一夜》

《一千零一夜》是阿拉伯中古时期文学的最优秀作品,是一部著名的民间故事集。它曾被高尔基称为世界民间文学创作中"最壮丽的一座纪念碑",在世界文学史上享有极高的声誉。

《一千零一夜》是1704年法国人迦兰(1646—1715)将其译成法文时的名称,后来有人转译为更具异域色彩的《阿拉伯之夜》。许多英文译本也多以《阿拉伯之夜》命名,到了中国翻译者的笔下,《阿拉伯之夜》的书名又被转译为具有中国文化色彩、便于中国读者理解的《天方夜谭》。

《一千零一夜》成书的时间大约是在8、9世纪之交,至16世纪,其早期形式是流传在波斯、印度、埃及、希腊、罗马、希伯来乃至中国的民间故事。其在成书过程中,主要有三个故事题材来源。第一是波斯和印度。《一千零一夜》的早期形式是波斯故事集《海沙尔·艾弗萨纳》,即《一千个故事》,它是成书过程中的核心和框架。据考证,《一千个故事》可能来自印度,是由梵文译成古波斯文,最后译成阿拉伯文的。第二是伊拉克,即以巴格达为中心的阿拔斯王朝(750—1258)时期流行的故事。第三是埃及,即麦马立克王朝(1250—1517)时期流行的故事。这种种故事题材来源在成书过程中,不同程度地经过了阿拉伯人的消化和再创作,不仅深深地打上了阿拉伯帝国时代的烙印,而且反映了广大阿拉伯人民对周边国家和地区人民生活的了解和想象。《一千零一夜》最终成为阿拉伯民间文学的一座里程碑式的作品,说明阿拉伯人民勇于吸纳周边地区民间文学素材的气魄和胸怀。

《一千零一夜》中的"真实的生活基础"就是书中所展示的中古时期阿拉伯的社会生活那一幅幅真实生动的画面,就是栩栩如生呈现在人们面前的当时各个阶层人们的生活场景、风俗习惯。《一千零一夜》成书的年代正值阿拉伯人建立、形成横跨亚、非、欧三大洲的伊斯兰大帝国时期，因此书中的故事背景广阔，广泛涉及这三大洲的许多国家和地区。它还通过"幻想的、超自然的境界"，来曲折地反映现实，反映阿拉伯人民对理想生活的渴望，对美好事物的向往。

《一千零一夜》不仅社会生活内容丰富多彩，而且体裁多种多样，人物形形色色。它的体裁主要是神话传说、格言谚语、童话寓言、轶事掌故、战争历史、训诫箴言等，当然最多的还是故事，其中包括爱情故事、冒险故事、神魔故事、谐趣故事等。上至帝王将相、富商大贾、少爷小姐，下至脚夫渔翁、医生裁缝、强盗窃贼，作品中各阶层人物应有尽有。此外还有神魔天仙、猴子蛇女、鸟兽之王等。这些内容包含在全书134个大故事里，如果连同它们所套的小故事，因版本不同而数字略有出入，最多的总共有264个故事。

《一千零一夜》中的故事，就总体而言，字里行间充满了宣扬真善美、抨击假恶丑的民主精神，贯穿了正义战胜非正义、真理战胜谬误的人文主义精神。整个内容都在赞颂人民在与邪恶势力斗争中所表现出的惊人智慧和才能，揭露了统治者贪婪丑恶的本质，热情讴歌了青年男女之间正当、纯洁的爱情，反映了广大人民普遍置身其中的艰苦环境，尤其是商人经商冒险的生活。全书洋溢着乐观通达、积极向上的时代气息。

《一千零一夜》的"引子"，即第一个故事《国王山鲁亚尔及其兄弟的故事》在全书具有重要意义。首先，该故事写宰相之女山鲁佐德为拯救无辜的穆斯林姐妹免遭国王的屠杀，不顾个人安危，自愿嫁给国王，连续讲了一千零一夜的故事，终于使国王悔悟，促使他放弃了残忍的报复行为。故事集也由此而得名，当然它实际上并没有这么多故事。按阿拉伯人的语言习惯，在100或1000的数字之后加上1，以表示数字之多，并不其实。其次，这个故事不仅在结构上有联结所有故事的作用，而且也是全书所有故事内容的一个纲，提纲挈领，纲举目张，全书的主题一目了然。国王山鲁亚尔残暴荒淫，草菅人命。勇敢的女性山鲁佐德挺身而出，以柔克刚。最后正义战胜非正义，善良战胜邪恶。山鲁佐德的胜利，表明阿拉伯人民的机智勇敢和鲜明的是非观念。

《一千零一夜》在上述大框架内，描写了很多的故事，主要有爱情婚姻、经商冒险、贫富悬殊、神魔幻化等主题，全面反映了阿拉伯中世纪社会的民族、宗教、理想等问题，妙趣横生，动人心魄。

《一千零一夜》有关爱情自由、婚姻幸福的描写，占了很大的篇幅，不论写王子公主之恋、商人王妃之恋、穷人贵族之恋，还是写凡人仙人之恋，都那么引人入胜。不少故事的男女主人公突破了国家、民族、宗教、贫富、地位的界限，跨越了天上、地下、海上、陆上、仙界、人间的障碍，深刻反映了阿拉伯人民心目中正确、进步的爱情观，充分表达了青年男女之间有情人终成眷属的美好愿望。

中古时期的阿拉伯,一夫多妻制因伊斯兰传统而不受谴责。广大妇女身受封建制度、宗教戒规和男人夫权的多重压迫与束缚,地位极其低下。在这种情况下,男女之间很难有称心如意的婚姻和自由平等的爱情。针对这种黑暗的现实,不少故事否定了以男子、丈夫为中心的封建家庭标准,抨击了符合男权需要的封建伦理道德,歌颂了以真挚爱情为基础的婚姻,赞扬了男女双方对爱情的专一与挚诚。《努伦丁和玛丽亚的故事》热情讴歌了玛丽亚对爱情忠贞不渝的叛逆性格。玛丽亚原是希腊国王之女,虽沦为奴隶但仍从主人那里争得自主选择买主的权利。在奴隶市场上,她嘲弄了那些企图占有她的人,而对身无分文的埃及商人之子俊美的努伦丁一见倾心。他们两人克服了许多困难,才得以幸福地生活在一起。《白第鲁·巴西睦太子和赵赫兰公主的故事》中的海石榴花,原是海洋里的一个公主。她向往陆地,于是毅然走出大海,与陆地上的国王余赫鲁曼结为夫妻。她坦诚而又真情地对国王说:"如果不是因为你爱我,把整个心都给了我,那我是不愿跟你在一起待上一个钟头的。"

在《一千零一夜》数不清的爱情故事里,《巴士拉银匠哈桑的故事》最出色。银匠哈桑偶然窥见仙女买那伦·瑟诺玉的美貌后,思念成疾,后来两人结为夫妻。当仙女瑟诺玉因思乡而携子飞回瓦格岛以后,哈桑为了寻找妻儿,闯过七道峡谷,渡过七片大海,越过七座高山,走过无人能生还的飞禽、走兽、鬼神地带,来到瓦格岛救出妻儿。而瑟诺玉也忠于爱情,顽强地承受了其父(神王)、其姐(女王)的无情折磨,最后毅然抛弃神仙世界的享乐生活,与哈桑重返人间。这个故事不仅表现了哈桑和仙女对爱情的执着追求,而且进一步指出了青年男女要实现爱情自由、婚姻自主的幸福理想,就必须勇敢地反抗各种压力,并同邪恶势力做坚决的抗争,这在当时的社会历史条件下是难能可贵的。

《一千零一夜》中另一类重要内容,是写了不少反映商人生活和海外冒险的故事。中古阿拉伯帝国横跨亚、非、欧,交通便利,城市繁华,商业繁荣,贸易发达。其首都巴格达是当时世界上著名的城市。以它为中心,阿拉伯商人和航海家积极从事扩展商贸的活动。他们冒险远航、为利经商的精神,反映了发展时期的阿拉伯人民渴望富有的普遍心理。

中古时期的阿拉伯帝国,正处于蓬勃发展时期。海外贸易既促进了阿拉伯帝国的经济繁荣,也满足了上层贵族的物质需要,因此,商人受到社会的普遍尊重与羡慕,经商发财致富受到帝国的支持和保护。许多反映商业城市经济、市场体制和规则、发财致富心态的故事,以及富有生活情趣的城市商人生活和为寻求财富冒险远航经商的经历,都反映在作品里。《商人阿里·密斯里的故事》写一个富商的儿子阿里·密斯里把家产荡尽后外出流浪的经历。他不怕鬼神,敢于在巴格达一处经常闹鬼的凶宅里过夜,结果发现了大量的藏金,全家尽享荣华富贵。这个故事不仅反映了商人渴望冒险发财的心理,而且表现了他们为了钱财天不怕、地不怕的行动。

这在当时具有积极意义。

《一千零一夜》里这种题材的故事很多,最具代表性的当数《辛伯达航海旅行的故事》。辛伯达生于富商家庭,自幼就懂得经商赢利的道理。他幻想着航海旅行、冒险经商、发财致富,于是他成了积极发展海外贸易的商人。他先后七次航海旅行,远涉重洋,最远到达印度和中国。虽然他每次归来都发了大财,"拥有的财产,比先父遗留下来的有过之无不及"。但过不多久安宁舒适的生活,在发财的欲望、致富的冲动之下,他就又扬帆出海,开始了又一次的冒险旅行。虽然他每次远航都是那么惊心动魄、死里逃生,但他从不胆怯,而是相信自己能够驾驭生活,能够依靠自己的顽强毅力和超人智慧克服一切艰难险阻。也就是说没有什么困难能够阻挡他去冒险发财,哪怕有时只剩下他孤身一人。他坚信人的幸福与地位"是从千辛万难、惊险困苦的奋斗中得来的"道理,因此,他成了一个永不疲倦的冒险家。

书中辛伯达这一形象表现出的永不满足的顽强进取精神、如饥似渴地探索新知的思想,体现了中古阿拉伯帝国时代新兴商人创业的本质特征,在当时具有积极意义。辛伯达在不断积累物质财物的过程中,也积极探索新知识、探求新世界、开辟新航路,这些精神面貌正是阿拉伯帝国上升时期朝气蓬勃的时代风貌的真实写照。

《一千零一夜》中还大量描写了生活在社会底层的脚夫、渔夫、理发匠、仆人等,并通过他们的生活境遇,反映广大人民的悲惨处境。与此相对照的是,书中也大量写了众多为富不仁的上层贵族和统治阶级,他们过着花天酒地、挥金如土的生活,从而对当时封建的阿拉伯社会贫富悬殊、财富不均的黑暗世道发出不平之鸣。不仅如此,有些故事还深刻地揭示出人民苦难的根源,批判的矛头直指统治者,甚至是哈里发。

中古时期的阿拉伯大帝国版图不断在扩大,不断对外进行侵略和扩张的结果是耗费了大量的资金,原始资本积累进行缓慢,这势必造成贫富不均的现象,而统治阶级又歌舞升平,长期过骄奢淫逸的生活,广大人民必然生活在水深火热之中。《三个苹果的故事》中的老渔翁过着穷困潦倒的生活,却无人同情。《渔翁的故事》里的老渔翁,家中"景世萧条,生活困难"。他终日"在死亡线上奔波",却依然"发觉衣食的来源已经断绝"。他终于明白了"衣食不是专靠劳力换来","这个人辛勤打鱼"却一无所得,"那个人坐享其成"却可以完全不劳动。《辛伯达航海旅行的故事》里的穷脚夫辛伯达,"以搬运糊口,境况窘迫,生活十分贫困"。他"疲于奔命,终日出卖劳力,生活越来越离奇,压在肩上的重担,总是有增无减"。这些生活在社会底层的穷人,生活真是苦不堪言。

与此形成鲜明对照的是,统治阶级、贵族他们"横征暴敛,刮削民脂民膏",过着穷奢极欲的生活。在《死神的故事》里,三个国王有的"骄傲自满,好大喜功",有的"尽情享受那些数不完、用不尽的财富",有的"非常权威、非常暴戾",不论他们生时怎样的骄横而不可一世,到头来死神都不会放过他们。这死神实际就是人民意愿的体现者,就是正义的化身。那些国王(哈里发)"在宫中囤积世间应有尽有的各种物品,专供自己挥霍、享乐之用"。据史载,825年,麦蒙哈里发和宰相的女儿结婚时,有一千颗硕大的珍珠、珍珠和蓝宝石装饰的金席子、200磅重的龙涎香香烛等,可见当时国戚王亲、显贵高官们过着奢侈繁华的生活。

《一千零一夜》中还有不少描写神魔幻化的故事,其中不少篇目无论在思想还是艺术上都达到了很高的境界。《阿里巴巴和四十大盗》中的阿里巴巴虽然一贫如洗,偶然发现强盗藏匿赃物的山洞,靠着魔语"开门吧,芝麻芝麻!"获得了大批珍宝,但却不占为己有,表现了普通人民无私、机敏、勇敢的优秀品德。在《渔翁的故事》里,老渔夫打鱼时碰到了嗜血成性的魔鬼,但他利用自己的智慧,征服了魔鬼,并驱使它为自己服务,表现了人们要战胜一切妖魔鬼怪的大胆幻想。此外,《阿拉丁和神灯》中的神灯,一经擦拭就可以满足占有者的所有要求,令人耳目一新。在《巴格达窃贼》里,主人公虽然是个"贼",但他却利用飞毯获得自己的自由和幸福。《乌木马的故事》中能够载人自由飞翔的乌木马,最后为男主人公赢得了爱情。这些神魔幻化的故事,表现了古代阿拉伯人民企图以自己的力量战胜邪恶、获得幸福生活的迫切愿望。

《一千零一夜》的成书经历了漫长的近8个世纪的时间,虽然是故事集,但必然要经受封建文人的润色与改造,因此书中不乏带有时代特色的局限性。但正是因为书中洋溢着积极向上的民主性的精神,才使这部文学巨著成为全世界各族人喜闻乐见的作品,使广大读者得到审美享受。

《一千零一夜》的艺术成就在阿拉伯文学史上非常突出。在此书之前,诗歌和散文是阿拉伯文学的传统形式,也不大注重塑造人物,而《一千零一夜》不仅将民间故事这种文学体裁推向一个高峰,而且塑造了许多栩栩如生的人物形象,从而使这部文学名著得以广泛流传。

《一千零一夜》的艺术性很高,其中最重要的艺术特点是全书充满了浓郁的东方情调和大胆的浪漫幻想。而这种情调和幻想又有坚实的现实基础,因此全书形成一幅幅富有东方风情的现实与幻想相结合的五彩画卷。书中既有戴缠头的波斯商人,蒙面纱的阿拉伯女郎,威武的穆斯林战士,公正的以色列法官,沉湎酒色的哈里发,洋溢着麝香、龙涎香气味的市场,店铺里闪闪发光的珍珠翡翠;也有海岛般的大鱼,遮住太阳的神魔,能吞大象的巨蟒,随意取物的马鞍袋,直飞天际的乌木马,载人遨游的飞毯,能创造奇迹的神灯,解救危难的魔戒,等等。它用丰富生动的想象、大胆荒诞的夸张、曲折神奇的情节、人神魔兽的矛盾纠葛,将中世纪阿拉伯丰富的社会生活和光怪陆离、充满幻想的神话世界巧妙地融合在一起,营造出一个令人目不暇接的心想神往的世界。

《一千零一夜》另外一个重要的艺术特点是框架式结构全书的方法。全书以宰相之女山鲁佐德给国王讲故事开篇。将所有的故事都安排在这一个大框架之内，然后大故事套小故事。由一个故事引出另一个故事，层层叠套，上下衔接，前后呼应，形成一个连续不断又紧密相通的艺术整体。如《驼背的故事》引出4个枝节横生的小故事，这4个小故事又引出6个更小的故事，情节离奇，峰回路转，围绕中心，连续反应，回味无穷。每当夜幕降临，山鲁佐德就开始讲故事，故事渐入高潮，听者情绪也渐入佳境，正当故事讲到最精彩处，晨风吹起，东方露出了黎明的曙光，山鲁佐德戛然止声，令听者欲罢不忍，令读者爱不释手。这种框架式结构故事的方式，可以激发听者或读者的兴趣和想象力，增加美学韵味，充分体现了民间文学的色彩。

《一千零一夜》的另一大艺术特色是诗文并茂、散韵结合的表现手法。全书以通俗易懂的白话为叙事写景的主要手段，并吸收了大量民间口语，使行文优美、流畅，充满日常生活气息。阿拉伯民族是个具有诗歌传统的民族，写诗唱诗，以诗写景状物，以诗抒情言志。全书在以白话文为主叙述过程中，常常穿插一些故事人物的吟歌和吟诗，总计1400余首，这些诗歌既抒发了人物强烈的内心感受，又进一步突出了所要强调的主题，使全书的故事更加生动感人。

《一千零一夜》以其独特的艺术魅力流传到世界各地，其故事内容对西方许多国家的文学、音乐、戏剧、绘画、雕刻等都曾产生过影响。在莎士比亚的戏剧《终成眷属》、莱辛的诗剧《智者纳旦》、塞万提斯的小说《堂吉诃德》等作品中，都能发现其影响的蛛丝马迹。其结构故事的方式可以在薄伽丘的《十日谈》、乔叟的《坎特伯雷故事集》等作品中找到摹仿的影子。《一千零一夜》里的典故、词语、故事等，更是成为许多国家人民耳熟能详的生活素材。

思考练习题：

1. 分析《源氏物语》的思想倾向和人物形象。
2. 概括《一千零一夜》的主要思想内容和艺术特征。

第十六章　近现代文学

第一节　概　　述

一、东方近代文学

东方近代文学是指19世纪中期到20世纪初的文学,即亚非地区处于殖民地、半殖民地时期的文学。这个时期,西方各国用坚船利炮打开了东方古老国家的大门,东西方文化交流空前扩大。

东方近代文学是过渡时期的文学,只有近百年的历史,发展不够成熟。它虽然不像欧洲近代文学那样成就卓著,但是在一些国家和地区,尤其是日本和印度这两个受西方影响较早的国家取得了相当大的成就。总体来分析,东方近代文学在其发展进程中,主要表现出以下特征:

首先,具有鲜明的政治倾向性。大多数进步作品的中心内容广泛反映了东方各国人民同殖民主义、帝国主义和封建势力之间的矛盾,描写了人民的苦难和不幸,揭露了统治者的虚伪和丑恶,表现了人民群众的觉醒和斗争。

其次,在发展过程中受西方各种思潮的影响很大,一些国家文学社团林立、流派众多、变幻不定。这种现象在日本尤为突出,最有代表性。一些带有东方特色的现实主义、浪漫主义、自然主义、唯美主义等文艺思潮,你方唱罢我登场,在短促的时间内迅速流行又很快消失,文学创作表现出复杂性与多样性。

再次,作家数量剧增,作品数量增多,影响扩大,成果显著。这些变化在日本文学、印度文学、阿拉伯文学中都表现得很明显。职业作家开始出现,并表现出十分特殊的意义,一方面说明作家与文学在现实生活中越来越起到重要作用,另一方面也说明作家已具有独立的政治和经济地位,有了独立的人格及精神世界,成为主动传递时代精神的先驱,对东方各民族的思想启蒙及社会变革起到了积极的催化作用。

最后,东方近代文学在亚洲各民族文学发展史上具有重大的承前启后的意义。东方近代文学无论内容还是形式都出现了许多可喜的变化。它打破了中古文学的某些陈规和传统的束缚,创造了一些新的文学样式,如日本的政治小说和私小说、朝鲜的新小说、印度的政治抒情诗等。内容上也开始从脱离实际的古老而陈旧的题材转向描写平民的现实生活,反映重大的斗争,令人耳目一新。

东方近代文学是在西方文化的影响下发展起来的,但又深深植根于本民族的文化传统之中,它在东方文学的发展史上具有不可替代的继往开来的作用。

在东方近代文学的基础上,现代文学发展起来。如果说近代东方的历史是被西方奴役的历史,那么,现代东方的历史则是东方人民用自己的觉醒和抗争来结束西方殖民压迫的历史。东方现代文学是指第一次世界大战(1914—1918),尤其是1917年十月革命前后到1945年第二次世界大战结束这一时期的文学。东方现代文学在发展过程中表现出以下主要特征:

首先,反对侵略反对压迫为各国文学的共同主题。面对西方列强的侵略和掠夺,东方各国人民承受着同样深重的灾难,经历着同样的血与火的洗礼。在文学领域,东方各国虽不曾像西方那样形成具有共同特征的文艺思潮,但大致相同的命运与共同的理想,使许多作家的作品表现出大致相近的思想倾向。他们描写社会现实,同情下层人民的悲惨生活,号召人民行动起来,为争取民族的独立和解放而斗争,在当时产生了巨大的影响。

其次,一些国家形成了有共同思想的文学社团,开展有组织的文学活动。日本以《文艺战线》为中心结成了日本无产阶级文艺联盟,涌现出一批杰出的作家和作品。朝鲜以"焰群社"为代表的新倾向派作家也相当活跃。印度成立了全印进步作家协会。这些无疑促进了东方现代文学的发展与繁荣。

再次,以现实主义为主的表现手法。当时的大多数作家都力求创作的真实,因此,许多有影响的作品都是以作家的亲身经历为素材而创作的。但有些作品也不乏西方现代派影响的痕迹,以日本川端康成为代表的一些东方作家,利用西方现代派的创作技巧创作了不少作品,标志着东方文学发展到一个新水平。

二、东方现代文学

就总体而言,东方现代文学在近代文学的基础上有了进一步的发展。但由于各国国情不同,因而,其文学的发展水平也很不平衡。日本、印度、朝鲜和阿拉伯国家的文学发展速度很快,成就也比较高,其他各国的文学也在原有的基础上取得了长足的进步。

朝鲜现代文学是从20世纪20年代到1945年赶走日本侵略者这一时期的文学。为反抗压迫,无产阶级左翼文学逐渐成为朝鲜现代文学的主流。20世纪20年代初,朝鲜文坛出现了新倾向派作家。他们明确反对追求唯美情调的资产阶级文学,坚持在文学作品中反映人民的命运和祖国的前途,代表作家有崔曙海(1901—1932)、李相和(1901—1943)、赵明熙(1892—1942)等。1925年,以新倾向派作家为基础,成立了"朝鲜无产阶级艺术同盟"(简称"卡普")。"卡普"时期出现了很多有影响的作品,其中最有代表性的当属李箕永的创作。

李箕永(1895—1984)是朝鲜无产阶级文学的创始人之一。在长达60年的创作中,李箕永始终坚持将文学与现实斗争、与人民大众紧密结合在一起,发挥了文学的战斗作用。他善于塑造正面人物,语言上具有朴实无华的乡土气息和民族色彩。长篇小说《故乡》是他的代表作,作品成功地塑造了革命知识分子金俊喜的形象,真实地反映了20世纪20年代朝鲜农村阶级的对立,农民的觉醒。

20世纪30年代,以"卡普"为核心的朝鲜进步作家遭到日本帝国主义的迫害。但很快,抗日文学又在抗战斗争中发展起来。为适应斗争的需要,抗日文学形式多种多样,包括小说、诗歌、戏剧、故事等。这些创作在战时发挥了重要的作用。

阿拉伯地区的现代文学发展也很快。20世纪20—30年代产生了以纪伯伦(1883—1931)为代表的"叙美派"文学和以塔哈·侯赛因(1883—1973)为代表的"埃及现代派"文学。

"叙美派"又称"旅美派",这是旅居美洲的阿拉伯作家所组成的文学流派。黎巴嫩诗人纪伯伦是此派重要作家,代表作是散文诗集《先知》。埃及现代派是第一次世界大战后首先在埃及形成,之后扩大到叙利亚、黎巴嫩和伊拉克等国的现实主义文学流派,埃及作家塔哈·侯赛因是其卓越代表。他3岁失明,但勤奋学习,先后获两个博士学位,历任开罗大学文学院教授、院长、亚历山大大学校长、教育部艺术顾问、教育大臣。他的自传体小说《日子》被誉为阿拉伯地区现代文学的典范。

三、东方当代文学

东方当代文学,是指第二次世界大战结束以后的文学。在创造性地继承与发展东方文学优良传统的基础上,当代东方文学加强了现实性,并积极接受西方文化与文学的影响,努力形成独具特色的新的民族文学,融合到世界文学的主潮中,成为当代世界文学的重要组成部分。由于各国的社会、政治、历史等情况各异,当代东方的发展与成就也各有不同。但整体上当代东方文学体现了一些较为一致的特征:

首先是鲜明的政治倾向。当代东方各国民族解放运动规模空前。无论是无产阶级文学,还是民族资产阶级文学,都具有鲜明的政治倾向,即反对帝国主义与殖民主义,赞颂人民的英勇斗争。尤其是在印度及非洲许多国家,由于民族独立和种族歧视问题始终是一个重要问题,所以,进步作家将推翻帝国主义殖民统治、为民族解放与国家繁荣而斗争作为创作的基本主题,甚至许多作家直接是反殖民主义的战士。

其次是世界各国之间的文学与文化交流日益频繁。当代东方文学也受到西方文化的多方面影响,特别是西方现代主义文学的影响最典型。日本战后文学有许多现代主义作品,如野间宏的《阴暗的图画》就明显受到乔伊斯和普鲁斯特等的影响,采用了意识流手法。安部公房(1924—1993)的代表作《墙壁》和《砂女》也体现出现代派的表现技巧和卡夫卡的影响。印度文学中,20世纪50—60年代出现的新小说派明显接受了西方存在主义的影响。在当代阿拉伯文学中,埃及著名作家陶菲格·哈基姆(1898—1987)的戏剧《爬树的人》《人有其食》等,都是深受西方荒诞派戏剧影响的代表作。尼日利亚戏剧家索因卡(1934—　)是诺贝尔文学奖获得者,他的有些作品则被称为贝克特式的荒诞佳作。

最后是鲜明的民族特色。当代东方文学的发展在积极向世界靠拢的同时,又注意保持本民族文化与文学的特点,无论作品取材、人物塑造、艺术手法,还是文学审美情趣、思想哲学观念,都表现出浓郁的民族特性。川端康成、三岛由纪夫之所以享誉世界,都与其创作中着力展现的日本文学审美世界密切相关;塞内加尔著名女作家阿·索·法尔虽然用法语创作,曾荣获法国最高文学奖"龚古尔文学奖",但作品中所展示的也仍然是一个地地道道的黑非洲世界。

当代埃及是北非地区文学成就最高的国家。第二次世界大战以来,诗歌创作倾向自由诗和散文诗,清新而活泼,但是当代埃及文学仍以小说为主。阿卜杜·拉赫曼·谢尔卡维(1920—1987)的《土地》(1954)、《坦荡的心》(1956)、《农民》(1968)反映了不同时代农村的悲剧。尤素福·伊德里斯(1927—1991)被认为是埃及当代第一流作家,中篇小说《罪孽》(1959)、短篇小说集《风情院》(1978)等均为其代表作。真正为埃及文学带来世界声誉的,是被誉为埃及小说界"金字塔"的著名作家,1988年诺贝尔文学奖获得者纳吉布·马哈福兹。

纳吉布·马哈福兹(1911—2006)是当代埃及乃至整个阿拉伯世界最伟大最著名的作家,也是迄今唯一获得诺贝尔奖的阿拉伯文学家。他的作品深深地植根于阿拉伯土壤之中,从埃及社会中获取材料和灵感,不断地学习和借鉴西方新的文学流派的表现手法,敢于探索,敢于创新,为弘扬本民族的文学和文化事业做出了巨大的努力。马哈福兹的创作大致可分为三个阶段:历史小说阶段,社会现实小说阶段,现代主义或称新现实主义小说阶段。

《我们街区的孩子们》(1959)标志着马哈福兹进入了新现实主义小说的尝试阶段。传统的现实主义来源于现实,反映现实,指导现实的发展方向,生活先于思想;新现实主义则是从思想和情感出发,以现实作为形式和外壳。纳吉布·马哈福兹用象征主义手法暗示了几大宗教的发展过程及其相互间的关系,表明了人们对宗教所持的态度,而且还通过故事的结局强烈地暗示了科学与宗教的矛盾,指出前者可能最终消灭后者。

《宫间街》《思宫街》《甘露街》(1956—1957)三部曲是马哈福兹的代表作,是埃及第一部广泛反映一个时代伟大风貌的现实主义作品。作品描写了埃及一个中产阶级家庭三代人对理想的追求。以他们的遭遇和变迁为核心表现了埃及从1917年到1944年间的历史风云,反映了埃及人民反对帝国主义的斗争经历,反映了受新思想影响的新一代反对封建传统和保守势力的斗争过程。

三部曲记述了这个非凡的时代,生动描写了埃及商人艾哈迈德一家人的日常生活,以他们一家三代生活的发展演变为线索,形象地表现了这一历史时期发生的各类重要历史事件及整个时代概貌。在这一系列作品中,马哈福兹为我们展示了一个广阔、丰富的社会画面,从爆发反帝游行示威的沸腾大街到策划党派斗争的政治家沙龙,再到革命者聚会的场所,从家庭生活的狭小世界到推动历史进程的现实社会,再到普通人丰富多彩的内心深处,就各个角度以多样手法为我们提供了一幅光怪陆离、纷繁复杂的社会风情画卷。三部曲情节连贯,人物活动的舞台基本没有大的变更,各卷的中心人物完全按自然规律承接、安排。随着时间流逝,旧人衰老、死亡,新人出生、成长;旧的家庭以及与旧家庭有关的一切在衰亡,在消失,新的生活则在酝酿与建立,从而自然展示了时代前进的步伐。

纳吉布·马哈福兹的创作既有对阿拉伯小说传统的继承,也有对西方文化与文学的吸收。20世纪60年代,他已年过半百,功成名就,然而却开始重新思考传统的写作手法,积极借鉴西方象征主义、抽象派、意识流、荒诞派等流派的表现方法。他的探索和创新不仅使自己的作品面貌异彩纷呈,而且带动和影响了整个阿拉伯文学的发展。

黑非洲是指撒哈拉沙漠以南的广大非洲地区,包括东非、西非、赤道非洲和南部非洲大陆及诸岛。

黑非洲的口头文学传统古老而丰富,有谚语、格言、寓言、诗歌和各种叙事故事等。20世纪初叶,教会和黑非洲的知识分子开始对口头文学进行搜集整理,先后出版了一些神话故事集和传说故事集。1960年,由几内亚历史学家、文学家吉布里尔·塔姆希尔·尼亚奈(1932—　)整理出版的《松迪亚塔》,无疑是黑非洲口头文学的优秀作品之一,具有较高的文献和文学价值。

《松迪亚塔》是一部兼具神话色彩和文献价值的长篇英雄史诗,共18章。这部史诗反映了13世纪上半叶西非的社会政治生活和风土人情,具有浓厚的乡土气息和鲜明的浪漫主义色彩,表现了黑非洲民间艺人丰富的想象力和杰出的艺术才华。

黑非洲大多数国家或民族的书面文学产生较晚,一般是在19世纪以后。黑非洲书面文学的全面繁荣开始于20世纪初,到第二次世界大战结束后达到高潮。

桑戈尔(1906—2001)是塞内加尔的诗人、文艺理论家和政治活动家。1960年被选为塞内加尔共和国第一任总统,此后一直担任这一职务,直至1980年退休。桑戈尔被誉为非洲现代诗歌的奠基人之一,用法语写作,是"黑人性"文艺的主要倡导者,他的诗歌创作便是这种文学主张的具体体现。主要代表诗集《阴影之歌》(1945)和《黑色的祭品》(1948),表达了浓郁的爱国热情和对殖民主义的强烈不满。他还编辑出版了《黑人和马尔加什法语新诗选》,让-保罗·萨特为此书写了序言。这部诗集在现代非洲诗歌发展史上占有重要地位。《埃塞俄比亚诗集》(1956)和《夜歌集》(1961)也是桑戈尔的著名诗集。前者以重大的社会政治事件为题材,洋溢着浓郁的民族感情,表达了诗人的自信。后者收录有诗人发表过的一些爱情诗,诗风大有变化,以描绘塞内加尔美丽的自然风光为主调,抒发了诗人对生活的热爱和对幸福的向往。其他诗集还有《热带雨季的信札》(1972)和《主要的哀歌》(1979)等。他的诗歌作品具有浪漫主义的色彩和浓郁的乡土气息,内容丰富,情感炽热,充满爱国主义精神。

乌斯曼(1923—2007)是塞内加尔著名的小说家。1956年发表了第一部长篇小说《黑人码头工》,开始显露头角。以后又相继发表了《祖国,我可爱的人民》(1957)、《神的儿女》(1957—1959)等长篇小说以及一些中、短篇作品,如《公民投票》(1964)、《汇票》(1965)和《哈拉》(1973)等。其作品以法语写成。成名作《祖国,我可爱的人民》成功地塑造了一个有觉悟的非洲青年知识分子乌马尔·法伊的典型。代表作《神的儿女》反映的是铁路工人为反对种族歧视、争取平等待遇所进行的一次罢工斗争,这场罢工是在民族解放运动不断高涨的背景下展开的。作品以深厚的情感,细致地展现了广大工人在工会的领导下经过艰苦、曲折的斗争终于取得罢工胜利的过程,并成功地塑造了杰出的工人领袖巴格尤戈的形象。这部作品的问世,显示了作家在思想上和艺术上日臻成熟。

奥约诺(1929—2010)是喀麦隆小说家,曾在巴黎留学,主修法律和政治经济学。他的主要创作是三部长篇小说,即《家僮的一生》(1956)、《老黑人和奖章》(1956)和《欧洲的道路》(1960)。奥约诺把揭露殖民主义的罪恶当作自己的使命,试图用一种既幽默又哀婉的故事唤醒读者,使他们了解黑非洲人民在独立前夕所忍受的压迫,从一个比较特殊的角度来激起民族的觉醒意识。奥约诺的作品笔法细腻,情节动人,有较强的艺术感染力。

阿契贝(1930—2013),尼日利亚著名作家,使用英语写作,曾在国内外获得过多种文学奖,并曾被列入诺贝尔文学奖候选人名单。阿契贝的主要作品有长篇小说《瓦解》(1958)、《动荡》(1960)、《神箭》(1964)和《人民公仆》(1966),主要以尼日利亚独立前后伊博族人民的生活为题材,被称为"尼日利亚四部曲"。《人民公仆》是一部具有批判现实主义倾向的杰出小说,形象地反映了尼日利亚独立之后的各种社会矛盾,揭露了社会政治的腐败现象,辛辣地嘲讽了自称为"人民公仆"的政客官僚的贪污腐化,营私舞弊,表明了作者对社会和历史发展规律认识的日益深刻。除"四部曲"外,阿契贝的作品还包括诗集《当心啊,心灵的兄弟及其他》(1971)和《比夫拉的圣诞节及其他》(1973),短篇小说集《祭祖的蛋及其他》(1962)和《战火中的姑娘及其他》(1971)等。他的作品已被译成了30多种文字,在世界范围内有很大影响。

索因卡(1934—　),尼日利亚的著名剧作家、诗人和小说家,用英语写作。1986年获诺贝尔文学奖,瑞典科学院在"授奖词"中评价他是"英语剧作家中最富有诗意的作家之一,以其广阔的文化视野和诗意般的联想影响当代戏剧",他的作品"具有讽刺、诙谐、悲剧和神秘色彩,他以精练的笔触鞭挞社会的丑恶现象,鼓舞人民的斗志,为非洲人民指出方向"。他是第一位获得此项荣誉的非洲作家。索因卡的戏剧作品有《狮子与钻石》《森林的舞蹈》《孔其的收获》《疯子与专家》《良种》《沼泽地的居民》《路》《死与国王的马夫》等。他的戏剧作品是西非鲁巴部族的文化基因与西方现代戏剧的艺术技巧有机结合的结晶,因其独具的特色而受到世界、剧坛的认同。索因卡的文学活动涉及多种体裁,除戏剧创作外,还有诗歌、文学评论,以及长篇小说代表作《解释者》(1965,中译名《痴心与浊水》)等。

纳丁·戈迪默(1923—2014),南非著名的白人女作家,用英语写作。她出生在南非,生活在南非。20世纪50年代以来,她先后发表了10部长篇小说和200多篇短篇小说。种族隔离下的南非社会是她作品的主要背景。戈迪默以一个人道主义者的眼光,揭露南非种族隔离的不公正行为,表达了南非人民要求自由、平等与和平的愿望。因此她被许多南非黑人亲切地称为"我们的妈妈"。1991年戈迪默获得诺贝尔文学奖,瑞典科学院在"授奖词"中对她的评价是:"在一个对书籍和作家进行审查和迫害的警察国家,戈迪默在文学界争取言论自由方面长期的先驱作用,使她成为南非文坛的耆宿",称赞她以"壮丽的史诗般的作品,极大地造福了人类"。戈迪默的重要作品有长篇小说《说谎的日子》(1953)、《陌生人的世界》(1958)、《爱的时节》(1963)、《已故的资产阶级世界》(1966)、《尊贵的客人》(1970)、《自然资源保护论者》(1974)、《伯格的女儿》(1979)、《朱利一家》(1981)、《大自然的运动》(1987)和《无人做伴》(1994)等。其中《陌生人的世界》是她50年代的重要作品,这部作品描写了一个英国人眼光下的南非社会。由于小说强烈的揭露性和巨大的真实性,很快便被南非当局禁止发行。《已故的资产阶级世界》是作者60年代的代表作,这部作品生动地描写了南非种族制度对人性的摧残。80年代后期的代表性作品《大自然的运动》,以一位出生在南非但从小离开了南非、在非洲和欧美许多国家生活过的白人女性为主人公,通过她的生活经历,反映出作者设想的新南非的发展模式。这部作品表明了作者对南非未来和前途的关注与思考。

第二节　印度文学与泰戈尔

一、印度文学

17世纪初,英国在印度成立东印度公司,英殖民势力进入印度,并逐步排挤法、荷等列强势力,于1849年占领整个印度。印度人民不堪异族统治,在1857年爆发民族大起义。在英国殖民当局的疯狂镇压下起义失败,莫卧儿王朝的末代傀儡皇帝被废黜,英国对印度进行直接统治。从此,民族解放、独立运动此起彼伏,一浪高过一浪,使得英国殖民统治越来越力不从心。第二次世界大战后,英国力量大大削弱,不得不给予印度自治。1947年8月15日,印度宣布独立。

从18世纪下半叶起,印度先后出现了一批立志改革、向西方学习的先驱人物,其中以拉姆·莫罕·拉伊(1772—1833)和甘地(1869—1948)最为著名。他们周游列国,考察西方社会政治,主张用西方的社会制度来改造印度,革除歧视妇女、低等种姓和异教徒的陋习;主张宗教改革,宣传西方自由、平等、博爱的思想,要求建立民族工业、发展教育和民族文化。尤其是以"坚持真理""非暴力""不合作""消极抵抗"为主要内容的甘地主义,对近现代印度的政治斗争,从民族解放、民族独立、社会改革到宗教改革,都产生了巨大影响,对思想文化领域包括文学创作也产生了巨大影响。

印度的近现代文学就是在这样的历史背景下产生的。可以说它发端于17世纪后半叶,但直到19世纪下半叶才真正形成。印度近现代文学的发展,与民族解放、民族独立运动密不可分。英国殖民者在经济掠夺与政治压迫的同时,还推行奴化教育,企图用西方文明取代印度文明。但也正是这一批又一批被"西化"的印度人,成了他们的抗争对手和掘墓人,并创造出印度近现代的新文化与新文学。

为了与英国殖民当局推行的殖民文化相抗衡,印度的近现代文学一开始就表现出强烈的民族性,涌现了一大批用民族语言创作的知名作家。其中以孟加拉语、印地语和乌尔都语的文学成就最大,泰米尔语、马拉提语等其他民族的文学也有一定的发展,此外,印度的英语文学也取得了很大的成就。

殖民主义入侵印度,孟加拉地区首当其冲。因此,这里的知识分子也首先觉醒,他们纷纷组织社团,出版报刊,发表形式与内容崭新的诗歌、小说、散文、戏剧、政论,涌现出大批与旧文人截然不同的新作家。他们大都受过西方民主思想的熏陶,又具有反殖民反封建意识,迫切希望革除旧制度的弊端。前面提到的拉姆·莫罕·拉伊既是一位社会活动家,也是一位文学家,是印度近现代文学的先驱。他的散文集《耶稣箴言》为孟加拉语文学奠定了思想基础。

班吉姆·金德尔·查特吉(1838—1894),是近代孟加拉语长篇小说的开拓者,也是现代孟加拉语文学的先驱。他出生于小官吏之家,受过高等教育,当过法官。他的文学活动是多方面的,但主要成就在长篇小说上。第一部长篇小说《拉贾莫汗之妻》(1864)是用英语写成的。次年,第一部孟加拉语历史小说《将军的女儿》问世。19世纪70至80年代初是他创作的盛期,代表性的作品有《毒树》(1872)、《拉吉辛赫》(1875—1876)和《阿难陀寺院》(1882)。

班吉姆是用小说形式描写现实生活的首倡者之一。他的以社会现实生活为题材的作品描写了印度社会生活中新旧思想的冲突,关注妇女的不幸命运。但他虽受到西方资产阶级民主思想的影响,仍未能摆脱旧传统的重压,在作品中还表现出某些保守观点。如《毒树》提出了寡妇改嫁的问题,却又把此事写成如有毒之树,实际上维护了封建伦理道德。班吉姆最有价值的作品还是历史小说。他以浪漫主义手法塑造民族英雄的形象,再现印度的光荣历史,颂扬人民反抗外来侵略的爱国主义和英雄主义精神,表达出印度人民反抗殖民者的斗争意志和要求民族独立的思想愿望。这类作品常以某一历史事件为背景,加以艺术虚构,情节曲折,富于传奇色彩。如《拉吉辛赫》是较受读者欢迎的、也是艺术成就较高的一部历史小说。作品以婚姻纠葛为线索,以宏伟壮观的场面,描绘了一个印度教弱小王国人民反对强大的莫卧儿王朝皇帝残暴统治的英勇斗争。《阿难陀寺院》是为他带来盛誉的一部作品。小说通过描写1772年"山耶西"(出家人)起义的事件,表现印度人民反抗英国殖民者的斗争,作品塑造了吉瓦南德、香蒂等威武不屈、勇于斗争的爱国者形象。作品中有一首《礼拜母亲》的诗,泰戈尔为之谱曲后曾成为印度国歌,一直沿用至1950年。

班吉姆以自己的创作实绩,为孟加拉语文学的发展做出了很大贡献,泰戈尔、普列姆昌德和萨拉特等都受过他的影响。

萨拉特·金德尔·查特吉(1876—1938),小说家。他出身贫寒,只读过中学。以《大姐》(1907)走上文坛,一生写了许多短篇和30多部中、长篇小说。《斯里甘特》(1917—1933)是他最有影响的作品。这是部带自传性的小说,全书叙述斯里甘特的童年和青年时代的生活经历,并着重描写了四个年轻女子的不同生活际遇和坎坷命运。小说展示了一幅20世纪初印度城乡社会生活的广阔画面,塑造了一批形象生动、个性鲜明的妇女形象,无情地控诉了封建礼教、种姓制度、宗教圣典对人性的摧残,也揭露了殖民主义的残暴嘴脸。

此外,迪拉本图·米特拉(1829—1874)的剧本《靛蓝园之镜》(1860)尖锐地揭露了殖民主义者的罪恶行径,班吉姆·查特吉把此剧比作印度的《汤姆叔叔的小屋》。拉姆纳拉扬·德尔格尔登(1822—1886)的名作《高贵门第》以谐剧形式讽刺封建社会的丑恶现象,批判封建贵族制度。达罗科纳特·贡戈巴泰(1843—1891)的长篇小说《金藤》真实地反映了当时孟加拉的社会现实,揭露了官府的腐败、宗教祭司的虚伪阴险及社会的黑暗与不平。吉里希·金德尔·考什(1844—1911)的诗剧《莫希妮》和历史剧《阿育王》等努力再现印度民族的光荣,塑造英雄人物,揭露社会生活中的丑恶现象,真实地传达孟加拉民族的思想感情,受到热烈赞赏。

用孟加拉语写作的还有印度近现代文学最杰出的作家泰戈尔,他的文学活动为印度近现代文学赢得了巨大的世界声誉。

19世纪中叶,随着印度民族的觉醒和社会经济的发展,印地语文学也开始了革新的过程,出现了许多有成就的作家和诗人。帕勒登杜·赫里谢金德尔(1850—1885)是其中最杰出的代表。他是剧作家和诗人,他的《印度惨状》(1880)是一部象征剧,剧中人物分别代表印度、恶神、命运、无耻、贪婪等。"印度"被"恶神"率领的种种凶灾祸事折磨得奄奄一息。作者以忧国忧民的思想感情将印度所处的悲惨境遇呈现在观众面前,借以警醒人民。此剧被誉为印地语近代文学中第一部爱国主义的作品。他的一系列成功的剧作对印地语近现代戏剧具有开山的意义。诗篇

《巴拉特—杜尔达沙》抨击了英国殖民者给印度人民带来的灾难。由于他的爱国思想和多种进步活动,当时人们称他为"印度之月"(以别于英国殖民当局给予为其效忠者的"印度之星"封号)。

普列姆昌德(1880—1936)是近现代印地语文学最杰出的作家,一生共创作了13部中长篇小说,近300篇短篇小说。1918年发表的长篇小说《服务院》为作者赢得很大声誉。1922年出版的《仁爱道院》获得巨大成功,这是作者第一部以农村生活为题材的长篇小说。小说现实主义地描写了农村中尖锐的阶级对立和严酷的阶级斗争,又以改良的方式解决矛盾,体现了甘地主义的影响。而1936年出版的《戈丹》是他最著名的一部长篇,被认为是描写印度农村的一部史诗。小说主要描写了农民何利的一生,他的最大愿望是能够有一头自家的奶牛,但至死都不能如愿。小说成功塑造了何利这一印度农民的典型形象,深刻揭示了印度农村普遍存在的严重的阶级对立及农民生活现状。普氏的脍炙人口的短篇小说有《进军》《半斤小麦》《地主的水井》《世界上的无价之宝》等。普氏以自己在小说方面取得的巨大成就而被誉为"印度小说之王"。

迈提利谢伦·古伯德(1886—1964)的代表作《印度之声》(1912)是近现代印地语中最有影响的作品之一。全诗分为《往世篇》《现代篇》《未来篇》,热情地歌颂了古代印度的繁荣和光辉灿烂的文化,哀叹现代印度的贫困落后和人民群众的不觉醒,表达了对美好未来的向往。

乌尔都语文学发展较晚,主要以德里和勒克瑙两地为中心,但在19世纪末印度进入启蒙时期,它走上了革新的道路,取得了很大成就。

迦利布(1797—1869)是近现代乌尔都语文学的先驱。他一生用波斯语和乌尔都语写了大量的诗歌和散文。他对乌尔都语文学的最大贡献是其诗歌,有《迦利布乌尔都语诗集》传世。他的诗讽刺了各种宗教偏见和迷信,宣传平等、博爱的思想,表达了对劳动人民的同情,也抒写了1857年起义的失败和个人生活的不幸而带来的忧郁情绪。其诗歌创作对于19世纪上半叶乌尔都语诗歌的发展产生了重大影响。他的书信行文流畅,不事雕饰而又富有诗意,被誉为乌尔都语现代散文的开拓者。

哈利·阿尔塔夫·侯赛因(1834—1914)以其成名作《伊斯兰的兴衰》(又叫《哈利的六行诗》)成为乌尔都语现代诗歌的奠基人之一,这首诗描写伊斯兰的盛衰,批判封建主义及其残余,号召穆斯林行动起来,为自己的生存和未来去斗争。全诗充满激情,但带有狭隘的教派思想。

乌尔都语文学中以伊克巴尔(1877—1938)的成就最大,素有"东方诗人""生活诗人"之称。他的诗歌洋溢着爱国主义激情和反帝国主义、反殖民主义的斗争精神,充满对于东方民族的独立解放和对新生活的热情号召和信念。《驼队的铃声》是一部汇集诗人早期大部分诗作的乌尔都语诗集,收诗约180首,主题是宣扬爱国主义思想。诗集题名含有深刻的寓意,诗人将自己的诗歌比作驼队头驼的铃铛,意在以它那深沉而又响亮的铃声去唤醒人民大众,去燃烧起人们的爱国主义激情,团结一致,为祖国的独立自由,为民族的生存解放而斗争。其他代表作还有《秘密与奥秘》《东方的信息》等。

克里山·钱达尔(1914—1977)是继伊克巴尔之后用乌尔都语创作的又一杰出的现代作家,被誉为"短篇小说之王"。他勤奋多产,共发表中长篇小说 30 余部、短篇小说 400 多篇、电影剧本 30 多个。长篇小说《失败》(1939)为他最成功的作品,是作者早期以自己的生活经历为基础创作的一部力作。小说描写的是一位文学硕士生夏姆到某山村度暑假的一段生活,通过两对青年的爱情悲剧,揭示农村的社会矛盾,表现了新的进步的民主力量同旧的顽固保守的封建势力之间的斗争。这部小说以大量的自然风光和民俗风情的描绘、强烈的对比效果及浓郁的抒情笔调和感伤色彩,加上对现实矛盾及斗争的深刻揭示,达到现实主义的深刻批判与浪漫主义的诗意表现相结合的高度。其代表作还有《流星》《我不能死》《钱镜》和《痛苦的运河》等。

此外,还有很多乌尔都语的作家,他们共同为繁荣乌尔都语文学以及印度的近现代文学做出了应有的贡献。

除上面所提的三种民族语言文学的成就外,泰米尔语文学及马拉提语文学也有一定的发展。苏比拉马尼亚·布哈拉提(1882—1921)以朴素易懂的口语和传统民歌曲调写诗,开创了泰米尔新诗体,是泰米尔语的杰出诗人。他的诗充分表达了反抗殖民统治、争取祖国自由解放的时代呼声,还体现了对劳动人民的同情和要求社会改革的进步思想。主要诗作有《巴姆扎利的誓言》《印度河山》《泰米尔故事》《新女性》等。马拉提语文学中较知名的是赫利·纳拉扬·阿伯代(1864—1919),他是马拉提语现实主义长篇小说的奠基人。他共创作了 21 部长篇小说,可分为社会小说和历史小说两大类。

印度的近现代文学中,英语文学也相当发达。不少用民族语言创作的著名作家有时也用英语创作。为近现代孟加拉文学奠定思想基础的拉姆·莫罕·拉伊,就是印度第一位英语散文作家。奈都夫人(1879—1949)是最有影响的女诗人,被称为"印度的夜莺",是印度继泰戈尔之后的又一位"文学园丁",著有《金色的门槛》《时间之鸟》《断翅》等作品。穆克吉·安纳德(1905—2004)是印度最著名的英语小说家。他的《不可接触的贱民》(1935)第一次把笔触伸向印度社会的最底层,写出贱民们所受的物质和精神的压迫,从一个侧面展示了印度社会生活。他 20 世纪 40 年代初发表的《村庄》《越过黑水》和《剑与镰》三部曲,以第一次世界大战为背景,通过一个农民的经历,反映了印度民族的觉醒。他的代表作还有《苦力》《道路》等。

其实,印度的近现代文学发展到 20 世纪 20 年代的时候发生了深刻的变化。近代印度的各民族语言的文学都有了蓬勃的发展,这些民族语言的文学既各自独立，又相互影响、互相融合，一种文学思潮往往先在一种语言文学中产生，又很快影响到其他语言文学。另外，此时，西方的各种文化思潮也纷纷涌入印度，与印度本民族的文化相互碰撞交流，产生了许多文学派别，形成了印度近现代文学繁荣的景象。

20 世纪 20 年代初到 30 年代中期，在印度出现了民族主义诗歌、现实主义小说和浪漫主义诗歌三大文学潮流。民族主义在近代后期就已兴起，20 世纪 20 年代达到高峰。泰戈尔和伊克巴尔都曾发表过许多民族主义的诗歌。泰米尔语诗人苏比拉马尼亚·布哈拉提（1882—1921）、马拉雅拉姆语诗人瓦托尔（1879—1957）、印地语诗人古伯德和孟加拉语诗人伊斯拉姆（1899—1976）被誉为印度近现代四大民族主义诗人。瓦托尔的抒情诗集《文学花束》中包括了大量的爱国主义诗篇，许多直接反映了民族斗争的现实。古伯德的诗集《祖国之歌》（1925）和《印度教徒》（1927）继续了《印度之声》中爱国主义的主题，为祖国的多灾多难而悲伤，为祖国的自由解放而呐喊。伊斯拉姆的抒情长诗《叛逆者》（1921）以拟神的手法，塑造了一个以破坏旧世界为己任的"叛逆者"的形象，表现了英勇无畏的精神、排山倒海的力量和摧枯拉朽的气势。长诗产生了巨大的影响，作者因此被称为"叛逆诗人"。他的有影响的诗作还有《燃烧的琵琶》《毒笛》等。

现实主义小说是印度现代文学繁荣的主要标志。小说家们一方面继承了印度近代作家关注现实社会问题的传统，一方面从西方批判现实主义文学那儿汲取营养，使印度现代小说走向成熟。其中最杰出的现实主义小说家当数前面提到过的印地语作家普列姆昌德。其他重要的现实主义小说家及作品还有：印地语的高西格（1891—1946）的《母亲》和《女乞丐》；孟加拉语的毗菩蒂·菩山·班纳吉（1894—1950），作品《道路之歌》通过一家三代人的生活经历，展现了印度农村的衰败和人生之旅的艰辛，同时也通过细腻的生活描绘，表现了作者对大自然的热爱和对纯朴的乡村生活的留恋。

浪漫主义诗歌在文学主体性自觉方面标志着印度现代文学的成熟。浪漫主义诗歌在印度各语种文学中都有影响，其中最有代表性的是印地语文学中的"阴影主义"。阴影主义是对新兴浪漫主义的贬称，后沿用下来，约定俗成，专指 20 世纪 20 至 30 年代印地语文学中的浪漫主义诗歌。杰耶辛格尔·伯勒萨德（1889—1937）、尼拉拉（1896—1961）和苏米德拉南德·本德（1900—1977）被称为阴影主义三大诗人。伯勒萨德的诗集《山泉》（1918）被认为是阴影主义的开端。尼拉拉是一位富于激情和斗争精神的诗人，他的代表作诗集《芳香》（1930）以磅礴的激情和自由的形式，在阴影主义诗歌中独树一帜。本德的成名作《嫩叶》（1927）是阴影主义的代表作品之一，以歌颂自然为主，把自然人格化，抒发对生活的赞美之情。

20 世纪 30 年代后期至 40 年代，印度文学出现了新的潮流，主要是在马克思列宁主义美学思想影响下的进步主义文学思潮和在西方现代派影响下的"实验主义文学"。1936年成立的进步作家协会,标志印度新文学的开始,它成为印度进步和民主作家的文学组织。重要的进步主义作家除了前面提到过的普列姆昌德、安纳德、克里山·钱达尔和本德外,还有印地语作家耶谢巴尔(1903—1976)、乌尔都语作家查希尔(1905—1976)、孟加拉语作家马尼克·班纳吉(1908—1976)等。耶谢巴尔在20世纪40年代发表了《大哥同志》《叛国者》等重要作品,大多是政治小说,主要配合现实斗争,探索革命道路,他因此被称为"战士作家"。

20世纪40年代初与进步文学思潮对抗的实验主义文学运动,主要在印地语文学中展开,倡导者和代表作家是阿葛叶(1911—1987)。他在1943年编辑出版的《七星诗集》序言中首先使用的"实验"一词,成为这一文学运动的名称。阿葛叶既是诗人,又是小说家,他早期的代表作是长篇小说《谢克尔传》(1940—1944)。主人公是个自我中心主义者,对整个社会怀有反抗情绪,他的反抗既表现在情欲方面,也表现在社会领域。作品深刻细致的心理分析和富有感情色彩的语言为人称道。他被公认为印度现代主义文学的领袖,独立后仍活跃于文坛。

印度近现代文学史上,名家辈出,群星闪耀,为世界文学宝库里增添了光彩夺目的明珠。独立以后的印度文学,进入了一个新的阶段,呈现出多元化和多重性交织发展的局面。

二、泰戈尔

(一) 生平与创作

罗宾德拉纳特·泰戈尔(1861—1941)是印度近现代文学史上成就最大、影响最广泛的诗人和作家。1861年5月7日,泰戈尔出生于加尔各答一个望族之家。他自幼生活在一个富有文化教养的家庭,受到良好的教育和熏陶。他极具文学天赋,很早就写诗,14岁时发表爱国诗篇《献给印度教徒庙会》,15岁时第一部长诗《野花》问世。1878年赴英国伦敦大学研习英国文学和西方音乐。1880年回国,主要从事文学创作,并积极参与社会进步活动。1891年应父亲的要求,管理家庭的田产。这使他有机会接触农村的生活,目睹贫困落后的现实和农民生活的凄惨。这激发他探索农村社会问题,对他民主思想的形成和日后的创作有很大影响。1901年,他在和平村创办了一所学校,这所学校在1921年发展成为著名的国际大学。

1905年,英国殖民当局推行分裂孟加拉的政策,印度民族解放运动高涨。泰戈尔离开乡村,来到加尔各答,积极投身反英民族斗争,写下了不少洋溢着政治热情的诗歌。1919年,为抗议英国殖民当局制造的阿姆利则惨案,他愤然放弃英国国王授予他的"爵士"称号。泰戈尔曾多次出国,在国外,屡屡发表讲演,谴责殖民主义和帝国主义的侵略政策。1941年8月7日,泰戈尔在加尔各答逝世,享年80岁。

泰戈尔的一生是创造的一生,他共创作了 50 多部诗集、12 部中长篇小说、100 来篇短篇小说、20 多个剧本,还写了近千首歌曲,画了 1500 多幅画。

泰戈尔有"诗圣"之称,他的全部创作以诗歌成就最为突出。早期诗歌中最具价值的是《故事诗集》(1900),大多取材于民间故事、宗教故事和历史传说。早期代表诗集还有《刚与柔集》《缤纷集》等。《吉檀迦利》是他中期诗歌创作的巅峰之作,也是他全部创作中最负盛名的作品。此一时期的主要诗集还有《园丁集》《新月集》《飞鸟集》等。诗人歌咏人生与自然、青春与爱情,抒发哲理,情感真挚细腻,语言清新隽永,形式简短精练。泰戈尔后期的诗歌创作仍保持着旺盛的生命力,出版了《游思集》《流萤集》《再生集》等作品。

泰戈尔的小说创作也是硕果累累。他的短篇小说广泛反映了 19 世纪末至 20 世纪初印度的社会现实,中心主题是反对殖民主义和封建主义。如《莫哈玛亚》中的女主人公爱上了家世低微的拉吉波,哥哥却迫使莫哈玛亚火葬殉夫,因暴雨突降,她才得以死里逃生,可脸上却留下可怕的伤痕。她戴着面纱逃到拉吉波家里,要他发誓永不看她的脸孔。一个月明之夜,拉吉波借着月光看见了她脸上的伤痕。莫哈玛亚忍痛出走,一去不归。《饥饿的石头》是泰戈尔最为杰出的短篇小说,通过梦幻和现实生活画面的交错展现和象征着精神上的饥渴的"饿石"的抒写,表达着对青春和自由的热情向往,对封建压迫发出强有力的控诉。泰戈尔的短篇小说的名篇还有《邮政局长》(1891)、《喀布尔人》(1892)、《素芭》(1893)等。泰戈尔的短篇小说描绘细致入微,语言生动精练,常赋予景物以生命的活力和情感;并以诗的语言、诗的节奏来描绘人物的音容笑貌,充满情景交融的诗情画意,具有"诗化"的独特艺术风格。

中长篇小说主要有《小沙子》(1903)、《沉船》(1906)、《戈拉》(1910)、《家庭与世界》(1916)、《四个人》(1916)、《最后的诗篇》(1929)等。《沉船》构思巧妙,富有传奇色彩,展现鲜明的反封建倾向性。作品的男主人公罗梅西是一个具有人道主义精神和高尚情操的知识分子形象。他与汉娜丽尼真诚相爱,父亲却强迫他迎娶一个素不相识的女子。不料迎亲船队遭暴风雨袭击沉没。脱险后的罗梅西在沙滩遇见了着新娘装的玛卡娜,彼此误认为夫妻。但不久他发现这个少女并不是自己的妻子,他既不敢以假乱真,又决不肯把她抛弃,以免使她陷入绝境。为此,他忍受了种种误解和痛苦,准备牺牲自己真正的爱情。玛卡娜温柔、朴实、坚强,当她发现罗梅西不是自己的丈夫时便毅然出走。作品批判了封建包办婚姻制度,讴歌了人性的美和善,宣扬以道德救世的思想。

1910 年发表的《戈拉》是泰戈尔最优秀的长篇小说。作品以 19 世纪 70 至 80 年代孟加拉的社会生活为背景,通过爱国青年戈拉的进步活动和思想发展,及他同其挚友毕诺业与梵教姑娘苏查丽妲和罗丽妲的恋爱纠葛,展示了在英国殖民统治下印度尖锐复杂的社会矛盾,反映了印度人民反帝反封建的斗争以及印度先进人物探索民族解放道路的艰苦历程。戈拉积极投身民族解放运动，有强烈的爱国热情。但他信奉印度教，存在盲目的宗教偏见，甚至为腐朽的传统辩护。他爱上了梵教姑娘苏查丽姐，但教派的隔阂又使他竭力压制自己的感情。最后是养父病危时，说出了他出身的真相，他并不是婆罗门的后代，而是一个爱尔兰人军官的后裔，他才猛然醒悟，终于彻底抛弃了宗教偏见和种姓的束缚，决心好好地为全印度人谋福利。《戈拉》是一部具有鲜明时代精神的作品。作者以满腔热情赞美青年一代强烈的民族意识和高昂的爱国主义精神，有力地揭露和抨击了殖民主义的专横残暴，批判了阻碍民族解放事业的宗教偏见，及崇洋媚外、复古主义、维护种姓制度、歧视妇女等错误的思想，号召印度人民不分教派，不分种姓，团结一致，为祖国的独立自由，为民族的解放而奋斗。《戈拉》是泰戈尔最著名的长篇小说，是一部具有史诗性意义的世界文学名著，至今在孟加拉语文学史上仍占有最重要的地位。

泰戈尔的戏剧创作成就不及诗歌和小说，主要作品有《修道士》(1884)、《国王和王后》(1889)、《齐得拉》(1892)、《邮局》(1912)、《红夹竹桃》(1925)等，大多是象征剧，探索"人性"的奥秘，但也有传达争取自由和反帝斗争的主题思想。

泰戈尔是中国人民的朋友，他谴责过英国和日本对中国的侵略。他重视并热爱中国文化，在他创办的国际大学里设立了中国学院。20世纪20年代，他曾两次访问中国，宣传印中人民友好。中国人民尊敬他，喜爱他的作品，郭沫若、郑振铎、谢冰心、徐志摩等早期创作大多受过他的影响。《泰戈尔全集》的中译本已出版，中国对泰戈尔的研究正在深入发展。

（二）《吉檀迦利》

《吉檀迦利》是泰戈尔全部作品中最为人熟知的、给泰戈尔带来崇高世界声誉的一部作品，同时也是最能体现泰戈尔诗歌独创性的一部诗集。这部诗集1910年用孟加拉文出版，共有157首。1912年，诗人在准备第三次出访欧洲的前一天突然病倒。在百无聊赖的航途中，诗人拿出《吉檀迦利》来，一首首地翻译成英文。到达英国后，诗人继续翻译。但此时的翻译，他已不囿于原来的孟加拉版本，而是将以前的诗歌创作的精华，进行了新的组合，再以《吉檀迦利》为诗集名向世界推介。英文本的《吉檀迦利》的诗集共收诗103首，主要来自《祭品集》《怀念集》《儿童集》《献祭集》《渡口集》和《献歌集》及部分新作，其中所收《献歌集》的诗最多，共计有51首。孟加拉本的《吉檀迦利》是有韵的格律诗，译成英文时，采用了散文诗的形式，使诗的韵律更富于变化和优美。由于所蕴含的丰富的哲理和独特的抒情艺术风味，英文本《吉檀迦利》在欧洲一问世便引起轰动，诗人亦因此成为1913年度诺贝尔文学奖的得主，成为第一位获此殊荣的亚洲人。现在世界上通行的《吉檀迦利》就是这103首诗的英文本，我国的著名文学家谢冰心早年曾把它译成中文，影响颇大。

《吉檀迦利》的篇幅不长，但内容十分丰富，充分体现了泰戈尔的思想。

首先是爱国爱民的思想。泰戈尔的一生都是在殖民统治中度过的，对处于被奴役的祖国和人民充满着深挚的感情。他一生都在追求着民族的解放和国家的独立，因此，渴望国家的独立和富强、渴望印度人民的幸福生活也就成了这部诗集的一大主题了。如在第35首中，诗人就非常诚挚地对祖国进行了一番理想的描绘："在那里，心是无畏的，头也抬得高昂；在那里，知识是自由的；在那里，世界还没有被狭小的家园的墙隔成片段；在那里，话是从真理的深处说出；在那里，不懈的努力向着'完美'伸臂；在那里，理智的清泉没有沉没在积习的荒漠之中；在那里，心灵是受你的指引，走向那不断放宽的思想与行为。"最后，诗人深情而热烈地呼唤："进入那自由的天国，我的父呵，让我的国家觉醒起来吧。"这是诗人的理想，也可以说是全印度人民的理想，没有对祖国对人民的爱，是写不出这样的诗篇来的。

其次是泛神论和泛爱论的结合。诗人自小受印度教的影响，成人后还担任过"梵社"的秘书，因此印度宗教里的那种"梵我如一"的观念也就在诗集中有所体现。《吉檀迦利》系孟加拉译音，原意是"献歌"，诗人自己说是要"献给那给他肉体、光明和诗才之神的"。但在诗集里，人们不难发觉，诗人笔下的"神"不是专一的，而是十分神秘不定的，神的意象可谓千变万化。万事万物，有生命也好，无生命也好，都可以成为诗人歌颂的"神"，这充分体现了诗人对由"梵我如一"的宗教观演化发展而成的"泛神论"的观念。这一点，我们可以从诗集里人称的不时变化上看出来，一会儿"你"，一会儿"他"。"你"也好，"他"也好，都是诗人心中的"神"。同时，我们还可以看出，诗集中的"神"并不是高高在上，也不是冷若冰霜的，他们不是在虚无飘渺的天堂仙境，也不是在庄严肃穆的镂彩金殿，他们是和蔼可亲的，是平易近人的，他们与劳动者在一起，与贫苦人在一起。可以说，神无所不在，他们在关注着民间的疾苦，在与人们共同体验着生活的艰辛。这在诗集的第10首和第11首里表现得最为鲜明了。诗人在诗里还表达了对爱的渴求。诗人的"爱"是一种泛爱，表现为对一切人的爱，尤其对处于被压迫被统治地位的印度人民的同情和对民族压迫的反抗。诗人渴望用爱来解除人间的痛苦，用爱来消解心中的烦闷与寂寞。诗集中的第17、18、27、67、70首诗就是诗人对爱的呼唤的诗篇。

最后，就是弥漫于这部诗集中的淡淡的忧伤和迷茫的情绪。因为诗人对理想的追求与现实存在着深刻的矛盾：国家、民族的前途时刻不在诗人心中，但现实又让诗人看不清前面的路，那种担心自然而然也就流露于诗中了。如诗人在第23首中写道："在这暴风雨的夜晚你还在外面作爱的旅行吗，我的朋友？天空像失望者在哀号。我今夜无眠。我不断的开门向黑暗中？望，我的朋友！我什么都看不见。我不知道你要走哪一条路！"这里我们可以看出，诗人的思想是丰富的，但也是复杂和矛盾的。

在艺术上，《吉檀迦利》也取得了很高的成就。

首先是浓郁的抒情气氛和深刻的哲理意味的互相结合。泰戈尔是位抒情大师,他的几乎所有诗集都有浓浓的抒情成分,即使是叙事诗也不例外。这种抒情的特色在《吉檀迦利》中更是用得炉火纯青。同时,泰戈尔又是一位哲人,但他没有出版过哲学专著。他总是把那富有哲理意味的思想融化到他的诗作里面去,用诗的激情去蕴含哲理的意味。所以,在《吉檀迦利》中处处充满人生哲理的深思,又时时流露出丰富而真挚情感的抒发。诗人在蕴含哲理的抒情气氛中,抒发对人生理想的追求和渴望。诗集第 12 首就是这样:"离你最近的地方,路途最远,最简单的音调,需要最艰苦的练习。旅客要在每一个生人门口敲叩,才能敲到自己的家门,人要在外面到处漂流,最后才能走到最深的内殿。我的眼睛向空阔处四望,最后才合上眼说:'你原来在这里!'这句问话和呼唤'呵,在哪儿呢?'融化在千股的泪泉里,和你保证的回答'我在这里!'的洪流,一同泛滥了全世界。"再如第 70 首也是这样:"这欢欣的音律不能使你欢欣吗?不能使你回旋激荡,消失碎裂在这可怖的快乐旋转之中吗?万物急剧地前奔,它们不停留也不回顾,任何力量都不能挽住它们,它们急剧地前奔。季候应和着这急速不宁的音乐,跳舞着来了又去——颜色、声音、香味在这充溢的快乐里,汇注成奔流无尽的瀑泉,时时刻刻地在散溅、退落而死亡。"读者在诵吟这样的诗篇时,既受到对人生真谛深邃沉思的启发,又感受到深情诗意的强烈感染。

其次是散文诗的优美而富于变化的韵律。《吉檀迦利》的英译本是由有韵的格律诗译成散文诗的形式的,这是诗人的一次新的艺术创造。诗人时而采用诗歌中常见的重章叠句的结构形式,时而采用音节相同的原则,使这些诗篇情感深沉,语言简洁隽永,诗句回环往复。而散文诗又不像格律诗受诗体的严格限制,其韵律可以随诗意和情感的发展起伏而千变万化,给人以韵律无穷的感受。

最后是质朴自然而超逸的美学风味。印度人民生活是泰戈尔创作的源泉,印度人民朴素的日常生活和印度秀丽的风光在诗人笔端诗意盎然地表现出来,显现出诗集所特有的质朴自然的美感。由于泛神论思想的存在,诗人又总是把自己推到自然与神的面前,寻求同自然与神的对话、交感,展现神人同一的理想。诗集中还大量使用象征、比喻手法,使自然与抽象事物形象化、性灵化,因而整部诗集呈现出一种既质朴自然而又超逸朦胧的美的境界。

第三节 日本文学与川端康成、大江健三郎

日本文学的大发展是从近代开始的,这为后世日本文学的崛起奠定了坚实的基础,其近现代文学上的成绩逐渐受到亚洲乃至世界的瞩目,最明显的例证便是继 1968 年川端康成获得诺贝尔文学奖后,1994 年瑞典文学院将当年度的奖项颁给日本作家大江健三郎。

一、日本文学

日本近代的标志是1868年的明治维新,这是日本资本主义化的开始。日本的近代文学就是随着资本主义的成长而一起发展起来的。明治政府提出的一个口号"脱亚入欧"明显昭示了日本近代社会以及近代文学的特点。明治初期,日本的文坛"相信否定日本过去的旧传统、模仿外国,那就是文明的开化,就是建设日本的方法,因而就几乎是无条件、无批判地模仿西洋的东西"。[①] 这种对于西方文化的饥渴态度导致了日本文学近乎畸形的快速成长,在十几年的时间里,日本匆匆走过了西方自文艺复兴至19世纪末几百年的文学历程。因此,日本的近代文学流派纷呈,但大都转瞬即逝,各种文学的发展都不够充分。

在最初的启蒙时期,日本近代文学成就不高,主要是翻译和介绍西方的文学作品。日本近代文学的真正开端是坪内逍遥(1859—1935)的文学理论著作《小说神髓》(1885)和二叶亭四迷(1864—1909)的长篇小说《浮云》(1886)。《小说神髓》宣告了封建旧文学的终结,在这部著作中,坪内逍遥强调西方近代文学的写实主义技巧,提出小说要写"人情"与"世态风俗",不应只是"劝善惩恶"。他的这些改良主义主张将小说推上了严肃艺术的宝座,确立了后来日本小说的发展方向。《浮云》是第一部用言文一致的文体写作的小说,这对近代文体的形成具有开创意义。作品对近代知识分子的性格作了深入解剖,成为现实主义的奠基之作。森鸥外(1862—1922)是一位留学德国的作家,他的处女作《舞姬》是一个带有自传色彩的感伤的异国恋故事,悲哀、绝望的基调映衬了明治时期知识分子的怯懦与妥协,成为公认的日本近代浪漫主义文学的先声。

在他们之后,日本的近代文学开始迅速成长,出现了作家作品纷繁、文学结社众多的现象。"砚友社"和"文学界"便是当时具有较大影响的文学社团。"砚友社"的主要成员是尾崎红叶(1867—1903)、幸田露伴(1867—1947)等人,其刊物是《我乐多文库》("我乐多"是日语"废物"的汉语注音)。这是日本的第一本同人刊物,大多刊登内容通俗、趣味肤浅的作品。"文学界"则得名于1893年创刊的同名杂志,核心人物是北村透谷(1868—1894),他的主要成就是浪漫主义诗歌和评论。"文学界"的作家从幻想出发,讴歌人性的自由、美好的青春与爱情,带有悲观主义倾向,属于浪漫主义。

20世纪初,日本连年的战争激化了社会矛盾,知识分子渴望通过冷静的思考获得解决的良方。在法国自然主义的影响下,产生了日本的自然主义。他们最大的区别就是日本的自然主义更加"内倾化",倡导自我忏悔和自我暴露,尤其是作家

---

① 〔日〕吉田精一:《现代日本文学史》,齐干译,上海人民出版社,1976年,第5页。

本人的隐私。在此原则指导下,日本产生了独特的"私小说"(又名"心境小说")。日本自然主义的先驱是岛崎藤村(1872—1943)的《破戒》(1906),小说主人公最终的自我剖白是明治中期的知识分子战胜自我的一个觉醒。此后,田山花袋(1871—1930)的《棉被》(1907),以"客观、露骨的平面描写"成为真正成熟的自然主义代表作。此后他又写了《生》(1908)、《妻》(1908)、《缘》(1910)三部曲,也都是描写个人或家族生活与心境的作品。在自然主义叱咤日本文坛的同时,夏目漱石(1867—1916)的作品以迥异的身姿引起文坛的关注,代表作长篇小说《我是猫》(1905)以猫的视角观察社会,揭露与批判了明治社会的黑暗。他的这种有批判性的小说引领了日本近代文学批判现实主义的主潮,也代表了他个人文学上的最高成就。

到大正时期,反自然主义的潮流开始出现。这一潮流主要包含三个派别:一个是倾向颓废、没落的唯美主义派别"新浪漫派",他们反对自然主义所揭示的"丑",努力在肉欲的描写中发掘"美",表现官能享受和变态心理,代表作家是永井荷风(1879—1959)和谷崎润一郎(1886—1965)。另一个是以人道主义为主的理想主义派别"白桦派",因1910年创刊的同名杂志而得名,他们不满自然主义对现实黑暗面的描绘,而对人性中的光明充满希望,主要成员有武者小路实笃(1885—1976)、有岛武郎(1878—1923)、志贺直哉(1883—1971)等。最后是"新思潮派",又称"新现实主义"或"新技巧派",因《新思潮》杂志而得名,通常指第三次(1914)和第四次(1916)复刊的《新思潮》的同人作家。他们反对自然主义的纯客观和"白桦派"的理想主义,主张用坚实的技巧理智地剖析现实,反对现实的黑暗。代表作家有芥川龙之介(1892—1927)、菊池宽(1888—1948)等人。

这三个以自然主义的对立面出现的派别,使得发展了几十年的日本近代文学产生分化,这种分化并立局面的形成也标志着日本近代文学的尾声。

日本现代文学开端的界限众说纷纭,但大体上是以大正十二年(1923)的"关东大震灾"为标志,与无产阶级文学和新感觉派的兴起同步。日本现代文学可以以第二次世界大战和战后重建为界限,分为四个时期:战前时期、战争中、战后初期和战后后期。

战前的日本现代文学,主要是无产阶级文学和现代主义文学的兴起。无产阶级文学的诞生标志是1921年,小牧近江(1894—1978)和金子洋文(1894—1985)主办的《播种人》杂志创刊。"大震灾"后,过去《播种人》的13名同人重新创办《文艺阵线》。1925年11月,以《文艺阵线》的同人为主,成立了"日本无产阶级文艺联盟",此后几经分化组合,最终于1928年3月25日成立了"全日本无产者艺术联盟"(简称"纳普")。1934年,"纳普"被迫解散,但小林多喜二(1903—1933)、德永直(1899—1958)、宫本百合子(1899—1951)等无产阶级作家仍然以他们的文学实绩代表了日本无产阶级文学的最高成就。

日本的现代主义文学是在欧美文学的影响下产生的,包括新感觉派、新心理主义、唯理主义等多个派别,其中新感觉派影响最大。1924年10月,横光利一

(1898—1947)、川端康成(1899—1972)等人创办《文艺时代》,该刊重视感觉与技巧,因此被称为"新感觉派"。他们的创作很大意义上接受了西方表现主义、达达主义、立体派、未来派的影响,努力以新感觉、新技巧、新认识来表现文学,为当时的文坛带来一股新气象。但由于这一派作家大都处于创作初期,风格易变,加之文学大环境的影响,新感觉派的寿命不长,1927年随着《文艺时代》的停刊而彻底解散。横光利一是新感觉派的代表作家,1923年发表的两个小说《太阳》和《苍蝇》已经充分体现出了新感觉派的艺术特色。尤其是后者,以一个苍蝇的视角描写人的惨剧,用新奇的手法表现了人生的偶然。

在此之后,出现了热衷描写都市享乐的物质生活的"新兴艺术派",趣味不高。20世纪30年代中期,新老作家写作了很多纯文学性的作品,文坛一度繁荣。例如德田秋声(1871—1943)的《伪装的人物》(1935—1938)、谷崎润一郎(1889—1965)的《春琴抄》(1933)、志贺直哉(1883—1971)的《暗夜行路》(1937)等。1933年以后,日本的文坛被"日本浪漫派"和"国策文学"等宣扬"日本精神""民族主义"的为侵略战争服务的文学所充斥,直到战争爆发。

第二次世界大战期间,很难见到真正的文学作品,因为有良知的作家无法自由创作,文坛被为侵略战争服务的文学所把持。

1945年后,战后初期的日本文坛除去老作家纷纷复出外,以前参加无产阶级文学运动的作家又组成了新日本文学会,其中重要的作家作品有宫本百合子的《播州平原》(1946—1947)、《风知草》(1946)和德永直的自传体小说《妻啊,安息吧!》(1946)等。青年作家坂口安吾(1906—1955)、太宰治(1909—1948)等以堕落和自虐的姿态批判现实的政治和道德,被称为"无赖派",因其自嘲、戏谑的手法与明治时期的"戏作派"一脉相承,故又被称为"新戏作派"。

最能代表战后日本文学走向的是"战后派"的作家,他们是适应战后新形势而初登文坛的新人。他们主张艺术至上,反对政治的干预,在吸收现代派的手法基础上,突破传统,努力表现自我。著名的作家作品有野间宏(1915—1991)的反军国主义长篇小说《真空地带》(1952)、椎名麟三(1911—1973)的《深夜的酒宴》(1947)、三岛由纪夫(1925—1970)的《假面的告白》(1949)和《金阁寺》(1956)等。

20世纪50年代中期,"第三新人"登场,他们不像战后派那样具有明确的目的意识和社会性,更注重描写日常的生活感受,虽然与"私小说"本质不同,但在文体上还是近乎这一传统。安冈章太郎(1920—2013)的《海边景色》(1959)、吉行淳之介(1924—1994)的《骤雨》(1954)、远藤周作(1923—1996)的《海和毒药》(1957)等都是"第三新人"的代表作。

20世纪60年代开始,日本逐渐走出战后的阴影,经济开始迅速增长,这一般被看为战后后期。在世界文化趋向多元的情况下,战后出生的作家更加关注现代文明危机下青年一代的心态。热衷表现知识分子的失落感和空虚感的"太阳族"开始于 20 世纪 50 年代中期,其开放的性意识引起了巨大反响,这一派的得名来源于石原慎太郎(1932—　)的《太阳的季节》(1955)。继太阳族之后,表露自我虐待、虚无绝望的中上健次(1946—1992)的《岬》(1975)、村上龙(1952—　)的《近乎无限透明的蓝色》(1976)充分体现了当时青年一代的"末日感"。此外,这一时期还有表现都市青年在城市中的迷失与迷惘的村上春树(1949—　)的《挪威森林》(1987),受存在主义影响巨大的安部公房(1924—1993)和大江健三郎(1935—2023)的创作等。

二、川端康成

(一) 生平与创作

川端康成是日本现代著名作家。他以自己丰富的作品,展示了东方现代独特的美的世界,并借此提高了日本文学的世界声誉。"由于他的高超的叙事文学以非凡的敏锐表现了日本人的精神实质",从而成为亚洲又一位诺贝尔文学奖得主。

川端康成 1899 年 6 月 14 日出生在大阪市北区此花町。其父川端荣吉是个藏书颇丰的医生,身体孱弱。在川端不满 3 岁时,父母相继因肺结核病故。7 岁时,无比疼爱他的祖母也突然去世。10 岁时,他唯一的姐姐又突然病死。15 岁那年,久病缠身的祖父最后也匆匆弃他而去。从此他辗转寄住在几位远亲家中,逐渐形成了孤寂伤感的性格。

川端康成从小学时就养成读书的习惯,上中学后开始进行文学创作,并立志要当作家。至 1917 年考入东京的尖子学校第一高等学校英文专业后,对文学的兴趣有增无减。这期间他在校友会文艺部发行的《校友会杂志》1919 年 6 月号上,发表了第一篇可以称为小说的作品《千代》。虽然这篇小说更多的是作者本人感情生活的原本记录,还不够成熟,但却被他视为自己的处女作。1920 年,他考入东京帝国大学文学部。翌年,他和同人积极进行第六次复刊《新思潮》杂志的工作,并在该刊上发表了《招魂节一景》。这篇短篇小说把他推上日本文坛,从此他正式开始了创作生涯。

1924 年 3 月,川端康成大学毕业,成为专业作家。在以往近 20 年的求学生活里,他广泛涉猎了古今世界名著和日本名著,为他日后创作奠定了坚实的基础。在西方现代派文艺思潮的影响下,川端康成和横光利一等一些有才华的年轻作家创办了《文艺时代》杂志,发起"新感觉派"运动,并成为该派的重要理论支柱。这个文学派别的出现,实际上是第一次世界大战后欧洲文艺思潮流派在日本影响的反映。他们把文学孤立于社会发展之外,只求在文学技巧上进行革新。他们认为感觉是新奇的,只有通过主观的感觉才能接触到现实事物内部的真实性。他们在文学中探求的是所谓现实的核心,是为现实进行一次艺术加工,企图以此来逃避现实。他们的作品特色是描摹瞬息间纤细的感觉,细致的心理刻画。后来川端倾向于"新心理主义",开始探索一条把西方现代派文学同日本古典传统结合起来的创作道路。川端为把新感觉派上升到理论的高度,写了《新进作家的新倾向解说》等论文。在思想上,他深受佛教禅宗和虚无主义哲学影响。此时,他发表的成名作《伊豆的舞女》(1926)已显示出他探索独特风格的开创精神。

20世纪30年代初,随着日本法西斯的日益猖獗,他的心态极其复杂矛盾,既没有同军国主义思潮合流,也没有公开抵制。在1935年至1945年这段日本现代史上最黑暗的十年中,他从东京移居古城镰仓,一方面沉溺于《源氏物语》等古典文学名著,一方面写了一些几乎与战争无关的作品。

1945年,日本宣布投降后,他一度陷入战败的哀愁与迷惘之中,但很快就振作起来,写了一些或多或少反映时代精神的作品。另外,战后他积极从事国际文学交流活动和国际和平运动。他担任日本笔会会长达17年之久(1948—1965)。自1958年开始,他又就任国际笔会副会长。他曾获得歌德奖章(1959)、法国艺术文化勋章(1960)及日本的文化勋章(1961)等,1968年获得诺贝尔文学奖。

1972年4月16日,川端康成在盥洗室里口含煤气管自杀,终年73岁。他没有留下只字遗书。

川端康成的创作经历了58个春秋,总计写了100多部长篇、中篇和短篇小说,并写有许多散文、随笔、评论、演讲稿、杂文、诗歌、书信和日记等,是一位多产作家。他的创作,可分为早(战前)、中(战时)、晚(战后)三个时期。

早期:主要创作短篇小说,重要的有《招魂节一景》(1921)、《精通葬礼的人》(1923)、《十六岁的日记》(1925)、《伊豆的舞女》(1926)、《致父母的信》(1932)等。这些作品主要描写自身的经历,客观反映了下层妇女的悲惨遭遇,流露出孤寂、悲哀、感伤和忧郁的感情。其中,给他带来极大声誉的是《伊豆的舞女》,它以娴熟的技巧、细腻的笔触,描写了一个20岁的大学预科生和一个14岁的卖艺少女之间半带甘美半带苦涩的纯情。这种情窦初开的爱,天真无邪、如烟似雾、朦朦胧胧,令人神往陶醉。青年学生有感于少女纯朴情深的心灵美,及其家人凄楚的生活和备受歧视的遭遇,产生了一种发自心底的、同病相怜的悲哀与感伤。川端运用日本古典文学的传统美和表现这种美的传统技法,开拓全新创作道路的尝试,在这部小说中取得成功,对其以后创作影响很大。

中期:主要写小说,间或有散文、评论等。重要的有短篇小说集《花的圆舞曲》(1936)、《抒情歌》(1938),中篇名作《雪国》(1948),及短篇小说《母亲的初恋》(1940)等。这些作品极少受到甚嚣尘上的战争文学的影响,但是虚无思想和悲哀情绪仍在发展,表现了作者超然的生活态度。代表作《雪国》为他带来了终生的赞誉。

后期:他最大的文学成就是《舞姬》(1950)、《名人》(1951)、《山音》(1954)、《古都》(1961)、《千只鹤》(1952)、《睡美人》(1960)等中长篇小说。作品内容可以分为两类。一类思想基本健康,另一类颓废虚无色彩严重。《舞姬》写一个芭蕾舞演员在婚姻问题上的曲折经历和对舞蹈艺术的执著追求,表现了渴望民主自由、个性解放的女性的积极生活态度。《古都》写一对孪生姐妹由于家境贫寒,出生后分别落在贫富不同的两户人家中。长大成人后,姐姐千重子被青年职工秀男所爱,秀男把织好的华丽腰带误送给相貌酷肖的妹妹苗子。秀男自觉同千重子身份相差悬殊,就转念于苗子。最后千重子找到亲妹妹苗子,邀到家中,苗子无法适应而加以回绝。小说通过这种悲欢离合的描写,反映了社会存在贫富的现象以及人情的冷暖,表现了一种人性的美和京都的自然美。《千只鹤》的故事梗概如下:主人公菊治有一次在宴会上遇见曾经是他父亲爱人的太田夫人,从此二人交往,致使太田夫人自杀。太田夫人的女儿文子把志野(即太田夫人)的遗物水壶送给菊治做纪念,菊治看到志野使用的景物,更加浮想联翩。文子故意把茶壶打碎,菊治才从幻梦中惊醒,开始慕恋文子。《千只鹤》表现了一种背叛道德的美,这个作品中的一个人物雪子时常带着有千只鹤的花样的包袱,书名即由此而来,同时也使全篇增加了一种象征美。《睡美人》描写一个尚未完全丧失性机能的67岁的江口老人,五次到一家特殊的"旅馆"去爱抚六个因服药而熟睡的青年女子的经过。通过江口老人丰富、纤弱的心理变化,去捕捉他所追求的虚无的美。

在《雪国》《千只鹤》《古都》三部作品中,他刻意追求的是美,是那种传统的自然美,非现实的虚幻美和颓废的官能美。自然美虽有目共睹,但川端不是做客观的写照,而是揉进主观色彩,善于对自然景物的色彩、线条和音响进行丰富的联想和比喻,加以艺术表现。至于虚幻美和官能美则对川端是一种特殊的美学情趣。尘世间,对他有吸引力的不是现实而是准现实的,不是人格的力量而是官能的性爱。虚幻美使他觉得美得空灵,官能美使他觉得美得实在,符合新感觉派中再感受的要旨。新感觉派的创作要领就是偏于直觉,表现主观感受,通过人物内心活动来反映现实生活。如果说,川端给日本文学带来什么新东西、做出什么贡献的话,一句话加以概括:作家本着现代日本人感受,以叹婉的笔调,写出日本传统的美的新篇章。正如人们评论他"以其敏锐的感受,高超的叙事技巧,表现日本人的精神实质",从而荣获诺贝尔文学奖。

(二)《雪国》

《雪国》是川端康成的第一部中篇小说,也是他最著名的代表作。这部八万字的小说从1934年12月动笔创作到1948年12月完成定稿本,整整花了14年的心血,并且成为他荣获诺贝尔文学奖的作品之一。

小说以岛村三次从东京到雪国和艺伎驹子交往为情节的基本线索,描写了岛村、驹子、叶子及行男四人之间的感情纠葛。小说从岛村第二次去雪国写起。他在火车上看见一位美丽的叶子姑娘,正在护理一位名叫行男的病人回雪国。这使他回忆起第一次去雪国在温泉旅馆里结识的艺伎驹子，出于爱恋，驹子自愿委身于他。次日到达雪国，岛村见到驹子又勾起他对叶子的回忆。岛村虽然被叶子的纯洁的美吸引得梦萦魂牵，可是叶子却无动于衷，原来叶子心里爱慕行男。而身为行男未婚妻的驹子，却甘当艺伎赚钱，为行男治病，但不是出于爱情，而是出于同情。岛村第三次去雪国，面对驹子对他有增无减的爱恋，将它视为一种"单纯的徒劳"。当叶子坠身大火之后，岛村也准备和驹子分手回去了。

小说以同情的笔调真实地描写了驹子这个生活在社合底层的艺伎所经历的悲剧命运，表现了她追求独立的人格和自由、探求人生价值的进取精神；对岛村一类有产者有所批判，但还不够。作者试图以艺术形象说明，世界上的一切都是虚幻的，人的一切努力都是徒劳，流露出悲观情绪和虚无思想，从而给作品带来消极因素。

小说虽人物不多，只有岛村、驹子、叶子、行男四位，但作家仍惜墨如金，重点突出地描写了驹子和岛村。

驹子这个形象是作品主题的主要体现者，是首要的主人公。她是个出身卑微但不甘沉沦，并富有生活理想的下层妇女的典型。这个在屈辱环境中成长的女性历尽人间的沧桑。她出生在雪国农村，因生活所迫被卖到东京当陪酒侍女，被人赎出后很想做个舞蹈师傅，无奈"恩主"又去世了，她只好到三弦师傅家去学艺，并兼作陪酒侍女。最后实在无路可走，只好当一名艺伎。她虽然有这样的生活经历，却没有湮没在纸醉金迷的花花世界里，而是默默承受着生活的不幸和压力，挣扎着生活下去，表现出异乎寻常的毅力和分外美好的心灵。小说主要从日常生活和渴望爱情两个方面来表现她的性格。

驹子从东京当侍女之前不久开始写日记，当时仅 16 岁，一直坚持不懈。为此，她克服了重重困难。开始时因买不起日记本，她只好记在廉价的杂记本上，"从本子上角到下角，写满了密密麻麻的小字"。即使当了艺伎，她也未辍止，"每次宴会回来，换上睡衣就记"，"每每写到一半就睡着了"。对于这些"不论什么都不加隐瞒地如实记载下来"的日记，她非常珍重，不仅不肯轻易拿给别人看，甚至表示要把它毁掉后再死去，因为"连自己读起来都觉得难为情"的日记，是她这些年来血泪生活的真实记录。她在能够自主的狭小天地里寻找仅有的一点点乐趣，可以看出她积极、认真的生活态度。

驹子还十分喜欢读小说，而且"从 16 岁时起就把读过的小说一一做了笔记，因此杂记本已有十册之多了"。她把在周围所能发现的妇女杂志和小说都读了，有时还能凭借记忆列举出不少鲜为人知的新作家姓名。虽然她所读的未必能有多少高尚的、经典的文学作品，所记的也只不过是一些书籍的题目、作者及人物姓名、人物之间的关系等，但是处于艺伎这样的地位，能有如此的求知欲望和顽强生活的精神，确实难能可贵。

驹子擅长弹奏三弦琴，并且技高一筹，这是她勤学苦练的结果。出于对生活的热爱和求生的需要，在失去师傅的帮助以后，她面对大自然中的雪原、峡谷，一丝不苟地练习弹奏。"虽说多少有点基础，但独自靠谱文来练习复杂的曲子，甚至离开谱子还能弹拨自如，这无疑需要有坚强的意志和不懈的努力。"她多少年如一日地刻苦练琴，依靠的是坚强的意志。

驹子心地善良，当师傅有意将她嫁给儿子行男时，尽管他俩之间没有真正的爱情，可是，出于同情，她千方百计为行男治病，即使当艺伎也心甘情愿。她生活在泪水和屈辱之中，对生活、对未来仍抱有希望与憧憬，她要追求一种"正正经经的生活"，"想生活得干净些"。为此她才坚持写日记、读小说、练三弦琴，想多争取一点同命运抗争的力量，摆脱艺伎的处境，以便获得普通人起码的生活权利，恢复做人的地位。这反映出她不甘沉沦的生活态度。

驹子的性格在与岛村的爱情纠葛中得到进一步的完善、深化与升华。她虽然沦落风尘，但并不甘心长期忍受这种屈辱的生活，渴望能够觅得一个知音，享受普通女性应该得到的爱情幸福。所以当她见到与一般游客不同，还有一些感情和良知的岛村时，就把多年无以投报的炽热爱情全部地但又是委婉地倾注在他身上。这种爱的奉献是不掺有任何杂念的，是纯真坦荡的，甚至是不求回报的。但是她想得到爱自己所爱的正当权利，在那个社会、那个处境中是难以实现的。她所追求的实际是一种理想的、极致的、不存在的、虚幻的爱，是"一种爱的徒劳"。

驹子明知岛村有妻室，明知自己和他的关系不能久长，仍轻率地委身于他，这种苦涩的爱情，实际上是辛酸生活的一种病态反映。被种种不幸遭遇扭曲了灵魂的驹子，由所处的特殊环境造成了她复杂矛盾而又畸形变态的性格。她时而严肃认真，时而不拘形迹，时而热情纯真，时而粗野鄙俗。这些性格特征说明她是个在困惑中徘徊，在悲哀中向往，在沉沦中挣扎，想奋力自拔而无能为力的女性。正是驹子的可怜命运，可悲处境，可憎身份，可叹年华，才使她在追求爱情的热望中，表现出如此矛盾的复杂性格。驹子这个充满了活力的形象是日本下层妇女的真实写照。

岛村是个养尊处优、百无聊赖的有产者。平日坐食祖产，无所事事，时常陷入莫名的悲哀之中。他在实际生活中把自己视为是无意义的存在，雪国的风花雪月也不能弥补他精神上的空虚，只好企图从与女性的邂逅得到某种心灵的慰藉。他已有妻室，却轻浮地享受着驹子的爱，同时又移情于叶子，完全把女人当作愉悦他灵魂的玩物。他这个悲观颓废的虚无主义者，始终就认为"生存本身就是一种徒劳"，包括爱情在内。因此驹子对他的爱被视为"徒劳"，他对叶子的单相思被视为"幻影"，他成为生活中的弱者和追求中的失败者。岛村只不过"是映衬驹子的道具罢了"。他的虚无被用来反映驹子的充实，他的世故被用来反映驹子的纯真，他是想象的幻影，驹子是实际的存在。在岛村这个艺术形象上，能够明显发现川端虚无思想的反映。

《雪国》是一部在艺术风格和表现手法上都颇具特色的艺术珍品。它对日本文学的传统美既有继承又有创新，具有一种沁人心脾的艺术感染力。

首先是充满诗意的抒情性。《雪国》由于是断续写成的，所以并不像一般小说那样结构严密，情节曲折，而显得松散。小说的情节如山间小溪时断时续，在舒缓的发展中给人一种平淡无奇的印象，从这个意义上讲，它更像一篇抒情散文。正是在这样的气氛中流露出日本古典美的神韵，在轻描淡写的叙述中，传达出人物纤细短暂的感受和淡淡的哀愁，明显地带有作者主观抒情色彩。小说还有意以描写季节景物的变化表现人物情感美的手法，突出抒情性，无论是严冬的暴雪、深秋的初雪，还是早春的残雪，都融入了人物的思想感情和人物的精神，有一种浓厚的日本式的抒情风味。

其次是日本传统与西方意识流的交融。《雪国》在继承日本文学传统的基础上，充分运用了西方现代派的"意识流"手法，以象征和暗示、自由联想等方式，来剖析人物的深层心理。《雪国》总体上按照事件发展的先后顺序，即岛村三次去雪国的经历进行布局谋篇。在全书11大段中，只有第三段是插叙岛村第一次去雪国的情景，其余各段基本上按时间顺序展开情节。但在某些局部又通过岛村的意识流动和自由联想展开故事，推动情节发展。这样适度地冲破事物发展的时间顺序，形成联想内容有节奏感的跳跃，扩大了小说的表现深度与范围，也不影响故事脉络的清晰。这样既可以保持日本文学传统的严谨格调和注重描写感知觉的特点，又弥补了一些西方意识流小说在逻辑上跳跃性过大的不足。小说开篇就写岛村坐在东京开往雪国的火车上，从玻璃窗的反射中看到叶子姑娘美丽的面容，联想起早已结识的雪国艺伎驹子，揭开了故事的序幕；紧接着倒叙岛村第一次同驹子相遇的情景，形成一种朦胧的美感。

最后是运用多种手段塑造人物。《雪国》在刻画人物时，特别强调美是属于心灵的力量，因此重神而轻形，如描写驹子的情绪、精神和心灵世界，始终贯穿着悲哀的心绪。小说还以抒情的笔墨刻画了驹子的性格和命运，并在抒情的画面中穿插对纯真爱情的热烈颂赞，对美与爱的理想表示出向往，用以表现人物细腻丰富的心理。小说还运用"减笔"来描写人物。书中对岛村、叶子、行男介绍得都很简略，寥寥几笔，给人留下遐想无际的空间。尤其是行男在书中只露出一面，没有专门写他的语言，都是别人顺便提及，但是他与驹子的关系、与叶子的瓜葛，都对人物起着潜移默化的影响。

川端康成的创作无论是从思想倾向来说，还是就艺术表现而言，都可说是复杂的，他的大部分作品的思想感情基本健康，只有战后一部分作品具有明显的颓废色彩。他的创作一般并不表现重大的社会主题，也不深入开掘题材的社会意义。在创作特征上，他努力将日本文学传统和西方现代派的表现手法巧妙而有机地结合起来，形成独特的艺术风格。尽管世人对他的作品评价褒贬不一,但他仍然是日本最受欢迎的现当代作家之一。他和他那些具有日本情趣的作品在世界上同样享有盛誉。

三、大江健三郎

(一) 生平与创作

大江健三郎是日本当代著名作家。1994年,他继川端康成之后获得诺贝尔文学奖,为日本文坛带来新的生机。"他以诗的力度创造了一个想象中的世界。在这个世界上,现实与神话相互交融,呈现出一幅当代人类困惑而多变的情景。"①

大江健三郎生于四国爱媛县喜多大濑村(今内子町大濑),因排行第三,故称三郎。家宅坐落在森林峡谷的自然环境和当地的民间风俗习惯,无疑影响了大江的创作。1951年,大江从爱媛县县立内子高中转至夏目漱石曾经执教的名校立松东山高中,以浓厚的文学兴趣编辑学生文艺杂志《掌上》。1954年考入东京大学文科二类。1955年在东京大学教养学部(基督教育部)学生杂志《学园》上发表作品《火山》,后获银杏并木奖,开始表现出明显的文学素养。

1956年,大江进入东京大学语文专业学习,深受法国文学研究专家渡边一夫教授的影响,在阅读福克纳、梅勒、索尔·贝娄、安部公房等作家作品的基础上,对法国存在主义作家加缪和萨特的作品产生浓厚兴趣,重点阅读萨特的法文原著。因此,在他早期的创作中,不乏受到存在主义影响的痕迹。短篇小说《奇妙的工作》(1957)、《死者的奢华》(1957)都用第一人称的叙事方法,描述大学生到医院勤工俭学劳动时一无所获的经历,表现出当时知识青年被封闭墙壁之中的一种徒劳的生存状态。《死者的奢华》因其深刻的现代意义成为日本文坛最重要的"芥川文学奖"的候选作品,深受好评。作者的这种"徒劳—墙壁"意识继续延伸,于1958年创作了中篇小说《饲育》,作品中的黑人士兵被杀的悲剧又是以碰壁为结局的。这部力作不仅获得第39届"芥川文学奖",而且确立了他作为新生代作家有代表性的旗手地位。同年发表了《少年感化院》《人羊》《拔芽击仔》等作品。这些早期的作品表现出一种明显的存在主义倾向,即一种面对墙壁你无论怎样选择都是徒劳的困惑,反映了作者对战后美国占领和强权社会的一种无奈,但又夹杂着日本文学传统中一种淡淡的情绪主义。

1959年春,大江从东京大学法文系毕业,从此走上专业作家的创作道路。在此后的五年中,"性"意识和"政治"意识在他的作品中占有中心地位。据说大江之所以特别重视"性"是受到美国作家诺曼·梅勒的启示和影响。《我们的时代》

---

① 《20世纪诺贝尔文学奖颁奖演说词全编》,毛信德、蒋跃等译,百花洲文艺出版社,2001年,第941、942页。

(1959)、《我们的性世界》(1959)直至1963年发表的重要中篇小说《性的人》都可以发现作者这种思想的发展和深化。这一时刻,他对政治也很关心。1960年5月,他作为日本文学代表团一员访问中国,并在上海受到毛泽东主席的接见。他还一度加入过左翼的新日本学会。1961年,他先后发表了《十七岁》和《政治少年之死——〈十七岁〉第二部》。这两部作品都以日本社会党委员长浅沼稻次郎遭右翼青年刺杀的政治事件为题材,因其中流露出明显的批判天皇制的政治倾向而遭到日本右翼势力的威胁。但他坚持己见,"政治"意识在他以后的作品中仍时隐时现。

1963年是大江思想和创作发生重大转折的一年,他的创作主题开始表现出对疾病、核武器、核战争超乎寻常的关注。这主要是因为受到两件大事的影响。其一是这年6月出生的长子大江光头盖骨先天性异常,虽未夭折,但留下无法治愈的后遗症,对他打击很大。其二是这年8月,他参加了广岛原子弹爆炸后的调查,耳闻目睹了原子弹给人类造成的灾难,对他刺激很大。他在承受个人不幸的同时,还必须承受人类的不幸。他竭力将这双重的痛苦写进自己的作品里。围绕残疾儿童问题,他于1964年先后发表了短篇小说《空中怪物》和长篇小说《个人的体验》。围绕核威胁问题,他于1965年出版了随笔集《广岛札记》后,又发表了《核时代的想象力》(1970)、《冲绳札记》(1970)等。

其中《个人的体验》的问世,不仅给他带来巨大的声誉,而且获得了新潮文学奖,使大江的创作跃上了一个新的台阶。这是一部以自身经历为背景的长篇小说。主人公面对妻子生下的残疾儿,处在情妇劝他埋掉病孩、医生要实施手术拯救其生命的两难境界里。起初他想逃避现实,听任婴儿自然死亡,最后经过长期剧烈痛苦的内心冲突,决心抢救病婴的生命。他终于选择了"正视现实,不欺瞒自己"的生活态度,选择了与命运抗争的存在主义者的生存方式,用自己的行动证明自我的存在。作者个人体验到一种自救的快感,一种精神炼狱般地解脱。作者终于在将个人的不幸融于人类的不幸以后,才完成了西绪福斯式的选择。"人的幸福不在于自由,而在于对责任的承担。"大江选择后是感到幸福的。这部"划时代的作品"在海外被译成十几种文字,是大江在海外最受欢迎的作品之一。

20世纪70年代以后,大江仍紧紧抓住"个人的体验"和"描绘现代人类的苦恼与困惑"这两个主题进行创作,先后完成了对话录《遭受原子弹爆炸后的人类》(1971)、长篇小说《洪水之角上我的灵魂》(1973)、《新人啊,醒来吧》(1983)、"最后的小说"《燃烧的绿树》(1993)等。这些作品向世人昭示出,在当今日本文坛上,没有哪位作家敢于像他那样写出从反映残疾人的作品直到解开人类苦难命运的作品,也没有哪位作家能够像他那样勇于暴露自己的缺陷,大胆揭露自己的弱点,并表现人的现代性和社会的现代性等问题。除此而外,由于不满现实,大江还在自己的文学世界里描绘了不少有乌托邦色彩的理想国形象,这种理想国的具象化就是作者笔下的"森林和山谷"。如由六封信组成的《同时代的游戏》(1979)、长篇小说

《致令人怀念年代的信》(1986)和《M/T与森林的奇异故事》等。

大江健三郎的作品以其高超的艺术性而表现出深刻、明确的文学特征。首先，正如在授予他诺贝尔文学奖的颁奖词中所说："人生的悖谬、无可逃脱的责任、人的尊严等这些大江从萨特著述中获得的哲学要素贯穿作品的始终，形成大江文学的一个特征。"这些评价恰如其分地表明，现实中人对环境及未来的不安情绪，正是大江终极关怀之所在。其次，又正如他在获奖演讲《我在暧昧的日本》中所讲："我还在考虑，作为一个置身于世界边缘的人，如何从自己的意愿出发展望世界，并对全体人类的愿望与和解做出高尚的和人文主义的贡献。"这种明显带有个人色彩的自白，正是虽处边缘但无时不以强烈的忧患意识关切人类命运与未来的富于正义感与使命感的作家所能发出的最庄严的誓言。

（二）《万延元年的足球队》

长篇小说《万延元年的足球队》是大江健三郎的代表作，连载于1967年1月至7月的《群像》杂志上，9月由讲演社出版单行本。此书不仅同年即获得第三届谷崎润一郎奖，而且日后成为他获得诺贝尔文学奖的主要作品之一。

《万延元年的足球队》是一部表现内容相当丰富的作品。小说的主要线索围绕根所家两兄弟根所密三郎与根所鹰四展开。哥哥密三郎曾是大学讲师，从事生物学方面的翻译，因妻子生下一个重度脑残疾儿子而苦恼消沉。弟弟鹰四曾参加反对日美安全条约运动，失败后参加学生剧团赴美国演出，因厌恶都市生活而回到日本。鹰四提议回故乡创造"新生活"，于是密三郎夫妇、鹰四及其两个崇拜者量男和桃子一起回到四国西部的故乡"森林峡谷"。这个山村是万延元年（即1840年）发生农民起义之地，当时，他们身为村长的曾祖父和作为起义首领的曾叔祖父势不两立。两兄弟想要通过向历史寻根，重新审视自己当下的所作所为。但哥哥性格内向、胆怯、无所作为，退出了农村生活。弟弟积极投身村民生活，成为村中的英雄，他组织了一支足球队，想效仿当年万延元年农民起义领袖曾叔祖父再创壮举。于是他利用村民对掌握经济命脉的"老板"心怀不满的情绪，发动抢商店风潮，在暴动的气氛中，传来鹰四企图强奸少女未遂而将其杀死的消息。鹰四的追随者足球队员们也离他而去。回家后，他向密三郎坦白了自己曾诱奸白痴妹妹并将其逼死的秘密后开枪自杀。料理后事后，密三郎与妻子和白痴儿子、鹰四的孩子返回东京，重建新生活。

《万延元年的足球队》发表后立即震动日本文坛，蜚声海内外，被译成包括瑞典语在内的十几种主要语言，英译名为《沉默的呐喊》。诺贝尔文学奖授奖词认为它"集知识、热情、理想、野心、态度于一炉，深刻发掘了乱世之中人与人的关系"。这部作品内容丰富，跨越时空，超出国界，情节跌宕，双线并行，包含人物对比。它包括了安保斗争、残疾问题、人间伦理、日朝种族、日美关系等各种错综复杂的问题。

因此,大江自己也不得不承认,这是一部即使是自己也"无法跨越的作品"。作者以丰富的想象和独特的构思将现实与历史叠加于一炉,铸造出一个扑朔迷离的新童话,描绘出一幅当今人类在生存困境中内心惶惑不安、行动摇摆不定的图画,表现了作家对人生问题的深切关注,以及对人类命运的积极思考。

大江健三郎对西方文学与文化,尤其是存在主义驾轻就熟,对日本文学文化传统又烂熟于心,因此,他能巧妙而轻松地将二者融为一体。《万延元年的足球队》的独特艺术风格是不难理解的。

首先,《万延元年的足球队》表现出"东方存在主义"的表现方法。大江虽然受到萨特等人存在主义思想的影响,但是一旦运用到他自己的创作中,就明显具备了东方人的色彩。作者虽然理解"世界荒谬、人生痛苦",但认为只要通过积极的努力、奋斗、探索,生存困境就可以穿越,如密三郎的心路历程。作者虽然也认为自由选择、自我做主是必须,但要勇于正视现实,积极进取,如鹰四的奋斗精神和人生结局。作者虽然认为人与人之间关系难以沟通,但认为"他人并非地狱",完全可以通过自我调节追求人与社会、自然、他人、信仰等的和谐,如密三郎的性格发展。作者用文字形式表现了人与人、人与社会、人与自然既无法隔离又相互疏远的状态,西方存在主义的哲理性在作者笔下,变成了东方的哲理与智慧的思考。

其次,小说运用蒙太奇的剪接技巧,将山村从神话世界切入历史镜头,运用虚构与现实相杂糅的方法,追求一种似真似幻的艺术境界与氛围,充分表现他对人生、对社会的思考。他将诸多的社会问题与历史纠葛,纳入山村乡土风俗气氛与历史现象的展望之中,成功地创造了厚载着现代神话的新的传奇小说。小说中带有神秘色彩又有具象性的山村、森林,完全是为主人公密三郎和鹰四的人生归宿设计的。小说时空交错,重构百年前的英雄神话,将鹰四与曾叔祖父重合为一体,是为了以一种历史英雄主义的方式去实现他生命中的本原意义。正如大江所说:"我的文学特征——在于虚构浸染现实,不是借现实进而令虚构成为真实。二者泾渭分明,却又随意叠加,我只是想基于自己的想象力,描绘相去甚远的两类事物,并将这种小说家的心境传导于读者。"

大江健三郎以睿智的目光寻找和发现日本文学与西方文学之间的契合点,强烈地表现出人生存在的悖谬、人生责任的拷问、人生尊严的维护,以及人类对疾病与核威胁等生存环境的密切关注,而这种人文主义的理想和终极关怀的理性,正是当前人类普遍缺乏的,因此,他能走上诺贝尔文学奖的领奖台是再自然不过的事情了。

思考练习题:
1. 论述泰戈尔的主要艺术成就及《吉檀迦利》所反映的主要思想。
2. 分析川端康成《雪国》中人物形象和艺术特征。
3. 介绍大江健三郎《万延元年的足球队》的艺术风格。

附录一

近年来诺贝尔文学奖获奖作家作品简介

一、概　述

　　诺贝尔文学奖是按照诺贝尔的遗愿设立的,由瑞典文学院诺贝尔文学奖评奖委员会进行评比,每年颁发一次,以表彰该年度"在文学界创作出具有理想倾向的最佳作品的人"。首届文学奖于1901年颁发,得主是法国诗人苏利·普吕多姆(1839—1907)。自第一届文学奖颁发后,至2017年止,已经有来自世界五大洲的114位作家获得过这一殊荣(其间,因两次世界大战的影响有7年未授奖,1904年、1917年、1966年、1974年各有两位作家得奖)。在全世界名目繁多的文学奖项中,由于其遴选制度的严格,奖金数额的巨大(约100万美元),覆盖地区的广泛,诺贝尔文学奖已经确立起相当的权威性,成为世界上各国公认的世界性文学大奖。

　　20世纪90年代以来,诺贝尔文学奖的授奖对象越来越呈现出多元化趋向。从获奖作家的分布区域来看,获奖作家来自欧、美、亚、非几大洲。从获奖作家所属国家的经济发展水平来看,既有来自英、美、德、法、日等发达国家的作家,也有相当一部分作家来自发展中国家。如,1990年获奖的墨西哥作家奥克塔维奥·帕斯(1914—1998)、分别在1991年和2003年获奖的南非作家纳丁·戈迪默(1923—2014)和库切(1940—　)、1992年获奖的圣卢西亚作家德里克·沃尔科特(1930—2017)、1995年获奖的爱尔兰作家谢默斯·希尼(1939—2013)、1996年获奖的波兰作家维斯瓦娃·辛波斯卡(1923—2012)等。从获奖作家置身于其中的民族文化构成来看,更是体现出近年来诺贝尔文学奖的文化多元性趋向。如,墨西哥作家帕斯是西班牙人与印第安人的后代,他浸润于其中的多元文化背景与他的文学创作紧密相连。诺贝尔文学奖委员会在授奖理由中称赞帕斯"成功地将哥伦布发现美洲大陆之前的文化、西班牙征服者的文化与西方文化融为一体"[①]。出生在西印度群岛圣卢西亚岛的诗人沃尔科特,其文化背景与帕斯十分相似。他的祖母和外祖母都是来自非洲的黑奴,祖父是英国人,父亲是英国艺术家,母亲是教师。沃尔科特年幼丧父,由母亲抚养成人。圣卢西亚以英语为官方语言,同时又流行西班牙语、法语和当地黑人使用的方言,沃尔科特就是在这种充满多种语言的文化环境中长大。作为混血儿,他的文学作品也由多种文化因素融会而成。因此,诺贝尔文学奖委员会在获奖评语中称沃尔科特的诗歌"是多元文化驱动下的产物",并在颁奖词中引用他的一首题为《星苹果王园》的诗来说明这一特点:

> 我不过是一个热爱大海的红皮肤黑人,
> 同时有着良好的殖民地文化基础,
> 荷兰的、黑人的和英国的血统汇于一身,
> 或者是无名小辈,或者是影响整个国家。[②]

　　这几行诗句表明,沃尔科特的诗作是"综合了西印度群岛、欧洲和非洲诸种文化融会而成的

[①] 《20世纪诺贝尔文学奖颁奖演说词全编》,毛信德、蒋跃等译,百花洲文艺出版社,2001年,第864页。
[②] 同上书,第903页。

产物"。在近年来获得诺贝尔文学奖的获奖作家中,像帕斯和沃尔科特一样具有双重或多种文化背景的作家还大有人在:如南非作家戈迪默和库切的文学创作面对的是南非复杂的种族政治冲突和后殖民文化语境,托尼·莫里森的小说中包含着美国主流文化、黑人文化、女性政治等多种文化因素,君特·格拉斯的背后是德国文化和波兰文化,日本作家大江健三郎则声称自己是从阅读法国作家萨特开始写作的。在诺贝尔文学奖获奖作家的文化背景越来越趋向多元化的同时,其文学主题、创作手法、文学技巧等更是丰富多样、异彩纷呈。上述诺贝尔文学奖的多元化发展趋向表明,作为一项权威性的世界文学大奖,诺贝尔文学奖评奖委员会在继续坚持人类共同的理想主义价值准则的同时,也在与时俱进,走向文化的多元包容性、艺术形式的丰富多样性。

二、获奖作家简介

托妮·莫里森(1931—2019)是美国黑人女作家。1931年2月28日,莫里森出生于美国俄亥俄州克里夫兰附近罗伦镇的一个黑人家庭,从小受到黑人文化的滋养熏陶。她的双亲曾是美国南方阿拉巴马州的佃农,为了摆脱贫困,移居钢铁小城罗伦镇。莫里森是四个孩子中的老二,出生时正值美国经济大萧条时期。由于家境贫困,莫里森自12岁起便一边读书一边打工以贴补家用。1949年她以优异成绩考入当时专为黑人开设的霍华德大学,攻读英语和古典文学。1953年大学毕业后,莫里森进入康奈尔大学研究院继续深造,专攻福克纳和弗吉尼亚·伍尔夫的小说,于1955年获文学硕士学位。此后,莫里森先在休斯敦的得克萨斯南方大学教英文,后又到母校霍华德大学任教。在此期间,她与牙买加建筑师哈罗德·莫里森结婚,生下两个儿子。1964年,莫里森婚姻破裂,独自一人肩负起抚养两个孩子的责任。第二年,莫里森离开霍华德大学到纽约兰登书屋编辑教科书,3年后调任高级编审。在工作之余,莫里森开始从事文学创作。1970年,她的第一部长篇小说《最蓝的眼睛》问世。此后,莫里森相继在纽约州立大学、加州大学伯克利分校、普林斯顿大学任教,先后发表了《秀拉》(1973)、《所罗门之歌》(1977)、《柏油孩子》(1981)、《宠儿》(1987)、《爵士乐》(1991)、《乐园》(1998)等6部长篇小说。1993年,由于"在她富有想象力和诗意的小说中,生动地再现了美国现实的一个极为重要的方面",62岁的莫里森获得了该年度的诺贝尔文学奖。她是世界上第一位获此殊荣的黑人女作家,也是继赛珍珠后第二位获此殊荣的美国女作家。

《最蓝的眼睛》是莫里森的处女作,叙述的是一个年仅12岁的黑人女孩佩科拉一年间的遭遇。佩科拉一直生活在父母的打骂、同学的嘲笑、成人的冷漠中。1941年,她懵懵懂懂地觉察到自己的贫困生活和不幸源自自己是一个丑陋的黑女孩,因此,她渴望自己能够拥有一双像白人小孩那样的蓝眼睛。于是,她开始向上帝祈祷,盼望自己能生出一双最蓝的眼睛,这样一来,周围的人就会喜欢自己,同学和老师也会赞赏她。但是,在喜欢蓝眼睛的社会里,佩科拉的现实遭遇却是父母虐待、别人轻蔑。被生父奸污后,佩科拉早产生下一个死婴。最后,无人关心、帮助的佩科拉陷入精神失常状态中,她以为自己已经拥有了一双最蓝的眼睛,每天对它自言自语。在这部小说中,黑人小女孩对蓝眼睛的渴望揭示出美国的种族歧视对黑人造成的深层次精神伤害,以及黑人在面对白人主流文化时的自我错位和种族身份认同危机。小说的叙事结构也独具特色。莫里森将佩科拉的故事放入秋、冬、春、夏四章中来叙述,以四季轮回来暗示佩科拉式的悲剧对于美国黑人来说是一种难以超越的历史宿命。莫里森的第二部小说《秀拉》仍然以黑人女性的生存经验作为自己的创作题材。小说中的女主人公秀拉与渴望蓝眼睛的黑人小女孩佩科拉完全不同,是一个蔑视传统的反叛女性。她敢于反叛主流社会对黑人女性的身份界定,反叛男性权威,追求自由,寻找自我,最终在孤独中死去。

《所罗门之歌》的出版奠定了莫里森在美国当代文坛的重要黑人女作家地位。该小说出版后十分畅销,被评为1977年度的全国图书评论界小说奖。小说叙述了一个绰号叫奶人(Milkman)的黑人青年寻找自我的过程。全书分为两个部分:第一部分写奶人在美国北方密歇根的城市生活。第二部分写他前往南方寻宝、寻根的经历。小说中的奶人出身于中产阶级家庭,母亲给他喂奶到6岁,因此得了"奶人"这一绰号。奶人的父亲戴德是一个贪婪的人,母亲鲁丝则十分懦弱。因此,奶人虽然物质生活十分安逸,却感受不到真正的爱和快乐。他饱食终日,衣着时髦,懒懒散散,没有多少责任感。奶人的姑妈彼拉多是一个富有爱心和责任感的女性,她与家人过着简朴而自然的生活。她以博大的胸襟引导着奶人走出狭隘的个人世界。最初,奶人虽然喜欢富有爱心的姑妈,却利用她的关心对她的家庭进行"掠夺"。他先是对她的爱女哈加尔始乱终弃,后又试图占有姑妈的一袋金子。奶人以为,只要得到彼拉多的金子,就可以摆脱父母的束缚而获得独立,因此,他离开北方,踏上了去南方——他的祖先生活过的地方寻找金子的旅程。在去南方寻金的旅程中,奶人先是乘飞机,后又坐汽车,最后步行。他经历了各种艰辛和考验,没有找到金子,却发现了自己真正的姓氏和祖先。在小说结尾处,在参与当地黑人集体协作围猎的过程中,奶人终于学会了爱自己的黑人种族,爱周围的人,认同黑人的文化传统。《所罗门之歌》在一定程度上沿袭了欧美浪漫传奇故事、个人成长小说的叙事模式,同时又将黑人的神话传说、黑人风俗、黑人文化意象、黑人的历史与现实生活融入小说的叙事进程中,使得奶人的寻求自我之旅与黑人的文化传统寻根之旅融为一体,丰富、深化了小说的黑人文化主题。

《宠儿》是莫里森的又一部小说力作,她因此获得了1988年的普利策文学奖。莫里森在兰登书屋编辑《黑人之书》时,接触过大量的黑奴反抗奴隶制度的报道材料。其中,有一个名叫玛格丽特·加纳的女奴给她留下了深刻印象。她带着自己的几个孩子从肯塔基州逃往俄亥俄州。当奴隶主带人来追捕时,为了让自己的孩子免遭与自己同样的被奴役命运,玛格丽特亲手杀死了自己的孩子。莫里森以玛格丽特为原型创作了小说《宠儿》。小说的故事情节看似简单,读来却令人震撼。小说的时间安排在南北战争结束之后,奴隶制度虽然已经废除,但是它给黑人造成的精神伤痛却像幽灵般弥漫不散。女主人公赛丝曾经是一个女奴,当年因不堪忍受奴隶主的残酷虐待,带着孩子从南方奴隶主庄园"甜蜜之家"逃到俄亥俄州。18年后,当年和她同在"甜蜜之家"做奴隶的保罗·D.来到赛丝的家——布卢斯通路124号农舍,揭开了尘封18年的过去。18年前,赛丝为了使自己的女儿免于遭受奴隶主的残酷蹂躏,狠心亲手杀死了自己的另一个女儿宠儿,但是,作为一个母亲,戕女之事却在她的心灵上留下了难以弥合的伤痛。宠儿的幽灵重返人间,出现在她的家里,使得124号成了一个幽灵出没的地方。赛丝的女儿丹芙逐渐了解了悲剧事件的真相,帮助母亲直面生活。最后,宠儿的幽灵终于消失,赛丝也从过去的阴影中走了出来。莫里森在《宠儿》中的叙事打破了客观时空的限制,将过去和现在、历史和现实交融在一起,将荒诞和真实交融在一起,揭开了黑人的苦难记忆。诺贝尔奖委员会称赞《宠儿》"以情景交融的描述和雷霆般的力量震撼着读者的心"。

与《宠儿》一样,《爵士乐》的素材也是来自一则真实的报道材料。20世纪70年代,莫里森曾应邀为《哈莱姆死者之书》(1978)写过序。在这本书收录的死者中,有一位年轻的姑娘叫多卡丝,她被自己的恋人枪杀而死,中弹后却不叫警察,给她的恋人以逃脱的机会。莫里森以此为素材,酝酿构思了10年后完成了长篇小说《爵士乐》。小说的背景是20世纪20年代纽约的哈莱姆区。年过半百的推销员乔与一位18岁的高中生多卡丝相爱。后来多卡丝移情他人,遭乔枪击。多卡丝理解乔的感情,拒绝叫警察,拒绝上医院,最终流血过多而身亡。乔的妻子维奥莉特大闹多卡丝的葬礼,但是,随着她对多卡丝的多方了解,最终改变了态度,化忌妒和怨恨为理解和爱心,与丈夫乔和解。在艺术形式上,莫里森成功地将爵士乐的演奏风格糅合进整部小说的谋篇布局和叙事进程中,讲述爵士时代的黑人故事,赋予《爵士乐》"一种令人着迷的光彩和催人泪下的诗情"。

作为一名黑人女作家,莫里森在创作中自觉地继承美国黑人文学传统的同时,又力图突破以拉尔夫·艾里森、理查德·赖特等被美国主流文化接受的黑人男性作家的局限性。她认为,传统的黑人男性作家只是把黑人的故事讲给白人听,讲给男人们听,而自己作为一位黑人女性作家,"能进入到那些不是黑人、不是女性的人所不能进入的一个感情和感受的宽广领域"。正因为具备了这样一种种族的、性别的文化意识,莫里森成为美国黑人文学史上继艾里森、赖特之后的又一座文学高峰。

达里奥·福(1926—2016)是意大利当代最有影响的剧作家和演员,他的剧作和表演不仅受到国内广大观众的欢迎,而且蜚声国际剧坛。1997年,诺贝尔文学奖委员会宣布将该年度的诺贝尔文学奖授予达里奥·福,获奖评语是:"他在嘲弄权贵和维护被压迫者尊严的喜剧创作方面,堪与中世纪的弄臣媲美。"

福于1926年出生于意大利北部马焦雷湖畔的列吉诺·桑贾诺镇。福的祖父是当地有名的说唱艺人,父亲是一名铁路小车站的站长,业余时间喜爱演戏,母亲是一位朴实的农妇。福在这样的家庭中长大,自幼就喜欢上了家乡的民间说唱艺术,也为他以后从事戏剧创作和演出奠定了基础。青年时代,福曾经先后在米兰的布雷拉工科学院学习建筑、在米兰美术学院学习绘画。由于酷爱戏剧,1952年起福没有完成学业即改行从艺,先后在电台、电视台和剧院从事小品和喜剧表演,同时开始写作讽刺性小品。1954年,他创作了第一部剧作《一针见血》,嘲讽装腔作势的说教和英雄主义,演出后获得好评。同年,福与出身演艺世家的女演员弗兰卡·拉梅结婚。1959年,夫妻俩成立了自己的剧团,拉梅任领衔女主演,福本人则集编剧、编舞、导演、演员、舞台设计等于一身。此后,他创作并演出了一系列政治讽刺剧,对意大利的政府、军队和天主教会等都进行了无情的鞭挞和讽刺。出生于普通劳动者家庭的福思想左倾,1970年,他还曾经加入意大利共产党,后因政见不合而退出,但是揭露黑暗、针砭时弊的批判锋芒却一直贯穿在福的政治讽刺剧中。福曾经说过:"文化上我一直是无产阶级的一部分,我与玻璃匠、渔夫、走私犯的儿子们择邻而居,他们给我讲述的故事辛辣地讽刺贵族权威和中产阶级的伪善以及教师、律师和政客的两面性,我出生在政治的土壤里。"由于福的剧作具有鲜明的政治讽刺性,意大利国家电视台曾一度停播他的作品,1973年他的妻子曾经被新法西斯分子劫持,但是福并没有因此就放弃斗争。在与当局进行了长期的谈判之后,福的剧团终于占据了米兰的一家剧院——自由宫。福的戏受到意大利人民的广泛欢迎。

达里奥·福迄今已经创作并上演了70余部政治讽刺剧、广告剧、独幕滑稽剧、荒诞剧等。其主要戏剧作品有:讽刺虚伪宣传中的英雄主义的《一针见血》(1954),讽刺官僚政治陋习的《大天使不玩电动台球》(1959),抨击资本主义社会和资本家的《总是魔鬼的错》(1965)和《工人识字300个,老板识字1000个,所以他是老板》(1969),描写意大利人民反抗斗争的《宁愿今晚死,也不愿多想,一切都无济于事》(1970),讽刺右派政治势力的《一个无政府主义者的意外死亡》

(1970),讽刺意大利 1969 年至 1972 年间的暴政和恐怖主义的《砰、砰谁来了？原来是警察》(1973),表现巴勒斯坦人民反抗运动的《突击队员》(1977),反映物价飞涨引来家庭妇女愤怒的《拒不付款》(1981),讽刺教会内幕的《教皇与女巫》(1989)等。

1970 年 12 月上演的《一个无政府主义者的意外死亡》为福赢得了世界声誉。这是一出根据真人真事创作的政治讽刺剧。故事的背景是 1968 年至 1969 年意大利的社会动荡。1968 年,西欧爆发了学生反叛运动,知识分子、无产阶级、右翼极端分子都卷进来,社会动荡不安。1969 年,新法西斯分子在意大利制造了一系列爆炸案,并散发传单嫁祸于左派无政府主义者。警察逮捕了一名叫皮内利的无政府主义者。审讯期间,皮内利突然从警察局的五楼摔下致死。福以这一事件为素材,在深入调查事件真相的基础上,迅速推出了《一个无政府主义者的意外死亡》一剧。该剧的基本剧情是:罗马发生了一起爆炸事件,警方逮捕了一批对当局不满的无政府主义者。在严刑逼供过程中,警察将其中一人打死,从窗口扔到大街上,并声称该人是畏罪自杀。一名疯子偶然闯进了警察局,发现了此案的全部内情。他突发奇想,伪装成最高法院的代表复审此案。当案情的真相浮出水面时,警察局局长与警长相互推诿责任,编造自己不在审讯现场的谎言。最后,疯子将自己掌握的全部真相公之于众,并说明了自己的真实身份。在这出戏剧中,福揭露了司法当局颠倒是非,捏造事实,诬陷左翼人士,草菅人命的丑恶行径。

达里奥·福把自己的政治讽刺剧称作喜剧。他的喜剧创作既继承和发扬了古罗马的喜剧传统,又吸纳了假面喜剧中的假面具和即兴表演技巧,并将自己的喜剧创作与现实社会中的热点问题紧密联系在一起。在自己的喜剧中,福经常是一人扮演多个角色,以他超凡的艺术创造力,把滑稽、幽默、讽刺、荒诞、夸张等手段熔于一炉,针砭时弊,让观众在笑声中获得思想启迪和审美愉悦。

君特·格拉斯(1927—2015)是德国著名作家。1927 年 10 月 16 日,君特·格拉斯出生于但泽(现属于波兰的格但斯克),父亲是德意志人,母亲是波兰人。他的父亲是一名小贩,母亲则爱好戏剧和读书,使他得以从小就受到较多的文学艺术熏陶。格拉斯的童年和青少年时代正值纳粹统治时期,他早年参加过希特勒少年团和青年团,1944 年中学未毕业又被征召入伍,充当了法西斯战争的炮灰。1945 年,格拉斯在前线受伤,后成为盟军俘虏。1946 年,他离开战俘营,先后当过农民、矿工和石匠学徒。1948 年,他进入杜塞尔多夫艺术学院学习版画和雕刻,后转入柏林造型艺术学院继续深造。1954 年,格拉斯与瑞士舞蹈演员安娜·施瓦茨结婚,并开始写作。

格拉斯最初是以诗歌登上文坛的。20 世纪 50—60 年代,他先后出版过三部诗集:《风信鸡的长处》(1956)、《三角轨道》(1960)、《盘问》(1967)。他的诗歌既有现实主义的成分,又受到表现主义和超现实主义的影响,联想丰富,富有激情和节奏感。格拉斯在写诗的同时,也尝试过创作剧本。50 年代的剧本明显受到法国荒诞派戏剧的影响,主要剧作有《还有十分钟到达布法罗》(1954)、《洪水》(1957)、《叔叔,叔叔》(1958)和《恶厨师》(1961)。格拉斯在 20 世纪 60 年代写作的《平民试验起义》(1966)和《在此之前》(1969)中试图模仿布莱希特,淡化戏剧情节,通过讨论揭示人物的内心矛盾。

格拉斯的主要文学成就是小说。其主要作品有《铁皮鼓》(1959)、《猫与鼠》(1961)、《狗年月》(1963)、《比目鱼》(1977)、《母老鼠》(1986)等。其中,《铁皮鼓》《猫与鼠》和《狗年月》这三部小说虽然各自独立成篇,在内容、人物、情节和时间顺序等方面没有连续性,但是在 1974 年再版重印时经作者同意却将其统称作"但泽三部曲"。据格拉斯本人解释说,之所以将这三部小说统称作"但泽三部曲",是因为它们有四个共同点:第一,它们有共同的主题,都是从纳粹时期德国人的过错问题着眼写的,探索德意志民族为何会出现纳粹法西斯这个怪物;第二,它们有共同的时间和地点(1920年至1955年,但泽);第三,共同的艺术风格,真实与虚构交替;第四,作者私人的原因,"试图为自己保留一块最终失去的乡土,一块由于政治、历史原因而失去的乡土"。《铁皮鼓》是格拉斯的成名作。小说以作者的家乡但泽以及战后的联邦德国为背景,采用第一人称倒叙手法,再现了德国从20世纪20年代中期到50年代中期的历史,揭露了希特勒法西斯的残暴和腐败的社会风尚。这部小说构思奇特,由主人公奥斯卡·马策拉特来叙述故事。奥斯卡出生后预感到世界的黑暗,想返回母亲肚子里,无奈脐带已被剪断。他过3岁生日时,妈妈送给他一面儿童玩的铁皮鼓,他不愿意继续长大进入成年人的世界,于是从地窖台阶上摔下去,自此不再长高。奥斯卡的身高虽然不再增长,他的智力却高过成年人三倍。《铁皮鼓》就通过奥斯卡的眼光,描绘了但泽地区在第二次世界大战前纳粹势力的形成、战争中纳粹分子的残暴行为以及战后美、英、法占领时期德国社会的复杂现实。《铁皮鼓》出版后,评论界给予高度赞誉,称之为联邦德国20世纪50年代小说艺术的一个高峰。小说很快就被译成十几种文字,畅销国外。联邦德国著名电影导演福尔克尔·施隆多尔夫根据小说改编拍摄了同名影片。影片公映后大受欢迎,并且相继获得了联邦德国最高电影奖——金碗奖、法国戛纳电影节最高奖——金棕榈奖以及美国电影艺术与科学学院最佳外语故事片奖——奥斯卡金像奖。

"但泽三部曲"的另外两部小说《猫与鼠》和《狗年月》也都是以反思希特勒执政时期及战后德国的历史为主题的。前者通过叙述中学生马尔克进入青春期后的一系列冒险经历,反映了纳粹时期学校与军队之间的对立,德国的意识形态和荒谬的英雄崇拜对学生的毒化。后者通过叙述马特恩与阿姆泽尔这一对性格迥异的伙伴之间的坎坷恩怨,以及牧羊犬"亲王"成为元首宠物的故事,入木三分地讽刺了纳粹统治时期的"狗年月"的荒诞现实。1965年,"但泽三部曲"为格拉斯赢得了德国文学最高奖"毕希纳奖"。君特·格拉斯不仅是小说家、诗人、剧作家,而且还是一位技法娴熟的画家和雕刻家。他的许多文学作品中配有他自己绘制的插图,这些插图的内容和形式为他的作品提供了形象的注解。他迄今出版的大多数作品均由他本人设计绘制封面。他还在美、英、法、日、中等十几个国家举办过近百次个人画展。作为一位多才多艺的文学艺术家,君特·格拉斯的名字连续多年被列入诺贝尔文学奖的候选人名单。1999年,诺贝尔文学奖评选委员会终于将20世纪颁发的最后一次文学奖授予格拉斯,奖励"他以戏谑的黑色寓言描述了曾被历史遗忘的一角"。

约翰·马克斯维尔·库切(1940—)出生于南非,2002年移居澳大利亚东南部港口城市阿德莱德,2006年3月6日正式加入澳大利亚国籍,保留南非国籍。1961年,库切于开普敦大学获得数学和文学双学士学位,之后赴伦敦,先后在IBM公司和国际计算机和制表机公司从事软件研发工作。1965年赴美国德州大学攻读语言与文学博士学位,1969年获得博士学位。此后,在纽约州立大学布法罗分校任助教。1972年1月至2001年12月,任教于开普敦大学英语系。退休后于2002年移居澳大利亚阿德莱德。库切是兼有教师、译者、小说家和文学批评家多重身份的跨文化写作者,先后于1983、1999年两次获得布克奖,2003年获得诺贝尔文学奖。

库切在执教之余从事文学创作,是一位学者型作家。其主要文学成就有:1974年,发表小说处女作《尘土地带》;1980年,出版《等待野蛮人》;1983年,出版《迈克尔·K的生活和时代》,该小说同时获英国布克文学奖和法国费米娜文学奖;1986年,出版元小说《福》,次年获得耶路撒冷文学奖;1990年出版小说《铁器时代》;1994年,小说《彼得堡大师》获爱尔兰时报国际文学奖;1997年,出版第一部自传体小说《童年》;1999年,出版小说《耻》,再次摘取布克文学奖;2002年,出版

第二部自传体小说《青春》;2003年,诺贝尔文学奖委员会将该年度的诺贝尔文学奖授予库切,颁奖词称赞他的小说以精妙的结构、富有哲理性的对话著称,到处都闪耀着分析的光芒。库切的小说主要以南非的种族隔离制度为背景,描写了这一制度前后人们的生活,"描述了外来者——欧洲白人对南非社会令人吃惊的卷入过程,精确地刻画了众多假面具下的人性本质"。获得诺贝尔文学奖文学奖之后,库切仍然笔耕不辍,陆续出版的作品有:《伊丽莎白·科斯泰洛:八堂课》(2003)、《慢人》(2005)、《凶年纪事》(2007)、第三部自传体小说《夏日》(2009)、《耶稣的童年》(2013)、《耶稣的学生时代》(2016)。

长篇小说《耻》可以说是库切表现南非殖民地生活的代表作。1994年,南非举行多种族大选,结果非国大黑人领袖曼德拉当选总统,由此宣告了种族隔离制度和欧洲白人殖民地统治在南非的终结。但是,南非新政权建立后,殖民主义对南非殖民地人民和殖民者本人及其后代所造成的后果并没有消除,新旧交替时期南非各色人等之间的矛盾冲突更加尖锐,尤其是那些继续生活在南非而又失去了种族优先权的白人的生存更是陷入尴尬处境。《耻》所叙述的故事正是在上述历史背景下发生的。小说围绕着南非殖民者的后裔卢里父女两人的耻辱展开叙事。卢里是一位年过半百的白人教授,现在开普敦大学讲授浪漫主义诗歌。卢里引诱了自己的一位女学生。事发后,他拒绝了校方提供的公开忏悔保住教职的机会,愿意接受惩罚,辞去了教职。卢里辞职后来到边远的乡村,与他经营农场的女儿露茜一起生活。为了生活,他不仅要努力和分开多年的女儿沟通,还要放下尊严,与女儿的黑人雇工共事,到女儿的朋友开设的动物保护站去干一些他原本不屑的事情。然而,新南非乡下的生活并不太平。新南非政权建立后,在乡下经营农场的白人已经越来越少了。露茜的农场处在黑人的包围中,热爱南非土地的她希望融入当地的生活中,与黑人和平共处。虽然种族隔离制度已经成为过去,但是黑人并没有忘记白人带给他们的屈辱历史,他们渴望报复白人。三个黑人到露茜家抢劫,并强奸了具有同性恋倾向的露茜,其中一人还是个孩子。卢里也在这一事件中受了伤。案发后,卢里发现南非的警察已经不像当初殖民政府统治时代那样把白人利益放在第一位了,他们态度冷漠,办事效率低。之所以如此,除了体制上的原因外,一个客观原因是"这样的事情每天,每时,每分钟,在全国的每个角落都会发生"。结果,这起抢劫强暴案件不了了之。露茜被强暴后怀孕,为了继续在她喜爱的农场上生活下去,接受了她的黑人雇工佩特鲁斯的建议,将自己的农场卖给他,并做了他的第三个妻子。卢里认为这是一种耻辱,不愿意忍受这种耻辱。露茜也认为这是一种耻辱,但是她却不愿逃避,情愿接受个人的耻辱和历史的耻辱。她说:"对,这是一种耻辱,但也许这是我们重新开始生活的起点。也许我该学会接受现实,从头开始,从一无所有开始,真正的一无所有。一无所有,没有汽车,没有武器,没有房产,没有权利,没有尊严。""像狗一样"。

库切在《耻》中揭示了新南非社会的尖锐矛盾和冲突,对殖民主义在南非所造成的历史后果表现出深切的忧思和无奈。该小说为他赢得了1999年英国的布克文学奖,使他成为历史上首位先后两次获得布克奖的作家。库切的小说寓意丰富。在艺术上,他能够娴熟地调动传统的、现代的和后现代的多种表现手法来描写不同历史时期的南非殖民地生活,堪称新世纪小说艺术的典范。

库切移居澳大利亚之后创作的《耶稣的童年》是一部寓言式小说,由三十章构成,叙述空间设置在某个虚构的讲西班牙语的地方。小说开头叙述西蒙和与父母走散的小男孩大卫走进新移民安置中心申请安置,接受被编号、登记,然后在陌生的西班牙语社会中开始新的移民生活。新移民要告别过去,洗掉过去的痕迹,融入西班牙语操控下的新秩序。大卫是一个有天赋的孩子,不能顺从学校的训诫规则,最后,学校决定将他送到一处少年管教中心去。西蒙一直致力于给大卫找一个母亲,当他看到伊妮丝时,心里温暖得咯噔一下,遂请求她做大卫的母亲。小说结尾处,大卫和没有血缘关系的父亲西蒙、母亲伊妮丝,离开了让他们失望的安置地,和路遇的陌生青年胡安、伊妮丝的狗一起,到另一处地方寻找新生活。西蒙开着车驶向远方,想着到达后要做的第一件事——去安置中心,接受登记、编号、安置。小说的结尾似乎是又一个循环的开始——他们这些外来人在一处安置地融入失败,再到另一处新的安置地接受新秩序的款待、规训。在新移民问题引发的国际政治冲突越来越严峻的当下语境中,库切以文学叙事来探究德里达、勒维纳斯、福柯等人提出的"好客"与"规训"的两难问题。

奥尔罕·帕慕克(1952—)是享誉国际文坛的土耳其作家,评论界称赞他为当代欧洲最核心的三位作家之一。2006年10月12日,瑞典文学院宣布,将该年度的诺贝尔文学奖授予帕慕克,授奖理由是:"在追求他故乡忧郁的灵魂时发现了文明之间的冲突和交错的新象征。"由此,帕慕克成为历史上第一个获得诺贝尔文学奖的土耳其作家。

帕慕克出生于伊斯坦布尔一个富裕的中产阶级家庭。他早年曾梦想成为一名画家,但他的家人却希望他做一名工程师或建筑师。迫于家庭的压力,帕慕克中学毕业后进入伊斯坦布尔科技大学攻读建筑学。三年后,富有叛逆精神的帕慕克放弃建筑学学习,改学新闻学。1976年,帕慕克毕业于伊斯坦布尔大学新闻学院。此后,他选择以写作为生,并成为一名作家。1985—1988年,帕慕克在美国哥伦比亚大学做访问学者,其间还获得爱荷华大学访问奖学金。除了在美国的三年以外,他一直生活在伊斯坦布尔。1982年,帕慕克与艾琳·图勒根结婚,生有一个女儿。2001年,他的这段婚姻解体。

帕慕克于1974年正式开始他的文学创作生涯。1982年,他的第一部作品《塞夫得特州长和他的儿子们》出版。该小说讲述了一个伊斯坦布尔家庭三代人的故事,小说中人物所居住的地区正是小说家本人所成长的地方。这部作品为帕慕克赢得了《土耳其日报》小说奖及奥尔罕·凯马尔小说奖。1983年,他出版了第二部小说《寂静的房子》。1991年,这部小说的法文译本出版,荣获欧洲发现奖。1985年,他的历史小说《白色城堡》出版。该小说为他赢得了全球声誉,《纽约时报》发表的书评称,"一颗新星在东方冉冉升起:奥尔罕·帕慕克"。《白色城堡》为帕慕克摘取了1990年度美国的外国小说独立奖。此后,帕慕克开始在其小说中尝试后现代主义的写作技巧和手法。1990年,他的小说《黑书》问世。由于这部小说的内涵丰富又复杂,在土耳其文学圈引发了极大的争议,与此同时,一般读者却对这部作品表示十分喜爱。小说的法文版获得了法兰西文化奖。1992年,帕慕克将这部小说改编成电影剧本,由土耳其著名导演奥默尔·卡夫尔拍成了名为《隐秘的脸》的影片,颇为成功。1995年,帕慕克出版了他的第四部小说《新生活》。作品出版后,在土耳其轰动一时,极为畅销,成为土耳其历史上销售速度最快的书籍。该小说在叙述形式上如同一部由博尔赫斯式的故事扩展成的实验小说。小说的叙述者是位学工程的大学生,他和母亲生活在一起。他偶然间得到了一本书,而恰恰是在阅读了这本书后,他的一生发生了根本的变化。由此,整部小说渐渐演变成一系列稀奇古怪的事件。这些事件游移在真实和魔幻的情景之间,使人读来扑朔迷离,似真似幻。小说呈现出一种浓厚的后现代艺术风格。真正奠定帕慕克的国际文坛声誉的小说是1998年出版的《我的名字叫红》。该小说于2003年荣获都柏林文学奖,同时还赢得了法国文艺奖和意大利格林扎纳—卡佛文学奖。2002年,帕慕克出版了小说《雪》。该小说探讨了现代土耳其社会中伊斯兰文明和西方文明之间的矛盾冲突,《纽约时报》将其列为2004年十佳图书之一。2005年,帕慕克又有新作《伊斯坦布尔》问世,并因此被提名为诺贝尔文学奖候选人。帕慕克的作品已被译成 40 多种语言出版,文学评论家把他和普鲁斯特、托马斯·曼、卡尔维诺、博尔赫斯、安伯托·艾柯等大师相提并论。

《我的名字叫红》的叙事背景是 16 世纪的奥斯曼帝国。小说开篇从 1591 年的伊斯坦布尔讲起,一位苏丹的细密画家高雅被人谋杀,尸体被抛在一口深井里。画家生前接受了苏丹的秘密委托,与当朝最优秀的三位细密画家橄榄、鹳鸟、蝴蝶分工合作,用欧洲的画法精心绘制一本旷世之作,颂扬苏丹的帝国生活。他的死亡显然与这项秘密任务有关。小说的另一位叙述者黑回到了阔别 12 年的故乡,他曾经深爱表妹谢库瑞。谢库瑞是美人中的美人,已结婚生有两个儿子,她的丈夫上战场后音信全无,遂回家与父亲一起生活。谢库瑞的父亲也接受了苏丹的委托,在家中惨遭杀害。所有牵扯其中的画师都人人自危,不敢相信任何人。黑仍然深爱谢库瑞,于是与她结婚,担负起保护孤儿寡母的责任。谢库瑞要求黑惩治杀父凶手后才能与他圆房。苏丹要求宫廷绘画大师奥斯曼与黑共同在三天内寻找到凶手。高雅先生的尸体旁有一幅草草画就的马,它有个不易被察觉的缺陷——裂鼻。于是,他们请所有与罪案有牵扯的画师重新画一幅自己心中的马,试图从中找出两幅相似的马,由此判断谁是凶手。但是,狡诈的凶手居然逃过了大师的审查。无奈,大师和黑请求进入苏丹的宝库,查看宝库里的所有画品,以找出裂鼻马的线索。大师在宝库里饱览绘画珍品,最终心满意足地刺瞎了自己的双眼,也作出了谁是凶手的判断。黑从宝库中出来后拜访三位画师,最终找到了真凶——橄榄画师。橄榄在刺伤了黑后逃往码头,黑的情敌将他误当作黑杀死。受伤后的黑回到家里,终于得到他渴望的爱情和幸福生活。谢库瑞的小儿子奥尔罕长大后成了一名作家,他把父母的传奇故事写下来呈现给读者。

帕慕克在小说中使用了一种别具一格的叙事结构来讲述故事。小说设计了许多个叙述者,这些叙述者中不仅有人物,像死去的高雅先生、黑、凶手橄榄画师、奥尔罕、艾斯特、谢库瑞、蝴蝶画师、鹳鸟画师、姨父、奥斯曼大师等,而且还有许多不同的物体,像一条狗、一棵树、一枚金币、一匹马,以及颜色,像红,甚至死亡等,纷纷驾驭着自己的语言,加入到小说的叙事行列中来。帕慕克在回答记者提问时说:"实际上不停地扮演不同的人物以第一人称的方式说话非常有趣。我不断地发掘各种声音……我想这些独特的声音可以组成一曲丰富的乐曲,展现上百年前伊斯坦布尔日常生活的原貌。视角的转换其实也反映了小说主要关注的是从我们的角度经由上帝存在的观点寻找过去的细节。这些都与我对绘画的了解有关,我的主要人物都生活在不存在透视法限制的世界中,所以他们能用独特的幽默表达自己。"帕慕克自称,为了写作《我的名字叫红》,他花费了 6 年时间来研究绘画。事实上,帕慕克从 6 岁起就开始临摹细密画,在成长过程中,对传统绘画与欧洲绘画都颇有研究。小说中对土耳其历史文化传统与现代东西方文化冲突的深刻揭示正是借由两种不同的绘画方式来表达的。现代西方艺术是通过个人的研究观看世界,画的是人肉眼之所见,是有局限的;土耳其传统的细密画则是通过真主之眼观看世界,追求的最高境界是"人主合一"。因此,当一位细密画家失去光明之后,他往往能画出超越肉眼纷扰,达到"人主合一"至境的画作。由此,我们就可以理解小说中细密画大师奥斯曼失明后的快乐。但是,帕慕克本人却认为,优秀的艺术品是不同文化的混合。帕慕克的这一艺术观点,为我们理解多种叙事声音交响、多重生活画面重叠、多元文化共存的小说《我的名字叫红》提供了有意的启示。

艾丽丝·门罗(1931—)是加拿大著名女作家,被称为"当代短篇小说大师"。她 1931 年出生于安大略西南小镇温汉姆。父亲是养殖狐狸的农场主,母亲是教师。门罗从小常听母亲讲述家族的历史和轶事,也逐渐喜欢编纂故事。她十几岁时就展露文学才华,并在日后坚持每日写作的习惯。1949年,门罗进入西安大略大学主修英语。她在校刊上发表了首篇作品《影子的维度》,并结识了首任丈夫詹姆斯·门罗。两年后,门罗离开学校并结婚。她与丈夫先后移居温哥华和维多利亚,开办了门罗书店并生育四个女儿(第二个女儿夭折)。期间,门罗一直坚持文学创作,作品屡有发表。1968年,门罗出版了首部作品集《快乐影子之舞》,获得当年加拿大最高文学奖——总督文学奖。1971年,她出版了《女孩和女人们的生活》,获得加拿大书商文学奖。与此同时,她与丈夫的感情裂隙日益加深,最终于1973年离婚。门罗带着女儿重回安大略,并成为西安大略大学住校作家。1974年,她出版了《有一件事我一直想告诉你》,受到好评。1976年,她与地理学家杰拉尔德·弗雷林再婚,定居于安大略克林顿镇。此后三十年里,她持续而高效地发表了《你以为你是谁?》(1978)、《木星的卫星》(1982)、《爱的进程》(1986)、《我青年时期的朋友》(1990)、《公开的秘密》(1994)、《好女人的爱情》(1998)、《恨,友谊,追求,爱情,婚姻》(2001)、《逃离》(2004)、《岩石堡风景》(2006)、《幸福过了头》(2009)、《亲爱的生活》(2012)等十余部作品,并获得加拿大总督奖、吉勒奖、W. H. 史密斯奖、欧·亨利奖、曼布克奖等一系列奖项。2013年,门罗成为加拿大首位诺贝尔文学奖得主。

《快乐影子之舞》是门罗的成名作,收录了15个短篇。小镇和女性是其持续关注的主题,故事多以安大略的小镇为背景,女性的日常生活成为其持续关注的主题。在同名短篇小说《快乐影子之舞》中,马萨利斯姐妹在窘困生活中仍坚持教授孩子们(甚至智障儿)弹钢琴,并以为其举办演奏晚会和发放礼品的方式让孩子们热爱音乐。然而,她们对传统生活方式的坚守和对仪式感的看重却受到新一代母亲的揶揄。这部文集发表时,适逢加拿大女权运动兴起,作者部分作品也触及这一主题。《办公室》描写了一个家庭妇女为了安静写作外出求租办公室的故事。这一简单行为却由于求租主体(家庭女性)和求租理由(专心写作)的反常组合而被视为"过分"甚至"放纵",以致招致房东的窥探和怀疑。作者借由女主人公的遭遇表达了自己对女性生活诉求的思考。

《逃离》是艾丽丝·门罗最为中国读者熟悉的作品。全书由8个短篇组成,没有传奇英雄故事,没有宏大历史叙事,有的只是普通人(尤其是女性)寻常生活的琐屑与窒闷。作者通过细腻的笔触在疏忽的瞬间和遗忘的角落中探析平静表面下暗流涌动的人心。女主人公在两性关系中的热忱、挣扎与无奈始终是门罗关注的主题。同名小说《逃离》讲述卡拉逃避婚姻家庭"未遂"的故事;《激情》中的格蕾丝经历着婚姻伦理和生命激情的的冲撞;《侵犯》里的夫妻关系平静中孕育火山,连高兴都"锋利的跟刀刃似的",而朱丽叶(《机缘》《匆匆》《沉寂》三个关联短篇的主人公)的爱恨纠葛则演绎了女主人公从少女到老妇的情感沧桑。有评论高举女性主义旗帜,认为诸种冲突和逃离是对男权压制、两性压迫的反动和突破,是现代女性摆脱婚姻家庭束缚,追求自由和自我的必然之举,而逃离"未遂"恰是未能褪尽传统女性角色定位的结果。然而,门罗写作此书时已过古稀之年,对生活的观察和思考更为复杂和圆融。以《逃离》为例,卡拉年轻时爱上克拉克,为此放弃学业,与之私奔。她视克拉克为二人生活的"设计师",自己则甘当"俘虏"。因此,并非克拉克诱拐了卡拉,而是后者借着他通往"自由"之路。面对母亲的急切劝阻,卡拉因果倒置地将出走托词为厌倦了家里的"房子""相册""度假方式"甚至"喷水设备",要过一种"更为真实的生活"。殊不知,她所谓的"真实"恰是一个虚构的世界。所谓逃离,更像年轻女性在想象力驱使下的冲动之举。然而,美好的愿景敌不过生活的现实,由此遁入另一种困顿。娜拉式的出走固然有对自己负责的意义,但矫枉过正的行动沦为某种象征时,标签的意义要大于实质内容。西尔维娅即在信中写到自己"误以为卡拉的幸福与自由是二而一的一回事了"。而"自由"

"平等"一类脱离现实语境和具体所指的空泛概念极具鼓动性,简单盲从并冲动而为,常有的结果不是解放而是更深的灾难。

部分作品还关注了年轻一代对历史传统、社会文化习俗与庸常生活的疏离和逃避。三个短篇《机缘》《匆匆》和《沉寂》记述了朱丽叶上下三代人的生活思想变迁,展示了所谓"现代性"与传统生活习俗和文化价值观的碰撞摩擦。故事一开始,两代人的思想冲突便扑面而来。朱丽叶二十一岁已在攻读古典文学博士,而小镇居民却看低她的智力。老师们因性别而对她的学术生涯很悲观,父母也劝其多外出体验生活。朱丽叶感到小镇庸人正一点点吸走她的"注意力""时间"和"灵魂"。为此,她叛逆式地反抗,先是主动迎合诱奸,为今后不期而至的邂逅甩掉"贞洁"包袱;然后逃离当地,找一个连她姓名都没记住的已婚男人。当她再次回家时,冲突并未消解,文中有两个细节:父亲故意让女儿提前下车,以免被邻居看到,因为朱丽叶的孩子非婚生。朱丽叶却强调她住的地方"没有人在乎这样的形式",甚至未婚有子给了她一种"成就感"和"傻乎乎的幸福感"——源自不拘一格的反叛。至于她把宗教斥为"谎言"的激烈言行,更让当地牧师惊恐不安。此外,朱丽叶给父母买的夏加尔画作《我和村庄》被父亲束之高阁,原因竟是女仆不接受它的"现代"画风。如此的对立和疏离无处不在,以至朱丽叶认为"我根本就不应该来,我现在迫不及待地想要回家"。这不只是地理位置的变更,更是对当地文化习俗和价值选择的逃离,是"家在何方的观念的变化"。

正如有评论所言,这部小说集最伤感的莫过于对家庭和亲情的逃离。而门罗自己的解释是"女儿只是想自由而已,并不是想对她残忍"。恰是这颇具现代色彩的"自由"和"自我",冲抵了传统文化中对家园的坚守,对亲情的执着:卡拉私奔时哼着小曲,拖长音对家大喊拜拜;听到母亲表达爱意时,朱丽叶却不发一言,转身干活;佩内洛普突然人间蒸发,空留朱丽叶命运轮回般苦等女儿任何的只言片语……门罗认为事情发生的原因并不重要,她更想表达母亲被抛弃时的所感——一种遭遇不该面临、无法解决的问题时的感受。对原因的有意回避,凸显出一种命由天定的宿命观。母亲们总是善解人意而又自欺欺人地认为儿女只是要自由,家还是温暖的港湾。"现代化"青年却迫不及待地驶离港湾,决绝地闯入生活,找寻自我。当这些不再年轻的人阅历大增,重新发现家庭和亲情的价值时,却往往物是人非。多年前火车上那个示好的中年人(《机缘》),正是老派封闭落后的传统社区文化的象征,如果不能得到朱丽叶这些现代人的接纳和沟通,只能走向毁灭。因此,多年后,奥利(《法力》)终于彻悟:"我听到召唤,让我从那个盒子里走出来。从那个必须做大事的盒子。从那个自我之盒。"作者近乎冷酷的客观叙述,逼使我们重新审视传统的"落后封闭"与现代的"进步开放"。正如《播弄》所言,在一个"虚构的世界",他们由"鲁莽的信心"主宰,竟然"一门心思地相信一切都会按照设想往前发展"。实际上,更可能的情况是"梳子与牙刷都必须放在一定的位置,鞋子必须朝着正确的方向摆,迈的步子应该不多不少,否则一定会遭到报应"。

小说还体现出一种生活的神秘和悲观的宿命论:《逃离》中小山羊弗洛拉的得而复失;《侵犯》中劳莲身世的虚虚实实;《播弄》中若冰的"一面之差"竟错过一生;《法力》中泰莎看穿事情本相的神秘能力以及南希最后窥探真相的梦境……所有这些都透射了日常生活之下的奇妙无穷和偶然多变。

门罗一生多数时间生活在小镇,善于从熟悉的环境跳脱出来,在一定距离外静察默想。如作者所言,其小说不像一条路,更像一所房子,走进去,这边走走,那边看看。她惯于借用电影蒙太奇的手法,插叙、倒叙,多线索交替推进。而大跨度的时空跳跃和省略,把现实、回忆、想象、梦境缠绕纠结,其间的留白让读者去猜测和思考。门罗是文字大师,善于抓住稍纵即逝的色彩、声调、感觉以及与此相应的心理现象,在那些似是而非的模糊地带体现着语言的张力和意蕴。在20世纪各类主义的通胀下,许多作家以标新立异的实验形式和语不惊人死不休的绝决气势在文学史上谋取只言片语。而门罗习惯于偏安一隅,叙说人生,如实甚至残忍地揭示出生活中为人所忽略的真像。

石黑一雄(1954—)是日裔英国作家,与奈保尔、拉什迪并称为"英国文坛移民三雄"。他1954年出生于日本长崎,父亲早年出生在中国上海,母亲是原子弹爆炸的幸存者。1960年,由于工作需要,石黑一雄随父母和两个姐姐移居英国,直到近30年后才再次回访日本。1973年,他从一所文理学校毕业后外出游历一年。此时,石黑一雄更热衷于音乐创作,他曾在访谈中认为自己的文学写作与音乐有着某种勾连,以歌手莱纳德·科恩和鲍勃·迪伦为偶像。1974年,他进入肯特大学学习英语和哲学。毕业后,他做了一段时间的社会工作者,并由此结识了妻子洛娜·麦克杜格尔。婚后,两人定居伦敦。经过短暂的练笔后,石黑一雄进入东安格利亚大学学习创意写作研究生课程,师从安吉拉·卡特和马尔科姆·布拉德伯里。1982年,石黑一雄发表了首部小说《远山淡影》,获得威尼弗雷德·霍尔比特纪念奖。1983年,他入选文学杂志《格兰塔》的"20位最佳英国青年小说家"榜单(十年后再次获此殊荣)。由此,他开启了自己的文学之旅:1986年发表《浮世画家》,获惠特布莱德奖;1989年凭借《长日将尽》获得布克奖;1995年出版《无可慰藉》,同年获得大英帝国勋章;2000年和2005年先后发表《我辈孤雏》和《别让我走》,均获布克奖提名;2008年,他被《泰晤士报》评为"战后英国50佳小说家";2009年,他出版了短篇小说集《小夜曲》,其中的五个故事都以音乐勾连;2015年,长篇小说《被掩埋的巨人》出版,评论界对其褒贬不一。2017年,由于其小说"以其巨大的情感力量,发掘了隐藏在我们与世界联系的幻觉之下的深渊",石黑一雄获得诺贝尔文学奖。

《长日将尽》是石黑一雄的代表作。故事的叙述框架很简单:1956年,已近暮年的男管家史蒂文森驱车六日,前往英国康沃尔郡约见多年前的同事肯特小姐。在行程中,关于往日的回忆一一浮现。史蒂文森是一个老派男管家,在达林顿府服侍勋爵三十余年。他心目中理想的"男管家"应忠于雇主,克制情感,每遇大事不惊不怒,"任何时候都要潜心职责和工作"。他认为社会不是一个"梯子",分成不同阶层,而更像一个"轮子",由中心的社会精英带动周围民众运转。因此,"杰出"的男管家应为有德行的、对社会和历史有重要影响的伟大人物效力,借由自身工作助其完成重大使命,从而间接参与到影响社会发展乃至人类命运的历史进程中。这不仅关乎他的职业伦理,更体现了其个人尊严。在其看来,其他国家只有"男仆",只有英格兰才有"男管家"。为此,他选择为雇主的事业和自己的"尊严"鞠躬尽瘁,也做出重大牺牲:当父亲在楼上病危时,他仍在楼下工作,以致错过诀别;面对达林顿勋爵与德国纳粹媾和的传闻,他极力为其开脱;为了迎合雇主,狠心解雇两名犹太女仆;对肯特小姐暗生情愫,却只能目送其远嫁他人。

然而,战后英国贵族阶层和精英政治的日渐式微,令史蒂文森面临着身份认同和价值信仰的双重危机。随着达林顿勋爵的去世,其府邸转卖给美国富商法拉戴。此后,这里再也没有大型聚会和秘密集会,仆人也由最高时的28人降至现在的4人。各国政要经常驻足的宴会厅被改为了画室,见证诸多重要时刻的府邸就此退出历史舞台。与之伴随的是男管家职业的日渐没落。曾令其滔滔不绝的男管家行会"海斯协会"人去楼空,许多同行失去联系。如其所言,顶尖男管家"剩下的不多了"。新雇主和美国朋友把史蒂文森做"真品"与"赝品"之分,并不真要后者为其管理家政。整日擦拭花瓶的史蒂文森自己变成了一个好看的摆设和被收藏的古董。此外,新主人平易近人,常与其逗乐,令习惯了尊卑之分的史蒂文森反倒无所适从。他固守传统观念,笃信应由贵族精英治国理政。但品格高尚的达林顿勋爵却在现代政治权术游戏中被人操控,其与德国谈和的"善意"之举最终招致灾难和牺牲。对此,史蒂文森采取主动遗忘的回忆策略,在自我叙述中竭力忽略或美化达林顿之为,努力维持贵族阶层、男管家职业乃至于大英帝国的"无尚荣光"。为此,他还很主观地将男管家的职业美德移植于风景之中,认为非洲、美洲"激动""刺激"的风光无法与"静穆""严谨"的英国风景媲美,只有后者才能用"伟大绝伦"一词概括。由此,男管家这一职业身份与英国风景都与英帝国的国家形象捆绑在一起。然而,美国富商收购英国贵族庄园的现实却成为绝妙的反讽,也暗示了战后两国的现实关系。所以,现实旅途中的见闻、对话与反思,又令其重新审视"封闭"于府邸的自我。与肯特小姐见面后,他终于痛苦地意识到自己的尊严其实是根植于往昔的主仆依附关系:"我曾经满怀信任。我曾经信任爵爷的智慧。这么多年来我一直侍奉他,我曾经相信自己在做值得的事。我甚至都谈不上是为我自己犯下了那些过错。真的——你只能问自己——这样究竟还有什么尊严可说?"故而,我们可以从三个层面解读小说题目《长日将尽》:其一,象征了以史蒂文森为代表的男管家职业及其价值观的行将消亡;其二,隐喻了英国贵族阶层和精英政治的日渐式微;其三,暗示了第二次世界大战以后大英帝国的日渐没落。

《别让我走》是石黑一雄另一部值得关注的力作。2005年3月,第59届联大批准了《联合国关于克隆人的宣言》,禁止克隆人的有关研究。石黑一雄同年发表这部小说,以平缓冷峻的语调叙述一群"克隆人"的生活经历和情感世界,对"克隆人"这一时代热点的敏锐回应。小说主人公凯茜回忆了在寄宿学校黑尔舍姆的童年生活,看似平实的回忆中夹杂着某种让读者感到异样的叙述。学生们几乎每周都做体检,吸烟被绝对禁止。监护人告诫他们要"让自己的身体内部非常健康"。然而,这些关怀别有目的。他们其实是"克隆人",为所谓"正常人"进行器官"捐献"。小说开始即描述了一个克隆人在捐献手术后"躺在那儿输液,全身就像被鱼钩钩住了一样"。后来,叙事者又诉说好友露丝因捐献器官而即将离世前的恐怖景象:每一阵疼痛使她以"惊恐不自然的方式扭动身体",捐献者在"令人恐怖的挣扎中"走向死亡。面对主人公"为何如此对待克隆人"的质问,黑尔舍姆的监护人埃米莉意味深长地说:"当科学上的巨大突破那么迅速地接踵而来,人们没有时间去审视……治愈不治之症,这才是整个世界最关注、最需要的……他们压倒一切的考虑是,他们的孩子、他们的配偶、他们的父母、他们的朋友,能够不因癌症而丧命。所以有很长一段时间你们被隐匿了起来,人们尽量不去想你们。"这些话语引出一个问题,何为科技发展的目的?难道为了某种功利诉求就可以损害甚至无视道德底线?"正常人"得救以"克隆人"的牺牲为代价,肉体的治愈伴随着灵魂的污点。为解决这一道德困境和法律困难,小说中的"正常人"采取了两种手段:一是否认"克隆人"的存在,"人们宁可相信这些器官是无中生有而来的";二是把"克隆人"降格为"非人",视其为"试管里难以捉摸的东西"。因此,有论者认为克隆人就像"待宰的羔羊"。这一比喻让人联想到中国古代的"君子远庖厨",只要"不闻其声",便可心安理得地"食其肉"。值得注意的是,小说中反复出现"捐献"一词,似是克隆人自愿为之;但同时还多次出现"通知"一词,说明此种"捐献"的强制性。这种对比反讽正常人的道德虚伪。此外,"我是谁"和"我们是谁"两个问题总是潜藏在小说的文本叙事中;而克隆人的自我身份认同与群体身份探寻更多受控于外界。

在"美丽新世界"里,通过对婴幼儿使用反复宣传和"睡眠疗法"等手段,使许多观念根植于人们的头脑,形成种种对外界和自我的固定认知。类似地,黑尔舍姆的监护人也刻意选择时机,使学生们不能恰当理解被告知的信息,却又潜移默化地接受它们。所以,他们六七岁时就知道"捐献"这件事。甚至在讲授性知识时,监护人也会把捐献"偷偷塞进大脑"。就如露西所言:"你们既被告知又没有真正被告知……有些人很高兴让事情处于这样的局面。"

因此,克隆人在小小年纪就知道自己与"监护人""外边的人"不一样,并通过实际行动验证了自己的猜测:"夫人"怕她们,将其"当蜘蛛看"。这种"他者"身份在童年时代就成为克隆人的心灵创伤。克隆人汉娜面对恐惧的夫人差点哭出来;汤米用心"创造"的"动物"似乎就是自己的写照;而凯茜怀抱枕头的情节尤为令人动容。克隆人不能生育,这成为其与"正常人"不同的标志。因而,当凯茜将枕头假想为孩子拥在怀里并在歌声中缓缓起舞时,其行为暗含了两种情感诉求:她想成为拥有孩子的母亲,以此证明自己是正常人;同时,她也想成为被母亲怀抱的孩子,感受一份母爱的温存。

可见,克隆人个体与群体的身份焦虑不仅是一个技术问题,更是"正常人"人文关怀缺失的后果。正如埃米莉的质问:"你们怎么胆敢声称这些孩子不如健全的人类?"是"正常人"刻意将"克隆人"置于"他者"地位,就像她在前述中反复说出的"他们"和"你们"。因之,克隆人也接受了这一设置,不再希求通过"原型"探寻"自己的未来"和"内心深处的自我"。他们确证自我的方式是记忆,因其没有历史,没有未来,唯有记忆能证明自己的身份与存在。就如主人公所言:"我最珍贵的记忆,从来没有淡忘。我失去了露丝,然后我失去了汤米,但是我不会失去对他们的记忆。"

小说在舒缓的叙事中对科技话语一家独大的趋势深表担忧,对科技进步下高涨的工具理性和弱化的道德准则审慎地批判。恰如小说中的"夫人"所言:"我看到了一个新世界的迅速来临。更科学,更高效,是的。对于以往的疾病有了更多的治疗方式。那非常好,却又是一个非常无情和残忍的世界。我看到了一个小女孩,她紧闭双眼,胸前怀抱着那个仁慈的旧世界,一个她的内心知道无法挽留的世界,而她正抱着这个世界恳求着:别让我走。"

附录二

人名中外文对照表

A

阿尔志跋绥夫 М. Арцыбашев
阿赫玛托娃 А. Ахматова
阿克肖诺夫 В. Аксенов
阿拉贡 Louis Aragon
阿里斯托芬 Aristophanes
阿那克里翁 Anacreon
阿斯塔菲耶夫 В. П. Астафьев
阿斯图利亚斯 Angel Asturias
埃斯库罗斯 Aeschylus
艾里森 Ralph Ellison
艾略特 T. S. Eliot
艾米斯 Kingsley Amis
艾特玛托夫 Ч. Айтматов
爱伦堡 I. G. Ehrenburg
安德烈耶夫 Л. Н. Андреев
安东诺夫 С. Антонов
安徒生 Hans Christian Andersen
奥尼尔 Eugene O'Neill
奥斯特洛夫斯基 А. Островский
奥威尔 George Orwell
奥维德 Ovidius

B

巴比塞 Henri Barbusse
巴别尔 И. Бабель
巴尔蒙特 К. Бальмонт
巴尔扎克 Honoré de Balzac
巴克兰诺夫 Г. Бакланов
巴思 John Barth
柏拉图 Plato
拜伦 George Gordon Byron
班扬 John Bunyan
邦达列夫 Ю. Бондарев
鲍狄埃 Eugene Pottier
贝科夫 Б. Быков
贝娄 Saul Bellow
贝克特 Samuel Beckett
比托夫 А. Битов
彼特拉克 Francesco Petrarca
毕希纳 Georg Büchner
别雷 А. Белый
别林斯基 В. Г. Белинский
波波夫 Е. Попов
波德莱尔 Charles Baudelaire
勃留索夫 В. Я. Брюсов
勃洛克 А. А. Блок
薄伽丘 Giovanni Boccaccio
布尔加科夫 М. Булгаков
布莱希特 Bertolt Brecht
布罗茨基 И. А. Бродский
布宁 И. А. Бунин
布瓦洛 Nicolas Boileau

C

车尔尼雪夫斯基 Н. Г. Чернышевский
川端康成 Kawabata Yasunari
茨威格 Stefan Zweig
茨维塔耶娃 М. Цветаева

D

大江健三郎 Kenzaburō ōe
大仲马 Dumas pere
但丁 Dante Alighieri
德莱顿 John Dryden
德莱塞 Theodore Dreiser
狄德罗 Denis Diderot
狄更斯 Charles Dickens

笛福 Daniel Defoe
都德 Alphonse Daudet
杜勃罗留波夫 Н. А. Добролюбов
杜金采夫 В. Д. Дудинцев
多恩 John Donne
多姆勃罗夫斯基 Ю. О. Домбровский

E

厄普代克 John Updike

F

法朗士 Anatole France
菲茨杰拉德 F. Scott Fitzgerald
菲尔丁 Henry Fielding
费定 К. А. Федин
冯尼格特 Kurt Vonnegut
弗洛伊德 Sigmund Freud
伏尔泰 Voltaire
福尔斯 John Fowles
福克纳 William Faulkner
福楼拜 Gustave Flaubert

G

盖斯凯尔 Elizabeth Gaskell
冈察洛夫 И. А. Гончаров
高尔基 М. Горький
高尔斯华绥 John Galsworthy
高乃依 Pierre Corneille
高特舍德 Johann Christoph Gottsched
戈蒂耶 Théophile Gautier
戈尔丁 William Golding
戈连施坦 Ф. Горенштейн
歌德 Johann Wolfgang von Goethe
格拉斯 Günter Grass
格里美尔斯豪森 Grimmelshausen
格罗斯曼 В. С. Гроссман
贡戈拉 Luis de Góngora
古米廖夫 Н. Гумилев
果戈理 Н. В. Гоголъ

H

哈代 Thomas Hardy
哈里托诺夫 М. С. Харитонов
海勒 Joseph Heller
海明威 Ernest Hemingway
海涅 Heinrich Heine
贺拉斯 Horace
赫尔岑 А. И. Герцен
赫列勃尼科夫 В. Хлебников
赫西俄德 Hesiodo
华兹华斯 William Wordsworth
惠特曼 Walter Whitman
霍达谢维奇 В. Ходасевич
霍桑 Nathaniel Hawthorne

J

济慈 John Keats
迦梨陀娑 Kalidasa
杰克·伦敦 Jack London
金斯堡 Allen Gingsberg

K

卡达耶夫 И. Катаев
卡夫卡 Franz Kafka
卡彭铁尔 Alejo Carpentier
卡图卢斯 Catullus
柯勒律治 Samuel Taylor Coleridge
柯罗连科 В. Г. Короленко
科罗廖夫 А. Королев
科塔萨尔 Julio Cortazar
克雷洛夫 И. А. Крылов
库兹涅佐夫 А. Кузнецов

L

拉伯雷 François Rabelais
拉封丹 Jean de la Fontaine
拉斯普京 В. Распутин
拉什迪 Salman Rushdie

拉辛 Jean Racine
莱蒙托夫 М. Ю. Лермонтов
莱辛 Gotthold Ephraim Lessing
劳伦斯 David Herbert Lawrence
雷巴科夫 А. Н. Рыбаков
雷马克 Erich Maria Remarque
理查生 Samuel Richardson
列昂诺夫 Л. Леонов
列米佐夫 А. Ремизов
刘易斯 Sinclair Lewis
卢克莱修 Lucretius
卢梭 Jean-Jacques Rousseau
路德 Martin Luther
罗兰 Romain Rolland
略萨 Mario Vargas Llosa

M

马尔克斯 Gabriel García Marquez
马卡宁 В. Маканин
马克西莫夫 С. Максимов
马拉美 Stéphane Mallarmé
马来伯 François de Malherbe
马雷查尔 Joseph Maréchal
马洛 Christopher Marlowe
马雅可夫斯基 В. Маяковский
麦尔维尔 Herman Melville
曼德尔什塔姆 О. Э. Мандельштам
毛姆 William Somerset Maugham
梅勒 Norman Meiler
梅里美 Prosper Mérimée
梅列日科夫斯基 Д. Мережковский
梅瑞狄斯 George Meredith
梅特林克 Maurice Maeterlinck
孟德斯鸠 Montesquieu
弥尔顿 John Milton
缪赛 Alfred de Musset
莫泊桑 Guy de Maupassant
莫里哀 Molière
莫里亚克 François Mauriac

莫扎耶夫 Б. Можаев

N

纳博科夫 В. Набоков
涅克拉索夫 Н. А. Некрасов
聂鲁达 Pablo Neruda

O

欧·亨利 O. Henry
欧里庇得斯 Euripides

P

帕斯捷尔纳克 Б. Пастернак
潘菲罗夫 Ф. И. Панфёров
皮利尼亚克 Б. Пильняк
皮耶楚赫 В. А. Пьецух
品达罗斯 Pindaros
普拉东诺夫 А. Платонов
普劳图斯 Titus Maccius Plautus
普希金 А. С. Пушкин

Q

契诃夫 А. Чехов
乔叟 Geoffrey Chaucer
乔伊斯 James Joyce
琼生 Ben Johnson
琼斯 James Jones

R

茹科夫斯基 В. А. Жуковский

S

萨福 Sappho
萨克雷 William Makepeace Thackeray
萨瓦托 Ernesto Sábato
塞林格 Jerome David Salinger
塞万提斯 Miguel de Cervantes
桑 George Sand
骚塞 Robert Southey

沙拉莫夫 В. Т. Шаламов
莎士比亚 William Shakespeare
胜天 Jayadera
舒克申 В. Шукшин
司各特 Walter Scott
司汤达 Stendhal
斯塔尔夫人 Madame de Stael
斯坦贝克 John Steinbeck
斯特林堡 August Strindberg
斯托 Harriet Elisabeth Beecher Stowe
斯威夫特 Jonathan Swift
绥拉菲莫维奇 А. С. Серафимович
索尔仁尼琴 А. И. Солженицын
索福克勒斯 Sophocles
索科洛夫 С. Соколов
索莱尔 Charles Sorel
索洛古勃 Ф. Сологуб
索洛维约夫 В. Соловьев

T

泰戈尔 Rabindranath Tagore
泰伦提乌斯 Terentius
忒奥克里托斯 Theokritos
特里丰诺夫 Ю. Трифонов
特瓦尔多夫斯基 А. Твардовский
提尔泰奥斯 Tyrtaios
屠格涅夫 И. С. Тургенев
托尔斯泰 Л. Толстой
陀思妥耶夫斯基 Д. Ф. Достоевский

W

瓦格纳 Richard Wagner
瓦西里耶夫 Б. Васильев
王尔德 Oscar Wilde
威尔逊 Angus Wilson
维吉尔 Vergilius

魏尔伦 Paul Verlaine
沃兹涅先斯基 А. ВознесЕнский
伍尔夫 Virginia Woolf

X

西蒙诺夫 К. Симонов
西尼亚夫斯基 А. Синявский
西塞罗 Marcus Tullius Cicero
希里亚耶夫 Б. Ширяев
席勒 Friedrich Schiller
夏多布里昂 François-René de Chateaubriand
萧伯纳 Bernard Shaw
肖洛霍夫 М. А. Шолохов
谢维尔里亚宁 И. Северянин
雪莱 Percy Bysshe Shelley

Y

雅申 А. Яшин
亚里士多德 Aristotle
叶罗菲耶夫 В. Ерофеев
叶赛宁 С. А. Есенин
叶芝 William Butler Yeats
伊斯坎德尔 Ф. Искандер
伊索 Aesop
伊万诺夫 Г. Иванов
易卜生 Henrik Ibsen
雨果 Victor Hugo

Z

扎鲍洛茨基 Н. Заболоцкий
扎米亚京 Е. Замятин
扎伊采夫 Б. Зайцев
詹姆斯 Henry James
紫式部 Murasaki Shikibu
左拉 Émile Zola

附录三

作品中外文对照表

A

《阿尔巴特街的儿女们》Дети Арбата
《阿尔芒斯》Armance
《阿伽门农》Agamemnon
《阿卡奈人》Akharneis
《阿维斯塔》Avestan
《哀伤》Горе
《埃达》Edda
《埃涅阿斯记》Aeneid
《艾凡赫》Ivanhoe
《安吉堡的磨工》La meunier d'Angibault
《安娜·卡列尼娜》Анна Каренина
《安提戈涅》Antigone
《奥勃洛摩夫》Обломов
《奥德修记》Odyssey
《奥尔良姑娘》Die Jungfrau von Orleans
《奥库罗夫镇》Городок Окуров
《奥赛罗》Othello
《奥义书》Upanishad

B

《八月之光》Light in August
《巴巴拉少校》Major Barbara
《巴比特》Babbitt
《巴赫奇萨拉的喷泉》Бахчесарайский фонтан
《巴黎圣母院》Notre-Dame de Paris
《巴马修道院》La Chartreuse de Parme
《巴斯加医生》Le Docteur Pascal
《巴特兰律师》La farce de Maître Pathelin
《白痴》Идиот
《白轮船》Белый пароход
《白夜》Белые ночи
《白猿》The White Monkey

《百科全书》Encyclopaedia
《百年孤独》Cien años de soledad
《败坏了赫德莱堡的人》The Man That Corrupted Hadleyburg
《邦斯舅舅》Le Cousin Pons
《包法利夫人》Madame Bovary
《报仇神》Eumenides
《鲍里斯·戈都诺夫》Борис Годунов
《暴风雨》Бурей（Буря）
《悲惨世界》Les Misérables
《悲伤的侦探》Печальный детектив
《贝奥武甫》Beowulf
《贝姨》La Cousine Bette
《被缚的普罗米修斯》Prometheus Bound
《被欺凌与被侮辱的》Униженные и оскорбленные
《本生经》Jataka
《鼻子》Нос
《彼得堡故事集》Петербургские повести
《彼得大帝》Петербургские повести
《变色龙》Хамелеон
《变形记》Die Verwandlung
《别尔金小说集》Повести Белкина
《滨河街公寓》Дом на набережной
《波斯人信札》Lettres persanes
《不合时宜的思想》Несвоевременные мысли
《不是单靠面包》Не хлебомединый
《不愉快的戏剧》Plays Unpleasant
《布登勃洛克一家》Buddenbrooks
《布朗德》Brand

C

《草叶集》Leaves of Grass
《草原》Степь
《查密莉雅》Джамилия
《查特莱夫人的情人》Lady Chatterley's Lover

《忏悔录》Les Confessions
《长别离》Долгое прощание
《臣仆》Der Untertan
《城堡》Das Schloss
《城与年》Города и годы
《惩恶扬善故事集》Novela sejemplares
《出埃及记》Exodus
《出租》To Let
《初生海》Ювенильное море
《处女地》Новь
《穿白衣的人们》Белые одежды
《传道书》Ecclesiastes
《创世记》Genesis
《蠢货》Медведь
《茨冈》Цыгане
《醋栗》Крыжовник

D

《大胆妈妈和她的孩子们》Mutter Courage und ihre Kinder
《大雷雨》Гроза
《大师与玛格丽特》Мастер и Маргарита
《大往世书》Purana
《大伟人江奈生·魏尔德传》The Life of Mr. Jonathan Wild the Great
《大卫·科波菲尔》David Copperfield
《带阁楼的房子》Дом с мезонином
《带星星的火车票》Звездивий билег
《丹东之死》Dantons Tod
《但以理书》Book of Daniel
《当代英雄》Герой нашего времени
《到灯塔去》To the Lighthouse
《德伯家的苔丝》Tess of the d'Urbervilles
《德国——一个冬天的童话》Deutschland. Ein Wintermarchen
《等待戈多》En attendant
《狄康卡近乡夜话》Вечера иа хуторе близ Диканьки
《底层》На дне

《地下室手记》Записки из подполья
《帝国三部曲》Das Kaiserreich
《第二十二条军规》Catch-22
《第六病室》Палата
《第三颗信号弹》Третья ракета
《第十二夜》Twelfth Night
《第五号屠场》Slaughterhouse-Five
《第五纵队》The Fifth Column
《第一圈》В круге первом
《蒂博一家》Les Thibault
《奠酒人》Khoephoroi
《冬天的故事》The Winter's Tale
《董贝父子》Dombey and Son
《动物庄园》Animal Farm
《斗士参孙》Samson Agonistes
《杜布罗夫斯基》Дубровский
《断头台》Плаха
《顿河故事》Донские рассказы

E

《俄狄浦斯王》Oedipus the King
《俄罗斯森林》Русский лес
《俄罗斯童话》Русские скавки
《恶魔》Демон
《恶之花》Les Fleurs du Mal
《儿子与情人》Sons and Lovers

F

《帆》Парус
《梵书》Brahmana
《菲菲小姐》Mademoiselle Fifi
《斐德若篇》Phaedrus
《费加罗的婚礼》Le Mariage de Figaro
《愤怒的葡萄》The Grapes of Wrath
《风雪小站》буранный полустанок
《佛所行赞》Buddhacarita
《浮士德》Faust
《浮士德博士》Doktor Faustus
《福尔蓬涅》Volpone

《福马·高尔杰耶夫》Фома Гордеев
《福塞特世家》The Forsyte Saga
《父与子》Отцы и дети
《复活》Воскресение
《复乐园》Paradise Regained

G

《盖着呢子、中间放着玻璃瓶的桌子》Стол, покрытый сукном и с графином посередине
《甘班罗摩衍那》Kamba Ramayana
《感伤的旅行》A Sentimental Journey through France and Italy by Mr. Yorick
《杠杆》Рычаги
《高加索的俘虏》Кавказский Пленник
《高加索灰阑记》Der Kaukasische Kreidekreis
《高老头》Le Père
《高龙巴》Colomba
《哥萨克》Казаки
《歌集》Il Canzoniere
《格列佛游记》Gulliver's Travels
《工作与时日》Works and Days
《古拉格群岛》Архипелаг ГУЛаг
《古物陈列室》Le Cabinet des Antiques
《怪人》Чудик
《鳏夫的房产》Widowers' Houses
《鬼魂奏鸣曲》Spöksonaten
《贵夫人画像》The Portrait of a Lady
《贵族之家》Дворянское гнездо
《国际歌》L'Internationale

H

《哈克贝利·费恩历险记》The Adventures of Huckleberry Finn
《哈姆莱特》Hamlet
《哈泽·穆拉特》Хаджи Мурат
《海滨墓园》Le Cimetière Marin
《海鸥》Чайка
《海上劳工》Les Travailleurs de la Mer
《海燕之歌》Песня о буревестнике

《汉堡剧评》Hamburgische Dramaturgie
《嚎叫及其他诗》Howl and Other Poems
《好逑者》The Philander
《合唱队的歌声》Голос из хора
《荷马史诗》Homeric Hymns
《黑暗的势力》Власть тьмы
《黑桃皇后》Пиковая Дама
《恨世者》Le Misanthrope
《红房间》Röda Rummet
《红莓》Калина красная
《红色英勇勋章》The Red Badge of Courage
《红笑》Красный смех
《红与黑》Le Rouge et le Noir
《红字》The Scarlet Letter
《洪堡的礼物》Humboldt's Gift
《虹》The Rainbow
《呼啸山庄》Wuthering Heights
《花狗崖》Пегий пёс, бегущий краем моря
《华伦夫人的职业》Mrs. Warren's Profession
《华伦斯坦》Wallenstein
《还乡》The Return of the Native
《幻灭》Illusions Perdues
《荒凉山庄》Bleak House
《荒野的呼唤》The Call of the Wild
《荒原》The Waste Land
《皇帝的新装》Kejserens nye Klæder
《毁灭》Разгром
《活尸》Живой труп
《活着,可要记住!》Живи и помни
《火线——一个步兵班的日记》Le Feu
《霍乱时期的爱情》Love in the Time of Cholera

J

《基坑》Котлован
《吉尔伽美什》Epic of Gilgamesh
《吉檀迦利》Gitanjali
《嘉莉妹妹》Sister Carrie
《伽利略传》Leben des Galilei
《艰难时世》Hard Time

《简·爱》Jane Eyre

《交换》Обмен

《交际花盛衰记》Splendeurs et Misères des Courtisanes

《搅水女人》La Rabouilleuse

《教育的果实》Плоды просвещения

《皆大欢喜》As You Like It

《街头女郎梅季》Maggie, A Girl of the Street

《解冻》Оттепель

《解放了的普罗米修斯》Prometheus Unbound

《戒日王传》Harsa

《金钱》L'Argent

《金融家》The Financier

《进退两难》In Chancery

《静静的顿河》Тихий Дон

《九三年》Quatre-Vingt-Treize

《旧式地主》Старосветские помещики

《旧约》Old Testament

《舅舅的梦》Дядюшкин сон

《巨人传》Gargantua et Pantagruel

《倔强汉》Крепкий мужик

K

《卡拉马佐夫兄弟》Братья Карамазовы

《卡列瓦拉》Kalevala

《卡门》Carmen

《卡桑德拉的印记》Тавро Кассандры

《卡斯特桥市长》The Mayor of Casterbridge

《开会迷》Прозаседавшиеся

《凯旋门》Arc de Triomphe

《坎特伯雷故事集》The Canterbury Tales

《看不见的人》Invisible Man

《科雷马故事》Корымские рассказы

《可笑的女才子》Les Precieuses Ridicules

《克莱采奏鸣曲》Крейцерова соната

《克里姆·萨姆金的一生》Жизнь Клима Самгина

《克伦威尔》Cromwell

《苦难的历程》Хождение по мукам

《苦恼》Тоска

《快乐王子》The Happy Prince

《狂人日记》Записки с умасшедшего

《昆丁·达沃德》Quentin Durward

L

《拉摩的侄儿》Le Neveu de Rameau

《蓝登传》The Adventures of Roderick Random

《老古玩店》The Old Curiosity Shop

《老人》Старик

《老人与海》The Old Man and the Sea

《老实人》Candide

《梨俱吠陀》Rigveda

《李尔王》King Lear

《理查二世》Richard II

《理想国》The Republic

《历代志》(上、下) Books of the Chronicles(I, II)

《利未记》Leviticus

《恋爱中的女人》Women in Love

《了不起的盖茨比》The Great Gatsby

《列那狐传奇》Le Roman de Renart

《列宁》Владимир Ильич Ленин

《列王记》(上、下) Books of Kings(I, II)

《猎人笔记》Записки охотника

《另一种生活》Другая жизнь

《卢贡家族的命运》La Fortune des Rougon

《卢贡-马卡尔家族》Les Rougon-Macquart

《卢塞恩》Люцерн

《鲁滨逊漂流记》Robinson Crusoe

《鲁斯兰与柳德米拉》Руслан и Людмила

《路得记》Book of Ruth

《驴皮记》La peau de Chagrin

《吕西安·娄凡》Lucien Leuwen

《绿房子》Green House

《罗波那伏诛记》Ravana

《罗怙世系》Raghu

《罗兰之歌》La Chanson de Roland

《罗密欧与朱丽叶》Romeo and Juliet

《罗摩衍那》Ramayana

《罗斯记游》По Руси

《罗亭》Рудин
《裸者与死者》The Naked and the Dead
《洛丽塔》Лолита

M

《马丁·伊登》Martin Eden
《马卡尔·楚德拉》Макар Чудра
《马里奥和魔术师》Mario und der Zauberer
《马特维·科热米亚金的一生》Жизнь Матвея Кожемякина
《玛丽·巴顿》Mary Barton
《麦布女王》Queen Mab
《麦克白》Macbeth
《麦田里的守望者》The Catcher in the Rye
《玫瑰传奇》Roman de Rose
《美狄亚》Medea
《美国》Amerika
《美国的悲剧》An American Tragedy
《萌芽》Germinal
《米开朗琪罗传》Vie de Michel-Ange
《米龙老爹》Le Père Milon
《密尔格拉得》Миргород
《民数记》Numbers
《名利场》Vanity Fair
《命运线，或米拉舍维奇的小箱子》Линии судьбы, или Сундучок Милашевича
《摩尔·弗兰德斯》The Fortunes and Misfortunes of the Famous Moll Flanders
《摩诃婆罗多》Mahabharata
《魔山》Der Zauberberg
《魔沼》La Mare au Diable
《母亲》Мать
《木木》Муму
《牧歌》Eclogae
《墓园哀歌》Elegy Written in a Country Churchyard

N

《那罗传》Nara
《娜娜》Nanna
《尼伯龙根之歌》Das Nibelungenlied
《尼古拉斯·尼克尔贝》Nicholas Nickleby
《尼罗河颂》To the Nile
《尼希米记》Books of Nehemiah
《鸟》Ornithes
《涅瓦大街》Невский Проспект
《纽沁根银行》La Maison Nucingen
《农夫与农妇》мужики и бабы
《农夫与蛇》The Farmer and The Snake
《农民》Les Paysans
《农事诗》Georgica
《女房东》Хозяйка

O

《欧那尼》Hernani
《欧也妮·葛朗台》Eugénie Grandet

P

《帕美拉》Pamela
《皮埃尔和若望》Pierre et Jean
《匹克威克外传》The Pickwick Papers
《漂亮朋友》Bel Ami
《苹果车》The Apple Cart
《破产》En fallit
《普里希别叶夫中士》Унгер Пришибеев
《普罗米修斯》Prometheus
《普宁》Пнин（Pnin）
《普希金之家》Пушкинский дом

Q

《企鹅岛》L'ile des Pingouins
《恰尔德·哈罗尔德游记》Childe Harold's Pilgrimage
《悭吝人》L'Avare
《前夜》Накануне
《浅蓝色的原野》Лазоревая степь
《强盗》Die Rauber
《强盗兄弟》Братья разбойники

《切尔卡什》Челкаш
《切文古尔》Чевенгур
《钦差大臣》Ревизор
《青年》Юность
《青年近卫军》Молодая гвардия
《青鸟》L'Oiseau bleu
《青铜骑士》Медный всадник
《情感教育》L'Education Sentimentale
《穷人》Бедные люди
《求婚》Предложение
《群鬼》Gengangere
《群魔》Бесы
《群山和草原的故事》Повесть гор и степей

R

《人的命运》（一个人的遭遇）Судьба человека
《人家的骨肉》Чужая кровь
《人间喜剧》La Comédie humaine
《人民公敌》En Folkefiende
《人生的枷锁》Of Human Bondage
《人生舞台》Игра
《人鼠之间》Of Mice and Men
《日瓦戈医生》Доктор Живаго

S

《撒母耳记》（上、下）Books of Samuel(I, II)
《塞维勒的理发师》Le Barbier de Séville
《三人》Трое
《三姊妹》Три сестры
《散文诗》Стихотворения в прозе
《丧钟为谁而鸣》To Whom the Bell Tolls
《森林书》Aranyakas
《沙恭达罗》Shakuntala
《傻瓜学校》Школа для дураков
《伤心之家》Heartbreak House
《上尉的女儿》Капитанская Дочка
《少年》Подросток
《少年维特之烦恼》Die Leiden des jungen Werthers

《舍利佛传》Buddhist Relics
《申命记》Deuteronomy
《神谱》Theogony
《神曲》La Divina commedia
《审美教育书简》Briefe über die Ästhetische Erziehung
《审判》Der Prozeß
《生活与命运》Жизнь и судьба
《圣经》Bible
《失乐园》Paradise Lost
《诗的艺术》L'Art poétique
《诗篇》Psalms
《诗学》Poetics
《诗庄严论》Kavyalankara
《十二个》Двенадцать
《十日谈》Il Decameron
《十王子传》Dasakumaracarita
《士师记》Book of Judges
《受诅咒的和被处死的》прокляты и убиты
《双城记》A Tale of Two Cities
《谁之罪？》Кто виноват?
《水泥》Цемент
《斯多噶》The Stoic
《斯捷潘契科沃及其居民们》Село Степанчикогои его обитатели
《死敌》смертный враг
《死魂灵》Мертвые Души
《四川好人》Der gute Mensch von Sezuan
《四个四重奏》Four Quartets

T

《他们为祖国而战》Они сражались за Родину
《塔拉斯·布尔巴》Тарас Бульба
《太太学堂》L'école Des Femmes
《太阳照样升起》The Sun Also Rises
《汤姆·索亚历险记》The Adventures of Tom Sawyer
《汤姆叔叔的小屋》Uncle Tom's Cabin
《唐璜》Don Juan

《堂·卡洛斯》Don Carlos
《堂吉诃德》Don Quixote
《套中人》Человек в футляре
《天鹅之歌》Swan Song
《天路历程》The Pilgrim's progress
《铁流》Железный поток
《童话》Noel〈Ноэль〉
《童年》Детство
《童僧》Мцыри
《屠场》The Jungle
《兔子富了》Rabbit Is Rich
《兔子归来》Rabbit Redux
《托尔斯泰传》Vie de Tolstoi

W

《雾都孤儿》Oliver Twist
《瓦西卡》Васька
《瓦西里·焦尔金》Василий Тёркин
《外省散记》Губернский очерки
《外套》Шинель
《玩偶之家》Et dukkehjem
《万卡》Ванька
《万尼亚舅舅》Дядя Ваня
《万延元年的足球队》The Silent Cry
《亡灵书》The Book of the Dead
《往世书》Purana
《威廉·迈斯特的漫游时代》Wilhelm Meisters Wanderjahre
《威廉·退尔》Wilhelm Tell
《威尼斯商人》The Merchant of Venice
《伪君子》Le Tartuffe
《温泉》Mont-Oriol
《温莎的风流娘儿们》The Merry Wives of Windsor
《我的包着红头巾的小白杨》Тополёк мой в красной
《我的大学》Мои университеты
《我的第一位老师》Первый учитель
《我们》Мы

《我们的心》Notre Coeur
《我们共同的朋友》Our Mutual Friend
《我弥留之际》As I Lay Dying
《我又造访了》Я вновь посетил
《无病呻吟》Le Malade imaginaire
《无名的裘德》Jude the Obscure
《无用之物系》Факультет ненужных вещей
《五卷书》Panchatantra
《舞会以后》После бала
《舞论》Natya-shastra

X

《西线无战事》Im Westen Nichts Neues
《希波吕托斯》Ippolutos
《希尔德布兰特之歌》Das Hildebrandslied
《熙德之歌》Cantar de Mio Cid
《夏倍上校》Le Colonel Chabert
《夏天》Лето
《先人祭》Dziady
《现代喜剧》A Modern Comedy
《乡村》Деревня
《像死一般坚强》Fort Comme la Mort
《小杜丽》Little Dorrit
《小公务员之死》Смерть Чиновника
《小酒店》L'Assommoir
《肖像》Портрет
《笑面人》L'Homme Qui Rit
《谢尔盖神父》Отец Сергей
《辛白林》Cymbeline
《欣悦的灵魂》(又名《母与子》) L'Âme Enchantée
《新约》New Testament
《修女》La Religieuse
《喧嚣与骚动》The Sound and the Furry
《选择》Выбор
《学会仇恨》Наука ненависти
《雪国》Snow Country

Y

《押沙龙,押沙龙!》Absalom, Absalom!

《雅典的泰门》Timon of Athens
《雅歌》Song of Solomon
《烟》Дым
《羊脂球》Boule de Suif
《耶利米书》Book of Jeremiah
《野鸭》Vidanden
《叶甫盖尼·奥涅金》Евгений Онегин
《夜莺颂》Ode to a Nightingale
《一寸土》Пядь земли
《一个地主的早晨》Утро помещика
《一个陌生女人的来信》Brief einer Unbekannten
《一个牧神的午后》L'Après-midi d'un Faune
《一个女人一生中的二十四小时》Vierundzwanzig Stunden aus dem Leben einer Frau
《一千零一夜》One Thousand and One Nights
《一日长于百年》И дольше века длится день
《一生》Une Vie
《伊豆的舞女》The Izu Dancer
《伊凡·伊里奇之死》Смерть Ивана Илбича
《伊凡诺夫》Иванов
《伊戈尔远征记》Слово о полку Игореве
《伊利昂记》Iliad
《伊莎贝拉》Isabella
《伊索寓言》Aesop's Fables
《伊则吉尔老婆子》Старуха Изергиль
《以赛亚书》Book of Isaiah
《以斯帖记》Book of Esther
《艺术对现实的审美关系》Эстетическое отношение искусства к действительности
《驿站长》Станционный смотритель
《阴谋与爱情》Kabale und Liebe
《银匙》The Silver Spoon
《樱桃园》Вишневый
《鹰之歌》Песня о Соколе
《营请求火力支援》Батальон просит огня
《蝇王》Lord of the Flies
《赢家一无所得》Winner Take Nothing
《永别了,古利萨雷!》Прощай, Гульсары!

《永别了,武器》A Farewell to the Arms
《尤利西斯》Ulysses
《有产者》The Man of Property
《鱼王》Царь-рыба
《与友人书简选》Выбранный места из переписки с друзьями
《预期的总结》Предварительные итоги
《源氏物语》The Tale of Genji
《远大前程》Great Expectations
《远离尘嚣》Far from the Madding Crowd
《约伯记》Book of Job
《约翰·克利斯朵夫》Jean-Christophe
《约拿书》Book of Jonah
《约瑟·安德鲁传》The History of the Adventure of Joseph Andrews and of His Friend Mr. Abraham Adams
《约书亚记》Book of Joshua
《云使》Meghaduta

Z

《在俄罗斯谁能快乐而自由?》Кому на Руси Жить хорошо?
《在人间》В людях
《怎么办?》Что делать?
《战争风云》The Winds of War
《战争与和平》Война и мир
《战争与回忆》War and Remembrance
《章鱼》The Octopus
《遮娄其王传》Calukya
《这里的黎明静悄悄》А зори здесь тихие...
《珍妮姑娘》Jennie Gerhardt
《真言集》Shingon
《真正的白天何时到来?》Когда же придёт настоящий день?
《箴言》Proverbs
《致恰达耶夫》К Чаадаеву
《仲夏夜之梦》A Midsummer Night's Dream
《朱莉,或新爱洛伊丝》Julie ou la Nouvelle Héloïse

《朱丽小姐》Fröken Julie
《诸神渴了》Les Dieux ont soif
《自由颂》Вольность
《总统先生》El Señor Presidente

《最后的炮轰》Последние залпы
《最后一课》La Dernière classe
《罪与罚》Преступление и наказание
《作家日记》Дневник писателя

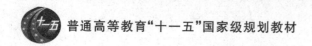
普通高等教育"十一五"国家级规划教材

《世界文学简史》(第三版)

尊敬的老师：

　　您好！

　　为了方便您更好地使用本教材，获得最佳教学效果，我们特向使用该书作为教材的教师赠送本教材配套电子课件。如有需要，请完整填写"教师联系表"并加盖所在单位系（院）公章，免费向出版社索取。

北京大学出版社

教 师 联 系 表

教材名称		世界文学简史(第三版)				
姓名：		性别：	职务：		职称：	
E-mail：			联系电话：		邮政编码：	
供职学校：			所在院系：			
						（章）
学校地址：						
教学科目与年级：				班级人数：		
通信地址：						

　　填写完毕后，请将此表邮寄给我们，我们将为您免费寄送本教材配套电子课件，谢谢！

北京市海淀区成府路205号
北京大学出版社外语编辑部　朱房煦
邮政编码：100871
电子邮箱：zhufangxu@pup.cn

邮　购　部　电话：010-62752015
市场营销部电话：010-62750672
外语编辑部电话：010-62754382